U0911330

建构“小说”

中国古体小说观念流变

郝敬 著

中华书局

图书在版编目(CIP)数据

建构"小说":中国古体小说观念流变/郝敬著. —北京:中华书局,2020.8
ISBN 978-7-101-14602-8

Ⅰ.建… Ⅱ.郝… Ⅲ.古典小说-小说研究-中国
Ⅳ.I207.41

中国版本图书馆 CIP 数据核字(2020)第 100961 号

本书为国家社科基金项目"中国古体小说观念流变研究"(15BZW070)最终成果

书　　名	建构"小说"——中国古体小说观念流变
著　　者	郝　敬
责任编辑	黄飞立
出版发行	中华书局
	(北京市丰台区太平桥西里 38 号　100073)
	http://www.zhbc.com.cn
	E-mail:zhbc@zhbc.com.cn
印　　刷	北京市白帆印务有限公司
版　　次	2020 年 8 月北京第 1 版
	2020 年 8 月北京第 1 次印刷
规　　格	开本/710×1000 毫米　1/16
	印张 27　插页 2　字数 333 千字
印　　数	1-900 册
国际书号	ISBN 978-7-101-14602-8
定　　价	98.00 元

目 录

序

巩本栋

自十九世纪末以来，随着西学东渐的步伐，中国学术乃至整个东亚学术都逐渐从传统走向现代。在这一转型过程中，学科越分越细，文学研究的观念越来越清晰，文学的抒情、虚构和形象性等特点也越来越为人们所认识。这给文学研究带来的进步是十分重大的。然而，当西学体系的“纯文学”取代了“杂文学”，西学的方法取代了传统学术的方法，中国文学原本具有的特点便被有意无意地遮蔽起来，很多作品从文学中被排除出去，文学研究的领域也愈益缩小了。中国古代小说的研究也不例外，贯穿一部小说史的，似乎就只是魏晋的志怪、志人，唐代的传奇，宋元话本和明清的章回小说。这当然不完全符合中国文学史、中国小说史的实际。如何回到中国语境下的古代文学研究，当然也包括回到中国语境下的小说史研究，实已成为当下中国古代文学界不可回避的问题。郝敬博士的这部书，可以说正是一部从小说观念的演变入手、对上述问题作出回应、努力推动中国小说史研究回归中国语境的力作。

所谓回归中国语境，就古代小说研究而言，就是要从小说创作发展的实际，而不是从现代西方的小说概念出发，重新检讨现存全部小说文献，从而更准确地描述和探索小说发展演进的脉络及其主客观原因，归纳和总结小说观念的形成及其内涵、外延的变化，以建立起中国特色的小说史研究体系。

回归中国语境，此书为我们梳理了一条清晰的古代小说观念的发展路线。作者认为，汉代是小说观念形成的初期，班固在刘向、刘歆《七略》基础上撰成的《汉书·艺文志》，初步创建了古小说的理论体系。在这个体系中，以言说理是小说的主要表现形式，“小道”是核心判定标准，而其创作的来源、传播方式等，又是后代小说创作文学性的萌芽。魏晋南北朝和唐代，虽然杂传和传奇的创作取得了丰硕的成果，尤其是南朝梁殷芸把杂传编入小说的做法、唐人对汉代以来小说传播方式的认可，都意义重大，但在观念上大致还是延续了汉代以来对小说的传统认识，记事、记言类小说的著录，在《隋书·经籍志》中仍占主体地位。小说观念的历史性变革出现在北宋，《崇文总目》和《新唐书·艺文志》著录小说的类别和数量，都发生了很大变化，那就是叙事性的杂传和传奇被归入小说范畴，由此开启了传统小说观念由古代向近代的转变。而明人胡应麟一方面将唐宋人的小说观念加以细化，另一方面又把小说的范围不断扩大了。至清代纪昀，才又厘定明人在观念上的一些误区，把小说分为杂事、异闻和琐语三类，有意识地将已经漫衍无归的小说观念正本清源，重又回归汉唐小说观念。这似乎很保守，然而实际上却为古体小说与通俗小说在近代的区分从理论上作了准备。

回归中国语境，此书又对中国小说史上的许多以往关注不够的问题进行了新的探讨。比如作者指出，刘孝标注《世说新语》，广搜文献，为《世说新语》成为记言类小说的范式付出了大量的心血，开创了以史证小说、以小说证小说的途径，其价值和意义不容忽视。南朝梁殷芸第一次将杂传引入《小说》的实践，拉开了欧阳修小说观念新变的序幕，为欧阳修小说观念理论上的突破，奠定了坚实的创作基础，同样具有重要意义。大致在中国晚唐时期成书的日本士人藤原佐世所撰《日本国见在书目录》，是域外现存较早的重要目录学著作，治小说史者少有关注，然而作者却对其中著录的数十种小说类目作了详细的考察，并对其所反映的小说观念与中国本土的小说观念作了比较分析。杜诗赵次公注是杜诗学上的重要著作，其中也保存了一些散佚的小说资料，反映了宋代的小说观念，借此可以修正小说研究中的一些讹误。“小说”一词，在以赵次公注为代表的宋代诗注中，并非特指殷芸《小说》，而往往是作注者对小说作品的泛称。宋代以后的各种史注、诗注、集注与类书中，“小说”一词，已经由宋代以前注文中的特指殷芸《小说》，逐渐成为诸书的泛称。作者的上述这些看法，多为前人所未及。

回归中国语境，此书还对小说史上很多向有争议的问题进行了细致辨析，提出了新的看法。比如，古小说的起源、称名和特征，人皆据《庄子》《荀子》而论之，然对《汉书・艺文志》所著录的先秦九家小说（即《伊尹说》《鬻子说》《周考》《青史子》《师旷》《务成子》《宋子》《天乙》《黄帝说》），则向有争议。作者在前人研究的基础上，对其一一加以考察，认为其符合先秦小说的观念，与汉代小说观念前后相续，主要表现方式是记言与记事两种类型，而以言说理和以事说理的社会功能，正是小说观念形成初期的核心特征。阮孝绪《七录・子兵录》“小说部”著录小说十种（《燕丹子》、《青史子》、《宋玉子》、郭颁《群英论》、裴启《语林》、孙盛《杂语》、郭澄之《郭子》、刘孝标注《世说》、《俗说》、殷芸《小说》），前人对其意义认识不够，作者则指出，以杂传为代表的纪传体，作为史部的主要书写方式，至魏晋南北朝已开始引入小说创作，殷芸《小说》大量援引杂传即为明证，但单独成篇的杂传还没有被纳入小说的范畴。《燕丹子》的著录揭开了这一变化的序幕，成为小说记事类的一个新的变化方向，这种变化在后来的《隋书・经籍志》《崇文总目》《新唐书・艺文志》中得到进一步确定。从《七录》可见，《世说》体已经逐渐成为小说体系中记言类的一种固定表现形式，小说的应用和娱乐功能得到进一步体现，而《七录》对小说总集的著录也为小说观念和创作开辟了新途径。这些看法较之前人显然更深入了。

回归中国语境，过去一些习以为常的看法，在此书中也被打破了。像神话与先秦诸子寓言为小说源头的看法，作者就不赞同。鲁迅先生在《中国小说史略》中提出的“传奇者流，源盖出于志怪”的观点，作者也不认同。此外，作者还认为，刘知幾的小说认识没有超越《隋书・经籍志》与《旧唐书・经籍志》所体现的唐人小说观念，他在《史通》中论述到的“偏记小说”，往往只是对正史之外史料的泛称，并没有体现出独特的小说观，更不用说对小说进行了正确的分类。今人研究小说的误区，正在于对刘知幾援“子”入“史”的泛史料观没有准确的把握。史家对小说的观念是一以贯之的，这个观念，不仅体现在史书的编撰中，也体现在对史书及其他典籍的注解中。唐人所撰《史记索隐》《史记正义》与《文选注》，引入小说之书注史注文，正是在坚持“小道”的核心标准上，对于“技”的表述从“寓劝戒，广见闻，资考证”的社会功用性角度，加以合理运用的结果。今人治小说，大多将唐传奇放入唐代小说的范畴进行论述，这里原有先天的概念缺陷。在唐人的小说观念中，传奇这种文学表达形式，并未进入其小说范畴和理论观照，因此在严格意义上也就不能成为唐代小说的代表，只能作为唐代某一时期的流行文学样式。如果以今人的小说观念与标准来划分，则大抵可以从创作的层面，如叙事、审美等题材类型的角度加以研究。立足中国小说的宏观发展，传奇作为一种文体，从创作的出现到该种表达形式的被认可，时间跨度较长，在创作兴盛的唐代并没有出现专门的理论研究，只是到了宋代才出现针对性的讨论。我们今天对唐传奇的理解，多基于宋人的认知观念，对唐传奇最初的理论构建和其在小说发展中所处位置及作用的认识，事实上反映的是宋人的观念。所以，作者对唐传奇及其所反映的小说观念的讨论，不是放在唐代而是移至宋代，这是与一般论者截然不同的地方，显示出作者独特的学术眼光。

南京大学中文系中国古代文学学科有一个优良的传统，那就是在学术思想和方法上追求文献学与文艺学的完美结合。郝敬博士在南京大学中文系读书三载，对此深有领悟，体现在这部书稿中，既有对目录学知识的熟练运用，对四部文献的广泛涉猎，对域外汉籍的特别关注，更有对小说创作理论与观念的深刻理解和讨论。郝博士本科学习的是工科，硕士、博士阶段才转向文学研究，或许与他大学阶段受过科学知识和方法的教育与熏陶有关，他在古代文学的学习中，更习惯于探究各种现象的本原，思考个中的内在逻辑关系，故能在上述研究中多有创获，并在研究方法和风格上显示出南大气派。

郝敬博士方年届不惑，今后学术发展的道路正长。相信他能在今后的研究中，更好地将文学理论与创作相结合，扬长补短，不断扩大研究的视野和领域，取得更大的成就。

是为序。

庚子夏于金陵有容斋

厘清古代小说观念，完善小说研究标准（代绪论）

一提起中国古代小说，我们的脑海里往往会立即浮现出明清章回小说，尤其是四大名著，间或也会想起唐代的传奇或清代蒲松龄的《聊斋志异》等篇幅稍显短小的小说作品。但是，很少有人会想到，古人的小说观念，尤其是宋代以前的小说观念，与今天的小说观念有着天壤之别，我们今天所认知的以叙事（即讲故事）为核心特征的小说观念，其实是经过相当长时间的历史演变与吸收近代外来文化概念——尤其是西方叙事小说观念——后受综合影响的一个复杂概念。

一、中国古代小说的观念流变

中国的小说观念出现甚早，“小说”语词在战国时期即已产生。如《庄子·外物篇》所云“饰小说以干县令，其于大达亦远矣”❶，学界对此辨析已久，基本形成了该语词并非指汉唐以来小说之意的一致观点。而《荀子·正名篇》所云“小家珍说”❷，则近乎此意。两汉之际，刘向、刘歆父子于校书之时撰《别录》《七略》，在“诸子略”大类中立“小说家”名目，这是中国小说在学术层面的首次系统形成。经班固《汉书·艺文志》诸子略小说家类

❶ [清]郭庆藩：《庄子集释》卷九，中华书局，1961年，第925页。

❷ [清]王先谦：《荀子集解》卷十六，中华书局，1988年，第429页。

对《七略》观点的再整理，确立了中国小说以言说理、以事说理的独特性质与特征，小说观念正式形成。如《汉书・艺文志》小说家类小序所云，在汉人的观念中，能否宣扬“小道”成为小说的核心评价标准，而小说的创作来源、传播方式与表现手段这些技艺层面的构成因素，则被儒家思想主导下的观念所否定与摒弃。❶同时，小说的性质、表现形式及社会功用，与中国早期史书的编写体例等特征，有一定的重合，可以作为史学范畴之一种来考察。只是由于史学体系发展还未成熟，不能独立分类，尚依附于经学大类，如《汉书・艺文志》六艺略春秋类、诸子略儒家类著录相关作品等，最具代表性的莫过于司马迁的《史记》，仍以本名《太史公书》著录于春秋家类。因此，小说限于自身形制及功用，无法再依附于经学之下的史学，只能归属于诸子略的九流之末。当然，在主流观念之外，汉人也注意到了小说学术性之外的文学性特征，如桓谭《新论》云：“若其小说家，合丛残小语，近取譬论，以作短书，治身理家，有可观之辞。”❷对小说如何将“小道”这种核心社会功用体现出来的方式与手段，作了精辟的总结，并进一步强调了社会功用性，提升了小说的地位。

经过魏晋南北朝的创作发展，中国小说的说理性质与特征，与古史相仿的记言、记事的表现形式，得到稳定发展。与此同时，史学体系开始发展成熟，如曹魏时期秘书郎郑默修《中经》、秘书监荀勖修《新簿》等，已经将史学作为独立类别处理。南朝萧梁时期，阮孝绪修《七录》，在“记传录”的大类名目下，设立了12小类的史部类别，标志着中国的史学体系已经由传统的以《尚书》《春秋》为主要代表的“左史记言，右史记事”❸的古史体系，发展为以《史记》《汉书》为主要代表的纪传体的新型史学体系。初唐

---

❶ ［汉］班固撰，［唐］颜师古注：《汉书》卷三十，中华书局，1962年，第1745页。

❷ 原书已佚，引自［梁］萧统编：《文选》卷三十一李善注，上海古籍出版社，1986年，第1453页。

❸ 《汉书》卷三十，第1715页。

时期唐人修《隋书·经籍志》时，承袭了阮孝绪《七录》史学体系的主要观念，将史部类别扩展为13个子类，标志着上述新型史学体系的完全建立。但小说虽有“圣人之教”❶的社会价值框定，但“有所偏”❷的性质特征及表现形式，使其不能完全符合新型史学的发展主脉，无法再归入已经成熟的新型史学体系，只能继续栖居在子部之末。❸

阮孝绪《七录》将小说书作为子兵录的一部加以著录❹，这也说明小说作为子说之一类的总体认知在汉代以后持续加强。这种认知得到了有唐一代的全面继承。因此，以《隋书·经籍志》子部小说类反映的小说观念为代表的唐人小说观念，是对以《汉书·艺文志》诸子略小说家类反映的小说观念为代表的汉代小说观念的沿袭与强化。唐人沿着汉人开辟的方向，并未对小说作品的表现形式与特征范畴作过多的开拓，而是更加关注于对汉代小说观念中以言说理、以事说理的核心特征的深入挖掘与持续强化，完成了中国小说发展史上对小说观念的第一次理论改造与价值强化。❺因此，尽管从盛唐直至五代，在小说创作层面出现了越来越多的非说理性的特征分化，叙事的倾向也逐渐突出，但在观念层面，依然恪守汉唐小说观念的基调。如后晋刘昫等人依据毋煚《古今书录》修撰《旧唐书·经籍志》，将“刍辞舆诵”❻作为这个时期人们对小说表现特征的理论把握，对作品性质、类别体裁的选择标准，也大致没有超越《隋书·经籍志》的著录范围，而成为《汉书·艺文志》与《隋书·经籍志》中小说观念的自然延续。这种对小说范畴标准的把握，也影响与主导了域外汉语文化圈中的观念认

❶ [唐]魏徵、令狐德棻：《隋书》卷三十四，中华书局，1973年，第1051页。

❷ 《隋书》卷三十四，第1051页。

❸ 张莉、郝敬：《论小说观念形成初期在子史间的错位与游移》，《四川师范大学学报》(社会科学版)2017年第5期。

❹ [唐]道宣：《广弘明集》卷三《归正篇》，上海古籍出版社，1991年，第111—116页。

❺ 郝敬、张莉：《论中国古体小说的观念流变》，《明清小说研究》2013年第1期。

❻ [后晋]刘昫等：《旧唐书》卷四十六，中华书局，1975年，第1963页。

知。如由日人藤原佐世编撰，成书于日本清和天皇贞观末年至宇多天皇宽平三年间（877—891）的《日本国见在书目录》❶，对我国流传于日本的书籍加以著录归类，对小说作品依然秉承了汉唐小说观念的著录标准。❷

中国古代小说观念发生重大演变的分水岭是宋代，宋人对已经成熟的汉唐小说观念作出了重要调整。这个调整主要体现在两个方面。一方面，以欧阳修等人所修撰《崇文总目》《新唐书·艺文志》为主要代表的宋人小说观念，将原属唐人史学体系中的杂传类一支（尤其是其中原属南北朝时期史学12类别中的鬼神类）纳入了小说范畴。这种行为强调了杂传具有“闻见各异”❸的特点，又删除了唐人“杂以虚诞怪妄之说”❹的特征认知，在实现厘清史学体系主观意图的同时，客观上为小说赢得了一种标志性的文体表现依据。另一方面，从小说的角度去解读，欧阳修将这些由于具有“虚诞怪妄”特征不再归属于杂传类的作品归入小说类，事实上即说明以欧阳修为代表的宋人小说观念无疑也具有了这一部分杂传作品“虚诞怪妄”的表现特征。❺如果说，在南北朝萧梁时期成书的殷芸《小说》第一次从创作层面引杂传入小说，那么，宋人的革新则第一次正式将主观的虚构叙事纳入小说观念的范畴。

欧阳修的革新是大胆而有力的。不仅《隋书·经籍志》与《旧唐书·经籍志》中原属史部杂传类的多部作品被纷纷划入了小说的范畴，而且这种调整也体现在宋人自身的不断修正中。例如，在可考的范围内，《崇文

---

❶ 〔日〕藤原佐世编撰：《日本国见在书目录》，日本东京名著刊行会，1996年。

❷ 郝敬：《九世纪的中日史志“小说”观念——以〈日本国见在书目录〉著录“小说”为考察核心》，《西南大学学报》（社会科学版）2011年第5期。

❸ ［宋］王尧臣、欧阳修等：《崇文总目》卷二十二，《中国历代书目丛刊》第1辑上，现代出版社，1987年，第76页。按，是书采用钱东垣等所辑五卷本，并补遗、附录各一卷，又采用陈汉章（伯弢）《补正》四卷本。钱辑本用《粤雅堂丛书》本作底本，陈补本用《缀学堂丛稿初集》本作底本。

❹ 《隋书》卷三十三，第982页。

❺ 郝敬：《论欧阳修对唐人“小说”之学的重建》，《中南大学学报》（社会科学版）2011年第4期。

总目》杂传类就有 10 部作品被划入《新唐书·艺文志》的子部小说类。尤其值得注意的是，我们所熟知的颇具叙事文学色彩的唐代传奇作品，本属史部杂传类，在经过《崇文总目》传记类与小说类的混杂著录后，也在《新唐书·艺文志》中确定了子部小说类的最终归属。❶小说观念的扩大，使得《新唐书·艺文志》对小说的著录达到了“三十九家，四十一部，三百八卷(失姓名二家，李恕以下不著录七十八家，三百二十七卷)”❷的庞大规模，成为对前代小说作品著录数量最多的一部正史艺文志。杂传的叙事文体表现形式，从此成为小说表现形式的主要代表。在这种观念革新的理论尝试下，中国古代小说观念由重说理开始转向重叙事，并且叙事逐渐成为小说观念的主要内核。

与此同时，通俗表演艺术范畴中的说唱文学领域，出现了借用“小说”语词指代口头说话艺术的现象。说话，作为一种通俗艺术表现形式，长期以来无法获得传统学术观念的接纳与认可，因此在历代史志书目里也没有被正式划类收录，可考的源流资料也就极为缺乏。而曾作为宋代说话四家中的“小说”一家，大抵起源于汉魏时期，最具有代表性的莫过于鱼豢《魏略》所记曹植“诵俳优小说数千言”❸之事。相对于周秦时期的“优笑”，俳优小说“在‘优笑’基础上确立了口说的表演方式，提升了故事在表演中的重要地位，成为一种带有民间色彩的以娱乐为主的口说故事表演。由初具口说故事因素的‘优笑’到专门表演口说故事的‘俳优小说’，‘说’所体现的口头性和‘话’所体现的故事性获得进一步突显，‘说话’逐渐从优人杂合众体的伎乐表演中脱离出来，形成一种独立的表演伎艺”❹。经过

---

❶ 郝敬：《唐传奇名实辨》，《文学评论》2015 年第 4 期。

❷ [宋]欧阳修、宋祁：《新唐书》卷五十九，中华书局，1975 年，第 1543 页。

❸ [晋]陈寿撰，[南朝宋]裴松之注：《三国志》卷二十一注引，中华书局，1959 年，第 603 页。

❹ 张莉：《从“俳优小说”看“说话”伎艺的初步形成》，《西南大学学报》(社会科学版)2011 年第 5 期。

魏晋南北朝的发展,说话技艺已经完全成熟独立。如隋朝的侯白即为当时著名的善于说话之人。❶到了唐朝,说话成为朝廷与民间皆喜闻乐见的表演伎艺,如郭湜《高力士外传》记载玄宗晚年喜欢听说话表演❷,元稹和白居易更通宵达旦地听"《一枝花》话"❸。在这样的发展形势下,叙事性较强的小说也逐渐成为说话伎艺的主要代表,一定程度上成为说话伎艺的代名词。段成式《酉阳杂俎》曾记载有"市人小说"❹的指称,《唐会要》也记载有"人(民)间小说"❺的俗谓,那么,大家耳熟能详的"小说"语词,既包含了传统学术观念的小说含义,也包含了通俗艺术表现形式的说话含义。因此,南宋末期罗烨编撰的《醉翁谈录》中,就将已经具有通俗意义的小说观念,上溯到《汉书·艺文志》与《隋书·经籍志》表述的观念范畴,初步打破了传统小说观念与曲艺小说观念中说理与叙事的壁垒,也在一定程度上继续拓展了小说范畴,造成了小说观念内涵的持续丰富与指代标准的驳杂混淆。❻

综上,自宋代起,中国古代小说的发展实际分化成迥然不同的两支脉络。其一,继续在汉唐小说观念范畴内作适度的增减,虽然史传的叙事手法在小说表现技艺中所占比重越来越大,但在学理层面,小说家或小说评论家依然会固守"小道"的核心价值。这些小说作品和前期的小说作品一样,一直稳定地占据着子部小说类的位置。其二,随着通俗曲艺说话对叙事技艺的强调,话本的叙事形式成为大众观念中的小说特征,尤其是随之而来的明清章回小说,完全用叙事特征颠覆了小说说理

---

❶ [宋]李昉等编:《太平广记》卷二百四十八,中华书局,1961年,第1920页。
❷ [五代]王仁裕等撰,丁如明辑校:《开元天宝遗事十种》,上海古籍出版社,1985年,第120页。
❸ [唐]元稹:《元稹集》卷十,中华书局,2010年,第133页。
❹ [唐]段成式:《酉阳杂俎》续集卷四,中华书局,1981年,第240页。
❺ [宋]王溥:《唐会要》卷四,中华书局,1955年,第47页。
❻ 张莉、郝敬:《论罗烨〈醉翁谈录〉对宋代通俗小说观念的理论建构》,《南京师大学报》(社会科学版)2014年第4期。

的核心特征。以叙事为核心特征的小说观念不仅在大众读者层面完全取代了传统的说理的小说观念,事实上也在理论层面冲击了人们的传统认知,讲故事实际上已经替代了说道理,成为小说观念的主要内容与表征。但是少数学者还是在理论的最后阵地固守着小说的本位,因此宋代以来的正史艺文志中,我们并没有发现这些讲故事的小说作品的著录。这些新兴的小说陷入了一个非常尴尬的境地,即虽受大众喜爱,却无法得到理论层面的认同。

我们不妨用下图对中国古代小说观念的发展作一简单的勾勒。

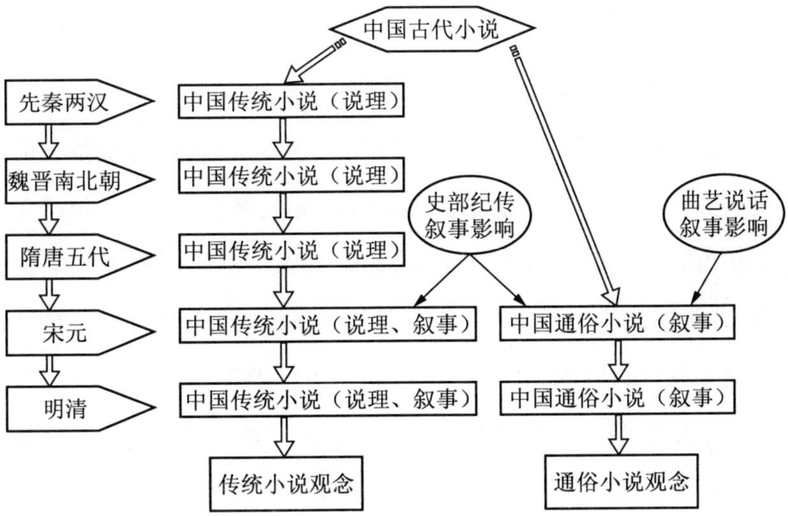

综合上述讨论,我们可以对中国古代小说观念的发展作出较为清晰的梳理,得到较为明确的理论判断。中国古代小说观念的发展分成两支。一支是传统小说观念,主脉是说理的传统小说,这个说理的小说观念自汉代正式形成后,一直占据着中国古代小说的主要位置。宋代小说观念革新后,把对史传叙事的模仿引入了传统的小说观念并使之丰富。符合这个观念范畴的小说作品因为往往著录于艺文志中的子部,所以又经常用子部小说或文言小说来称之。另一支是通俗小说观念，即在宋代曲艺说话叙事和史传叙事的双重因素影响下，形成了不同于传统小说的叙事作品，如宋元话本、明清章回小说等，它们往往篇幅较长。符合这个观念的小说作品因为成熟时期较晚，无法著录于子部小说类，行文对今人而言通俗易懂，所以又经常用白话小说来称谓。为了更能体现这两种观念发展变化的实质区别，笔者姑且将前者定义为古体小说，将后者定义为近体小说。

二、中国古代小说的研究方法与标准

宋代是中国古代小说观念加速分化的时期。一方面，叙事特征得到了极度的张扬，大有超越传统小说观念中说理特征的趋势。这不仅表现在传统小说观念集中体现的子部小说范畴中纳入了叙事特征十分鲜明的唐传奇作品，也表现在说话曲艺“说话四家”中小说居首要地位。前者的观念变革虽较作品出现的时间迟滞，但变革是持续而有力的，包括宋代传奇作品在内的一些重叙事的作品，从此正式以小说的标签进入了主流的文学观念，使得古体小说由“以言说理”“以事说理”为核心的特征转变为说理与叙事并重的表现特征，从而在一定程度上得到了新生。后者在听众需求这个接受层面的反馈作用下，愈来愈强调内容的通俗、情节的丰富、刻画的生动这些艺术表现手法，使得故事性和感染力不断得到加强，不仅小说类，甚至演史、说经等其他门类的说话技艺也都出现了这种趋势。叙事的艺术手法在丰富故事性，增强接受层面认知方面的先天优势，使其成为普通大众观念中小说的主要特征。另一方面，小说指称的范畴不断扩大，尤其是说话技艺中小说的称谓借用，让一种与传统小说性质特征毫不相干的技艺，以一种普通大众喜闻乐见的表现形式高频率地出现在人们的视野中。特别是这些说话的底本，同样随着人们对这些技艺的喜爱程度不断加深，逐渐脱离了说话的表演方式，经过不断地加工与再加工，也被冠名为小说，以一种纯文本的形态不断流传，从而取代了人们观念中小说的既有形态。

元明以后，随着大众对说话技艺的进一步需求，口头传播的局限性就借文本来弥补，叙事的载体也由口头文学形式转向案头文学。叙事文本的出现既有袭自说话底本的因素，也有文人后期加工制作的因素。而文人的介入客观上为通俗文学的流行层面与接受对象拓展了范围，并且将俗之又俗的内容或表现形式提炼为文人士大夫可以接受的对象，这也无意中提高了这种新兴叙事文体的地位。而传统小说中受史传叙事影响的现象同样不可避免地出现在这种新兴叙事文体中，内容与形式的双重要求使得新兴叙事文体无论在篇幅还是取材上，越来越趋同于类似的创作与评价标准。在多种因素的相互影响下，中国古代小说发展后期的重要分支、以明清章回小说为代表的近体小说最终形成。近体小说在发展过程中，自我调整与取舍，终于形成了与传统小说完全不同的主体特征与表现形式，叙事的核心特征成为其最重要的代表特征，并且这个特征几乎在学理层面以外完全取代了传统小说的说理特征，使得在普通大众语系中，一说起小说就以为是讲故事的叙事文体。

大众观念中对小说认知的转变也逐渐渗透到学术的层面，进一步加剧了宋元以来小说观念的混乱程度。南宋时期的郑樵已经觉察出其时大众认知与学理层面中小说观念的混淆，作出了“古今编书所不能分者五：一曰传记，二曰杂家，三曰小说，四曰杂史，五曰故事。凡此五类之书，足相紊乱”[1]的判断。这还仅仅是对子、史二部某些与小说作品显示出相似特征的文体的思考，没有涉及通俗文学中近体小说观念的反馈影响。而明末胡应麟撰《少室山房笔丛》，就把已经肆意泛滥、无所不含的小说范畴

---

[1] [宋]郑樵：《通志二十略》，中华书局，1995 年，第 1817 页。

作了进一步的梳理，分成六个子类，其中明确把志怪、传奇这些带有明显叙事特征的题材作为独立的类别处理。[1]这不能不反映出叙事文体对传统小说观念的冲击。长篇幅的叙事文体如章回小说在元明时期大盛，几乎完全剥夺了小说的本来意义，古体小说观念在学理层面也必须作出一定的回应，显示出自身观念的积极调整。但这种回应也是有限度的、无奈的，仅仅是对宋人小说观念的一个延续。代表性的叙事小说观念没有出现在明人的学理层面。这种情况一直延续到清代，当蒲松龄积极改革古体小说的写作方法时，遭到了纪昀的严厉批评。以纪昀为代表的主流学派，牢固地坚守古体小说的阵地，并试图纠正宋明以来对小说观念肆意扩充的错误做法。但近体小说观念此时已成主导之势，西学东渐后愈演愈烈，学理层面也不得不最终接纳了这种叙事文体，不仅仅是通过对各种叙事小说的评点，甚至在补做明清等史书艺文志与各地方志所含艺文志时，有将叙事小说纳入子部小说之举。

那么，在观念如此混乱，范畴如此驳杂的情况下，如何建立准确的中国古代小说的研究方法与标准，是值得当代学人深思的。任何一门学科的学术研究，确立了研究的具体对象、范畴与目的后，就要选取适当的研究方法和标准，才能发现与总结一些内在的规律，得出在学科发展中相对准确的论断。中国古代文学学科的研究，经过漫长的发展与历代学者的不断努力，已经相对成熟与稳定，形成了一套适合中国古代文学自身特色的研究方法和标准。例如，我们在讨论古代诗歌的问题上，总会注意到中国传统诗歌抒情言志的特点，而不会用西方文学中叙事诗的标准判断中国诗歌的成熟与否和风格优劣。这样的研究方法与标准就比较符合中国古代文学发展的实际情况，考虑到了中国古代文学生长环境的具体因素，

[1] ［明］胡应麟:《少室山房笔丛》卷二十九，上海书店出版社，2009 年，第 282—283 页。

而并非用一种简单的概念、狭隘的标准去套用不同的文学现象,符合具体问题具体分析的哲学思考。

陈寅恪在给冯友兰《中国哲学史》撰写的审查报告中说:

> 凡著中国古代哲学史者,其对于古人之学说,应具了解之同情,方可下笔。盖古人著书立说,皆有所为而发;故其所处之环境,所受之背景,非完全明了,则其学说不易评论。……所谓真了解者,必神游冥想,与立说之古人,处于同一境界,而对于其持论所以不得不如是之苦心孤诣,表一种之同情,始能批评其学说之是非得失,而无隔阂肤廓之论。否则数千年前之陈言旧说,与今日之情势迥殊,何一不可以可笑可怪目之乎?[1]

这种"了解之同情"的观点揭示的其实就是上述学科研究的方法论。对中国古代文学学科的研究,我们不能脱离其发生与生长的具体条件与环境,应该回归文学本身,从众多复杂的文学现象中寻找与总结符合其体系发展的内在规律,这就避免了用一个事先设定的标准去衡量研究对象,得出一些错误的、片面的、并不符合实际情况的论断。因此,陈寅恪先生的观点应该成为我们研究古代文学的一种借鉴。

带着这种观点,反观迄今为止的中国古代小说的学术研究,我们不难发现,中国古代小说的学科研究方法与标准存在先天与后天双重的缺憾。伴随着小说创作的不断发展与自身体系的逐步完善,小说理论的研究缺乏整体的考量与宏观的思辨。虽然历代史书的《经籍志》和《艺文志》对小说作品多有著录,并且也作出了画龙点睛式的论断,但往往仅以儒家的评

---

[1] 陈寅恪:《冯友兰中国哲学史上册审查报告》,《金明馆丛稿二编》,生活·读书·新知三联书店,2001年,第279页。

判标准关注小说的社会功用层面，忽略了作品本身的文学蕴含与小说的整体发展走向。明清时期，胡应麟《少室山房笔丛》与纪昀《四库全书总目提要》开始对小说的代表性作品逐一考察，但依然未能有完全独立意义上的学术研究。

鲁迅《中国小说史略》开启了近代以来将小说作为独立学科进行研究的序幕。但是，由于在明清以来以叙事为主要特征的近体小说观念影响下，再加之以白话文为代表的新文化运动和西方现代文学观念的冲击，《中国小说史略》的撰述不可避免地陷入了以西方叙事小说观念为参照标准的事先锁定的桎梏中，有意无意地忽视与抛弃了中国古代小说长期以来非叙事性的主要特点，形成了一些如唐代“始有意为小说”❶的片面观点，给其后的古代小说研究带来了一定的负面影响。自此，中国古代小说研究除了对作品的文献考据研究层面外，凡从小说史发展角度论述，如通常的文学史、小说史及小说研究论著，以及相当比例的以小说为研究对象的学位论文和单篇论文，大抵沿袭《中国小说史略》之固有思路，以西方叙事小说观念为标准衡量中国小说的成熟与否，而非从中国小说自身特点出发，寻找符合中国小说实际发展状况的研究标准，形成一套行之有效的研究体系。而研究不慎者，则容易造成一些学术研究的重大讹误。如近年学术热点清华简的研究中，《清华大学藏战国竹简》第三辑整理报告公布了六种八篇文献资料，其中第四篇《赤鹄之集汤之屋》，记载了商汤与伊尹之事。黄德宽从文学角度，认为无论从简文的结构、内容和性质，还是从写作方法来看，都可以看作先秦的“小说”作品，并进一步认为：“这篇先秦‘小说’的发现，为中国‘小说’文体起源的研究提供了珍贵的新史料，文学史家关于先秦无‘小说’的结论，因此篇的发现恐怕需要重新改写。”❷黄

---

❶ 鲁迅：《中国小说史略》，上海古籍出版社，1998 年，第 44 页。

❷ 黄德宽：《清华简〈赤鹄之集汤之屋〉与先秦“小说”——略说清华简对先秦文学研究的价值》，《复旦学报》（社会科学版）2013 年第 4 期。

德宽的观点得到了一定程度的赞同与推广。如姚小鸥进一步认为简文“情节曲折生动,不让六朝小说”,“为我们重新认识小说文体观念的形成提供了重要证据”,并且“可知战国时期已出现成形的小说理论。这是在二重证据视野下对中国小说的起源与早期形态做出的新结论”。[1]这就是以先入为主的叙事观念来主导对中国古代小说发展的整体把握,将小说观念对叙事特征的认知,凭空跨越一千多年的时间,违背了古代小说的发展原貌与核心特征。

因此,尽快确定一种适合中国古代小说发展内在规律的研究标准,建立与完善符合中国古代小说发展特点的研究体系,是当前古代小说研究领域亟须解决的一个问题。只有解决好这个问题,古代小说研究才能突破目前的学术研究瓶颈,真正深入与如实反映古代小说在各个时期的生存状态与发展趋势,并实事求是地展现古代小说在中国文学发展史中的实际位置,为中国文学不断发展与进步起到推动作用。

三、中国古代“小说”称谓翻译

历来对于各种史志书目中“小说家”类的小说作品,以及宋元以后出现的大量话本作品,明清以后出现的大量通俗章回小说,学界在研究中往往不加区别,用 novel, story 或 fiction 作为“小说”名词的英文翻译。这就给作为中国古典文学形式之一的中国小说与西方 18 世纪以来定型的叙事性小说的交流与比较,造成了障碍与误区。

中国小说的性质复杂,发展曲折,不同时期的观念差异颇大。如果不能注意到这一点,笼统地以 novel, story 或 fiction 这几个主要呈现出叙事性、虚构性以及较长篇幅等特征的西方语词“小说”作为中国小说的统一

[1] 姚小鸥:《清华简〈赤鹄〉篇与中国早期小说的文体特征》,《文艺研究》2014 年第 2 期。

称谓，则不免以偏概全，抹杀了中国小说不同于西方小说的独特性，消释了中国小说，尤其是宋前小说自出现以来以说理为主要目的与特征的本来面目。

在北宋初期编修《崇文总目》与《新唐志》之前，各种史志书目中的"小说家"作品，也即今天所谓的"古小说"，主要分为记言与记事两大题材类型，并吸收了部分具有"术技"特征的"杂艺术"类作品作为补充。小说的表现形式没有统一固定，仅仅在记言类中，形成了以对话、语言为主要表现手法的"世说"体。就作品的篇幅看，往往体制短小，结集一书。就作品的社会功用看，则完全遵循"小道"的核心价值理念。因此，这一阶段的"小说"并不具备西方语词 fiction 强调的虚构性，也不具备 short story 强调的短篇叙事性。

自《崇文总目》与《新唐志》修成后，中国小说观念发生了重大变化，一大批原属史部的作品进入了小说的范畴，史传的表现形式逐渐成为小说的主要体裁。因此，叙事性也逐渐成为小说的主要特征之一。"小说家"类的作品呈现出两个特征鲜明的大类：一部分为体现"小道"特征的"小说家"小说；另一部分为史部作品变更而来的小说，即呈现出的主要文体特征为叙事性。后者即与西方语词 novel 所强调的叙事性相似，但篇幅较短，并非 novel 所特指的长篇小说作品。如果再具体来看，进入小说范畴的史部作品，大多为篇帙短小、结集而成的作品集，即使有少数单篇作品，其文体特征也往往呈现出史传的特点，因此用 biography 更为合适。

这样来看，我们在翻译上述阶段的小说时，不能随意使用 novel, story 或 fiction 等西方语词。根据这几个语词的表述特点，宋元话本基本适用 short story 或 fiction 来对应表述，明清章回小说才基本适用 novel 来对应表述。史志书目中记载的众多"小说家"作品，以及宋以后模仿这一类作品成书的诸如《聊斋志异》《阅微草堂笔记》等，则不适用以上这些西方语词。

那么使用什么词汇对应表述,才能凸显出中国"小说家"小说的非叙事性特点呢?笔者建议使用 conte 来对应表述单篇作品以及作品集组成的某一片段,用 conti(即 conte 的复数形式)来对应表述作品集。conte 具有篇幅短小的含义,也不等同于 short story 所强调的叙事性,包含了内容与表现形式的多样性,因此基本适合表达"小说家"小说的特点,并可以与 novel, story 或 fiction 所对应的西方叙事性长篇小说的叙事性、虚构性等特征作出清晰区别。

如果我们进一步凸显中国小说的独特性与学术研究的主体性,不妨就以刘向、刘歆最初对这一门类的命名——"小说"(xiao-shuo 或 hsiao-shuo)的汉语读音来翻译,笔者以为这也是符合对中国传统文化翻译标准的。这样翻译也尊重了中国小说的实际发展样貌,在一定程度上得到了学界的认可,如美国哈佛大学(Harvard University)包弼德教授(Peter K. Bol)在其相关研究中就多次用 hsiao-shuo 直译中国小说,值得借鉴。

第一章　层累的迷雾

——小说起源辨正

治中国小说者，往往秉承“辨章学术，考镜源流”❶的研究传统，追溯中国小说的来龙去脉，力图清理出一条清晰的发展脉络。然而当考察到先秦时期这个中国文学产生的初期阶段时，小说研究的观点就显得凌乱不堪，以致众说纷纭，争辩的焦点主要集中在小说的起源问题上。

前文已经谈及，自鲁迅撰《中国小说史略》起，中国小说研究就陷入了一个以西方叙事小说观念为标准的怪圈，忽略了中国小说自身的发展规律与特点。这种不加分析的拿来主义，造成了小说形成之初的上述争论。而归根结底，这些争论产生于先入为主的、以西方叙事小说观念为标准的研究思维模式。

第一节　神话非小说之起源

神话，中国古代学界本无专门称谓与相关研究，近代以来，留日学生引进日文 Shinwa(神话)一词，掀开中国学界对神话专门研究的序幕。清光绪二十九年(1903)，蒋观云发表《神话、历史养成之人物》一文❷，是为中

---

❶ ［清］章学诚著，叶瑛校注：《校雠通义》卷一《叙》，中华书局，1985 年，第 945 页。

❷ 蒋观云：《神话、历史养成之人物》，《新民丛报》(日本横滨)1903 年第 36 号“华年阁杂谈”，收入钟敬文主编：《中国近代文学大系》第 22 卷《民间文学集》，上海书店出版社，1995 年，第 681—682 页。

国学界第一篇关于神话学的学术论文,“神话”的概念也第一次被学界使用。孙宝瑄在光绪三十二年正月十八日的日记中这样写道:

所谓极乐国者,以其人多灵智也,多神通也。今欧人之神通,亦可谓至矣。乘风也,驭风也,古神话家皆曰唯仙人能之,今则舟车皆运蒸汽而行。夫汽也者,非云而何?驾轻气球而腾空际,所谓气者,非风而何?是故气球可易名曰风球,汽舟、车可易名曰云舟、云车。

西方人能驭云驭风,又能驭电,以电寄书,以电传语,以电运机轮,以电代灯烛,几乎无物不用电。其去神话家所谓仙人有几?❶

以其文观之,“神话”已经成为谈仙说怪题材的固定称谓,被学界及广大民众所接受。而神话作为文化形式之一的文学的起源,这个观点也渐次从西方传播到中国,并被大部分学者所采用。鲁迅初撰《中国小说史略》,即参考日本东京大学盐谷温《支那文学概论讲话》中有关神话的论述❷,在第二篇“神话与传说”的细目提要中明确指出:“小说之渊源:神话。”并在文中有所论述:

志怪之作,庄子谓有齐谐,列子则称夷坚,然皆寓言,不足征信。《汉志》乃云出于稗官,然稗官者,职惟采集而非创作,“街谈巷语”自

❶ 孙宝瑄:《忘山庐日记》,上海古籍出版社,1983年,第822—823页。

❷ 1926年,陈源撰文指责鲁迅《中国小说史略》抄袭日本东京大学盐谷温所著《支那文学概论讲话》,鲁迅于是年2月1日撰《不是信》,澄清此事:“盐谷氏的书,确是我的参考书之一,我的《小说史略》二十八篇的第二篇,是根据它的,还有论《红楼梦》的几点和一张《贾氏系图》,也是根据它的,但不过是大意,次序和意见就很不同。”是文最初发表于1926年2月8日《语丝》周刊第65期,收入《华盖集续编》,见《鲁迅全集》第3卷,人民文学出版社,2005年,第244页。

> 生于民间，固非一谁某之所独造也，探其本根，则亦犹他民族然，在于神话与传说。[1]

鲁迅对此观点十分确信，并继续沿着这个方向探讨。1924 年 7 月鲁迅在西安讲学时，曾就中国小说的历史变迁等问题有过专门讲座，其中就涉及神话和小说的关系。讲稿经鲁迅本人修订后，分作六讲，收入西北大学出版部 1925 年 3 月印行的《国立西北大学、陕西教育厅合办暑期学校讲演集》(二)。鲁迅在这篇《中国小说的历史的变迁》讲稿的第一讲“从神话到神仙传”中又一次阐述了“小说起源于神话”的观点，其云：

> 至于现在一班研究文学史者，却多认小说起源于神话。因为原始民族，穴居野处，见天地万物，变化不常——如风，雨，地震等——有非人力所可捉摸抵抗，很为惊怪，以为必有个主宰万物者在，因之拟名为神；并想像神的生活，动作，如中国有盘古氏开天辟地之说，这便成功了“神话”。从神话演进，故事渐近于人性，出现的大抵是“半神”，如说古来建大功的英雄，其才能在凡人以上，由于天授的就是，例如简狄吞燕卵而生商，尧时“十日并出”，尧使羿射之的话，都是和凡人不同的。这些口传，今人谓之“传说”。由此再演进，则正事归为史；逸史即变为小说了。[2]

但是仔细阅读《中国小说史略》与《中国小说的历史的变迁》的相关章节，对于鲁迅为什么如此肯定神话是小说的起源，我们并不能发现确凿的论证。考虑到鲁迅在《中国小说史略》第一篇“史家对于小说之著录及论述”

---

[1] 《中国小说史略》，第 6 页。

[2] 《鲁迅全集》第 9 卷，第 312 页。

中，曾援引明代胡应麟《少室山房笔丛》中对于小说部分论述的一些观点（例如胡应麟将小说分作六类等），而《中国小说史略》全书的观点，尤其是对唐宋以前的小说，鲁迅的论述基本与胡应麟一致，则我们就鲁迅所云“志怪”“齐谐”，可以推断鲁迅意将所谓的神怪之说全部划入神话的范畴，而“志怪”“齐谐”又是鲁迅小说观念中小说形式的初期表现，所以进一步将神话作为小说的起源来看待。鲁迅的这个推理的逻辑主线正来自胡应麟。胡应麟认为：“《山海经》，古今语怪之祖。”❶又云：

> 古今志怪小说，率以祖夷坚、齐谐。然齐谐即《庄》、夷坚即《列》耳，二书固极诙诡，第寓言为近，纪事为远。汲冢《琐语》十一篇，当在《庄》《列》前，《束皙传》云“诸国梦卜妖怪相书”，盖古今小说之祖，惜今不传，《太平广记》有其目而引用殊寡。❷

但是胡应麟只说了《山海经》可以作为志怪类小说的最早作品，并没有说整个小说（例如他所认为小说六类中的其余五类）都来自志怪的源流。而志怪类的题材在某些方面，表现出与神话一致的特征，这就符合鲁迅使用来自西方的“神话”概念去框架整个中国小说的起源。因此，鲁迅的观点本质上是先去除胡应麟观点中的限定条件，再将胡应麟的观点放大，并进而代替全部六类小说。就研究方法与标准说，鲁迅的观点其实难逃混淆研究对象、模糊标准与拔高结论的嫌疑。

鲁迅“小说起源于神话”的观点影响了其后学界对于小说研究的走向。不少论著在涉及小说起源时，均直接采用鲁迅的观点作为论据，并加

---

❶ 《少室山房笔丛》卷三十二《四部正讹下》，第 314 页。

❷ 《少室山房笔丛》卷三十六《二酉缀遗中》，第 362 页。

以补充与丰富。如吴志达所著《中国文言小说史》认为："就散见于古籍的神话与传说来看，作为古小说的渊源之一当然是对的。"❶书中多举《中国小说史略》所举之例加以发挥，并强调："神话和传说，虽然还不能算是小说，但是从对以后小说发展的影响来看，神话是古小说的渊源，是毫无疑问的。"❷当然，也有部分学者注意到了"小说起源于神话"观点的不适用性，如日本京都大学小南一郎所著《中国的神话传说与古小说》❸，主要讲神话与小说之关系，所举《西京杂记》《神仙传》《汉武帝内传》等例皆为传统观念下的小说作品，但避开了小说是否起源于神话的问题。

即使在以叙事小说观念为标准的论著中，也有类似的处理方式。例如杨义《中国古典小说史论》将神话作为叙事小说的起源因素之一，但也仅论述二者关系："神话对小说的影响和子书的影响不同，后者偏重于文人气质，前者偏重于民间信仰和趣味，偏重于题材形态。"❹并未确定小说必然起源于神话。王枝忠《汉魏六朝小说史》也认为："今人说到小说的起源，都要提到神话传说，这的确有一定的道理。因为，虽然不能说小说起源于神话传说，但神话传说确实给小说提供过丰富的营养，促成了它的健康成长。"❺

有一部分学者对此作了进一步辨析。李剑国《唐前志怪小说史》对先唐时期志怪类小说的发展作了较为清晰的梳理，谈及志怪小说的起源时，认为："志怪小说的起源是志怪故事，志怪故事包括神话传说、宗教迷信传说和地理博物传说。"❻指称对象是严谨的，仅针对小说中的志怪类题材，

---

❶ 吴志达：《中国文言小说史》，齐鲁书社，1994年，第25页。

❷ 《中国文言小说史》，第31页。

❸ 〔日〕小南一郎著，孙昌武译：《中国的神话传说与古小说》，中华书局，1993年。

❹ 杨义：《中国古典小说史论》，中国社会科学出版社，2004年，第17页。

❺ 王枝忠：《汉魏六朝小说史》，浙江古籍出版社，1997年，第6页。

❻ 李剑国：《唐前志怪小说史》，天津教育出版社，2005年，第25页。

符合胡应麟《少室山房笔丛》的论述。并且，对于志怪起源于神话的观点，作了补充论述，在一定程度上纠正了胡应麟观点中的绝对性。其云：

> 一般小说史研究者都以为志怪发源于上古神话。这是片面的。诚然，上古神话是出现相当早的艺术形式，几乎可以成为一切文学艺术的渊薮。但是上古神话流传到后世的并不多，许多晚出的神话传说（仿神话）也并不产生在传说中的尧舜禹时期，要晚得多，而且由于各民族社会发展不平衡，有些民族的原始神话产生时代虽属原始社会，其时却已至西周春秋甚至战国秦汉，而在此期间，宗教迷信和地理博物传说都在广泛流传着，一齐酝酿着志怪小说，所以志怪小说的起源绝非上古神话一途。❶

研究对象的准确性明显优于鲁迅的泛指代称。苗壮则直接认为"神话并非小说源头"，鲁迅的研究方法是不合适的："研究中国古典小说，特别是研究其起源，不能机械地袭用传统目录学中'小说家'的观念，也不宜简单地照搬当代的或西方的小说理论，而必须考虑中国小说的发展实际，从实际出发。"❷因此，他的观点是：

> 不能低估神话的作用，但是必须承认上古神话只是口耳相传的"街谈巷语"，是口头文学，虽然其中亦有人物，有简单的故事，有想象虚构，但毕竟不同于书面创作的小说。这正与人们将话本归为小说，而视"说话"为曲艺的情况相似。神话从其产生到被文字记录，经过了漫长的时间，有大量流失，也有发展演进。它固然与小说的产生及

---

❶ 《唐前志怪小说史》，第 18 页。

❷ 苗壮：《笔记小说史》，浙江古籍出版社，1998 年，第 17 页。

> 发展有关，但并不直接，正如雨雪滋润大地，为江河提供水源，而非江河的源头一样。❶

虽然苗壮仍旧从叙事小说观念的研究标准出发，但指出了鲁迅“小说起源于神话”观点的致误之由是源自其研究方法的先天缺漏。

那么，小说究竟是否起源于神话呢？先看鲁迅《中国小说史略》所举之例。鲁迅所举“天地开辟之说”二例，其云：

> 天地混沌如鸡子，盘古生其中，一❷万八千岁。天地开辟，阳清为天，阴浊为地，盘古在其中，一日九变，神于天，圣于地。天日高一丈，地日厚一丈，盘古日长一丈，如此万八千岁，天数极高，地数极深，盘古极长。后乃有三皇。(《艺文类聚》一引徐整《三五历记》)
>
> 天地，亦物也。物有不足，故昔者女娲氏练五色石以补其阙，断鳌之足以立四极。其后共工氏与颛顼争为帝，怒而触不周之山，折天柱，绝地维，故天倾西北，日月星辰就焉，地不满东南，故百川水潦归焉。(《列子·汤问》)❸

这两个例子具有相对完整的叙事特征，符合鲁迅以西方叙事小说观念为标准的概念范畴。但这仅仅是鲁迅从《三五历记》与《列子》二书中剥离出的片段的特征，并且是在鲁迅带上西方叙事小说观念的有色眼镜后界定出的特征。而这两本书在成书时期，在大众视野里的性质又是什么呢？

---

❶ 《笔记小说史》，第 18 页。

❷ 按，据汪绍楹校本《艺文类聚》，无“一”字。是本以南宋“绍兴刻本为底本，校以诸明刻本及明刻校宋本”。[唐]欧阳询撰，汪绍楹校：《艺文类聚》卷一《天部上·天》，上海古籍出版社，1982 年，第 2 页。

❸ 《中国小说史略》，第 6—7 页。

《三五历记》是三国时期吴国的太常卿徐整所作，在《隋书·经籍志》中无载，在《旧唐书·经籍志》中著录于史部杂史类❶，在《新唐书·艺文志》中著录于史部杂史类❷。《列子》是战国初期列御寇和他的弟子们所作，一般认为成书于战国后期，在《汉书·艺文志》中著录于诸子略道家类❸，在《隋书·经籍志》中著录于子部道家类❹，在《旧唐书·经籍志》中著录于子部道家类❺，在《新唐书·艺文志》中著录于子部道家类❻。二书的整体特征在成书后均体现出认知的延续性，均有其稳定的类别归属，与神话的性质截然不同。虽然我们并不否认上述二书对神话的保存，但从研究的方法论看，如果仅从中截取所需的片段来体现定义的特征，研究方法与判断标准则无法保证一致，结论自然会有不当。

那么，排除叙事小说特征的判断标准，我们讨论神话究竟是否可以作为"小说家"小说的起源，得出的结论依然是否定的。上古的神话作品往往依附于各种文献资料，既有经部的，亦有史部的，更多的则存在于诸子文章之中，自然也就有一部分出现在诸子之中的"小说家"作品里。神话中体现的如虚构、叙事等特征，也是以上诸类文章特征的某些方面的具体表现，例如史传较多运用叙事手法、诸子文章偏爱虚构手法等来达到行文的目的，不管是记录史实还是说理应用。这样，神话的特征就与小说的特征在某些方面发生重合，但这些重合的表现特征却具有根本不同的性质，前者作为一种叙述的目的，对于神话本身体现出一种"道"的层面的考虑；而后者则只是一种为达到叙述目的而使用的手段，神话的内容仅作为一

❶ 《旧唐书》卷四十六，第 1996 页。
❷ 《新唐书》卷五十八，第 1465 页，作《三五历纪》。
❸ 《汉书》卷三十，第 1730 页。
❹ 《隋书》卷三十四，第 1001 页。
❺ 《旧唐书》卷四十七，第 2029 页。
❻ 《新唐书》卷五十九，第 1516 页。

种“技”的层面出现。

这样，我们再看小说中的某些片段，因为直接采用了或者说保存了一些神话，所以体现出部分神话的特征。但是这些表现特征属于交融的关系，而并非属于传承的关系。严格来说，我们只能将这种现象表述为，小说在其早期的形成与发展过程中，从某些角度看，在一定程度上体现出与神话相似的表现特征，而绝不能倒过来说，由于这种表现特征的相似性，小说就起源于神话。如果采用后者颠倒的逻辑，则只要包含了神话内容，或者说体现出一部分神话特征的经传史书、诸子文章，我们岂不都可以说其起源于神话？

第二节　诸子寓言非小说之起源

钱锺书在其小说《围城》中谈到方鸿渐与赵辛楣初去三闾大学教书时，感觉课堂教学效果不佳，又以讽刺的笔触写到“但是隔壁李梅亭的‘先秦小说史’班上，学生笑声不绝，自己的班上偏这样无精打采”❶，将两者进行了强烈的对比。钱锺书何以会用“先秦小说史”作为讽刺的对象？李梅亭的“先秦小说史”究竟又讲授了什么内容，使得钱锺书对此大为鄙薄？这就牵涉作为作者的钱锺书的小说观念，与作为《围城》中角色的李梅亭及其所代表的这个时代的小说观念，尤其是二者不同的先秦小说观念造成的讽刺效果。

对于这两个问题的解答，我们还需先回到钱锺书创作《围城》时的那个年代，看一看那个时候人们的小说观念是什么？那个时候人们理解的先秦小说是什么？伴随着新文化运动轰轰烈烈的开展，西方现代文学的

---

❶ 钱锺书:《围城》，生活 · 读书 · 新知三联书店，2002 年，第 225—226 页。

叙事小说观念进入了中国小说研究领域。中国的学者们以此为标准，并将研究的范围从清末以来的新兴小说上溯到中国古代小说。早在鲁迅撰《中国小说史略》之前，胡适即用西方叙事小说的标准对中国小说的观念和发展进行了界定与略说。1918 年 3 月 15 日，胡适在北京大学国文研究所小说科作了《论短篇小说》的演讲，由傅斯年记录，原载于 1918 年 3 月 22 日至 27 日《北京大学日刊》。后经胡适改定，发表于 1918 年 5 月 15 日《新青年》第 4 卷第 5 号。胡适首先在篇首对“短篇小说”作了界说：“短篇小说是用最经济的文学手段，描写事实中最精采的一段，或一方面，而能使人充分满意的文章。”[1]并举法兰西小说家都德（Daudet）的《最后一课》（La dernière class）和《柏林之围》（Le siège de Berlin）为例证。在此种研究标准之下，胡适介绍了中国的“短篇小说”发展史，将先秦诸子的寓言作为最早的短篇小说，并例举了《列子・汤问》中的“愚公移山”篇和《庄子・徐无鬼》中的“运斤成风”篇为证。对汉唐间许多杂记体的书，如《神仙传》《搜神记》《世说新语》等，胡适却不认为是短篇小说，只将叙事稍为完整的《桃花源记》纳入。特别应该注意的是，胡适认为诗歌中的叙事一类如《木兰辞》《上山采蘼芜》《石壕吏》《新丰折臂翁》《琵琶行》《长恨歌》等，应该和《虬髯客传》等同样作为短篇小说。从这里看，胡适完全借用了西方现代文学的叙事小说标准，将中国文学中的各类文体套入其中看其是否适用，而对中国小说发生的基本情况与独特性视而不见。这种以西学为宗的研究中国小说的方法及标准，就深深影响了新文化运动后中国小说研究的发展方向。

那么，《围城》中李梅亭讲授的“先秦小说史”为何使学生“笑声不绝”呢？如果按照班固在《汉书・艺文志》“小说家”中的作品著录，15 家小说

---

[1] 胡适：《论短篇小说》，《胡适文集》第 2 册，北京大学出版社，1998 年，第 104 页。

中只有前 9 家可能是先秦时期的作品，并且按照《汉书·艺文志》“小说家”小序所表现的特征看，这些小说作品都具有“小道”和“致远恐泥”的特性❶，体现出说理的一致性，缺乏叙事小说所具有的文学感染力。可见，李梅亭持有的先秦小说观念，必定不是从中国小说发展实际情况得出，而是借鉴了西方叙事小说的观念标准，这也正符合胡适所倡导的“短篇小说”观念。而先秦诸子寓言中的某些篇章，具有形象生动的描写，具有相对完整的叙事，能够使读者产生阅读的愉悦。再加上李梅亭授课时可能具有的风趣、幽默等课堂效果，则学生难免“笑声不绝”。

但是钱锺书为什么要讽刺李梅亭“先秦小说史”的讲授呢？这就必须考察钱锺书是否持有与胡适一致的小说观念？钱锺书曾经论述过刘勰《文心雕龙》“譬九流之有小说”❷的观点，反映出他对于中国古代小说观念的认识。其云：

> 然《雕龙·论说》篇推“般若之绝境”，《谐隐》篇譬“九流之小说”，而当时小说已成流别，译经早具文体，刘氏皆付诸不论不议之列，却于符、簿之属，尽加以文翰之目，当是薄小说之品卑而病译经之为异域风格欤？是虽决藩篱于彼，而未化町畦于此，又纪氏之所未识。小说渐以附庸蔚为大国，译艺亦复傍户而自有专门，刘氏默尔二者，遂使后生无述，殊可惜也。❸

钱锺书认为虽然当时小说发展已成“流别”之势，但刘勰《文心雕龙》却不录“小说”，最根本的原因在于“薄小说之品卑”。钱锺书又云：

---

❶ 《汉书》卷三十，第 1745 页。

❷ [南朝宋]刘勰著，范文澜注：《文心雕龙注》卷三《谐隐第十五》，人民文学出版社，1958 年，第 271 页。

❸ 钱锺书：《管锥编》，中华书局，1986 年，第 1157—1158 页。

> 当时记事之“笔”，得分三品：上者史传，如《宋书》、《南齐书》、裴子野《宋略》、昭明《陶渊明传》、江淹《自序传》；中者稗官小说，如刘敬叔《异苑》、吴均《齐谐记》，流品已卑；诉状等而更下，伧俗不足比数。❶

虽将稗官小说列入记事之笔的“中品”，但定性为“流品已卑”，强化了小说居于九流之末的认识。钱锺书的观点虽然还有可以商榷的地方，但基本反映出他持有的是一种以历代史志书目“小说”类著录标准为基础的小说观念，是传统的中国古代小说观念，与胡适所宣扬的叙事小说观念有本质的区别，自然也与李梅亭的“先秦小说”内容相抵触。钱锺书的小说观念来自中国小说的自身秉性，符合中国小说历史发展的实际情况，并不是用简单的概念去框定一个研究所需要的范围。因此，与其说钱锺书在《围城》中讥讽李梅亭的“先秦小说史”，不如说讥讽的是一种并非实事求是的学术研究方法。

那么，先秦时期的诸子寓言是否可以作为小说的起源呢？这个问题需要从两个方面考察。就胡适所举《庄子》与《列子》中寓言之例，根本落脚点在于这些篇章具有相对完整的叙事。这种寓言的指代对象与界定范畴就不再是如《庄子·寓言》篇中“寓言十九”❷所指，它的表达含义已经由庄子泛指的所有“寄托寓意的言论”❸，转而特指以叙事为主要表现特征，以寄托寓意、说明道理为目的的特定文体。从一篇完整的诸子文章中简单分离出某些具有上述因素的篇幅，直接作为小说的起源，则对象不明

---

❶ 《管锥编》，第1420页。

❷ 《庄子集释》卷九，第947页。

❸ 陈鼓应：《庄子今注今译》，中华书局，1983年，第727页。

确,而标准亦不能划一,即便是作为叙事小说的起源,最恰当的表述也只能说是促成叙事技巧发展的一种因素,而非起源。

另一方面,小说家作为诸子中的一种,虽位于九流之末,没有进入“可观者九家”❶的序列,但在学术类别的归属上依然与儒家、道家等显者并列,也没有从属纳入某一家的体系之中。诸子学术体系在发展中也会吸收各家的有益之道,这就会使得体系的某一方面呈现出相对贴近的特征。即使在各自独立发展的过程中,由于宏观时代背景及学说依赖的生存环境又有同一性,则在某些方面亦有可能产生相似的表述方式,呈现相似的局部特征。因此,我们并不能因为诸子寓言以说明道理为目的,而小说亦有“小道”❷的核心特征,就将二者混为一谈。我们甚至不能说小说家借鉴了诸子(如道家的庄子)文章的表现手法,因为小说家表现“小道”是目的,而在庄子那里,这种说理主要作为手段而运用。前者基于“道”的层面,后者基于“技”的层面。如果将二者各自作为一个圆圈表现,则诸子文章在一个平面,而小说在另一个平行于前者的平面。当我们从纵向观察,则两个圆圈的投影有重合的部分,也就是所谓的“寓言”造成的表现效果,但这个投影绝不在同一平面,因此实际上是两回事。从这个角度看,诸子寓言不是中国古代小说的起源。

当然,如果从研究中国叙事小说发展的角度看,运用胡适或李梅亭持有的小说标准,在一定程度上也是可行的。这就必须将研究的重点落在叙事技巧的层面,并由此上溯,自然也就包括了某些史传的书写传统。由于并非本文所关注,这里不展开讨论。但是我们必须强调的是,运用这样的标准,首先得作好研究对象与范围的界定。例如,石昌渝在其《中国小说源流论》的第一章第一节就对此作了交待:“本书所论述的小说是作为

---

❶ 《汉书》卷三十,第 1746 页。
❷ 《汉书》卷三十,第 1745 页。

散文体叙事文学的小说，与传统目录学的概念划清界限。唐前的志怪志人小说，只是小说的孕育形态，唐代传奇小说是小说文体的发端，唐以后凡追随班固所谓的小说学的后尘，以实录为己任的丛残小语、尺寸短书，均不在本书论述之列。”❶使得读者不会将两种不同的小说观念发展脉络混淆，从而误以为中国古代小说观念与西方叙事小说观念的发展完全一致。如果不在研究深入之前作出界定，则难免会发生研究对象错杂、研究标准不一、研究结论迥异的情况。自鲁迅《中国小说史略》成书之后，直到当代的一系列中国古代小说论著，大多未能注意这一点，所得论断自然也就会出现偏差，而读者阅读后难免也就会产生传统定义下的中国古代小说与中国叙事小说乃至西方叙事小说同源同流的误解。

第三节 先秦小说的面貌与特征

要想准确认识先秦时期小说的真正面貌与特征，最好的方法莫过于从文献出发，从当时的小说观念与范畴去考察。由于先秦时期小说文献的大量散佚，我们必须再借助于其他最贴近先秦时期的文献资料，才能较为准确地恢复先秦小说的初期体系建构，定义先秦时期在整个小说发展史上的重要性。

有助于先秦时期小说体系形成的最重要因素，就是出现了“小说”这个语词。《庄子·外物》篇云：

> 任公子为大钩巨缁，五十犗以为饵，蹲乎会稽，投竿东海，旦旦而钓，期年不得鱼。已而大鱼食之，牵巨钩，錎没而下，骛扬而奋鬐，白

---

❶ 石昌渝：《中国小说源流论》，生活·读书·新知三联书店，1994年，第12页。

> 波若山，海水震荡，声侔鬼神，惮赫千里。任公子得若鱼，离而腊之，自制河以东，苍梧已北，莫不厌若鱼者。已而后世辁才讽说之徒，皆惊而相告也。夫揭竿累，趣灌渎，守鲵鲋，其于得大鱼难矣。饰小说以干县令，其于大达亦远矣，是以未尝闻任氏之风俗，其不可与经于世亦远矣。❶

鲁迅《中国小说史略》第一次介绍了“饰小说以干县令”的语词来源，并加以论说：“然案其实际，乃谓琐屑之言，非道术所在，与后来所谓小说者固不同。”❷学界至今对于“县令”“大达”等相关表述的讨论已经很多了，基本形成了此“小说”非后世小说的一致看法。这里不再作过多辨析，只就学界较少关注的两个方面略作陈述。

第一，在研究小说的语词概念与类别时，应将此处的“小说”与《庄子》中的“志怪”一词联系考察。《庄子·逍遥游》篇云：“《齐谐》者，志怪者也。《谐》之言曰：……”❸对于此句的点读，学界一般分两种观点。一种观点认为“齐谐”指的是人名，如司马彪注云：“齐谐，人姓名。”❹崔譔也持此种看法。❺俞樾略作分析，其云：“按下文谐之言曰，则当作人姓名为是。若是书名，不得独称谐。”❻另一种观点认为“齐谐”指的是书名。如梁简文帝注云：“书名。”❼林纾认为：“鄙见既名为谐为志，则言书为当。”❽朱桂曜针对俞樾的观点，提出不同看法，他认为：

---

❶ 《庄子集释》卷九，第925页。
❷ 《中国小说史略》，第1页。
❸ 《庄子集释》卷一，第4页。
❹ 刘武：《庄子集解内篇补正》，中华书局，1987年，第3页。
❺ ［唐］陆德明撰，黄焯断句：《经典释文》卷二十六，中华书局，1983年，第360页。
❻ ［清］俞樾：《庄子人名考》，《俞楼杂纂》卷二十九，光绪九年重定本，第1015页。
❼ 《庄子集解内篇补正》，第3页。
❽ 林纾编纂：《庄子浅说》，华正书局有限公司，1985年，第7—8页。

曜案：俞说非是，谐即讔也，亦作隐，《文心雕龙》有《谐隐篇》，以为文辞之有谐讔，譬九流之有小说；《汉书·艺文志》杂赋末，列《隐书》十二篇，盖以其辞夸诞，于赋为近。齐谐者，盖即齐国谐隐之书。《新序·杂事第二》记无盐女事云："王曰：'虽然，何喜？'良久，曰：'窃尝喜隐。'王曰：'隐固寡人之所愿也，试一行之。'言未卒，忽然不见矣。宣王大惊，立发隐书而读之，退而惟之，又不能得，明日复更召而问之，又不以隐对，但扬目衔齿，举手拊肘，曰：'殆哉！殆哉！'如此者四。"无盐女行踪怪异，对谈之顷，忽然不见，宣王乃发隐书而验之，是隐书者亦记怪异之事。《史记·滑稽列传》谓齐威王喜隐，《战国策·齐一》《新序·杂事第二》载客以海大鱼谏靖郭君，是齐盛有此风。《吕氏春秋·重言篇》《史记·楚世家》及《新序·杂事第二》均载楚庄王好隐，又《史记·滑稽列传》载优孟谏楚庄王，《列女传·辩通传》载庄侄谏楚襄王，均以谐隐，是楚亦有此风。庄子生于齐楚之间，故得习闻其说也。其后秦之优旃（见《史记·滑稽列传》）、汉之东方朔（见《汉书·东方朔传》）均以滑稽著闻，滑稽者，姚察云："犹俳谐也，滑读如字，稽音计也，以言谐语滑利，其知计疾出，故云滑稽也。"是谐与滑稽，义亦相通。❶

又转引罗勉道注语佐证其观点："齐谐者，齐人谐谑之言。孟子曰：'齐东野人之语。'则齐俗宜有此，谐谑之言曰者，谐谑之书所言也，庄子自多怪诞，却谓齐谐为志怪，亦是滑稽处。"❷论证颇为有力。刘武也认为：

言《齐谐》者，记载怪异之事者也。以作书名为允。俞樾云："按

❶ 朱桂曜：《庄子内篇证补》，商务印书馆，1935 年，第 5—6 页。
❷ 《庄子内篇证补》，第 6 页。

> 下文‘谐之言曰’，若是书名，不得但称谐。”然《文心雕龙》有《谐隐篇》，是谐即隐也。刘向《新序》，言齐宣王发隐书而验之。《齐谐》，即隐书之类，亦即齐之谐书也。书名《谐》，何得不可但称《谐》乎？[1]

笔者亦认为“齐谐”作为书名理解更为适合。齐国谐隐之书，以志怪为主要题材，则志怪之书在先秦时期就已经存在。把志怪题材作为主要表达内容的谐隐之书，此时已是一种独立的文体，即使先秦小说已经具有相对完整的的体系构建，谐隐之书也并不在先秦小说的范畴之内。进一步考察，刘勰《文心雕龙·谐隐》篇将谐、隐作为独立的文体讨论而未单独列出小说，则我们可以认为从先秦至唐代较长一段时期内，志怪也从未作为小说观念与体系的构成因素。那么，小说与志怪在先秦时期已然出现，并且呈现出两条不同的发展脉络。

第二，从《庄子》对涉及“小说”的相关部分的描述，如作为“小说”的传播者“轻才讽说之徒”、作为“小说”的社会功用性离“大达”与“经于世”的标准“亦远矣”等，联系《汉书·艺文志》中“小说家”小序对于小说体系的描述，我们可以发现，虽然小说体系的基本建构在汉代才确定，但这个体系的相关构成要素，在先秦时期已经孕育萌芽。《汉书·艺文志》“诸子略”中第十家“小说家”小序云：

> 小说家者流，盖出于稗官。街谈巷语，道听途说者之所造也。孔子曰：“虽小道，必有可观者焉，致远恐泥，是以君子弗为也。”然亦弗灭也。闾里小知者之所及，亦使缀而不忘。如或一言可采，此亦刍荛狂夫之议也。[2]

---

[1] 《庄子集解内篇补正》，第 3—4 页。

[2] 《汉书》卷三十，第 1745 页。

我们知道，小说观念并非一朝一夕就能形成，汉代的小说体系也源自对之前小说观念的继承与发展。《汉书·艺文志》作为班固参考了刘向、刘歆父子《七略》，对先秦至汉代典籍的梳理与汇总，虽然与先秦时期相隔了至少200年，大部分体现的也是汉代的观念认知，但基本可以作为一种先秦时期学术观念的参照，是现存最为贴近先秦时期的、最有系统的理论总结。从这篇小序体现的汉代小说观念中，就能发现其对之前小说观念、譬如《庄子》"小说"语词等的继承之处。首先，《汉书·艺文志》所云"街谈巷语，道听途说者"，指出小说的创作来源与传播方式，来自普通社会生活的基础层面。这在《庄子》中，就体现为作为"小说"传播者角色的"辁才讽说之徒"，一定意义上，这种传播者还具有"之所造"的另一种功能，即对"小说"原始表述的再加工、再创作，因此才使"小说"具有可以使人"惊"的效用，可以"相告"的价值。其次，《汉书·艺文志》所引子夏语"小道"，"致远恐泥，是以君子弗为也"，指出了小说社会功用性的先天不足，是偏离儒家正统价值方向的分支，因此即使具有一定教化意义，也是"刍荛狂夫之议"。这在《庄子》中，正是"其于大达亦远矣"，"其不可与经于世亦远矣"的准确表述，将这种"小说"的社会功用作为主流价值标准的附属而评价不高。从这两个方面来说，汉代小说体系的理论表述，无论在小说的创作层面、传播层面，还是在作品的社会功用层面，无一不体现出对先秦时期小说观念因素的继承与发展。因此从相反的角度看，虽然《庄子》中出现的"小说"仅仅是个语词概念的表达，但依然可以反映出先秦小说体系的形成与观念要素的发展。

先秦诸子中的荀子也谈到了小说。《荀子·正名篇》云：

凡人莫不从其所可，而去其所不可。知道之莫之若也，而不从道者，无之有也。假之有人而欲南无多，而恶北无寡，岂为夫南者之不

> 可尽也,离南行而北走也哉?今人所欲无多,所恶无寡,岂为夫所欲之不可尽也,离得欲之道而取所恶也哉?故可道而从之,奚以损之而乱!不可道而离之,奚以益之而治!故知者论道而已矣,小家珍说之所愿皆衰矣。❶

虽然荀子并未直接使用“小说”的语词称谓,但我们可以推知“小家珍说”其实指的就是小说。荀子在阐述其学说时,往往对宋、墨之学说有所指摘。如《荀子·非十二子篇》云:“不知壹天下,建国家之权称,上功用、大俭约而僈差等,曾不足以容辨异、县君臣,然而其持之有故,其言之成理,足以欺惑愚众,是墨翟、宋钘也。”❷又,《荀子·正论篇》云:“今子宋子严然而好说,聚人徒,立师学,成文曲,然而说不免于以至治为至乱也,岂不过甚矣哉!”❸故唐代的杨倞在“小家珍说之所愿皆衰矣”句后注曰:“知治乱者,论合道与不合道而已矣,不在于有欲无欲也。能知此者,则宋、墨之家自珍贵其说,愿人之去欲、寡欲者皆衰矣。”❹《汉书·艺文志》“诸子略”中第十家“小说家”著录《宋子》十八篇,而其他诸子类中并未著录。班固在题下自注曰:“孙卿道宋子,其言黄老意。”❺可见,在汉人对先秦时期典籍梳理与总结的观念中,《宋子》虽然体现出一定的黄老之意,但主体却落在小说之道上,这也说明了诸子学说的交叉影响。余嘉锡撰《小说家出于稗官说》,对此有云:

> 意者宋子“率其群徒,辩其谈说,明其譬称”,不免如桓谭所谓“合

---

❶ 《荀子集解》卷十六《正名篇第二十二》,第 429 页。

❷ 《荀子集解》卷三《非十二子第六》,第 92 页。

❸ 《荀子集解》卷十二《正论篇第十八》,第 345 页。

❹ 《荀子集解》卷十六《正名篇第二十二》,第 429—430 页。

❺ 《汉书》卷三十,第 1744 页。

从残小语，近取譬论，以作短书”欤。盖宋子之说，强聒而不舍，使人易厌，故不得不于谈说之际，多为譬喻，就耳目之所及，摭拾道听途说以曲达其情，庶几上说下教之时，使听者为之解颐，而其书遂不能如九家之闳深，流而入于小说矣。若其明见侮不辱而以人之情欲为寡，则桓谭所谓“治身理家有可观之辞”也。[1]

是论严密，基本说明了《宋子》一书居于“小说家”类的理由。综上可知，刘向、刘歆、班固等人所代表的汉代小说观念中，对于《宋子》的理解与判定，沿袭了荀子的观点。那么，我们有理由相信，荀子眼中的“小家珍说”，正是如《宋子》之类的小说。

《汉书・艺文志》“小说家”类著录了从先秦到两汉时期的十五家小说作品，其中前九家大抵归属于先秦时期的作品。如下：

《伊尹说》二十七篇。（其语浅薄，似依托也。）
《鬻子说》十九篇。（后世所加。）
《周考》七十六篇。（考周事也。）
《青史子》五十七篇。（古史官记事也。）
《师旷》六篇。（见《春秋》，其言浅薄，本与此同，似因托之。）
《务成子》十一篇。（称尧问，非古语。）
《宋子》十八篇。（孙卿道宋子，其言黄老意。）
《天乙》三篇。（天乙谓汤，其言非殷时，皆依托也。）
《黄帝说》四十篇。（迂诞依托。）[2]

---

[1] 余嘉锡：《小说家出于稗官说》，《余嘉锡论学杂著》，中华书局，2007 年，第 275 页。
[2] 《汉书》卷三十，第 1744 页。括号内为班固自注。

余嘉锡认为：“十五家之中，自《伊尹说》至《黄帝说》，凡九家，皆先秦以前书，自《封禅方说》以下六家，则武帝以后书也。”❶苗壮亦持相同观点。❷也有一些学者持不同意见，王瑶撰《小说与方术》一文，认为：“前九种既为依托，最早也只能是战国末期的作品，其中自有不少出于汉人的。”❸王枝忠发挥了这种观点，他认为：“十五种小说作品中，有六种明显是汉代人所作；另九种也不是先秦人所作，乃系战国末至秦汉间人所假托，严格说来，也可以归在汉代人小说名下。”❹并进一步认为：“在班固看来，真正称得上出自先秦的著作就只剩下《周考》《青史子》和《宋子》三种。实际上这三种也并没有什么坚实有力的证据表明确是作于先秦时期。”❺罗宁以《黄帝说》一书为考察对象，认为其书为“汉武帝时的方士伪托之作”，又进一步认为：“它之前的八种小说则也有可能出于汉代，甚或就是武帝之时，不一定如余嘉锡所言出于先秦。只不过因为这九种小说大多依托古人之名，故将其排列在前，且不录作者名（可能还有一个原因，即多数伪造者或献书者之名到刘向、班固时已不可知）。”❻

笔者以为，在无确凿文献资料佐证的情况下，尽管有班固作出的对前九家诸如“其语浅薄，似依托也”“后世所加”“其言浅薄……似因托之”“非古语”“皆依托也”“迂诞依托”等注语，我们也不能断然就说这九家小说一定不是先秦之书。按照刘向、刘歆校书之例，我们只能说这九家小说的整理与再创作，有可能最后完成并成书于汉代，而其中的内容或某些文本，应该产生于先秦时期。我们不应仅因为其最后完成于汉代，就否认了之

---

❶ 《小说家出于稗官说》，《余嘉锡论学杂著》，第 271 页。
❷ 《笔记小说史》，第 30 页。
❸ 王瑶：《小说与方术》，《中古文学史论》，北京大学出版社，1986 年，第 102 页。
❹ 《汉魏六朝小说史》，第 25 页。
❺ 《汉魏六朝小说史》绪论，第 4 页。
❻ 罗宁：《〈黄帝说〉及其他〈汉志〉小说》，《汉唐小说观念论稿》，巴蜀书社，2009 年，第 240 页。

前的创作。以下对先秦时期的九种小说略作讨论。

《伊尹说》，检《史记·司马相如列传》“于是乎卢橘夏孰”句下，《索隐》曰：“应劭曰：‘《伊尹书》“果之美者，箕山之东，青鸟之所，有卢橘，夏孰”。’”❶而据《汉书·艺文志》著录，并无《伊尹书》，除去著录于“小说家”类的《伊尹说》，只有“诸子略”中“道家”类著录“《伊尹》五十一篇”，题下班固自注：“汤相。”❷那么，司马贞《史记索隐》援引应劭所云之书，究竟为哪一种？今人往往依据许慎《说文解字》“栌”与“秏”字下引“伊尹”佚文，以为《伊尹》《伊尹书》乃一书，疑即《汉书·艺文志》“小说家”类著录之《伊尹说》，实误。《说文解字》“栌”字下，许慎引曰：“《伊尹》曰：‘果之美者，箕山之东，青凫之所，有栌橘焉，夏孰也。’”❸“秏”字下，许慎引曰：“《伊尹》曰：‘饭之美者，玄山之禾，南海之秏。’”❹这两条佚文又见《吕氏春秋·本味》篇。其云：

> 汤得伊尹，祓之于庙，爝以爟火，衅以牺猳。明日，设朝而见之，说汤以至味，汤曰：“可对而为乎？”对曰：“君之国小，不足以具之，为天子然后可具。夫三群之虫，水居者腥，肉玃者臊，草食者膻，臭恶犹美，皆有所以。凡味之本，水最为始。五味三材，九沸九变，火为之纪。时疾时徐，灭腥去臊除膻，必以其胜，无失其理。调和之事，必以甘酸苦辛咸，先后多少，其齐甚微，皆有自起。鼎中之变，精妙微纤，口弗能言，志不能喻。若射御之微，阴阳之化，四时之数。故久而不弊，熟而不烂，甘而不哝，酸而不酷，咸而不减，辛而不烈，澹而不薄，肥而不𦢈。肉之美者：猩猩之唇，獾獾之炙，隽觾之翠，述荡之掔，旄

❶ [汉]司马迁撰，[南朝宋]裴骃集解，[唐]司马贞索隐，[唐]张守节正义：《史记》卷一百一十七，中华书局，1959 年，第 3029 页。

❷ 《汉书》卷三十，第 1729 页。

❸ [汉]许慎撰：《说文解字》卷六上，中华书局，1963 年，第 120 页。

❹ 《说文解字》卷七上，第 144 页。

象之约。流沙之西，丹山之南，有凤之丸，沃民所食。鱼之美者：洞庭之鱄，东海之鲕。醴水之鱼，名曰朱鳖，六足，有珠百碧。雚水之鱼，名曰鳐，其状若鲤而有翼，常从西海夜飞，游于东海。菜之美者：昆仑之蘋，寿木之华。指姑之东，中容之国，有赤木玄木之叶焉。余瞀之南，南极之崖，有菜，其名曰嘉树，其色若碧。阳华之芸。云梦之芹。具区之菁。浸渊之草，名曰土英。和之美者：阳樸之姜，招摇之桂，越骆之菌，鳣鲔之醢，大夏之盐，宰揭之露，其色如玉，长泽之卵。饭之美者：玄山之禾，不周之粟，阳山之穄，南海之秬。水之美者：三危之露；昆仑之井；沮江之丘，名曰摇水；曰山之水；高泉之山，其上有涌泉焉，冀州之原。果之美者：沙棠之实；常山之北，投渊之上，有百果焉，群帝所食；箕山之东，青岛之所，有甘栌焉；江浦之橘；云梦之柚。汉上石耳。所以致之，马之美者，青龙之匹，遗风之乘。非先为天子，不可得而具。天子不可强为，必先知道。道者止彼在己，己成而天子成，天子成则至味具。故审近所以知远也，成己所以成人也。圣人之道要矣，岂越越多业哉！”❶

伊尹的这一段事迹在《史记》中亦有记载。《史记·殷本纪》云：“伊尹名阿衡，阿衡欲奸汤而无由，乃为有莘氏媵臣，负鼎俎，以滋味说汤，致于王道。”❷综合应劭所云《伊尹书》、许慎引《伊尹》文字与《吕氏春秋·本味》篇全貌，当源出一书，但并非道家《伊尹》五十一篇之书。严可均辑《全上古三代文》，认为这一篇文字“疑即小说家之一篇。《孟子》‘伊尹以割烹要汤’，谓此篇也”❸。余嘉锡亦对此考证，并引翟灏《四书考异》之论证佐其

❶ [战国]吕不韦著，陈奇猷校释：《吕氏春秋新校释》卷第十四《孝行览·本味》，上海古籍出版社，2002年，第745—746页。

❷ 《史记》卷三，第94页。

❸ [清]严可均编：《全上古三代秦汉三国六朝文·全上古三代文》卷一，中华书局，1958年，第30页。

观点。其云：

> 古书所引黄帝、成汤、伊尹、师旷语，未必出于小说家。王应麟《汉志考证》，以贾谊书及《史记》所称汤曰，为天乙书，殊无以见其必然也。然谓《吕氏春秋·本味》篇，为出于小说家之《伊尹说》，则甚确。翟灏《四书考异》条考三十一曰："案，吕不韦书，有《本味》一篇，言有侁氏得婴儿于空桑之中，令烰人养之，是为伊尹。汤请有侁为婚，有侁伊尹为媵送女。尹说汤以至味，极论水火调剂之事，周举天下鱼肉之美，菜果之美，和之美，饭之美，水之美者，而云非为天子不得具，割烹要汤之说，无如此篇之详尽者。其文若'果之美者，箕山之东有卢橘'，应劭《史记》注引之；'饭之美者，元山之禾，南海之秏'，许慎《说文》引之。所称书目，俱曰《伊尹》，不曰《吕览》。考班固《艺文志》，有《伊尹》二十七篇，列于小说家，盖吕氏聚敛群书为书，所谓《本味》篇，乃剟自《伊尹说》中，故汉人之及见原书者，犹标著其原目如此。"观翟氏所考，益足证明王说之确矣。《汉志》道家别有《伊尹》五十一篇，注云"汤相"，不言其依托，知此等浅薄之说，必出于小说家，非道家之《伊尹》书也。❶

可见，《伊尹》与《伊尹说》并非一书。《索隐》引"果之美者"与《吕氏春秋·本味》所引"果之美者"等四节性质相同，论述水始火纪、肉鱼饭果之美，符合"街谈巷语""闾里小知者之所及"❷的《汉书·艺文志》"小说家"特征。《伊尹》是伊尹论道的核心著述，而《伊尹说》则为论道而"说"的

---

❶ 《小说家出于稗官说》，《余嘉锡论学杂著》，第271—272页。

❷ 《汉书》卷三十，第1745页。

余文遗事,故《伊尹书》与《伊尹说》应为一书,《伊尹》另为一书。《索隐》引书应为《伊尹书》或《伊尹说》,而许慎《说文》所引《伊尹》当为《伊尹说》之略称。

《鬻子说》,与《伊尹说》的情况大抵仿佛。刘勰《文心雕龙·诸子》篇云:"至鬻熊知道,而文王谘询;余文遗事,录为《鬻子》。子自肇始,莫先于兹。"❶而《汉书·艺文志》"道家"类另著录有"《鬻子》二十二篇",题下班固自注:"名熊,为周师,自文王以下问焉,周封为楚祖。"❷则《鬻子》应当是鬻熊论道的核心著述,而《鬻子说》则为论道而"说"的"余文遗事"。可见,《鬻子说》即使"后世所加",也极有可能与《伊尹说》相似,是鬻子的语录或者以鬻子为主要叙述人物。是书在《隋书·经籍志》子部小说类中已无著录,其时当已亡佚。《旧唐书·经籍志》丙部子录小说家类中著录"《鬻子》一卷",题下注曰"鬻熊撰"❸,应是《旧唐书》误将道家之书归入小说类,故《新唐书·艺文志》只在丙部子录道家类著录"《鬻子》一卷",题下注曰"鬻熊"❹,而小说家类并未著录。

《周考》,《隋书·经籍志》后已无相关著录,据余嘉锡考证,现在"已无一字之存"❺。《青史子》,在南朝萧梁时期依然可见。刘勰《文心雕龙·诸子》篇对《汉书·艺文志》中诸子十家曾有评述:"孟轲膺儒以磬折,庄周述道以翱翔,墨翟执俭确之教,尹文课名实之符,野老治国于地利,驺子养政于天文,申商刀锯以制理,鬼谷唇吻以策勋,尸佼兼总于杂术,青史曲缀以街谈。"❻可见,刘勰在撰写《文心雕龙》时曾读过这本书,并且能概括出这本书的性质特点为"曲缀以街谈"。《隋书·经籍志》子部小说类

❶❻ 《文心雕龙注》卷四《诸子第十七》,第 308 页。
❷ 《汉书》卷三十,第 1729 页。
❸ 《旧唐书》卷四十七,第 2036 页。
❹ 《新唐书》卷五十九,第 1514 页。
❺ 《小说家出于稗官说》,《余嘉锡论学杂著》,第 272 页。

“《燕丹子》一卷”题下附注曰：“梁有《青史子》一卷；又《宋玉子》一卷、录一卷，楚大夫宋玉撰；《群英论》一卷，郭颁撰；《语林》十卷，东晋处士裴启撰。亡。”❶则此书在初唐时期已经亡佚。马国翰《玉函山房辑佚书》据《大戴礼记》、贾谊《新书》辑得佚文两条，一为“胎教”，一为“巾车教”❷；丁晏《佚礼扶微》辑得佚文两条，一为“胎教”，一为“鸡祀”❸。鲁迅综合马国翰、丁晏二人所辑，据《大戴礼记》、贾谊《新书》、《风俗通义》辑得佚文三条，收入《古小说钩沉》。❹章学诚《校雠通义》对《周考》《青史子》二书居于小说类提出疑义，其曰：

> 小说家之《周考》七十六篇，《青史子》五十七篇，其书虽不可知，然班固注《周考》云“考周事也”。注《青史子》云“古史官纪事也”。则其书非《尚书》所部，即《春秋》所次矣。观《大戴礼·保傅》篇引青史氏之记，则其书亦不侪于小说也。❺

鲁迅《中国小说史略》似乎也受到了章学诚的观点影响，认为《青史子》“遗文今存三事，皆言礼，亦不知当时何以入小说”。❻其实，这正是先秦小说乃至汉代小说观念的重要特点，即以事说理，利用一切表现手法来达到“小道”的功用性。所以，汉代的桓谭才会从与《汉书·艺文志》不同的关注角度，侧重讨论小说创作技巧层面的一些特点，其云：“若其小说家，合丛残

---

❶ 《隋书》卷三十四，第 1011 页。

❷ [清]马国翰辑：《玉函山房辑佚书》卷七十五，清光绪九年癸未长沙嫏嬛馆补校刻本，第 34—39 页。

❸ [清]丁晏辑：《佚礼扶微》，《续修四库全书》第 110 册，上海古籍出版社，2002 年，第 620—621 页。另，此书又有北京图书馆出版社 2003 年版《古籍佚书拾存》，殷梦霞等编，所用底本为清光绪十四年南菁书院丛书本，较好。

❹ 鲁迅校录：《古小说钩沉》，济南：齐鲁书社，1997 年，第 1—2 页。

❺ 《校雠通义》卷三《汉志诸子第十四》，第 1049 页。

❻ 《中国小说史略》，第 14 页。

小语，近取譬论，以作短书，治身理家，有可观之辞。”❶余嘉锡也对章学诚的观点提出商榷。其云：

> 章学诚《校雠通义·汉志诸子》篇，因谓其书“不当侪于小说”。不知此正桓子所谓“治身理家有可观之辞”也，此不得侪于小说，岂必如《洞冥》《搜神》之类，然后得为小说耶？《风俗通义·祀典》篇曰：“《青史子》书说，鸡者，东方之牲也，岁终更始，辨秩东作，万物触户而出，故以鸡祀祭之。”以此推之，其书必多此等丛残小语，故所记虽有关于礼教，特识小之类耳。❷

所以，回归先秦小说的特征指向，这两种书正体现出中国小说观念在形成初期的面貌。

《师旷》，在《汉书·艺文志》“兵书略”中“兵阴阳家”类，另有著录“《师旷》八篇”，班固在题下自注“晋平公臣”。❸师旷其人，多见于《左传》，为晋平公瞽师，《国语》《吕氏春秋》《孟子》《史记》都有记述。是书散佚时间较早，卢文晖曾对师旷事加以辑注，编成《师旷——古小说辑佚》，辑得师旷事三十三则。但他也承认，由于持小说标准的不同，“本书所录师旷之事，有的可能出自阴阳家《师旷》，若是，我们仍然可以把它当作小说看。因为阴阳家的著作中保存了大量的神话故事，班固认为‘阴阳者，顺时而发，推刑德，随斗击，因五胜，假鬼神而为助者也’”❹。因此，此本与小说家《师旷》书原貌性质还有一定差别。据班固自注，《师旷》“其言浅薄”，但与《春

---

❶ 《文选》卷三十一李善注引，第1453页。

❷ 《小说家出于稗官说》，《余嘉锡论学杂著》，第273页。

❸ 《汉书》卷三十，第1760页。

❹ 卢文晖辑注：《师旷——古小说辑佚》前言，上海古籍出版社，1985年，第3页。

秋》中相关内容相似,"本与此同",因此也可属于《春秋》一类的资料汇编。

《务成子》,在《汉书·艺文志》"数术略"中"五行家"类另有著录"《务成子灾异应》十四卷"❶、"方技略"中"房中家"类另有著录"《务成子阴道》三十六卷"❷。相传尧舜时期,尧曾问政于务成子,《务成子》当为相关内容。《荀子·大略篇》云:"舜曰:'维予从欲而治。'故礼之生,为贤人以下至庶民也,非为成圣也,然而亦所以成圣也。不学不成:尧学于君畴,舜学于务成昭,禹学于西王国。"杨琼注引《尸子》曰:"务成昭之教舜曰:避天下之逆,从天下之顺,天下不足取也。避天下之顺,从天下之逆,天下不足失也。"❸《史记·孟子荀卿列传》"楚有尸子、长卢"句下,裴骃《集解》曰:"刘向《别录》曰:'楚有尸子,疑谓其在蜀。今按《尸子书》,晋人也,名佼,秦相卫鞅客也。卫鞅商君谋事画计,立法理民,未尝不与佼规之也。商君被刑,佼恐并诛,乃亡逃入蜀。自为造此二十篇书,凡六万言。卒,因葬蜀。'"❹则《尸子》成书当在商鞅变法后,钱穆《先秦诸子系年》对尸佼活动时期亦有考订。❺综上,《尸子》书所引务成昭之语,若出自《务成子》书,是书必为先秦之书。

《宋子》,前文已有论述,此不赘述,只略谈一下佚文的辑录情况。马国翰辑《玉函山房辑佚书》,取《庄子·天下》篇文字,辑得《宋子》一卷。❻郭沫若撰《宋钘尹文遗著考》,认为《管子》中的《心术》篇、《内业》篇都是宋子一派的著作,并进一步考订《吕氏春秋》中的《去尤》篇和《去宥》篇,保存了小说《宋子》的佚文。其云:

---

❶ 《汉书》卷三十,第1768页。

❷ 《汉书》卷三十,第1778页。

❸ 《荀子集解》卷十九《大略篇第二十七》,第489页。

❹ 《史记》卷七十四,第2349页。

❺ 钱穆:《先秦诸子系年》卷三,中华书局,1985年,第272—273页。

❻ 《玉函山房辑佚书》卷七十五,第40—44页。

> 宋钘在《尸子·广泽篇》又误为料子，言“墨子贵兼，孔子贵公，皇子贵衷，田子贵均，列子贵虚，料子贵别囿。其学之相非也数世矣，而已皆揜于私也。”别囿即别宥。其遗说尚保存于《吕氏春秋·去尤》与《去宥》二篇。
>
> “夫人有所宥者，固以昼为昏，以白为黑，以尧为桀。宥之为败亦大矣。亡国之主其皆甚有所宥耶？故凡人必别宥然后知。别宥则能全其天矣。”(《去宥》)
>
> “世之听者多有所尤，多有所尤则听必悖矣。所以尤者多故，其要必因人所喜与因人所恶。东面望者不见西墙，南乡(向)视者不睹北方，意有所在也。”(《去尤》)
>
> 准此可知尤与宥均系囿之假借。《吕氏》书乃杂集他人成说而成，此二篇明系一篇之割裂，殆系采自宋子《小说》十八篇之一。别囿即别宥，则料子自即为宋子，料乃钘之讹。准匡章称章子，陈仲称仲子，尹文称文子之例，则宋钘自可称为钘子，钘与料字形是极相近的。❶

笔者认为郭沫若所论还需谨慎处理。诸子各家学说往往有交叉，观点亦有相似之处。如无其他资料佐证，此二条文字是否可以阑入小说书《宋子》，存疑为宜。

《天乙》一书，亡佚不可考。成汤之语，多已收入《尚书》之《汤誓》篇、《汤诰》篇。虽《荀子·大略篇》、贾谊《新书·谕诚》篇、《修政语》篇、《吕氏春秋》《新序》《史记·殷本纪》等书仍载有成汤之语，但作为小说书《天乙》之语，如无其他资料佐证，存疑为宜。

---

❶ 郭沫若：《宋钘尹文遗著考》，《郭沫若全集》历史编第一卷，人民出版社，1982年，第550页。

《黄帝说》，其书亦已亡佚。黄帝，《汉书·艺文志》多有著录其书，班固认为大多是六国时依托而作。“道家”类著录“《黄帝四经》四篇”，则《黄帝说》应与《伊尹说》《鬻子说》类似，是黄帝的语录或者以黄帝为主要叙述人物。应劭《风俗通义》卷六《声音》和卷八《祀典》引《黄帝书》文字两条，如下：

> 《黄帝书》：“泰帝使素女鼓瑟而悲，帝禁不止，故破其瑟为二十五弦。”❶
>
> 谨按：《黄帝书》：“上古之时，有荼与郁垒昆弟二人，性能执鬼。度朔山上立桃树下，简阅百鬼，无道理，妄为人祸害，荼与郁垒昆弟缚以苇索，执以食虎。”于是县官常以腊除夕饰桃人，垂苇茭，画虎于门，皆追效于前事，冀以卫凶也。❷

学界多以此《黄帝书》作《黄帝说》。李剑国曾有论证，其云：“书名虽有一字之差，但极相近，说即书，书即说也，古书素无定名，故有此异。应劭注《上林赋》引有《伊尹书》，正为《汉志》之《伊尹说》，可证《黄帝书》确实是《黄帝说》的异称。应劭去刘、班未远，《黄帝说》还不会很快失传，得而见之，征而引之，不亦宜乎？”❸罗宁提出不同观点，他认为《风俗通义》卷六所收《黄帝书》佚文，也被《史记·封禅书》《史记·孝武本纪》和《汉书·郊祀志》记载，乃汉武帝时方士齐人公孙卿所受齐人申公之“札书”（又称“鼎书”），“正是一部伪托黄帝之名的方士之作”。❹针对罗宁的判定，李剑国提出反驳：“战国末年秦汉间黄老之学大行，托名黄帝的书极多，观《汉志》可

---

❶ ［汉］应劭撰，王利器校注：《风俗通义校注》卷六，中华书局，1981 年，第 285 页。

❷ 《风俗通义校注》卷八，第 367 页。

❸ 《唐前志怪小说史》，第 119 页。

❹ 《〈黄帝说〉及其他〈汉志〉小说》，《汉唐小说观念论稿》，第 236 页。

知，公孙卿'鼎书'专言黄帝，实时代使然，未必定为《黄帝说》。"[1]笔者基本同意李剑国的观点，并且，据班固自注"迂诞依托"，《风俗通义》中两条文字也正符合先秦小说以事说理的总体特征。

在现有文献资料的基础上，讨论先秦时期小说的具体生发状态，颇为棘手。由于小说文献的亡佚以及经过汉代的再加工与再处理而造成的不可靠性，我们已经无法完全复原小说在初期阶段的原始面貌，仅能通过有限的文献资料与逻辑分析，较为有把握地考察与作出这样的判断：先秦小说的观念与特征，大致和《汉书·艺文志》所体现出的汉代小说观念相符，且两者之间存在一定程度的延续性。小说的主要表现方式是记言和记事两大类型，而以言说理和以事说理的社会功用性成为小说观念在形成初期的核心特征，先秦小说也不例外。

[1] 《唐前志怪小说史》，第120页。

第二章　错位中的生长

——秦汉时期小说学的初建

秦统一六国，结束了战国群雄割据的分裂局面，建立了秦帝国。但高压统治并未使秦帝国“二世三世至于万世，传之无穷”❶，各地义军纷纷点燃反抗暴政的火种。在秦帝国建立15年后，一个新的大一统帝国——汉，代替了秦这个国祚短暂的王朝。

汉帝国升平日久，世典国史的司马氏，有感于“自获麟以来四百有余岁，而诸侯相兼，史记放绝”❷，遂由司马迁继承其父司马谈之志，撰写了中国第一部通史《太史公书》。虽然“百年之间，天下遗文古事靡不毕集太史公”❸，但司马迁在《史记》中没有单独设立篇章对前代典籍加以整理与汇总。针对这种情况，同时也有志于完成其父班彪对《史记》的续补之作，班固撰成了中国第一部断代史《汉书》，并单独设立了《艺文志》，在刘向、刘歆校书的基础上，首次系统地整理与汇总了先秦以来的典籍。于是，小说家登堂入室，作为诸子类的第十家，正式出现在《汉书·艺文志》“诸子略”中。小说观念和体系第一次被史家初步构建并论述，而小说作品也第一次被正史所著录，这就为我们考察中国小说形成初期的特征与发展脉络，

❶ 《史记》卷六，第236页。

❷ 《史记》卷一百三十，第3295页。

❸ 《史记》卷一百三十，第3319页。

提供了重要依据。

汉明帝永平五年(62),班固担任兰台令史,有机会接触到众多的皇家藏书,为《汉书·艺文志》的编写提供了有利条件。而汉室注重藏书的传统,尤其是刘向、刘歆父子等人的校书,也为《汉书·艺文志》的编写提供了重要的条件和准备。班固在《汉书·叙传》中云:

> 虙羲画卦,书契后作,虞夏商周,孔纂其业,纂《书》删《诗》,缀《礼》正《乐》,彖系大《易》,因史立法。六学既登,遭世罔弘,群言纷乱,诸子相腾。秦人是灭,汉修其缺,刘向司籍,九流以别。爰著目录,略序洪烈。述《艺文志》第十。❶

指出刘向、刘歆校书对于汉代文献典籍整理的开创意义。而对于编写《汉书·艺文志》所依赖的校书成果,班固在《汉书·艺文志》的总序中有详细说明:

> 昔仲尼没而微言绝,七十子丧而大义乖。故《春秋》分为五,《诗》分为四,《易》有数家之传。战国从衡,真伪分争,诸子之言纷然殽乱。至秦患之,乃燔灭文章,以愚黔首。汉兴,改秦之败,大收篇籍,广开献书之路。迄孝武世,书缺简脱,礼坏乐崩,圣上喟然而称曰:“朕甚闵焉!”于是建藏书之策,置写书之官,下及诸子传说,皆充秘府。至成帝时,以书颇散亡,使谒者陈农求遗书于天下。诏光禄大夫刘向校经传诸子诗赋,步兵校尉任宏校兵书,太史令尹咸校数术,侍医李柱国校方技。每一书已,向辄条其篇目,撮其指意,录而奏之。会向卒,

❶ 《汉书》卷一百,第4244页。

> 哀帝复使向子侍中奉车都尉歆卒父业。歆于是总群书而奏其《七略》，故有《辑略》，有《六艺略》，有《诸子略》，有《诗赋略》，有《兵书略》，有《术数略》，有《方技略》。今删其要，以备篇籍。❶

可见，班固在《汉书·艺文志》中表达出的学术观点，是基于以刘向、刘歆父子为代表的西汉一代校书成果之总结。因此，班固《汉书·艺文志》中对于小说的体系建构与理论总结，基本可以反映出汉代小说发展的整体面貌。

第一节　“小道”与“可观”之辞
——汉代小说学的建立

班固在《汉书·艺文志》“诸子略”中关于“小说家”的评述，以及对15家小说作品的著录，是现存最早、被正史记载的关于小说的理论论述，具有相对完整的体系建构，为我们研究小说初期发展状况提供了非常重要的信息，同时也是中国小说发展史上第一篇重要的文献学纲要。《汉书·艺文志》“小说家”的小序中，班固认为：

> 小说家者流，盖出于稗官。街谈巷语，道听途说者之所造也。孔子曰：“虽小道，必有可观者焉，致远恐泥，是以君子弗为也。”然亦弗灭也，闾里小知者之所及，亦使缀而不忘。如或一言可采，此亦刍荛狂夫之议也。❷

---

❶ 《汉书》卷三十，第1701页。
❷ 《汉书》卷三十，第1745页。

这篇小序，提纲挈领，较为系统地论述了汉代小说观念，体现了汉代学者对小说体系的理论建构。班固从以下几个方面阐述了汉人对该时期小说的认知：

第一，班固继承了刘向、刘歆父子在《别录》与《七略》中的观点，将小说家归入诸子一类。这就为先秦至两汉以来性质驳杂、形制松散的小说作品，规范了一个最初的定义范畴与判定标准。由于先秦以来的小说作品具有以事说理，且表达形式多样化的普遍性质，所以无法用一个稳定的文体加以概括，只能从这类作品的社会功用上来综合考虑。并且，这类作品与诸子文章在某些方面又具有表现特征的相似性，因此，将小说家作为诸子类别的归纳，在汉代这个时期，具有一定的合理性。这样，小说作品在以史家为代表的汉人眼中，更多地体现出与诸子相类似的学术性特征，而非诗赋略中那些已经具有稳定文体的诸多作品的文学性特征。

第二，班固首次提出了小说家的身份源出稗官的可能性。稗官究竟为何官，长期以来，在小说研究领域中引起了关注与讨论。《汉书·艺文志》如淳注曰：“稗音锻家排。《九章》‘细米为稗’。街谈巷说，其细碎之言也。王者欲知闾巷风俗，故立稗官使称说之。今世亦谓偶语为稗。”[1]颜师古注曰：“稗音稊稗之稗，不与锻排同也。稗官，小官。《汉名臣奏》唐林请省置吏，公卿大夫至都官稗官各减什三，是也。”[2]对如淳和颜师古有关稗官的注解，学界有不同的意见。余嘉锡认为如淳的观点并不准确，其云：“此虽能说明稗官之职，然不云出于何书，亦不能言王者所立之稗官，为《周礼》《春秋》中之何等官，徒因细米为稗，遂谓此官为称说细碎之言，是亦望文生义耳。”[3]周楞伽《稗官考》一文也持相同意见。[4]潘建国在余文与

---

[1][2] 《汉书》卷三十，第1745页。

[3] 《小说家出于稗官说》，《余嘉锡论学杂著》，第265—266页。

[4] 周楞伽：《稗官考》，《社会科学战线》编辑部编：《古典文学论丛》第3辑，齐鲁书社，1982年，第257—266页。

周文观点的基础上，撰成《“稗官”说》一文，对如淳引《九章》“细米为稗”提出疑义，他认为如淳注将《九章》“粺米”之“粺”误为“稗”，故导致颜师古注之误。潘文又指出“稗”在先秦两汉文献中缺乏“小”的语义支持，故颜师古作“小官”解并不正确，并进一步对余文所论稗官为“天子之士”的观点作出反论。[1]潘文所论，多有可商榷之处。如前者涉及训诂处，已有陈洪《“稗官”说考辨》[2]和陈广宏《小说家出于稗官说新考》[3]从不同角度加以辨析，这里不再赘述，只想就学术考察的视角拓展，以及稗官对促进小说观念形成和体系建构的实际作用略加阐述。

民国十四年至十六年四月，王国维在清华研究院任教时，根据《殷卜辞中所见先公先王考》等 29 篇讲稿与文章，编成《古史新证》讲义一种。在第一章“总论”中，提出了学术研究中著名的“二重证据法”，其云：

> 研究中国古史，为最纠纷之问题。上古之事，传说与史实混而不分，史实之中固不免有所缘饰，与传说无异，而传说之中亦往往有史实为之素地，二者不易区别，此世界各国之所同也。……至于近世，乃知孔安国本《尚书》之伪，《纪年》之不可信，而疑古之过，乃并尧、舜、禹之人物而亦疑之，其于怀疑之态度及批评之精神不无可取，然惜于古史材料未尝为充分之处理也。吾辈生于今日，幸于纸上之材料外，更得地下之新材料，由此种材料，我辈固得据以补正纸上之材料，亦得证明古书之某部分全为实录，即百家不雅驯之言，亦

---

[1] 潘建国：《“稗官”说》，《文学评论》1999 年第 2 期。

[2] 陈洪：《“稗官”说考辨》，刘跃进主编：《中华文学史料》第 2 辑，学苑出版社，2007 年，第 79—94 页。

[3] 陈广宏：《小说家出于稗官说新考》，《中国典籍与文化论丛》第 12 辑，凤凰出版社，2009 年，第 104—116 页。

> 不无表示一面之事实。此二重证据法惟在今日始得为之，虽古书之未得证明者，不能加以否定，而其已得证明者，不能不加以肯定，可断言也。[1]

对王国维倡导的研究方法与治学态度，陈寅恪曾有过高度的评价：

> 自昔大师巨子，其关系于民族盛衰学术兴废者，不仅在能承续先哲将坠之业，为其托命之人，而尤在能开拓学术之区宇，补前修所未逮。故其著作可以转移一时之风气，而示来者以轨则也。先生之学博矣，精矣，几若无涯岸之可望，辙迹之可寻。然详绎遗书，其学术内容及治学方法，殆可举三目以概括之者。一曰取地下之实物与纸上之遗文互相释证。凡属于考古学及上古史之作，如《殷卜辞中所见先公先王考》及《鬼方昆夷玁狁考》等是也。二曰取异族之故书与吾国之旧籍互相补正。凡属于辽金元史事及边疆地理之作，如《萌古考》及《元朝秘史之主因亦儿坚考》等是也。三曰取外来之观念，与固有之材料互相参证。凡属于文艺批评及小说戏曲之作，如《红楼梦评论》及《宋元戏曲考》《唐宋大曲考》等是也。此三类之著作，其学术性质固有异同，所用方法亦不尽符会，要皆足以转移一时之风气，而示来者以轨则。[2]

陈寅恪指出，王国维“取地下之实物与纸上之遗文互相释证”的研究方法，是可以“示来者以轨则”的，因此我们可以运用该种方法，弥补纸上文献的不足，重新审视《汉书・艺文志》所云“稗官”的意义。

---

[1] 王国维：《古史新证——王国维最后的讲义》，清华大学出版社，1994 年，第 1—3 页。

[2] 陈寅恪：《王静安先生遗书序》，《金明馆丛稿二编》，第 247—248 页。

依颜师古引唐林《汉名臣奏》所举之例，可以确认汉代已经有“稗官”之称。我们还可依据新出土文献，作出进一步补充考察。湖北云梦睡虎地出土秦简，可证秦律中已有“稗官”称谓。[1]睡虎地秦简中《秦律十八种·金布律》第86—88枚竹简曰：

官啬夫免，复为啬夫，而坐其故官以赀赏（偿）及有它责（债），贫窭毋（勿）以赏（偿）者，稍减其秩，月食以赏（偿）之，弗得居；其免殹（也），令以律居之。官啬夫免，效其官而有不备者，令与其稗官分，如其事。吏坐官以负赏（偿），未而死，及有罪以收，抉出其分。其已分而死，及恒作官府以负责（债），牧将公畜生而杀、亡之，未赏（偿）及居之未备而死，皆出之，毋责妻、同居。　　金布[2]

可见，如淳注并不比颜师古注更有依据，饶宗颐《秦简中“稗官”及如淳称魏时谓“偶语为稗”说——论小说与稗官》一文已有讨论，认为班固所述“远有所本，稗官，秦时已有之”。[3]又，湖北云梦龙岗出土秦简[4]，亦可证秦律中有“稗官”称谓。龙岗秦简中第9—10枚竹简曰：

县、道官，其传□……

---

[1] 睡虎地秦墓位于湖北省云梦县，共12座战国末期至秦代的墓葬，1975年12月发掘，其中第11号墓出土大量秦代竹简，总计1155枚，另有残简80枚。分别为：《编年纪》《语书》《秦律十八种》《效律》《秦律杂抄》《法律答问》《封诊式》《为吏之道》《日书》甲种、《日书》乙种。其中《语书》《效律》《封诊式》《日书》乙种四种简上原有书题。“金布律”在《秦律十八种》中，简为第64—93枚。

[2] 睡虎地秦墓竹简整理小组编：《睡虎地秦墓竹简》，文物出版社，1990年，第39—40页。

[3] 饶宗颐：《秦简中“稗官”及如淳称魏时谓“偶语为稗”说——论小说与稗官》，《饶宗颐二十世纪学术文集》第5册，新文丰出版股份有限公司，2003年，第60页。

[4] 龙岗墓葬位于湖北省云梦县城郊，共9座秦汉墓葬，1989年10月发掘，其中第6号墓出土一批简牍，总计竹简293枚，残片若干，另有木牍一枚。

取传书乡部稗❶官。其[田](?)及□[作]务□……❷

故陈洪《“稗官”说考辨》一文据此认为稗官是“对县令至于乡长等各级附属小官吏的泛称”,“如淳、颜师古注说《汉志》中‘稗官’是细吏、小官,大致不错”。❸

不仅如此,我们也可以从出土文献中找到汉代“稗官”的资料,作为传世文献的补充。湖北张家山二四七号汉墓出土第426枚和第470枚竹简,就记载了这样两条相关文献。❹其云:

□□□□□□吏□□□□告官及归任行县道官者,若稗官有印者,听,券书上其廷,移居县道,居县道皆封臧(藏)。❺

都官之稗官及马苑有乘车者,秩各百六十石,有秩毋乘车者,各百廿石。❻

可见,在秦代与汉代,稗官作小官解释是较为合理的。

---

❶ 据《龙岗秦简》所载竹简照片与摹本字形,此字原作“稗”,参见该书第21页。李家浩认为作“稗”字,详见李家浩所撰《云梦龙岗六号秦墓及出土简牍》,载于《考古学辑刊》第8辑。《龙岗秦简》整理者认为应作“稗”字,所论详见该书第75页。笔者亦持此见。但该书整理者所云“文献所记都官与乡部官吏,皆未见有‘稗官’之职及职司。秦汉以后,‘稗官’一词作为职官之名的意义似已消亡,而仅用作‘野史小说’的代称,且又派生出‘稗史’等词”,笔者并不认同。

❷ 中国文物研究所、湖北省文物考古研究所编:《龙岗秦简》,中华书局,2001年,第74页。

❸ 《“稗官”说考辨》,《中华文学史料》第2辑,第79—94页。

❹ 张家山二四七号汉墓位于湖北省江陵县(今荆州市荆州区),1983年12月发掘,墓葬年代为西汉早期,参见《江陵张家山三座汉墓出土大批竹简》一文,载《文物》1985年第1期。据墓中所出历谱,墓主去世时间在西汉吕后二年(前186)或其后不久。该墓共出土竹简1236枚(不含残片),分别为历谱、《二年律令》《奏谳书》《脉书》《算数书》《盖庐》《引书》、遣策等,除历谱和遣策外,各有书题。《金布律》《秩律》皆在《二年律令》中,简分别为第418—439枚、第441—472枚。

❺ 张家山二四七号汉墓竹简整理小组编著:《张家山汉墓竹简(二四七号墓)》(释文修订本),文物出版社,2006年,第66页。

❻ 《张家山汉墓竹简(二四七号墓)》(释文修订本),第80页。

周楞伽《稗官考》认同稗官即小官的解释，但对余嘉锡“天子之士”的观点并不认同。袁行霈《〈汉书·艺文志〉小说家考辨》一文也表达了与周楞伽较为一致的看法。袁行霈认为：

> 余氏所论很有启发性，但还存在一个疑点。关于士的职责，据《左传》襄公十四年，《国语·周语》及韦昭注，《国语·晋语》，《国语·楚语》，《吕氏春秋·达郁》篇，《新书·保傅》篇，《淮南子·主术训》，以及贾山《至言》等书，都是传庶人之谤言，目的在于谏王之过。但《汉志》小说十五家却没有一家是士传谤言的内容。这不能不使我们产生疑惑：稗官究竟是不是天子之士呢？
>
> 唐林将都官与稗官并列，都官既然是京官，那么稗官当然是京官以外的小官了。而天子之士长居天子身边，官秩虽低，也不应称稗官，这是显而易见的。稗的本义是野生的稗禾，稗官应指散居乡野的、没有正式爵秩的官职。他们的职责是采集民间的街谈巷语，以帮助天子了解里巷风俗、社会民情。❶

在此基础上，潘建国对余文“天子之士”的观点提出反驳，认为“（稗官）应具有某种特别的指向，即泛指那些将如稗草一般‘鄙野俚俗’之内容说与王者听闻的官员”。并进一步对稗官作出界定：“在周官中，它就是土训、诵训、训方氏，其职能专为王者诵说远古传闻之事和九州风俗地理、地慝方慝；在汉代，它就是待诏臣、方士侍郎一类人物，其诵说内容除古事、风俗之外，多为修仙养生之术。”❷持相同意见的还有罗宁《小说与稗官》一

---

❶　袁行霈：《〈汉书·艺文志〉小说家考辨》，《文史》第7辑，中华书局，1979年，第179—189页。

❷　《“稗官”说》。

文,也认为稗官是待诏一类的小官。❶但是,通过对以上出土文献的考察,我们可知仅依赖传世文献得出的推断与结论,其实大有偏差,于史实并不准确。

由于相关传世文献的稀缺,及对出土文献还未全面掌握,我们所能依据的信息并不完整,因此得出的结论也不能完全准确。笔者以为目前较为合适的处理方法,是既要考虑到出土文献对传世文献的补充作用,也要考虑在小说观念与体系形成初期,稗官起到的关键性作用究竟体现在哪一方面,因此从稗官对促进小说观念形成和体系建构的角度加以考量,是解决这个问题的主要环节,而不必拘泥于稗官的官职确凿与否和品秩几许。《汉书·艺文志》将“诸子略”中十家的身份来源都定义为王官之守,其云:

> 儒家者流,盖出于司徒之官……
>
> 道家者流,盖出于史官……
>
> 阴阳家者流,盖出于羲和之官……
>
> 法家者流,盖出于理官……
>
> 名家者流,盖出于礼官……
>
> 墨家者流,盖出于清庙之守……
>
> 纵横家者流,盖出于行人之官……
>
> 杂家者流,盖出于议官……
>
> 农家者流,盖出于农稷之官……
>
> 小说家者流,盖出于稗官……❷

---

❶ 罗宁:《小说与稗官》,《四川大学学报》(哲学社会科学版)1999 年第 6 期。

❷ 《汉书》卷三十,第 1728、1732、1734、1736、1737、1738、1740、1742、1743、1745 页。

班固在这里用了“某某家者流”与“盖出于某某官”的程式化叙述，来说明这些诸子之家的“源”与“流”的关系。班固所称的“某某家者流”，其实已经是“源”下之“流”的阶段，而并非最初的“源”的状态，因此这些“流”也就有可能呈现一些与“源”不同的特征，故而班固用“盖出于某某官”来描述这些“流”在最初“源”的阶段的状态。所以我们认为，班固并没有说在“流”的阶段，这些“某某家”一定就是“某某官”。同理，如果说小说家最初的身份归属确实来源于稗官，那么经过不断的发展，到了班固编撰《汉书·艺文志》的时候，小说家的身份归属可能已经较为分散，不能集中呈现出稗官的身份特征。《汉书·艺文志》最重要的学术特征就是追根溯源，所以班固强调的是子学各家的最初来源，而不是一成不变的教条。这也符合学术发展与丰富的一般规律。我们在作相关考察时，绝不能把稗官的所有职能特征都拿来套用、界定该时期的小说家，亦不能用该时期的小说特征来确认稗官的所有职能特征。两者存在交集，也有差异，这是我们必须注意到的。

那么，稗官对促进小说观念形成与体系建构究竟起到了什么作用呢？笔者以为，在这个问题上可以暂时抛开稗官的性质，直接考察稗官对小说作品形式的影响。小说从口头的流传，到文本形式的基本确立并被主流文学观点所认可，稗官其实起到的是一种重要的整理与修订的作用。稗官将流传于民间的“不雅驯”的口头作品形式，经过文字整理与一定的艺术修饰和再加工，最后形成一个以文字为基本表达形式的文本作品。小说作品从基本素材的流传到文学形式的最终确立，稗官并非最初的创造者，但却是小说文本形成的最终决定因素。如果以文本的确立作为小说作品相对成熟的标志，稗官则毫无疑问地可以称为这种文本小说的“小说家”。在这个意义上，稗官对于小说体系的形成，确实起到了重要作用，因此班固将其作为“小说家”的来源，的确是合情合理的。李剑国认为稗官应该作为“小说材料的搜集者、记录者、整理者”[1]来理解，陈广宏亦认为：“正因为‘稗官’是著录者，他虽然不是‘小说’的来源，却是这种‘小说’之书的来源，故而才会被赋予‘小说家’的称号。”[2]

第三，班固首次从作品创作的层面上，提出了构成与影响小说创作的几个重要因素。“街谈巷语，道听途说者之所造也”，揭示了作品的素材来源与最初的创作者，都来自社会生活的普通层面。相对于“登高能赋可以为大夫”[3]的主流文学，或被主流文学观点所接纳并采用的作品形式，小说从作品的素材来源到作品的创作者，无疑均居于社会生活的底层，因此这种作品形式往往带有“不雅驯”的特点，并被主流文学观点所摒弃或忽视。《论语・阳货》云：“子曰：‘道听而途说，德之弃也。’”[4]就表明对这种材料来源与形式的不认可。此外，“街谈巷语，道听途说”，也揭示出小说作品的独特形式受到传播方式的影响。由于小说产生的基本形式是口头流传，在普通民众间传播，在普通民众间再加工、再创作，无论从内容抑或形式，保持一种并不稳定的表达状态，最后才由稗官加以整理成较为稳定的表达。在形成固定表达之前，长期在普通民众间传播，居于文学的最边缘。即使由稗官整理后，小说的传播特性仍未改变，继续在社会生活底层传播，并不断地再加工、再创作，以适应新的社会生活和这种生活带来的新的文学创作环境。

第四，班固对这个刚刚构建起来的小说学体系用了相当的篇幅阐述其社会功用，而并不是将论述的重心放在作品的表现形式或创作技巧。

---

[1] 《唐前志怪小说史》，第 77 页。

[2] 《小说家出于稗官说新考》，《中国典籍与文化论丛》第 12 辑，第 113 页。

[3] 《汉书》卷三十，第 1755 页。按，《诗经・鄘风・定之方中》篇“卜云其吉，终然允臧”句下，毛传：“建国必卜之，故建邦能命龟，田能施命，作器能铭，使能造命，升高能赋，师旅能誓，山川能说，丧纪能诔，祭祀能语，君子能此九者，可谓有德音，可以为大夫。”[汉]郑玄笺，[唐]孔颖达疏：《毛诗正义》卷三，[清]阮元校刻：《十三经注疏》，中华书局，1980 年，第 316 页。

[4] [魏]何晏注，[宋]邢昺疏：《论语注疏》卷十七，《十三经注疏》，第 2525 页。

所引子夏之语，显示出班固以儒家的评判标准，将小说定义为一种以“小道”为核心判断标准的子部学说。这样，在正史之家的视野中，小说更多地体现出一种学术性的特征，而并非文学体式。那么，对于民众教化的社会功用大小，就事实上成为评判小说存在价值的唯一标准。由于上述“街谈巷语，道听途说”的先天特征，也就造成了小说永远无法达到大道的理想状态，所以“君子弗为”。班固也想客观地指出小说仍具有一定的社会功用，但这个潜在的评判标准使其作出的评价，也只能在“可观”与“致远恐泥”、“一言可采”与“刍荛狂夫”之间无奈地摇摆。

班固从以上四个侧面，论述了汉人心目中的小说观念及小说的体系构成，并以儒家用世的评价标准作为衡量这门学说学术价值高低的主要参数。当然，这也是《汉书・艺文志》对诸子十家一致的评判标准。“诸子略”的小序云：

> 诸子十家，其可观者九家而已。皆起于王道既微，诸侯力政，时君世主，好恶殊方，是以九家之术蜂出并作，各引一端，崇其所善，以此驰说，取合诸侯。其言虽殊，辟犹水火，相灭亦相生也。仁之与义，敬之与和，相反而皆相成也。《易》曰：“天下同归而殊途，一致而百虑。”今异家者各推所长，穷知究虑，以明其指，虽有蔽短，合其要归，亦《六经》之支与流裔。使其人遭明王圣主，得其所折中，皆股肱之材已。仲尼有言：“礼失而求诸野。”方今去圣久远，道术缺废，无所更索，彼九家者，不犹愈于野乎？若能修六艺之术，而观此九家之言，舍短取长，则可以通万方之略矣。❶

这种强调学说作品社会功用的认知，得到了广泛的接纳，并在一定程度上

❶ 《汉书》卷三十，第1746页。

影响了小说的自我发展走向。荀悦修《汉纪》,就采用了《汉书·艺文志》对诸子九流十家的评判态度。其云:“又有小说家者流,盖出于街谈巷议所造。及赋诵、兵书、术数、方伎,皆典藏苑囿,有采于异同者也。”[1]摒弃了学说来源的单独考察,直接将关注点落于“采于异同”的功用评判上。

在以这样的标准构建的小说学体系及观念的影响下,我们考察《汉书·艺文志》著录的十五家小说,就会得到一个既宏观又具体的判断,那就是史家对小说的关注始终从“道”的层面加以衡量,而不注重这一类作品在具体的表达形式或表现技巧上的特点。因此,“小道”成为汉代小说观念中的核心特征,并深深影响到小说观念的后期发展及小说体系的进一步构建。前文已经谈及,《汉书·艺文志》著录的十五家小说中,前九家为先秦时期作品或托名为先秦时期作品。后六家依据班固自注,为汉代当时的作品。其云:

> 《封禅方说》十八篇。(武帝时。)
>
> 《待诏臣饶心术》二十五篇。(武帝时。)
>
> 《待诏臣安成未央术》一篇。
>
> 《臣寿周纪》七篇。(项国圉人,宣帝时。)
>
> 《虞初周说》九百四十三篇。(河南人,武帝时以方士侍郎号黄车使者。)
>
> 《百家》百三十九卷。[2]

《待诏臣饶心术》后,颜师古注曰:“刘向《别录》云饶齐人也,不知其姓,武

[1] [汉]荀悦:《汉纪》卷二十五《孝成皇帝纪二》,中华书局,2002年,第437页。
[2] 《汉书》卷三十,第1744—1745页。括号内为班固自注。

帝时待诏，作书名曰《心术》也。”❶《待诏臣安成未央术》后，应劭注曰：“道家也，好养生事，为未央之术。”❷《虞初周说》后，应劭曰：“其说以《周书》为本。”颜师古注曰：“《史记》云虞初洛阳人，即张衡《西京赋》‘小说九百，本自虞初’者也。”❸对这六家小说，学界研究的观点较为一致，除《百家》一书作者是否为刘向尚有分歧外，前五家大抵方士所作，内容驳杂，多为方术之书。王瑶《小说与方术》对汉魏以来方士与小说关系曾有讨论❹，这里不再赘述，只讨论前九家与后六家小说的差异，以及这种差异对汉代小说观念形成及体系构建的影响。

首先，就作品的整体风格与表现特征看，前九家作品一类以记言为主，如《伊尹说》《鬻子说》《黄帝说》等；一类以记事为主，如《周考》《青史子》等。虽然班固以“浅薄”“迂诞”来评价，但大抵不脱古史的范畴。后六家作品的特点与前者大相径庭，《百家》书由于“浅薄，不中义理”❺，为刘向撰《新序》所汰剩者而别集，是书性质应与《汉书・艺文志》“诸子略”诸家著录之《儒家言》《道家言》《杂家言》等书相仿，系汇总而成。其余作为方术之书，有较为集中的内容取舍。因此，我们有理由相信，先秦时期的小说作品与两汉当代小说作品，题材内容的性质并不一致，虽然在《汉书・艺文志》中归入同一类属，但已经发生了本质变化。

其次，就作者、托名作者或作品的整理者来看，先秦时期的小说家与两汉当代的小说家，在发展走向上，有一个身份逐渐分散的趋势。先秦时期的小说家，如前九家小说作品的作者，大多为具有历史事迹的历史人物或者史官。两汉当代的小说家，如后六家小说作品的作者，则多为待诏一类的方士，与前者具有史官身份或某些相关特征的情况完全不相

---

❶❷❸ 《汉书》卷三十，第1745页。

❹ 《小说与方术》，《中古文学史论》，第102—128页。

❺ [汉]刘向撰，向宗鲁校证：《说苑校证》序奏，中华书局，1987年，第1页。

吻合。

再次，就小说作品的社会功用看，尽管方术内容的小说已较先秦时期的小说作品内容发生了本质变化，有着更为具体的实际目的与效用，但仍然符合“一言可采”的价值判断。这在先秦至两汉时期的小说观念形成中，是一以贯之的。

因此，虽然班固在《汉书·艺文志》中第一次建立了小说学的体系，阐述了汉代的小说观念，但这个观念与体系其实并不能涵盖小说在先秦至两汉以来的全部发展状况。虽然从小说的社会功用等方面来看，先秦至两汉时期的构建能够坚持“小道”的核心特征，但就作品的内容与作者来看，《汉书·艺文志》对当代小说作品的著录，其实与其对小说发展情况的理论总结，有一定的差异性。六家汉代小说作品，体现的是汉代小说对先秦小说范畴的突破。而这种突破，不仅在于汉代小说观念对作品题材的事实扩充，也具有汉代现实社会背景对文学（包括小说在内）发展的深切影响。六家汉代小说作品，从一定意义上说，可以作为具有那个时代特色的流行作品，而对于此流行作品的性质判定与理论总结，刘向、班固并未能在对小说提纲挈领的论述中有所反映，只是在具体作品的著录中，不自觉地呈现出小说的发展脉络。

这种将方士之书作为小说作品的举动，也深刻地影响了汉魏以后人们对于小说观念的接受与认知。张衡《西京赋》曰：“匪唯玩好，乃有秘书。小说九百，本自虞初。从容之求，寔俟寔储。”薛综注曰：“小说，医巫厌祝之术，凡有九百四十三篇。言九百，举大数也。”又云：“持此秘术，储以自随，待上所求问，皆常具也。”[1]反映的就是对汉代小说作品的特点把握，并以此作为小说观念的代表特征。

---

[1] 《文选》卷二，第68页。

当然，汉代小说也不是仅以方士之书横空出世，代表全部小说作品的发展方向。尤其是小说观念，在形成初期就一直处于不断的调整与自我完善之中。从刘向、刘歆《七略》到班固《汉书·艺文志》对小说作品的著录归属，也反映出汉人对小说观念的构建。班固在“诸子略”篇末云：“凡诸子百八十九家，四千三百二十四篇。”并自注曰：“出蹴鞠一家，二十五篇。”❶姚振宗据此认为：“《汉志》诸子百八十九家，出《蹴鞠》一家，知《七略》旧第《蹴鞠》在《诸子略》中，《别录》亦犹是也。今姑系于诸子之末，并疑《七略》当列在小说家，班氏析入兵技巧家。”❷并从《白氏六帖》《太平御览》《史记》《后汉书》《一切经音义》《事类赋注》等书中辑得《别录》中《蹴鞠》佚文两条，如下：

> 《蹴鞠新书》二十五篇。
>
> 《蹴鞠》者，传言黄帝所作，或曰起战国之时。记云黄帝也，蹴，亦蹋也。蹋鞠，兵势也，所以练武士，知有才也，皆因嬉戏而讲习之。今军士无事，得使蹋鞠，有书二十五篇。
>
> 又曰：寒食：蹋鞠，黄帝所造，本兵势也，或云起于战国。❸

姚振宗又从《文选》注文中辑得《七略》中《蹴鞠》佚文三条，如下：

> 《蹴鞠》二十五篇。
>
> 蹴鞠者，传言黄帝所作。王者宫中，必左城而右平。城，犹国也，言有国当治之也。蹴鞠亦有治国之象，左城而右平。

---

❶ 《汉书》卷三十，第1745页。

❷ ［汉］刘向、刘歆撰，［清］姚振宗辑录，邓骏捷校补：《七略别录佚文》，上海古籍出版社，2008年，第68页。

❸ 《七略别录佚文》，第68页。

又曰：蹴鞠，兵势也。

又曰：蹴鞠，其法律多微意，皆因嬉戏以讲练士，至今军士羽林无事，使得蹴鞠。❶

姚振宗据《别录》之意，将《蹴鞠》安排在《黄帝说》后，《封禅方说》前，当符合《七略》“小说家”之原貌。据姚氏所辑《别录》《七略》文字，可知《蹴鞠》一书虽言蹴鞠，但内容亦有“治国之象”，符合以“小道”为核心特征的小说观念，故刘向、刘歆《七略》归入小说家。又因该书讲述重点可能较多关注军士蹴鞠的技艺，班固为不使小说观念主旨发生偏离，故而将是书调整出小说家，归入兵技巧家。虽然对小说作品的调整幅度并不大，但班固此举其实也体现出在汉代的小说观念中，“小道”归入核心位置，而具体的表现方式与手法往往并不被重视。因此，《汉书・艺文志》对小说的著录，还缺少文体意义。

在以班固《汉书・艺文志》为代表的史家对小说观念进行论述及对小说体系进行构建的同时，汉代的士人也对这种学说从不同的视角作出了自己的理解。桓谭《新论》云：

若其小说家，合丛残小语，近取譬论，以作短书，治身理家，有可观之辞。❷

这就对史家关于小说观念的表述作了有力的补充。桓谭在《新论》中的阐述，与班固《汉书・艺文志》的表述，基本一致，但关注的重点有区别。《汉

❶ [汉]刘向、刘歆撰，[清]姚振宗辑录，邓骏捷校补：《七略佚文》，上海古籍出版社，2008 年，第 152—153 页。

❷ 《文选》卷三十一李善注引，第 1453 页。

书·艺文志》里小说观念关注的是作为社会功用的“小道”的核心价值，而对如何表现这种社会功用的方式与技巧并不特别在意。《汉书·艺文志》忽视的这一点恰恰是桓谭阐述小说观念时所关注的。

首先，桓谭指出在小说观念与体系的构建中，表现方法与技巧应该得到应有的承认与重视。“近取譬论”，《文选》胡刻本、《四部丛刊》影印六臣注本都作“譬论”，文渊阁四库全书李善注本作“譬谕”。这里暂不讨论版本之别，只关注于“譬”字所传达的“小说”的表现手段。对这种表现手段的强调，无疑体现出桓谭独特的理论眼光，由于“街谈巷语，道听途说者之所造也”，使得小说获得了这个独具一格的表现特点，也揭示出小说用以传达“小道”的特殊途径。对于《汉书·艺文志》未点明这种表现手段，并认为这种表现手段具有与“君子”的“道”产生偏差的“致远恐泥”的相反性的认识，桓谭并不认可，而是从正面认可并给予了积极的评价。

其次，在肯定小说表现技巧的同时，桓谭也进一步强调了小说的社会功用性，即进一步凸显“小道”的重要性。《汉书·艺文志》始终表达出一种评判的鄙视态度，即小说的社会功用具有先天的不足，只能局限在“小道”的范畴内，“致远恐泥”，即使有“一言可采”，也属于“刍荛狂夫之议”。桓谭没有先入为主地用有色眼镜去观察小说的这个特点，相反却通过“治身理家”的表述，将“小说”的功用与儒家六经《礼记·大学》中“修身、齐家、治国、平天下”的大道之论紧密联系。虽未达到“治国平天下”的效用，也可作为必需的基础养成，这也增强了《汉书·艺文志》中“虽小道，必有可观”的小说观念，并进一步反驳了“君子不为”的偏见，事实上提升了小说在诸子中的地位。

再次，桓谭在社会功用与创作技巧两个层面对小说作品作出了高度评价。《汉书·艺文志》仅仅引用子夏之语“虽小道，必有可观”，在小说作品的社会功用层面上，作出了一定程度的认可；而桓谭则是以“可观之辞”对小说作品“近取譬论”与“治身理家”两个层面的特点进行总结。前者的评价停留于“道”的层面，而后者的评价则兼顾了小说核心之“道”与表现之“技”的两个层面。甚至我们可以认为，桓谭在这里所说的“可观之辞”，已经将对小说的关注重心由社会功用的教化层面，趋向小说表现的形式、技巧以及由此产生的阅读审美。小说如何由子部之说，逐渐成为文学形式之一，桓谭从表现之“技”的角度，悄悄揭开了小说发展的新篇章，为小说的发展之途指出了一个新的方向。因此在一定程度上，从桓谭开始，小说才逐渐生发出独立的文体意义。

值得注意的是，无论其涵盖指代的对象范围是什么，班固在《汉书·艺文志》中提出的“必有可观”的评价，与桓谭《新论》的“可观之辞”，应该出自同一个语境来源，即孔子“兴、观、群、怨”的诗论。孔子云：“小子何莫学夫诗？诗可以兴，可以观，可以群，可以怨。”❶郑玄认为“可以观”指的是“观风俗之盛衰”❷，朱熹注曰“考见得失”❸。班固在《汉书·艺文志》“六艺略”中也表述了这种观点：“古有采诗之官，王者所以观风俗，知得失，自考正也。”❹可见，大多数的学者都从社会功用的层面对小说所取“可观”之意加以解析阐释，这样的研究思路也影响到了后来的小说理论发展，例如唐人编撰《隋书·经籍志》，对小说的阐释就从此角度开拓发展，形成对汉代小说观念的重大突破；而鲁迅《古小说钩沉》也认为：“稗官职志，将同古‘采诗之官，王者所以观风俗知得失’矣。”❺这里暂不展开论述，将在后文初唐时期小说流变部分详细讨论。

❶❷ 《论语注疏》卷十七，第2525页。

❸ [宋]朱熹：《论语集注》卷九《阳货第十七》，《四书章句集注》，中华书局，1983年，第178页。

❹ 《汉书》卷三十，第1708页。

❺ 鲁迅：《〈古小说钩沉〉序》，《鲁迅全集》第10卷《古籍序跋集》，第3页。

第二节　子史的错位与游移
——小说观念形成初期的再思考

从先秦时期庄子的“小说”和荀子的“小家珍说”，到《汉书·艺文志》著录的九家先秦小说作品和六家汉代当代小说作品，小说体系的构建虽然驳杂，却始终有一条主脉未曾改变，即阐述“小道”。至于何种阐述方式，既有记言的表现类型，又有记事的表现类型；既有为“治国平天下”做基础的准备材料，也有包含了寓言、故事、神怪传说的琐屑言论。鲁迅总结这个时期的小说特征为“诸书大抵或托古人，或记古事，托人者似子而浅薄，记事者近史而悠谬者也”❶。

上文我们讨论了以《汉书·艺文志》对小说的作品著录与理论阐述为代表的汉代小说观念与先秦小说观念，基本梳理了小说在形成初期的发展脉络。但放眼小说在汉代以后的发展，我们必须承认，《汉书·艺文志》“诸子略”中“小说家”类著录的小说作品性质，明显与后代史志如《隋书·经籍志》“子部”中“小说”类著录的小说作品大相径庭。明代的胡应麟就认为：

> 汉《艺文志》所谓小说，虽曰“街谈巷语”，实与后世博物、志怪等书迥别，盖亦杂家者流，稍错以事耳。如所列《伊尹》二十七篇、《黄帝》四十篇、《成汤》三篇，立义命名动依圣哲，岂后世所谓小说乎？又《务成子》一篇，注称尧问；《宋子》十八篇，注言黄老；《臣饶》二十五篇，注言心术；《臣成》一篇，注言养生，皆非后世所谓小说也，则今传

❶ 《中国小说史略》，第2—3页。

> 《鬻子》为小说而非道家尚奚疑哉？（又《青史子》五十七篇，杨用修所引数条皆杂论治道，殊不类今小说。）❶

针对这个疑问，历代的研究者各有解说，观点不一。笔者将从不同学科的形成与发展角度出发，重新对小说观念形成初期的一些现象及其背后的成因作一考察，以求探索小说领域中的一些新的研究思路与方法。

中国古代很早就有史官的传统，班固《汉书・艺文志》“六艺略”中“春秋家”的小序记载：“古之王者世有史官，君举必书，所以慎言行，昭法式也。左史记言，右史记事，事为《春秋》，言为《尚书》，帝王靡不同之。”❷《隋书・经籍志》总序曰：“夫经籍也者，先圣据龙图，握凤纪，南面以君天下者，咸有史官，以纪言行。言则左史书之，动则右史书之。故曰‘君举必书’，惩劝斯在。考之前载，则《三坟》《五典》《八索》《九丘》之类是也。下逮殷、周，史官尤备，纪言书事，靡有阙遗……”❸但是史学学科的系统建构直到班固编撰《汉书・艺文志》的两汉时期，仍然没有完成，史学著作长期依附于经学之下，未能独立归类。例如后世认为的一些史学著作，被归属于“六艺略”中的“春秋家”类、“诸子略”中的“儒家”类等等，最具代表性的莫过于司马迁的《史记》130 篇，在当时仍以它的本名《太史公》被著录于“春秋家”类。虽然这些史书没有被另立一类，但班固将其著录于春秋类，也还是符合史学发展的实际的。这倒不一定是从史书撰成数量的多寡上所作出的判断，更为重要的是《太史公》之类的史书，皆承继春秋而作的缘故。

史部作为独立类别的出现，大抵开始于曹魏时期。《隋书・经籍志》记载：

---

❶ 《少室山房笔丛》卷二十九《九流绪论下》，第 280 页。
❷ 《汉书》卷三十，第 1715 页。
❸ 《隋书》卷三十二，第 904 页。

> 魏秘书郎郑默，始制《中经》，秘书监荀勖，又因《中经》，更著《新簿》，分为四部，总括群书。一曰甲部，纪六艺及小学等书；二曰乙部，有古诸子家、近世子家、兵书、兵家、术数；三曰丙部，有史记、旧事、皇览簿、杂事；四曰丁部，有诗赋、图赞、《汲冢书》，大凡四部合二万九千九百四十五卷。❶

但相对于四分法的类别处理，目录学的六分法仍旧习惯于将史籍依附于经学的范畴之下，如南朝刘宋时期的王俭编撰《七志》，“一曰《经典志》，纪六艺、小学、史记、杂传”❷，回归了刘歆《七略》对于史籍的传统处理方法。

这种情况的发生，大多数学者都认为是由于那个时候史学著作的数量太过单薄，所以不需单独设立类别。南朝萧梁时期的阮孝绪编撰《七录》，首次表达了这种观点。他在《七录》的序言中说：

> 刘（歆）、王（俭）并以众史，合于《春秋》，刘氏之世，史书甚寡，附见《春秋》，诚得其例。今众家记传，倍于经典，犹从此志，实为繁芜；且《七略》“诗赋”，不从“六艺”诗部，盖由其书既多，所以别为一略。今依拟斯例，分出众史，序“记传录”为内篇第二。❸

这种观点影响深远，元代马端临撰《文献通考·经籍考》，在“《汉志》九家四百一十一篇”下，也认为：

> 按：班孟坚《艺文志》，《七略》无史类，以《世本》以下诸书附于“六

---

❶❷ 《隋书》卷三十二，第906页。
❸ 《广弘明集》卷三《归正篇》，第112页。

艺略·春秋”之后，盖《春秋》即古史，而春秋之后，惟秦、汉之事，编帙不多，故不必特立史部。后来传代既久，史言既多，而述作之体亦不一，《隋志》史之类已有十三门，唐以后之志皆因之。❶

从《七录》著录史籍的数量上看：

“记传录”内篇二：

国史部：二百一十六种，五百九帙，四千五百九十六卷。

注历部：五十九种，一百六十七帙，一千二百二十一卷。

旧事部：八十七种，一百二十七帙，一千三十八卷。

职官部：八十一种，一百四帙，八百一卷。

仪典部：八十种，二百五十二帙，二千二百五十六卷。

法制部：四十七种，九十五帙，八百八十六卷。

伪史部：二十六种，二十七帙，一百六十一卷。

杂传部：二百四十一种，二百八十九帙，一千四百四十六卷。

鬼神部：二十九种，三十四帙，二百五卷。

土地部：七十三种，一百七十一帙，八百六十九卷。

谱状部：四十二种，四百二十三帙，一千六十四卷。

簿录部：三十六种，六十二帙，三百三十八卷。

右十二部，一千二十种，二千二百四十八帙，一万四千八百八十八卷。❷

相比《汉书·艺文志》著录，的确数量激增，蔚为大观。故唐初修撰《隋书·

❶ [元]马端临：《文献通考》卷一百九十一《经籍考十八》，中华书局，1986年，第1619页。

❷ 《广弘明集》卷三《归正篇》，第113—114页。

经籍志》时，沿袭了《七录》对史籍的处理态度，“班固以《史记》附《春秋》，今开其事类，凡十三种，别为史部”❶。

这种观点是否能完全揭示刘歆《七略》、班固《汉书·艺文志》等不单独设立史部，而荀勖《新簿》、阮孝绪《七录》、《隋书·经籍志》等单独设立史部的原因呢？笔者认为仍然有继续讨论的余地。因为仅从史籍的数量多寡来作定性的判断，毕竟只是对史学发展的纵向时间考察，而缺乏横向的类型对比。例如，《汉书·艺文志》“六艺略”中“春秋家”类共著录“二十三家，九百四十八篇”，其中在“《议奏》三十九篇”后，分别著录“（左丘明）《国语》二十一篇、（刘向）《新国语》五十四篇、《世本》十五篇、《战国策》三十三篇、《奏事》二十篇、（陆贾）《楚汉春秋》九篇、《太史公》百三十篇、冯商所续《太史公》七篇、《太古以来年纪》二篇、《汉著纪》百九十卷、《汉大年纪》五篇”❷等史籍共12家525篇（卷），占“春秋家”类全部著录书籍的一半以上。而“诸子略”中的“名家”类只有7家36篇、“墨家”类只有6家86篇；“兵书略”中的“兵形势家”类只有11家92篇，图18卷；“术数略”中的“形法家”类只有6家122卷；“方技略”中的“医经家”“经方家”“房中家”“神仙家”等类，都以较少的篇幅独立成类，篇幅远超于此的史籍为何不能独立成类呢？可见，仅用史籍数量的多寡来解答这个问题，即使放在两汉时期，依然不能全面地说明问题。

其实，班固在撰写《艺文志》“春秋家”类的小序时，已经间接说明了不单独设立史部的原因：

> 周室既微，载籍残缺，仲尼思存前圣之业，乃称曰：“夏礼吾能言之，杞不足征也；殷礼吾能言之，宋不足征也。文献不足故也，足则吾

---

❶ 《隋书》卷三十三，第993页。

❷ 《汉书》卷三十，第1714页。

> 能征之矣。"以鲁周公之国，礼文备物，史官有法，故与左丘明观其史记，据行事，仍人道，因兴以立功，就败以成罚，假日月以定历数，借朝聘以正礼乐。有所褒讳贬损，不可书见，口授弟子，弟子退而异言。丘明恐弟子各安其意，以失其真，故论本事而作传，明夫子不以空言说经也。《春秋》所贬损大人当世君臣，有威权势力，其事实皆形于传，是以隐其书而不宣，所以免时难也。❶

这就奠定了中国传统史学的例法。唐代刘知幾撰《史通》时，也认同这一点："夫子所修之史，是曰《春秋》。"❷马端临则直接认为"《春秋》即古史"❸。章学诚撰《文史通义》和《校雠通义》，更是强化了这一点。其曰："史之大原，本乎《春秋》。《春秋》之义，昭乎笔削。笔削之义，不仅事具始末，文成规矩已也。以夫子'义则窃取'之旨观之，固将纲纪天人，推明大道，所以通古今之变而成一家之言者。"❹又曰："二十三史，皆《春秋》家学也。本纪为经，而志、表、传录，亦如《左氏传》例之与为始终发明耳。"❺逯耀东也认为：

> 《汉书·艺文志》不另立史部，和史学著作篇帙的多寡无关。《汉书·艺文志》所以将史部书籍附于《春秋家》，是因为当时史的独立概念还没有形成，经史没有分立，史学不过是依附于经学下的一个旁支而已。同时汉代认为《春秋》本身就是史，不论在体例和义例方面，都

---

❶ 《汉书》卷三十，第1715页。

❷ [唐]刘知幾著，[清]浦起龙通释：《史通通释》卷十四《惑经第四》，上海古籍出版社，2009年，第370页。

❸ 《文献通考》卷一百九十一《经籍考十八》，第1619页。

❹ [清]章学诚著，叶瑛校注：《文史通义校注》卷五《答客问上》，中华书局，1985年，第470页。

❺ 《校雠通义》卷一《宗刘第二》，第956页。

是中国史学的最高原则，又是中国史学的根源。❶

逯文有详细的论述，这里不再赘述，笔者仅将其观点——“当时史的独立概念还没有形成，经史没有分立”——作为下文论述的一个背景与旁证。

班固编撰《汉书·艺文志》时，由于史的独立概念还未形成，史学体系还未全面构建，所以史籍依附于经学之下的“春秋”类。那么根据这个原则，在班固编撰《汉书·艺文志》的同时，如果一门学科仍处于还未表现出成熟特征的发展之初期阶段，就有可能被班固归属到不恰当的类别中，给今天的研究设置了层层迷雾。考虑到小说在形成初期，即先秦与两汉时期，具有较为驳杂的发展状态，尤其是《汉书·艺文志》著录的小说作品与《隋书·经籍志》及以后各个时期史志书目著录的小说作品性质明显不同，因此，我们确实有必要“辨章学术，考镜源流”❷，重新审视《汉书·艺文志》中的“小说家”及其观念。

前文已经讨论了班固在《汉书·艺文志》中对“小说家”的品评，但如果仅仅依据这一篇小序中的阐述，我们还无法全面掌握班固的品评例法，及其与其他诸子各家相比下对“小说家”的认知好恶程度。所以，不妨再将“诸子略”中的其余九家作一比较：

儒家者流，盖出于司徒之官，助人君顺阳阳明教化者也。游文于六经之中，留意于仁义之际，祖述尧、舜，宪章文、武，宗师仲尼，以重其言，于道最为高。孔子曰：“如有所誉，其有所试。”唐、虞之隆，殷、周之盛，仲尼之业，已试之效者也。然惑者既失精微，而辟者又随时

❶　逯耀东：《〈隋书·经籍志·史部〉形成的历程》，见氏著《魏晋史学的思想与社会基础》，中华书局，2006 年，第 24 页。

❷　《校雠通义》卷一《叙》，第 1011 页。

抑扬，违离道本，苟以哗众取宠。后进循之，是以《五经》乖析，儒学浸衰，此辟儒之患。

道家者流，盖出于史官，历记成败存亡祸福古今之道，然后知秉要执本，清虚以自守，卑弱以自持，此君人南面之术也。合于尧之克攘，《易》之嗛嗛，一谦而四益，此其所长也。及放者为之，则欲绝去礼学，兼弃仁义，曰独任清虚可以为治。

阴阳家者流，盖出于羲和之官，敬顺昊天，历象日月星辰，敬授民时，此其所长也。及拘者为之，则牵于禁忌，泥于小数，舍人事而任鬼神。

法家者流，盖出于理官。信赏必罚，以辅礼制。《易》曰“先王以明罚饬法”，此其所长也。及刻者为之，则无教化，去仁爱，专任刑法而欲以致治，至于残害至亲，伤恩薄厚。

名家者流，盖出于礼官。古者名位不同，礼亦异数。孔子曰：“必也正名乎！名不正则言不顺，言不顺则事不成。”此其所长也。及謷者为之，则苟钩鈲析乱而已。

墨家者流，盖出于清庙之守。茅屋采椽，是以贵俭；养三老五更，是以兼爱；选士大射，是以上贤；宗祀严父，是以右鬼；顺四时而行，是以非命；以孝视天下，是以上同；此其所长也。及蔽者为之，见俭之利，因以非礼，推兼爱之意，而不知别亲疏。

从横家者流，盖出于行人之官。孔子曰：“诵《诗》三百，使于四方，不能专对，虽多亦奚以为？”又曰：“使乎，使乎！”言其当权事制宜，受命而不受辞。此其所长也。及邪人为之，则上诈谖而弃其信。

杂家者流，盖出于议官。兼儒、墨，合名、法，知国体之有此，见王治之无不贯，此其所长也。及荡者为之，则漫羡而无所归心。

农家者流，盖出于农稷之官。播百谷，劝耕桑，以足衣食，故八政一曰食，二曰货。孔子曰"所重民食"，此其所长也。及鄙者为之，以为无所事圣王，欲使君臣并耕，悖上下之序。[1]

从以上九家的小序我们可以看出，班固对诸子十家有一个模式化的品评例法，即在小序的阐述中，分为十分清晰的三个层次。首先说明这一学派的渊源出处，大抵出自哪一类王官之守。其次再论述这一学派的主要学术特点，以及相关优点。最后批评这一学派的不足之处。通览诸子十家的小序，班固对各种学派的优劣品评，往往用儒家标准加以权衡考量。从整个学术的宏观角度考虑，班固这样处理，显然有其整齐划一、一目了然之用，但是具体到特殊的学科门类和特征，自然就无法对其独特的学术特色有一全面的概述。站在儒家的立场上，班固为了追求诸子十家的普遍性，难免就会削弱一些当时并不显眼，却在各学科体系独立发展中起到十分重要作用的独特性。

这样来看"小说家"类的小序，如果说班固对小说家的来源、对小说作品的创作与流传特征还尚属无意识的客观描述，那么对小说作品的社会功用优劣高低的评价，则完全被其纳入了儒家的价值体系。因此，仅从"小说家"类的小序，来判别小说在先秦与两汉时期的实际发展状态，无疑会造成小说研究的溯源偏差。具体到"小说家"类著录的先秦时期到两汉的 15 家共 1380 篇小说作品，班固表现出特定的价值取向。诸子十家的各类作品，班固自注往往介绍作者及创作时代，亦有少量介绍作品内容。唯有"小说家"类前九家，即先秦时期的作品，班固在自注中增加了自己的评判好恶，出现了诸如"其语浅薄""其言浅薄""非古语""迂诞"这样表明作品语言特色的断语，并且认为作品"似依托""似因托""皆依托""依托"。而后六家

[1] 《汉书》卷三十，第 1728、1732、1734—1735、1736、1737、1738、1740、1742、1743 页。

两汉时期的作品，班固则恢复了传统的自注例法，以介绍作者及创作时代为主。这样看来，班固对待前九家先秦时期的“小说家”作品，已持有先入为主的儒家评判标准，在把握作品的主要特征时也就难免会出现偏差。

从前文的讨论来看，班固在《汉书·艺文志》“小说家”类小序中的论述，并没有完全体现出15家小说作品的整体面貌与特征。先秦时期的小说作品与两汉时期的小说作品，具有完全不同的风格特征。先秦时期的小说，无论从作品的内容还是表现形式上，都呈现出与史学发展起始阶段，即古史相似的特征，可以作为史料或者说史学发展的旁支来处理。两汉时期的小说，继承了古史记言与记事的两种表现类型，而内容逐渐与史学发展的主脉相偏离。综合考虑，在两汉时期经史未分的大背景下，史学与小说两种体系，同时在发展与完善。而小说最初呈现的特征，无疑更加贴近于史学的脉络，偏离于诸子九家，甚至可以说与史学一脉同生。至于班固将其归入“诸子略”，则无疑是受汉代小说作品的驳杂冲击，而忽略了小说最初的生发之由，并且史籍尚依附经学，无独立之类别，则小说又如何依附呢？姑且归入九流之末，作一无奈的选择。而这种在小说生发之初的错位选择，不仅为小说体系的发展增添了诸多复杂因素，也深深影响了后世对于小说的判断与认知。

小说在产生之初，较之诸子之说更接近于古史的特征，只是由于《汉书·艺文志》将史籍依附于“六艺略”的“春秋家”类，史学尚未独立于经学，加之小说由于形制及功用的局限，无法再依附于经学之下的史学，只能归属于“诸子略”的九流之末，在形成初期即被归属错位。至《七录》将史学独立出经学、单独设类之时，由于小说观念的进一步发展与变化，逐渐脱离了古史的特征，且又不能符合史学的发展主脉，因此无法再归入已经成熟的新型史学体系，只能将错就错，栖居在子部之末。另一方面，深受《汉书·艺文志》的学术影响，后世不得不沿用这一无奈的定位。这一发展与变化的具体情况，后文将继续讨论。

第三章　新变的萌发

——魏晋时期的小说发展

班固在《汉书·艺文志》中首次建立了小说学体系，初步阐述了汉人对小说的认识情况，将小说的社会功能置于这一门类的核心位置。同时期的桓谭则从小说作品的表现方式与技巧等层面作出了归纳总结与理论阐述，初步奠定了小说独立文体意义的重要基础。在汉代小说体系形成后，魏晋时期的小说学走向又是如何的呢？建安七子之一的徐幹在其《中论》中，对小说作出了自己的评判。《中论·务本》篇曰：

> 人君之大患也，莫大于详于小事而略于大道，察其近物而暗于远图，故自古及今未有如此而不乱也，未有如此而不亡也。夫详于小事而察于近物者，谓耳听乎丝竹歌谣之和，目视乎雕琢采色之章，口给乎辩慧切对之辞，心通乎短言小说之文，手习乎射御书数之巧，体骛乎俯仰折旋之容。凡此者观之足以尽人之心，学之足以动人之志，且先王之末教也，非有小才小智，则亦不能为也。是故能为之者，莫不自悦乎其事，而无取于人，以人皆不能故也。❶

---

❶ [汉]徐幹：《中论》，四部丛刊本，据上海涵芬楼借江安傅氏双鉴楼藏明嘉靖乙丑青州刊本影印。又有《摛藻堂四库全书荟要》本，第247册，世界书局，1988年，第607—608页。

从徐幹的论述看，尽管其并未有意识地去对小说进行讨论，作出的评判也不能自成系统，但依然符合《汉书·艺文志》关于小说的概念与理论框架。如果说《汉书·艺文志》从优劣两方面对小说的表现特征及社会功用性进行了总体的阐述，桓谭侧重于肯定小说的表现技巧及社会功用性，徐幹则对小说社会功用性的有限程度作出了近乎苛刻的评判。徐幹将人主阅读“短言小说”与听“丝竹歌谣”等六事并列，作为与人主“略于大道”“暗于远图”相对的不智之举，并认为这种行为将导致亡国。由于徐幹的这篇文章主要基于对人主治国进行规谏的目的，因此本来就属于“小道”的小说在客观上自然被置于不利的评判立场。加之徐幹并未有意识地专门讨论小说，所以分析的语句难免会有一定程度的偏颇与片面，对小说社会功用性的评价出现了与桓谭截然相反的论断。但我们必须承认，徐幹的这种论述完全承袭了《汉书·艺文志》对小说社会功用性的评价，只是在批评的力度上有所加大。其对小说的认知态度，或对小说体系的进一步发展与构建，既未有实质性的开拓，也没有实质性的倒退。

当然，也有承袭桓谭的肯定观点，对小说作出了与徐幹所论完全相反的评判。曹植在《与杨德祖书》中，表达了对小说的积极认知：

> 夫街谈巷说，必有可采，击辕之歌，有应风雅，匹夫之思，未易轻弃也。辞赋小道，固未足以揄扬大义，彰示来世也。昔杨子云先朝执戟之臣耳，犹称壮夫不为也。吾虽德薄，位为蕃侯，犹庶几戮力上国，流惠下民，建永世之业，留金石之功，岂徒以翰墨为勋绩，辞赋为君子哉！若吾志未果，吾道不行，则将采庶官之实录，辩时俗之得失，定仁义之衷，成一家之言。虽未能藏之于名山，将以传之于同好，非要之皓首，岂今日之论乎！❶

❶ 《文选》卷第四十二，第1903—1904页。

曹植对小说“街谈巷说”的特征，坚持了刘向、刘歆《七略》，班固《汉书·艺文志》与桓谭《新论》中对小说的价值判断，认为“必有可采”，并将小说这样的“小道”上升到“有应风雅”的高度，作出“未易轻弃”的理论提升，这就使得小说的社会功用与表现技巧都得到了双重认可，再次获得了存在的合理性。

第一节　“俳优小说”——小说称谓的第一次泛化

曹植“诵俳优小说数千言”事，最初记载于曹魏时期鱼豢所撰《魏略》一书。刘知幾《史通·古今正史》篇云：“魏时京兆鱼豢私撰《魏略》，事止明帝。”❶但裴松之注《三国志》，在《魏书·三少帝纪》中曾引《魏略》补充司马师废齐王曹芳，以及郭太后立高贵乡公曹髦等事❷，故《魏略》记事并非止于明帝。《魏略》云：

> (邯郸)淳一名竺，字子叔，博学有才章，又善《苍》、《雅》、虫、篆、许氏《字指》。初平时，从三辅客荆州。荆州内附，太祖素闻其名，召与相见，甚敬异之。时五官将博延英儒，亦宿闻淳名，因启淳欲使在文学官属中。会临菑侯植亦求淳，太祖遣淳诣植。植初得淳甚喜，延入坐，不先与谈。时天暑热，植因呼常从取水自澡讫，傅粉，遂科头拍袒，胡舞五椎锻、跳丸击剑、诵俳优小说数千言讫，谓淳曰：“邯郸生何如邪?”于是乃更着衣帻，整仪容，与淳评说混元造化之端，品物区别之意，然后论羲皇以来贤圣名臣烈士优劣之差，次颂古今文章赋诔及当官政事宜所先后，又论用武行兵倚伏之势。乃命厨宰，酒炙交至，

❶ 《史通通释》卷十二《古今正史第二》，第 322 页。

❷ 《三国志》卷四《魏书·三少帝纪第四》，第 130—131 页。

坐席默然，无与伉者。及暮，淳归，对其所知叹植之材，谓之"天人"。而于时世子未立，太祖俄有意于植，而淳屡称植材。由是五官将颇不悦。及黄初初，以淳为博士给事中。淳作《投壶赋》千余言奏之，文帝以为工，赐帛千匹。❶

学界对此段资料多有讨论，但因为研究标准不一，故立论往往不同，阐发角度大抵从汉魏以后小说具有娱乐性的欣赏功能来各自解说。而我们从曹植"诵俳优小说数千言"事发生前后的相关小说观念记载——现存资料中最直接、可信的莫过于《汉书·艺文志》与《隋书·经籍志》中对小说的相关著录——并不能发现小说体系的发展脉络中，在曹魏时期或之后有类似性质的小说作品著录。虽然刘勰《文心雕龙》曾记载"魏文因俳说以著笑书"❷，《隋书·经籍志》"小说"类也有"《笑林》三卷，后汉给事中邯郸淳撰"❸的著录，作品显示出娱乐性的特征，但依据《笑林》现存文字，每则短小，并不符合"数千言"之篇幅标准❹；退一步说，即使我们可以认为"数千言"是若干短篇的叠加，间接符合汉代以来小说"丛残小语"的形制，但其笑话题材的特征描述与超出了汉代小说观念"小道"核心特征的表述范围，实非汉代小说体系构建下的小说。那么，《魏略》所云"俳优小说"的具体情况如何呢？

在考察这个问题时，我们必须注意的是，曹植"诵俳优小说数千言"之前，先有一个表演准备事宜的铺垫，因为"时天暑热"，所以"呼常从取水自澡讫，傅粉"，"科头拍袒"。在完成这些准备工作后，方才"胡舞五椎锻、跳丸击剑、诵俳优小说数千言"，进行了这些俳优技巧的表演。从《魏略》的

❶ 《三国志》卷二十一，第603页。
❷ 《文心雕龙注》卷三《谐隐第十五》，第271页。
❸ 《隋书》卷三十四，第1011页。
❹ 《古小说钩沉》辑得29则，可参。《古小说钩沉》，第39—44页。

记载来看，我们可以确定这些表演内容具有并行性，同属于俳优技巧的范畴。而这些俳优表演完成后，曹植才“更着衣帻，整仪容，与淳评说混元造化之端，品物区别之意，然后论羲皇以来贤圣名臣烈士优劣之差，次颂古今文章赋诔及当官政事宜所先后，又论用武行兵倚伏之势”。显然，这些俳优表演与后面的论道并不属于同一个层面。曹植这样区分，也有展示自己多才多艺，既可以坐谈大道，也具备与大道相对的技艺本领的意图。曹植及曹氏家族皆好俳优，学界已多有讨论，本文不再赘述，仅就曹植此行为的具体内容等相关因素略作引申。

曹植在“胡舞五椎锻、跳丸击剑、诵俳优小说数千言”时，他的妆扮是“傅粉”与“科头拍袒”，这是汉魏以来典型的俳优特征。尤其是“科头拍袒”等装饰及动作特征，多见于近年考古发现的汉代人物俑、雕刻、壁画等实物资料。1954 年四川成都羊子山 2 号墓出土东汉“乐舞百戏画像砖”（图 1，图 2），“图左上方男女歌伎席地而坐，男伎正舒长袖而歌。下方两乐伎席地跽坐，捧排箫吹奏。右上方两伎头上椎髻，上身赤裸，一伎正跳弄七丸于空中，另一伎左肘击瓶，右手握剑向上，剑尖正跳弄一丸，惊险娴熟的表演，扣人心弦。其下方一男伎，头上椎髻并有饰物，上身赤裸，大腹丰凸，正屈膝伸掌执桴欲击前面的鼓，并张口歌唱，神态诙谐滑稽。对面

图 1　成都“乐舞百戏画像砖”
（原砖高 40.0 cm，宽 46.4 cm）

图 2　“乐舞百戏画像砖”拓片

一女伎，头挽双髻，上身紧束，下穿喇叭裤，细腰束带，手执短棒，棒上系长巾。舞人正侧身面向乐人，左足向后上提，正用足尖蹈其覆盘，同时举袖起舞"。❶

画面形象地反映出俳优活动中如"科头拍袒""跳丸击剑"等典型性的特征。而"科头拍袒"的形象装束，亦常见于其他出土实物资料，如在四川汉墓出土的大量说唱陶俑中，"科头拍袒"成为一种最典型的俳优装束，往往人物被塑造成身材矮胖、袒胸露乳、长裤松垮、抱鼓执桴、表情夸张的侏儒说唱俑形象。如 1971 年在四川遂宁县东汉墓出土了一座反映富人生活的两层陶楼器具（图 3），上层为正在表演的抚琴俑和歌唱俑，下层右侧有一个上身袒裸的说唱俑，张口伸舌，握桴击鼓说唱。❷又如 1957 年在成都天回山 3 号崖墓出土的东汉灵帝时的坐式击鼓说唱俑（图 4）❸、1963 年在四川郫县宋家林东汉墓出土的立式击鼓说唱俑（图 5）❹，都是这种形象

图 3　遂宁"陶楼"

图 4　成都"坐式击鼓说唱俑"

❶ 原藏重庆市博物馆，现藏中国历史博物馆。参见《中国音乐文物大系 · 四川卷》，大象出版社，1996 年，第 167 页；《中国音乐文物大系 · 北京卷》，大象出版社，1999 年，第 183 页。

❷ 现藏四川省博物馆。参见《中国曲艺志 · 四川卷》，中国 ISBN 中心，2003 年，第 278 页。

❸ 原藏四川省博物馆，现藏中国历史博物馆。参见《中国音乐文物大系 · 北京卷》，第 191 页。

❹ 现藏四川省博物馆。参见《中国音乐文物大系 · 四川卷》，第 209 页。

图 5　郫县“立式击鼓说唱俑”

图 6　资阳“坐式说唱俑”

图 7　乐山“坐式说唱俑”

的代表。当然，也还有另外一种衣着整齐、体貌端庄、安然跽坐、面带笑容的击鼓说唱俑形象，如 1951 年资阳东汉墓出土的说唱俑（图 6）❶、1981 年乐山九峰乡东汉崖墓出土的说唱俑（图 7）❷，就是这种类型。于天池以为此种现象是“两汉的俳优完成了由侏儒向普通人构成的转变”❸，这也为曹植对俳优的模仿行为找到了一定的依据。

考察以上实物资料会发现，四川出土的人物俑往往都携带小鼓等表演器具，而在河北、扬州等地还出土了一些不使用任何表演器具的人物俑形象。如 1968 年 12 月在河北满城西汉

❶ 现藏重庆市博物馆。参见《中国音乐文物大系・四川卷》，第 214 页。

❷ 现藏乐山市崖墓博物馆。参见《中国音乐文物大系・四川卷》，第 217 页。

❸ 于天池：《两汉俳优解》，《中国典籍与文化》2005 年第 2 期。

中山靖王刘胜墓出土的一对铜说唱俑(图 8)❶,两俑都是上身半裸,席地而坐,一个竭力表演,一个神态安详,动静相形。1973 年 3 月在扬州邗江县胡场 1 号西汉墓中出土的两件木质说唱俑(图 9)❷,两俑也都是席地而坐,面带喜色,神情生动,一俑平顶大腹,右手上扬,左手按腹,一俑左臂撑于左腿,右臂弯曲向上,都是说唱之态。

图 8　满城“铜说唱俑”

图 9　扬州“木说唱俑”

图 10　诸城“乐舞百戏画像石”拓片(局部)

图 11　“乐舞百戏画像石”线图(局部)

曹植模仿俳优行为的另一项内容“跳丸击剑”,在前文所引成都羊子山 2 号墓出土东汉“乐舞百戏画像砖”上已经有直观表现。这里再举一例。

❶ 现藏河北省博物馆。

❷ 原藏扬州市博物馆,现藏中国历史博物馆。参见《中国音乐文物大系・上海江苏卷》,大象出版社,1996 年,第 313 页。

1968年春，山东诸城前凉台东汉墓出土“乐舞百戏画像石”（图10，图11）❶，也是乐舞杂戏各种表演集聚一堂的表演场面。从这幅石像图看，“跳丸剑”或“跳丸击剑”具有不同于前图内容的细节差异，丸、剑同时腾跃，技巧性的表现更加形象生动。

通过以上诸图中这些俳优活动的具体表现，我们可以推断曹植“诵俳优小说数千言”事，显然也与上文中所引人物俑的特定活动有一定联系。那么，这个“俳优小说”的性质究竟为何，成为理解魏晋小说观念发展与体系建构必须突破的一个关键点。王齐洲在对曹植“诵俳优小说数千言”事发生背景梳理的基础上，从体制、表演、语源、词义等方面作出判断，认为曹植“诵俳优小说”实际诵的是“俗赋”，并进一步认为“俗赋是通俗小说的起源”。❷笔者以为该观点还有待商榷。曹植“诵俳优小说数千言”，实际是中国早期曲艺形式——“说话”伎艺的一种体现。就其所诵“俳优小说”的具体内容，既非《汉书·艺文志》构建观念范畴内的小说，亦非“俗赋”，而是具有两种类型的题材趋向。一为带有与“俗赋”相似特征的韵语，且这种韵语可能会呈现出一定的叙事性特征。一为笑话，且这种笑话也可能会呈现出一定的叙事性特征。但是不论是韵语还是笑话，即使具有某种稳定的文本表现形式，也不属于《汉书·艺文志》小说观念的进一步发展，而是促进中国通俗小说萌芽的因素之一。

《周礼·春官宗伯·大司乐》：“以乐语教国子，兴、道、讽、诵、言、语。”郑玄注曰：“倍文曰讽，以声节之曰诵。”❸倍，在这里同“背”，就是不目视的

---

❶ 该墓计汉画像12石，画面18幅。“乐舞百戏画像石”为其中之一。据同出的讲经画像石上隶书题刻，可知墓主为卒于东汉顺、桓之际的汉阳太守孙琮。该石现藏诸城市博物馆。参见《中国音乐文物大系·山东卷》，大象出版社，2001年，第324页。

❷ 王齐洲、屈红梅：《曹植诵俳优小说发覆》，是文于2011年3月26—28日在广州暨南大学举办的“跨文化视野下中国古代小说学术研讨会”提交。

❸ [汉]郑玄注，[唐]贾公彦疏：《周礼注疏》卷二十二，《十三经注疏》，第787页。

读。诵,也并非是简单的背诵,而是有节奏地吟咏。《说文解字》曰:“讽,诵也。”[1]又曰:“诵,讽也。”[2]段玉裁注《说文》时,认为这种情况是因为《周礼经》的郑玄注是分而言之的,讽、诵作为两类而区别。许慎《说文解字》是统而言之的,讽、诵作为一体。[3]不论讽、诵在各个时期的指代内涵发生了何种变化,我们可以认定,在许慎撰《说文解字》的汉代,讽与诵的特征已经趋于同流。也就是说,诵既具有讽的背诵特征,也具有自身按节奏吟咏的特征。《汉书·艺文志》“诗赋略”的总序称“不歌而诵谓之赋”[4],正说明汉代的赋脱离了“诗三百”时期可以配乐歌唱的阶段,但依然保留了须按节奏吟咏的特点。同时,由于篇幅所限,需要吟咏者加以背诵才能从形式上完成诵赋的全部环节。那么,如何才能更有利于吟咏者背诵呢?文本的语句安排必须有节奏,进而有适当的韵,才适合背诵长篇巨制。这些特征综合起来,就是汉赋所显现的一些文体特征,也包括与大赋相对的俗赋。

但是,我们又不能因此就完全肯定地将“诵俳优小说”理解为就是诵赋,或者诵俗赋。俳优作为一种早期曲艺形式,往往由侏儒倡优之类加以演绎,无法具备与承担作为庙堂之文复述者的相应地位。即使是俗赋之流,杂以叙事,仍未脱“登高能赋可以为大夫”[5]的总体特征。因此,说俗赋是“俳优小说”的内容体现,具有逻辑判断上的先天不足。笔者以为,曹植“诵俳优小说”,其一种可能为诵的是一种与赋或者俗赋具有相似特征的韵语。这些韵语,虽然在篇幅上已达到“数千言”,但具有鲜明的节奏,或者在语句陈述的连接、末端等处具有韵脚,因此在形制上适合伎艺者的背诵与表演。也正是这两个特点,与赋或俗赋的表现特征相似,使一些研究

---

[1] [汉]许慎撰,[清]段玉裁注.《说文解字注》三篇上,上海古籍出版社,1981年,第90页。

[2][3] 《说文解字注》三篇上,第90页。

[4][5] 《汉书》卷三十,第1755页。

者假以类物。从另一方面看，韵语达到“数千言”，反映出这种文体形式吸收了汉赋铺陈的特点，但我们不能反过来说，具有铺陈特点的文体就是汉赋或者俗赋。

从表现内容看，俗赋在汉赋的发展中，的确进入了杂以叙事的阶段，并呈现出鲜明的叙事特征。但这只能说明汉赋在发展中，将自身的范畴加以开拓，引入了新的发展因素。而在俗赋出现的前后阶段，我们并没有发现史籍记载的小说观念有前者的体现。因此，认为小说在发展过程中的某一阶段，出现了以俗赋为代表的内容或体裁，是一种误解。而曹植“诵俳优小说”，在内容上也可以吸收叙事赋的一些表现特征，但也不必排除“俳优”自身已经具有的笑话娱乐的主要特点。这些适时而生的新的特征，也就丰富与发展了“说话”伎艺。而“说话”的底本，在吸收了俗赋叙事特征的基础上，不断演化，就成为通俗小说萌芽的因素之一。张莉在探讨“俳优小说”与说话伎艺的关系时，也认为：“俳优小说以‘诵’的形式呈现出来，说明表演的内容在某种程度上是被重述的，这很可能形成了某种固定的演述模式。曹植所诵俳优小说长达数千言，说明俳优的诵说表演已非简短的笑话和只言片语的插科打诨，应该有一定的表演内容和程式，况且数千言的内容还存在记忆方面的困难，无疑需要预先排练。”❶

在排除了以俗赋作为“俳优小说”的指代内容后，我们还需解决的一个问题是，为何会出现“俳优小说”这个语词？笔者以为，此“俳优小说”的重点指向在于说明“俳优”的特征，而不是“小说”，这个语词的真正含义是“俳说”而非“小说”。

前文已经提及，如淳对《汉书·艺文志》“小说家”小序中的“稗官”作了如下注解：“稗音锻家排。《九章》‘细米为稗’。街谈巷说，其细碎之言

---

❶ 张莉：《从“俳优小说”看“说话”伎艺的初步形成》。

也。王者欲知闾巷风俗，故立稗官使称说之。今世亦谓偶语为稗。”❶如淳所云“稗音锻家排”，应该也和“今世亦谓偶语为稗”一样，同属于用曹魏时期的读音来注解。《三国志》中《魏书·韩暨传》“旧时冶，作马排”句下，裴松之注曰：“蒲拜反，为排以吹炭。”❷刘义庆《世说新语》中《简傲》篇第3条云：“（嵇）康方大树下锻，向子期为佐鼓排。”❸皆可以作为“排”的读音在六朝时期的用例。但是颜师古并不同意如淳的解读：“稗音稊稗之稗，不与锻排同也。”❹而我们再翻检汉唐时期的典籍，确实再没有一例将“稗”读如“排”的用法，故如淳“稗音锻家排”的注解，明显是曹魏当时的读法特色。但是，我们不禁要问，如淳为何要将“稗”读如“排”，并用“偶语为稗”来作注解呢？

饶宗颐在如淳注解的基础上，从读音同声的角度考察，认为“稗既音‘排’，而俳又训偶，故知稗之音为‘排’，乃读为‘俳’。俳与排古常假借混用”，“‘稗’（魏时语）→排（排说）；俳（俳谐，笑林）；诽（谤，诽谤之木）”。并进一步提出：“街谈巷说，必有两人对语，自然是‘偶语’”，“小说家言出于道听途说，是为巷语，亦即偶语”。❺饶宗颐的这个研究思路在重新理解小说范畴发展的层面上，无疑具有开拓价值，但其用曹魏时期的如淳注上溯汉代以前的小说观念，则不免有失当之嫌，如果作为曹魏时期及以后的训读，则是合理的，那么我们就可以为“俳说”作为“偶语”的理解找到一个注脚。偶语，即连偶俗语。蔡邕在给汉灵帝上封事七事中云：“其高者颇引经训风喻之言；下则连偶俗语，有类俳优。”❻指的就是这种偶语。而俳优运用这种偶语形式进行表演，可持韵，有节奏，利于表演者的记忆与背诵。

---

❶❹ 《汉书》卷三十，第1745页。

❷ 《三国志》卷二十四，第677页。

❸ ［南朝宋］刘义庆撰，徐震堮校笺：《世说新语校笺》，中华书局，1984年，第411页。

❺ 《饶宗颐二十世纪学术文集》第5册，第59—67页。

❻ ［宋］范晔撰，［唐］李贤等注：《后汉书》卷六十下，中华书局，1965年，第1996页。

这也符合前文所说“俳优小说”的语体特征。和魏晋时期相距较近的刘勰在《文心雕龙・论说》篇中说：“至如张衡《讥世》，韵❶似俳说；孔融《孝廉》，但谈嘲戏；曹植《辨道》，体同书抄；言不持正，论如其已。”❷又云：“魏文因俳说以著笑书。”❸也说明了“俳说”作为一种具有特定语体特征、题材特征的文体被认可。

而“俳优小说”作为笑话题材的表现形式，魏晋以来一直未有间断，我们在正史的记载中可以发现多例相关记载。《三国志》王粲本传中，裴松之注引《吴质别传》云：

> 酒酣，质欲尽欢，时上将军曹真性肥，中领军朱铄性瘦，质召优，使说肥瘦。真负贵，耻见戏，怒谓质曰：“卿欲以部曲将遇我邪？”骠骑将军曹洪、轻车将军王忠言：“将军必欲使上将军服肥，即自宜为瘦。”真愈恚，拔刀瞋目，言：“俳敢轻说，吾斩尔。”遂骂坐。质案剑曰：“曹子丹，汝非屠几上肉，吴质吞尔不摇喉，咀尔不摇牙，何敢恃势骄邪？”铄因起曰：“陛下使吾等来乐卿耳，乃至此邪！”质顾叱之曰：“朱铄，敢坏坐！”诸将军皆还坐。铄性急，愈恚，还拔剑斩地。遂便罢也。❹

虽然优人俳说的目的是“欲尽欢”，但其内容却影射了曹真之肥与朱铄之瘦，故而简单的戏谑调笑造成了“贵”与“轻”的位置矛盾冲突。

这样看来，笑话题材的俳优小说虽然不登大雅之堂，却依然可以博得

❶ 杨明照认为：“按‘韵’字于义不属，且与下‘但谈嘲戏’句不伦，疑为‘颇’之形误。《哀吊篇》‘卒章五言，颇似歌谣’，《声律篇》‘翻回取韵，颇似调瑟’，句法与此相类，可证。”又云：“《汉书・扬雄传下》：‘雄以为赋者，……又颇似俳优。’亦可证。”参见黄叔琳注，李详补注，杨明照校注拾遗：《增订文心雕龙校注》卷四《论说第十八》，中华书局，2000 年，第 256 页。

❷ 《文心雕龙注》卷四《论说第十八》，第 327—328 页。

❸ 《文心雕龙注》卷三《谐隐第十五》，第 271 页。

❹ 《三国志》卷二十一，第 609—610 页。

人们的喜爱。《北史》李庶本传云：“（李）若性滑稽，善讽诵。数奉旨咏诗，并使说外间世事可笑乐者。凡所话谈，每多会旨。尝在省中，趋而前却，对答学奏事之象，和士开闻而奏之。帝每狎弄之。”❶《南史》陈宗室诸王列传中云：“（始兴王叔陵）夜常不卧，执烛达晓，呼召宾客，说人间细事，戏谑无所不为。”❷皆是如此。

《隋书》陆爽本传附侯白传云：“（侯白）好学有捷才，性滑稽，尤辩俊。举秀才，为儒林郎，通侻不恃威仪，好为诽（俳）谐杂说，人多爱狎之，所在之处，观者如市。”❸侯白“诽（俳）谐杂说”的具体内容，在《启颜录》中有相关记载。其云：

> 白在散官，隶属杨素，爱其能剧谈。每上番日，即令谈戏弄。或从旦至晚，始得归。才出省门，即逢素子玄感，乃云：“侯秀才，可以玄感说一个好话。”白被留连，不获已，乃云：“有一大虫，欲向野中觅肉，见一刺猬仰卧，谓是肉脔。欲衔之，忽被猬卷着鼻，惊走，不知休息。直至山中，因乏，不觉昏睡，刺猬乃放鼻而去。大虫忽起欢喜，走至橡树下，低头见橡斗，乃侧身语云：‘旦来遭见贤尊，愿郎君且避道。’”❹

这样看来，无论是俳谐杂说、俳优小说，还是俳说，就其笑话类的表现题材看，语词的重点自然是落于“俳”，而非“小说”，也就更不会涉及传统观念下的“小说”。

综上，如果我们将“俳说”作为“说”这种文体大类的亚文体，并由于特别强调其“俳优”的独特性，专称其为“俳优小说”，那么我们就可以认定，

---

❶ ［唐］李延寿：《北史》卷四十三，中华书局，1974 年，第 1606 页。
❷ 《南史》卷六十五，第 1583 页。
❸ 《隋书》卷五十八，第 1421 页。
❹ 《太平广记》卷二百四十八，第 1920 页。

曹植“诵俳优小说数千言”事所言“俳优小说”，其实指的是“俳说”。加之这种早期曲艺形式在题材的处理上，多运用笑话类的内容；在表现形式上，尤其是对文本的口头讲说，吸收了一些汉赋特别是俗赋的文体特点，主要体现为文本的节奏与韵律，以及叙事手法的不断介入，研究者往往误以为是中国传统小说观念的新发展。究其文体特征与表演形式，笔者以为，“诵俳优小说”是早期曲艺形式“说话”在曹魏时期的鲜明代表，“俳优小说”的文字底本，即“俳说”作为“说”这种文体的一个小类，在曲艺形式的影响下，专注于叙事性特征的不断发展，最终成为中国通俗小说萌芽的因素之一，而非传统小说观念的新变。

第二节　实录与虚构——史书的创新与小说的坚守

魏晋以后，小说观念的发展与体系的构建发生了如何的变化，依据现有的文献资料，我们很难发现成系统的专门论述，因此对该段时期的小说理论状况，也难以得到一个直观的认识。但是从小说发展史的角度看，本时期的小说创作却呈现出了新变的因素。首先，魏晋杂传大量出现，其中一部分作品在题材、表现手法、创作技巧等方面体现了对一般史传、杂传的创新，并被后代认同为小说，这就需要我们注意这些作品和创作者体现出的小说观念是否偏向于此。其次，晋室南渡后，出现了第一部较为成熟的记言类小说总集《语林》，这也是被《七录》子兵录小说部与《隋书·经籍志》子部小说类著录的第一部记言类小说总集，标志着小说体系中记言类作品表现形式的成熟，并拉开了记言类小说经典之作《世说新语》的序幕。再次，创作者对小说、对所创作作品的认知态度，往往显示出贴近于撰史的范畴而非小说的创作，最鲜明的表现就是追求如同史书撰写时的记实性。

张华《博物志》,《七录》当著录于子兵录的杂部[1],《隋书·经籍志》著录于子部杂家类[2],《日本国见在书目录》著录于杂家[3],《旧唐书·经籍志》改录为丙部子录小说家类[4],《崇文总目》著录于小说类[5],《新唐书·艺文志》著录于丙部子录小说家类[6],《宋史·艺文志》又改录为子部杂家类[7],《四库全书总目》归入子部小说类的琐语之属[8]。是书性质归类比较明确,五代前史志书目归类于杂家,自五代后,史志书目多归入小说类。学界研究现多以地理博物类的志怪小说视之,而其书确"载历代四方奇物异事"。[9]《晋书·张华传》云:"华学业优博,辞藻温丽,朗赡多通,图纬方伎之书莫不详览。"[10]又云:"华强记默识,四海之内,若指诸掌。"[11]这就为张华创作《博物志》提供了必备的主观条件。《晋书·张华传》又云:"雅爱书籍,身死之日,家无余财,惟有文史溢于机箧。尝徙居,载书三十乘。秘书监挚虞撰定官书,皆资华之本以取正焉。天下奇秘,世所希有者,悉在华所。由是博物洽闻,世无与比。"[12]则书籍的收藏也为其创作提供了雄厚的客观条件。值得注意的是,自《隋书·经籍志》后,各种史志书目对《博物志》的著录皆为十卷,《晋书·张华传》也云"华著《博物志》十篇"[13]。但房

---

[1] 《隋书·经籍志》于是条后著录《张公杂记》一卷,附注云:"张华撰。梁有五卷,与《博物志》相似,小小不同。又有《杂记》十卷,何氏撰,亡。"《隋书·经籍志》子部杂家类著录标准承袭《七录》子兵录杂部,《博物志》如被《七录》著录,当归属于杂部。

[2] 《隋书》卷三十四,第 1006 页。

[3] 《日本国见在书目录》,第 52 页。

[4] 《旧唐书》卷四十七,第 2036 页。

[5] 《崇文总目》卷二十七,《中国历代书目丛刊》本第 1 辑上,第 93 页。

[6] 《新唐书》卷五十九,第 1539 页。

[7] [元]脱脱等:《宋史》卷二百五,中华书局,1977 年,第 5208 页。

[8] [清]纪昀、陆锡熊、孙士毅等撰,《四库全书》研究所整理:《四库全书总目》卷一百四十二,中华书局,1997 年,第 1864—1865 页。

[9] [宋]晁公武撰,孙猛校证:《郡斋读书志校证》卷十三,上海古籍出版社,1990 年,第 543 页。

[10] [唐]房玄龄等:《晋书》卷三十六,中华书局,1974 年,第 1068 页。

[11] 《晋书》卷三十六,第 1070 页。

[12] 《晋书》卷三十六,第 1074 页。

[13] 《晋书》卷三十六,第 1076 页。

玄龄等人修撰《晋书》，虽十八家《晋书》尚在，也仅取臧荣绪《晋书》一家作为参考底本，而臧荣绪撰成《晋书》已至南朝萧齐时期，距八王之乱、张华被杀也有 180 年的间隔。加之北魏的常景也对《博物志》做过撙节，“（景）删正晋司空张华《博物志》及撰《儒林》《列女传》各数十篇云”❶。从以上各因素综合来看，诸史志书目对材料的处理未必准确，错讹有可能被沿袭，而《博物志》原书十卷的篇幅认定也不能定案。今见《博物志》佚文残存各类典籍多处，范宁曾作《博物志校证》❷，除正文分十卷 39 目，收录 323 条文字外，又辑得佚文 212 条❸，可见一斑。

相对于正史的著录篇幅，长期作为“杂史”出现的《拾遗记》❹，对《博物志》的篇幅多寡却有详细的记载。《拾遗记》云：

> 挺生聪慧之德，好观秘异图纬之部，捃采天下遗逸。自书契之始，考验神怪，及世间闾里所说，造《博物志》四百卷，奏于武帝。帝诏诘问：“卿才综万代，博识无伦，远冠羲皇，近次夫子。然记事采言，亦多浮妄，宜更删翦，无以冗长成文。昔仲尼删《诗》《书》，不及鬼神幽昧之事，以言怪力乱神；今卿《博物志》，惊所未闻，异所未见，将恐惑乱于后生，繁芜于耳目，可更芟截浮疑，分为十卷。”即于御前赐青铁砚，此铁是于阗国所出，献而铸为砚也；赐麟角笔，以麟角为笔管，此辽西国所献；侧理纸万番，此南越所献。后人言“陟里”，与“侧理”相

❶ 《北史》卷四十二《常景传》，第 1562 页。

❷ ［晋］张华撰，范宁校证：《博物志校证》，中华书局，1980 年。按，范宁作《博物志校证》，以清乾隆戊申年汪士汉用《古今逸史》板片修补校刻而成的“秘书二十一种本”作为底本。

❸ 范宁辑佚的明清部分材料也见于前代记载，不是明清时人直接引自别本的《博物志》。又按，祝洪杰译注的《博物志》对佚文的断目稍有不同，作 214 条。参见［晋］张华著，祝洪杰译注：《博物志》，台湾古籍出版社，1997 年。

❹ 自《隋书・经籍志》将《拾遗记》著录于史部杂史类后，历代史志书目均沿例著录于史部杂史类，至《四库全书总目》，方才归录子部小说类的异闻之属。

乱，南人以海苔为纸，其理纵横邪侧，因以为名。帝常以《博物志》十卷置于函中，暇日览焉。[1]

由于武帝担心“惊所未闻，异所未见”的《博物志》文字的表现效果“恐惑乱于后生，繁芜于耳目”，故将其由四百卷的巨幅删削成区区十卷。当然，篇幅长短的变化只是一个表面现象，为何会发生这样的变化是我们必须思考的。张华作《博物志》，其实遵循了包括修史在内的古人著述的惯例，既然名为“博物”，必然以备异为主要原则，所以“捃采天下遗逸”。但是广泛的追求异同，则在一定程度上削弱了对于材料真伪的考察，以致使得普通的读者产生了“记事采言，亦多虚妄”的感觉。虽然其中不免有阅读者认识不足，将真实存在误为虚讹之说的成分，但依据儒家不言“怪力乱神”的标准，这样的材料应当“删翦”，不必“冗长成文”。这样来看，对于材料性质真伪的定夺，以及由此产生的对作品优劣的评判，不仅是小说之流的参考标准，也是诸子等其他作品形式的参考标准。

这种对于材料真伪判定的标准，以及对所用浮妄材料将会造成何种后果的讨论，也并非是魏晋以后才兴起的。早在刘歆撰《上山海经表》，就掀起了是否可以使用这种材料的辩论。《山海经》在《汉书·艺文志》中被著录于数术略形法家类[2]，《七录》当著录于记传录土地部[3]，《隋书·经籍志》著录于史部地理类[4]，《日本国见在书目录》著录于土地家类[5]，《旧唐书·经籍志》著录于乙部史录地理类[6]，《崇文总目》著录于地理

[1] ［晋］王嘉撰，［梁］萧绮录，齐治平校录：《拾遗记》卷九，中华书局，1981 年，第 210—211 页。

[2] 《汉书》卷三十，第 1774 页。

[3] 按，《山海经》在《汉书·艺文志》与《隋书·经籍志》中皆有著录，则《七录》不当阙载。且《隋书·经籍志》史部地理类著录标准承袭《七录》记传录土地部，故有此推断。

[4] 《隋书》卷三十三，第 982 页。

[5] 《日本国见在书目录》，第 42 页。

[6] 《旧唐书》卷四十六，第 2014 页。

类❶,《新唐书·艺文志》著录于乙部史录地理类❷,《宋史·艺文志》改录于子部五行类❸,《四库全书总目》归入子部小说家类的异闻之属❹。自《隋书·经籍志》后,著录皆为郭璞注本。是书性质比较明确,各史志书目多作地理之书,《四库全书总目》改入小说类,学界研究现多将其作为地理博物类的志怪小说视之,与《博物志》仿佛。刘歆《上山海经表》云:

《山海经》者,出于唐虞之际。昔洪水洋溢,漫衍中国,民人失据,崎岖于丘陵,巢于树木。鲧既无功,而帝尧使禹继之。禹乘四载,随山刊木,定高山大川。益与伯翳主驱禽兽,命山川,类草木,别水土。四岳佐之,以周四方,逮人迹所希至,及舟舆之所罕到。内别五方之山,外分八方之海,纪其珍宝奇物,异方之所生,水土草木禽兽昆虫麟凤之所止,祯祥之所隐,及四海之外,绝域之国,殊类之人。禹别九州,任土作贡,而益等类物善恶,著《山海经》,皆圣贤之遗事,古文之著明者也。其事质明有信。孝武皇帝时,尝有献异鸟者,食之百物,所不肯食。东方朔见之,言其鸟名,又言其所当食,如朔言。问朔何以知之,即《山海经》所出也。孝宣帝时,击磻石于上郡,陷得石室,其中有反缚盗械人。时臣秀父向为谏议大夫,言此贰负之臣也。诏问何以知之,亦以《山海经》对。其文曰:“贰负杀窫窳,帝乃梏之疏属之山,桎其右足,反缚两手。”上大惊。朝士由是多奇《山海经》者,文学大儒皆读学,以为奇可以考祯祥变怪之物,见远国异人之谣俗。故《易》曰:“言天下之至赜而不可乱也。”博物之君子,其可不惑焉。❺

❶ 《崇文总目》卷十八,第58页。
❷ 《新唐书》卷五十八,第1504页。
❸ 《宋史》卷二百六,第5257页。
❹ 《四库全书总目》卷一百四十二,第1871页。
❺ 袁珂校注:《山海经校注》,上海古籍出版社,1980年,第477—478页。

刘歆认为《山海经》中记载的都是“圣贤之遗事”，都是“古文之著明者”，为了加强这个观念，他还举了两个事例来说明“其事质明有信”。刘歆并不觉得材料的“奇”将会造成“乱”与“惑”的后果，相反，他认为“文学大儒皆读学，以为奇可以考祯祥变怪之物，见远国异人之谣俗”，具有良好的作用。可见，对于材料性质的判定，真伪或怪异，并不是那个时候针对小说的特定评判，而是对所有的作品都具有约束力的标准。

刘歆的观点在郭璞那里得到了进一步的继承与发展。郭璞《注山海经叙》云：

世之览《山海经》者，皆以其闳诞迂夸，多奇怪俶傥之言，莫不疑焉。尝试论之曰：“庄生有云：‘人之所知，莫若其所不知。’吾于《山海经》见之矣。”

夫以宇宙之寥廓，群生之纷纭，阴阳之煦蒸，万殊之区分，精气浑淆，自相溃薄，游魂灵怪，触象而构，流形于山川，丽状于木石者，恶可胜言乎？然则总其所以乖，鼓之于一响；成其所以变，混之于一象。世之所谓异，未知其所以异；世之所谓不异，未知其所以不异。何者？物不自异，待我而后异，异果在我，非物异也。故胡人见布而疑黂，越人见罽而骇毳。夫玩所习见而奇所希闻，此人情之常蔽也。今略举可以明之者：阳火出于冰水，阴鼠生于炎山，而俗之论者，莫之或怪；及谈《山海经》所载，而咸怪之：是不怪所可怪而怪所不可怪也。不怪所可怪，则几于无怪矣；怪所不可怪，则未始有可怪也。夫能然所不可，不可所不可然，则理无不然矣。案汲郡《竹书》及《穆天子传》：穆王西征见西王母，执璧帛之好，献锦组之属。穆王享王母于瑶池之上，赋诗往来，辞义可观。遂袭昆仑之丘，游轩辕之宫，眺钟山之岭，玩帝者之宝，勒石王母之山，纪迹玄圃之上。乃取其嘉木艳草奇鸟怪兽玉石珍瑰之器，金膏烛银之宝，归而殖养之于中国。穆王驾八骏之乘，右服盗骊，左骖騄耳，造父为御，犇戎为右，万里长骛，以周历四荒，名山大川，靡不登济。东升大人之堂，西燕王母之庐，南轹鼋鼍之梁，北蹑积羽之衢。穷欢极娱，然后旋归。案《史记》说穆王得盗骊騄耳骅骝之骥，使造父御之，以西巡狩，见西王母，乐而忘归，亦与《竹书》同。《左传》曰："穆王欲肆其心，使天下皆有车辙马迹焉。"《竹书》所载，则是其事也。而谯周之徒，足为通识瑰儒，而雅不平此，验之史考，以著其妄。司马迁叙《大宛传》亦云："自张骞使大夏之后，穷河源，恶睹所谓昆仑者乎？至《禹本纪》《山海经》所有怪物，余不敢言也。"不亦悲乎！若《竹书》不潜出于千载，以作征于今日者，则《山海》之言，其几乎废矣。若乃东方生晓毕方之名，刘子政辨盗械之尸，王颀访两面之客，海民获长臂之衣：精验潜效，绝代县符。于戏！群惑者其可以少寤乎？是故圣皇原化以极变，象物以应怪，鉴无滞赜，曲尽幽情，神焉廋哉！神焉廋哉！

盖此书跨世七代，历载三千，虽暂显于汉而寻亦寝废。其山川名号，所在多有舛谬，与今不同，师训莫传，遂将湮泯。道之所存，俗之丧，悲夫！余有惧焉，故为之创传，疏其壅阂，辟其茀芜，领其玄致，标其洞涉。庶几令逸文不坠于世，奇言不绝于今，夏后之迹，靡刊于将来；八荒之事，有闻于后裔，不亦可乎？夫蘙荟之翔，叵以论垂天之凌；蹏涔之游，无以知绛虬之腾；钧天之庭，岂伶人之所蹑；无航之津，岂苍兕之所涉：非天下之至通，难与言《山海》之义矣。呜呼！达观博物之客，其鉴之哉！❶

❶ 《山海经校注》，第478—480页。

郭璞在评论世人对《山海经》“闳诞迂夸，多奇怪俶傥之言”而产生“莫不疑焉”的情况时，引用庄子“人之所知，莫若其所不知”❶的观点作为注解的主要支撑。郭璞以为，造成这种惊异的原因在于“物不自异，待我而后异，异果在我，非物异也”。由于认识事物的能力不足，“玩所习见而奇所希闻”，导致对于世间存在的千奇百怪的事物的怀疑，“是不怪所可怪而怪所不可怪也”。郭璞例举了汲郡《竹书》与《穆天子传》，对司马迁编撰《史记》时不敢言“怪物”的做法表示了遗憾，并强调对待这些材料应该加以整理保存与重新认识，使得“逸文不坠于世，奇言不绝于今”。可见，由于材料使读者产生了真伪之别，诧异之怪，作品的评价被大打折扣，这是对史部之书的惯用批评之法，正如前文所谈，作品“浮妄”“惊”“异”的表现效果，也并不是小说在本时期发展过程中渐次而生的特征。

那么，小说在这个阶段究竟追求的是什么表现效果呢？这可以对本时期内形成的第一部记言类小说总集《语林》作一对应考察。记言类小说自《汉书·艺文志》“小说家”类著录如《伊尹说》《鬻子说》《黄帝说》等作品后，发展渐成一脉。西晋郭颁撰《世语》，裴松之注《三国志》多引其书。东晋孙盛撰《杂语》，沿其旧制。至裴启撰《语林》，终成记言类小说成熟之代表作，并为《世说新语》的撰成奠定了体式与风格的扎实基础。❷其后又经东晋郭澄之《郭子》，记言类小说的发展在《世说新语》编撰时达到鼎盛。《语林》，《隋书·经籍志》子部小说类著录的《燕丹子》题下，附注：“（梁有）《语林》十卷，东晋处士裴启撰。亡。”❸故《七录》子兵录小说部当有所著录。今有周楞伽先生辑注本，共辑得佚文 185 条，可参。❹《世说新语》中记

❶ 见《庄子》外篇的《秋水篇》，原句作“人之所知，不若其所不知”。

❷ 《世说新语》多取《语林》文字，刘孝标注也多引《语林》，据笔者统计，刘注所引《语林》达 37 条。

❸ 《隋书》卷三十四，第 1011 页。

❹ ［晋］裴启撰，周楞伽辑注：《裴启语林》，文化艺术出版社，1988 年。

载了裴启创作《语林》及此书被废弃的事由，即创作的不真实。当然，这个被谢安冠以不实的堂皇理由，现在看是站不住脚的。不仅《世说新语》多采用《语林》文字，刘孝标作注时也多采用，甚至臧荣绪、王隐、虞预、何法盛等诸家所修《晋书》，现存佚文也往往与《语林》记载相同。《世说新语》云：

> 裴郎作《语林》，始出，大为远近所传，时流年少，无不传写，各有一通。载王东亭作《经王公酒垆下赋》，甚有才情。❶

又云：

> 庾道季诧谢公曰："裴郎云：'谢安谓裴郎乃可不恶，何得为复饮酒！'裴郎又云：'谢安目支道林如九方皋之相马，略其玄黄，取其俊逸。'"谢公云："都无此二语，裴自为此辞耳。"庾意甚不以为好，因陈东亭《经酒垆下赋》。读毕，都不下赏裁，直云："君乃复作裴氏学！"于此《语林》遂废。今时有者，皆是先写，无复谢语。❷

谢安废弃《语林》事，刘孝标注《世说新语》时，引用了南朝萧齐檀道鸾《续晋阳秋》的记载，从另一个角度对此作了详细解说。其云：

> 晋隆和中，河东裴启撰汉、魏以来迄于今时言语应对之可称者，谓之《语林》。时人多好其事，文遂流行。后说太傅事不实，而有人于谢坐，叙其黄公酒垆，司徒王珣为之赋，谢公加以与王不平，乃云："君

---

❶ 《世说新语校笺》卷上《文学》第 90 条，第 145 页

❷ 《世说新语校笺》卷下《轻诋》第 24 条，第 451 页。

> 遂复作裴郎学!”自是众咸鄙其事矣。安乡人有罢中宿县诣安者，安问其归资，答曰：“岭南凋弊，唯有五万蒲葵扇，又以非时为滞货。”安乃取其中者捉之。于是京师士庶竞慕而服焉，价增数倍，旬月无卖。夫所好生羽毛，所恶成疮痏。谢相一言，挫成美于千载；及其所与，崇虚价于百金。上之爱憎与夺，可不慎哉![1]

檀道鸾对谢安的做法颇有指摘，反而对裴启《语林》的遭遇多有同情，因此作了一番评论。抛开谢安因庾道季所问，自忖所言非当而否认其辞，以及与王珣交恶的因素，谢安诋毁裴启《语林》，其实用了一个在当时看来最恰当不过的理由，就是内容的记载不实。而这一面之辞的借口，竟然也得到了时人的一致认可，使得《语林》前后的命运走向完全不同。可见，即使是小说，在当时的观念中，与史书等各种书写形式一样，必须严格地遵守真实性这个潜在的评价标准。而所谓的虚构手法，在本时期的小说创作中，是无法进入创作者技巧运用的构思视野中的。

对作品真实性的执着追求，始终贯穿了包括史书在内的各种性质的创作。例如长期作为史部故事类或地理类出现的《西京杂记》与《汉武故事》，就属于这种情况。《西京杂记》，《隋书·经籍志》著录于史部旧事类[2]，《日本国见在书目录》著录于旧事家类[3]，《旧唐书·经籍志》的乙部史录故事类与地理类都有著录[4]，《崇文总目》著录于传记类[5]，《新唐书·艺文志》的乙部史录故事类与地理类都有著录[6]，《宋史·艺文志》著录于史

---

[1] 《世说新语校笺》卷下《轻诋》第24条刘孝标注，第452页。
[2] 《隋书》卷三十三，第966页。
[3] 《日本国见在书目录》，第36页。
[4] 《旧唐书》卷四十六，第1998、2014页。
[5] 《崇文总目》卷二十一，第71页。
[6] 《新唐书》卷五十八，第1474、1502页。

部传记类❶,《四库全书总目》归入子部小说家类的杂事之属❷。《汉武故事》,《隋书·经籍志》著录于史部旧事类❸,《日本国见在书目录》著录于旧事家类❹,《旧唐书·经籍志》著录于乙部史录故事类❺,《崇文总目》著录于杂史类❻,《新唐书·艺文志》著录于乙部史录故事类❼,《宋史·艺文志》著录于史部故事类❽,《四库全书总目》归入子部小说家类的异闻之属❾。可见,两书性质较为明确,长期作为史部之书,清代才纳入小说范畴。东晋葛洪在《西京杂记跋》中云:

洪家世有刘子骏《汉书》一百卷,无首尾题目,但以甲乙丙丁纪其卷数。先公传之,歆欲撰《汉书》,编录汉事,未得缔构而亡,故书无宗本,止杂记而已,失前后之次,无事类之辨。后好事者以意次第之,始甲终癸为十帙,帙十卷,合为百卷。洪家具有其书,试以此记考校班固所作,殆是全取刘氏,有小异同耳。并固所不取,不过二万许言,今抄出为二卷,名曰《西京杂记》,以裨《汉书》之阙。尔后洪家遭火,书籍都尽,此两卷在洪巾箱中,常以自随,故得犹在。刘歆所记,世人希有,纵复有者,多不备足。见其首尾参错,前后倒乱,亦不知何书,罕能全录,恐年代稍久,歆所撰遂没,并洪家此书二卷不知出所,故序之云尔。

洪家复有《汉武帝禁中起居注》一卷,《汉武故事》二卷,世人希有

❶ 《宋史》卷二百三,第 5111 页。
❷ 《四库全书总目》卷一百四十,第 1835 页。
❸ 《隋书》卷三十三,第 966 页。
❹ 《日本国见在书目录》,第 36 页。
❺ 《旧唐书》卷四十六,第 1998 页。
❻ 《崇文总目》卷十二,第 44 页。
❼ 《新唐书》卷五十八,第 1473 页。
❽ 《宋史》卷二百三,第 5101 页。
❾ 《四库全书总目》卷一百四十二,第 1873 页。

之者，今并五卷为一帙，庶免沦没焉。[1]

葛洪通过详细阐述《西京杂记》的撰成过程，主要是依据于刘歆的原作，说明这些材料都是班固《汉书》所未收的，具有补充正史的不可替代的作用。为了增强这种材料的可信度与真实性，葛洪甚至叙述了是书烬余犹在的细节。当然，我们不能否认葛洪在这里有偷梁换柱、混淆概念的嫌疑，毕竟，即使真有刘歆撰《汉书》一百卷，班固删削而成《汉书》，所余“二万言”为《西京杂记》素材等事，也无法通过葛洪的叙述保证这些材料，尤其是“二万言”成书后的真实性。另一方面，尽管有上述的逻辑漏洞，葛洪的这一篇跋文依然较好地处理了人们用真实性的标准评价《西京杂记》与《汉武故事》的问题，两部书长期被视为史部之书就是最有力的判断。

然而，即使是史部之书，也有另外一种情况的发生，这就是《搜神记》的出现。《搜神记》，《七录》当著录于记传录鬼神部[2]，《隋书・经籍志》著录于史部杂传类[3]，《日本国见在书目录》著录于杂传家类[4]，《旧唐书・经籍志》著录于乙部史录杂传类[5]，《崇文总目》著录于小说类[6]，《新唐书・艺文志》著录于丙部子录小说家类[7]，《宋史・艺文志》著录于子部小说类[8]，《四库全书总目》著录于子部小说家类的异闻之属[9]。干宝在《搜神

---

[1] [汉]刘歆撰，[晋]葛洪集，向新阳、刘克任校注：《西京杂记校注》，上海古籍出版社，1991年，第279—280页。

[2] 《搜神记》在《隋书・经籍志》中著录于史部杂传类后半部鬼神部分，而《隋书・经籍志》杂传类著录篇目承袭于《七录》记传录的杂传部与鬼神部，故如果《搜神记》在《七录》中著录，当归属于记传录的鬼神部。

[3] 《隋书》卷三十三，第980页。

[4] 《日本国见在书目录》，第40页。

[5] 《旧唐书》卷四十六，第2005页。

[6] 《崇文总目》卷二十八，第96页。

[7] 《新唐书》卷五十九，第1540页。

[8] 《宋史》卷二百六，第5219页。

[9] 《四库全书总目》卷一百四十二，第1875—1876页。

记》的序文中云：

> 虽考先志于载籍，收遗逸于当时，盖非一耳一目之所亲闻睹也，亦安敢谓无失实者哉！卫朔失国，二传互其所闻；吕望事周，子长存其两说。若此比类，往往有焉。从此观之，闻见之难，由来尚矣。夫书赴告之定辞，据国史之方册，犹尚如此，况仰述千载之前，记殊俗之表，缀片言于残阙，访行事于故老，将使事不二迹，言无异途，然后为信者，固亦前史之所病。然而国家不废注记之官，学士不绝诵览之业，岂不以其所失者小，所存者大乎？今之所集，设有承于前载者，则非余之罪也。若使采访近世之事，苟有虚错，愿与先贤前儒分其讥谤。及其著述，亦足以发明神道之不诬也。群言百家，不可胜览；耳目所受，不可胜载。今粗取足以演八略之旨，成其微说而已。幸将来好事之士，录其根体，有以游心寓目而无尤焉。❶

这篇序文的部分文字收录在《晋书》干宝的本传中。自明胡元瑞辑录《搜神记》散佚文字成书后，毛晋《津逮秘书》本《搜神记》用胡震亨《秘册汇函》本的底版，并无这篇序文；而张海鹏《学津讨原》本则增录了这篇文字。汪绍楹校注《搜神记》时，以《学津讨原》本为底本，收录了这篇序文。李剑国《新辑搜神记》一书中，则据余嘉锡《四库提要辨证》中的相关论证，在序文前补充"建武中，有所感起，是用发愤焉"一句。对此李剑国有详细讨论，参见其书前言。❷

要讨论干宝在这篇序文中表达的观点，笔者以为，不可忽略这篇序文的产生背景，以及干宝为何要在序文中这般慷慨激昂地陈辞。《晋书》干

---

❶ ［晋］干宝撰，汪绍楹校注：《搜神记》，中华书局，1979 年，第 2 页。

❷ 李剑国辑校：《新辑搜神记》，中华书局，2007 年，第 19 页。

宝本传在说明干宝撰《搜神记》的原因时，提到了两个与干宝有关的事例。其云：

> 宝父先有所宠侍婢，母甚妒忌，及父亡，母乃生推婢于墓中。宝兄弟年小，不之审也。后十余年，母丧，开墓，而婢伏棺如生，载还，经日乃苏。言其父常取饮食与之，恩情如生。在家中吉凶辄语之，考校悉验，地中亦不觉为恶。既而嫁之，生子。又宝兄尝病气绝，积日不冷，后遂悟，云见天地间鬼神事，如梦觉，不自知死。宝以此遂撰集古今神祇灵异与人物变化，名为《搜神记》，凡三十卷。❶

干宝父妾殉而复生的事例，首先记载于《世说新语》刘孝标的注中。刘孝标援引《孔氏志怪》云：

> 宝父有嬖人，宝母至妒，葬宝父时，因推著藏中。经十年而母丧，开墓，其婢伏棺上，就视，犹暖，渐有气息，与还家，终日而苏。说宝父常致饮食，与之接寝，恩情如生。家中吉凶辄语之，校之悉验。平复数年后方卒。宝因作《搜神记》，中云“有所感起”是也。❷

《晋书》大抵即采此入史，学界讨论已多，这里不再赘述，仅对其兄死而复生事例略加讨论。《晋书》中没有说明干宝之兄的名字，而事件发生的原型有两个出处。其一，《太平广记》卷三百七十八“干庆”条援引《幽明录》，是为此例。其云：

---

❶ 《晋书》卷八十二，第 2150 页。

❷ 《世说新语校笺》卷下《排调》第 19 条刘孝标注，第 427 页。

晋有干庆者，无疾而终。时有术士吴猛，语庆之子曰："干侯算未穷，我为试请命，未可殡敛。"尸卧静舍，唯心下稍暖。居七日，猛凌晨至，以水激之。日中许，庆苏焉。旋遂张目开口，尚未发声。阖门皆悲喜。猛又令以水含洒，乃起。吐血数声❶，兼能言语，三日平复。初见十数人来，执缚桎梏到狱。同辈十余人，以次旋对。次未至，俄见吴君北面陈释，王遂敕脱械令归。所经官府，皆见迎接吴君，而吴君与之抗礼，即不知悉何神也。❷

其二，《太平御览》卷八百八十七援引《幽明录》，亦为此例。其云：

干庆无病卒，吴猛语庆子曰："干侯算未穷，方为请命，未可殡殓。"尸卧净舍，唯心下尚暖。七日，时盛暑，庆形体向坏，猛教令属纩俟气，续为作水，令以与洗并饮漱，如此便退。日中许，庆苏，但开眼张口，不得发声。时合门欣喜，以向水洗。哈吐腐血数升，能言语，三日平复如常。说：初见十数人来，执缚桎梏到狱。同辈十余人，以次语对。未至，俄而见吴君北面陈释，听断之王敕脱械归。所经官府，莫不迎接请谒，吴君皆与抗礼，不知悉何神耳？❸

这二例皆引自南朝萧梁时期成书的《幽明录》，虽然《太平广记》与《太平御览》对此的摘引在细节方面尚有不一致的地方，但基本情节大致相同，可视为最接近事件原貌的形态。而到了唐代，这个事件的表述有了变动，将干庆直接作为干宝之兄。这种变化也有两个出处。其一，《太平广记》卷

❶ "声"字误，据《太平御览》当作"升"。

❷ 《太平广记》卷三百七十八，第3009—3010页。

❸ ［宋］李昉等：《太平御览》卷八百八十七，中华书局，1960年，第3942页。

十四“吴真君”条援引唐人胡慧超所撰《十二真君传》，是为此例。其云：

> 时武宁县令干庆死，三日未殡。猛往哭之，因云：“令长固未合死，今吾当为上天讼之。”猛遂卧庆尸旁，数日俱还。时方盛暑，尸柩坏烂。其魂恶，不欲复入，猛强排之，乃复重苏。庆弟晋著作郎宝，感其兄及睹亡父殉妾复生，因撰《搜神记》，备行于世。❶

其二，《文选集注》卷六十二在江文通《拟郭弘农游仙诗》题下，注《文选钞》援引雷次宗所撰《豫章记》，亦为此例。《豫章记》成书时间虽在南朝刘宋时期，但其散佚后，典籍所引用文字并不见此条。《文选钞》所引是首次。其云：

> 《(文选)钞》曰：……雷居士《豫章记》云：“(吴)猛，豫章建宁人。干庆为豫章令，死已二日。猛曰：‘明府算历未应尽，似是误耳。今为参之。’乃沐浴衣裳，复死于庆侧。经一宿，果相与俱生。庆云：‘见猛天曹中论诉之。’庆即干宝之兄。宝因之作《搜神记》。故其序云：‘建武中，所有感起，是用发愤焉。’”❷

这里需要说明，余嘉锡《四库提要辨证》与李剑国《新辑搜神记》二书，皆以《文选集注》为唐无名氏所撰❸，不当。且不论引文实出自雷次宗《豫章记》，即使是先加引用之《文选钞》，虽在我国史志书目没有相关记载，却在成书时间相当于唐代僖宗朝的《日本国见在书目录》中有所记载。是书总

---

❶ 《太平广记》卷十四，第100页。

❷ ［唐］佚名编选，周勋初、陈尚君整理：《唐钞文选集注汇存》卷六十二，上海古籍出版社，2000年，第1册，第740页。

❸ 余嘉锡：《四库提要辨证》卷十八，中华书局，1980年，第1143页；《新辑搜神记》，第20页。

集家类在著录"《文选》六十卷，李善注"后，又著录"《(文选)钞》六十九(卷)，公孙罗撰"等《文选》的各种注本。❶虽然公孙罗撰《文选钞》是否就是引文所出《文选钞》，尚没有直接证据确认，但我们也不能轻易否定，毕竟《日本国见在书目录》的著录是目前可掌握的最有力的证据。周勋初先生对此亦有讨论，可参。❷

干宝首先就对材料的来源进行了必要的说明，"考先志于载籍，收遗逸于当时"，这两个途径在一定程度上都可以被认为是可信的，并且是正确的搜集材料的必要途径。在肯定这个大前提后，干宝对某些材料的"失实"进行了自我辩解，认为即使如司马迁这样的良史，也无法保证所掌握的材料完全真实可靠，完全没有讹误的成分，况且"闻见之难一，由来尚矣"。虽然具有"缀片言于残阙，访行事于故老"的认真态度，但要达到前史一直追求的"事不二迹，言无异途"的"为信"标准，这又是何等困难。但是尽管有这样或那样的"虚错"，自古到今也没有废弃史书的编修，这才是修史之人"所失者小，所存者大"的正确态度。有了这个正确的态度，干宝认为即使出现了材料处理的"虚错"，包括被读者认为是不实的材料，也可以被谅解，可以"与先贤前儒分其讥谤"。干宝的这个话说得非常重，也非常自信，将自己的编撰性质提到了与先贤前儒相同的高度。当然，他的潜台词也就等于告诉读者，如果不相信他的著述，也就等于对先贤前儒提出了质疑。干宝如此陈辞只有一个目的，就是"明神道之不诬"！

鲁迅曾在《中国小说史略》中对其时人们信奉鬼神有过一个精辟的论述："盖当时以为幽明虽殊途，而人鬼乃皆实有，故其叙述异事，与记载人

❶ 《日本国见在书目录》，第 90 页。圆括号内为该书省略文字。

❷ 《唐钞文选集注汇存》前言，第 6—7 页。

间常事，自视固无诚妄之别矣。"❶学界对此也颇有论述，这里不再赘述，只提一点，即其时人们把鬼神看作实有，那么作为实录的史书编撰选用这样的材料，在当时就是合理的，并没有违反史书实录的原则。阮孝绪《七录》记传录中著录史部之书十二类，其中就把鬼神作为单独一类列在杂传类后❷，这也是当时人们认为史书范畴包括鬼神题材在内的一个明证。而《搜神记》第六卷与第七卷的内容，又集中取材于班固《汉书·五行志》与司马彪《续汉书·五行志》，直接取材于其他史书如《史记》《西京杂记》《东观汉纪》《风俗通》《三国志》的则不胜枚举。这样看来，曾经因编撰《晋纪》二十卷，而赢得"其书简略，直而能婉，咸称良史"❸美誉的干宝，再编撰一部记述鬼神的史书，又有何不可？何况自己确是"有感"，"是用发愤焉"。干宝虽将这部与众不同的史书谦称为"微说"，却又实实在在地指出这种形式的作品"足以演八略之旨"，将《搜神记》的重要性上升到可以与刘向、刘歆编选《七略》相提并论的高度，并足以独立阐发与《七略》相似的学术意旨。干宝的这种眼光，今天我们看，无疑是超出平常的。具有了这样的宏大视野，又兼备了"缀片言于残阙，访行事于故老"的具体行动，干宝才能较好地完成这部书的编写，并再次赢得了"卿可谓鬼之董狐"❹的美誉。

另一方面，对冲破儒家"子不语怪、力、乱、神"❺的桎梏，将鬼神题材引入史书撰写的大胆尝试，干宝也并不是完全有把握能够被世人所接纳。所以当人们的思维取向发生变化，不再相信鬼神实有的时候，《搜神记》在历史书写范畴内的价值就逐渐走低。初唐时期的史家在为干宝

---

❶ 《中国小说史略》，第24页。
❷ 《广弘明集》卷三《归正篇》，第113—114页。
❸❹ 《晋书》卷八十二，第2150页。
❺ 《论语集注》卷四《述而第七》，《四书章句集注》，第98页。

作传时，用了十分客观的语句点出了《搜神记》的短肋——“博采异同，遂混虚实”。[1]因此，干宝也为自己找了一个体面的台阶下，即学界通常高度评价的“有以游心寓目”。“游心寓目”正是这种新奇的题材表述给读者带来的思维冲击，一种与阅读传统书写方式完全不同的情感体验。这种题材，这种表述方式，这种阅读审美，客观上也丰富了传记体的进一步成熟。当鬼神部的作品在初唐时期融入杂传类，杂传类的作品在北宋时期又逐渐融入小说类后，我们不得不承认，《搜神记》开启的其实是一个叙事类型的小说序幕。干宝创作《搜神记》，虽无主观上创作小说的愿望，其时也不属于小说的范畴，但客观上为小说观念的丰富积累了相当的经验，成为后来小说家创作的借鉴。一方面，它为中国小说观念由说理为主的单一发展线索向说理与叙事并行的双线发展奠定了重要的基础，为小说观念在唐代和宋代的两次流变与体系建构在宋代的基本完善，作出了最初的积极铺垫；另一方面，史书的表述形式，尤其是史传与杂传的书写方式，长期影响并实际催生了中国小说创作由重说理到说理与叙事并重的流变。而《搜神记》对于作品表现技巧的探索与追求的重要意义，也长期被隐没在实录与虚构不断辩论的阴影中。

魏晋时期，还有一类作品值得我们关注，即诗传体裁的作品。这一类作品往往以传文的形式伴随着诗歌附生，在一定程度上可以作为诗歌创作的本事理解，最具代表性的莫过于曹毗的《杜兰香传》和陶渊明的《桃花源记》。这两部作品在史志书目中都没有单独著录。《杜兰香传》的部分文字甚至曾被误收入明人辑录的干宝《搜神记》中[2]，李剑国对此有较为详细的考证，可参。[3]《桃花源记》的研究则相对明晰，不赘。《晋书·文苑传》

---

[1] 《晋书》卷八十二，第 2150 页。

[2] 《搜神记》卷一，第 15—16 页。

[3] 李剑国：《〈神女传〉〈杜兰香传〉〈曹著传〉考论》，《明清小说研究》1998 年第 4 期。又，李剑国辑校《新辑搜神记》第 613—614 页对此亦有讨论，可参。

云：“时桂阳张硕为神女杜兰香所降，毗因以二篇诗嘲之，并续《兰香歌诗》十篇，甚有文彩。”❶这十篇诗歌，久已亡佚，但我们可以依据《晋书》的这段记载，确认《杜兰香传》的创作是有本而写，和陶渊明《桃花源诗》并《桃花源记》的创作情况颇为相似，皆是前面为传记，后面为诗赋。《桃花源记》全文 329 字，《杜兰香传》现存佚文据李剑国辑录已达 609 字，则全文字数不会少于此篇幅。两篇传文，基本都是依据诗歌所记而详加阐发，因此在一定意义上可以认为是对诗歌所赋之事的本事解读，而诗歌本身既带着使读者阅读产生怪异之感的特征，则传文不可避免更加着重于对于奇异之事的叙事刻画。这种情况，与魏晋以来大量的杂传类作品出现有一定联系，但又有自己的鲜明特点，即有诗赋之总领与一人一事之记叙，而大多数杂传作品则无此特点。

学界现已将杂传作为唐传奇的文体渊源之一来考察❷，逐渐更正了鲁迅《中国小说史略》所作“传奇者流，源盖出于志怪”❸的误判。对此笔者在这里提出补充讨论，即人物杂传虽在诸多方面与唐传奇发生联系，但有两个地方还不足以形成必然对应的发展关系。其一，人物杂传虽叙一人之始末，但往往传一人以多事，才能反映传主生平，与唐传奇详叙一人一事，只体现传主某一阶段之事由本末，尚有较大差异。而诗传类的作品就较好地弥合了这个差异性，以一人一事详叙始末，篇幅相当，是为杂传大类中与唐传奇作品最为贴近的渊源之一。这个特征远比鲁迅从想象描写的行文技巧角度出发，得出“阮籍的《大人先生传》，陶潜的《桃花源记》，其实倒和后来的唐代传奇文相近；就是嵇康的《圣贤高士传赞》，葛洪的《神仙传》，也可以看作唐人传奇文的祖师的”❹观点要更有力。其二，诗传类的

❶ 《晋书》卷九十二，第 2386 页。

❷ 孙逊、潘建国：《唐传奇文体考辨》，《文学遗产》1999 年第 6 期。

❸ 《中国小说史略》，第 44 页。

❹ 鲁迅：《六朝小说和唐代传奇文有怎样的区别?》，《且介亭杂文二集》，《鲁迅全集》第 6 卷，第 335 页。

作品既有史传的成分，又有诗歌的总领，这与唐传奇“文备众体，可以见史才、诗笔、议论”[1]的特征俨然相同。如《杜兰香传》正文亦多见史才、诗笔之运用，《桃花源诗》则多加议论。这就比大范围的人物杂传，于唐传奇的产生更有明确的渊源。由于下文还要对唐传奇加以讨论，这里就不再展开，仅提出魏晋时期的诗传作品，已经拉开了唐传奇文体形成的序幕。

---

❶ [宋]赵彦卫:《云麓漫钞》卷八，中华书局，1996 年，第 135 页。

第四章　禁锢与破窠

——南北朝时期的小说流变

南北朝时期是中国小说发展的一个重要环节，中国小说观念的重要嬗变与体系构建的逐步完善，都可以在这一阶段找到其基础奠定的线索。但学界以往对南北朝小说发展的考察，大抵沿袭鲁迅《中国小说史略》的框架布置，以志怪小说与志人小说两大类题材作为主要研究方向。这种以题材为分类依据，对作品详细考察的研究方法，固然有其针对性与对作品具体内容读解的优势，但在一定程度上，缺乏对小说发展总体脉络进行史学考察的宏观把握。如本时期出现了第一部对小说的注本，即《世说新语》刘孝标注；本时期出现了第一部汇集各类题材的小说总集，即殷芸《小说》，往往都不同程度地被研究者所忽略。本章从史注对小说的接受、文论对小说的接受、文集对小说的接受等问题出发，努力突破既有研究思维的框架桎梏，从宏观上对该时期小说的流变和风貌作一系统考察，力图还原这个时期小说发展的真实面貌。此外，本章还将着重考察介于《汉书·艺文志》与《隋书·经籍志》之间最能反映本时期小说观念的唯一书目《七录》，从文献与文学的角度重新解读这篇书目中体现出的南北朝小说观念。

第一节　南北朝时期小说观念

经过前文的讨论，我们知道，魏晋时期的小说观念及体系构建，仍然承袭了《汉书·艺文志》开启的小说学纲领，坚持以“小道”的社会功用性作为核心评判标准。那么，南北朝时期的小说观念及体系构建又呈现出怎样的面貌呢？是否能在汉代小说观念的基础上有所开拓？

欲了解魏晋时期的小说创作与时人认知的理论总结，我们几乎无法找到可以凭借的材料。但这种情况在研究南北朝时则大有不同，南北朝时期虽然可以依据的文献多已亡佚，但我们依然能够从萧梁时期撰成的《七录》与初唐时期撰成的《隋书·经籍志》的附注中，描绘出南北朝时期小说的发展状况。虽然《七录》已经亡佚，残存的阮孝绪的《七录序》也只留下了“小说部：十种，十二帙，六十三卷”❶这么一句简单的著录措辞，而《隋书·经籍志》小说类的附注，我们也只能确认有八种书是符合南北朝时期人们观念的❷，但是这两部书目为我们进行相应的考察提供了一个宏观把握的判断方向，使得我们的考察与判断不会超越当时的观念认知与小说的实际发展程度。

《宋书·王微传》收录了王微回复何偃的一封书信，其云：

> (微)小儿时尤粗笨无好，常从博士读小小章句，竟无可得，口吃不能剧读，遂绝意于寻求。至二十左右，方复就观小说，往来者见床头有数帙书，便言学问，试就检，当何有哉。❸

---

❶ 《广弘明集》卷三《归正篇》，第114页。

❷ 《隋书》卷三十四，第1011—1012页。

❸ ［梁］沈约：《宋书》卷六十二，中华书局，1974年，第1669页。

虽然王微在这篇书信中的语气充满了一种自谦的成分，但我们不可否认，事实上，在南北朝时期，人们对于小说的认知态度始终延续了两汉魏晋的观念，即小说属九流之末，始终处于一种尴尬的位置。我们还可在正史的记载中发现相似的记录。《南齐书·丘巨源传》收录了丘巨源给尚书令袁粲的一封书信，其云：

> 民信理推心，暗于量事，庶谓丹诚感达，赏报孱期；岂虞寂寥，忽焉三稔？议者必云笔记贱伎，非杀活所待；开劝小说，非否判所寄。然则先声后实，军国旧章，七德九功，将名当世。仰观天纬，则右将而左相，俯察人序，则西武而东文，固非胥祝之伦伍，巫匠之流匹矣。[1]

丘巨源在桂阳王刘休范起兵反叛时，为朝廷撰写了讨伐的檄文，但是平叛后却没有封赏，因此写了这封书信。当然，丘巨源用了“笔记”“小说”这样的词汇来代替檄文，只是文法上的一种修辞手段，并不能说檄文就是这个时期的小说。但值得我们注意的是，丘巨源用了“贱伎”这个充满价值评判色彩的词汇，间接地表明了对小说的态度。在他的眼中，或者说在当时人们的眼中，文书工作就如同小说一般，居于可忽略的位置，不如战功来得实在。因此从另一个侧面也反映了小说在当时确实仍旧在汉代小说观念建构的阴影之下。

那么，南北朝时期人们对小说的认知延续了传统小说观念，自然也就无法在理论层面对小说的范畴作出开拓。所以，和魏晋时期大多数的杂史杂传作品一样，南北朝的杂史杂传作品也仍然将自己牢牢束缚于史学

[1] ［梁］萧子显：《南齐书》卷五十二，中华书局，1972年，第894页。

的体系之中。这里，可以举《拾遗记》为例。《拾遗记》，据萧绮序文云，为王嘉所撰，萧绮辑录。《隋书·经籍志》著录于史部杂史类❶，《日本国见在书目录》著录于杂史家❷，《旧唐书·经籍志》著录于乙部史录杂史类❸，《崇文总目》著录于传记类❹，《新唐书·艺文志》著录于乙部史录杂史类❺，《宋史·艺文志》著录于子部小说类❻，《四库全书总目》归入子部小说家类的异闻之属❼。萧绮在序文中云：

《拾遗记》者，晋陇西安阳人王嘉字子年所撰，凡十九卷，二百二十篇，皆为残缺。当伪秦之季，王纲迁号，五都沦覆，河洛之地，没为戎墟，宫室榛芜，书藏湮毁。荆棘霜露，岂独悲于前王；鞠为禾黍，弥深嗟于兹代！故使典章散灭，黉馆焚毁，皇图帝册，殆无一存，故此书多有亡散。文起羲、炎已来，事讫西晋之末，五运因循，十有四代。王子年乃搜撰异同，而殊怪必举，纪事存朴，爱广尚奇。宪章稽古之文，绮综编杂之部，《山海经》所不载，夏鼎未之或存，乃集而记矣。辞趣过诞，意旨迂阔，推理陈迹，恨为繁冗；多涉祯祥之书，博采神仙之事，妙万物而为言，盖绝世而弘博矣！世德陵夷，文颇缺略。绮更删其繁紊，纪其实美，搜刊幽秘，捃采残落，言匪浮诡，事弗空诬。推详往迹，则影彻经史；考验真怪，则叶附图籍。若其道业远者，则辞省朴素；世德近者，则文存靡丽。编言贯物，使宛然成章。数运则与世推移，风政则因时回改。至如金绳鸟篆之文，玉牒虫章之字，末代流传，多乖

❶ 《隋书》卷三十三，第 961 页。
❷ 《日本国见在书目录》，第 34 页。
❸ 《旧唐书》卷四十六，第 1995 页。
❹ 《崇文总目》卷二十一，第 67 页。
❺ 《新唐书》卷五十八，第 1466 页。
❻ 《宋史》卷二百六，第 5219 页。
❼ 《四库全书总目》卷一百四十二，第 1875 页。

> 囊迹，虽探研镌写，抑多疑误。及言乎政化，讹乎祯祥，随代而次之。土地山川之域，或以名例相疑；草木鸟兽之类，亦以声状相惑。随所载而区别，各因方而释之，或变通而会其道，宁可采于一说！今搜检残遗，合为一部，凡一十卷，序而录焉。❶

萧绮首先在序文中介绍了这本书的流传与散佚情况，给出了具体的篇帙书目"凡十九卷，二百二十篇"，并说明这些文字"皆为残缺"，自己对其"搜检残遗，合为一部，凡一十卷"，通过整理前后的数目对比，加强了读者对自己所掌握文献资料真实性的认可。对王子年撰述的具体内容，萧绮经过细致的考察与整理，认为是可信的。他以为王子年记载的内容都是"《山海经》所不载，夏鼎未之或存"，由于王子年"搜撰异同，而殊怪必举，纪事存朴，爱广尚奇"，所以《拾遗记》文本所欠缺的仅仅是"辞趣过诞，意旨迂阔，推理陈迹，恨为繁冗"的不足。因此，萧绮弥补之法就是"删其繁紊，纪其实美，搜刊幽秘，捃采残落"。萧绮对王子年的撰述及自己的补录工作，充满着史书编纂者的自信与自豪，"言匪浮诡，事弗空诬"，并肯定经自己处理的这些文献资料，"推详往迹，则影彻经史；考验真怪，则叶附图籍"。萧绮对整理后的《拾遗记》唯一感到遗憾的仅是文字层面的讹误所造成的"疑误"，而自己对文献的处理方式，严格按照史学的标准，"道业远者，则辞省朴素；世德近者，则文存靡丽"。萧绮的观点足以反映南北朝时期延续了魏晋的史学认知，这一部自元代后纳入小说领域的作品，此时仍牢牢占据史部的一席之地。

对于史部出现的这种传鬼神、记怪异的趋势，我们还可以从梁元帝萧绎在《金楼子·志怪篇》中的论述得到更为直观的佐证：

---

❶ 《拾遗记》，第1—2页。

> 夫耳目之外无有怪者，余以为不然也。水至寒而有温泉之热，火至热而有萧丘之寒，重者应沉而有浮石之山，轻者当浮而有沉羽之水。淳于能剖胪以理脑，元化能刳腹以浣胃，养由拂蜻蛉之左翅，燕丹使众鸡之夜鸣，皆其例也。谓夏必长而蒜麦枯焉，谓冬必死而竹柏茂焉，谓始必终而天地无穷焉，谓生必死而龟蛇长存焉。若谓受气者皆有一定，则雉有化蜃，雀之为蛤，蠰虫反翼，川蛙奋蜚，鼠化为鴽，草死为萤，人化为虎，蛇化为龙，其不然乎？及其乾鹊知来，猩猩识往，太皞师蜘蛛而结罟，金天据九扈以为政，轩辕候凤鸣而调律，唐尧观蓂荚以候时，此又未必劣于人也。逍遥国葱变而为韭，壮武县桑化而为柏，汝南之竹变而为蛇，茵郁之藤化而为鳝，卢耽为治中，化为双白鹄，王乔为邺令，变作两蜚凫，谅以多矣，故作《志怪篇》。[1]

萧绎在这篇序文中表达了自己对世间怪异之事的看法。他先举了四种客观存在的物理怪异之例，又举了古籍中记载的四种人事怪异之例，表明对怪异之事必然存在加以肯定的态度。接着仍举四种客观存在的物理怪异之例，并反驳“受气者皆有一定”的偏见，补充列举了八种变化之事。接着又通过八种怪异之例对人的有益裨补，来说明怪异具有“未必劣于人”的特殊性质。最后举了六例类别完全不同的怪异之事，说明怪异之事世间其实繁多，而深入分析又并非不可信，对怪异之事作出了充分的认可。可见，萧绎的观点承袭了魏晋以来对于鬼神怪异的认知。因此，我们可以作出这样一种判断，即南北朝时期对鬼神怪异的记述趋向，在一定程度上体现出虚构与非实录的特征，但仍局限在史书类的撰著中，而这个记述趋向在严谨的小说观念中，还没有成规模。

---

[1] [梁]萧绎：《金楼子·志怪篇第十二》，上海古书流通处，1921 年，第 87—89 页。按，鲍廷博影印所选底本为永乐大典本。

第二节　刘宋时期对魏晋小说观念的接受——以《三国志》裴松之注引小说为例

魏晋以来，一方面小说在其发展过程中，借鉴史学的诸多表现形式，始终表现出贴近史学的文体特征；另一方面，多种新兴史学注疏方式的出现，改变了史注依附于经注的传统注疏之法。《三国志》裴松之注引小说，完全遵循补阙备异的新兴史学原则。裴注所引小说遭后人诟病，缘于该时期小说观念与唐宋以后小说观念的差异，裴松之注文中征引的一些史料，被后人当成小说对待。

中国史学体系的建构萌芽于古史的撰述："古之王者世有史官，君举必书，所以慎言行，昭法式也。左史记言，右史记事，事为《春秋》，言为《尚书》，帝王靡不同之。"[1]记事与记言成为古史的传统表现形式。但是直到两汉时期，虽然已经出现司马迁《史记》一百三十卷与班固《汉书》一百卷的鸿篇巨制，但是古史的体系范畴依然停滞在对于经学的依附，最明显的莫过于司马迁的《史记》，在《汉书·艺文志》的著录中，以《太史公》的本名归属于"六艺略"的"春秋"类。魏晋之后，《史记》与《汉书》的纪传体书写体式，蓬勃发展并逐渐成为史书编撰的主要表现形式。大量杂传与别传作品的出现，客观上刺激了史学体系由古史阶段向新兴史学的转变，丰富与完善了史学体系的自我重建。在此基础上，史学脱离了经部的桎梏，开始成为一个独立的学术门类。《隋书·经籍志》记载："魏秘书郎郑默，始制《中经》，秘书监荀勖，又因《中经》，更著《新簿》，分为四部，总括群书。

---

[1] 《汉书》卷三十，第1715页。

一曰甲部，纪六艺及小学等书；二曰乙部，有古诸子家、近世子家、兵书、兵家、术数；三曰丙部，有史记、旧事、皇览簿、杂事；四曰丁部，有诗赋、图赞、《汲冢书》，大凡四部合二万九千九百四十五卷。”❶荀勖《中经新簿》首先就将史部之书与六艺、诸子、诗赋分列于四部，并划分为史记、旧事、皇览簿、杂事四个子类，这在一定程度上标志着史学体系开始由《春秋》《尚书》这样记言、记事的古史阶段向以纪传体为主要书写体式的新兴史学的转变。

中国很早就有注疏经典的学术传统，这些注家通过对儒家经典的不断注疏，阐释先贤的思想，并在其中形成一定的注疏例法，间接地表达自己的学术思想与价值判断。刘向、刘歆《七略》、班固《汉书·艺文志》的“六艺略”中就记载了大量的经典注疏作品。与经典的注疏情况相似，史书在汉魏晋南北朝时期出现了大量的注本，据《隋书·经籍志》记载，如《史记》的注本就有刘宋时期裴骃《史记集解》八十卷、徐广《史记音义》十二卷、萧梁时期邹诞生《史记音》三卷等；《汉书》的注本有汉代应劭《汉书集解》一一五卷、《汉书集解音义》二十四卷、服虔《汉书音训》一卷、孙吴时期韦昭《汉书音义》七卷、萧梁时期刘显《汉书音》二卷、夏侯咏《汉书音》二卷、萧该《汉书音义》十二卷、隋代包恺《汉书音》十二卷、晋代晋灼《汉书集注》十三卷、萧齐时期陆澄《汉书注》一卷、萧梁时期韦稜《汉书续训》三卷、陈代姚察《汉书训纂》三十卷、《汉书集解》一卷、《汉疏》四卷、曹魏时期孟康《汉书音》九卷、萧梁时期刘孝标《汉书注》一百四十卷、陆澄《汉书注》一百二卷、萧梁萧绎《汉书注》一一五卷；《后汉书》的注本有萧梁时期刘昭《后汉书注》一二五卷、陈代臧竞《范汉音训》三卷、萧该《范汉音》三卷、韦阐《后汉音》二卷；以及裴松之《三国志注》六十五卷、卢宗道《魏志音义》一卷等。❷这些史注大都沿承了传统注经的音义训诂与章句义理之学，表现

---

❶ 《隋书》卷三十二，第906页。

❷ 《隋书》卷三十三，第953—955页。

出对于经注之法的依附。但是与史学体系的自我发展相伴随，史书的注疏之法也开始出现有别于经注之法的特征，强调史料的对比与史实的考察。其中最具代表性的就是《三国志》裴松之注。

裴松之在《上三国志注表》中云：

> 臣前被诏，使采三国异同以注陈寿《国志》。寿书铨叙可观，事多审正。诚游览之苑囿，近世之嘉史。然失在于略，时有所脱漏。臣奉旨寻详，务在周悉。上搜旧闻，旁摭遗逸。按三国虽历年不远，而事关汉、晋。首尾所涉，出入百载。注记纷错，每多舛互。其寿所不载，事宜存录者，则罔不毕取以补其阙。或同说一事而辞有乖杂，或出事本异，疑不能判，并皆抄内以备异闻。若乃纰缪显然，言不附理，则随违矫正以惩其妄。其时事当否及寿之小失，颇以愚意有所论辩。[1]

表达了自己注《三国志》的目的在于补阙、备异，考察史实，并不同于以往史书注疏所沿用的传统经注之法。因此，裴松之在《三国志》约 2400 条的注释中，采用了魏晋以来多达 240 余种的大量史料。裴松之的史注之法突破了史注对于经注的依附，并且也得到了其时舆论的赞同，《宋书·裴松之传》记载：“上使注陈寿《三国志》，松之鸠集传记，增广异闻，既成奏上。上善之，曰：‘此为不朽矣。’”[2]刘知幾在《史通》的《补注》篇中，例举了四种史注的形式，其中就将裴松之的史注之法作为与古史之注相对的类别。其云：

> 昔《诗》《书》既成，而毛、孔立传。传之时义，以训诂为主，亦犹

[1] 《三国志》，第 1471 页。
[2] 《宋书》卷六十四，第 1701 页。

《春秋》之传，配经而行也。降及中古，始名传曰注。盖传者转也，转授于无穷；注者流也，流通而靡绝。进此二名，其归一揆。如韩、戴、服、郑，钻仰《六经》，裴、李、应、晋，训解《三史》，开导后学，发明先义，古今传授，是曰儒宗。

既而史传小书，人物杂记，若挚虞之《三辅决录》，陈寿之《季汉辅臣》，周处之《阳羡风土》，常璩之《华阳士女》，文言美辞列于章句，委曲叙事存于细书。此之注释，异夫儒士者矣。

次有好事之子，思广异闻，而才短力微，不能自达，庶凭骥尾，千里绝群，遂乃掇众史之异辞，补前书之所阙。若裴松之《三国志》，陆澄、刘昭《两汉书》，刘彤《晋纪》，刘孝标《世说》之类是也。

亦有躬为史臣，手自刊补，虽志存该博，而才阙伦叙，除烦则意有所吝，毕载则言有所妨，遂乃定彼榛楛，列为子注。若萧大圜《淮海乱离志》，羊炫之《洛阳伽蓝记》，宋孝王《关东风俗传》，王劭《齐志》之类是也。❶

刘知幾认为史注的体例可分为四种：第一种是“儒宗”，沿承了韩婴、戴德、戴圣、服虔、郑玄、郑兴、郑众等人对于《六经》的注疏之法，是古史的传统注疏，以裴骃《史记集解》、应劭《汉书集解音义》、晋灼《汉书集注》、李贤《后汉书注》为代表；第二种是“委曲叙事”，以《三辅决录》、陈寿之《季汉辅臣传》、周处之《阳羡风土记》、常璩之《华阳国志》为代表；第三种是“掇异补阙”，以裴松之《三国志》注、陆澄《汉书注》、刘昭《后汉书注》、刘彤《晋纪》注、刘孝标《世说》注为代表；第四种是“子注”，以萧大圜《淮海乱离志》、羊炫之《洛阳伽蓝记》、宋孝王《关东风俗传》、王劭《齐志》为代表。后

❶ 《史通通释》卷五《补注第十七》，第121—122页。

三种呈现出不同于经注的特征，是新兴史学注疏的主要代表形式。裴松之对《三国志》的注疏之法就为史学独立于经学、发展为独立学科门类起到了重要作用。

这种史注的体例得到了后代大多数史家的认可。纪昀在《四库全书总目提要》中对裴松之注《三国志》虽提出了一些批评意见，却也承认这种史注之法的优势所在。其云：“宋元嘉中，裴松之受诏为注，所注杂引诸书，亦时下己意。综其大致，约有六端：一曰引诸家之论以辨是非，一曰参诸书之说以核讹异，一曰传所有之事详其委曲，一曰传所无之事补其阙佚，一曰传所有之人详其生平，一曰传所无之人附以同类。”[1]又云：“然网罗繁富，凡六朝旧籍今所不传者，尚一一见其崖略。又多首尾完具，不似郦道元《水经注》、李善《文选注》，皆翦裁割裂之文。故考证之家，取材不竭，转相引据者，反多于陈寿本书焉。”[2]

中国小说自诞生之初，就呈现出驳杂的特性，随着自身体系的不断发展与完善，在文体和功用等方面，经历了较大的演变。从刘向、刘歆《七略》、班固《汉书·艺文志》中“诸子略”的“小说家”著录情况，可以看出先秦时期与汉代的小说观念大致相仿，都以表述“小道”为核心功用。虽然性质定义为诸子学说之一种，但从文体来看，主要采取记言与记事的表现方式，近似于古史的表述特征。魏晋之后到南北朝时期，小说的创作进入了一个稳步发展的阶段，小说归于子部的观念得到进一步加强，以《世说》为代表的记言体小说成为小说的主要类别之一。同时新兴史学的史传表述方式进入了小说的创作视野，开始成为小说表达的借鉴。从阮孝绪《七录》“子兵录”的“小说部”的著录情况考察，可以看出南北朝小说观念丰富

[1] 《四库全书总目》卷四十五，第622—623页。
[2] 《四库全书总目》卷四十五，第623页。

而有生机的多种生长因素。在此基础上，唐人编撰《隋书·经籍志》，沿袭了南北朝小说观念，并继续发展，吸收了大量不同类别的表达形式，为小说多元化特征的形成，提供了直接方向。以传记体为主要表现方式的记事大类，开始步入快速发展的轨道。北宋初年，随着《崇文总目》与《新唐书·艺文志》的先后修成，多达 24 部原属史部杂传类的南北朝作品被归入小说类，小说观念终于形成了一个较为成熟的理论状态，以传记体为主要表现方式的记事类小说，在小说的创作与理论层面都得到了确认，并成为小说的主要类别之一。宋人第一次完成了古小说观念向新兴小说观念的转变。

由于南北朝小说观念与唐宋以来小说观念的显著差异，裴松之注《三国志》时征引的一些史料，被后人当成小说对待，因此对裴松之注引小说的方式产生了批评。刘知幾首先对包括《三国志》裴松之注在内的南北朝及初唐史书编撰方法与标准提出了不同意见。其云：

> 晋世杂书，谅非一族，若《语林》《世说》《幽明录》《搜神记》之徒，其所载或诙谐小辩，或神鬼怪物。其事非圣，扬雄所不观；其言乱神，宣尼所不语。皇朝新撰《晋史》，多采以为书。夫以干、邓之所粪除，王、虞之所糠秕，持为逸史，用补前传，此何异魏朝之撰《皇览》，梁世之修《遍略》，务多为美，聚博为功，虽取说于小人，终见嗤于君子矣。[1]

认为这些作品不足以采信，如果“摭彼虚辞，成兹实录”[2]，纳入史学的体系，必定会造成史学的混乱。纪昀也表达了相同的观点：

---

[1] 《史通通释》卷五《采撰第十五》，第 108 页。

[2] 《史通通释》卷十七《杂说中第八》，第 449 页。

> 其中往往嗜奇爱博，颇伤芜杂。如《袁绍传》中之胡母班，本因为董卓使绍而见，乃注曰：“班尝见太山府君及河伯，事在《搜神记》，语多不载。”斯已赘矣。《钟繇传》中乃引陆氏《异林》一条，载繇与鬼妇狎昵事。《蒋济传》中引《列异传》一条，载济子死为秦山伍伯，迎孙阿为泰山令事。此类凿空语怪，凡十余处，悉与本事无关，而深于史法有碍，殊为瑕颣。❶

认为将“凿空语怪”的事类用来注史，于史法显然不妥。

就今人对古小说观念的理解，《三国志》裴松之注引中符合古小说特征的小说作品，经统计大约有 10 种，共征引 121 条。为了便于下文的讨论，依据小说作品在裴松之注文中出现的先后顺序，制成表 1，并标明这些小说作品在各个时期史志书目中的类别归属情况。需要加以说明的是，本表依据南北朝小说观念的发展，参考《隋书·经籍志》及其附注的著录归属原则，整理出这些作品在《七录》中的相应归属。此外，孙盛《异同杂语》与孙盛《杂记》，部分学者认为是同书异名，本表分作二书处理。张华《博物志》与《博物记》，部分学者亦认为是同书异名，本表也作二书处理。因非我们所讨论的重点，这里不再作专门考察分析。

通过表 1 可以看出，裴松之注引小说，按性质可分为两大类。一类是子部之书，包括《异同杂语》《杂记》《博物志》《博物记》等 4 部作品，在各史志书目中一直归属子部大类。其中《异同杂语》《杂记》在六朝时期即被认为归属小说类，是记言小说的代表作品。另一类是史部之书，包括《世语》《搜神记》《神异经》《异林》《列异传》《神仙传》等 6 部作品，在南北朝时期和唐代，都被认为史书，分属于杂史、杂传、地理类。只是宋代以后，才逐

---

❶ 《四库全书总目》卷四十五，第 623 页。

表 1　《三国志》裴松之注引小说在各史志书目中的类别归属

序号	书　名	引用数目	《七录》	《隋书·经籍志》	《旧唐书·经籍志》	《崇文总目》	《新唐书·艺文志》	《四库全书总目》
1	郭颁《世语》	88		史·杂史	史·杂史		史·杂史	阙
2	孙盛《异同杂语》(《杂语》)	3	(子兵录·杂部;小说部)	子·杂家;小说	阙		子·小说	阙
3	孙盛《杂记》	2	(子兵录·杂部;小说部)	(子·杂家;小说)	阙		(子·小说)	阙
4	张华《博物志》	5	(子兵录·杂部)	子·杂家	子·小说	子·小说	子·小说	子·小说·琐语
5	《博物记》	3	(子兵录·杂部)	(子·杂家)	(子·小说)	(子·小说)	(子·小说)	(子·小说·琐语)
6	干宝《搜神记》	13	(记传录·鬼神部)	史·杂传	史·杂传	子·小说	子·小说	子·小说·异闻
7	东方朔《神异经》	1	(记传录·土地部)	史·地理	史·地理		子·道家·神仙	子·小说·异闻
8	陆氏《异林》	1	(记传录·鬼神部)	阙	阙	阙	阙	阙
9	《列异传》	2	(记传录·鬼神部)	史·杂传	史·杂传		子·小说	阙
10	葛洪《神仙传》	3	(记传录·鬼神部)	史·杂传	史·杂传	子·道书	子·道家·神仙	子·道家

渐被归属于子部小说类。而其中备受后世史家批评的《搜神记》《异林》《列异传》《神仙传》，在南北朝时期则毫无疑问地归属于《七录》“记传录”的“鬼神部”。

那么，裴松之注引这些小说的具体情况及目的又是如何呢？

《世语》，《隋书·经籍志》史部杂史类著录，作《魏晋世语》，题“晋襄阳令郭颁撰”。❶裴松之注《三国志》征引本书次数最多，达到了 88 次。从征引的文字看，内容大多为曹魏至西晋初期的逸闻轶事，可以作为史料看待。值得注意的是，南北朝萧梁时期另一部著名的小说注本，《世说》刘孝标注，也征引本书 16 次，且与《世说》的本文内容大抵相同。但是裴松之注引《世语》，并非仅仅是简单的列举史料，而是有所分析、有所考辨。例如，《魏书·高贵乡公纪》：“二年春正月乙丑，镇东将军毌丘俭、扬州刺史文钦反。戊戌[戊寅]，大将军司马景王征之。癸未，车骑将军郭淮薨。闰月己亥，破钦于乐嘉，钦遁走，遂奔吴。甲辰，安丰淮津[安风津]都尉斩俭，传首京都。”❷本段后，裴松之注引《世语》曰：“大将军奉天子征俭，至项；俭既破，天子先还。”❸裴松之又紧接着作了材料的考察与分析，以求证实史实：

> 臣松之检诸书都无此事，至诸葛诞反，司马文王始挟太后及帝舆俱行耳。故发诏引汉二祖及明帝亲征以为前比，知明帝已后始有此行也。案张璠、虞溥、郭颁皆晋之令史，璠、颁出为官长，溥，鄱阳内史。璠撰《后汉纪》，虽似未成，辞藻可观。溥著《江表传》，亦粗有

---

❶ 《隋书》卷三十三，第 960 页。

❷ 《三国志》卷四，第 132—133 页。

❸ 《三国志》卷四，第 133 页。

> 条贯。惟颁撰《魏晋世语》，蹇乏全无宫商，最为鄙劣，以时有异事，故颇行于世。干宝、孙盛等多采其言以为《晋书》，其中虚错如此者，往往而有之。❶

表达了自己对于史料处理的严谨态度，并对郭颁《世语》提出批评，对采自《世语》而成的史书，如干宝《晋纪》、孙盛《晋阳秋》等，指出错误流传之源。因此，裴松之对《世语》的征引，应该是一种史料备异的处理方式。

从《世语》一书的性质看，历代史志书目大多著录为史部的杂史类。《隋书·经籍志》杂史类的小序云：

> 自秦拨去古文，篇籍遗散。汉初，得《战国策》，盖战国游士记其策谋。其后陆贾作《楚汉春秋》，以述诛锄秦、项之事。又有《越绝》，相承以为子贡所作。后汉赵晔，又为《吴越春秋》。其属辞比事，皆不与《春秋》《史记》《汉书》相似，盖率尔而作，非史策之正也。灵、献之世，天下大乱，史官失其常守。博达之士，愍其废绝，各记闻见，以备遗亡。是后群才景慕，作者甚众。又自后汉已来，学者多钞撮旧史，自为一书，或起自人皇，或断之近代，亦各其志，而体制不经。又有委巷之说，迂怪妄诞，真虚莫测。然其大抵皆帝王之事，通人君子，必博采广览，以酌其要，故备而存之，谓之杂史。❷

可见，杂史作品本身即有“迂怪妄诞，真虚莫测”的特征，因此，作为史注的材料保存，更多的是出于对史料备异的考虑，这也是史学态度严谨的体现。

---

❶ 《三国志》卷四，第133页。

❷ 《隋书》卷三十三，第962页。

记言类小说是小说体系中最早发展成熟的类型，在魏晋时期已经初具规模，至南北朝初期则基本定型，裴松之注《三国志》较多地征引了这类作品。《魏书·武帝纪》：“卓表太祖为骁骑校尉，欲与计事。太祖乃变易姓名，间行东归。”❶本段后，裴松之注引《魏书》曰：“太祖以卓终必覆败，遂不就拜，逃归乡里。从数骑过故人成皋吕伯奢；伯奢不在，其子与宾客共劫太祖，取马及物，太祖手刃击杀数人。”❷又连续注引《世语》曰：“太祖过伯奢。伯奢出行，五子皆在，备宾主礼。太祖自以背卓命，疑其图己，手剑夜杀八人而去。”❸孙盛《杂记》曰：“太祖闻其食器声，以为图己，遂夜杀之。既而凄怆曰：‘宁我负人，毋人负我！’遂行。”❹三种引书所叙本事大抵相仿，但侧重点各有不同。《魏书》侧重于曹操武帝的正面描写，阐述手剑杀人的合理性；《世语》则反其道而行之，记录了曹操的冷酷与多疑；《杂记》作为记言类小说，更以曹操之语突出了其复杂的情感世界，记录了“宁我负人，毋人负我”的矛盾心理。裴松之这样处理史料，无疑是遵循补阙备异的史学原则。

《搜神记》《异林》《列异传》与《神仙传》在裴松之注引之书中最为人诟病。除陆氏《异林》在史志书目中阙载，其余三种在《隋书·经籍志》中均归属于史部杂传类。《隋书·经籍志》杂传类的小序云：

> 古之史官，必广其所记，非独人君之举。《周官》，外史掌四方之志，则诸侯史记，兼而有之。……是以穷居侧陋之士，言行必达，皆有史传。自史官旷绝，其道废坏，汉初，始有丹书之约，白马之盟。武帝从董仲舒之言，始举贤良文学。天下计书，先上太史，善恶之事，靡不毕集。司马迁、班固，撰而成之，股肱辅弼之臣，扶义俶傥之士，皆有

---

❶❷❸❹ 《三国志》卷一，第5页。

记录。而操行高洁，不涉于世者，《史记》独传夷齐，《汉书》但述杨王孙之俦，其余皆略而不说。又汉时，阮仓作《列仙图》，刘向典校经籍，始作《列仙》《列士》《列女》之传，皆因其志尚，率尔而作，不在正史。后汉光武，始诏南阳，撰作风俗，故沛、三辅有耆旧节士之序，鲁、庐江有名德先贤之赞。郡国之书，由是而作。魏文帝又作《列异》，以序鬼物奇怪之事，嵇康作《高士传》，以叙圣贤之风。因其事类，相继而作者甚众，名目转广，而又杂以虚诞怪妄之说。推其本源，盖亦史官之末事也。载笔之士，删采其要焉。鲁、沛、三辅，序赞并亡，后之作者，亦多零失。今取其见存，部而类之，谓之杂传。❶

可见，杂传作品本身也可以依据内容带有“虚诞怪妄”的特征。如果再究其根源，则《隋书·经籍志》史部杂传类又是综合《七录》“记传录”中的“杂传部”与“鬼神部”二部而成。根据这四种书的内容性质，如在《七录》中有所著录，当归属“鬼神部”无疑。如此，魏晋南北朝时期的鬼神之书也属于史部大类，选取此类之书作为史料注疏史书，至少在南北朝时期是说得通的。

《魏书·华歆传》：“黄初中，诏公卿举独行君子，歆举管宁，帝以安车征之。明帝即位，进封博平侯，增邑五百户，并前千三百户，转拜太尉。”❷本段后，裴松之注引《列异传》云：“歆为诸生时，尝宿人门外。主人妇夜产。有顷，两吏诣门，便辟易却，相谓曰：‘公在此。’踌躇良久，一吏曰：‘籍当定，奈何得住？’乃前向歆拜，相将入。出并行，共语曰：‘当与几岁？’一人曰：‘当三岁。’天明，歆去。后欲验其事，至三岁，故往问儿消息，果已

---

❶ 《隋书》卷三十三，第981—982页。
❷ 《三国志》卷十三，第405页。

死。歆乃自知当为公。”❶裴松之又表达了自己对于相同事件不同史料的判断:“臣松之按《晋阳秋》说魏舒少时寄宿事,亦如之。以为理无二人俱有此事,将由传者不同。今宁信《列异》。”❷以为备异。《吴书·吴范刘惇赵达传》中,裴松之在篇末史评后注引葛洪《抱朴子》《神仙传》,介绍葛仙公、姚光、介象等人的怪异之事,并表达了自己列举这些材料的目的:“臣松之以为葛洪所记,近为惑众,其书文颇行世,故撮取数事,载之篇末也。神仙之术,讵可测量,臣之臆断,以为惑众,所谓夏虫不知冷冰耳。”❸裴松之认为自己由于学识所限,无法考实这些史料的真伪,但是为了不武断处理这些材料,故存疑留取史注之末。这其实就是一种客观且严谨的史学修养。这样处理“鬼神部”的引书还有多例,如《吴书·孙破虏讨逆传》中,裴松之注引《江表传》与《搜神记》叙道士于吉事,裴松之在引书后云:“案《江表传》《搜神记》于吉事不同,未详孰是。”❹在没有充分材料佐证的情况下,坚持备异补阙的客观态度。

南北朝时期上承两汉魏晋,下接隋唐,不仅是史学体系,也是小说体系发展的重要环节。中国史学由两汉之前依附于经学的古史阶段,经过六朝大量不同类型史学作品的编纂,发展为《七录》“记传录”中 12 种类别的新兴史学,最终在初唐时期定型为《隋书·经籍志》史部的 13 种类别。小说的演变情况比较复杂,虽然长期囿于子部,但与史部的发展一脉而成。小说长期借鉴古史记言与记事的表现方式,也体现出一定的古史特征。虽然是“街谈巷语,道听途说”❺,但这只是材料的来源与传播,小说并

---

❶❷ 《三国志》卷十三,第 405 页。
❸ 《三国志》卷六十三,第 1428 页。
❹ 《三国志》卷四十六,第 1111 页。
❺ 《汉书》卷三十,第 1745 页。

没有主观的凭虚倾向，所以，这种记言类与记事类小说，在一定程度上就是广义的史料。因此，传统观念下的小说作品，表现形式不论是记言还是记事，作为史注甚至史书本身，在本阶段是合情合理的。

魏晋以后，随着史学以纪传体作为主要表达形态，小说亦步亦趋的借鉴却姗姗来迟，以致新兴史学体系已经成熟，小说借鉴史传表达形式、形成不同于传统记事类的小说类型的节奏才逐渐加快。史学在发展纪传体的过程中，由于当时的观念差异，以及纪传体特有的叙事真伪处理，出现了一些记鬼神、记怪异的发展倾向。小说在借鉴纪传体表述方式的同时，无意中消化了这些看似并不符合后代史学观念的特征。

唐宋以后，史学体系在自我厘正的过程中，先后将一些记鬼神、记怪异的作品退入小说类，又将凭虚的作品也退入小说类，从而得到了极为有效的正本清源。小说在接收了这些原属史部的作品后，其范畴进一步扩大，也基本奠定了纪传体的主要书写方式。凭虚的特征从此成为小说的主要特征，小说观念也由古小说阶段开始趋于近代叙事小说的阶段。但是不可否认，这些原属史部的作品划入小说后，客观上也将史学的特征带入了小说的范畴，小说在一定程度上反而加强了可以作为史料处理的某些特性。

这样看来，小说在长期的发展中，始终与史学有着不可分割的关系。从《三国志》裴松之注引 10 种小说来看，这些小说作品的作者往往都是史学家，如孙盛著有《魏氏春秋》二十卷，《魏氏春秋异同》八卷，《晋阳秋》三十二卷；干宝著有《晋纪》二十卷；葛洪与张华都担任过著作郎等。不仅如此，有一些小说甚至就是修史未用的材料。前文曾引及葛洪《西京杂记跋》，明确了小说为史书补阙的作用。小说的这些近似于史的特征，则被史学家及后来学者用以考察，并区别于严谨的史学著作。刘知幾《史通·杂说》篇云："又刘敬升《异苑》称晋武库失火，汉高祖斩蛇剑穿屋而飞，其言不经。致梁武帝令殷芸编诸《小说》，及萧方等撰《三十国史》，乃刊为正言。”❶而姚振宗撰《隋书经籍志考证》，于“小说”条下，则在此观点的基础上加以发挥：“案此殆是梁武帝作《通史》时事，凡此不经之说，为《通史》所不取者，皆令殷芸别集为《小说》。是此《小说》因《通史》而作，犹《通史》之外乘也。”❷继续强化了小说的史学特征。

第三节　以史证小说的尝试
——《世说新语》刘孝标注

《世说新语》是南朝刘宋时期临川王刘义庆与众文士编成的一部小说，在中国小说体系发展中具有重要意义。《世说新语》继裴启《语林》、郭澄之《郭子》，终于成就了记言类小说在南北朝时期的鼎盛，其独特的语体风格被后来者加以学习与传承，这种记言类小说的类型被称为“世说体”。《世说新语》成书后，历代史志书目都有著录。《七录》当著录于子兵录小说部❸，《隋书·经籍志》著录于子部小说类❹，《日本国见在书目录》著录于小说家类❺，《旧唐书·经籍志》著录于丙部子录小说家类❻，《崇文总目》著录于小说类❼，《新唐书·艺文志》著录于丙部子录小说家类❽，《宋史·艺文志》著录于子部小说类❾，《四库全书总目》归入子部小说家类的杂事之属❿，始终居于小说体系的核心位置。

---

❶ 《史通通释》卷十七，第449页。

❷ [清]姚振宗：《隋书经籍志考证》卷三十二，《师石山房丛书》，开明书店，1936年，第499页。

❸ 《隋书·经籍志》子部小说类在著录“《世说》十卷”后，附注“刘孝标注，梁有《俗说》一卷，亡”。可见，《世说》刘孝标注十卷本在萧梁时期的书目即有著录。

❹ 《隋书》卷三十四，第1011页。

❺ 《日本国见在书目录》，第57页。

❻ 《旧唐书》卷四十七，第2036页。

❼ 《崇文总目》卷二十七，第89—90页。

❽ 《新唐书》卷五十九，第1530页。

❾ 《宋史》卷二百六，第5219页。

❿ 《四库全书总目》卷一百四十，第1835—1836页。

学界对《世说新语》及刘孝标注已多有研究，这里不再赘述，仅就《世说新语》刘孝标注与其时小说的关系略加申述。

最早为《世说新语》作注的是南朝萧齐时期的史敬胤，其注现存于南宋时期汪藻所撰《世说叙录》中，约 40 余条。[1]据现存注文，史敬胤采用的注法与刘孝标注法类似，众引典籍，考订史实，惜其注文全本已佚，不能窥其全貌，这里不再赘述，刘兆云撰有《〈世说〉探原》[2]，徐传武撰有《〈世说新语〉刘注浅探》[3]，对史敬胤注文均有讨论，可参。

前文讨论《三国志》裴松之注时，我们已经了解到魏晋南北朝时期出现了多种新兴的史学注疏方式，改变了史注依附于经注的传统注疏之法的状态。而这一阶段的小说在其体系发展中，借鉴史学的诸多表现形式，始终表现出贴近史学的文体特征。因此裴松之注《三国志》，包括援引小说之举，完全遵循了补阙备异的新兴史学原则。刘孝标注《世说新语》，也遵循了裴松之对《三国志》的注法体例，广征博引，采用了众多的史料，将这部当时即纳入小说范畴的作品作为史书来注解。前文已经提及，刘知幾在《史通》的“补注”篇中，列举了四种史注的形式，其中就将裴松之与刘孝标的史注之法作为与古史之注相对的类别。其云：

> 次有好事之子，思广异闻，而才短力微，不能自达，庶凭骥尾，千里绝群，遂乃掇众史之异辞，补前书之所阙。若裴松之《三国志》，陆澄、刘昭《两汉书》，刘彤《晋纪》，刘孝标《世说》之类是也。[4]

---

[1] [宋]汪藻：《世说叙录》，《世说新语》，上海古籍出版社 1982 年影印清光绪十七年思贤讲舍刻本，第 613—908 页。

[2] 刘兆云：《〈世说〉探原》，《新疆大学学报》（社会科学版）1979 年第 C1 期。

[3] 徐传武：《〈世说新语〉刘注浅探》，《文献》1986 年第 1 期。

[4] 《史通通释》卷五《补注第十七》，第 122 页。

刘知幾将史注的体例分为四种，第三种便是“掇异补阙”，以裴松之《三国志》注、陆澄《汉书注》、刘昭《后汉书注》、刘彤《晋纪》注、刘孝标《世说》注为代表；与其余两种并举，呈现出不同于经注的特征，成为新兴史学注疏的主要代表形式。在《三国志》裴松之注后，刘孝标对《世说新语》的注疏之法就为史学独立于经学、发展成独立学科门类，起了重要作用。

刘孝标注文撰成后，历代皆给予较高评价，尤其是对其广征诸书，保存文献的注书之法多加褒奖。宋人高似孙在《纬略》中云：“宋临川王义庆采撷汉晋以来佳事佳话，为《世说新语》，极为精绝，而犹未为奇也。梁刘孝标注此书，引援详确，有不言之妙。如引汉、魏、吴诸史，及子传地理之书，皆不必言。只如晋氏一朝史，及晋诸公列传、谱录、文章，皆出于正史之外，纪载特详，闻见未接，实为注书之法。”❶明人胡应麟在《少室山房笔丛》中云：“裴松之之注《三国》也，刘孝标之注《世说》也，偏记杂谈，旁收博采，迨今借以传焉。非直有功二氏，亦大有造诸家乎？若其综核精严，缴驳平允，允哉史之忠臣，古之益友也。”❷清人纪昀在《四库全书总目提要》中云：“孝标所注，特为典赡。高似孙《纬略》亟推之。其纠正义庆之纰缪，尤为精核。所引诸书，今已佚其十之九，惟赖是注以传。故与裴松之《三国志注》、郦道元《水经注》、李善《文选注》同为考证家所引据焉。”❸清人沈家本在《世说注所引书目序》中云：“考证之家援引此书与裴书并重，古籍之散亡，即零章断句亦足珍贵，矧若是之繁富者邪？今特辑其目而以考订别传、家传至八十余家，谱牒至三十余家，并为隋、唐《志》之所不著录，此固非寻常之遗文佚事矣。”❹

❶ [宋]高似孙：《纬略》卷九，商务印书馆，1939年，第133页。按，是书底本选用守山阁丛书本，并附墨海金壶石印本抄补曹学佺序一篇及阙文二则于后。

❷ 《少室山房笔丛》卷一三《史书占毕一》，第133页。

❸ 《四库全书总目》卷一百四十，第1836页。

❹ [清]沈家本：《世说注所引书目序》，《沈寄簃先生遗书》乙编《古书目四种》卷三，中国书店，1984年，第1—2页。

对刘孝标注文的系统研究始于宋人汪藻的《世说叙录》，宋人陈振孙《直斋书录解题》小说家类著录："《世说新语》三卷，《叙录》二卷。"又云："《叙录》者，近世学士新安汪藻彦章所为也，首为考异，继列人物世谱、姓氏异同，末记所引书目。"❶清代对刘孝标注文的研究则更加细致，形成了两部较为重要的研究著作，一为清人叶德辉所撰《世说新语征引书目》，其云："暇日取《世说》注中所引书，凡得经、史、别传三百余种，诸子百家四十余种，别集廿余种，诗赋杂文七十余种，释道三十余种。"❷一为清人沈家本所撰《世说注所引书目》，其云："今所辑之目：经部三十五家，史部二百八十八家，子部三十九家，集部四十二家，又释氏十家，凡四百一十四家。"❸均对刘孝标注引文献种类作出了统计与整理。

刘孝标注《世说新语》，不仅在南北朝小说发展过程中是一个重要事件，并且对于小说的流变研究也具有重要意义，值得我们加以关注。

首先，刘孝标注《世说新语》，开创了以史注小说、以史证小说的学术新气象。从《隋书·经籍志》及其附注对《世说新语》的著录情况看，刘孝标作注的萧梁时期，当时的各种书目已将《世说新语》纳入小说范畴，作为小说书来处理。那么，刘孝标注当为第一次有目的、成系统的对小说书作注，并且由于作注与原书成书的间隔时间较短，在一定程度上可以看作对"当代小说作品"作注。前文已经讨论，自裴启撰《语林》后，南北朝时期的小说观念仍然保持对真实性的追求，与史书修撰的实录原则大抵相仿。小说观念因此呈现出史部之书外衍形态的特征。《世说新语》注重作品材料的真实性，即使无法完全用史书来界定，但依然可以作为史料来解读。

---

❶ ［宋］陈振孙：《直斋书录解题》卷十一，上海古籍出版社，1987年，第316页。

❷ ［清］叶德辉：《世说新语征引书目》，《世说新语》，第487—488页。按，是书乃上海古籍出版社影印清光绪十七年思贤讲舍刻本，叶德辉此文在书中更名为《世说新语注引用书目》。

❸ 《世说注所引书目序》，《沈寄簃先生遗书》乙编《古书目四种》卷三，第1页。

从这个意义上看，刘孝标作注，大量援引史部之书来佐证《世说新语》这部小说，其实也是史注之法的一种延伸，即实质上是对史料的一种注疏与考辨。

纪昀在《四库全书总目提要》中曾总结了裴松之注《三国志》援引文献资料的六项主要目的与标准：“一曰引诸家之论以辨是非，一曰参诸书之文以核讹异，一曰传所有之事详其委曲，一曰传所无之事补其阙佚，一曰传所有之人详其生平，一曰传所无之人附以同类。”[1]刘孝标在注《世说新语》时也承袭了裴松之的注法体例。如高似孙所言，刘孝标在作注时，广泛征引诸家晋史中的材料。据笔者粗略统计，刘孝标注引干宝《晋纪》10次，邓粲《晋纪》26次，徐广《晋纪》14次，曹嘉之《晋纪》3次，刘谦之《晋纪》6次，刘璨《晋纪》1次，王隐《晋书》53次，虞预《晋书》25次，朱凤《晋书》4次，沈约《晋书》1次，孙盛《晋阳秋》115次，傅畅《晋诸公赞》66次，《晋百官名》18次，何法盛《晋中兴书》2次，《晋安帝纪》29次，《晋后略》2次，《晋世谱》2次，《晋东宫百官名》2次，《晋中兴人士书》1次，《晋惠帝起居注》3次，檀道鸾《续晋阳秋》72次等。刘孝标在援引这些史料时，就充分体现了裴松之《三国志》注法中的六项主要特征。

1. 引诸家之论以辨是非。

例如，《言语》篇第47条云：“陶公疾笃，都无献替之言，朝士以为恨。”[2]刘孝标在援引《陶氏叙》介绍陶侃生平后，又援引王隐《晋书》所载陶侃《临终表》，作按语“有表若此，非无献替”。[3]又如，《规箴》篇第18条云：“小庾在荆州，公朝大会，问诸僚佐曰：‘我欲为汉高、魏武，何如？’”[4]刘孝标援引宋明帝《文章志》：“庾翼名辈，岂应狷狂如此哉！时若有斯言，亦传

[1] 《四库全书总目》卷四十五，第623页。
[2] 《世说新语校笺》，第59页。
[3] 《世说新语校笺》，第60页。
[4] 《世说新语校笺》，第312页。

闻者之谬矣。”❶充分运用已有的研究成果来辨明是非与否。

2. 参诸书之文以核讹异。

例如，《方正》篇第 39 条云：“梅颐尝有惠于陶公，后为豫章太守，有事，王丞相遣收之。侃曰：‘天子富于春秋，万机自诸侯出，王公既得录，陶公何为不可放！’乃遣人于江口夺之。”❷刘孝标先引《晋诸公赞》与《永嘉流人名》，介绍梅颐与梅陶兄弟俩的基本情况，又援引邓粲《晋纪》说明《世说》之误，并佐以王隐《晋书》，作按语“二书所叙，则有惠于陶是梅陶，非颐也”。❸又如，《品藻》篇第 22 条云：“明帝问周伯仁：‘卿自谓何如庾元规？’对曰：‘萧条方外，亮不如臣；从容廊庙，臣不如亮。’”❹刘孝标注曰：“按诸书皆以谢鲲比亮，不闻周顗。”❺其他史书中记载的都是谢鲲与庾亮比较，而并非周顗与庾亮比较。可见，参考不同的文献成为刘孝标核实错讹的主要手段之一。

3. 传所有之事详其委曲。

例如，《德行》篇第 15 条云：“晋文王称阮嗣宗至慎，每与之言，言皆玄远，未尝臧否人物。”❻刘孝标先援引《魏书》与《魏氏春秋》，分别介绍了司马昭与阮籍的生平情况，再援引李康《家诫》，详细介绍了本事的由来。又如，《赏誉》篇第 54 条云：“王丞相云：‘刁玄亮之察察，戴若思之岩岩，卞望之之峰距。’”❼语意不好理解。刘孝标先通过援引虞预《晋书》、《卞壶别传》、邓粲《晋纪》交待相关人物生平，再援引《语林》，注出王导之言的原始语境：“孔坦为侍中，密启成帝，不宜往拜曹夫人。丞相闻之，曰：‘王茂弘驽痾耳，若卞望之之岩岩，刁玄亮之察察，戴若思之峰距，当敢尔不？’”❽最

---

❶ 《世说新语校笺》，第 312 页。
❷❸ 《世说新语校笺》，第 182 页。
❹❺ 《世说新语校笺》，第 281 页。
❻ 《世说新语校笺》，第 10 页。
❼❽ 《世说新语校笺》，第 248 页。

后，刘孝标作出“此言殊有由绪，故聊载之耳”的判断❶，消除了《世说新语》断章取义的做法给读者理解设置的障碍。

4. 传所无之事补其阙佚。

例如，《政事》篇第 16 条云：“陶公性检厉，勤于事。”❷刘孝标援引《晋阳秋》《中兴书》中记载二例，注解本文中没有记载之事，更加深了读者对陶侃“性检厉，勤于事”特征的印象。

5. 传所有之人详其生平。

例如，《德行》篇第 30 条云：“桓常侍闻人道深公者，辄曰：‘此公既有宿名，加先达知称，又与先人至交，不宜说之。’”❸刘孝标援引《桓彝别传》详细介绍了桓彝的生平，并自注了法深的详细生平，为读者阅读作出了必要的人物背景补充。

6. 传所无之人附以同类。

例如，《品藻》篇第 13 条云：“孔愉有公才而无公望，丁潭有公望而无公才。”❹刘孝标援引《晋阳秋》曰：“孔敬康、丁世康、张伟康俱著名，时谓‘会稽三康’。伟康名茂，尝梦得大象，以问万雅，雅曰：‘君当为大郡而不善也。象，大兽也，取其音狩，故为大郡；然象以齿丧身。’后为吴郡，果为沈充所杀。”❺增加注释了张伟康其人其事。

此外，刘孝标注《世说新语》之法还具有纠谬、存疑、备异等方面的系统特征。

例如，《文学》篇第 1 条“郑玄在马融门下”❻，记述了马融因妒忌郑玄而欲加害之事。刘孝标直接加以反驳：“马融海内大儒，被服仁义；郑玄名

---

❶ 《世说新语校笺》，第 248 页。

❷ 《世说新语校笺》，第 99 页。

❸ 《世说新语校笺》，第 10 页。

❹❺ 《世说新语校笺》，第 279 页。

❻ 《世说新语校笺》，第 103 页。

列门人，亲传其业，何猜忌而行鸩毒乎？委巷之言，贼夫人之子。”❶明确表达了自己的观点。又如，《赏誉》篇第 143 条云：“谢公语王孝伯：‘君家蓝田，举体无常人事。’”❷谢安品评王述之语，其他的史书中没有相关的记载，并且与王述的性格完全不符合，故而刘孝标注曰：“按述虽简而性不宽裕，投火怒蝇，方之未甚。若非太傅虚相褒饰，则《世说》谬设斯语也。”❸

当然，更多的纠谬是建立在刘孝标对众多史料考察分析的基础上的。例如，《方正》篇第 6 条云：“夏侯玄既被桎梏，时钟毓为廷尉，钟会先不与玄相知，因便狎之。玄曰：‘虽复刑余之人，未敢闻命。’考掠初无一言，临刑东市，颜色不异。”❹刘孝标援引《世语》与《名士传》，加以考辨，作出按语：“郭颁，西晋人，时世相近，为《晋魏世语》，事多详核。孙盛之徒，皆采以著书，并云玄距钟会。而袁宏《名士传》最后出，不依前史，以为钟毓，可谓谬矣！”❺又如，《方正》篇第 9 条云：“和峤为武帝所亲重，语峤曰：‘东宫顷似更成进，卿试往看。’还，问何如。答云：‘皇太子圣质如初。’”❻刘孝标援引《晋诸公赞》、干宝《晋纪》，与孙盛《晋阳秋》中的记载比较，认为：“荀觊清雅，性不阿谀。校之二说，则孙盛为得也。”❼

在对本文的解读出现不明之处时，刘孝标如果没有确凿的史料佐证，往往会表明存疑的注疏态度。例如，《言语》篇第 6 条云：“董仲舒放孝子符起。”❽该句下，刘孝标无法确知本事由来，故注曰：“未详。”❾又如，《政事》篇第 3 条云：“袁公曰：‘孤往者尝为邺令……’”❿刘孝标注曰：“检众

---

❶ 《世说新语校笺》，第 104 页。
❷❸ 《世说新语校笺》，第 268 页。
❹ 《世说新语校笺》，第 157—158 页。
❺ 《世说新语校笺》，第 158 页。
❻ 《世说新语校笺》，第 160 页。
❼ 《世说新语校笺》，第 161 页。
❽❾ 《世说新语校笺》，第 33 页。
❿ 《世说新语校笺》，第 91 页。

《汉书》，袁氏诸公，未知谁为郧令，故阙其文，以待通识者。”[1]又如，《任诞》篇第45条云：“张骥酒后，挽歌甚凄苦。”[2]对挽歌的来由，刘孝标先列举了谯周《谯子法训》中的说法，又援引了《庄子》《春秋左氏传》《史记·绛侯世家》等各种说法，作出自己的判断：“然则挽歌之来久矣，非始起于田横也。然谯氏引礼之文，颇有明据，非固陋者所能详闻。疑以传疑，以俟通博。”[3]

对于本文无法判定真伪或正误的时候，刘孝标的另一种处理方式就是备异，即尽可能把自己所能掌握的资料注出，为后人的研究提供帮助。例如，《文学》篇第97条云：“袁宏始作《东征赋》，都不道陶公。胡奴诱之狭室中，临以白刃，曰：‘先公勋业如是，君作《东征赋》，云何相忽略？’宏窘蹙无计，便答：‘我大道公，何以云无？’因诵曰：‘精金百炼，在割能断。功则治人，职思靖乱。长沙之勋，为史所赞。’”[4]说的是袁宏作《东征赋》没有记载陶范的事。刘孝标援引《续晋阳秋》中的记载：“宏为大司马记室参军。后为《东征赋》，悉称过江诸名望。时桓温在南州，宏语众云：‘我决不及桓宣城。’时伏滔在温府，与宏善，苦谏之。宏笑而不答。滔密以启温，温甚忿。以宏一时文宗，又闻此赋有声，不欲令人显问之。后游青山，饮酌既归，公命宏同载，众为危惧。行数里，问宏曰：‘闻君作《东征赋》，多称先贤，何故不及家君？’宏答曰：‘尊公称谓，自非下官所敢专，故未呈启，不敢显之耳。’温乃云：‘君欲为何辞？’宏即答云：‘风鉴散朗，或搜或引。身虽可亡，道不可陨。则宣城之节，信为允也。’温泫然而止。”[5]刘孝标认为没有更多的资料来判断二书的记载哪一个正确，就实事求是地作出“二说不同，故详载焉”[6]。又如，《汰侈》篇第1条云：“石崇每要客燕集，常令美

[1] 《世说新语校笺》，第91页。
[2][3] 《世说新语校笺》，第407页。
[4] 《世说新语校笺》，第147页。
[5] 《世说新语校笺》，第147—148页。
[6] 《世说新语校笺》，第148页。

人行酒；客饮酒不尽者，使黄门交斩美人。王丞相与大将军尝共诣崇，丞相素不能饮，辄自勉强，至于沉醉。每至大将军，固不饮以观其变，已斩三人，颜色如故，尚不肯饮。丞相让之，大将军曰：'自杀伊家人，何预卿事！'"❶刘孝标援引《王丞相德音记》曰："丞相素为诸父所重。王君夫问王敦：'闻君从弟佳人，又解音律，欲一作妓，可与共来。'遂往。吹笛人有小忘，君夫闻，使黄门阶下打杀之，颜色不变。丞相还，曰：'恐此君处世，当有如此事。'"❷刘孝标以为"两说不同，故详录"❸，并不轻下妄断。

刘孝标注《世说新语》还有一个显著的特征，就是以小说注小说、以小说证小说。就今人对传统小说观念的理解，《世说新语》刘孝标注引的符合小说特征的作品，经笔者统计大约有 16 种，共征引 87 条。为了便于本文的讨论，依据小说作品在《世说新语》刘孝标注文中出现的先后顺序，制成表 2，并标明这些小说作品在各个时期史志书目中的类别归属情况。

需要加以说明的是，本表依据六朝小说观念的发展，参考《隋书·经籍志》及其附注的著录归属原则，整理出这些作品在《七录》中的相应归属。另外，表 2 中的《裴子》一书，学界研究往往与裴启《语林》作一书处理，这里为方便讨论，分为两书。《灵鬼志谣徵》一书，《隋书·经籍志》史部杂传类著录："《灵鬼志》三卷，荀氏撰。"❹《新唐书·艺文志》丙部子录小说家类著录："荀氏《灵鬼志》三卷。"❺其余史志书目皆不见著录。"谣徵"可能为《灵鬼志》其中篇目之一，唯刘孝标注引四例皆作"《灵鬼志谣徵》"，

---

❶ 《世说新语校笺》，第 467—468 页。

❷❸ 《世说新语校笺》，第 468 页。

❹ 《隋书》卷三十三，第 980 页。

❺ 《新唐书》卷五十九，第 1540 页。

表 2 《世说新语》刘孝标注引小说在各史志书目中的类别归属

序号	书　名	引用数目	《七录》	《隋书·经籍志》	《日本国见在书目录》	《旧唐书·经籍志》	《崇文总目》	《新唐书·经籍志》	《宋史·艺文志》	《四库全书总目》
1	《世语》	15		史·杂史	杂史家	史·杂史		史·杂史	阙	阙
2	《列仙传》	5	（记传录·杂传部）	史·杂传	杂传家	史·杂传	道书类	子·道家·神仙	子·道家·神仙	子·道家
3	《语林》	37	（子兵录·小说部）	子·小说	阙	阙	阙	阙	阙	阙
4	《汉武故事》	1		史·起居注	旧事家	史·起居注	杂史类	史·起居注	史·别史	子·小说·异闻
5	《孔氏志怪》	5	（记传录·鬼神部）	史·杂传	阙	史·杂传		子·小说	阙	阙
6	《裴子》	3	（子兵录·小说部）	阙	阙	阙	阙	阙	阙	阙
7	《灵鬼志谣徵》	4	（记传录·鬼神部）	史·杂传	阙	史·杂传		子·小说	阙	阙
8	《杂语》	2	（子兵录·小说部）	子·小说	阙	阙		子·小说	阙	阙
9	《异苑》	3	（记传录·杂传部）	史·杂传	阙	阙		阙	阙	子·小说·异闻
10	《搜神记》	1	（记传录·鬼神部）	史·杂传	杂传家	史·杂传	小说类	子·小说	子·小说	子·小说·异闻
11	《幽明录》	4	（记传录·鬼神部）	史·杂传	阙	史·杂传		子·小说	阙	阙
12	《妒记》	2	（记传录·杂传部）	史·杂传	杂传家	阙		阙	阙	阙
13	《博物志》	2	（子兵录·杂部）	子·杂家	杂家类	子·小说	小说类	子·小说	子·杂家	子·小说·琐语
14	《郭子》	1	（子兵录·小说部）	子·小说	阙	子·小说		子·小说		
15	《说林》	1	阙	阙	阙	阙		阙	阙	阙
16	《十洲记》	1	（记传录·土地部）	史·地理	土地家	史·地理	地理类	子·道家·神仙	史·地理	子·小说·异闻

故这里也沿例用之。《说林》一书，据刘孝标注引文字内容为韩康伯事，当非孔衍所撰《说林》。鲁迅《古小说钩沉》将该条文字辑入《语林》❶，周楞伽辑本则有辨正❷，这里依刘孝标注作他书单独处理。

从上表可知，刘孝标注引小说，按性质可以分为两大类：一类是子部之书，如《语林》《裴子》《杂语》《郭子》《说林》与《博物志》等6部作品，前四部作品自成书就一直在各史志书目中归属于子部小说类，而《博物志》也在唐末纳入小说的范畴内；另一类是史部之书，包括《世语》《列仙传》《汉武故事》《孔氏志怪》《灵鬼志谣徵》《异苑》《搜神记》《幽明录》《妒记》与《十洲记》等10部作品，在南北朝时期与唐代初年，都属于史书系统，分别归属于史部的杂史、杂传与地理子类，其中又以杂传类最多，达到7部，在宋代以后渐次纳入小说范畴。

刘孝标注引这些小说作品，与前文所论注法和目的一致，即追求对《世说新语》文本的史学观照。用今天的视角看，则是以小说注小说、以小说证小说的首次尝试。但是其所援引的这些小说作品，包括《世说新语》本身，在那个阶段都无疑体现出真实性的评判标准。那么，我们可以认为这种注法与用例，都是史注大体系范畴的外衍，依然遵循史注的各种注法约束。例如，《轻诋》篇第6条云："王丞相轻蔡公，曰：'我与安期、千里共游洛水边，何处闻有蔡充儿？'"❸蔡谟何以招致王导如此的不平，《世说新语》只记录了这简单的一句话，详细原因在本文中并不能准确反映，所以刘孝标在援引《晋诸公赞》与《蔡充别传》介绍了相关人物背景后，又援引《妒记》，详细介绍了该事件的原委。其云："丞相曹夫人性甚忌，禁制丞相不得有侍御，乃至左右小人亦被检简，时有妍妙，皆加诮责。王公不能久

❶ 《古小说钩沉》，第26页。
❷ 《裴启语林》，第126页。
❸ 《世说新语校笺》，第444页。

堪，乃密营别馆，众妾罗列，儿女成行。后元会日，夫人于青疏台中望见两三儿骑羊，皆端正可念。夫人遥见，甚怜爱之，语婢：‘汝出问，是谁家儿？’给使不达旨，乃答云：‘是第四、五等诸郎。’曹氏闻，惊愕大恚，命车驾，将黄门及婢二十人，人持食刀，自出寻讨。王公亦遽命驾，飞辔出门，犹患牛迟，乃以左手攀车兰，右手捉麈尾，以柄助御者打牛，狼狈奔驰，劣得先至。蔡司徒闻而笑之，乃故诣王公，谓曰：‘朝廷欲加公九锡，公知不？’王谓信然，自叙谦志。蔡曰：‘不闻余物，唯闻有短辕犊车，长柄麈尾。’王大愧。后贬蔡曰：‘吾昔与安期、千里共在洛水集处，不闻天下有蔡充儿！’正忿蔡前戏言耳。”❶这样，读者就可以借助小说的记载完全获知王导此语的前因后果。又如，《任诞》篇第 28 条云：“周伯仁风德雅重，深达危乱。通江积年，恒大饮酒，尝经三日不醒。时人谓之‘三日仆射’。”❷刘孝标援引《晋阳秋》曰：“初，顗以雅望获海内盛名，后屡以酒失。庾亮曰：‘周侯末年，可谓凤德之衰也。’”❸又援引《语林》曰：“伯仁正有姊丧三日醉，姑丧二日醉❹。大损资望。每醉，诸公常共屯守。”❺将周顗“三日仆射”的来龙去脉交待得清清楚楚。

当然，如《孔氏志怪》《灵鬼志谣徵》《异苑》《搜神记》《幽明录》这样记述鬼神之事的作品，前文已经讨论，在南北朝时期是作为史部之书的子类而发展，如在《七录》中当归属于记传录的鬼神部，而在《隋书·经籍志》中则明确著录于史部杂传类，刘孝标选取此类之书作为史料注疏《世说新语》，在南北朝时期又有何不可？譬如刘义庆领众文士既编修了《世说新语》，也撰成了《幽明录》；干宝既编成了《晋纪》三十卷，也修成了《搜神记》。即使小说在当时已经作为子部的一个子类独立出现，但其追求真实

---

❶ 《世说新语校笺》，第 444—445 页。

❷❸❺ 《世说新语校笺》，第 399 页。

❹ 此两“醉”字，当据《太平御览》卷 497“酣醉”条引《语林》，改为“醒”字。见《太平御览》，第 2275 页。

性的特征与史部之书并不矛盾，因此在时人的眼中，往往可以作为史书的外衍而被认知。

但是随着史学观念的发展与体系的完善，刘知幾就对初唐时期撰修八史中的一些史料处理方法，如将子部小说《语林》《世说新语》，史部杂传《幽明录》《搜神记》的一些资料采撰入正史，进行了严肃的批评与厘正。其云：

> 晋世杂书，谅非一族，若《语林》《世说》《幽明录》《搜神记》之徒，其所载或诙谐小辩，或神鬼怪物。其事非圣，扬雄所不观；其言乱神，宣尼所不语。皇朝新撰《晋史》，多采以为书。夫以干、邓之所粪除，王、虞之所糠秕，持为逸史，用补前传，此何异魏朝之撰《皇览》，梁世之修《遍略》，务多为美，聚博为功，虽取说于小人，终见嗤于君子矣。❶

刘知幾认为这些作品不足以采信，如果“摭彼虚辞，成兹实录”❷，纳入史学的体系，必定会造成史学的混乱。刘知幾对史学实录原则的厘正观点，在后世得到了认可与强化。纪昀在《晋书提要》中云：

> 其所褒贬，略实行而奖浮华，其所采择，忽正典而取小说，波靡不返，有自来矣。……其所载者，大抵宏奖风流，以资谈柄，取刘义庆《世说新语》与刘孝标所注，一一互勘，几于全部收入。是直稗官之体，安得目曰“史传”乎？❸

---

❶ 《史通通释》卷五《采撰第十五》，第 108 页。

❷ 《史通通释》卷十七《杂说中第八》，第 449 页。

❸ 《四库全书总目》卷四十五，第 625 页。

但是刘知幾也对刘孝标注《世说新语》的史学素养给予了高度评价，其云：

> 马迁持论，称尧世无许由；应劭著录，云汉代无王乔，其言谠矣。至士安撰《高士传》，具说箕山之迹；令升作《搜神记》，深信叶县之灵。此并向声背实，舍真从伪，知而故为，罪之甚者。近者，宋临川王义庆著《世说新语》，上叙两汉、三国及晋中朝、江左事。刘峻注释，摘其瑕疵，伪迹昭然，理难文饰。而皇家著《晋史》，多取此书，遂采康王之妄言，违孝标之正说。以此书事，奚其厚颜！❶

并且，刘知幾进一步认为刘孝标的史学素养足以修史，但却只用来注小说，实在可惜。其云：

> 孝标善于攻缪，博而且精，固以察及泉鱼，辨穷河豕。嗟乎！以峻之才识，足堪远大，而不能探赜彪、峤，网罗班、马，方复留情于委巷小说，锐思于流俗短书，可谓劳而无功，费而无当者矣。自兹已降，其失逾甚。❷

今天我们看来，刘知幾的批评过于苛刻，刘孝标注《世说新语》有其时代背景和史学、文学生长环境的相互影响。尽管刘孝标未能给我们带来一部严格意义上的史学著作，但其为《世说新语》成为记言类小说的范式，努力注疏，付出了大量的心血，开创了以史证小说、以小说证小说的学术研究方法，其意义实在是不容忽视的。

---

❶ 《史通通释》卷十七《杂说中第八》，第450—451页。

❷ 《史通通释》卷五《补注第十七》，第123页。

第四节　萧齐时期文论中的小说观念
——《文心雕龙》小说观念辨析

刘勰《文心雕龙》作为一部体大虑周的古代文论巨著，从《明诗》到《书记》20篇文体论，分述有韵之文与无韵之笔，共计文体34类，100余种。但纵览全书篇目，虽诗、赋、铭、诔、史、论、书、表诸种文体都一一阐述，唯“小说”未曾明确提及，不过从《谐隐》《诸子》等篇目的具体行文来看，刘勰似乎也曾涉及小说构成因素的一些基本认识和观点，已有一些研究者注意到这一情况并加以研究，他们或认为刘勰已经论述了小说这一文体，或认为刘勰的论述有助于小说文体的建立，结论各异。本节将从此切入，探究刘勰《文心雕龙》中涉及小说观念的实际情况，以及南北朝萧齐时期小说观念的发展与实际创作的差异。

深入探讨刘勰《文心雕龙》是否论述了小说，或者其论述中是否涉及小说，需要首先建立一个恒定的考察标准，即把这个问题放在当时小说观念实际发展的大背景中来考虑：南北朝时期的小说观念究竟呈现出何种状态？刘勰的小说观念是否与当时的小说观念一致？这样才能真正做到还原当时的文学背景，避免用今人的小说观念来曲解刘勰《文心雕龙》中的相关论述，避免得出一些错误结论或者超越了当时文学发展的实际情况。

自刘向、刘歆《七略》、班固《汉书·艺文志》将“小说家”归入诸子类，小说作品被著录于史志书目，其观念一直延续了以“小道”为核心特征、以说理为主要目的的表现形式。在以《汉书·艺文志》《隋书·经籍志》为代表的汉人小说观念与唐人小说观念中，记言与记事成为史志书目著录小说作品的主要类别，没有发生本质的变化。小说的表现形式驳杂，还未获得一种稳定的成熟文体。而在以《崇文总目》《新唐书·艺文志》为代表的宋人小说观念中，大量原属杂传类的作品归入了小说的范畴，使得小说观念发生了重要变化，由以说理为主转向了说理与叙事并重，并且借助于杂传的叙事表述，获得了一种较为稳定的文体。宋人对于这种变化的文学理论层面上的总结，在南北朝时期和唐朝时并未发生。

在这个基础上，探讨刘勰《文心雕龙》是否论述小说，或者对小说论述到何种程度，就会有一个准确的标准，使得我们的考察不会偏离当时小说发展的实际情况。研究者一般认为，《文心雕龙》自第 6 篇《明诗》到第 15 篇《谐隐》，论述的是有韵之文，自第 16 篇《史传》到第 25 篇《书记》，论述的是无韵之笔。小说作为无韵之笔，如果出现在这 20 篇文体的论述中，无疑应当居于后者。而刘勰的安排也正是如此，整个《文心雕龙》正面论述到小说，只出现在第 17 篇《诸子》中，“青史曲缀以街谈”[1]。由于刘勰持有“九流之有小说”[2]的鄙薄的潜在观点，所以在论述诸子十家的时候，对小说仅仅简单地交待了这一句，而绝大部分的论述都集中在了诸子的前九家，并未对小说展开深入的专门论述。

那么，刘勰的论述安排是不是个例？或者有可能是论述中无意的遗漏呢？可以通过同时代另一部文学总集的分析得到佐证，这就是成书稍后于《文心雕龙》的《文选》。《文选》收录的作家，最晚的陆倕卒于公元 526 年（普通七年），而萧统卒于公元 531 年（中大通三年），所以《文选》的编成当在普通七年以后的几年间。昭明太子萧统按照文体进行分类编排，“凡次文之体，各以汇聚。诗赋体既不一，又以类分；类分之中，各以时代相

---

[1] 《文心雕龙注》卷四《诸子第十七》，第 308 页。
[2] 《文心雕龙注》卷三《谐隐第十五》，第 272 页。

次”❶，分为赋、诗、骚、七、诏、册、令、教、文、表、上书、启、弹事、笺、奏记、书、（移、）檄、（难、）对问、设论、辞、序、颂、赞、符命、史论、史述赞、论、连珠、箴、铭、诔、哀、碑文、墓志、行状、吊文、祭文，共37（39）类文体，也没有选入一种当时的小说作品。

这样看来，对于小说文学形式的不接受、不认可，成为当时文学理论研究者的共同认识。但是我们并不能仅仅凭此就作出判断，还需考察当时小说作品的实际发展状况与观念，从作品的层面考察小说对刘勰等人的观念影响，避免我们的蠡测解读偏离了《文心雕龙》的原本表达。清人刘毓崧在《书〈文心雕龙〉后》一文中曾考证，《文心雕龙》成书时间在齐明帝永泰元年（498）至齐和帝中兴二年（502）之间。❷因此，可对南朝萧梁之前的小说作品加以考察。而在此阶段，现存可考的书目资料只有阮孝绪的《七录》，阮孝绪在萧梁普通四年（523）开始编撰《七录》。这部书现已亡佚，但在唐代道宣所撰的《广弘明集》中还保存了阮孝绪所写的一篇序言《七录序》，文中提到了一些著录的大致情况，可以参考。❸虽然《七录》具体书目的著录已经无法看到，但是我们通过这篇序言的记述，发现有一个与《七录》极具相似性的参照物，可以作为我们论证的工具，这就是《隋书·经籍志》。《七录》“记传录”著录的作品大致相当于《隋书·经籍志》“史部”著录的作品，而《七录》“子兵录”与“术技录”著录的作品大致相当于《隋书·经籍志》中“子部”著录的作品，考虑到《隋书·经籍志》“小说”类的著录中除去记言、记事类的作品外，还著录了如《古今艺术》《座右方》《座右法》《鲁史欹器图》《器准图》《水饰》等作品，而这些作品如果出现在《七录》中，相信应该被编排在“术技录”的“杂艺部”中。这样，《七录》“小

---

❶ 《文选序》，《文选》，第3页。

❷ ［清］刘毓崧：《通义堂文集》卷十四，求恕斋刊本，第222—226页。

❸ 《广弘明集》卷三《归正篇》，第111—116页。

说部”与“杂艺部”著录的作品，就与《隋书·经籍志》“小说”类著录的作品大致相当。因此，可以看出，《隋书·经籍志》对于《七录》，体现出著录情况的沿承性，而我们也得以借助对《隋书·经籍志》著录情况的考察，探讨南北朝时期的小说观念。

在萧梁时期之前，成书可考的大约有 100 种小说作品，其中先秦时期的约有 13 种，两汉时期的约有 22 种，魏晋时期的约有 42 种，宋齐时期的约有 23 种。可见，从魏晋到萧齐时期，广义上的“小说”(并不仅限于史志书目“小说家”类的著录)进入了一个创作的高峰期。但是这些小说作品进入当时文学理论家的视野，却呈现出多种的属性状态。《隋书·经籍志》有载的 49 种小说作品，23 种归属于史部杂传类(含 1 种重出)，8 种归属于子部小说类，4 种归属于史部地理类，4 种归属于史部杂史类，4 种归属于史部杂家类(含 1 种重出)，3 种归属于史部旧事类，2 种归属于史部起居注类，1 种归属于子部道家类，1 种归属于子部五行类。《崇文总目》与《新唐书·艺文志》中的小说作品，在南北朝、初唐时期却大半归属于史部杂传类。这就体现出杂传在小说观念发展中给予的文学影响，并且这种影响最终使得小说由学术体式转变为文学体式，成为一种完全意义上的文体。这个转变的具体情况及在文学史中的意义，后文将有详细阐述，这里仅作为一种观点支撑本节的论述，即刘勰时代的正统小说观念，学术意义显然远远超越文体意义，小说的表现形式驳杂，还未有一种稳定的文体来涵盖与代表。这样看来，刘勰《文心雕龙》没有单独讨论小说，显然是出于对小说文体尚未定型的实际情况的考虑。

当然，我们也可以不从文体的角度，而选取另外的角度来考察刘勰《文心雕龙》表述中的小说观念，诸如一些研究论文对于创作技巧的探讨等。但是我们在作这样的考察时，仍然必须坚持上文所提到的一个恒定的标准，不能随意用一些超越时代、超越文学发展规律的概念来曲解刘勰的小说观念。

从上文的论述我们可以得知，小说观念在形成初期，一直到叙事性小说作品相对成熟并被接受，小说无法呈现出稳定的文体形式，而始终持一种坚持小道的核心标准，文体表现形式驳杂且呈动态发展，趋向说理与叙事并重的复杂情况。因此，对于《文心雕龙》，只能剥离那些涉及具有一般概念下小说因素的相关部分进行界定，并加以研究。

在《文心雕龙》总论部分的最后一篇《辨骚》中，刘勰表达了这样的文学观点："班固以为露才扬己，忿怼沉江；羿浇二姚，与左氏不合；昆仑悬圃，非经义所载。然其文辞丽雅，为词赋之宗。"❶这里，刘勰的本来目的在于说明文学创作应该避免文风的"讹滥"(《序志》《通变》《定势》)，"讹"就是追求诡异新巧，颠倒字句，违反正体，"滥"是浮靡。而文风讹滥，创作就会进入歧途。这也是刘勰推崇儒家，所以从文学理论上进行规范的原因。但刘勰也注意到了文学创作的独特性，认为优秀的文学作品应该是"酌奇而不失其真，玩华而不坠其实"❷，把"真"与"奇"、"实"与"华"结合起来，做到奇正相参，华实并茂。所以，对于《离骚》中那些"异乎经典"❸的描写，刘勰一方面认为"昆仑悬圃，非经义所载"，另一方面又认为"其文辞丽雅，为词赋之宗"。这就在客观上对于中国古代叙事性小说的源起因素之一——神话因素，从文学的创作技巧层面，给予了一定的肯定。

在《谐隐》篇中，刘勰较多地阐述了一些涉及小说因素的观点。"'谐'之言皆也。辞浅会俗，皆悦笑也。"❹又云："魏文因俳说以著《笑书》。"❺又

❶ 《文心雕龙注》卷一《辨骚第五》，第 46 页。
❷ 《文心雕龙注》卷一《辨骚第五》，第 48 页。
❸ 《文心雕龙注》卷一《辨骚第五》，第 47 页。
❹ 《文心雕龙注》卷三《谐隐第十五》，第 270 页。
❺ 《文心雕龙注》卷三《谐隐第十五》，第 271 页。

云:"文辞之有谐讔,譬九流之有小说。"❶他认为"谐"这种文体的特点是文辞浅显通俗,与俳优一样使人发笑,就像小说一样。这也是《文心雕龙》中刘勰唯一一次直接明指"小说"语词,但也没有论述九流中小说这一流,而是作为"谐讔"手段的辅证出现。从字面上看,这里所阐述的,也间接表现出了小说所体现的悦怿性质的文学特征。刘勰又云:"然文辞之有谐讔,譬九流之有小说。盖稗官所采,以广视听,若效而不已,则髡袒而入室,旃孟之石交乎!"❷联系上下文完整来看,这就不仅仅在说"谐讔",更重要的是透露出这样的信息:第一,刘勰对于小说是抱有偏见的。在刘勰看来,小说是不足为道的。这种观点明显是继承了班固《汉书·艺文志》中的观点——"小说家者流,盖出于稗官,街谈巷语,道听途说者之所造也。"❸所以,远者不论,近者如刘宋时期成书的《世说新语》,作为成熟的且在当时有影响力的记言类小说作品代表,虽早于《文心雕龙》成书,但刘勰在书中却只字不提。第二,刘勰对于小说的社会功用又持有肯定态度。这种观点无疑是受桓谭《新论》"若其小说家,合丛残小语,近取譬论,以作短书,治身理家,有可观之辞"❹的影响,并加以发挥,突破"九流"之一家的局限和"可观之辞"的简单认识,进一步以"广视听"来说明小说具有扩大人生视听,有益于维护上层建筑的政治作用。这也是刘勰跳出汉儒,以文人的身份对"小说"做出的正确观照。但是,在肯定核心价值体现出社会功用的同时,刘勰也认为"效而不已",则回归了《汉书·艺文志》"致远恐泥"的传统小说观念,忽略了这种学说已经隐隐发生的文学性趋向。

在《诸子》篇中,刘勰也较多地阐述了涉及小说因素的一些观点。"至

---

❶❷ 《文心雕龙注》卷三《谐隐第十五》,第 272 页。

❸ 《汉书》卷三十,第 1745 页。

❹ 《文选》卷三十一李善注引,第 1453 页。

鬻熊知道，而文王谘询；余文遗事，录为《鬻子》。子自肇始，莫先于兹。”❶这可以与《汉书·艺文志》的相关著录互相参校。《汉书·艺文志》道家类著录有“《鬻子》二十二篇”❷，小说家类著录有“《鬻子说》十九篇”❸。《鬻子》应当是鬻熊论道的核心部分，而《鬻子说》则为论道而“说”的“余文遗事”，极有可能包括了寓言、故事之类的题材。“子自肇始，莫先于兹。”诸子中最早的鬻子是这样行文的，以后的诸子著作中，也大多夹杂怪异的东西，所以刘勰认为“诸子杂诡术也”❹。《论说》篇提及的“伊尹”，其著述也是类似情况。其云：“说之善者，伊尹以论味隆殷。”❺《汉书·艺文志》道家类著录有“《伊尹》五十一篇”❻，小说家类著录有“《伊尹说》二十七篇”❼，可见一斑。本文第一章已有详细考辨，这里稍作复述。《史记·司马相如列传》“于是乎卢橘夏孰”❽句下，《索隐》曰：“应劭曰：‘《伊尹书》“果之美者，箕山之东，青鸟之所，有卢橘，夏孰”。’”❾而据《汉书·艺文志》著录，并无《伊尹书》，只在“诸子”部的“道家”类著录：“《伊尹》五十一篇。”题下注曰：“汤相。”❿又，“诸子”部的“小说家”类著录：“《伊尹说》二十七篇。”题下注曰：“其语浅薄，似依托也。”⓫那么，《索隐》援引之书究竟为哪一种？今人或根据许慎《说文解字》引“伊尹”佚文，以为《伊尹》《伊尹书》乃一书，疑即《伊尹说》。实误。正如《鬻子》与《鬻子说》之别，《伊尹》是伊尹论道的核心著述，而《伊尹说》则是为论道而“说”的“余文遗事”。故而，《伊尹》与《伊尹说》并非一书。《索隐》引“果之美者”与《吕氏春秋·本味》所引“果之美者”等四节性质相同，论述水始火纪、肉鱼饭果之美，符合“街谈巷

---

❶ 《文心雕龙注》卷四《诸子第十七》，第308页。

❷❻❿ 《汉书》卷三十，第1729页。

❸❼⓫ 《汉书》卷三十，第1744页。

❹ 《文心雕龙注》卷四《诸子第十七》，第309页。

❺ 《文心雕龙注》卷四《论说第十八》，第328页。

❽ 《史记》卷一百一十七，第3028页。

❾ 《史记》卷一百一十七，第3029页。

语”“闾里小知者之所及”[1]的《汉书·艺文志》“小说家”特征。故《伊尹书》与《伊尹说》当为一书，《伊尹》另为一书，《索隐》引书《伊尹书》应为《伊尹说》，此正为小说。

本篇中，刘勰又表达了这样的观点，“孟轲膺儒以磬折，庄周述道以翱翔，墨翟执俭确之教，尹文课名实之符，野老治国于地利，驺子养政于天文，申商刀锯以制理，鬼谷唇吻以策勋，尸佼兼总于杂术，青史曲缀以街谈。”[2]详细阐述了诸子文章具有的不同内容和表现风格，这其中就有一些值得我们思考的地方。如同班固《汉书·艺文志》所录，“青史”是十五家“小说”之一，刘勰以“曲缀以街谈”作为其鲜明的表现特征。这样看来，刘勰承袭班固的观点，将“小说家”归入诸子一类，但《汉书·艺文志》小说观念中的一个悖论，即小说家“盖出于稗官”，作品却不归属于史部，而归属于子部，在刘勰《文心雕龙》的论述中没有得到解决，他的小说观念的核心仍然基于《汉书·艺文志》的表述。此外，从刘勰对“青史”的评价可以看出，刘勰认为小说的内容取材主要是来自民间的“街谈”，而且对于这种创作，小说家应该精巧构思连缀，这就说明刘勰对于小说创作技巧的实际认识，相比桓谭所谓的“合丛残”、班固所谓的“道听途说”，又前进了一步。

同时，刘勰还对《辨骚》中的观点进一步阐发，虽然有两相矛盾，无法选择之嫌，但明确肯定了神话对于文学表现力的积极作用。虽然刘勰认为“迄至魏晋，作者间出，谰言兼存”[3]，却又说：“按《归藏》之经，大明迂怪，乃称羿毙十日，嫦娥奔月。殷汤如兹，况诸子乎？”[4]所以他认为《易经》中尚且大讲虚妄奇怪的事，说后羿射下十个太阳，嫦娥吞下不死之药奔入月宫，又何况后来的诸子之书呢？这样看来，诸子文章里引用神话传说故事

---

[1] 《汉书》卷三十，第1745页。

[2][3] 《文心雕龙注》卷四《诸子第十七》，第308页。

[4] 《文心雕龙注》卷四《诸子第十七》，第309页。

也是允许的。神话传说虽虚幻缥缈，与经典、经义所言大相径庭；但经典之中亦有神话，那以神话作为行文手段又有何不可？所以，刘勰对此断定为“无益经典，而有助文章”❶。当然，刘勰的思想在这里是两难的，因此在文中，他才会一再出现自相矛盾的表述。例如，本篇中前云“若乃汤之问棘，云蚊睫有雷霆之声；惠施对梁王，云蜗角有伏尸之战；《列子》有移山跨海之谈，《淮南》有倾天折地之说”❷，认为这是“踳驳之类也”❸；后又云“列御寇之书，气伟而采奇”，“《淮南》泛采而文丽”❹，认为文章运用神话传说，就可以达到“奇”“丽”的艺术效果。

《论说》一篇中，刘勰把“说”作为一种与“论”相对的文体，认为“说者，悦也；兑为口舌，故言咨悦怿”❺，“说”的表现特征就是“悦怿”。这种观点来自《周易》的兑卦：“兑，亨，利贞。彖曰：兑，说也，刚中而柔外，说以利贞，是以顺乎天而应乎人。说以先民，民忘其劳，说以犯难，民忘其死，说之大，民劝矣哉。”❻而许慎《说文解字》也因袭了这种观点：“说，说释也，从言，兑声。”❼刘勰在这里，就突出强调了“说”的种种文学性表现特征，例如，列举了古代善于“说”词之人，“伊尹以论味隆殷，太公以辨钓兴周，及烛武行而纾郑，端木出而存鲁”❽，并认为“亦其美也”❾；又云“一人之辨，重于九鼎之宝，三寸之舌，强于百万之师”❿，阐释了“说”的强大表现力。而这种观点，与《诸子》篇中所论基于一致，即认为先秦时期的小说是出自诸子之“说”，小说仅仅作为“说”的支脉存在，并不是一种独立文体。这就与《谐隐》中所论稗官的小说观念相呼应，却也仍旧没有解决《汉书·艺文

❶ 《文心雕龙注》卷一《正纬第四》，第 31 页。
❷ 《文心雕龙注》卷四《诸子第十七》，第 308—309 页。
❸❹ 《文心雕龙注》卷四《诸子第十七》，第 309 页。
❺❽❾ 《文心雕龙注》卷四《论说第十八》，第 328 页。
❻ [魏]王弼注，[唐]孔颖达正义：《周易正义》卷六，《十三经注疏》，第 69 页。
❼ 《说文解字注》，第 93 页。
❿ 《文心雕龙注》卷四《论说第十八》，第 329 页。

志》小说观念中的悖论。

通过上述出现在《文心雕龙》中对小说因素的一些论述，可以看出刘勰对小说的基本认识及其具有的小说观念具有以下特点：

首先，对于作为中国古代叙事性小说源起因素之一的神话，刘勰从文章的表现力层面，给予客观的肯定。这就为叙事性小说在发展中运用虚构的创作技巧，提供了必要的理论支持。这是在文学理论领域，间接对小说作为独立文体发展的隐含肯定。这一点，刘勰与桓谭的观点较为接近。桓谭在《新论·本造》篇中评价诸子之书时说：“庄周等虽虚诞，故当采其善，何云尽弃邪？”[1]这种“采其善”的主张，也一直贯穿于刘勰的文学观点之中。他对神话传说、民间文学和通俗文学等的批评，呈现一条清晰的标准。在文章之道的层面上，对诸子之书中符合儒家经典教义的部分都加以肯定；对利用神话传说的部分，则一般采取否定态度。在文章之技的层面上，指出神话传说在增加文章的艺术表现手法上具有独特的价值。但是我们必须注意，在刘勰撰《文心雕龙》的时代，叙事性并不是传统小说观念的组成特征，因此，刘勰的认识是基于文章的整体层面，而并非特指小说。

其次，对于小说的文学表现特征——悦怿，刘勰从两方面加以注意：第一，这种文学性特征与“小说”的产生及应用层面有紧密关系，即在于“辞浅会俗”，所以“譬九流之有小说”；第二，这种文学性特征也与小说的另一个源起的因素有关，即诸子之“说”。刘勰以“悦”解“说”，应当说这与他对小说悦怿性质的认识和强调是有着密切关系的。“魏文因俳说以著《笑书》”，即最好的注解。前文曾经讨论，裴松之注《三国志·魏书·王粲

[1] [汉]桓谭撰，朱谦之校辑：《新辑本桓谭新论》卷一，中华书局，2009年，第1页。

传》,曾引魏人鱼豢所撰《魏略》,记曹植诵俳优小说数千言事:"太祖遣淳诣植。植初得淳甚喜,延入坐,不先与谈。时天暑热,植因呼常从取水自澡讫,傅粉。遂科头拍袒,胡舞五椎锻,跳丸击剑,诵俳优小说数千言讫,谓淳曰:'邯郸生何如邪?'"❶浅俗是产生悦怿的土壤,故而民间是小说孕育及发展最主要的生长环境。而悦怿的表现特征,自汉初以来就日渐突出。张衡《西京赋》云:"匪唯玩好,乃有秘书。小说九百,本自虞初。从容之求,寔俟寔储。"❷鲁迅在《中国小说史略》"《世说新语》与其前后"一篇中,也这样指出:"记人间事者已甚古,列御寇韩非皆有录载,惟其所以录载者,列在用以喻道,韩在储以论政。若为赏心而作,则实萌芽于魏而盛大于晋,虽不免追随俗尚,或供揣摩,然要为远实用而近娱乐矣。"❸鲁迅所阐述的,其实是小说性质的一个变迁过程,这个过程就是以供娱乐取代实用为主要特征的社会功用的转变。事实上,这种变化在魏晋以后已经有了一个直观的表现,例如葛洪《神仙传序》指出小说所叙乃"美事","深妙奇异"❹,干宝《搜神记序》指出小说"游心寓目"❺,等等,虽然这些书在当时及以后较长时间内仍作为史书的一类归属于史部杂传类,但刘勰《文心雕龙》似乎未能深解,并进一步认识到正是这种转变,间接促使了小说观念的变化。

再次,与关系小说创作的前两类积极的肯定不同,刘勰对小说的文体所持的基本是否定态度。第一,他继承了《汉书·艺文志》中的观点,以为小说乃"稗官所采",表达了小说起源稗官的观点,但从文章行文来看,似乎仅指汉朝以来的小说范畴,不能概指其时小说全貌。第二,他又认为诸

---

❶ 《三国志》卷二十一,第 603 页。

❷ 《文选》卷二,第 68 页。

❸ 《中国小说史略》,第 37 页。

❹ [晋]葛洪撰,邱鹤亭注译:《神仙传今译》,中国社会科学出版社,1996 年,第 210 页。

❺ 《搜神记》,第 2 页。

子之“说”具备了符合小说特征的一些因素，并明确将《青史子》划入“诸子”一类，这就表达了小说起源于诸子文章的观点，但从文章行文来看，似乎专指先秦时期的小说范畴，也不能概指其时小说全貌。综合这两点，刘勰的小说观念强调的是作为两汉以来的史乘之附的小说与先秦时期的子部小说，没有涉及魏晋以后已经出现的大量具有文学性主体特征的小说作品。这样，在刘勰看来，小说不是一种独立的成熟文体，故而可以按照一定时期表现的相关特征归属到其他文体之中。追根溯源，刘勰《文心雕龙》沿袭《汉书·艺文志》中的观点，将小说都看作出自稗官，或是同理归于诸子之说，实为以偏概全，忽略了小说在魏晋之后的客观发展。

最后，对于小说的社会功用性，刘勰发展了桓谭的观点，认为从接受层面来看，小说具有“广视听”的良好作用，这就对小说的发展及推广，从文学的角度突破儒家等对于小说的种种限定，给予了积极的支持。

钱锺书曾经对刘勰《文心雕龙》呈现的小说观念作过这样的论述：

> 然《雕龙·论说》篇推“般若之绝境”，《谐隐》篇譬“九流之小说”，而当时小说已成流别，译经早具文体，刘氏皆付诸不论不议之列，却于符、簿之属，尽加以文翰之目，当是薄小说之品卑而病译经之为异域风格欤？是虽决藩篱于彼，而未化町畦于此，又纪氏之所未识。小说渐以附庸蔚为大国，译艺亦复傍户而自有专门，刘氏默尔二者，遂使后生无述，殊可惜也。[1]

钱锺书认为刘勰“薄小说之品卑”，应该是定谳之论。钱锺书对此还有一个补充的论述，其云：

---

[1] 《管锥编》，第1157—1158页。

> 当时记事之“笔”，得分三品：上者史传，如《宋书》、《南齐书》、裴子野《宋略》、昭明《陶渊明传》、江淹《自序传》；中者稗官小说，如刘敬叔《异苑》、吴均《齐谐记》，流品已卑；诉状等而更下，伧俗不足比数。❶

当然，钱锺书的这个补充论述是否能完全说明《文心雕龙》时代的小说风貌，还可以商榷，但刘勰在《文心雕龙》中论文叙笔，凡有字者莫不阑入，却唯独遗落笔之中品“稗官小说”，这其中的原因，却并非仅仅如钱锺书所论之“薄小说之品卑”，更为重要的原因，笔者以为正是前文所论——其时小说缺乏稳定的文体特征。自先秦两汉至魏晋以后，传统小说观念所体现的主体特征，学术性的指向是大于文学性的。因此，小说无论从诸子之说，抑或史乘之附的角度考察，都无法作为一种独立的文学体式单独出现。那么，本阶段的小说概念更应该是一个学术性的概念，更应该从属于学术意义上的知识体系或价值体系的定义范畴，而不应该是一个固定的文体范畴。从这个角度考虑，钱锺书以“品卑”来解释刘勰不录“小说”文体，则具有合理性。张开焱认为这个时期的小说“首先是某些思想家、其后是社会的统治阶级及其意识形态方面的代理人对多种异己性文化样式的歧视性总称，而不是一种具体文体”❷。而这种介于子、史之间，杂而不纯的特殊位置，也使得小说有可能消解正统意识形态的控制，从而获得相对自由发展的空间，才能在南北朝时期的创作中凸显其文学性色彩。所以，在这种文学背景之下，刘勰《文心雕龙》对这一发展中的、动态的小说观念没有完全涵盖，仅仅承接《汉书·艺文志》的汉代小说观念，对先秦和两汉时期的学术性小说加以分析，忽略了小说体系在发展中逐渐生发的

❶ 《管锥编》，第1420页。

❷ 张开焱：《魏晋六朝文论中的小说观念与潜观念——以〈文心雕龙〉的文体论为例》，《暨南学报》（哲学社会科学版）2007年第5期。

文学性特征，因此也就容易使后人的解读形成偏差。

综上可见，先秦两汉以“小道”为核心标准的汉代小说观念，学术性指向远大于文学性，小说表现形态驳杂，并不具备稳定的文体。魏晋时期的小说观念也沿袭汉代小说观念的范畴。萧齐时期，以刘勰《文心雕龙》为代表的六朝文论，在理论层面继续继承汉代小说观念，将小说视为一种学术体式而非文学体式，因此在20篇文体论中，没有将小说作为一种文体正面论述，仅仅是在探讨各种文学创作技巧时偶合了当时小说创作的一些特点，这符合当时小说创作的实际发展情况与对小说的认知。所以我们不能就此说，刘勰是有意识地作出了小说观念的探讨。无论从文体的宏观考察，还是文学创作技巧的微观解剖，刘勰实实在在体现出的都是班固《汉书·艺文志》所代表的汉人小说观念，并没有作出对小说观念的实质性发展与提升。

第五节　禁锢与破窠
——阮孝绪《七录》小说观念的二重性

南朝萧梁时期，处士阮孝绪编撰了一部书目《七录》。这部书目在目录学研究中具有十分重要的意义，是现存处于汉代史志书目《汉书·艺文志》与初唐史志书目《隋书·经籍志》之间唯一一部可考的书目。通过《七录》的相关著录，可以了解魏晋至萧梁时期的学术发展情况。但是较为可惜，这部书目已经散佚，详细的著录情况不可见，仅在《广弘明集》中保存了阮孝绪为这部书目所写的一篇序言。

阮孝绪《七录序》和《隋书·经籍志》都详细记载了自《汉书·艺文志》

后的书目流变过程。从魏秘书监荀勖著《中经新簿》，将“史记、旧事、皇览簿、杂事”❶等各种史籍归入丙部，史学的发展就进入了一个飞跃时期，从传统的以《尚书》《春秋》为代表的记言、记事的古史，转变为以《史记》《汉书》为代表的纪传体为主的新型史学。虽然史学的体系还未发展成熟，但大体的构建已经相对完整，呈现出与古史截然不同的特征。不过较为可惜的是，由于文献资料的欠缺，我们无法获知小说在本时期的具体理论建构，只能从荀勖“二曰乙部，有古诸子家、近世子家、兵书、兵家、术数”❷这一句作一推断，即如果本时期内继续有小说作品的创作与著录，大抵应该按照班固《汉书·艺文志》“诸子略”对“小说家”的处理原则，归属于“乙部”的“近世子家”类；同理，之前的小说作品则仍然归属于“古诸子家”类。

宋秘书丞王俭撰《七志》，虽然在形式上试图恢复刘向、刘歆《七略》的旧制，但对史籍的具体处理，已经在事实上比《七略》有所更新。“一曰《经典志》，纪六艺、小学、史记、杂传”❸，诸如“史记”“杂传”等各种史籍，虽然仍归属于“经典志”的大类，但已经获得了与“六艺”“小学”平等的类别地位，而“六艺”则从大类的位置降到了小类的位置。因此，在传统六分法的目录学发展史上，史学获得了事实上的独立位置，已经开始了从依附于经学到独立于经学的迈进。这与在四分法中的认可相比，更具有重要意义。另一方面，仍然十分遗憾，由于文献资料的不足，我们还是无法获知从两晋到刘宋时期内小说的具体理论建构，王俭《七志》也只留下了“二曰《诸子志》，纪古今诸子”❹一句。考虑到学术体系发展的前后承传，以及王俭在秘书监谢灵运元嘉八年(431)所撰《四部目录》后，另造《目录》，再别撰《七志》的最终目的，则此时的小说作品以及之前的小说作品，必定被王俭

---

❶❷❸❹　《隋书》卷三十二，第906页。

按照班固《汉书·艺文志》“诸子略”对“小说家”的处理原则，归属于“诸子志”的大类。

在四分法和六分法充分发展的基础上，阮孝绪《七录》的编撰，不仅对于目录学具有重要意义，同时也对史学体系的成熟建构，以及从经学的最终脱离，起到了关键的作用。上文已经提及，阮孝绪单独设立了“记传录”大类，与以六艺为代表的经学大类并列。相对于荀勖《中经新簿》中的四类史籍、王俭《七志》中的两类史籍，“记传录”的子类设立达到了12类，大大丰富与完善了史学体系各个层面的建构。并且，这12种子类的建立，也明显区别于古史“左史记言、右史记事”的简单划分，标志着新型史学的完全建立。那么，在史学体系得到充分发展与革新的大背景下，小说观念发展的走向又是如何呢？阮孝绪的《七录序》终于给我们留下了一些可以考察的线索。《七录序》的“子兵录内篇三”中记载：“小说部：十种，十二帙，六十三卷。”❶虽然我们还无法获知这些“小说”作品的具体情况，但是根据学术发展的一般规律，我们可以借助于另一部详细的书目对《七录》中的“小说”作品性质作出推导与分析。这部书目就是《隋书·经籍志》。

《隋书·经籍志》由令狐德棻等监修，于唐高宗显庆元年(656)修成。阮孝绪撰《七录》，据《七录序》所云，“有梁普通四年，岁维单阏仲春十有七日，于建康禁中里宅，始述此书”❷，约在公元523年。虽然间隔了130余年，但是通过书目类别的具体设置比较，我们可以发现在很大程度上，《隋书·经籍志》沿袭了《七录》对各个类别的处理原则。例如，对于史籍的归类处理，《七录》“记传录”大致相当于《隋志》的“史部”，具体分类如下表所示：

---

❶ 《广弘明集》卷三《归正篇》，第114页。

❷ 《广弘明集》卷三《归正篇》，第113页。

表 3　史部之书在《七录》与《隋书・经籍志》中的著录

<table>
<tr><th colspan="3">《七录》“记传录”</th><th colspan="3">《隋书・经籍志》“史部”</th></tr>
<tr><td>1</td><td>国史部</td><td>216 种,509 帙,4596 卷。</td><td>1</td><td>正　史</td><td>67 部,3083 卷。(亡书 80 部,4030 卷。)</td></tr>
<tr><td>2</td><td>注历部</td><td>59 种,167 帙,1221 卷。</td><td>2</td><td>古　史</td><td>34 部,966 卷。</td></tr>
<tr><td></td><td></td><td></td><td>3</td><td>杂　史</td><td>72 部,917 卷。(亡书 73 部,939 卷。)</td></tr>
<tr><td>7</td><td>伪史部</td><td>26 种,27 帙,161 卷。</td><td>4</td><td>霸　史</td><td>27 部,335 卷。(亡书 33 部,346 卷。)</td></tr>
<tr><td></td><td></td><td></td><td>5</td><td>起居注</td><td>44 部,1189 卷。</td></tr>
<tr><td>3</td><td>旧事部</td><td>87 种,127 帙,1038 卷。</td><td>6</td><td>旧　事</td><td>25 部,404 卷。</td></tr>
<tr><td>4</td><td>职官部</td><td>81 种,104 帙,801 卷。</td><td>7</td><td>职　官</td><td>27 部,336 卷。(亡书 36 部,433 卷。)</td></tr>
<tr><td>5</td><td>仪典部</td><td>80 种,250 帙,2256 卷。</td><td>8</td><td>仪　注</td><td>59 部,2029 卷。(亡书 69 部,3094 卷。)</td></tr>
<tr><td>6</td><td>法制部</td><td>47 种,95 帙,886 卷。</td><td>9</td><td>刑　法</td><td>35 部,712 卷。(亡书 38 部,726 卷。)</td></tr>
<tr><td>8</td><td>杂传部</td><td>241 种,289 帙,1446 卷。</td><td rowspan="2">10</td><td rowspan="2">杂　传</td><td rowspan="2">217 部,1286 卷。(亡书 219 部,1503 卷。)</td></tr>
<tr><td>9</td><td>鬼神部</td><td>29 种,34 帙,205 卷。</td></tr>
<tr><td>10</td><td>土地部</td><td>73 种,171 帙,869 卷。</td><td>11</td><td>地　理</td><td>139 部,1432 卷。(亡书 140 部,1434 卷。)</td></tr>
<tr><td>11</td><td>谱状部</td><td>42 种,423 帙,1064 卷。</td><td>12</td><td>谱　系</td><td>41 部,360 卷。(亡书 53 部,1280 卷。)</td></tr>
<tr><td>12</td><td>簿录部</td><td>36 种,62 帙,338 卷。</td><td>13</td><td>簿　录</td><td>30 部,214 卷。</td></tr>
</table>

《隋书・经籍志》“史部”的 13 种子类,除去“杂史”与“起居注”,均可在《七录》的“记传录”中找到相应分类,这就说明《七录》“记传录”中体现的史学系统,已经被《隋书・经籍志》的“史部”所接受。再看子书的归类处理,《七录》的“子兵录”与“术技录”大致相当于《隋志》中的“子部”,具体分类如下:

表 4　子部之书在《七录》与《隋书・经籍志》中的著录

<table>
<tr><th colspan="3">《七录》“子兵录”“术技录”</th><th colspan="3">《隋书・经籍志》“子部”</th></tr>
<tr><td>1</td><td>儒　部</td><td>66 种,75 帙,640 卷。</td><td>1</td><td>儒</td><td>62 部,530 卷。(亡书 67 部,609 卷。)</td></tr>
<tr><td>2</td><td>道　部</td><td>69 种,76 帙,431 卷。</td><td>2</td><td>道</td><td>78 部,525 卷。</td></tr>
<tr><td>4</td><td>法　部</td><td>13 种,15 帙,118 卷。</td><td>3</td><td>法</td><td>6 部,72 卷。</td></tr>
<tr><td>5</td><td>名　部</td><td>9 种,9 帙,23 卷。</td><td>4</td><td>名</td><td>4 部,7 卷。</td></tr>
<tr><td>6</td><td>墨　部</td><td>4 种,4 帙,19 卷。</td><td>5</td><td>墨</td><td>3 部,17 卷。</td></tr>
<tr><td>7</td><td>纵横部</td><td>2 种,2 帙,5 卷。</td><td>6</td><td>纵横</td><td>2 部,6 卷。</td></tr>
<tr><td>8</td><td>杂　部</td><td>57 种,297 帙,2338 卷。</td><td>7</td><td>杂</td><td>97 部,2720 卷。</td></tr>
<tr><td>9</td><td>农　部</td><td>1 种,1 帙,3 卷。</td><td>8</td><td>农</td><td>5 部,19 卷。</td></tr>
<tr><td>10</td><td>小说部</td><td>10 种,12 帙,63 卷。</td><td rowspan="2">9</td><td rowspan="2">小说</td><td rowspan="2">25 部,155 卷。</td></tr>
<tr><td>⑩</td><td>杂艺部</td><td>15 种,18 帙,66 卷。</td></tr>
<tr><td>11</td><td>兵　部</td><td>58 种,61 帙,245 卷。</td><td>10</td><td>兵家</td><td>133 部,512 卷。</td></tr>
<tr><td>3</td><td>阴阳部</td><td>1 种,1 帙,1 卷。</td><td></td><td></td><td></td></tr>
<tr><td>①</td><td>天文部</td><td>49 种,67 帙,528 卷。</td><td>11</td><td>天文</td><td>97 部,675 卷。</td></tr>
<tr><td>③</td><td>历算部</td><td>50 种,50 帙,219 卷。</td><td>12</td><td>历数</td><td>100 部,263 卷。</td></tr>
<tr><td>④</td><td>五行部</td><td>84 种,93 帙,615 卷。</td><td>13</td><td>五行</td><td>272 部,1022 卷。</td></tr>
<tr><td>⑧</td><td>医经部</td><td>8 种,8 帙,50 卷。</td><td rowspan="2">14</td><td rowspan="2">医方</td><td rowspan="2">256 部,4510 卷。</td></tr>
<tr><td>⑨</td><td>经方部</td><td>140 种,180 帙,1259 卷。</td></tr>
<tr><td>②</td><td>纬谶部</td><td>32 种,47 帙,254 卷。</td><td></td><td></td><td></td></tr>
<tr><td>⑤</td><td>卜筮部</td><td>50 种,60 帙,390 卷。</td><td></td><td></td><td></td></tr>
<tr><td>⑥</td><td>杂占部</td><td>17 种,17 帙,45 卷。</td><td></td><td></td><td></td></tr>
<tr><td>⑦</td><td>刑法部</td><td>47 种,61 帙,307 卷。</td><td></td><td></td><td></td></tr>
</table>

《隋书・经籍志》“子部”的 14 种子类,均可在《七录》的“子兵录”与“术技录”中找到相应分类,这就说明《隋书・经籍志》的“子部”,吸收了《七录》“子兵录”与“术技录”的思想体系,综合了这两大类的各种子类,形成了一种更为宏大的子家。因此,以《隋书・经籍志》“小说”类著录的作

品为对象，考察《七录》“小说部”著录作品的情况，是具有可行性的。

《隋书·经籍志》子部小说类著录小说作品 25 部，加上附注中著录的 5 部作品，体现出十分鲜明与集中的特色，可分成两个类别。一类为符合刘向、刘歆与班固在“诸子略”中对“小说家”的处理原则，以记言与记事为主要表现形式，包括从《燕丹子》至《琼林》，以及附注中的《青史子》等共 23 部小说作品。考察 23 部小说，多以记言为主。如果将这 23 部作品放置在《七录》中，则毫无疑问地应该安排在“子兵录”的“小说部”。另一类作品则表现出《隋书·经籍志》“子类”对于《七录》“子兵录”性质的持续开拓，将《七录》“术技录”的收录标准纳入了自己的范畴，具体到“小说”类，体现为综合了《七录》“术技录”的“杂艺部”，包括《古今艺术》《杂书钞》《座右方》《座右法》《鲁史欹器图》《器准图》与《水饰》等 7 部作品。

如果对前一部分的 23 种小说作具体考察，那些在萧梁时期及以前创作的作品，无疑应该进入阮孝绪编撰《七录》收录的范围，这就为我们考察《七录》“小说”部的性质提供了参考依据。记言的作品在这里占据了主要位置，达到 18 种，其中还出现了诸如《笑林》《笑苑》《解颐》这样以记录笑话为主要内容的作品，可以算作记言类小说的创新。这也是后世小说发展的一个方向。记事的作品相对不多，只有 3 种，但是《燕丹子》的出现，已经反映出小说对于古史记事表现形式创新的积极贴近，对于新型史学所倡导的传记体的积极吸收，实为将“杂传”引入“小说”的先声。这代表了小说发展的另一个方向。此外，这里还出现了综合各种内容题材与表现体裁的小说通选集——殷芸《小说》，这是小说体系发展与建构中的重大突破。《小说》一方面集中选取了以古史记言为取法标准的记言代表作品《世说》，另一方面又大量选取了以古史记事为源发展而来并被新型史学体系所倡导的“杂传”这一表述形式，体现出小说体系与史学体系在各自发展脉络中虽远犹近的密切关系。

这样，除去应安排在《七录》"术技录"中"杂艺部"的7部小说作品，其余的23部小说作品，就大抵可以反映《七录》"小说"部所蕴含的萧梁时期的小说观念。虽然《七录》"小说"部只著录了10部作品，但也足以说明此时的小说体系建构，相对于前期各个书目如《七略》《汉书·艺文志》所体现的保守态势，已经发生了潜在的变化，即在类别的性质归属上，继续走传统的子部之路，而内容与表现形式上则趋于革新，已经开始突破了古史惯用的记言与记事的单一手法，逐渐混用且有创新，并在之后的《隋书·经籍志》子部的小说类继续强化了这一变革。《七录》无疑就成为我们去理解《汉书·艺文志》与《隋书·经籍志》中著录小说作品特征截然不同这一现象的桥梁。

以上讨论了阮孝绪《七录》体现的小说观念在小说流变中的重要意义。由于阮孝绪《七录》是现存唯一一部可考的六朝时期书目，虽然其中还有诸如袁山松《后汉书·艺文志》，郑默《魏中经》，荀勖《晋中经簿》，李充《晋元帝书目》，《晋义熙四年秘阁四部目录》，邱渊之《晋义熙以来新集目录》，殷淳《四部书大目》，谢灵运《宋元嘉八年秘阁四部目录》，王俭《宋元徽元年四部书目录》《七志》，王亮、谢朏《齐永明元年秘阁四部目录》，邱宾卿《梁天监四年文德正御四部及术数书目录》，殷钧《梁天监六年四部书目录》，刘遵《梁东宫四部目录》，刘孝标《梁文德殿四部目录》，阮孝绪《七录》，《魏阙书目录》，《陈秘阁图书法书目录》，《陈天嘉六年寿安殿四部目录》，《陈德教殿四部目录》，《陈承香殿五经史记目录》，牛弘《开皇四年四部目录》，《开皇八年四部书目录》，王劭《开皇二十年书目》，《香厨四部目录》，柳䛒《隋大业正御书目录》，许善心《七林》等众多书目修成，但大多已亡佚。考虑到《汉书·艺文志》与《隋书·经籍志》著录小说作品的显著差异，以及各历史时期中亡佚与新出现的小说作品等因素，如果对《七录》

“小说部”书目著录的具体情况进行考察与还原，则有助于进一步正确梳理与辨析从《汉书·艺文志》为代表的汉代小说观念到《隋书·经籍志》为代表的唐人小说观念期间，六朝小说观念的发展与新变。

《隋书·经籍志》在总序中详细介绍了历代典籍的著录情况，其云：

> 普通中，有处士阮孝绪，沉静寡欲，笃好坟史，博采宋、齐已来，王公之家凡有书记，参校官簿，更为《七录》：一曰“经典录”，纪六艺；二曰“记传录”，纪史传；三曰“子兵录”，纪子书、兵书；四曰“文集录”，纪“诗赋”；五曰“技术录”，纪数术；六曰“佛录”；七曰“道录”。其分部题目，颇有次序，割析辞义，浅薄不经。❶

而阮孝绪亦自云：

> 孝绪少爱坟籍，长而弗倦……每披录内省，多有缺然。其遗文隐记，颇好搜集。凡自宋齐已来，王公搢绅之馆，苟能蓄聚坟籍，必思致其名簿；凡在所遇，若见若闻，校之官目，多所遗漏。遂总集众家，更为新录。其方内经史，至于术伎，合为五录，谓之内篇；方外佛道，各为一录，谓之外篇。凡为录有七，故名《七录》。❷

可见，阮孝绪在编撰《七录》之前，已经作了充分的基础资料准备，掌握了大量宋、齐以来的典籍，并与官方收藏的版本进行了对校。阮孝绪在《七录序》中又云：“有梁普通四年，岁维单阏仲春十有七日，于建康禁中

---

❶ 《隋书》卷三十二，第 907 页。
❷ 《广弘明集》卷三《归正篇》，第 112 页。

里宅，始述此书。”[1]则《七录》著录之书，应均为梁武帝普通四年(523)之前成书。

《隋书·经籍志》子部小说类著录小说作品25部，共155卷(实为139卷)。具体著录如下：

《燕丹子》一卷(丹，燕王喜太子。梁有《青史子》一卷；又《宋玉子》一卷、录一卷，楚大夫宋玉撰；《群英论》一卷，郭颁撰；《语林》十卷，东晋处士裴启撰。亡。)

《杂语》五卷

《郭子》三卷(东晋中郎郭澄之撰。)

《杂对语》三卷

《要用语对》四卷

《文对》三卷

《琐语》一卷(梁金紫光禄大夫顾协撰。)

《笑林》三卷(后汉给事中邯郸淳撰。)

《笑苑》四卷

《解颐》二卷(阳玠松撰。)

《世说》八卷(宋临川王刘义庆撰。)

《世说》十卷(刘孝标注。梁有《俗说》一卷，亡。)

《小说》十卷(梁武帝敕安右长史殷芸撰。梁目，三十卷。)

《小说》五卷

《迩说》一卷(梁南台治书伏挺撰。)

《辩林》二十卷(萧贲撰。)

---

[1] 《广弘明集》卷三《归正篇》，第113页。

《辩林》二卷(席希秀撰。)

《琼林》七卷(周兽门学士阴颢撰。)

《古今艺术》二十卷

《杂书钞》十三卷

《座右方》八卷(庾元威撰。)

《座右法》一卷

《鲁史欹器图》一卷(仪同刘徽注。)

《器准图》三卷(后魏丞相士曹行参军信都芳撰。)

《水饰》一卷❶

加上附注中著录的5部小说14卷,《隋书·经籍志》小说类共著录小说作品30部,153卷。如何对这30部小说作出准确的性质定位与归类处理,为我们考察《七录》"小说部"的具体著录情况提供一个推理前提与判断标准,首先必须把握从《汉书·艺文志》到《隋书·经籍志》反映出的小说观念发展的大趋势,尤其是汉人小说观念、六朝小说观念与唐人小说观念之间的关键嬗变环节。

以《汉书·艺文志》为代表的汉人小说观念,是中国小说学体系发展的基础架构,其后历代小说观念演化,无不是在此基础上拓展与更新。从《汉书·艺文志》"小说家"著录的15家小说作品来看,除去《封禅方说》《待诏臣饶心术》《待诏臣安成未央术》《臣寿周纪》《虞初周说》与《百家》等6部汉代当代小说作品,大多为方士所作,内容驳杂,前9部先秦时期的小说作品,就表现形式而言,很清晰地分成两种类型:一种以记事为主,如《周考》《青史子》等;一种以记言为主,如《伊尹说》《鬻子说》《黄帝说》等,

❶ 《隋书》卷三十四,第1011—1012页。括号内为《隋书·经籍志》的附注。

也包括汉代成书的《百家》。

初唐时期成书的《隋书·经籍志》在一定程度上反映了唐人对六朝小说观念的吸收与发展。其对小说社会功用的核心认知，坚持了《汉书·艺文志》中的诠释：“街谈巷语，道听途说者之所造也。孔子曰：‘虽小道，必有可观者焉，致远恐泥，是以君子弗为也。’”[1]对小说作品的表现形式，则有所拓展，在汉代小说作品以记言与记事为主要表现形式的基础上，引入了杂传体如《燕丹子》等，应用语体如《杂对语》《要用语对》《文对》等，笑话体《笑林》《笑苑》等，还出现了以“小说”直接命名的小说总集《小说》两种。值得注意的是，《隋书·经籍志》不仅在表现形式上有所突破，更为重要的是将小说观念的标准范畴扩大，吸收了《汉书·艺文志》中“术数略”“方技略”与《七录》中“术技录”的相关类别特征，著录了《古今艺术》《杂书钞》《座右方》《座右法》《鲁史欹器图》《器准图》《水饰》等7部作品。因此，《隋书·经籍志》“小说”类的30部作品可以分为两个大类：一类是以汉代小说观念为主要著录标准，坚持了《汉书·艺文志》“小说家”与《七录》“小说部”的传统著录体例，即从《燕丹子》至《琼林》的23部小说作品；另一类是唐人小说观念的创新，纳入了《七录》“杂艺部”的类别特征，即《古今艺术》以下7部作品。

由上，在推断《七录》“小说部”作品的具体著录情况时，《隋书·经籍志》“小说”类《古今艺术》以下的7部小说作品，就可以首先淡出我们的考察视野，因为这些作品并不符合六朝时期的小说观念，如果出现在《七录》中，只能依据《七录》的分类标准，归入“术技录”的“杂艺部”。

《隋书·经籍志》“小说”类中还有3种作品，由于创作时间皆晚于梁武帝普通四年，即阮孝绪编撰《七录》的时间，亦可以从我们的考察范围中

---

[1] 《汉书》卷三十，第1745页。

剔除。这3部小说作品分别是《笑苑》四卷、《解颐》二卷和《琼林》七卷。

《笑苑》,《隋书·经籍志》并未注明作者为谁,《北史·魏澹传》云:“澹字彦深。年十五而孤,专精好学,高才善属文。仕齐,殿中侍御史,预修五礼,及撰《御览》。除殿中郎、中书舍人,与李德林修国史。入周为纳言中士。隋初,为行台礼部侍郎,寻为聘陈使主。还,除太子舍人。废太子勇深礼之,令注《庾信集》,撰《笑苑》,世称博物。迁著作郎,仍为太子学士。”❶《隋书·魏澹传》亦云:“及高祖受禅,出为行台礼部侍郎。寻为散骑常侍、聘陈主使。还除太子舍人。废太子勇深礼遇之,屡加优锡,令注《庾信集》,复撰《笑苑》《词林集》,世称其博物。数年,还著作郎,仍为太子学士。”❷据此可知《笑苑》为魏澹所撰,在《七录》成书之后,不当出现。

《解颐》,《隋书·经籍志》作“阳玠松撰”,刘知幾《史通·杂述》云:“街谈巷议,时有可观,小说卮言,犹贤于已。故好事君子,无所弃诸,若刘义庆《世说》、裴荣期《语林》、孔思尚《语录》、阳玠松《谈薮》。此之谓琐言者也。”❸《崇文总目》“小说”类云:“《谈薮》八卷,杨松玠撰。”❹陈振孙《直斋书录解题》史部“传记”类云:“《谈薮》二卷。北齐秘书省正字北平阳玠松撰。事综南北,时更八代。隋开皇中所述也。”❺姚振宗《隋书经籍志考证》云:“两《唐志》无《解颐》,并无《谈薮》。《史通》以《谈薮》为小说之琐言,陈氏列之史部;而《崇文目》及《宋志》皆入小说家,与本志部居合,知《解颐》即《谈薮》之异名,故《谈薮》亦不见于本志也。”❻据此可知《解颐》成书当在萧梁之后,在《七录》中不应出现。

---

❶ 《北史》卷五十六,第2044页。
❷ 《隋书》卷五十八,第1416页。
❸ 《史通通释》卷十,第254页。
❹ 《崇文总目》卷二十八,第91页。
❺ 《直斋书录解题》卷七,第196页。
❻ 《隋书经籍志考证》卷三十二,第498页。

《琼林》,《隋书·经籍志》作"周兽门学士阴颢撰"[1],《梁书·阴子春传》附阴颢,云"撰《琼林》二十卷"[2],据此可知《琼林》当成书于萧梁之后,在《七录》中不应出现。

除去上述因分类标准应归属《七录》"杂艺部"的 7 部作品与成书时间晚于《七录》的 3 部作品,《隋书·经籍志》"小说"类著录的 30 部作品中,还有几类作品也可以从我们的考察范围排除。

《杂对语》三卷、《要用语对》四卷、《文对》三卷,这 3 种作品在《隋书·经籍志》中皆未注明作者为谁。姚振宗《隋书经籍志考证》云:"案杂家有《对林》十卷,亦不著撰人。此三书计其卷数,疑即《对林》之篇目而分析著录者,如沈约《迩言》本志杂家分著为四种是也。"[3]程毅中认为姚振宗论证不足,指出:"《隋书·经籍志》杂家类尚有朱澹远《语对》十卷,又安知以上三书非《语对》而为《对林》之分著者。"[4]不仅如此,我们还可在萧绎《金楼子·著书篇》中发现"《语对》三帙三十卷"的著录。[5]抛开上述两种对具体书目的考辨,这里只关注于三种书的相同属性,即对于语言应用优劣的一种总结,以备问对之用,集中在"对"的功用属性。虽然也属于记言的表现范畴之类,但是明显有别于《汉书·艺文志》"小说家"记言说理的传统特征。所以依据这种属性的相似性,《隋书·经籍志》的"杂家"类,不但著录了上述的"《语对》十卷,朱澹远撰",也著录了"《语丽》十卷,朱澹远撰","《对要》三卷"[6]等性质大致相似的作品。从《隋书·经籍志》对同类作品的分化归属趋势上溯,则《七录》对这一类作品的著录不应分化,基本可以

[1] 《隋书》卷三十四,第 1011 页。
[2] [唐]姚思廉:《梁书》卷四十六,中华书局,1973 年,第 645 页。
[3] 《隋书经籍志考证》卷三十二,第 497 页。
[4] 程毅中:《古小说简目》,中华书局,1981 年,第 15 页。
[5] 《金楼子》卷五,第 216 页。
[6] 《隋书》卷三十四,第 1008 页。

断定归属于“子兵录”的“杂部”。

同理,《隋书·经籍志》“小说”类中还有 3 种作品可以排除于我们的考察范围,即《迩说》一卷、《辩林》二十卷、《辩林》二卷。据《隋书·经籍志》附注,《迩说》、二十卷《辩林》的撰者伏挺和萧贲主要活动在萧梁中后期,《辩林》二卷的撰者席希秀,史传无考,但依据《隋书·经籍志》著录排序,当在《迩说》撰者伏挺与《辩林》撰者萧贲同期或稍后。因此有相当大的可能性,在阮孝绪作《七录》时,这 3 种作品还未成书,因此不可能被阮孝绪著录其中。但仅就成书时间来推断,还不足以证实。所以还可以根据这三部书的性质作一佐证,大体与《杂对语》《要用语对》《文对》属于同样的功用,即注重于语言的应用性。虽然属于记言的表现范畴,但是与《汉书·艺文志》“小说家”记言说理还不完全相同,故而《隋书·经籍志》“杂家”类亦有“《俗说》三卷,沈约撰。梁五卷”,“《杂说》二卷,沈约撰”,“《会林》五卷”,“《对林》十卷”[1]等性质相似的作品著录。考虑到《隋书·经籍志》的著录出现对同类作品归类分化的趋势,则《七录》对相同性质的作品著录不应出现分化的现象,即这三种作品如果被《七录》著录,应归属于“子兵录”的“杂部”。

另外,《隋书·经籍志》“小说”类还出现了《笑林》《笑苑》《解颐》等以笑话为主要内容的小说作品。但《汉书·艺文志》著录的 15 家小说作品,还未出现笑话类型的题材。阮孝绪编撰《七录》“子兵录”,对诸子十家的分类安排,与《汉书·艺文志》“诸子略”完全一致,表现出相似的类别性质与判断标准。可见,笑话类的作品,不应在继续表现出汉代传统小说观念的《七录》“小说部”出现。这种观念的发展,应该由《隋书·经籍志》来完成。这是唐代小说观念对汉代与六朝小说观念的发展与扩充。因此,邯

---

[1] 《隋书》卷三十四,第 1007—1008 页。

郸淳的《笑林》，可以排除在《七录》“小说部”之外。

这样来看，在《隋书·经籍志》“小说”类著录的30部小说作品中，已经确定有17部作品不应该出现在《七录》“小说部”。这是以排除的方法得出的结论，我们还可以从正面的角度推定有8部作品必然会出现在《七录》中。

唐人编撰《隋书·经籍志》时，充分参考了阮孝绪《七录》的编撰成果。在具体的书目著录后，往往以“梁有”“梁目”等形式，附注了萧梁时期的典籍收录情况。虽然我们并不能肯定诸如“梁有”“梁目”等是否就一定特指阮孝绪编撰的《七录》，但仅从著录的数量看，晋室南渡后修成的诸种书目，《七录》无疑是数量最多的，达到44526卷，几乎比萧梁时期另一部官方书目《梁天监四年文德正御四部及术数书目录》的23106卷多出了一倍。因此，结合《隋书·经籍志》附注中的“梁有”“梁目”来考察《七录》的著录情况，无疑是可行的。

《隋书·经籍志》“小说”类在《燕丹子》的附注中，著录了以下4种小说作品：《青史子》一卷、《宋玉子》一卷、郭颁《群英论》一卷、裴启《语林》十卷；在刘孝标注《世说》十卷本的附注中，著录了刘孝标《俗说》一卷；在殷芸《小说》十卷本的附注中，说明在“梁目”中，殷芸《小说》著录为三十卷。根据《隋书·经籍志》附注的用例，可知《隋书·经籍志》对于那些在“梁目”中也曾著录的书籍，往往在附注中加以说明存佚、对比著录的不同情况，而相同的著录则不再说明。至于“梁目”中不曾著录的书籍，则《隋书·经籍志》中一定不会出现附注。根据这个原则，我们就可以断定以下8种作品在《七录》“小说部”著录：《燕丹子》一卷、《青史子》一卷、《宋玉子》一卷、郭颁《群英论》一卷、裴启《语林》十卷、《世说》十卷、刘孝标《俗说》一卷、殷芸《小说》三十卷。

除去以上8种小说作品，《隋书·经籍志》“小说”类还有5种作品需要甄别，即《杂语》五卷、《郭子》三卷、《琐语》一卷、《世说》八卷、《小说》五卷。这需要我们一一考察。

《杂语》，《隋书·经籍志》未注明撰者。按，《三国志》裴松之注引孙盛《异同杂语》1条，内容为魏武帝事；《杂语》2条，内容为夏侯玄、王祥事，亦见《世说》；《世说》刘孝标注引孙盛《杂语》2条，内容均为魏武帝事；殷芸《小说》引《杂语》1条，内容为晋成帝事，又见裴启《语林》。可见此书大体为记言记事，与《世说》《小说》性质相似，且成书时间较早，实开《世说》之先河，符合汉魏之后、六朝早期的小说观念发展，因此可以作为小说之一种，著录于《七录》。

《郭子》，《隋书·经籍志》附注“东晋中郎郭澄之撰”❶。据《无一是斋丛钞》《玉函山房辑佚书》《古小说钩沉》三种辑本的佚文来看，多为记言，与《世说》性质相似，且本书佚文大多为《世说》所用，故应作为小说之一种，著录于《七录》。

《琐语》一书，如果仅从书名判断，应属于小说观念的记言大类，并且由于本书已经无佚文留存，全书性质就无法考察。不过我们可以借助于刘知幾的论述，对此书性质作一整体判断。刘知幾《史通·杂述》云：“国史之任，记事记言，视听不该，必有遗逸。于是好奇之士，补其所亡，若和峤《汲冢纪年》、葛洪《西京杂记》、顾协《琐语》、谢绰《拾遗》。此之谓逸事者也。”❷刘知幾将这四部书作为性质相同的作品处理，而其余三种书在《隋书·经籍志》中分属“史部”的“古史”“旧事”“杂史”类。而《隋书·经籍志》的“史部”与《七录》的“记传录”的类别性质一致，判断标准相似，所以有理由相信，《琐语》如果在《七录》中出现，应该归属于“记传录”而非“小说部”。

---

❶ 《隋书》卷三十四，第1010页。

❷ 《史通通释》卷十，第254页。

《世说》八卷是《世说》十卷的原本，无刘孝标的注。因《隋书·经籍志》仅在“《世说》十卷”后加以附注，则很大程度上，《七录》著录的《世说》是刘孝标的十卷注本，而非刘义庆的八卷原本。

《小说》五卷，《隋书·经籍志》未注明撰者。《旧唐书·经籍志》云：“《小说》十卷，刘义庆撰。”❶《新唐书·艺文志》云：“刘义庆《世说》八卷，又《小说》十卷。”❷皆与《隋书·经籍志》著录卷数不符。依《隋书·经籍志》著录次序惯例，若此书为刘义庆所撰，排序当在殷芸《小说》之前，不当为后，故非刘义庆所撰可定。据《隋书·经籍志》排序，此书成书时间应同于或晚于殷芸《小说》，且未有附注加以说明，则此书并未著录于《七录》可知。

由上可知，孙盛《杂语》、郭澄之《郭子》应著录于《七录》“小说部”。

六朝时期典籍的著录往往用“卷”“帙”为单位，通常情况下，十卷为一帙。同一种书籍，篇幅不满十卷的，也作为一帙。如《七录序》记载：“阴阳部：一种一帙一卷”，“农家部：一种一帙三卷”，“《序录》：二帙一十一卷”，“《杂文》：一帙十卷”；萧绎《金楼子·著书》记载：“《连山》：三帙三十卷”，“《注前汉书》：十二帙一百一十五卷”，“《辩林》：二帙二十卷”，等等。

通过以上讨论，我们基本可以推断，阮孝绪《七录》“子兵录”的“小说部”具体著录小说作品如下：

1.《燕丹子》1 种 1 帙 1 卷；

2.《青史子》1 种 1 帙 1 卷；

3.《宋玉子》1 种 1 帙 1 卷；

4. 郭颁《群英论》1 种 1 帙 1 卷；

5. 裴启《语林》1 种 1 帙 10 卷；

---

❶ 《旧唐书》卷四十七，第 2036 页。

❷ 《新唐书》卷五十九，第 1539 页。

6. 孙盛《杂语》1 种 1 帙 5 卷；

7. 郭澄之《郭子》1 种 1 帙 3 卷；

8. 刘孝标注《世说》1 种 1 帙 10 卷；

9. 刘孝标《俗说》1 种 1 帙 1 卷；

10. 殷芸《小说》1 种 3 帙 30 卷。

大致以成书时间为序，共计 10 种小说，12 帙，63 卷，完全符合《七录序》对于“小说部”著录情况的记载。

当然，对《七录》“小说部”具体书目的考察，只是我们研究六朝小说发展的一个侧面与介入点，其重要意义在于揭示自《汉书·艺文志》所代表的汉代小说观念形成后，至《隋书·经籍志》所代表的初唐时期的小说观念形成这段漫长的时间中，小说体系自身的发展与观念的不断变化，并非只是从《汉书·艺文志》到《隋书·经籍志》的简单跨越，而是经过了复杂的演变与更新。尤其是《七录》“小说部”的具体书目，为我们展示出六朝时期小说观念对汉代小说观念的继承与突破，对唐代小说观念形成的基础奠定。

第一，以杂传为代表的记传体，作为史部的主要书写体式，已经开始被引入小说创作的表现方式，殷芸《小说》大量援引杂传作品即为鲜明的例子。但是，作为单独成篇的杂传作品还未被广泛纳入小说的范畴之中，所以，《燕丹子》在《七录》“小说部”的著录拉开了这个重要变化的序幕，成为小说体系中记事大类的一个新变方向。这种变化成长于《隋书·经籍志》为代表的唐代小说观念，并且在《崇文总目》《新唐书·艺文志》为代表的宋人小说观念中得到进一步的发展与确定。

第二，从孙盛《杂语》、裴启《语林》、郭澄之《郭子》到刘义庆《世说》，《世说》的表现体式逐渐成为小说观念中传统记言表现方式的主要代表。当然，郭颁的《魏晋世语》也明显体现出这一特征，只是由于更多地作为史料来处理，所以被归属于杂史类。可以说，在《七录》编撰的六朝时期，《世说》体已经逐渐成为小说体系中记言大类的一种固定表现形式。

第三，小说的功用性得到潜在的扩展，不再简单停留在“小道可观”的泛论之上，而是有明确的应用功能。对于语言使用技巧的掌握、优劣的评判，促使一大批应用性的小说作品出现，如《杂对语》《要用语对》《文对》等。但观念上的认同在《七录》中还未体现，这个认同要等到《隋书·经籍志》修成的初唐时期。

第四，与应用性的功能相似，娱乐性的功能也在小说的作品创作中出现，诸如《笑林》《笑苑》等以诙谐为主要内容。但是，从小说观念上对这种娱乐性的认同，在《七录》为代表的六朝时期还未确定，同样要等到《隋书·经籍志》修成的初唐时期。

第五，殷芸《小说》的著录，代表了六朝小说观念对小说总集的认可。小说的总集形式说明了小说体系中记言与记事两大类传统表现方式的合流，这为小说创作与观念的进一步发展开辟了新的途径。

第六，一些属于技艺性质的作品，在六朝时期并不属于小说的范畴，而是有自己的明确归属。初唐时期合二为一的划分，则是小说范畴的评判标准发生泛化的体现，这虽然在一定程度上造成了小说特征的驳杂混乱，却不失为小说多种表现形式的尝试与探索。这也是初唐时期小说观念与六朝时期小说观念的重大区别。六朝时期的小说观念严格按照小说作品的发展规律，体现出谨慎的发展态势，而初唐时期的小说观念则直接以“他为我用”的拿来主义，大步跃进。

第六节　《文选》不录小说辨

前文在讨论刘勰《文心雕龙》的小说观念时，曾经提及与《文心雕龙》

成书时间前后相继的另一部文学总集《文选》，该书也没有选入一种当时的小说作品，这里稍加引申。

梁昭明太子萧统领文学之士所编《文选》，是我国现存最早的文学总集，编选者按照文体进行分类编排，“凡次文之体，各以汇聚。诗赋体既不一，又以类分；类分之中，各以时代相次”❶，分为37(39)类文体。但是《文选》所取虽然“远自周室，迄于圣代”❷，包括130多位作者所写的700多篇作品，却没有选入同时期创作已经渐成规模的小说作品。大多数研究者认为《文选》不录经、子之书，史部之书也按照“赞论之综缉辞采，序述之错比文华”❸作为选取标准来处理，并把“事出于沉思，义归乎翰藻”❹作为入选为文学作品的宗旨，因此不录小说作品。

这种观点是否准确，应该仔细考察萧统《文选序》中体现的选取标准，同时也要结合考察该时期小说作品与观念的实际发展情况，才能作出较为准确的判定。萧统在《文选序》中详细阐述了自己对于文学作品的编选标准。对于经部之书，萧统说：“姬公之籍，孔父之书，与日月俱悬，鬼神争奥，孝敬之准式，人伦之师友，岂可重以芟夷，加之剪截？”❺认为经部之书是“准式”与“师友”，居于经典位置，不应该随意编选变动。对于子部之书，萧统说：“老、庄之作，管、孟之流，盖以立意为宗，不以能文为本。今之所撰，又以略诸。”❻认为子部之书的核心标准是“立意”，而是否“能文”只是其外部的表现手段。这从另一个方面说明了子部之书在该时期内的重要特征，就是“以立意为宗，不以能文为本”。阐述道理是子部之书的核心特征，至于采用什么样的表现方式，只是其为阐述道理所采用的一种手段，并不能作为子部之书的依据标准。在这个意义上，如果“能文”，必然

❶❷❸❹　《文选》，第3页。
❺❻　《文选》，第2页。

可以“归乎文藻”；即便不“能文”，也不妨碍其“立意”的主题发挥。所以，对于子部之书，采用什么样的文学表现形式，不足以影响到其根本性质。也正是由于这个原因，萧统坚持了这种编选原则，对于“贤人之美辞，忠臣之抗直，谋夫之话，辨士之端，冰释泉涌，金相玉振。所谓坐狙丘，议稷下，仲连之却秦军，食其之下齐国，留侯之发八难，曲逆之吐六奇，盖乃事美一时，语流千载，概见坟籍，旁出子史，若斯之流，又亦繁博，虽传之简牍，而事异篇章。今之所集，亦所不取”❶。对于史部之书，萧统则区别对待，仅对其中若干体现出编选原则的“赞论”“序述”加以选择：“记事之史，系年之书，所以褒贬是非，纪别异同，方之篇翰，亦已不同。若其赞论之综缉辞采，序述之错比文华，事出于沉思，义归乎翰藻，故与夫篇什，杂而集之。”❷因此，“事出于沉思，义归乎翰藻”与其说是《文选》对于全部待选之作入选为文学作品的标准，不如说是强调“赞论”“序述”这些本属史部之书的作品入选为文学作品的标准。

在这种宏观原则的把握下，《文选》收录的700多篇作品被按照文体特征分为37(39)大类，基本涵盖了当时各类文学作品。萧统对于这种体例的安排显然是自信的；在详细论述了“诗”“颂”等文体的文学特征后，又简要评述了其他文体：“箴兴于补阙，戒出于弼匡，论则析理精微，铭则序事清润，美终则诔发，图像则赞兴。又诏诰教令之流，表奏笺记之列，书誓符檄之品，吊祭悲哀之作，答客指事之制，三言八字之文，篇辞引序，碑碣志状，众制锋起，源流间出。譬陶匏异器，并为入耳之娱；黼黻不同，俱为悦目之玩。作者之致，盖云备矣！”❸在这里，萧统从文学作品的接受层面，提出了文学作品应该具有“入耳之娱”与“悦目之玩”的特征，这就与从文

---

❶ 《文选》，第2[illegible]0页。
❷ 《文选》，第3页。
❸ 《文选》，第2页。

学创作层面提出的“事出于沉思，义归乎翰藻”的特征，有机地结合在一起。是否具有这两个方面的特征，并呈现出稳定的表现形式，就成为这个时期文学作品的重要判断标准。

那么，同一时期的小说作品与观念是否满足上述标准呢？当然，我们可以用小说属于子部之书来使解答简单化，但是这种大而括之的回答不能较好地体现出小说在子部之书中的独特性。前文已经讨论，小说观念的发展与体系的建构，到以阮孝绪《七录》为代表的萧梁时期，仍然袭承了汉代小说观念的主体，即始终将“小道”的社会功用作为小说的核心判断标准，表现形式驳杂，缺乏稳定的文体支撑。汉代小说观念在很大程度上密切贴合了萧统对小说的认识，也可以说，萧统完全认同汉人的小说观念，并体现在他对于子部之书的特征把握。“小道”是为了“治身理家”，体现了小说家的核心功用，这就是实际意义上的“立意为宗”；至于阐述“小道”而采取的表现方式，正是属于“能文”的范畴。由于“不以能文为本”，小说宽泛的表现方式就不能同诗、赋一样，形成稳定的专用文体，作为文学表现的重要特征。考察这一时期的小说，几乎没有统一的文体特征，在“立意”这个不变的基础上，呈现出驳杂的表现形式。因此这就很难给小说找到一个诸如诗、赋一般的稳定的文体来涵盖，并与其他文体相界别。所以，指望萧统在《文选》的37(39)类文体外，再专门为小说设立一类，是不切实际的。

第七节 重论殷芸《小说》的文学史意义
——杂传对小说文体流变的影响

殷芸《小说》，是中国小说史上现存第一次以“小说”命名的小说书。

是书最早见于《隋书·经籍志》的著录。《隋志》子部小说家类云:“《小说》十卷。”题下注曰:“梁武帝敕安右长史殷芸撰。梁目三十卷。”❶《梁书》与《南史》的殷芸本传都未曾提及殷芸编撰是书。刘知幾《史通·杂说中第八·诸晋史》篇云:“又刘敬升(叔)《异苑》称晋武库失火,汉高祖斩蛇剑穿屋而飞,其言不经。故梁武帝令殷芸编诸《小说》,及萧方等撰《三十国史》,乃刊为正言。”❷《旧唐书·经籍志》子部小说家类云:“《小说》十卷。”题下注曰:“殷芸撰。”❸《崇文总目》小说类云:“《小说》十卷,殷芸撰。”❹《新唐书·艺文志》小说家类云:“殷芸《小说》十卷。”❺《宋史·艺文志》小说类云:“殷芸《小说》十卷。”❻两宋私家书目亦有相关著录。尤袤《遂初堂书目》小说类云:“殷芸《小说》。”题下无注。❼晁公武《昭德先生郡斋读书志》小说类云:“殷芸《小说》十卷。”题下注曰:“宋殷芸撰。”❽陈振孙《直斋书录解题》小说家类云:“《殷芸小说》十卷。”题下注曰:“宋殷芸撰。”❾郑樵《通志·艺文略》小说类云:“《小说》十卷。”题下注曰:“梁武帝敕安右长史殷芸撰。”❿而明代《文渊阁书目》与《永乐大典》均未见录存,故是书大约亡佚于元明之际,佚文往往散见于宋元以后的类书中。如宋晁载之《续谈助》引录74条、宋朱胜非《绀珠集》节录22条、宋曾慥《类说》节录44条、元陶宗仪《说郛》引录25条等。

对殷芸《小说》的辑佚始于鲁迅,他大约在1910年查引12种古籍,初

---

❶ 《隋书》卷三十四,第1011页。
❷ 《史通通释》卷十七,第449页。
❸ 《旧唐书》卷四十七,第2036页。
❹ 《崇文总目》卷二十七,第90页。
❺ 《新唐书》卷五十九,第1539页。
❻ 《宋史》卷二百六,第5219页。
❼ [宋]尤袤:《遂初堂书目》,《中国历代书目丛刊》第1辑上,第1145页。
❽ 《郡斋读书志校证》卷十一,第546页。
❾ 《直斋书录解题》卷十一,第316页。
❿ 《通志二十略》,第1656页。

步辑出135条佚文，收入《古小说钩沉》一书。1940年代初，余嘉锡亦博采26种古籍，辑得154条佚文，撰成《殷芸小说辑证》一文。❶1950年代初，唐兰据《续谈助》《说郛》等书和鲁迅《古小说钩沉》，辑佚文151条，撰成《辑殷芸小说并跋》一文。❷1980年代初，周楞伽在余本的基础上，结合鲁本，从各类古籍中进一步辑佚和考订，收得163条佚文，并对每条佚文详加校注，撰成《殷芸小说》一书。❸后出转精的周本是目前学术界公认最完善的版本，被小说研究者普遍采用。

对于殷芸《小说》的关注与研究，是中国古代小说尤其是先唐小说领域中的薄弱环节。自鲁迅、余嘉锡、唐兰、周楞伽四位先生的辑佚工作完成后，学术界对此的研究重点基本局限在对文献资料的补充搜集、整理和考证上，未能从小说发展史的宏观角度加以挖掘。进入21世纪后，对于殷芸《小说》的研究取得了长足的进步。韩云波2001年博士学位论文《唐代小说观念与小说兴起研究》，在第三章第二节专门讨论殷芸《小说》❹；罗宁等撰有《论〈殷芸小说〉及其反映的六朝小说观念》❺、《〈殷芸小说〉考论》❻等单篇论文；李艳婷撰有《从〈殷芸小说〉看小说文体和地位的意义生成及变化》❼；白晓帆有2009年硕士学位论文《殷芸〈小说〉研究》❽等，开始从文学本身探讨殷芸《小说》，但大多局限于对材料的解读与审美分析。这些研究与当前小说学领域——尤其是各种小说史的撰写——对于先唐

❶ 余嘉锡：《殷芸小说辑证》，《余嘉锡论学杂著》，第280—324页。

❷ 唐兰：《辑殷芸小说并跋》，《周叔弢先生六十生日纪念论文集》，香港龙门书店，1950年，第191—230页。

❸ [南朝梁]殷芸编纂，周楞伽辑注：《殷芸小说》，上海古籍出版社，1984年。

❹ 韩云波：《唐代小说观念与小说兴起研究》，四川大学博士学位论文，2001年。

❺ 罗宁：《论〈殷芸小说〉及其反映的六朝小说观念》，《明清小说研究》2003年第1期。

❻ 武丽霞、罗宁：《〈殷芸小说〉考论》，《华中科技大学学报》（社会科学版）2004年第1期。

❼ 李艳婷：《从〈殷芸小说〉看小说文体和地位的意义生成及变化》，《张家口师专学报》2004年第1期。

❽ 白晓帆：《殷芸〈小说〉研究》，山东大学硕士学位论文，2009年。

小说的主流观点较为一致，即把殷芸《小说》作为志人小说，并且在西方叙事小说观念的标准下，展开对中国小说发展的研究。此外，也有一些研究对上述的既有观点作出了一定突破，如张进德《殷芸简论》，认为《小说》已经出现了志怪与志人的题材合流❶；张莉 2009 年硕士学位论文《殷芸〈小说〉研究三论》，提出《小说》是中国小说史上的第一部各类题材的通选集，并且从较大程度上借鉴了史书编撰的体例❷。但是，这些研究的突破依然局限在对于先唐小说研究的既有框架下，大都未能跳出鲁迅以“志怪”“志人”看先唐小说的桎梏，陷入了以西方叙事小说观念作为潜在的研究标准来衡量中国古代小说的窠臼中。

要重新展开对殷芸《小说》的考察，评价其在文学史，特别是中国小说发展史中的地位，就必须注意研究的方法论与宏观角度的处理，避免陷入一般的以西方叙事小说观念为标准、先入为主的研究方法，以及在前辈学者建立的小说学体系中游移，而不能作出正确并有益于学术进步的突破。笔者认为，正本清源是中国小说研究的正确方法。建立区别于西方叙事小说观念的中国小说学体系，是正确还原中国小说观念的唯一标准，并成为中国小说持续研究的可靠依据。因此，在讨论殷芸《小说》之前，我们还须将小说观念发展的脉络，再重新梳理与厘清。

汉代是小说观念形成的初期。班固参考刘向、刘歆父子《七略》的观点，把“小说家”列入《汉书·艺文志》“诸子略”，将汉代小说观念记录于史籍，第一次创建了小说学体系。从《汉志》著录的小说作品看，汉代小说观念强调的是一种以“小道”为核心判断标准的子部之说，即在史家的观念中，小说更倾向于一种学术性的表述，而非一种文学体式。这种观念表达

❶ 张进德：《殷芸简论》，《河南社会科学》2002 年第 5 期。
❷ 张莉：《殷芸〈小说〉研究三论》，西南大学硕士学位论文，2009 年。

的另一个重要特征就是阐述小说的创作来源、传播方式与表现手段，“街谈巷语，道听途说者之所造也”，透露出小说的创作与传播来自普通社会生活的基础层面。并且由于这个产生与存在的背景，使得小说的表现手段天生具有与“君子”的“道”产生偏差的“致远恐泥”的相反性。这种表现手段虽然在史家那里受到了抵触，但是士子们也注意到了其“近取譬论”的表现特征与“可观之辞”的实际效果，因此，可以认为小说在产生之初即伴随文学性的萌芽。就小说的类型和文体特征看，虽然也出现了一些如《周考》《青史子》这样的记事类作品，但整个小说的构成主体依然是如《伊尹说》《鬻子说》《黄帝说》之流的记言类作品。

小说观念发展的第二个关键时期是对南北朝时期小说观念加以总结与发展的初唐时期，这体现在《隋书·经籍志》的编撰中。后文将有详细讨论，这里先略作陈述，以作为本节讨论的理论支撑。唐人基本接受了汉代小说观念的系统构建，十分清晰地抓住了“街谈巷语”所表达的创作来源与传播方式，以及“小道”所表达的社会功用这两个重要特征。❶《汉书·艺文志》著录的小说作品至初唐时期多已亡佚，《隋书·经籍志》著录多为后汉以来作品，与《汉书·艺文志》全不相同，但相对于《汉书·艺文志》著录作品的特点，《隋书·经籍志》著录的小说作品仅仅呈现谨慎的发展态势。在25部作品中，主体部分依然是记事与记言两大类，并以记言类作品为主要代表，著录达到13部，占全部小说作品的一半以上。可见，此时的小说观念中，记言类几乎可以成为小说最重要的表现特征。除去记言、记事类的小说作品，《隋书·经籍志》的著录也出现了一些新变，就是将《古今艺术》《杂书钞》《座右方》《座右法》《鲁史欹器图》《器准图》《水饰》等

---

❶ 唐人小说之学对于汉人小说之学的理论提升，具体体现在三个特征的明晰，详见拙文《〈左传〉与“古体小说”二三谈》，《新世纪图书馆》2011年第6期。

作品纳入了小说的范畴。

中唐至五代，小说依然延续了汉唐的发展主脉，没有重大的新变发生。而从魏晋时期开始出现的大量文学性色彩浓厚的杂传体作品，以及唐代的传奇作品，始终没有进入史家小说的观念中，仍然被归属于史部的杂传类，没有被用于丰富小说的内涵。小说的历史性变革出现在北宋初期，宋人的小说观念比唐人有了较大的变化，着重体现在小说作品的著录数量与类别，特别是将在《隋书·经籍志》与《旧唐书·经籍志》中原属于杂传类的作品大量归入小说类，这是中国小说发展史上一个极为重要的标志。宋人的这种尝试明确体现在代表主流学术观点的《崇文总目》与《新唐书·艺文志》的编撰中。尽管《崇文总目》现已散佚，但仅凭辑佚的著录书目，《崇文总目》小说类著录书目数量已经大为增加，远远超越了《隋书·经籍志》与《旧唐书·经籍志》的著录数量，达到 152 部，588 卷（实为 149 部，577 卷）。并且，在《隋书·经籍志》与《旧唐书·经籍志》中归属于杂传类的作品，有 4 部在《崇文总目》中被收入小说类。考虑到《崇文总目》对唐代开元之前书目的著录数量，及本身的散佚程度，这种变化就具有代表性，而绝非特殊情况，这种被作为小说著录的杂传体作品的数量，应该是相当多的。这种变化实际上增强了小说的文学性特征。并且，杂传的叙事性特征也强化了小说的文体性，使小说得以由表现“小道”的核心特征为主，事实上转化为表现叙事性的文学特征为主。而欧阳修在编撰《新唐书》时，进一步推动了《崇文总目》呈现的小说观念的变化。《新唐书·艺文志》的小说家类共著录作品“三十九家，四十一部，三百八卷（失姓名二家，李恕以下不著录七十八家，三百二十七卷）”[1]。《崇文总目》引杂传入小说的书目归属变更，在《新唐书·艺文志》中继续得到显著体现。

[1] 《新唐书》卷五十九，第 1543 页。

《隋书·经籍志》有载的22种杂传类作品，在《新唐书·艺文志》中被归属于小说类；《旧唐书·经籍志》有载的25种杂传类作品，在《新唐书·艺文志》中被归属于小说类。不仅如此，在可考的范围内，《崇文总目》有载的10种传记类作品，在《新唐书·艺文志》中被归属于小说类，也体现出欧阳修修正小说观念的意识在不断增强。

由此可见，中国小说的理论认识与体系建构，以北宋作为一个分水岭，北宋以前的小说观念是以《汉书·艺文志》《隋书·经籍志》为代表的"小道"之说，即说理的社会功用性远远大于文学性，并且小说作品的表现方式没有固定的体式，以记言类作品为多；北宋以后的小说观念以《崇文总目》《新唐书·艺文志》为代表，在理论上虽坚持"小道"的社会功用性，但著录作品已实际体现出杂传的叙事性表现体式带来的冲击，作品开始趋向叙事性的发展方向，并由此获得了一种稳定的表现体式，使得小说成为独立文体的可能性大大增加。[1]

要深入考察的问题正在于此，欧阳修为何要将一部分杂传作品归属于小说类呢？这种调整或观念的变化是偶然到北宋才出现的呢？还是在北宋以前的小说观念或创作中就已有了这种变化的前兆？

杂传最初出现在《汉书·艺文志》"六艺略"中的"孝经"类，与小说产生的最初状态有些相似，还不是一个独立的文体类别，仅仅作为对《孝经》解说的词汇用语。南朝刘宋时期，王俭编撰《七志》，首次将杂传作为一个类别独立出来。稍后的阮孝绪在萧梁普通年间，编撰《七录》，正式将杂传收入"记传录"，作为史传的一个类别。《七录序》云："杂传部：二百四十一

---

[1] 这种变革的里程碑意义，参见拙文《论欧阳修对唐人"小说"之学的重建》，《中南大学学报》(社会科学版)2011年第4期。

种，二百八十九帙，一千四百四十六卷。”[1]作品数量的繁多足以说明此时的杂传已经成为史学的一种固定表述形式。并且，“记传”从“春秋”类独立，客观上带动历史书写种种表达形式的良性成长，这也对魏晋以来的杂传作品给予了体式上的认可，使得这种形式的作品得以继续发展，蔚为壮观。

唐人编撰《隋书·经籍志》，对杂传进行了系统的梳理。《隋书·经籍志》史部杂传类的小序，这样表达了唐人对于杂传特征的把握：

> 古之史官，必广其所记，非独人君之举。《周官》，外史掌四方之志，则诸侯史记，兼而有之。《春秋传》曰：“虢仲、虢叔，王季之穆，勋在王室，藏于盟府。”臧纥之叛，季孙命太史召掌恶臣而盟之。《周官》，司寇凡大盟约，莅其盟书，登于天府。太史、内史、司会，六官皆受其贰而藏之。是则王者诛赏，具录其事，昭告神明，百官史臣，皆藏其书。故自公卿诸侯，至于群士，善恶之迹，毕集史职。而又闾胥之政，凡聚众庶，书其敬敏任恤者，族师每月书其孝悌睦姻有学者，党正岁书其德行道艺者，而入之于乡大夫。乡大夫三年大比，考其德行道艺，举其贤者能者，而献其书。王再拜受之，登于天府，内史贰之。是以穷居侧陋之士，言行必达，皆有史传。自史官旷绝，其道废坏，汉初，始有丹书之约，白马之盟。武帝从董仲舒之言，始举贤良文学。天下计书，先上太史，善恶之事，靡不毕集。司马迁、班固，撰而成之，股肱辅弼之臣，扶义俶傥之士，皆有记录。而操行高洁，不涉于世者，《史记》独传夷齐，《汉书》但述杨王孙之俦，其余皆略而不说。又汉

[1] 《七录序》，《广弘明集》卷三，第113页。

> 时，阮仓作《列仙图》，刘向典校经籍，始作《列仙》《列士》《列女》之传，皆因其志尚，率尔而作，不在正史。后汉光武，始诏南阳，撰作风俗，故沛、三辅有耆旧节士之序，鲁、庐江有名德先贤之赞。郡国之书，由是而作。魏文帝又作《列异》，以序鬼物奇怪之事，嵇康作《高士传》，以叙圣贤之风。因其事类，相继而作者甚众，名目转广，而又杂以虚诞怪妄之说。推其本源，盖亦史官之末事也。载笔之士，删采其要焉。鲁、沛、三辅，序赞并亡，后之作者，亦多零失。今取其见存，部而类之，谓之杂传。❶

从这段近乎杂传的发展史叙述中可以看出，唐人对于杂传的认识，重点落于魏晋以后一部分杂传作品呈现出“而又杂以虚诞怪妄之说”的特征，但是在理论上依然认为“盖亦史官之末事也”，所以归属于史部的杂传类。宋人对唐人杂传的理论建构，体现出既有继承、又有发展的史家态度。例如欧阳修就在《崇文总目》传记类的小序中强调了杂传具有“闻见各异”❷的特点，删除了唐人“而又杂以虚诞怪妄之说”的特征认知，从史学的角度上看，这种举措无疑厘清了史学材料的真伪运用，成为刘知幾《史通》观点的实践者。但是如果从小说发展的角度去解读，由于这些具有“虚诞怪妄”特征的作品不再归属杂传类，而归属于小说类，那么事实上，欧阳修为代表的宋代小说观念，无疑也具有了这一部分秉承杂传的“虚诞怪妄”的表现特征。更为重要的是，小说从此获得了杂传书写体式的使用权，正式将叙事性的特征纳入了自己的理论范畴，为自我体系的发展提供了新的生命力。

---

❶ 《隋书》卷三十三，第 981—982 页。

❷ 《崇文总目》卷二十二，第 76 页。

我们知道，文学理论的总结一定来源于创作的积累，而创作的实践摸索，必然使得理论总结相对滞后，再反馈于创作的指导。基于此，宋代小说观念的变化不应该凭空而生，在其之前，必然有创作的实践起到了铺垫作用，这就是本节要谈及的殷芸《小说》。在最后进入殷芸《小说》讨论之前，我们还须解决的一个问题，就是如何找一个能够反映南北朝时期的小说观念的代表参照物。陈寅恪“对于古人之学说，应具了解之同情”[1]的学术观点是可取的，应该作为今人研究古代文学的一种借鉴。所以，用南北朝时期的小说观念去考察殷芸《小说》，无疑是一种恢复该时期内小说面貌的最为贴切的研究方法。较为可惜的是，现存的文献资料无法满足我们这个要求。南北朝时期能够反映小说观念的书目大抵无存，只有后人对于该时期内书目的相关描述。幸而阮孝绪《七录》的一篇序文保存下来，使我们得以揣测该时期的作品创作情况与观念发展。但是这还不够，因为缺乏具体书目的著录情况，我们无法准确得知作品的创作趋向与观念的呈现状态，这使得我们必须还要找一个与《七录》具有相似性的参照物来佐证。这样，我们的目光就返回到《隋书·经籍志》上，前文对此已经有详细论述。根据《七录序》的记载，《七录》的记传录大致相当于《隋书·经籍志》的史部，其中“杂传部”著录作品 241 种 289 帙 1446 卷，“鬼神部”著录作品 29 种 34 帙 205 卷，二者综合则大致相当于《隋志》的“杂传”类，后者著录作品 217 部 1286 卷(亡书 219 部 1503 卷)。可见，南北朝时期已经大量盛行杂传的写作，这种写作的兴旺趋势一直持续到《隋书·经籍志》编写的时候，所以尽管有大量的作品亡佚，却不断产生新的作品，使得《隋书·经籍志》中依然保存了与亡佚作品数量几乎相等的杂传作品。《七录》的子兵录与术技录大致相当于《隋书·经籍志》中的子部，其中“小

[1] 陈寅恪:《冯友兰中国哲学史上册审查报告》,《金明馆丛稿二编》,第 279 页。

说部”著录作品10种12帙63卷，“杂艺部”著录作品15种18帙66卷，二者大致相当于《隋书·经籍志》的“小说”类，后者著录作品25部155卷。前文也谈及，《隋书·经籍志》的小说著录中除去记言、记事类的小说作品，还著录了如《古今艺术》等7部作品，而这些作品如果出现在《七录》中，则应当被编排在术技录的“杂艺部”中。综合上述比较可以看出，《隋书·经籍志》相对于《七录》，体现出著录情况的沿承性。以“小道”为核心标准的汉代小说观念并没有发生变化，而体现出宋代小说观念范畴下的文学色彩的大量作品，此时依然处于杂传的位置。这样，我们就基本可以借用《隋书·经籍志》体现出的小说观念，作为考察殷芸《小说》的一个衡量标准。

殷芸《小说》成书的一大特点，就是广泛采录故书杂记，并在每条引用材料之下，注明所引之书的书名出处。这就为我们进一步研究殷芸《小说》成书的具体状态提供了一个桥梁。这里以周楞伽《殷芸小说》辑本作为考察的底本，并参考鲁迅辑本、余嘉锡辑本、唐兰辑本，现存的163条佚文，共采自53种书。为求研究的直观明了，并便于统计，特制成一表。下表以这些引书在《小说》中出现的先后为序，注明引用条数。由于《小说》原书已佚，在这些从其他书中辑佚出来的条文中，不少注文存在阙略情况。故在下表中，列出原注和实考两种引书数目。原注是原书所明确注出，实考是虽未注出，但可据余嘉锡、周楞伽二位先生所考确定出处。凡在两种古籍都出现的引用资料，在备注一栏里标明。此外，重点考察这些引书在《隋书·经籍志》《旧唐书·经籍志》《新唐书·艺文志》中的相关著录，凡《隋书·经籍志》未著录的引书，可以按其属性加以推测归类的，以括号标出，在《旧唐书·经籍志》和《新唐书·艺文志》中不再考察；无法明确归类的则阙如。

表 5　殷芸《小说》引书分类情况

序号	引　书	引用情况		引书归类			备　　注
		原注	实考	《隋书·经籍志》	《旧唐书·经籍志》	《新唐书·艺文志》	
1	《三齐略记》	1	1	（史·地理）			原作《三齐要略》。
2	《地理志》(《郡国志》《风俗通》)	阙	1	（史·地理） 子·杂家	史·地理 子·杂家	史·地理 子·杂家	
3	《汉高帝敕》	1	1	（集·总集）❶			原作《汉书·高帝敕》。
4	《西京杂记》	2	12	史·旧事	史·起居注 & 地理	史·故事 & 地理	
5	《异苑》	8	15	史·杂传	阙	阙	
6	《幽明录》	5	9	史·杂传	史·杂传	子·小说	实考与《郭子》重复 1 条。
7	《瑞应图》	1	1	子·五行	阙	阙	
8	《说苑》	1	1	子·儒家	子·儒家	子·儒家	
9	《典论》	1	1	子·儒家	子·儒家	子·儒家	
10	《拾遗录》	1	1	史·杂史	史·杂史	史·杂史	
11	《末世书论》	1	1	阙	阙	阙	
12	《世说新语》	16	40	子·小说	子·小说	子·小说	实考与《语林》重复 6 条;《郭子》重复 2 条;《李氏家传》重复 1 条;《异苑》重复 1 条;《裴颜别传》、臧荣绪《晋书》重复 1 条。

❶ 《隋书·经籍志》集部总集类云:“梁有《汉高祖手诏》一卷,亡。”(第 1087 页)疑此书应与之同类。

续表

序号	引　书	引用情况		引书归类			备　注
		原注	实考	《隋书·经籍志》	《旧唐书·经籍志》	《新唐书·艺文志》	
13	《语林》	8	21	子·小说（附注，亡）	阙	阙	实考与《杂语》重复1条；《杂记》重复3条；《羊琇列传》、臧荣绪《晋书·外戚传》重复1条。
14	臧荣绪《晋书》	阙	3	史·正史	史·正史	史·正史	实考与《羊琇列传》重复1条；《裴頠别传》重复1条。
15	《晋敕》	1	1	（集·总集）❶			
16	《杂语》	1	1	子·小说	阙	子·小说	
17	《杂记》	4	4	子·杂家	阙	子·杂家	
18	《郭子》	3	3	子·小说	子·小说	子·小说	
19	《宋武帝诏》	2	2	集·总集❷	阙	阙	原作《宋武手敕》。
20	《六韬》	阙	1	子·兵家	子·兵家	子·兵家	
21	《濑乡记》	1	2	（史·地理）			实考与《郭子》《幽明录》重复1条。
22	《冲波传》	2	7	（史·杂传）			
23	《吴兴记》	1	1	史·地理	阙	阙	
24	《鬼谷先生书》	1	1	阙	阙	阙	
25	《张良书》	1	1	阙	阙	阙	
26	《简文谈疏》	1	1	子·道家	阙	子·道家	

---

❶ 《隋书·经籍志》集部总集类著录有《晋咸康诏》四卷、《晋朝杂诏》九卷等书（第1087页），疑此书应与之同类。

❷ 《隋书·经籍志》集部总集类云："梁有《诏集》百卷，起汉讫宋；《武帝诏》四卷，宋《元熙诏令》五卷，《永初二年五年诏》三卷，《永初已来中书杂诏》二十卷。亡。"（第1087—1088页）

续表

序号	引书	引用情况		引书归类			备注
		原注	实考	《隋书·经籍志》	《旧唐书·经籍志》	《新唐书·艺文志》	
27	《荆州记》	1	1	史·地理	阙	阙	
28	《湘州记》	1	1	史·地理	阙	史·地理	
29	《东方朔传》	2	3	史·杂传	史·杂传	史·杂传	
30	《俞益期笺》	1	1	阙	阙	阙	
31	《马融别传》	1	1	(史·杂传)			
32	《李氏家传》	2	6	史·杂传	阙	阙	原作《李膺家传》《李氏家录》。
33	《徐稚别传》	1	1	(史·杂传)			
34	《何颙别传》	阙	1	史·杂传❶	史·杂传	史·杂传	
35	《齐谐记》	阙	1	史·杂传	史·杂传	子·小说	
36	《郑玄别传》	1	2	(史·杂传)			
37	《许劭别传》	1	1	史·杂传	阙	阙	
38	《祢衡别传》	1	1	(史·杂传)			
39	《俳谐文》	1	1	集·总集	集·总集	集·总集	
40	《魏略·杨彪传》	1	1	史·杂史	史·正史	史·杂史	原作《魏武杨彪传》。
41	《司马徽别传》	1	2	(史·杂传)			
42	《郑劭公对颍川太守》	1	1	(子·小说)			
43	《三国志·魏志·管辂传》	阙	1	史·正史	史·正史	史·正史	
44	《傅子》	阙	1	子·杂家	子·杂家	子·杂家	
45	《笑林》	3	5	子·小说	子·小说	子·小说	实考与《俳谐文》重复1条。

❶ 《隋书·经籍志》史部杂传类云:"《何颙使君家传》一卷。"(第977页)疑即此书。

续表

序号	引书	引用情况		引书归类			备注
		原注	实考	《隋书·经籍志》	《旧唐书·经籍志》	《新唐书·艺文志》	
46	《襄阳记》	1	1	(史·地理)			
47	《志怪》	2	2	史·杂传	史·杂传	子·小说	
48	《彻心记》	1	1	(史·杂传)			
49	《羊琇列传》	1	1	(史·杂传)			
50	《裴頠别传》	1	1	(史·杂传)			
51	《小史》	1	1	史·杂史	阙	阙	
52	《述异记》	阙	1	史·杂传	史·杂传	子·小说	
53	《阮瞻别传》	1	1	(史·杂传)			

根据上表，以《隋书·经籍志》的著录为标准，我们发现，殷芸《小说》所采的53种引书，在《隋书·经籍志》中的类别大致呈现如下状态：除去4种引书无法判定类别，其余49种引书分别归入史部、子部与集部。其中史部32种(含重复1种)、子部14种、集部4种。具体归类与各书引用材料数目如下表所示：

表6　殷芸《小说》引书在《隋志》中的著录归类与引用数量(包括重复征引)

部别	史部				子部							集部
类别	正史	杂史	旧事	杂传	地理	儒家	道家	杂家	小说	兵家	五行	总集
原注引书	2	3	1	9	3	2	1	3	5	1	1	2
另考引书	0	0	0	10	4	0	0	0	1	0	0	2
总计引书	2	3	1	19	7	2	1	3	6	1	1	4
引用数量	4条	3条	12条	57条	8条	2条	1条	6条	71条	1条	1条	5条

由于殷芸《小说》的散佚程度无法核实，仅就现存的163条佚文，我们无法作出准确的统计来说明殷芸引书的标准与范围。但就上面两个表格的初步分析，我们可以认为，在这部以“小说”为名的小说总集中，殷芸大量征引了史部、子部与集部的各种典籍中的材料，来丰富与构成《小说》的内容。在引书各个类别的著录中，尤其以史部的杂传类引书与子部的小说类引书最为突出。杂传类出现了19种引书，引用材料57条；小说类出现了6种引书，引用材料71条。就目前可据的佚文看，杂传类引书占现存引书总数的35.85％；小说类引用材料占现存佚文总数的43.6％。这两个数值，其实反映出小说发展史上最为重要的两个特征:第一，在宋前的小说发展中，无论实际创作情况如何，至少在小说观念的层面，子部小说家类的作品，依然坚持以“小道”为社会功用的核心判断标准，作品以记言类的题材为主，即殷芸《小说》中大量引用了《世说新语》和《语林》中的相关材料。第二，欧阳修以史家的观点，将本属杂传类的作品，大量归入小说，这个理论判断并非随意为之，而是有作家创作的基础在先，即殷芸《小说》已经事实上开始了有益的尝试，将包括杂传在内的史部各类作品，有意识地纳入了《小说》的范畴。这也符合小说的实际发展情况。

中国小说的发展，不同于西方叙事小说，长期以“小道”为核心判断标准，在实际的作品创作中，又不断杂糅进其他各种文体要素，最终在北宋初期获得了以杂传为稳定表现形式的叙事结构，使得以记言为主要形态的子部小说，出现了叙事与记言的分庭抗礼。而我们在对这个复杂的发展过程进行研究时，所运用的研究方法与角度，往往陷入西方叙事小说的桎梏，经常以西方叙事小说观念来衡量甚至贬低中国小说，尤其是宋前的传统小说，这是我们应该反思的。

近来学者开始关注欧阳修引杂传入小说，认为是小说观念发展的一个重要转折点。这种认识很准确。但我们也必须注意到，理论观念的形成离不开实际创作的总结，这就使得我们必须将研究的目光转向北宋之前的小说创作。跨越了 500 年的时间长河，南朝萧梁时期的殷芸《小说》，第一次将杂传引入《小说》的实际创作，这无疑是具有重大历史意义的。毫无疑问，殷芸《小说》拉开了欧阳修小说观念新变的序幕，为欧阳修小说观念理论上的突破，奠定了坚实的作品创作基础。而这些闪光之处，往往被学界、被小说史的书写，冠以“志人”或者“轶事”小说的模式化类型名称，简单品评，掩盖了其在小说发展史中的重要意义。

第五章　巨变前夜的沉寂

——唐人小说观念的最终确立与衍化

经过了南北朝长期的分裂与战乱，隋文帝杨坚终于完成了统一大业，为不久后大唐帝国的兴盛作了铺垫。南北朝时期兴盛的文风毫无保留地传承到了唐人手中，成为唐代文学发展中的重要因素。而这其中，小说的发展不能不进入文学研究的范畴之内。本章就将重点考察唐人对汉代以来小说观念的总结，对小说学体系构建的完善，以及在此基础之上对小说的接受与改造，并对唐人小说观念在本时期内的域外影响作出初步分析。

第一节　《隋书·经籍志》与唐人小说观念的最终确立

李唐建国后，高祖武德五年(622)，令狐德棻向高祖上奏："窃见近代已来，多无正史，梁、陈及齐，多有文籍。至周、隋遭大业离乱，多有遗阙。当今耳目犹接，尚有可凭，若更十数年后，恐事迹湮没。陛下既受禅于隋，复承周氏历数，国家二祖功业，并在周时。如文史不存，何以贻鉴今古？如臣愚见，并请修之。"❶太宗贞观三年(629)，太宗复敕修撰前代诸史，诏魏徵监修《隋书》，贞观十年撰成《纪》《传》部分。《志》由令狐德棻等监修，

❶ 《旧唐书》卷七十三，第 2597 页。

高宗显庆元年(656)修成。

由于魏晋南北朝时期史籍的大量亡佚,《隋书·经籍志》遂成为自《汉书·艺文志》后对小说作品著录较有体系、较为完善的重要史志书目。通过对《隋书·经籍志》著录小说作品的考察,我们可以把握初唐时期唐人对南北朝时期以来小说观念的总结与开拓,为小说学体系的发展流变确定一个重要的参照点。

《隋书·经籍志》的总序点明了唐人对于四部之书各类典籍的著录与评判依据。其云:

> 其旧录所取,文义浅俗、无益教理者,并删去之。其旧录所遗,辞义可采,有所弘益者,咸附入之。远览马《史》、班《书》,近观王、阮《志》《录》,挹其风流体制,削其浮杂鄙俚,离其疏远,合其近密,约文绪义,凡五十五篇,各列本条之下,以备《经籍志》。虽未能研几探赜,穷极幽隐,庶乎弘道设教,可以无遗阙焉。夫仁义礼智,所以治国也,方技数术,所以治身也;诸子为经籍之鼓吹,文章乃政化之黼黻,皆为治之具也。❶

在子部的总序中,唐人进一步阐述了对小说的宏观把握基于小说的社会功用性的评判标准。其云:

> 《易》曰:"天下同归而殊途,一致而百虑。"儒、道、小说,圣人之教也,而有所偏。兵及医方,圣人之政也,所施各异。世之治也,列在众

❶ 《隋书》卷三十二,第908—909页。

> 职,下至衰乱,官失其守。或以其业游说诸侯,各崇所习,分镳并骛。若使总而不遗,折之中道,亦可以兴化致治者矣。《汉书》有《诸子》《兵书》《数术》《方伎》之略,今合而叙之,为十四种,谓之子部。[1]

这种认知也正是长期以来史家所着重考虑的关乎小说作为学术体式存在的依据,与汉人对小说的整体建构和认知有异曲同工的相似之处。班固在《汉书·艺文志》诸子略中曾对包括小说家在内的诸子作出了宏观论述:“《易》曰:‘天下同归而殊途,一致而百虑。’今异家者各推所长,穷知究虑,以明其指,虽有蔽短,合其要归,亦《六经》之支与流裔。使其人遭明王圣主,得其所折中,皆股肱之材已。”[2]从社会功用性的角度高屋建瓴地表达了对诸子作品、对小说的价值认可,而唐人也完全继承了班固的论断,作出了相同的评判。

唐人在《隋书·经籍志》子部小说类的小序中,对小说的性质表达了这样的观点。其云:

> 小说者,街说巷语之说也。《传》载舆人之诵,《诗》美询于刍荛。古者圣人在上,史为书,瞽为诗,工诵箴谏,大夫规诲,士传言而庶人谤。孟春,徇木铎以求歌谣,巡省观人诗,以知风俗。过则正之,失则改之,道听途说,靡不毕纪。《周官》,诵训“掌道方志以诏观事,道方慝以诏辟忌,以知地俗”;而训方氏“掌道四方之政事,与其上下之志,诵四方之传道而观衣物”,是也。孔子曰:“虽小道,必有可观者焉,致远恐泥。”[3]

---

[1] 《隋书》卷三十四,第1051页。
[2] 《汉书》卷三十,第1746页。
[3] 《隋书》卷三十四,第1012页。

从这里我们可以发现，初唐时期，唐人对小说的观念认知，完全继承了以《汉书·艺文志》为代表的汉人小说观念，十分清晰地抓住了“街说巷语”所表达的创作来源与传播方式，以及“小道”所表达的社会功用这两个重要特征。此外，对小说创作的名义主体，即“小说家”，《隋书·经籍志》的诠释也比《汉书·艺文志》有所提高，由不入流的“稗官”，上升为“掌道四方之政事”的“训方氏”，客观上强调了小说作为一种学术体式存在的重要性。可见，唐人此时的小说观念，已经将小说所表现出的社会功用性，上升到与儒家、道家并列的“圣人之教”。所以我们在考虑此时的小说观念时，仍然应该将这种社会功用性，即“小道”，作为考察的核心判断标准。

值得注意的是，唐人作出的理论总结，虽然承袭了《汉书·艺文志》对小说家的性质判定，却也没有一味地单纯接受，而是作出了有目的的性质改造与价值强化。我们在通读这篇小序时，就会发现唐人对小说的性质改造与价值强化，有相当重要的成分来自《左传·襄公十四年》所记载的师旷与晋侯的一段对答。《左传·襄公十四年》记载了这样一段话：

> 师旷侍于晋侯。晋侯曰：“卫人出其君，不亦甚乎?”对曰：“或者其君实甚。良君将赏善而刑淫，养民如子，盖之如天，容之如地；民奉其君，爱之如父母，仰之如日月，敬之如神明，畏之如雷霆，其可出乎?夫君，神之主也，民之望也。若困民之主，匮神乏祀，百姓绝望，社稷无主，将安用之？弗去何为？天生民而立之君，使司牧之，勿使失性。有君而为之贰，使师保之，勿使过度。是故天子有公，诸侯有卿，卿置侧室，大夫有贰宗，士有朋友，庶人、工、商、皂、隶、牧、圉，皆有亲昵，以相辅佐也。善则赏之，过则匡之，患则救之，失则革之。自王以下，各有父兄子弟以补察其政。史为书，瞽为诗，工诵箴谏，大夫规诲，士传言，庶人谤，商旅于市，百工献艺。故《夏书》曰：‘遒人以木铎徇于路，官师

> 相规，工执艺事以谏。’正月孟春，于是乎有之，谏失常也。天之爱民甚矣，岂其使一人肆于民上，以从其淫，而弃天地之性，必不然矣。”❶

我们知道，早在班固《汉书・艺文志》著录“小说十五家，千三百八十篇”时，师旷作为一个小说家的形象就出现在正史的记载中。《汉书・艺文志》小说家类中第五种著录“《师旷》六篇”，并在题下注曰：“见《春秋》，其言浅薄，本与此同，似因托之。”❷这就与上文所引《左传》“师旷侍于晋侯”一段文字发生了初步联系。当然，更为重要的联系并不仅限于此。《隋书・经籍志》小说类小序的表述与“师旷侍于晋侯”发生了几处重要的联系。其一，“古者圣人在上，史为书，瞽为诗，工诵箴谏，大夫规诲，士传言而庶人谤”，这一句文字几乎与《左传》中记载师旷的话一模一样。其二，“孟春，徇木铎以求歌谣，巡省观人诗，以知风俗。过则正之，失则改之，道听途说，靡不毕纪”，这一句文字前半部分与师旷转引《夏书》文字大致相当，后半部分则与其所述大体相似。而这相似的两段文字，则与《隋书・经籍志》小说类小序所阐述的两个特征有着紧密的关系。

从以上材料的对比中，我们发现有几个可以深入思考的问题：

1. 师旷作为一个史官或者乐师身份的同时，又具有“小说家”的身份，这种多重身份的具体状态是什么样的？对以《隋书・经籍志》为代表的初唐时期的小说观念的形成与发展起到了什么影响和作用？

2. 瞽史之属的职责表现方式对自先秦至初唐的小说文体特征的形成与发展有何影响？

3. 为什么《隋书・经籍志》小说类小序多引《左传》之语，以致其呈现的小说观念比《汉书・艺文志》有较大的突破？

---

❶ [晋]杜预注，[唐]孔颖达疏：《春秋左传正义》卷三十二，《十三经注疏》，第 1958 页。

❷ 《汉书》卷三十，第 1744 页。

首先，我们还是从对瞽史之属的相关记载入手，考察其与小说的关系。

《左传·襄公十四年》云："自王以下，各有父兄子弟以补察其政。史为书，瞽为诗，工诵箴谏，大夫规诲，士传言，庶人谤，商旅于市，百工献艺。""史为书"句下，杜预注曰："谓大史君举则书。"孔颖达正义云："《周礼》有大史、小史、内史、外史、御史，史官有五名，知此史谓大史者，以《传》称'齐崔杼弑其君'，云'大史书之'，知'君举则书'，皆大史书也。"又，"瞽为诗"句下，杜预注曰："瞽，盲者，为诗以风刺。"孔颖达正义云："《周礼》乐官大师之属有瞽、矇之职。郑玄云：'凡乐之歌，必使瞽朦（矇）为焉。命其贤知者以为大师、小师。'郑众云：'无目朕（眹）谓之瞽，有目朕（眹）而无见谓之矇，无目，是盲者也。诗者，民之所作，采得民诗，乃使瞽人为歌以风刺，非瞽人自为诗也。'《周语》云：'天子听政，公卿至于列士献诗，瞽陈曲。'韦昭云：'公以下至上士，各献讽谏之诗，瞽陈乐曲，献之于王，是言瞽为歌诗之事。'"❶从注疏及其转引的《周礼》《国语》等典籍的记载看，"史为书"的史，具体的应该指作为"五史"中的"大史"，而瞽则指乐官，包括工、士、庶人等，瞽史之属的职责行为有一个相同的核心，即"补察"。大抵各自的职责表现方式有所不同，侧重不同，但都是依据这个核心功用而展开。

当然，仅仅从杜预与孔颖达的注疏中，我们掌握的还只是晋人与唐人对此的理解，这只能作为一个间接的证明，因此，我们还需要考察《左传》同期与前后的其他相关典籍的记载。《周礼·春官宗伯》云："大师，下大夫二人。小师，上士四人。瞽矇，上瞽四十人，中瞽百人，下瞽百有六十人。眡瞭三百人，府四人，史八人，胥十有二人，徒百有二十人。"郑玄注曰："凡乐之歌，必使瞽矇为焉。命其贤知者以为大师、小师。晋杜蒯云：

---

❶ 《春秋左传正义》卷三十二，《十三经注疏》，第 1958 页。

‘旷也，大师也。’……郑司农云：‘无目眹谓之瞽，有目眹而无见谓之矇，有目无眸子谓之瞍。’”贾公彦疏云：“云‘凡乐之歌必使瞽矇为见焉’者，此郑欲解作乐使瞽矇之意，以其无目无所睹见，则心不移于音声，故不使有目者为之也。云‘命其贤知者以为大师、小师’者，此乃师旷之徒，亦无目者，故引为证也。就瞽之中，命大贤知为大师，其次贤知小者为小师也，其余为瞽矇也。”❶

又，《周礼·春官宗伯》对大师、小师、瞽矇、眡瞭等官职的性质职责作出了详细记载，其云：

> 大师掌六律六同，以合阴阳之声。阳声：黄钟、大蔟、姑洗、蕤宾、夷则、无射。阴声：大吕、应钟、南吕、函钟、小吕、夹钟。皆文之以五声：宫、商、角、徵、羽。皆播之以八音：金、石、土、革、丝、木、匏、竹。教六诗：曰风、曰赋、曰比、曰兴、曰雅、曰颂。以六德为之本，以六律为之音。大祭祀，帅瞽登歌，令奏击拊，下管，播乐器，令奏鼓朄。大飨，亦如之。大射，帅瞽而歌射节，大师，执同律以听军声，而诏吉凶。大丧，帅瞽而廞，作匶谥。凡国之瞽矇正焉。
>
> 小师掌教鼓、鼗、柷、敔、埙、箫、管、弦、歌。大祭祀，登歌击拊，下管击应鼓，彻歌。大飨，亦如之。大丧与廞，凡小祭祀、小乐事，鼓朄，掌六乐声音之节，与其和。
>
> 瞽矇掌播鼗、柷、敔、埙、箫、管、弦、歌。讽诵诗，世奠系，鼓琴瑟。掌九德六诗之歌，以役大师。
>
> 眡瞭掌凡乐事，播鼗。击颂磬笙磬，掌大师之县。凡乐事相瞽，大丧廞乐器，大旅亦如之。宾射皆奏其钟鼓，鼜恺献亦如之。❷

---

❶ [汉]郑玄注，[唐]贾公彦疏：《周礼注疏》卷十七，《十三经注疏》，第754页。

❷ 《周礼注疏》卷二三，《十三经注疏》，第795—797页。

郑玄注曰："廞，兴也。兴，言王之行，谓讽诵其治功之诗，故书'廞'为'淫'。郑司农云：'淫，陈也。陈其生时行迹为作谥。'"贾公彦疏云："大丧，言凡则大丧，中兼王后，虽妇从夫谥，亦须论行乃谥之。言帅瞽者，即帅瞽矇歌王治功之诗。廞，作匶。谥者匶，即柩也，古字通用之。以其兴喻王治功之诗，为柩作谥，故云'廞'作'柩'。谥，是以瞽矇职。云讽诵、诗诵作谥时也。"❶又，郑玄注曰："讽诵诗，谓暗读之，不依咏也，故书'奠'或为'帝'。郑司农云：'讽诵诗，主诵诗以刺君过。'故《国语》曰：'瞍赋矇诵谓诗也。'杜子春云：'帝，读为定，其字为奠，书亦或为奠。'世奠系，谓帝系、诸侯、卿大夫、世本之属是也。小史，主次序先王之世昭穆之系，述其德行。瞽矇，主诵诗，并诵世系，以戒劝人君也。故《国语》曰：'教之世而为之，昭明德而废幽昏焉。'以休惧其动。玄谓讽诵诗，主谓廞作柩，谥时也。讽诵王治功之诗，以为谥世之而定其系，谓书于世本也。虽不歌，犹鼓琴瑟以播其音美之。"❷

同时，《周礼·秋官司寇》记载："九岁属瞽史，谕书名，听声音。"贾公彦疏云："云瞽，乐师也。史，太史、小史也者。乐师与大史、小史并是知天道者，故《国语》云：'吾非瞽史，焉知天道？'郑上注'瞽即大师'，是也。"❸上述各例，说明了自汉人以来，对于瞽史之属理解的一致性，并在一定程度上显示了其在职责表现上的交叉与重叠。

我们还可以考察《国语》的相关记载。《国语·周语上》云："是故为川者决之使导，为民者宣之使言。故天子听政，使公卿至于列士献诗，瞽献曲，史献书，师箴，瞍赋，矇诵，百工谏，庶人传语，近臣尽规，亲戚补察，瞽史教诲，耆艾修之，而后王斟酌焉，是以事行而不悖。"❹韦昭注曰："瞽，乐

---

❶ 《周礼注疏》卷二三，《十三经注疏》，第 796 页。
❷ 《周礼注疏》卷二三，《十三经注疏》，第 797 页。
❸ 《周礼注疏》卷三七，《十三经注疏》，第 892 页。
❹ 徐元诰：《国语集解》，中华书局，2002 年，第 11—12 页。

大师。史，太史也。掌阴阳、天时、礼法之书，以相教诲者。单襄公曰：‘吾非瞽史，焉知天道。’”❶又，《国语·楚语》云：“在舆有旅贲之规，位宁有官师之典，倚几有诵训之谏，居寝有亵御之箴，临事有瞽史之导，宴居有师工之诵。史不失书，矇不失诵，以训御之，于是乎作《懿》诗以自儆也。及其殁也，谓之睿圣武公。子实不睿圣，于倚相何害。”❷韦昭注曰：“诵训，工师所诵之谏，书之于几也。”又，韦昭注曰：“事，戎、祀也。瞽，乐大师，掌诏吉凶。史，大史也，掌诏礼事。”又，韦昭注曰：“师，乐师也。工，瞽矇也。诵，谓箴谏时世也。”❸韦昭对于瞽史的理解，则倾向于职责分工得更加明晰，并且突出了瞽史职责行为的核心表现，即“知天道”。

这一时期的典籍中，我们还可以发现一些相关的记载。《诗经·周颂·有瞽》云：“有瞽有瞽，在周之庭。”郑玄笺云：“瞽，矇也。以为乐官者，目无所见，于音声审也。”❹《礼记·礼运》云：“卜筮瞽侑，皆在左右。”郑玄注曰：“瞽，乐人也。”❺又，《礼记·玉藻》云：“（天子）玄端而居，动则左史书之，言则右史书之，御瞽几声之上下。”郑玄注曰：“几，犹察也，察其哀乐。”❻《吕氏春秋·达郁》云：“是故天子听政，使公卿列士正谏，好学博闻献诗，矇箴，师诵，庶人传语，近臣尽规，亲戚补察，而后斟酌焉。”❼《汉书·贾山传》云：“古者圣王之制，史在前书过失，工诵箴谏，瞽诵诗谏，公卿比谏，士传言谏（过），庶人谤于道，商旅议于市，然后君得闻其过失也。”李奇注曰：“古有诵诗之工，记过之史，常在君侧也。”❽贾谊《新书·保傅》篇云：

❶ 《国语集解》，第12页。

❷ 《国语集解》，第501—502页。

❸ 《国语集解》，第501页。

❹ ［汉］毛亨传，［汉］郑玄笺，［唐］孔颖达疏：《毛诗正义》，《十三经注疏》，第594页。

❺ ［汉］郑玄注，［唐］孔颖达疏：《礼记正义》卷二十二，《十三经注疏》，第1425页。

❻ 《礼记正义》卷二十九，《十三经注疏》，第1473—1474页。

❼ 《吕氏春秋新校释》，第1382页。

❽ 《汉书》卷五十一，第2330、2331页。

“及太子既冠成人，免于保傅之严，则有司直之史，有彻膳之宰。太子有过，史必书之。史之义，不得书过则死，过书而宰收其膳。宰之义，不得收膳即死。于是有进善之旌，有诽谤之木，有敢谏之鼓。瞽史诵诗，工诵箴谏，大夫进谋，士传民语。习与智长，故切而不愧，化与心成，故中道若性，是殷周之所以长有道也。”❶《淮南子·主术训》云：“古者天子听朝，公卿正谏，博士诵诗，瞽箴师诵，庶人传语，史书其过，宰彻其膳，犹以为未足也。”❷

通过以上各例，我们基本可以确定，《左传》《国语》中明确出现的“史、瞽、工、大夫、士、庶人、商旅、百工”和“公卿、列士、瞽、史、师、瞍、矇、百工、庶人、近臣、亲戚、瞽史、耆艾”等，以及《隋书·经籍志》中提到的“诵训”“训方氏”，虽然他们各自履行职责的方式不同，但是都有一个核心的职责标准，即“补察”王政。而且，他们对于天子或者王侯的箴谏规诲，至少有一部分是来自“传言”。“传言”的途径，又说明了这些箴谏规诲的内容来自“街说巷语”。同时，这些内容的表述大多又具有譬喻的特点，以取得箴谏规诲的效果，这就与上文谈及《隋书·经籍志》所论小说的两个特点构成了一致，以“补察”王政作为箴谏规诲的核心社会功用，以“诵、箴谏、规诲、传言、谤”等方式作为创作与传播的特征。所以，我们再反观汉代桓谭《新论》所云：“若其小说家，合丛残小语，近取譬论，以作短书，治身理家，有可观之辞。”❸则其对班固《汉书·艺文志》中相关小说观念的表述作出的有力补充，未尝不来源于瞽史之属的职责表现。

《尚书·胤征》云：“每岁孟春，遒人以木铎徇于路，官师相规，工执艺事以谏。”❹孔安国传曰：“遒人，宣令之官，木铎，金铃木舌，所以振文教。”

---

❶ [汉]贾谊撰，阎振益、钟夏校注：《新书校注》，中华书局，2000 年，第 184 页。

❷ 何宁：《淮南子集释》，中华书局，1998 年，第 691 页。

❸ 《文选》卷三十一李善注引，第 1453 页。

❹ 按，《尚书》此篇为伪书，即《左传·襄公十四年》所引《（逸）书·夏书》中语。

“官众，众官更相规阙，官百工各执其所治技艺以谏，谏失常。”[1]《左传·襄公十四年》中，师旷引用了这段话，并认为“补察”的目的就是“善则赏之，过则匡之，患则救之，失则革之”。正如上文所述，这其实涉及了小说的创作来源、传播方式，以及社会功用性等文体特征。《汉书·艺文志》对小说的这些特征阐述得并不是十分清晰，仅仅认为小说作为诸子之说的一种，之所以得到史家的承认，主要是由于“小说家”出自“稗官”；而小说产生的根源是“道听途说、街谈巷语者之所造也”。这其实也就暗示了自刘向、刘歆以来，史家在寻找一种途径，试图将出自社会生活基础层面的小说之学，与代表主流文学或是学术形式的上层意识联系起来。

唐人也许注意到了汉人的这种有意识的建立小说之学的举动，因此在编撰《隋书·经籍志》时，选择了从小说的创作来源、传播方式与社会功用性等具有鲜明特点的角度，上溯小说的发生源流，来完成小说观念的进一步革新与体系的构建。他们化用了《左传》“师旷侍于晋侯”这段文字，较为完善地补充了《汉书·艺文志》企图建立的小说之学。

首先，唐人肯定了《汉书·艺文志》以“街说巷语”作为小说的创作来源与传播方式，并且进一步补充，“古者圣人在上，史为书，瞽为诗，工诵箴谏，大夫规诲，士传言而庶人谤”。通过瞽史之属的职责表现，强化了小说的创作特征与传播特征。其次，转引师旷所引《夏书》之语，“孟春，徇木铎以求歌谣，巡省观人诗，以知风俗。过则正之，失则改之，道听途说，靡不毕纪”。再次阐明了小说的传播特征与创作的关系。唐人对小说作为文体特征的把握，实际上已经超越了《汉书·艺文志》所反映出的汉人小说观念，因此也就可以构建出相对成熟的小说学体系。在他们看来，小说发生的最初，由于“街说巷语”的方式，所以呈现出一种口耳相传的文学总体

---

[1] ［汉］孔安国传，［唐］孔颖达疏：《尚书正义》，《十三经注疏》，第157页。

特征，即创作与传播是不可分离的，创作是在传播中产生的，极大地体现出传播的特点，无法将二者割裂对待。这种把握，是唐人小说之学超越汉人小说之学的第一个显著特征。

在这个观念认识的基础上，唐人又进一步厘清了小说创作与传播的内在规律，即小说的创作，通过不断的“街说巷语”与“传言”，又继续沿袭着二次创作、三次创作等后续工作，所以传播方式丰富和强化了小说的创作，为小说作为文体的实际定型奠定了基础作用。这种认识是唐人小说之学超越汉人小说之学的第二个显著特征。

最为重要的是，唐人较汉人取得建立小说之学优势的关键，在于唐人将小说这种原属口头文学序列的学术形式，通过“靡不毕纪”的方式，定型为一种被文字记录的案头学术形式。这是小说之学体系建立的重要突破，只有文字的记录，小说才可能事实上被有传承、有延续地研究下去。并且，这种记录，是通过瞽史之属的乐官或史官等，就为小说在形成文字或文本的最初阶段，直接进入史家的视野，提供了有利条件。这是唐人小说之学超越汉人小说之学的第三个显著特征。

为了说明小说的这些特点并不是凭空产生，唐人也并非凭空而论，唐人又依据《周官》，从“诵训”“训方氏”的表现特征加以援引，说明这些特征出现的相似性。最后，唐人又回归到了汉人小说观念的核心，即《汉书·艺文志》所表述的小说的社会功用性“小道”。

唐人从以上三个角度的突破，分层次丰富了小说的自身体系，寻求并且事实上也寻求到了从外部环境至内部环境，给予小说存在与发展的合理性，为小说体系的完全建立开创了一个新局面。

再回到我们前文所谈及的小说家师旷。《隋书·经籍志》对小说之学的体系完善，从小说的创作主体这一层面看，已经完全舍弃了《汉书·艺文志》中对小说家“出自稗官”的简单表述，而是抓住了创作主体的核心特征，更加凸显小说的群体创作特征，将《汉书·艺文志》中小说家们作为一个整体考察的符号，将其视作来自“街说巷语”的小说的最后形成与文字整理者。因此，我们在相关典籍中多见的师旷形象，不仅仅是作为史官或是乐官的单一形象，而是综合了包括小说家特征在内的复杂形象。譬如，《左传·襄公三十年》记载季武子评论晋国的政治，认为：“晋未可偷也。有赵孟以为大夫，有伯瑕以为佐，有史赵、师旷而咨度焉，有叔向、女齐以师保其君。其朝多君子，其庸可偷乎？勉事之而后可。”❶又，《逸周书·太子晋解》《国语·晋语八》中也有相关的记载。不只是这些经典之作，在一些小说作品中，也会出现这样的情况。仍以师旷为例，《拾遗记》卷三云：

> 师旷者，或出于晋灵之世，以主乐官，妙辨音律，撰兵书万篇。时人莫知其原裔，出没难详也。晋平公之时，以阴阳之学，显于当世。薰目为瞽人，以绝塞众虑，专心于星算音律之中。考钟吕以定四时，无毫厘之异。春秋不记师旷出于何帝之时。旷知命欲终，乃述《宝符》百卷。至战国分争，其书灭绝矣。
>
> 晋平公使师旷奏清徵，师旷曰：“清徵不如清角也。”公曰：“清角可得闻乎？”师旷曰：“君德薄，不足听之；听之，将恐败。”公曰：“寡人老矣，所好者音，愿遂听之！”师旷不得已而鼓。一奏之，有云从西北方起；再奏之，大风至，大雨随之，掣帷幕，破俎豆，堕廊瓦。坐者散走，平公恐惧，伏于廊室。晋国大旱，赤地三年，平公之身遂病。❷

这种形象的多面性，在一定程度上也与小说的内容驳杂有关。从《汉书·艺文志》到《隋书·经籍志》及后来相关书目的著录，小说家或小说一类总

❶ 《春秋左传正义》卷四十，《十三经注疏》，第2012页。
❷ 《拾遗记》，第78—79页。

是混淆复杂，似乎凡是有别于其他诸子之说的“小道不经之谈”，皆可归诸此类。但是透过这种繁乱的表面，我们仍然可以抓住小说的“小道”这个核心表述价值，大胆地屏除长期以来的以题材分类的单一误区，重新把握小说的核心观念。这也是唐人在《隋书・经籍志》中对小说性质论述与体系构建给予的丰富营养，而受此思路影响下的《隋书・经籍志》，在坚持《汉书・艺文志》以“小道”为核心判断的基础上，从小说的本质特征出发进行溯源，从而较成功地分层次丰富和完善了小说学体系，对《汉书・艺文志》小说之学的研究思路和方法，作出了重要突破。

唐人对小说之学的完善，得到了大多数后继者的认可，无论是宋人，抑或清人，几乎都是从唐人挖掘的这个角度对小说进行学术研究。后文将有详细论述。

第二节 援子入史的误读与误判
——刘知幾《史通》“小说”辨

初唐时期，沿六朝余绪，修史之风兴盛。唐高祖武德五年(622)，令狐德棻向高祖奏本修史。太宗贞观三年(629)，太宗复敕修撰前代诸史，至高宗显庆四年(659)，在三十年间，包括两部私修正史，共有《周书》《北齐书》《梁书》《陈书》《隋书》《晋书》《南史》《北史》等八部正史修成。刘知幾于武后长安二年(702)开始编撰《史通》，至中宗景龙四年(710)撰成，从史书编撰的历史、宗旨、方法、体例到史书、史家的评论，对前代的史学进行了具有完整体系的通论。

今人治中国古代小说，论述唐代小说观念时，往往必言刘知幾《史通》，尤其以《杂述》篇为重，甚者更以此为中国小说分类之鼻祖。那么，刘知幾《史通》一书是否论及小说观念，又是否对小说加以分类，本节对此作相关考察，辨析今人研究之误区。

前文已经谈及，魏晋至初唐时期是小说观念得到发展的关键时期，并最终体现在唐人对《隋书·经籍志》的编撰中。唐人大体接受了汉人对于小说观念的系统构建，基本沿袭了《汉书·艺文志》中“小说家”的主要特征，并清晰地抓住了“街说巷语”所表达的创作来源与传播方式，以及“小道”所表达的社会功用这些重要特征。但唐人小说观念的理论阐述，依然侧重于学术性特征的核心价值，而对文学性的特征几乎置之不理。所以《隋书·经籍志》总序开篇即云：“《易》曰：‘天下同归而殊途，一致而百虑。’儒、道、小说，圣人之教也，而有所偏。”[1]在这种观念影响下，《隋书·经籍志》著录的小说作品，相对于《汉书·艺文志》著录作品的特点，仅仅呈现谨慎的发展态势。《汉书·艺文志》著录的小说作品至初唐时期多已亡佚，《隋书·经籍志》著录多为后汉以来作品，与《汉书·艺文志》全不相同。从这些著录可以看出，初唐时期唐人的小说观念，仍然延续着汉人的核心判断标准，坚持将“小道”的社会功用放在首要位置。在25部作品中，主体部分依然是记事与记言两大类，并以记言作为核心，著录达到13部，占全部小说作品的一半以上。可见，此时史家的心目中，记言几乎成为小说最重要的表现特征。除去这些记言、记事类的小说作品，《隋书·经籍志》的著录也出现了一些新变，就是将《古今艺术》《杂书钞》《座右方》《座右法》《鲁史欹器图》《器准图》《水饰》等作品归入了小说的领域。但是和记言、记事类作品比较，这些作品很难找出一种稳定的文体表现特征。因此，此时的史家小说观念，继续秉承着学术性的核心特征。而从魏晋时期开始出现的大量以叙事为主要表现方式、文学性色彩浓郁的杂传体作品，依旧没有进入史家小说观念的视野，仍然被归于史部的杂传类，未被

[1] 《隋书》卷三十四，第1051页。

用于丰富小说的界定。

当然，我们不能仅凭此，就断定刘知幾继承了初唐时期史家的小说观念，而未作出自己的认识调整与观念发展。我们还必须考察刘知幾之后一段时期内的史家小说观念，看其有无变化发展，以获取相对完整的唐代史家小说观念的背景信息。能够继《隋书·经籍志》后再次反映唐人小说观念的是五代时期史家编纂的《旧唐书·经籍志》。虽然《旧唐书·经籍志》仅仅著录了“开元盛时四部诸书”❶，我们仍然可以发现史家的小说观念还是停留在初唐时期的系统建构。《旧唐书·经籍志》的总序中，史家依然延续了汉唐的小说观念，把“刍辞舆诵”❷作为小说的核心特征。在其“小说家”的作品著录中，类别体裁的选择标准，依然没有超越《隋书·经籍志》的著录范围。著录的作品主要部分为记言、记事类，而大量的呈现出文学性特征的杂传体作品，依然归属于史部的杂传类。《旧唐书·经籍志》著录标准的延续性可见一斑。

那么，我们可以得出结论，包括初唐时期在内的整个唐代，唐人的小说观念，至少在史家的理论系统中，主体依然是对汉代小说观念的补充与完善，坚持以“小道”为核心，呈现出学术性的主要特征，而缺乏对于逐渐生发的文学性特征的理论总结。小说作品以记事、记言类为主要表现形式，虽然大量的志怪、传奇类等杂传体作品创作在唐朝出现，也只是在小说的表现层面给予技术的积极准备，而对于文学体式借鉴的认可、确立小说的主体特征由学术性转向文学性等理论方面的突破，还未发生。这是我们考察刘知幾《史通》论述小说问题必须作为基础的宏观背景，是中国小说观念发展的主要线索，对于该问题的任何讨论不能脱离这一重要背景。

---

❶❷　《旧唐书》卷四十六，第1963页。

一、刘知幾《史通》无独立小说观——今人对刘知幾援子入史的误读

先对《史通》一书的整体结构作一简单梳理，这是我们理解刘知幾《史通》中有关小说论述的前提。刘知幾撰《史通》，首先论述了史学的源流，将古代史学分为“六家”，并创造性地提出编年体与纪传体是史学发展的合理方向：“既而丘明传《春秋》，子长著《史记》，载笔之体，于斯备矣。后来继作，相与因循，假有改张，变其名目，区城有限，孰能逾此！盖荀悦、张璠，丘明之党也；班固、华峤，子长之流也。”[1]在这个大的框架内，用了主要篇幅详细论述了史书的编纂宗旨、体例、方法和史料的搜集运用等史学问题，组成了《史通》的内篇部分。值得注意的是，外篇的《古今正史》中，刘知幾提出了正史与非正史[2]的史学观点，将唐代以前的历史文献中，先秦时期的经、传，唐以前的纪传史和编年史，以及唐朝当代官修诸史作为正史，其余的作为非正史。并且在《史通》全书论述中，将正史作为史学之正体，即应该编成之史；而将正体之外的非正史，仅仅作为用于编撰正史的史料，而非编成之史。这一点是我们在讨论刘知幾《史通》的“小说”论述时，必须结合考察，不可错过的。

考察刘知幾《史通》中的小说论述，不妨以穷尽文献之方法，将《史通》中明确提及“小说”者一一列出，详加分析，以免遗漏。现存《史通》四十九篇中，共有 8 次提及“小说”，其中内篇 5 次，外篇 3 次，分别为：

1. 若诸子小说，编年杂记，如韦昭《洞纪》、陶弘景《帝代年历》，皆因表而作，用成其书。既非国史之流，故存而不述。（《表历第七》）

---

[1] 《史通通释》，第 24 页。

[2] 因《隋书·经籍志》史部类已有“杂史”之称谓，所指范畴狭小，与刘知幾意不同，故本文用“非正史”一词与“正史”相对。

2. 孝标善于攻缪，博而且精，固以察及泉鱼，辨穷河豕。嗟乎！以峻之才识，足堪远大，而不能探赜彪、峤、网罗班、马，方复留情于委巷小说，锐思于流俗短书。可谓劳而无功，费而无当者矣。（《补注第十七》）

3. 降及近古，弥见其甚。至如诸子短书，杂家小说，论逆臣则呼为问鼎，称巨寇则目以长鲸。邦国初基，皆云草昧；帝王兆迹，必号龙飞。斯并理兼讽谕，言非指斥，异乎游、夏措词，南、董显书之义也。（《叙事第二十二·妄饰》）

4. 在昔三坟、五典、春秋、梼杌，即上代帝王之书，中古诸侯之记。行诸历代，以为格言。其余外传，则神农尝药，厥有《本草》；夏禹敷土，实著《山经》；《世本》辨姓，著自周室；《家语》载言，传诸孔氏。是知偏记小说，自成一家。而能与正史参行，其所由来尚矣。（《杂述第三十四》）

5. 街谈巷议，时有可观，小说卮言，犹贤于己。故好事君子，无所弃诸，若刘义庆《世说》、裴荣期《语林》、孔思尚《语录》、阳松《谈薮》。此之谓琐言者也。（《杂述第三十四》）

6. 大抵自古史臣撰录，其梗概如此。盖属词比事，以月系年，为史氏之根本，作生人之耳目者，略尽于斯矣。自余偏记小说，则不暇具而论之。（《古今正史第二》）

7. 又刘敬升《异苑》称晋武库失火，汉高祖斩蛇剑穿屋而飞，其言不经。致梁武帝令殷芸编诸《小说》，及萧方等撰《三十国史》，乃刊为

正言。(《杂说中第八·诸晋史》)

8. 夫载笔立言,名流今古。如马迁《史记》,能成一家;扬雄《太玄》,可传千载。此则其事尤大,记之于传可也。至于近代则不然。其有雕虫末伎,短才小说,或为集不过数卷,或著书才至一篇,莫不一一列名,编诸传末。事同《七略》,巨细必书,斯亦烦之甚者。(《杂说下第九·杂识》)❶

这八种“小说”用例,各有所指:

第一例中,“诸子小说”与“编年杂记”意义相同,均指那些“因表而作,用成其书”的作品,并无与此时小说概念相吻合之处。因此,这里的“诸子小说”只是泛指对正史之表敷衍成文的作品,不是特指史志书目中著录的小说。

第二例中,“委巷小说”与“流俗短书”意义相同,刘知幾表达了对以刘孝标之才,不去注史而去注小说的无奈,也从侧面反映出刘知幾重史轻小说的观念。这里的“委巷小说”,的确指的就是史志书目中著录的小说作品,即《隋书·经籍志》和《旧唐书·经籍志》小说类均有著录的《世说》。

第三例中,刘知幾论述在正史的叙事中应该注意的三个方面:尚简、用晦、妄饰。在“妄饰”一节中,针对妄饰的种种弊端,举出若干实例,“至如诸子短书,杂家小说”,表明“润色之滥”❷对正史叙事之体的危害。那么,这里的“小说”,既可指史志书目中著录的子部小说,也可理解为对子部各家之说的泛指。联系上下文及刘知幾所举之例,作为子部之说的泛指,则更近于刘知幾的本意。

---

❶ 《史通通释》,第50、123、165—166、253、254、349、449、495页。
❷ 《史通通释》,第165页。

第四例中，刘知幾论述正史之外的非正史，即用于编撰正史的史料的相关情况。“是知偏记小说，自成一家”，“偏记”与“小说”不可分读，“偏记”作为“小说”的一种特征表现，即相对于正史所体现出的不完善性；“小说”也不是史志书目中著录小说的意义，而是指相对于“正史”的“非正史”，进一步说，即指用于编撰正史的史料。

第五例中，刘知幾接着上例分述了“偏记小说”的十种类型，在论述第四种“琐言”类中，用“小说卮言”特指了这一类别的“偏记小说”。从其引书之例看，“街谈巷议，时有可观”，正符合史家小说观念的标准，并且以“琐言”突出了史志书目中著录小说的主要部分，即记言类作品。这种认识，也并未超越当时的唐人小说观念，只不过将史志书目所著录小说中的记言部分，作为用于编撰正史的史料加以论述。

第六例中，刘知幾在论述古今正史之体后，不再赘述非正史时，又一次使用“偏记小说”来指代那些他认为只能用作编撰正史的史料。与第四例意义相同。

第七例中，刘知幾提到了现存最早的直接以“小说”命名的小说通选集。殷芸《小说》成书后，《隋书·经籍志》即著录为小说类，《旧唐书·经籍志》亦是如此。刘知幾此篇论述修史中的不善之处，以为如果修史之人“学未该博，鉴非详正”，那么就会“凡所修撰，多聚异闻”，致使史书“其为踳驳，难以觉悟”[1]，并以汉高祖斩蛇剑事，梁武帝令不入《通史》，而编入《小说》，而《三十国史》采入，造成史书之误为例，说明史料采撰的重要。因此，刘知幾在这里，明显将子部小说作品《小说》作为史料来看待。

第八例中，“雕虫末伎”与“短才小说”意义相同。刘知幾认为进入史书的标准是“其事尤大”，才能“记之于传”；而相反情况就是把“雕虫末伎，

[1] 《史通通释》，第448页。

短才小说”也纳入史书的编写中，这是刘知幾所反对的。因此，结合上下文，此处的“小说”，是刘知幾对于各种小技能、小学说的一种泛指，并非指史志书目著录的小说一类。

从以上刘知幾“小说”的八个用例看，除去第七例特指殷芸《小说》一书，第二例和第五例专指史志书目著录小说中的记言一类，其余的大多是对史料的泛称，并无对小说观念的特别论述。并且从仅有的涉及“小说”的论述来看，刘知幾的小说观念并未超越本时期唐人的小说观念范畴。

当然，我们不能仅仅从这八例就对刘知幾小说观念作出判断。而且，从这八个用例看，刘知幾的行文对“小说”或史料，也并无固定的称谓，往往随上下文意作出相对或相向的修饰。那么，我们不妨再考察刘知幾可能涉及小说观念的其他表述，看是否与其时“小说”观念标准相吻合。例如：

> 晋世杂书，谅非一族，若《语林》《世说》《幽明录》《搜神记》之徒，其所载或诙谐小辩，或神鬼怪物。其事非圣，扬雄所不观；其言乱神，宣尼所不语。皇朝新撰《晋史》，多采以为书。夫以干、邓之所粪除，王、虞之所糠秕，持为逸史，用补前传，此何异魏朝之撰《皇览》，梁世之修《遍略》，务多为美，聚博为功，虽取说于小人，终见嗤于君子矣。（《采撰第十五》）

> 况古今路阻，视听壤隔，而谈者或以前为后，或以有为无，泾、渭一乱，莫之能辨。而后来穿凿，喜出异同，不凭国史，别讯流俗。及其记事也，则有师旷将轩辕并世，公明与方朔同时；尧有八眉，夔唯一足；乌白马角，救燕丹而免祸；犬吠鸡鸣，逐刘安以高蹈。此之乖滥，

往往有旃。

故作者恶道听途说之违理，街谈巷议之损实。观夫子长之撰《史记》也，殷、周已往，采彼家人；安国之述《阳秋》也，梁、益旧事，访诸故老。夫以刍荛鄙说，刊为竹帛正言，而辄欲与《五经》方驾，《三志》竞爽，斯亦难矣。呜呼！逝者不作，冥漠九泉；毁誉所加，远诬千载。异辞疑事，学者宜善思之。（《采撰第十五》）

抑又闻之，怪力乱神，宣尼不语；而事鬼求福，墨生所信。故圣人于其间，若存若亡而已。若吞燕卵而商生，启龙漦而周灭，厉坏门以祸晋，鬼谋社而亡曹，江使返璧于秦皇，圯桥授书于汉相，此则事关军国，理涉兴亡，有而书之，以彰灵验，可也。而王隐、何法盛之徒所撰晋史，乃专访州闾细事，委巷琐言，聚而编之，目为鬼神传录，其事非要，其言不经。异乎《三史》之所书，《五经》之所载也。……又自魏、晋已降，著述多门，《语林》《笑林》《世说》《俗说》，皆喜载调谑小辩，嗤鄙异闻，虽为有识所讥，颇为无知所说。而斯风一扇，国史多同。至如王思狂躁，起驱蝇而践笔，毕卓沉湎，左持螯而右杯，刘邕榜吏以膳痂，龄石戏舅而伤赘，其事芜秽，其辞猥杂。而历代正史，持为雅言。苟使读之者为之解颐，闻之者为之抚掌，固异乎记功书过，彰善瘅恶者也。（《书事第二十九》）

但于时将求仕进，兼习揣摩，至于专心诸史，我则未暇。洎年登弱冠，射策登朝，于是思有余闲，获遂本愿。旅游京洛，颇积岁年，公私借书，恣情披阅。至如一代之史，分为数家，其间杂记小书，又竞为异说，莫不钻研穿凿，尽其利害。（《自叙第三十六》）

又《魏志》注:《语林》曰:匈奴遣使人来朝,太祖令崔琰在座,而已握刀侍立。既而,使人问匈奴使者曰:“曹公何如?”对曰:“曹公美则美矣,而侍立者非人臣之相。”太祖乃追杀使者云云。……夫刍荛鄙说,闾巷谰言,凡如此书,通无击难。而裴引《语林》斯事,编入《魏史》注中,持彼虚词,乱兹实录。(《暗惑第十二》)❶

从刘知幾的这些论述中我们发现,和上文的结论一致,刘知幾的确在《史通》中坚持的是一种宽泛的史料观,即可以编成的正史外,是一切用以为编撰正史服务的史料,包括子部的小说在内。而对小说,刘知幾并无特别的论述,甚至在指称上也无固定的用法,“晋世杂书”“委巷琐言”“杂记小书”,均代指子部之说与正史之外的史部杂书。

通过以上的分析我们可以知道,刘知幾在《史通》中并未表达出自己的独特的小说观念。《史通》中的“小说”或相近的语词,除去对于论述中涉及的史志书目著录小说的特指,绝大多数都是泛指刘知幾正史定义外的史料。如果一定要分析刘知幾的小说观念,则并未超越唐人小说观念的系统建构,依然符合其时小说观念的标准。而更为重要的是,刘知幾将子部的小说纳入了他的史料范畴,用于为编写正史服务,事实上是援子入史,成就其正史,这是我们不能回避的。

二、“杂述”篇非小说分类辨——今人对刘知幾援子入史的误判

《杂述》一篇是刘知幾《史通》中论述史书编撰之法、史料搜集之用颇为重要的一章,其中把“偏记小说”分为十类。今人研究小说,往往以此为中国小说分类之源,甚而举“逸事”“琐言”“杂记”详加分析,作为唐代前后

❶ 《史通通释》,第108、109、214、268、545—546页。

小说分类的先河。这种观点其实是有缺陷的，最大的问题在于没有把握住文章阐发的主旨，没有还原刘知幾自己的小说观念。在忽视了对《史通》整体结构理解的前提下，仅凭有意或无意的断章取义，将刘知幾用于此处的论述，强行安置在彼处。

前文已经谈过，刘知幾将编年体与纪传体作为可以实行的两种正史之体，而将六家中的其余四种作为非正史，即用以编撰正史的史料，记言体与记事体就在其中。小说发展到刘知幾所处时代，记言与记事依然为小说的主要组成部分，因此刘知幾将小说看成六家中的记言之余、记事之余，作为一种史料纳入其史学范畴。在刘知幾看来，正史是应该编成为书的，而正史之外的这些史料，包括史部和更为广义的子部之说，都并非可以成为正史出现，其功用应为"削稿之资"。理解这一点对于我们正确解读《杂述》篇非常重要。

吕思勉《史通评》对此篇的宏观把握极为精准，并阐发了正史与非正史、史书与史料的区别。其云：

> 此篇乃刘氏所谓非正史者也；合此篇及《六家》篇观之，可见刘氏史书分类之法。
>
> 正史与非正史，其别有二：一以所记有无关系别之，说详《六家》篇评；一则视其曾否编纂成书，抑但记录以供后人之取材，（此篇所谓"为削稿之资"者也。）以为区别。[1]

吕思勉也认为《杂述》篇是对非正史的分类，并且强调了要与《六家》篇结合理解，才能准确把握正史与非正史的区别。刘知幾所以开篇即云："是

---

[1] 吕思勉：《史通评》，商务印书馆，1934 年，第 51 页。

知偏记小说，自成一家。而能与正史参行，其所由来尚矣。”[1]清楚表明了正史与非正史相对而立的观点。

那么，刘知幾对于非正史的分类，究竟是符合史家的观点，还是更趋于小说的分类标准，这需要我们作双向的考察。刘知幾在《杂述》篇中对这10类史料，各有引书为例，共举出42种引书。我们可以考察这些引书在刘知幾前后时期史志书目中的著录情况，以获取相关信息。下表按照《杂述》篇中10种分类引书为序，主要考察这些书目在《隋书·经籍志》《旧唐书·经籍志》《崇文总目》《新唐书·艺文志》中的著录归类。

表7 “偏记小说”10类42种在《隋书·经籍志》《旧唐书·经籍志》《崇文总目》《新唐书·艺文志》中的著录情况

序号	引　书	“偏记小说”	《隋志》	《旧唐志》	《崇文总目》	《新唐志》
1	陆贾《楚汉春秋》	偏纪	史·杂史	史·杂史		史·杂史
2	乐资《山阳载记》	偏纪	史·杂史	史·编年		史·编年
3	王韶《晋安帝纪》	偏纪	阙	阙		阙
4	姚最《梁昭后略》	偏纪	史·古史	史·编年		史·编年
5	戴逵《竹林名士》	小录	史·杂传	史·杂传		史·杂传记
6	王粲《汉末英雄》	小录	史·杂史	史·杂史		史·杂史
7	萧世诚《怀旧志》	小录	史·杂传	阙		史·杂传记
8	卢子行《知己传》	小录	史·杂传	史·杂传		史·杂传记
9	和峤《汲冢纪年》	逸事	史·古史&杂史	史·编年&杂史		史·编年&杂史
10	葛洪《西京杂记》	逸事	史·旧事	史·起居注&地理	史·传记	史·故事&地理

[1] 《史通通释》，第253页。

续表

序号	引　　书	"偏记小说"	《隋志》	《旧唐志》	《崇文总目》	《新唐志》
11	顾协《琐语》	逸事	子·小说	阙		阙
12	谢绰《拾遗》	逸事	史·杂史	史·杂史		史·杂史
13	郭子横《洞冥》	逸事	史·杂传	史·杂传	史·传记	子·道家
14	王子年《拾遗》	逸事	史·杂史	史·杂史	史·传记	史·杂史
15	刘义庆《世说》	琐言	子·小说	子·小说	子·小说	子·小说
16	裴荣期《语林》	琐言	子·小说（亡）	阙		阙
17	孔思尚《语录》	琐言	阙	史·杂史		史·杂史
18	阳玠松《谈薮》	琐言	阙	阙	子·小说	阙
19	圈称《陈留耆旧》	郡书	史·杂传	阙		阙
20	周斐《汝南先贤》	郡书	史·杂传	史·杂传		史·杂传记
21	陈寿《益部耆旧》	郡书	史·杂传	史·杂传		史·杂传记
22	虞预《会稽典录》	郡书	史·杂传	史·杂传		史·杂传记
23	扬雄《家牒》	家史	阙	阙		阙
24	殷敬《世传》	家史	阙	史·谱牒		阙
25	《孙氏谱记》	家史	阙	史·谱牒		史·谱牒
26	《陆宗系历》	家史	阙	阙		史·谱牒
27	刘向《列女》	别传	史·杂传	史·杂传	史·传记	史·杂传记
28	梁鸿《逸民》	别传	阙	阙		阙
29	赵采[1]《忠臣》	别传	史·杂传	史·杂传		史·杂传记
30	徐广《孝子》	别传	阙	史·杂传		史·杂传记
31	祖台《志怪》	杂记	史·杂传	史·杂传		子·小说

[1] 赵采，无考，各书目皆作"梁元帝"。

续表

序号	引　　书	“偏记小说”	《隋志》	《旧唐志》	《崇文总目》	《新唐志》
32	干宝《搜神》	杂记	史·杂传	史·杂传	子·小说	子·小说
33	刘义庆《幽明》	杂记	史·杂传	史·杂传		子·小说
34	刘敬叔《异苑》	杂记	史·杂传	阙		阙
35	盛弘之《荆州记》	地理书	史·地理	阙		阙
36	常璩《华阳国志》	地理书	史·霸史	史·伪史	史·伪史	史·伪史
37	辛氏《三秦》	地理书	阙	阙		阙
38	罗含《湘中》	地理书	阙	阙	史·地理	阙
39	潘岳《关中》	都邑簿	阙	史·地理	史·地理	史·地理
40	陆机《洛阳》	都邑簿	史·地理	史·地理		史·地理
41	《三辅黄图》	都邑簿	阙	史·地理		史·地理
42	《建康宫殿》	都邑簿	阙	阙		阙

通过上表，刘知幾《杂述》篇中的10类42种引书，在《隋书·经籍志》与《旧唐书·经籍志》的史部中，有较强的指向性。例如，偏纪类引书指向杂史类与古史（编年）类；小录类引书指向杂史类与杂传类；郡书、别传、杂记类引书指向杂传类；家史类引书指向谱牒类；地理书与都邑簿类引书指向地理类。情况稍有不同的是逸事类和琐言类的引书。前者的指向性比较分散，不仅包括史部的古史（编年）、杂史、旧事、起居注、杂传、地理类等，还涉及子部的小说类；后者的情况也是如此，包括史部的杂史类与子部的小说类。为了进一步表明这种特点，还可选取《七录》《隋书·经籍志》《旧唐书·经籍志》的史部类别，与刘知幾的10种分类作一比较，制成一表：

表 8　"偏记小说"10 类与《七录》记传录、《隋志》.《旧唐志》史部类别的比较

<table>
<tr><th>《七录》记传录</th><th>《隋志》史部</th><th colspan="2">《史通》"偏记小说"</th><th>《旧唐志》史部</th></tr>
<tr><td>1. 国史部</td><td>1. 正史</td><td colspan="2"></td><td>1. 正史</td></tr>
<tr><td>2. 注历部</td><td>2. 古史</td><td rowspan="2">1. 偏纪;3. 逸事</td><td></td><td>2. 编年</td></tr>
<tr><td></td><td>3. 杂史</td><td>2. 小录;4. 琐言</td><td>4. 杂史</td></tr>
<tr><td>7. 伪史部</td><td>4. 霸史</td><td colspan="2">9. 地理</td><td>3. 伪史</td></tr>
<tr><td></td><td>5. 起居注</td><td colspan="2">3. 逸事</td><td>5. 起居注</td></tr>
<tr><td>3. 旧事部</td><td>6. 旧事</td><td colspan="2">3. 逸事</td><td>6. 故事</td></tr>
<tr><td>4. 职官部</td><td>7. 职官</td><td colspan="2"></td><td>7. 职官</td></tr>
<tr><td>5. 仪典部</td><td>8. 仪注</td><td colspan="2"></td><td>9. 仪注</td></tr>
<tr><td>6. 法制部</td><td>9. 刑法</td><td colspan="2"></td><td>10. 刑法</td></tr>
<tr><td>8. 杂传部</td><td rowspan="2">10. 杂传</td><td colspan="2" rowspan="2">2. 小录;3. 逸事;5. 郡书;7. 别传;8. 杂记</td><td rowspan="2">8. 杂传</td></tr>
<tr><td>9. 鬼神部</td></tr>
<tr><td>10. 土地部</td><td>11. 地理</td><td colspan="2">3. 逸事;9. 地理;10. 都邑簿</td><td>13. 地理</td></tr>
<tr><td>11. 谱状部</td><td>12. 谱系</td><td colspan="2">6. 家史</td><td>12. 谱牒</td></tr>
<tr><td>12. 簿录部</td><td>13. 簿录</td><td colspan="2"></td><td>11. 目录</td></tr>
</table>

总体来看,除去逸事类的《琐语》、琐言类的《世说》《语林》这 3 种引书,在史志书目中有载的 32 种引书,全部归于史部。并且,除去史部的正史与专业性较强的职官、仪注、刑法、簿录 4 类,刘知幾"偏记小说"的 10 种分类,大体与《隋书・经籍志》和《旧唐书・经籍志》的史部分类吻合。可见,刘知幾与唐五代史家对"正史之余"的观点,是基本一致的。而上述 3 种引书,也正符合前文对小说发展的梳理,即至刘知幾时,大致仍以记言与记事为主要组成部分,尤以记言突出。另外,即便是小说观念已经发生了重大变化的宋人,他们的史志书目中,刘知幾的 42 种引书,大部分仍旧归属于史部各类,只有杂记类的 3 种引书,发生变化归入子部小说,但是这也仅仅体现出宋人小说观念对比唐人小说观念的更新,而并非刘知幾的小说观念。因此,如果将"偏记小说"的分类当作史志书目著录小说的

分类，实实在在是对刘知幾援子入史，将史志书目所著录小说，尤其是其中的记言部分作为史料，用这些非正史来编撰正史的处理方法的误判。

刘知幾为何要对史料作如此的分类，他在《杂述》中详细阐述了各种类别的功用和特征，这里不再赘述。但这并非刘知幾最终的史学观，他还进一步在《杂述》篇中阐述了自己“非正史”的泛史料观。其云：

> 又案子之将史，本为二说。然如《吕氏》《淮南》《玄》《晏》《抱朴》，凡此诸子，多以叙事为宗，举而论之，抑亦史之杂也，但以名目有异，不复编于此科。❶

这就在事实上将他的史料范畴从史部扩展到了子部的诸子，尤其是“多以叙事为宗”，比普通史家选择史料的力度和广度都要大。但是刘知幾对于正史之余为正史服务的史学态度，却不是他自己的独创，我们可以在《隋书》中发现初唐时期的史家已经清晰地表现出这种趋向。例如：

> 自秦拨去古文，篇籍遗散。汉初，得《战国策》，盖战国游士记其策谋。其后陆贾作《楚汉春秋》，以述诛锄秦、项之事。又有《越绝》，相承以为子贡所作。后汉赵晔，又为《吴越春秋》。其属辞比事，皆不与《春秋》《史记》《汉书》相似，盖率尔而作，非史策之正也。灵、献之世，天下大乱，史官失其常守。博达之士，愍其废绝，各记闻见，以备遗亡。是后群才景慕，作者甚众。又自后汉已来，学者多钞撮旧史，自为一书，或起自人皇，或断之近代，亦各其志，而体制不经。又有委巷之说，迂怪妄诞，真虚莫测。然其大抵皆帝王之事，通人君子，必博

❶ 《史通通释》，第257页。

采广览,以酌其要,故备而存之,谓之杂史。

古之史官,必广其所记,非独人君之举。《周官》,外史掌四方之志,则诸侯史记,兼而有之。《春秋传》曰:"虢仲、虢叔,王季之穆,勋在王室,藏于盟府。"臧纥之叛,季孙命太史召掌恶臣而盟之。《周官》,司寇凡大盟约,莅其盟书,登于天府。太史、内史、司会,六官皆受其贰而藏之。是则王者诛赏,具录其事,昭告神明,百官史臣,皆藏其书。故自公卿诸侯,至于群士,善恶之迹,毕集史职。而又闾胥之政,凡聚众庶,书其敬敏任恤者,族师每月书其孝悌睦姻有学者,党正岁书其德行道艺者,而入之于乡大夫。乡大夫三年大比,考其德行道艺,举其贤者能者,而献其书。王再拜受之,登于天府,内史贰之。是以穷居侧陋之士,言行必达,皆有史传。自史官旷绝,其道废坏,汉初,始有丹书之约,白马之盟。武帝从董仲舒之言,始举贤良文学。天下计书,先上太史,善恶之事,靡不毕集。司马迁、班固,撰而成之,股肱辅弼之臣,扶义俶傥之士,皆有记录。而操行高洁,不涉于世者,《史记》独传夷齐,《汉书》但述杨王孙之俦,其余皆略而不说。又汉时,阮仓作《列仙图》,刘向典校经籍,始作《列仙》《列士》《列女》之传,皆因其志尚,率尔而作,不在正史。后汉光武,始诏南阳,撰作风俗,故沛、三辅有耆旧节士之序,鲁、庐江有名德先贤之赞。郡国之书,由是而作。魏文帝又作《列异》,以序鬼物奇怪之事,嵇康作《高士传》,以叙圣贤之风。因其事类,相继而作者甚众,名目转广,而又杂以虚诞怪妄之说。推其本源,盖亦史官之末事也。载笔之士,删采其要焉。鲁、沛、三辅,序赞并亡,后之作者,亦多零失。今取其见存,部而类之,谓之杂传。[1]

---

[1] 《隋书》卷三十三,第962、981—982页。

这种观点的表述，与刘知幾《史通》中呈现的非正史的史学态度是完全一致的。应该说，刘知幾在对史料的功用认识和选择使用上，不仅完全继承了初唐时期的史家观点，而且还有所突破，在《史通》中系统地表达了自己援子入史的泛史料观。只是这种突破，为小说研究设置了一堵迷墙，让一些研究者误以为刘知幾提前拉开了中国传统小说向近现代叙事性小说发展的大幕。

刘知幾认为史书六家中，可以被用来推广实行的是编年体和纪传体，因此将二体作为其史学系统的正体，正体之余则被纳入史料的范畴，既包括史部，也包括子部的一部分，共同构成与正史相对的非正史。小说本属于子部之说，发展到刘知幾编撰《史通》时，依然呈现出以记言和记事为主要表现形式的特点。刘知幾的小说认识没有超越《隋书·经籍志》与《旧唐书·经籍志》所表现出的唐人小说观念，他在《史通》中的论述，除去涉及的一些“小说”名称，往往只是对正史之余的史料的泛称，并没有体现出独特的小说观，更不用说对小说进行所谓的分类。今人研究小说的误区，正在于对刘知幾援子入史的泛史料观没有准确的把握。

第三节　唐人注疏与小说认知
——以《史记》“索隐”“正义”和《文选》李善注为例

初唐八史修成后，刘知幾撰著《史通》，对前期修史方式进行了深入的反思与严肃的批评，即对采小说入史的处理方法的质疑，这集中体现在对房玄龄等人撰修《晋书》的批评。如在前引《采撰》篇中，刘知幾认为史料采择的重要性应该为史家所重视，并且明确认为采用如《语林》《世说》《幽明录》《搜神记》这样的“粪除”“糠秕”之书入史，则“虽取说于小人，终见嗤

于君子矣”。又,《杂述》篇云:

大抵偏纪小录之书,皆记即日当时之事,求诸国史,最为实录。然皆言多鄙朴,事罕圆备,终不能成其不刊,永播来叶,徒为后生作者削稿之资焉。逸事者,皆前史所遗,后人所记,求诸异说,为益实多。即妄者为之,则苟载传闻,而无铨择。由是真伪不别,是非相乱。如郭子横之《洞冥》,王子年之《拾遗》,全构虚辞,用惊愚俗。此其为弊之甚者也。琐言者,多载当时辨对,流俗嘲谑,俾夫枢机者借为舌端,谈话者将为口实。及蔽者为之,则有诋讦相戏,施诸祖宗,亵狎鄙言,出自床笫,莫不升之纪录,用为雅言,固以无益风规,有伤名教者矣。郡书者,矜其乡贤,美其邦族,施于本国,颇得流行,置于他方,罕闻爱异。其有如常璩之详审,刘昞之该博,而能传诸不朽,见美来裔者,盖无几焉。家史者,事惟三族,言止一门,正可行于室家,难以播于邦国。且箕裘不堕,则其录犹存;苟薪构已亡,则斯文亦丧者矣。别传者,不出胸臆,非由机杼,徒以博采前史,聚而成书。其有足以新言加之别说者,盖不过十一而已。如寡闻末学之流,则深所嘉尚;至于探幽索隐之士,则无所取材。杂记者,若论神仙之道,则服食炼气,可以益寿延年;语魑魅之途,则福善祸淫,可以惩恶劝善,斯则可矣。及谬者为之,则苟谈怪异,务述妖邪,求诸弘益,其义无取。

然则刍荛之言,明王必择;葑菲之体,诗人不弃。故学者有博闻旧事,多识其物,若不窥别录,不讨异书,专治周、孔之章句,直守迁、固之纪传,亦何能自致于此乎?且夫子有云:“多闻,择其善者而从之。”“知之次也。”苟如是,则书有非圣,言多不经,学者博闻,盖在择之而已。[1]

---

[1] 《史通通释》,第255—256、257页。

在这里，刘知幾对他所认定的10种“偏记小说”进行了一一的分析与驳斥，认为在正史的编撰中采用这些资料，史家应“择其善者而从之”。又，《杂说》篇云：

> 夫学未该博，鉴非详正，凡所修撰，多聚异闻，其为踳驳，难以觉悟。案应劭《风俗通》载楚有叶君祠，即叶公诸梁庙也。而俗云孝明帝时有河东王乔为叶令，尝飞凫入朝。及干宝《搜神记》，乃隐应氏所通，而收流俗怪说。又刘敬升《异苑》称晋武库失火，汉高祖斩蛇剑穿屋而飞，其言不经。致梁武帝令殷芸编诸《小说》，及萧方等撰《三十国史》，乃刊为正言。既而宋求汉事，旁取令升之书；唐征晋语，近凭方等之录。编简一定，胶漆不移。故令俗之学者，说凫履登朝，则云《汉书》旧记；谈蛇剑穿屋，必曰晋典明文。遮彼虚词，成兹实录。语曰：“三人成市虎。”斯言其得之者乎！

> 近者，宋临川王义庆著《世说新语》，上叙两汉、三国及晋中朝、江左事。刘峻注释，摘其瑕疵，伪迹昭然，理难文饰。而皇家撰《晋史》，多取此书。遂采康王之妄言，违孝标之正说。以此书事，奚其厚颜！

> 近者皇家撰《晋书》，著《刘伶》《毕卓传》。其叙事也，直载其嗜酒沉湎，悖礼乱德，若斯而已。为传如此，复何所取者哉？[1]

刘知幾认为采用小说的资料，会造成一些“难以觉悟”的“踳驳”羼入正史，一旦讹误相传，就“成兹实录”，这是史家应该注意的。并且，刘知幾考虑

[1] 《史通通释》，第448—449、450—451、452页。

到这些小说的社会功用性，如果小说表达的价值取向并不正确，采用这些资料进入史书，难免会误导后来者的认知。

但是，我们注意到刘知幾的论述，并未得到当时编史者的认同。譬如，当李延寿修成《南史》《北史》后，向高宗皇帝上表云：

> 然北朝自魏以还，南朝从宋以降，运行迭变，时俗污隆，代有载笔，人多好事，考之篇目，史牒不少，互陈闻见，同异甚多。而小说短书，易为湮落，脱或残灭，求勘无所。一则王道得丧，朝市贸迁，日失其真，晦明安取。二则至人高迹，达士弘规，因此无闻，可为伤叹。三则败俗巨蠹，滔天桀恶，书法不记，孰为劝奖。❶

而后来司马光撰成《资治通鉴》后，就在《进书表》中明确提出"遍阅旧史，旁采小说"❷的采择方法。可见，无论唐朝还是之后的宋朝，史家对于刘知幾所持的史学理念，至少在实际的编撰中，并不是完全遵循。

那么，唐人小说观念的实际发展状况究竟如何？以史家为代表的各个层面对小说观念的接受又呈现出如何的态势？本节将以《史记索隐》《史记正义》与《文选》李善注为例，考察其中援引小说的情况，从不同的角度，从观念接受的侧面，探讨唐人小说观念的滋生与发展。

《史记》三家注中，除去南朝刘宋时期裴骃所撰《集解》，其余二家为唐人。据钱大昕《十驾斋养新录》所考，司马贞生卒年均早于张守节，其撰成《索隐》约在开元初年。❸据张守节《史记正义序》所述，其文撰成于开元二

❶ 《北史》卷一百，第 3344—3345 页。
❷ ［宋］司马光编著，［元］胡三省音注：《资治通鉴》，中华书局，1956 年，第 9607 页。
❸ ［清］钱大昕：《十驾斋养新录》，上海书店，1983 年，第 122—123 页。此本底本为商务印书馆 1937 年刻版。

十四年八月，即公元 736 年。而《隋书·经籍志》成书于高宗显庆元年(656)，《旧唐书·经籍志》成书于后晋出帝开运二年(945)，故而可将这两家注所引之书介于其中，加以考察辨析，了解初唐时期至唐末小说观念之变迁。

根据程金造《论史记三家注解》一文所考，“三家所引之书，合之可千有余种，若除其重复，尚可得五百种上下”[1]。笔者对此引书加以梳理，为简明扼要地反映引书情况，制表如下(表 9)。此表参考程金造《史记索隐引书考实》[2]与段书安《史记三家注引书索引》[3]的部分研究成果，依据本文研究方向，作一定排除与增添。如程书只针对司马贞所撰《索隐》之引书加以考察，并以经、史、子、集四部作出辑录与题解；段书虽对三家注引书做出索引，但只引录篇次位置，并未考实分类。笔者主要采用程书排列引书之法，对三家注引书中的经、集二部加以排除，专门对史、子二部与小说观念发展有关的篇目加以考察，并通过这些篇目在《汉书·艺文志》《隋书·经籍志》《旧唐书·经籍志》《新唐书·艺文志》等四部史志书目与《四库全书总目》中的相关著录变化情况比较，考察这些引书所代表的唐人对于小说观念的认知程度。

通过下表记录，我们可以发现《索隐》与《正义》所引用的小说之书具有以下特征：

第一，《索隐》与《正义》的引书大约有 22 种符合小说特征，而裴骃《集解》中的引书只有 4 种符合这个条件。

第二，这 22 种引书的绝大多数(19 种)创作于南北朝之前的汉、魏、晋朝。

---

[1] 程金造：《史记管窥》，陕西人民出版社，1985 年，第 282 页。
[2] 程金造编著：《史记索隐引书考实》，中华书局，1998 年。
[3] 段书安编：《史记三家注引书索引》，中华书局，1982 年。

表 9　《史记》三家注引小说在史志书目中的著录情况（本表大致依据成书时间排序）

序号	作　　者	书　名	引用数目			《汉志》	《隋志》	《旧唐志》	《新唐志》	《四库》子部·小说
			集解	索隐	正义					
1	撰人不详	《伊尹书[说]》❶		1		诸子略·小说家	阙	阙	阙	阙
2	撰人不详，[晋]郭璞注	《山海经》	8	22	18	数术略·刑法家	史·地理	史·地理	史·地理	异闻
3	撰人不详，[晋]郭璞注	《穆天子传》	2	1	7		史·起居注	史·起居注	史·起居注	异闻
4	撰人不详	《燕丹子》		3	3	阙	子·小说	子·小说	子·小说	杂事(存目)
5	[汉]刘向撰	《列仙传》	3	3	4		史·杂传	史·杂传	子·道家·神仙	子部·道家
6	[汉]郭宪撰	《洞冥记》		1			史·杂传	史·杂传	子·道家·神仙	异闻
7	[汉]东方朔撰，[晋]张华注	《神异经》		2	8	阙	史·地理	史·地理	子·道家·神仙	异闻
8	[汉]扬雄撰	《蜀王本纪》		2	1		史·地理	史·地理	史·地理	阙
9	撰人不详	《汉武故事》		6	4		史·旧事	史·故事	史·故事	异闻

❶ 详第一章第三节。

续表

序号	作者	书名	引用数目			《汉志》	《隋志》	《旧唐志》	《新唐志》	《四库》子部·小说
			集解	索隐	正义					
10	撰人不详	《括地图》		1		阙	阙	阙	阙	阙
11	撰人不详	《异物志》❶		1	2		史·地理	史·地理	史·地理 子·小说	阙
12	[魏]曹丕撰，[晋]张华续撰	《列异传》		1			史·杂传	史·杂传	子·小说	阙
13	[晋]郭璞撰	《玄中记》		1			阙	阙	阙	阙
14	[晋]葛洪撰	《西京杂记》		1	1		史·旧事	史·起居注 史·地理	史·故事 史·地理	杂事

❶ 《隋书·经籍志》史部地理类著录：“《异物志》一卷。”题下注：“后汉议郎杨孚撰。”（第 983 页）另，本类还著录有多家《异物志》，此不赘述。《旧唐书·经籍志》乙部史录地理类著录：“《交州异物志》一卷。”题下注：“杨孚撰。”（第 2015 页）另，本类还著录有多家《异物志》，此不赘述。《新唐书·艺文志》丙部子录小说家类著录：“沈如筠《异物志》三卷。”（第 1541 页）另，本类还著录有多家《异物志》，此不赘述。《四库全书总目》无著录。

按，自东汉杨孚撰《异物志》，继作纷出。查三家注所引《异物志》3 条文字。一为《秦始皇本纪》“以人鱼膏为烛”句下《正义》所引：“《异物志》云：‘人鱼似人形，长尺余，不堪食。皮利于鲛鱼，锯材木人。项上有小穿，气从中出。秦始皇冢中以人鱼膏为烛，即此鱼也。出东海中，今台州有之。’”（第 266 页）一为《司马相如列传》“留落胥余，仁频并闾”句下《索隐》所引：“《异物志》：‘实大如瓠，系在颠，若挂物。实外有皮，中有核，如胡桃。核里有肤，厚半寸，如猪膏。里有汁斗余，清如水，味美于蜜。’”（第 3030 页）一为《大宛列传》“其西则条枝，北有奄蔡、黎轩”句下《正义》所引：“宋膺《异物志》云秦之北附庸小邑，有羊羔自然生于土中，候其欲萌，筑墙绕之，恐兽所食。其脐与地连，割绝则死。击物惊之，乃惊鸣，脐遂绝，则逐水草为群。又大秦金二枚，皆大如瓜，植之滋息无极，观之如用则真金也。”（第 3163 页）今人程金造以《索隐》之引为杨孚《异物志》，而杨书《隋志》史部地理类有录，两《唐志》所录已残。

《正义》所引两条文字，其一作者明为宋膺，另一不明，当不为沈如筠。而沈如筠《异物志》入《新唐书·艺文志》小说家类。

续表

序号	作　者	书　名	引用数目			《汉志》	《隋志》	《旧唐志》	《新唐志》	《四库》子部・小说
			集解	索隐	正义					
15	[晋]撰人不详	《外国图》			1		阙	阙	阙	阙
16	[晋]葛洪撰	《神仙传》			3		史・杂传	史・杂传	子・道家・神仙	子・道家
17	撰人不详	《晋徵祥记》			1		阙	阙	阙	阙
18	[晋]张华撰	《博物志》	2	6	4		子・杂家	子・小说	子・小说	琐记
19	[晋]干宝撰	《搜神记》			3		史・杂传	史・杂传	子・小说	异闻
20	[梁]吴均撰	《续齐谐记》			1		史・杂传	史・杂传	子・小说	异闻
21	[梁]顾烜撰	《钱谱》❶		3	2		史・谱系	子・农家	子・农家	阙
22	撰人不详	《录异传》			1		阙	阙	阙	阙

❶ 《隋书・经籍志》史部谱系类著录:“《钱谱》一卷。”题下注:“顾烜撰。”(第 990 页)《旧唐书・经籍志》丙部子录农家类著录:“《钱谱》一卷。”题下注:“顾烜撰。”(第 2035 页)《新唐书・艺文志》丙部子录农家类著录:“顾烜《钱谱》一卷。”(第 1538 页)《四库全书总目》无著录。

按,《宋史・艺文志》子部小说家类原著录:“顾协《钱谱》一卷。”(第 5219 页)误。顾协,当作“顾烜”。

第三，除去各史志书目完全失载者5种，在《汉书·艺文志》与《隋书·经籍志》中明确著录为小说类的只有2种，在《旧唐书·经籍志》前（包括《汉书·艺文志》与《隋书·经籍志》）明确著录为小说的只有3种，即唐朝整个时期内，小说类的著录只增加了1种。此3种书分别为《伊尹书[说]》《燕丹子》《博物志》。

第四，除去各史志书目完全失载者5种，《新唐书·艺文志》对小说类的著录，相比《旧唐书·经籍志》有一个鲜明的特点，即将著录于《旧唐书·经籍志》中杂传类的引书，改录为小说类。这里有3种书属于这种情况，即《列异传》《搜神记》《续齐谐记》。

第五，除去各史志书目完全失载者5种，以及在《四库全书总目》中未著录的5种，其余的12种引书有10种在《四库全书总目》归入小说类。

第六，除去各史志书目完全失载者5种，《隋书·经籍志》中著录的引书有2种归在子部，分属小说、杂家；有14种归在史部，分属地理、起居注、杂传、旧事、谱系。《旧唐书·经籍志》中著录的引书有3种归在子部，分属小说、农家；有13种归在史部，分属地理、起居注、杂传、故事。《新唐书·艺文志》中著录的引书有10种归在子部，分属小说、道家、农家；有6种归在史部，分属地理、起居注、故事。《四库全书总目》中著录的引书10种全部归在子部，分属道家、小说。

第七，《集解》引小说书共有15条引文，《索隐》引小说书共有55条引文，《正义》引小说书共有64条引文。唐人史注中对小说的引用远远超过南朝刘宋时期。

再看《文选》李善注引小说的情况。

唐高宗显庆三年（658）九月，李善上表，进呈自己所作的《文选注》。此后不久，高宗显庆四年，初唐八史中的最后一史《南史》由李延寿撰成。

此前的太宗贞观十五年(641),唐人史注中著名的《汉书注》由颜师古完成。唐人注解典籍之风大盛。李善《文选注》成书后,又有吕延祚领刘良、张铣、吕向、李周翰于玄宗开元六年(718)九月上表,进呈《文选注》,遂有"五臣注"并行。唯李善所注引书极为丰富,约有1700余种,其中不乏现已亡佚之书。因此,对李善注引书中的小说书作相关考察,也可继续从另一角度探讨初唐时期人们所持的小说观念。

李善在《上〈文选注〉表》中说:

> 握玩斯文,载移凉燠;有欣永日,实昧通津。故勉十舍之劳,寄三馀之暇,弋钓书部,愿言注缉,合成六十卷。杀青甫就,轻用上闻。享帚自珍,缄石知谬。敢有尘于广内,庶无遗于小说。❶

表达了自己希望能在为《文选》作注的过程中,广泛地搜集资料,征引各种典籍,即使是居于诸子十家之末的小说也不遗漏。这种情况并不是李善个人的行为,同时期唐人为正史作注,如颜师古《汉书注》、李贤《后汉书注》、司马贞《史记索隐》、张守节《史记正义》,也多采小说材料作为史注,形成了重视小说材料的注书传统。

现在依据上海古籍出版社1986年版《文选》,对李善注引书中的小说书作一整理统计,并比较这些小说书在《汉书·艺文志》《隋书·经籍志》《日本国见在书目录》(以下简称《见在目》)❷、《旧唐书·经籍志》《新唐书·艺文志》与《四库全书总目》等史志书目中的著录情况,制成下表。该版《文选》采用清嘉庆胡克家重刊本作为底本,并进行标点。

---

❶ 《唐李崇贤上文选注表》,《文选》,第4页。

❷ 《见在目》采用日本东京名著刊行会1996年1月9日第1版第1刷发行的《日本国见在书目录》,底本为宫内厅书陵部所藏室生寺本《日本国见在书目录》。

表 10 《文选》李善注引小说在史志书目中的著录情况

序号	篇目名	引用次数	《汉志》	《隋志》	《见在目》	《旧唐志》	《新唐志》	《四库》子·小说
1	《山海经》	220	术数略·形法家	史·地理	土地家	史·地理	史·地理	异闻
2	《括地图》	3	阙	阙	阙	阙	阙	阙
3	《神异经》	5	阙	史·地理	土地家	史·地理	子·道家·神仙	异闻
4	《十洲记》	27	阙	史·地理	土地家	史·地理	子·道家·神仙	异闻
5	《列仙传》❶	73	阙	史·杂传	杂传家	史·杂传	子·道家·神仙	子·道家
6	《蜀王本纪》	3		史·地理	阙	史·地理	史·地理	阙
7	《列异传》	2		史·杂传	阙	史·杂传	子·小说	阙
8	《博物志》	27		子·杂家	杂家	子·小说	子·小说	琐语
9	《玄中记》	6		阙	阙	阙	阙	阙
10	《外国图》	3		阙	阙	阙	阙	阙
11	《搜神记》	9		史·杂传	杂传家	史·杂传	子·小说	异闻
12	《神仙传》	16		史·杂传	杂传家❷	史·杂传	子·道家·神仙	子·道家
13	《齐谐记》	2		史·杂传	阙	史·杂传	子·小说	阙
14	《异苑》	4		史·杂传	阙	阙	阙	异闻
15	《续齐谐记》	1		史·杂传	杂传家	史·杂传	子·小说	异闻
16	《鬼神志》	1		阙	阙	阙	阙	阙
17	《穆天子传》	31	阙	史·起居注	起居注家	史·起居注	史·起居注	异闻
18	《方士传》	2❸	阙	阙	阙	阙	阙	阙

❶ 含《列仙传赞》。

❷ 《见在目》著录为 20 卷。

❸ 2 条引文相同。

续表

序号	篇目名	引用次数	《汉志》	《隋志》	《见在目》	《旧唐志》	《新唐志》	《四库》子·小说
19	《燕丹子》	15	阙	子·小说	小说家	子·小说	子·小说	杂事（存目）
20	《汉武(帝)故事》	8	阙	史·旧事	旧事家	史·故事	史·故事	异闻
21	《汉武内传》	5		史·杂史	杂传家	史·杂传	子·道家·神仙	异闻
22	《伊尹说》	4	诸子略·小说家	阙	阙	阙	阙	阙
23	《鬻子(说)》❶	8	诸子略·小说家	子·道家	阙	子·小说	子·道家	子·杂家
24	《青史子》	1	诸子略·小说家	子·小说（附注）	阙	阙	阙	阙
25	《魏晋世语》	2		史·杂史	杂史家	史·杂史	史·杂史	阙
26	《西京杂记》	30		史·旧事	旧事家	史·起居注 & 地理	史·故事 & 地理	杂事
27	《语林》	1		子·小说（附注）	阙	阙	阙	阙
28	《名士传》	7		史·杂传		史·杂传	史·杂传记	阙
29	《郭子》	1		子·小说	阙	子·小说	子·小说	阙
30	《世说新语》	11		子·小说	小说家	子·小说	子·小说	杂事
31	《小说》	1		子·小说	小说家	子·小说	子·小说	阙

根据上表的初步统计，《文选》李善注共引唐前小说书大约 30 种 537 条，这是一个很可观的数字，包括许多现在已经亡佚的小说。在考虑到小说书不断亡佚的情况下，从李善引用的 30 种小说中，可以看出具有以下特点：

❶ 《汉志》道家类著录《鬻子》，小说家类著录《鬻子说》。

第一,这 30 种小说全部为唐前的作品,被历代史志书目著录一次以上的有 25 种,另有 5 种阙载之书。

第二,被《汉书・艺文志》小说家类著录的有 3 种,占《汉书・艺文志》小说家类著录 15 家作品的 20%;被《隋书・经籍志》小说类著录的有 6 种,占《隋书・经籍志》小说类著录 25 部作品的 24%;被《旧唐书・经籍志》小说类著录的有 6 种,占《旧唐书・经籍志》小说类著录 13 部作品的 46%;被《新唐书・艺文志》小说家类著录的有 9 种,占《新唐书・艺文志》小说家类著录唐前 39 种作品的 23%。

第三,在宋代之前所撰各史志书目的著录中,李善注引小说之书集中归属于子部的小说、杂家、道家,史部的地理、杂传、杂史、故事、旧事类。

第四,李善注引小说之书中有四种——《列异传》《搜神记》《齐谐记》《续齐谐记》,在《隋书・经籍志》《见在目》《旧唐书・经籍志》的著录中,归属于史部的杂传类,至《新唐书・艺文志》则归属于子部的小说类,这反映了唐宋时期史家小说观念的第一次重大变化。从杂传到小说,将杂传的“能文”特点,复制到了小说上,使得“以立意为宗”的小说,也第一次具有了“以能文为本”的重要观念特征,而这个本属于创作层面上的特征,进入了小说的观念层面,就为唐宋时期的小说观念的嬗变起到了重要的推动作用,小说也由重视“小道”的子部之学,转而渐趋于“小道”与“能文”并重的文学形式。小说的观念就此揭开了新的一页。

第五,在《四库全书总目》小说类著录的有 12 种,除去该时期亡佚之书 15 种,占李善所引小说书的 80%。其中,《新唐书・艺文志》中原属史部地理、故事、起居注和子部道家类的 7 种小说书,被彻底划入了小说类,这反映了小说观念的第二次重大变化。延续了第一次观念转变的重要因素,这一次的变化继续侧重于“能文”的实际表达,用“能文”之“技”充实与完善着小说观念,使得小说观念由简单的“小道”单一核心,确立为“小道”

与“能文”的双核心。

从以上所举两例，可以看出唐人对小说观念的建立与接受，仍然符合小说体系的自我发展脉络，没有出现跳跃性的变化。那么，如何理解刘知幾对采小说入史持反对意见呢？主要的焦点在于小说材料的真伪与价值取向两个方面。刘知幾认为如果史家不重视这两个方面，就会在编撰史书时产生一定的偏差。故为求全而持一端，舍弃了小说材料的史学价值。但是，在上述唐人史注、文注中所援引的小说之书，在初唐时期撰成的《隋书·经籍志》中，又往往著录于史部。那么，小说观念的形成与体系的构建在接受层面呈现出怎样的认知状态，或者说，史家眼中的小说，究竟是否可以进入史书的编撰呢？

前面谈及，从《汉书·艺文志》到《隋书·经籍志》，史家关于小说的观念基本是一致的，在坚持“小道”的核心判断标准上，外围概念作动态的增减，即存在一个小说之“道”与小说之“技”的层面差别。居于核心位置的“道”是不变的，一直发展到唐代，各个时期唯一的不同就在于“技”的表述。而对于这个“技”的表述的不同，就是作为史家的刘知幾所极为担忧的。在他看来，这种表述可以是真实的，也可以是虚构的。如果不能把握对于这种表述程度的运用，就有可能将历史编撰成一部虚构的历史。这一观点的提出，对于中国史学传统的影响，是极为重要，也是必须肯定的。

对于小说之“技”表述的认可程度，影响到史家对于小说的著录情况，正如宋代的史家在《新唐书·艺文志》的编撰中，将原属史部杂传类的许多作品，转而归入子部小说类；而清人在编撰《四库全书总目》中，也是遵循这个原则，进一步将原属史部杂传类的许多作品，转而归入子部小说类。这两次书目归属的大变化，从史家的观点来看，的确有利于厘清正史，但从另一个角度来看，对于从《汉书·艺文志》就开始有明确记载的小说，犹如给其披上了层层面纱，使人不易把握住核心要素，从而产生认识的偏差，造成小说观念的混乱。

其实，虽然历朝史家对于小说类的著录看似驳杂，其实还是有一个共同的核心标准没有变化，即对于“小道”这种社会功用的阐述。所以，直至清人编撰《四库全书》，我们依然可以在书目分类中找寻到理性的痕迹。《四库全书总目》的子部总序云：

> 稗官所述，其事末矣，用广见闻，愈于博弈，故次以小说家。以上四家（引者按：指谱录、杂家、类书家和小说家），皆旁资参考者也。[1]

这里，清人以“其事末矣”，从侧面说明了小说的“小道”核心，并以“用广见闻”突出了小说的社会功用性。值得注意的是，清人明确提出了小说价值的实际位置——“旁资参考”。这对于史家采小说资料编撰史书的方式，应该是可以借鉴的。在《四库全书总目》的小说家类的小序中，我们可以见到更为清晰的相关论述：

> 张衡《西京赋》曰：“小说九百，本自虞初。”《汉书·艺文志》载：“《虞初周说》，九百四十三篇。”注称：“武帝时方士。”则小说兴于武帝时矣。故《伊尹说》以下九家，班固多注“依托”也。然屈原《天问》，杂陈神怪，多莫知所出，意即小说家言。而《汉志》所载《青史子》五十七篇，贾谊《新书·保傅篇》中先引之，则其来已久，特盛于虞初耳。迹其流别，凡有三派，其一叙述杂事，其一记录异闻，其一缀辑琐语也。唐、宋而后，作者弥繁。中间诬谩失真，妖妄荧听者固为不少，然寓劝

[1] 《四库全书总目》卷九十一，第1191页。

戒、广见闻、资考证者，亦错出其中。班固称："小说家流，盖出于稗官。"如淳注谓："王者欲知闾巷风俗，故立稗官，使称说之。"然则博采旁搜，是亦古制，固不必以冗杂废矣。今甄录其近雅驯者，以广见闻。惟猥鄙荒诞，徒乱耳目者则黜不载焉。[1]

清人总结了唐宋以后的小说创作情况，认为由于"技"的表述程度不受限制，造成了小说给人以"诬谩失真，妖妄荧听"的实际认知效果。但是，清人也在这复杂的作品创作中，牢牢把握住小说的核心判断标准，即"小道"可以"寓劝戒、广见闻、资考证"的社会功用性。同时，强调了小说自《汉书·艺文志》《隋书·经籍志》以来的一贯观念，"博采旁搜，是亦古制，固不必以冗杂废矣"。而对于小说创作"技"的层面，清人则以为必须坚决反对毫无节制的"猥鄙荒诞"，认为这种表述必然会造成"徒乱耳目"的不良作用，因此要"黜不载焉"。这实际上也就为小说资料能否进入史书编撰的采择，提出了一个可行的标准。而这个标准，正是建立在坚持《汉书·艺文志》与《隋书·经籍志》所表述的小说观念上的。

因此，我们认为，史家对小说的观念是一以贯之的，这个观念，不仅体现在对于史书的编撰中，也体现在对史书及其他典籍的注解中。唐人所撰《史记索隐》《史记正义》与《文选注》，引入小说之书注史注典，正是在坚持"小道"的核心标准上，对于"技"，从"寓劝戒、广见闻、资考证"的社会功用性角度，加以合理运用。

第四节　后《隋书·经籍志》时期的唐代小说观念

唐高宗显庆元年（656）《隋书·经籍志》撰成后，以此为代表的唐人小

---

[1] 《四库全书总目》卷一百四十，第1834页。

说观念完全建立，标志着初唐时期唐人对汉代以来小说学的发展给予的革新与构建的成功。在一定程度上，与其说《隋书·经籍志》呈现的小说观念是唐人对两汉魏晋南北朝时期小说观念发展的总结，不如说是唐人对之前小说体系发展总体趋势及特征把握的一次积极扬弃，去除了一些已经脱离唐代学术实际发展状况的早期小说作品的特征，凸显了历史的发展赋予小说的时代性。

《隋书·经籍志》表达的小说观念及评判标准，得到了后期包括史家与小说家在内等各个领域的广泛学术认可。前文已经提及，唐高宗显庆四年，李延寿为修成的《南史》《北史》向高宗皇帝上表，就曾将小说作为史料的来源，并描述了自南北朝以来"小说短书，易为湮落，脱或残灭，求勘无所"❶的状况。而李善在唐高宗显庆三年九月为编成的《文选注》向高宗皇帝上表时，也表达了"庶无遗于小说"❷的观点。

在其他不同文体的文献中，我们还可以发现一些用例，体现出唐人对《隋书·经籍志》小说观念的接受。武周时期，刘允济撰《天行健赋》，其云：

> 且夫天也者阳，乾也者健，窥之于里，则其象历历；瞻之于表，则其容悤悤。不言非涉于可名，不拔方知乎善建。大道非物，岂容娲后之功；小说惑人，岂容秦宓之论。❸

刘允济认为，天道之大，并非女娲可以修补，也不是秦宓的诡辩可以涵盖的。"秦宓之论"的用典，见于《三国志·蜀书》中的《秦宓传》，记述了蜀汉建兴二年(224)秦宓与吴国使者张温的对答之辞。其云：

❶ 《北史》卷一百，第3345页。

❷ 《唐李崇贤上文选注表》，《文选》，第4页。

❸ [清]董诰等编：《全唐文》卷一百六十四，中华书局，1983年，第1680页。

> 温问曰："君学乎？"宓曰："五尺童子皆学，何必小人！"温复问曰："天有头乎？"宓曰："有之。"温曰："在何方也？"宓曰："在西方。《诗》曰：'乃眷西顾。'以此推之，头在西方。"温曰："天有耳乎？"宓曰："天处高而听卑，《诗》云：'鹤鸣于九皋，声闻于天。'若其无耳，何以听之？"温曰："天有足乎？"宓曰："有。《诗》云：'天步艰难，之子不犹。'若其无足，何以步之？"温曰："天有姓乎？"宓曰："有。"温曰："何姓？"宓曰："姓刘。"温曰："何以知之？"答曰："天子姓刘，故以此知之。"温曰："日生于东乎？"宓曰："虽生于东而没于西。"答问如响，应声而出，于是温大敬服。❶

刘允济在这里将小说作为一个贬义的词汇，相对于"大道"，正体现了《汉书·艺文志》《隋书·经籍志》以来小说的鲜明特征。

《旧唐书·姚崇传》记载了唐玄宗开元九年(721)丞相姚崇在去世之前留给家族后人的一篇《诫子孙书》。其云：

> 且佛者觉也，在乎方寸，假有万像之广，不出五蕴之中，但平等慈悲，行善不行恶，则佛道备矣。何必溺于小说，惑于凡僧，仍将喻品，用为实录，抄经写像，破业倾家，乃至施身亦无所吝，可谓大惑也。❷

姚崇在这篇文章中，将小说作为一个类比的对象，告诫子孙不可将佛经中的譬喻当作实录来看待。虽然姚崇并没有说明小说在唐代的准确含义，但究其发展的特性与在唐代现实生活的实际运用，已经点明了一个其经常被用到且遭到批评的状况，即小说与实录的关系。姚崇认为佛经中的

---

❶ 《三国志》卷三十八，第 976 页。

❷ 《旧唐书》卷九十六，第 3028 页。

喻品——我们也可进一步扩大理解为自魏晋南北朝以来的“释氏辅教之书”，如《隋书·经籍志》杂传类著录的各种志怪类杂传——不足以作为佛经中的实录，那么，相对于史书，尤其是正史，小说也不能作为实录进入正史的编撰中。姚崇潜在地提出了对喻品和小说要进行采择与评判，这就在一定程度上将喻品和小说作为相同性质的类别看待。按照这个逻辑推理下去，如果小说材料经过考察，足以符合实录的要求，那么小说就可以进入史书的范畴。姚崇是继刘知幾后，首次就史书采择小说，作为史料来源，需要以实录与否作为考察标准进行正面回应的。

刘知幾的次子刘𫗧在天宝初年曾担任集贤院学士，兼知史官，修国史。刘𫗧著有《隋唐嘉话》，其序云：

> 述曰：余自髫丱之年，便多闻往说，不足备之大典，故系之小说之末。昔汉文不敢更先帝约束而天下理康，若高宗拒乳母之言，近之矣。曹参择吏必于长者，惧其文害。观焉马周上事，与曹参异乎？许高阳谓死命为不能，非言所也。释教推报应之理，余尝存而不论。若解奉先之事，何其明著。友人天水赵良玉睹而告余，故书以记异。❶

《隋唐嘉话》在两《唐书》刘子玄的附传中不见记载，两《唐书》的《经籍志》与《艺文志》亦无相关著录。陈振孙《直斋书录解题》始见著录，其小说家类云“《刘𫗧小说》三卷”，“《隋唐嘉话》一卷”❷，邵博《邵氏闻见后录》“王果”条亦对此书有记载，语“按《隋唐嘉话》，将军王果……”❸云云，当南宋初期时已有此称谓。《宋史·艺文志》的小说类也有著录：“刘𫗧《传记》三

---

❶ [唐]刘𫗧.《隋唐嘉话》，中华书局，1979年，第1页。
❷ 《直斋书录解题》卷十一，第318页。
❸ [宋]邵博：《邵氏闻见后录》卷三十，中华书局，1983年，第234页。

卷,又《隋唐佳话》一卷,《小说》三卷。”❶另,《旧唐书》的传文中曾记载刘悚著有“《传记》三卷”❷,《新唐书·艺文志》史部杂传记类著录:“刘悚《国朝传记》三卷。”❸子部小说家类著录:“刘悚《传记》三卷。”注曰:“一作《国史异纂》。”❹程毅中在对《隋唐嘉话》的点校说明中认为:“今本《隋唐嘉话》,实即《传记》(亦即《国史异纂》)及《小说》的异名。”❺可参。刘悚在这篇序言中将小说作为与“大典”相对的语词,并将自己这部作品谦称为正史、大典之余,符合《隋书·经籍志》与其父刘知幾的小说观念与对小说作为史料处理的采择标准。而刘悚的这本书,也的确成为一些史书编纂的史料来源,最为著名的则是司马光编纂的《资治通鉴》和《资治通鉴考异》,就采用了刘悚《隋唐嘉话》记载的一些资料。而中唐时期的李肇在撰《国史补》时,曾对刘悚《隋唐嘉话》有一个评价,其自序云:

> 《公羊传》曰:“所见异辞,所闻异辞。”未有不因见闻而备故实者。昔刘悚集小说,涉南北朝至开元,著为《传记》。予自开元至长庆撰《国史补》,虑史氏或阙则补之意,续《传记》而有不为。言报应,叙鬼神,征梦卜,近帷箔,悉去之;纪事实,探物理,辨疑惑,示劝戒,采风俗,助谈笑,则书之。仍分为三卷。❻

李肇将刘悚的撰著过程表达为收集小说素材,作为《隋唐嘉话》的材料来源,而《隋唐嘉话》进一步可以对史书起到补阙的作用,这也是李肇效仿刘

---

❶ 《宋史》卷二百六,第 5220 页。
❷ 《旧唐书》卷一百二,第 3174 页。
❸ 《新唐书》卷五十八,第 1485 页。
❹ 《新唐书》卷五十九,第 1541 页。
❺ 《隋唐嘉话》点校说明,第 4 页。
❻ [唐]李肇:《唐国史补》,上海古籍出版社,1979 年,第 3 页。

悚、编撰《国史补》的重要原因。小说与传记，在这里出现了交集，即小说有可能以成熟的表现形式被命名为传记。当然，在整个唐代，我们仅能发现这一处特别的用例，所以我们认为，以杂传体为主要代表的文学形式，至少在理论研究上，还未进入小说的观念范畴。另一方面，在这些撰著者的眼中，小说的确在遵守《汉书·艺文志》与《隋书·经籍志》界定范畴的同时，依然对正史有重要的补充作用。

《旧唐书》虽然是五代时期撰成，但其《经籍志》基本取自毋煚《古今书录》，著录“开元盛时四部诸书”❶，所以我们认为基本可以通过这个书目对小说的著录来考察盛唐时期的小说观念。《旧唐书·经籍志》的总序中，史家依然延续了《汉书·艺文志》与《隋书·经籍志》所体现的小说观念，把“刍辞舆诵”❷作为小说的表现特征。在其小说类的作品著录中，类别体裁的选择标准，依然没有超越《隋书·经籍志》的著录范围。其云：

《鬻子》一卷(鬻熊撰。)

《燕丹子》三卷(燕太子撰。)

《笑林》三卷(邯郸淳撰。)

《博物志》十卷(张华撰。)

《郭子》三卷(郭澄之撰，贾泉注。)

《世说》八卷(刘义庆撰。)

《续世说》十卷(刘孝标撰。)

《小说》十卷(刘义庆撰。)

《小说》十卷(殷芸撰。)

《释俗语》八卷(刘霁撰。)

---

❶❷ 《旧唐书》卷四十六，第1963页。

《辨林》二十卷(萧贲撰。)

《酒孝经》一卷(刘炫定撰。)

《座右方》三卷(庾元威撰。)

《启颜录》十卷(侯白撰。)❶

著录的作品几乎全部限于《隋书·经籍志》著录的琐言类与逸事类,而大量的呈现出文学性特征的杂传体作品,此时依然归属于史部的杂传类。《旧唐书·经籍志》著录标准的延续性由此可见。

这一时期内,我们还可以在一些文献中找到涉及当时小说观念的材料。例如,杨炯《大周明威将军梁公神道碑》云:"思若云飞,辩同河泻,兼该小说,邕容大雅。武檀孙吴,文标董贾。"❷将小说作为增长学识的阅读材料。孙嘉之《对书史百家策》云:"至如诸子相腾,小说奔竞,有惭屑玉之化,无异杂铅之宝。"❸将包括小说在内的诸子学说,作为与经传坟典相对的文章看待。也有从小说相对正统学术的不足层面加以论述的。李邕《叶有道碑》云:"可谓绳诚列而曲直征,衡诚悬而轻重立。粤惟博物君子,岂伊小说鲰生乎!"❹将小说鲰生作为与博物君子相对的学识浅薄之士。李邕《兖州曲阜县孔子庙碑》云:"故夫子之道,消息乎两仪;夫子之听,经营乎三代。岂徒小说,盖有异闻。"❺对小说仅仅记载夫子之学的末技,而舍弃其大道的特点加以批评。以上各例,无论是从正面阐述,还是取反面之意,都基本符合《汉书·艺文志》与《隋书·经籍志》所体现的小说观念。

延续盛唐时期对小说观念接受的余脉,中晚唐直至五代时期,对小说

❶ 《旧唐书》卷四十七,第2036页。
❷ 《全唐文》卷一百九十五,第1973页。
❸ 《全唐文》卷二百五十九,第2632页。
❹ 《全唐文》卷二百六十二,第2663—2664页。
❺ 《全唐文》卷二百六十二,第2666页。

的理论阐述，大都秉承了小说体系构建中“小道”核心特征的社会功用性，并进一步强化了小说作为正史补阙的实际作用。如前文所引李肇《国史补序》，就特别指出小说具有“因见闻而备故实”的特点。李德裕在《次柳氏旧闻序》中也阐述了这个目的，其云：

大和八年秋，八月乙酉，上于紫宸殿听政，宰臣涯已下奉职奏事。上顾谓宰臣曰：“故内臣力士终始事迹，试为我言之。”臣涯即奏云：“上元中，史臣柳芳得罪，窜黔中，时力士亦徙巫州，因相与周旋。力士以芳尝司史，为芳言先时禁中事，皆芳所不能知。而芳亦有质疑者。芳默识之。及还，编次其事，号曰《问高力士》。”上曰：“令访史氏，取其书。”臣涯等既奉诏，乃召芳孙度支员外郎璟询事。璟曰：“某祖芳，前从力士问觇缕，未竟，复著唐历，采摭义类尤相近者以传之。其余或秘不敢宣，或奇怪，非编录所宜及者，不以传。”今按求其书，亡失不获。臣德裕亡父先臣，与芳子吏部郎中冕，贞元初俱为尚书郎，后谪官，亦俱东出。道相与语，遂及高力士之说，且曰：“彼皆目睹，非出传闻，信而有征，可为实录。”先臣每为臣言之。臣伏念所忆授凡有十七事。岁祀久，遗稿不传。臣德裕非黄琼之达练，能习故事；愧史迁之该博，惟次旧闻。惧失其传，不足以对大君之问，谨录如左，以备史官之阙云。❶

康骈《剧谈录》则明确说明了小说补史之用，其自序云：

骈咸通中始随乡赋，以薄伎贡于春官，爰及窃名，殆将一纪。其

❶ [唐]李德裕编：《次柳氏旧闻》，《开元天宝遗事十种》，第1页。

> 间退黜羁寓，旅乎秦甸洛师，新见异闻，常思纪述。或得史官残事，聚于竹素之间，进趋不遑，未暇编缀。及寇犯天邑，挈归渔樵，属江表乱离，亡逸都尽。景福、乾宁之际，耦耕于池阳山中，闭关云林，罕值三益；而又环堵之内，阙于坟典。思欲叙他日之游谈，迹先王之轨范，不可得矣。然则平昔之道，本为于文，既未能立匡世之功名，又安得舍穷愁之翰墨？因想时经丧乱，代隔中兴，人事变更，邈同千载，寂寥堙没，知者渐稀。是以耘耨之余，粗成前志。所记亦多遗漏，非详悉者不复叙焉。分为二编，目之曰《剧谈录》。文义既拙，复无雕丽之词，亦观小说家流，聊以传诸好事者。❶

情形相似的论述还出现在诸多补阙之作的自序中。高彦休《唐阙史》自序云："愚乾符甲午岁生唐世，二十有一始随乡荐于小宗伯，或预闻长者之论，退必草于捣网，岁月滋久，所录甚繁，辱亲朋所知，谓近强记。"❷郑綮《开天传信记》自序云："窃以国朝故事，莫盛于开元、天宝之际。服膺简策，管窥王业，参于闻听，或有阙焉。承平之盛，不可殒坠。辄因簿领之暇，搜求遗逸，传于必信，名曰《开天传信记》。"❸李翱《卓异记》自序云："随所闻见，杂载其事。"❹孙棨《北里志》自序云："向来闻见，不复尽记。聊以编次，为太平遗事云。"❺孟启《本事诗》自序云："闻见非博，事多阙漏，访于通识，期复续之。"❻李濬《松窗杂录》自序云："濬忆童儿时即历闻公卿间叙国朝故事，次兼多语其遗事特异者，取其必实之迹，暇日缀成一小轴，题曰

❶ ［唐］康骈：《剧谈录》，古典文学出版社，1958 年，第 2 页。
❷ ［唐］高彦休：《唐阙史》，《知不足斋丛书》第 1 册，上海古书流通处，1921 年，第 83—84 页。
❸ ［唐］郑綮：《开天传信记》，《开元天宝遗事十种》，第 49 页。
❹ ［唐］李翱：《卓异记》，商务印书馆，1936 年，第 1 页。是书选用阳山顾氏文房本为底本。
❺ ［唐］孙棨：《北里志》，古典文学出版社，1957 年，第 23 页。
❻ ［唐］孟启：《本事诗》，商务印书馆，1939 年，第 1 页。是书选用阳山顾氏文房本为底本，并据津逮本校正。

《松窗杂录》。"❶刘崇远《金华子杂编》自序云:"因念为童时,侍立长者左右,或于冬宵漏永,秋阶月莹,尊年省睡,率皆话旧时经由,多至深夜不寐。始则承平事实,爰及乱离,于故基迹,或叹或泣,凄咽仆隶。自念髫龀之后,甚能记听,今虽稚齿变老耄,忘失忆,十可一二,犹存乎心耳。并成人游宦之后,其间耳目谙详,公私变易,知闻传载,可系铅椠者,渐恐年代浸远,知者已疏;更积新沉故,遗绝堪惜,宜编序者,即随而释之云尔。"❷杜光庭《录异记》自序云:"因暇辰偶为集录,或征于闻见,或采诸方册,庶好事者无忘于披绎焉。"❸孙光宪《北梦琐言》自序云:"每聆一事,未敢孤信,三复参校,然始濡毫。"❹而更多的如韦绚《刘宾客嘉话录》记录刘禹锡的言谈,韦绚《戎幕闲谈》记录李德裕的言谈,柳珵《常侍言旨》记录其伯父柳登的言谈,李绰《尚书故实》记录尚书张公的言谈,张洎《贾氏谈录》记录贾黄中的言谈,胡璩《谭宾录》记录宾客们的言谈,都延续了小说补史之阙的特点。

此外,《隋书·经籍志》著录的如《琐语》《笑林》《笑苑》《解颐》等记言类小说的娱乐性特征,得到了进一步的发展。中晚唐时期不少作品已经自言谈笑。如前文所引高彦休《唐阙史》自序云:

> 皇朝济济多士,声名文物之盛,两汉才足以扶轮捧毂而已。区区晋、魏、周、隋已降,何足道哉!故自武德、贞观而后,吮笔为小说、小录、稗史、野史、杂录、杂纪者多矣。贞元、大历已前,捃拾无遗事。大中、咸通而下,或有可以为夸尚者、资谈笑者、垂训诫者,惜乎不书于方册,辄从而记之。其雅登于太史氏者,不复载录。❺

---

❶ [唐]李濬编:《松窗杂录》,《唐五代笔记小说大观》,上海古籍出版社,2000 年,第 1212 页。

❷ [南唐]刘崇远撰,周广业校注:《金华子杂编》,商务印书馆,1936 年,第 1 页。是书选用读画斋本为底本。

❸ [五代]杜光庭:《录异记》,《唐五代笔记小说大观》,第 1506 页。

❹ [五代]孙光宪:《北梦琐言》,中华书局,2002 年,第 15 页。

❺ 《唐阙史》,《知不足斋丛书》第 1 册,第 83 页。

强调了小说“资谈笑”的功能。又如无名氏所撰《大唐传载》，其序云：

> 书云：“不有博弈者乎？犹贤乎已。”斯圣人疾夫饱食而怠惰之深也。又曰：“吾不试故艺。”试，用也。夫艺者，不独总多能，第以其无用于代，而穷愁时有所述耳。八年夏，南行极岭峤，暇日泷舟，传其所闻而载之，故曰《传载》。虽小说，或有可观，览之而喁而笑焉。❶

也指出小说可以具有“喁”“笑”的特征与阅读效果。韦绚《刘宾客嘉话录》自序云：“偶及国朝，丈人剧谈卿相新语，异常梦话，若谐谑卜祝，童谣佳句，即席听之，退而默记。或染翰竹简，或簪笔书绅，其不暇记因而遗忘者，不知其数；在掌中梵夹者，百存一焉。今悉依当时日夕所话而录之，不复编次，号曰《刘公嘉话录》，传之好事，以为谈柄也。”❷以实录的标准将那些具有谐谑色彩的材料记录下来。李绰《尚书故实》自序云：“每容侍话，凡聆征引，必异寻常，足广后生，可贻好事。遂纂集尤异者，兼杂以诙谐十数节，作《尚书故实》云耳。”❸范摅《云溪友议》自序云：“或以篇翰嘲谑，率尔成文，亦非尽取华丽，因事录焉。”❹也都强调了材料的诙谐特征。

晚唐以来有两部小说阐述的理论观点值得我们关注。一部即段成式所撰《酉阳杂俎》，此书被宋人的《崇文总目》与《新唐书·艺文志》编入小说家类。其自序云：

---

❶ [唐]无名氏：《大唐传载》，[清]钱熙祚辑：《守山阁丛书》，上海鸿文书局清光绪十五年据钱氏本影印。

❷ [唐]韦绚：《刘宾客嘉话录》，商务印书馆，1936年，第1页。是书选用阳山顾氏文房本为底本。

❸ [唐]李绰：《尚书故实》，商务印书馆，1936年，第1页。是书选用宝颜堂秘笈本为底本。

❹ [唐]范摅：《云溪友议》，古典文学出版社，1957年，第1页。

> 夫《易》象一车之言，近于怪也，诗人南箕之兴，近乎戏也。固服缝掖者肆笔之余，及怪及戏，无侵于儒。无若诗书之味大羹，史为折俎，子为醯醢也。炙鸮羞鳖，岂容下箸乎？固役而不耻者，抑志怪小说之书也。成式学落词曼，未尝覃思，无崔骃真龙之叹，有孔璋画虎之讥。饱食之暇，偶录记忆，号《酉阳杂俎》，凡三十篇，为二十卷，不以此间录味也。❶

段成式在这里提出了一个十分重要的概念“志怪小说”，首次正式将志怪与小说这两种不同类别作为同类性质来界定。志怪题材的作品自魏晋南北朝以来发展已经相当成熟，在南朝萧梁时期的《七录》等书目中，多以记传录鬼神部的性质来归类；在初唐时期的《隋书·经籍志》中，已经进入史部杂传类。除去南朝萧梁时期成书的殷芸《小说》在材料选择中多选取志怪类题材，在小说观念的认知与体系的构建中，志怪从未与小说有任何正式的交集，至此则在小说理论中合流。而段成式作为小说作家，对小说创作的理论具有更加符合小说发展实际的认知，其将志怪题材归入小说系统，则继殷芸在实际创作中引杂传入小说的编纂尝试之后，为宋人不久后在《崇文总目》与《新唐书·艺文志》大规模地引杂传入小说的理论革新，直接拉开了研究的大幕。

另一部较为重要的小说作品是五代时期孙光宪所撰《北梦琐言》，此书被宋人《郡斋读书志》和《直斋书录解题》编入小说家类。不同于段成式在《酉阳杂俎》的序文中阐发自己的小说观点，孙光宪在小说的正文部分表明了自己对小说发展至唐代以来实际状况的理解。《北梦琐言》卷十“杜孺休种青莲花”条云：“唐韩文公愈之甥，有种花之异，闻于小说。”❷将

---

❶ 《酉阳杂俎》，第1页。

❷ 《北梦琐言》卷十，第224页。

种花这样技艺程度较高的行为性质，归属于小说类，本不是孙光宪的首创。阮孝绪《七录》曾将这类性质的作品归属于子兵部的杂艺部，《隋书·经籍志》将其与小说合流，并著录了如《古今艺术》之类的作品。而《新唐书·艺文志》在小说家类又著录了性质相似的《茶经》《煎茶水记》等作品。可见这一类性质的作品对小说观念及内涵的不断扩展，并不仅仅停留在史志书目的著录上，有其归属的合理性与当时人们的观念认可。现在一些小说研究者认为应将这一类作品剔除出小说范畴，我们认为通过孙光宪《北梦琐言》的材料，这种做法并不符合中国小说的实际发展状况。

《北梦琐言》卷七"李学士赋谶"条云："世传云，人之正直，死为冥官。道书云，酆都阴府官属，乃人间有德者卿相为之，亦号阴仙。近代朱崖李太尉、张读侍郎小说，咸有判冥之说。"❶这里提到了李德裕与张读的小说作品，都具有判冥类型的题材特征。按，李德裕著《幽怪录》十四卷，《宋史·艺文志》小说类有著录，但两《唐书》未曾著录，今见佚文多有判冥之事。而李德裕著《次柳氏旧闻》并无判冥事。另，韦绚记李德裕言谈所编《戎幕闲谈》，内亦有判冥事，如"郑仁钧"条❷、"畅璀"条❸。张读著有《宣室志》，《新唐书·艺文志》归入小说家类著录，是书内容也多含判冥之事，如"郄惠连"条❹等。孙光宪在这里表达了与段成式相同的小说认知，即把志怪类、鬼神类这些本属史部杂传类的作品作为小说，将志怪、鬼神的题材与杂传的体裁纳入了小说的范畴内，为小说学在北宋初期的进一步革新，在创作与理论研究两个层面作好了准备。

---

❶ 《北梦琐言》卷七，第152页。

❷ 《太平广记》卷三百三，第2400—2402页。

❸ 《太平广记》卷三百四，第2408—2409页。

❹ 《太平广记》卷三百七十七，第3002—3004页。

第五节　唐人小说观念在域外的传播
——以《日本国见在书目录》为例

据日本学者考证，《日本国见在书目录》（后简称《见在目》）由藤原佐世编撰，成书时间大抵上限为日本清和天皇贞观末年，下至宇多天皇宽平三年后，约为公元877—892年，相当于我国唐代末期的僖宗朝。而我国《隋书·经籍志》成书于唐高宗显庆元年（656），《旧唐书·经籍志》成书于后晋出帝开运二年（945），且《见在目》第十一目“正史家”类中著录“《隋书》八十五卷”，并在其后注曰“颜师古撰”❶。故《见在目》著录图书时间应在我国《隋书·经籍志》与《旧唐书·经籍志》成书之间，而且《见在目》对于图书的著录编排也大抵仿照了《隋书·经籍志》的分类次序。虽然没有明确地按照经史子集分为四个大部，但四十个小类的编排顺序，与《隋书·经籍志》四部下的二级分类基本一致，显然对图书典籍的分类处理原则是相同的。

那么，在此基础上考察《见在目》对小说书著录的情况及其他相关信息，就可以大抵得出唐宋时期，我国史志书目中呈现的小说观念对日本目录学小说观念的影响。《见在目》共著录小说43种（含重出1种），分别归属如下：第7家“孝经家”3种、第13家“杂史家”2种、第15家“起居注家”1种、第16家“旧事家”2种、第20家“杂传家”13种、第21家“土地家”5种、第25家“道家”1种、第30家“杂家”6种（1种与“杂传家”的著录重出）、第32家“小说家”10种。《见在目》著录时为行文方便，多将上下文相同之字加以省略，本文用“（ ）”加以标识并补全省略之字；对于《见在目》的讹字，

❶ 《日本国见在书目录》，第32页。

则在其字后用“［ ］”加以标示并注明正字。

需要说明的是，本文所依据的《见在目》版本为日本宫内厅书陵部所藏室生寺本，并参考了《古逸丛书》本第十九种《影旧钞本日本国见在书目》，即光绪十年(1884)清黎庶昌辑刊遵义黎氏日本东京使署本。按，《古逸丛书》本所用底本有“丁丑五月九日写竟，中岛胜延”[1]识语，应属于室生寺本的一种传钞本。

前文已经谈及，唐人对以《汉书·艺文志》为代表的汉人小说观念，作出了进一步发展与完善体系的努力，形成了以《隋书·经籍志》为重要代表的唐人小说观念，并得到了大多数后继者的认可。之后的研究者，包括史书艺文志的编撰者，几乎都是从唐人挖掘的角度对小说进行后续的学术研究。例如，《旧唐书·经籍志》就严谨地在《隋书·经籍志》设定的范畴内对小说作品加以著录，即使是小说观念事实上已经发生了重大变化的宋人那里，他们奉行的对小说社会功用性的最正式的评判，也依然坚持了唐人的标准。如欧阳修就在《崇文总目》的《叙释》中对小说的社会价值阐述了比唐人更加重视的观点。其云：

> 《书》曰：“狂夫之言，圣人择焉。”又曰：“询于刍荛。”是小说之不可废也。古者惧下情之壅于上闻，故每岁孟春，以木铎徇于路，采其风谣而观之。至于俚言巷语，亦足取也。今特列而存之。[2]

而《新唐书·艺文志》的总序，则进一步强化了这样的研究视角，完全将小说上升到与史家著述几乎同等的高度。其云：

---

[1] 《影旧钞本日本国见在书目》，《古逸丛书》本，第757页。

[2] 《崇文总目》卷三，《中国历代书目丛刊》第1辑上，第98—99页。

> 至于上古三皇五帝以来，世次国家，兴灭终始，僭窃伪乱，史官备矣。而传记、小说，外暨方言、地理、职官、氏族，皆出于史官之流也。❶

因此，从《汉书·艺文志》一直到《隋书·经籍志》《旧唐书·经籍志》和《新唐书·艺文志》，小说观念的发展与认知基本是一致的，各个时期唯一不同的就在于“技”的表述。对于小说之“技”表述的认可程度，影响到史家对小说作品的著录情况，正如宋朝的史学家在《新唐书·艺文志》的编撰中，将原属史部杂传类的24部作品，转而归入子部小说类。这样，《新唐书·艺文志》对具体小说作品的著录所体现出的小说观念，较之《隋书·经籍志》《旧唐书·经籍志》就有了事实上的显著变化。《旧唐书·经籍志》小说家类在《隋书·经籍志》的基础上，仅仅著录小说作品13部90卷(实际著录14部100卷)，与《隋书·经籍志》著录体现的小说观念，几乎无差别。而《新唐书·艺文志》小说家类的著录则大为增加，共著录39家41部308卷(实际著录123部，其中唐前39部290卷，唐代84部333卷，另有一部无卷数)，并且“李恕以下不著录七十八家，三百二十七卷”❷。小说作品数量的大为可观只是一种简单的表面现象，而作品的著录归类变化更为重要。《新唐书·艺文志》著录唐代之前成书的小说作品39部中，有24部是直接取自《旧唐书·经籍志》的史部杂传类，而这些作品，凡是在《隋书·经籍志》与《见在目》中有著录的，也全部归属于史部杂传类。这个变化，是我国小说观念由唐转宋的一个重要体现。这个具体的转变，后文还将详细讨论，这里不再

❶ 《新唐书》卷五十七，第1421页。
❷ 《新唐书》卷五十九，第1543页。

赘述。

那么，相对于唐人对杂传的认知重点落于“而又杂以虚诞怪妄之说”❶的表现特征，但是依然认为“盖亦史官之末事也”❷，所以归属于史部的杂传类，宋人则将唐人的杂传观念加以区别分化。欧阳修在《崇文总目》传记类的小序中，表达了这样的观点：

> 古者史官，其书有法，大事书之策，小事载之简牍，至于风俗之旧，耆老所传，遗言逸行，史不及书，则传记之说，或有取焉。然自六经之文，诸家异学，说或不同，况乎幽人处士，闻见各异，或详一时之所得，或发史官之所讳，参求考质，可以备多闻焉！❸

强调了杂传具有“闻见各异”的特点，但是删除了唐人“而又杂以虚诞怪妄之说”的特征认知。因此我们可以认为，宋人在《新唐书·艺文志》杂传类的著录中，将原属《旧唐书·经籍志》杂传类的 24 部作品，出于“虚诞怪妄”的原因，不再将其归为杂传类，而归属于小说类。事实上，宋人的小说观念，无疑也因此具有了这一部分杂传“虚诞怪妄”的表现特征，成为“技”的积极体现。

那么，在把握上述“小道”核心特征不变、“技”的表现特征有别的小说观念基础上，就可以通过考察《见在目》对于小说作品的著录情况，剖析其时日本目录学的小说观念。为求将《见在目》小说著录情况与我国各史志书目的著录情况清晰比较，特制成表如下：

---

❶❷ 《隋书》卷三十三，第 982 页。

❸ 《崇文总目》卷二，第 76 页。

表 11　《见在目》小说著录对照表

序号	书　名	卷数	《汉志》	《隋志》	《见在目》	《旧唐志》	《新唐志》	《宋志》	《四库》子・小说
1	《女孝经》	1			孝经家	阙	阙	子・小说	阙
2	《酒孝经》	1			孝经家	子・小说	子・小说	子・小说	阙
3	《武孝经》	1			孝经家	阙	子・小说	子・小说	阙
4	《魏晋世语》	10		史・杂史	杂史家	史・杂史	史・杂史	阙	阙
5	《拾遗记》	10		史・杂史	杂史家	史・杂史	史・杂史	子・小说	异闻
6	《穆天子传》	6		史・起居注	起居注家	史・起居注	史・起居注	史・别史	异闻
7	《汉武帝故事》	2		史・旧事	旧事家	史・故事	史・故事	史・故事	异闻
8	《西京杂[记]》	2		史・旧事	旧事家	史・起居注 & 地理	史・故事 & 地理	史・传记	杂事
9	《汉武内传》	2		史・杂传	杂传家	史・杂传	子・道家・神仙	史・传记	异闻
10	《神仙传》	20		史・杂传	杂传家	史・杂传	子・道家・神仙	子・道家・神仙	子・道家
11	《搜神记》	30		史・杂传	杂传家	史・杂传	子・小说	子・小说	异闻
12	《(搜神)后记》	10		史・杂传	杂传家	阙	阙	阙	异闻
13	《旋[旌]异记》	10		史・杂传	杂传家	史・杂传	子・小说	阙	阙
14	《冥报计[记]》	10			杂传家	史・杂传	子・小说 & 史・杂传记	子・小说	阙

续表

序号	书　名	卷数	《汉志》	《隋志》	《见在目》	《旧唐志》	《新唐志》	《宋志》	《四库》子·小说
15	《妒记》	2		史·杂传	杂传家	阙	阙	阙	阙
16	《续齐谐记》	3		史·杂传	杂传家	史·杂传	子·小说	子·小说	异闻
17	《朝野佥载》	20			杂传家&杂家	阙	史·杂传记	史·传记	杂事
18	《汉武洞冥记》	4		史·杂传	杂传家	史·杂传	子·道家·神仙	史·传记	异闻
19	《研神记》	1		史·杂传	杂传家	史·杂传	子·小说	阙	阙
20	《灵异记》	10		史·杂传	杂传家	阙	阙	阙	阙
21	《列仙传》	2	阙	史·杂传	杂传家	史·杂传	子·道家·神仙	子·道家·神仙	子·道家
22	《山海经》	21	术数略·形法家	史·地理	土地家	史·地理	史·地理	子·五行	异闻
23	《(山海经)抄》	1	阙	阙	土地家	阙	阙	阙	阙
24	《(山海经)略》	1	阙	阙	土地家	阙	阙	阙	阙
25	《神异经》	1	阙	史·地理	土地家	史·地理	子·道家·神仙	子·小说	异闻
26	《十洲记》	10	阙	史·地理	土地家	史·地理	子·道家·神仙	史·地理	异闻
27	《鬻子》	1	诸子略·道家&小说家	子·道家	道家	子·小说	子·道家	子·杂家&小说	子·杂家

续表

序号	书　名	卷数	《汉志》	《隋志》	《见在目》	《旧唐志》	《新唐志》	《宋志》	《四库》子・小说
28	《金楼子》	10		子・杂家	杂家	子・杂家	子・杂家	子・杂家	子・杂家
29	《博物志》	10		子・杂家	杂家	子・小说	子・小说	子・杂家	琐语
30	《(博物志)章》	10		阙	杂家	阙	阙	阙	阙
31	《事始》	3			杂家	子・杂家	子・小说	子・小说	子・杂家（存目）
32	《类林》	5		阙	杂家	阙	子・小说	阙	阙
33	《笑林》	3		子・小说	小说家	子・小说	子・小说 & 类书	阙	阙
34	《笑论》	1		阙	小说家	阙	阙	阙	阙
35	《燕丹子》	1	阙	子・小说	小说家	子・小说	子・小说	子・小说	杂事（存目）
36	《世说》	10		子・小说	小说家	子・小说	子・小说	子・小说	杂事
37	《(世说)问答》	2		阙	小说家	阙	阙	阙	阙
38	《(世说)问录》	10		阙	小说家	阙	阙	阙	阙
39	《志林小说》	10		阙	小说家	阙	阙	阙	阙
40	《小说》	10		子・小说	小说家	子・小说	子・小说	子・小说	阙
41	《座右铭》	1		阙	小说家	阙	阙	阙	阙
42	《续(座右铭)》	1		阙	小说家	阙	阙	阙	阙

从上表可以看出,《见在目》著录的 42 种小说作品,除去 16 种《隋书·经籍志》无记载外,其余 26 种的著录归类与《隋书·经籍志》的处理相同;除去 16 种《旧唐书·经籍志》无记载外,其余 26 种的著录归类有 22 种与《旧唐书·经籍志》的处理相同;除去 13 种《新唐书·艺文志》无记载外,其余 27 种的著录归类却只有 13 种与《新唐书·艺文志》的处理相同,大大低于与《隋书·经籍志》和《旧唐书·经籍志》的相似率。通过这种比较可以发现,《见在目》反映的小说观念,的确贴近于《隋书·经籍志》与《旧唐书·经籍志》,而不同于《新唐书·艺文志》,即贴近唐人的小说观念,而不同于宋人的小说观念。

如果以《新唐书·艺文志》丙部子录小说家类著录的小说作品为标准,对《隋书·经籍志》《见在目》《旧唐书·经籍志》的相关著录进行类别的比较,我们就可以清晰地发现,包括《见在目》在内,一直到《旧唐书·经籍志》,史家对于小说的观念认知一直都是坚持以表述"小道"为核心的固定标准。直到《新唐书·艺文志》的著录,才将大批原属史部的杂家、杂传类作品,归入子部小说类。例如,《见在目》"杂传家"有 5 种作品,在《旧唐书·经籍志》中的著录依然归属杂传,但在《新唐书·艺文志》中的著录却归属于小说类,十分清晰地表现出《见在目》持有的唐人小说观念与宋人小说观念的差异。其中值得注意的是对《冥报记》的著录,《新唐书·艺文志》采用了小说与杂传记的类别重出著录,也同时反映了唐宋小说观念差异的演变过程。

《隋书·经籍志》子部小说类共著录小说作品 25 部,155 卷(实为 139 卷),如果计入附注,则为 30 部,169 卷(实为 153 卷)。这些小说作品在贯彻《汉书·艺文志》小说家"小道"特征的同时,也进一步扩大了"小道"表述的文体范围,因此著录了如《古今艺术》《杂书钞》《座右方》《座右法》《鲁史欹器图》《器准图》《水饰》等超越《汉书·艺文志》小说家表述范围的作品，这也是《隋书·经籍志》在坚持“小道”核心判断标准的基础上，进一步发展《汉书·艺文志》小说家观念的结果。而这种观念发展的趋势，就十分清晰地通过《座右铭》与《续座右铭》的著录，传承于《见在目》“小说家”的书目著录。对比来看，稍后的《旧唐书·经籍志》小说家类也同样著录了性质相似的《释俗语》《辨林》《酒孝经》《座右方》《启颜录》等作品。可见，在这一时期，无论是我国的史志书目，还是日本的图书书目，对于小说的观念认同，无疑是一致的，并继续秉承与发展了以《汉书·艺文志》与《隋书·经籍志》为代表的传统小说观念。

《见在目》虽然没有采取中国史志书目对典籍的记载方式，明确将所著录书目分为经、史、子、集四部，但其分成的四十个小类事实上也是按照经、史、子、集四部进行著录。例如子部就包括了儒家、道家、法家、名家、墨家、纵横家、杂家、农家、小说家、兵家、天文家、历数家、五行家、医方家等十四个小类，基本沿袭并发展了《汉书·艺文志》《隋书·经籍志》的分类原则。而在“小说家”的具体著录中，有四部作品，即《笑林》《燕丹子》《世说》《小说》，与《隋书·经籍志》《旧唐书·经籍志》《新唐书·艺文志》的著录分类完全一致，都在子部的小说类；有两部作品，即《(世说)问答》与《(世说)问录》，可能已经在我国亡佚，或我国的史志书目失载；有三部作品，即《笑论》《志林小说》《座右铭》，可能著录时有讹误；而另外的《续(座右铭)》则几乎可以肯定是《见在目》在著录时按照《隋书·经籍志》的标准，对单独的作品进行性质判别与归类应用。而这种对于“当代”作品(按，白居易亡于唐武宗会昌六年，即公元 846 年，而《见在目》成书约为公元 877—892 年，相隔时间不远)的简单分类，事实上具有一种深刻的文学史意义，可以说是对以《隋书·经籍志》为代表的唐人小说观念的积极发展，在坚持“小道”核心标准的阐述基础上，进行了表达方式的突破，把诸如“铭”一类的作品选入。而这种处理方法并非日本《见在目》一家之为，稍于其后的《旧唐书・经籍志》与《新唐书・艺文志》就分别著录了性质相似的作品，即前者的《座右方》和后者的《座右方》《诫子拾遗》《开元御集诫子书》《家范》《卢公家范》《六诫》等书。

这样看来，唐人小说观念发展至五代以后，已经清晰地衍化成两个分支：一支即以宋人《新唐书・艺文志》呈现的小说观念为代表，对唐人小说观念进行了大胆的补充与革新，引入了新鲜的血液；另一支即以我国《旧唐书・经籍志》和日本《见在目》呈现的小说观念为代表，继续恪守唐人圈定的小说范畴，仅在此范畴内作出严谨的补充与完善。

第六章　叙事之花的绽放

——宋人对汉唐小说观念的突破

从先秦时期出现小说家的雏形，到刘向、刘歆对其作品性质的“小道”界定；从班固《汉书·艺文志》作为正史书目首次系统地对小说作品梳理与著录，到魏晋南北朝时期小说家们的积极创作；从初唐时期《隋书·经籍志》对汉人小说观念的突破，到唐人在小说创作与理论研究两个层面的持续准备，中国小说学体系的构建已经跨越了一千多年，终于站到了历史变革的舞台中央，即将开始一次质的飞跃。

第一节　宋人对唐人小说之学的重建

天水一朝，文风之盛，并不输于历史上任何一个朝代。宋人对文史学术的追求，也已经发展到了一个对前代成果总结并升华的阶段。这种对前代学术形式吸收并加以革新的整体趋势，自然也投射到小说学的领域中，开始给小说观念与体系加注了宋人的独特标签。

前文已经谈及，在坚持小说核心特征，即“小道”的社会功用的同时，唐人强化了对小说补史之阙的实际应用。例如，唐德宗贞元十七年(801)，丞相贾耽撰成《海内华夷图》及《古今郡国县道四夷述》四十卷，上表云：“绝域之比邻，异蕃之习俗，梯山献琛之路，乘舶来朝之人，咸究竟其源流，访求其居处。阛阓之行贾，戎貊之遗老，莫不听其言而掇其要；闾阎之琐语，风谣之小说，亦收其是而芟其伪。”❶认为史书采撰小说材料可以起到博闻广见的作用。这个趋势在五代时期进一步发展。贾纬编撰《唐年补录》，也充分利用了小说材料。《旧五代史》贾纬的本传记载：“纬属文之外，勤于撰述，以唐代诸帝实录，自武宗已下，阙而不纪，乃采掇近代传闻之事，及诸家小说，第其年月，编为《唐年补录》，凡六十五卷，识者赏之。”❷进入宋代后，利用小说材料补史之阙的做法得到了广泛的认可。在《新唐书》编纂的时候，小说材料可以为史服务的认知，已经完全融进史家的宏观思考中。《新唐书·艺文志》的序文云：“至于上古三皇五帝以来，世次国家，兴灭终始，僭窃伪乱，史官备矣。而传记、小说，外暨方言、地理、职官、氏族，皆出于史官之流也。”❸完全将小说与史家联系起来，充实了对小说学体系的理论构建。这种认知同时扩展到了对其他散佚典籍的整理方式中。如宋仁宗景祐四年（1037），宋咸在《进重广注扬子法言表》中云：“虽秘藏之多，俾加于采正；在小说之异，罔忽于弃遗。臣是敢前冒邦刑，仰于天听。终篇称善，傥垂衡石之观；以文化成，愿广鸿都之教。”❹

当然，对小说材料的采择，尤其是史书编纂究竟能否采择小说，或如何采择小说，一定程度上还是被人所质疑的。一些学者在坚持小说核心特征的基础上，秉承了刘知幾《史通》所阐述的严谨处理史料方法的观点。例如，郑樵就对李延寿将小说材料作为编入正史的史料这种做法，给予了最严厉的批评。郑樵在《通志》的《侯景传》中，认为李延寿的史料采择标准过于宽泛，其云：“此皆取于稗官小说、不典之言，延寿之史似此为多，故

❶ 《旧唐书》卷一百三十八，第3785页。

❷ ［宋］薛居正等：《旧五代史》卷一百三十一，中华书局，1976年，第1727页。

❸ 《新唐书》卷五十七，第1421页。

❹ ［宋］宋咸：《进重广注扬子法言表》，《扬子法言》，《摛藻堂四库全书荟要》第247册，第292页。

知南北朝之行事当得识者裁正之尔。”❶我们必须承认，这种保守的史料处理态度，对保证史书的实录，自然有其不可比拟的优势，但是我们也必须承认，有一部分史料由于编纂者的著述立场或其他原因，并没有被正史所保存，而是隐藏在小说之类的材料中，如果舍去了这一部分史料，无疑对我们理解历史，试图叙述历史发生的事实，缩减了我们的观察面，并事实上削弱了对历史的客观认知。宋代的一些学者对此有较为深入的思考，最具代表性的就是司马光及其编纂的《资治通鉴》。前文已经谈到，刘悚的《隋唐嘉话》，就是司马光编纂《资治通鉴》的材料采择来源之一。司马光在《进书表》中将自己的编撰方法总结为“遍阅旧史，旁采小说”❷，毫不掩饰自己对小说作为史料的立场。不仅如此，他还对这种做法展开了更加细致的探讨。例如，司马光在给范梦得的书信中，讨论了自己《资治通鉴》编撰方法的立场，并给予了一定的解释，其云：“自《旧唐书》以下俱未曾附注，如何遽可作《长编》也？请且将新、旧《唐书》纪、志、传及《统纪补录》并诸家传记小说，以至诸人文集，稍干时事者，皆须依年月注所出篇卷于逐事之下。”❸又云：“其修《长编》时，请据事目下所该新旧纪、志、传及杂史、小说、文集，尽检出一阅。”❹强调了小说材料在史书编撰准备过程中的基础作用。又云：“其实录、正史未必皆可据，杂史、小说未必皆无凭，在高鉴择之。”❺强调了要对小说材料的真伪与否加以辨别。这足以反映宋人对史官如何看待小说、对小说作为史料进入史书的编纂该持怎样的态度已经有了理性的判断与确实的方法。

司马光从史料的层面对小说作出了基于事实发展、合乎情理的评判，

---

❶ [宋]郑樵：《通志》卷一百四十三，中华书局，1987 年，第 2267 页。

❷ 《资治通鉴》，第 9607 页。

❸ [宋]司马光：《答范梦得书》，曾枣庄、刘琳主编：《全宋文》卷一二一五，上海辞书出版社、安徽教育出版社，2006 年，第 56 册，第 79 页。

❹❺ 《答范梦得书》，《全宋文》卷一二一五，第 56 册，第 80 页。

表达了宋人对小说众多功能的认同。而以是否可据或无凭来鉴定小说是否可作为史料编纂，事实上厘清了正史的实录标准，也从另一个角度阐明了宋人潜在的观念，即如果小说材料并非实录，则不具有进入正史的基本条件。换句话说，小说的特征涵盖了两个方面，一个是作为史料的实录性，一个是不能作为史料的非实录性。宋人拿前者的特性厘清了正史的实录体系，同时，宋人也依据后者的特性，将清除出正史体系的一些非实录性的作品，充入其中，使得宋人小说观念中的非实录性，反而因与史书的实录关系加强而加强，这就造成了宋人小说观念相比唐人小说观念的巨大差异。

变化最初体现在《崇文总目》的编撰中。宋仁宗景祐元年(1034)，欧阳修以馆阁校勘之职预修《崇文总目》，后以直言论事坐贬夷陵。宝元二年(1039)，复为馆阁校勘，仍修《崇文总目》。庆历元年(1041)，《崇文总目》修成。欧阳修在《崇文总目》的《叙释》中对小说类的作品阐述了这样的理论观点：

> 《书》曰："狂夫之言，圣人择焉。"又曰："询于刍荛。"是小说之不可废也。古者惧下情之壅于上闻，故每岁孟春，以木铎徇于路，采其风谣而观之。至于俚言巷语，亦足取也。今特列而存之。[1]

欧阳修对小说观念的阐述依然着重于对小说核心价值的肯定，即"小道"的社会功用，并且秉承了唐人为小说寻找存在合理性的传统。这与唐人对小说体系的构建是一致的，并继续强化了唐人小说观念体系中对于传播与记录的独特特征的突破，丰富了小说学体系的理论内容。

---

[1] 《崇文总目》卷三，《中国历代书目丛刊》第1辑上，第98—99页。

虽然在这篇《叙释》中，欧阳修并没有特别论述小说的文学性特征，但是在小说类作品的具体著录中，我们还是可以发现这个巨大的变化，即具有明显文学性特征的小说作品的著录。尽管《崇文总目》现已散佚，但仅凭辑佚的著录书目，我们依然可以清晰地发现，《崇文总目》小说类著录书目数量大为增加，远远超越了《隋书·经籍志》与《旧唐书·经籍志》的著录数量，达到152部，588卷(实为149部，577卷)。当然，书目数量的剧增并非我们的关注点，值得我们注意的是，在《隋书·经籍志》与《旧唐书·经籍志》中归属于史部杂传类的作品，有4部在《崇文总目》中被收入小说类，即祖冲之《述异记》、干宝《搜神记》、吴均《续齐谐记》和颜之推《冤魂志》。考虑到《崇文总目》对唐代开元时期之前书目的著录数量，及本身的散佚程度，这种变化就具有代表性，而绝非特殊情况。那么，我们可以认为，这种将杂传体作品作为小说著录的数量，应该是相当多的。

问题正在于此，欧阳修为何要将一部分杂传作品归属于小说类呢？

杂传最初出现在《汉书·艺文志》六艺略中的孝经类，其云：“《杂传》四篇。”[1]应当说，此时的杂传与小说产生的最初状态有些相像，还不是一个独立的文体类别，仅仅作为对《孝经》解说的词汇用语。南朝刘宋时期，王俭编撰《七志》，首次将杂传作为一个类别独立出来。《隋书·经籍志》对此记载：“俭又别撰《七志》：一曰《经典志》，纪六艺、小学、史记、杂传。”[2]稍后的阮孝绪在萧梁普通年间，编撰《七录》，正式将杂传收入记传录，作为史传的一个类别。虽然《七录》也已散佚，但仍可从《七录序》中了解相关情况。《七录序》云：

---

❶ 《汉书》卷三十，第1718页。

❷ 《隋书》卷三十二，第906页。

> 今所撰《七录》，斟酌王、刘。王以六艺之称不足标榜经目，改为“经典”，今则从之。故序“经典录”为内篇第一。刘、王并以众史，合于《春秋》，刘氏之世，史书甚寡，附见《春秋》，诚得其例。今众家记传，倍于经典，犹从此志，实为繁芜；且《七略》“诗赋”，不从“六艺”诗部，盖由其书既多，所以别为一略。今依拟斯例，分出众史，序“记传录”为内篇第二。❶

《七录序》又云：“杂传部：二百四十一种，二百八十九帙，一千四百四十六卷。”❷数量如此众多的作品出现，足以说明此时的杂传体已经成为史学的一种固定表述形式。并且，“记传”从春秋类独立，客观上带动历史书写种种表达形式的良性成长，这也对魏晋以来的杂传作品给予体式上的认可，使得这种形式的作品得以继续发展，蔚为壮观。

前文已经谈到，唐人编撰《隋书·经籍志》，对杂传进行了系统的学术梳理。唐人对杂传的特征把握，重点落于魏晋以后一部分杂传作品呈现出的“杂以虚诞怪妄之说”❸的特征，但是，在理论的宏观认知上，唐人依然认为“盖亦史官之末事也”❹，所以归属于史部的杂传类。

欧阳修既然在《崇文总目》中将一部分杂传作品的性质归属改判为小说，那就说明宋人相对唐人的杂传观念已经发生了部分变化。《崇文总目》对此有一定的阐述，在传记类的小序中，欧阳修表达了这样的观点：

> 古者史官，其书有法，大事书之策，小事载之简牍，至于风俗之旧，耆老所传，遗言逸行，史不及书，则传记之说，或有取焉。然自六

---

❶ 《广弘明集》卷三《归正篇》，第112页。

❷ 《广弘明集》卷三《归正篇》，第113页。

❸❹ 《隋书》卷三十三，第982页。

> 经之文，诸家异学，说或不同，况乎幽人处士，闻见各异，或详一时之所得，或发史官之所讳，参求考质，可以备多闻焉！❶

欧阳修对唐人杂传的理论建构，体现出既有继承，又有发展的史家态度。他强调了杂传具有“闻见各异”的特点，又删除了唐人“而又杂以虚诞怪妄之说”的特征认知，从史学的角度上看，无疑是厘清了史学材料的真伪运用，成为唐代史学家刘知幾《史通》观点的实践者。但是，如果从小说的角度去解读，欧阳修将这些由于具有“虚诞怪妄”特征不再归属杂传类的作品归入小说类，那么事实上，以欧阳修为代表的宋人小说观念，无疑也具有了这一部分杂传作品的“虚诞怪妄”的表现特征。不仅如此，更为重要的是，小说从此具有了杂传书写体式的使用权，将叙事性的特征纳入了理论范畴，为体系的发展通往新的天地提供了一个非常关键的桥梁。这就与上文讨论的司马光的思考产生了一致性。

欧阳修在《崇文总目》中开始为唐人小说观念输入新的理论血液，无异于赋予小说新的生命形式。尽管其理论表达还不是十分清晰，但是欧阳修对小说从史部借鉴合理因素的观念是坚定的。所以在《新唐书·艺文志》中，他进一步以“史官之流”❷强化了这样的认知视角。应该说，参编《崇文总目》，为欧阳修编写《新唐书·艺文志》奠定了一个很好的基础，为其编写《艺文志》小说目，作了重要的理论准备，使得其针对《旧唐书·经籍志》著录的不足，结合小说作品在唐代的实际发展，作出了重要突破，为小说学的发展开辟了新的方向。

《崇文总目》将《隋书·经籍志》《旧唐书·经籍志》中原属杂传类的一些作品归属于小说类，无疑增强了小说的文学性特征。并且，杂传的叙事

---

❶ 《崇文总目》卷二，第76页。

❷ 《新唐书》卷五十七，第1421页。

性特征也强化了小说的文体性，使小说得以由表现"小道"的核心特征为主，事实上转化为以表现叙事性的文学特征为主。那么，这种观念的变化是否只是一种偶然的书目归属变更呢？欧阳修在编撰《新唐书・艺文志》时，再一次推进《崇文总目》呈现的小说观念的变化。《新唐书・艺文志》的小说家类共著录作品"三十九家，四十一部，三百八卷（失姓名二家，李恕以下不著录七十八家，三百二十七卷）"❶，为了能清晰地看到这种变化，我们不妨以《新唐书・艺文志》"小说家"类的作品为标准，考察其在《隋书・经籍志》《旧唐书・经籍志》《崇文总目》中的著录情况，制成表格如下：

表 12　《新唐书・艺文志》小说目作品在《隋书・经籍志》《旧唐书・经籍志》与《崇文总目》中的相关著录情况

序号	书　名	《隋志》	《旧唐志》	《崇文总目》	《新唐志》
1	《燕丹子》	子・小说	子・小说	子・小说	子・小说
2	邯郸淳《笑林》	子・小说	子・小说		子・小说
3	裴子野《类林》	阙	阙		子・小说
4	张华《博物志》	子・杂家	子・小说	子・小说	子・小说
5	张华《列异传》	史・杂传	史・杂传		子・小说
6	贾泉注《郭子》	子・小说	子・小说		子・小说
7	刘义庆《世说》	子・小说	子・小说	子・小说	子・小说
8	刘义庆《小说》	阙	子・小说		子・小说
9	刘孝标《续世说》	阙	子・小说		子・小说
10	殷芸《小说》	子・小说	子・小说	子・小说	子・小说
11	刘齐《释俗语》	子・杂家	子・小说		子・小说
12	萧贲《辨林》	子・小说	子・小说		子・小说

❶　《新唐书》卷五十九，第 1543 页。

续表

序号	书　名	《隋志》	《旧唐志》	《崇文总目》	《新唐志》
13	刘炫《酒孝经》	阙	子·小说	子·小说	子·小说
14	庾元威《座右方》	子·小说	子·小说		子·小说
15	侯白《启颜录》	阙	子·小说		子·小说
16	《杂语》	子·杂家&小说	阙		子·小说
17	戴祚《甄异传》	史·杂传	史·杂传		子·小说
18	袁王寿《古异传》	史·杂传	史·杂传		子·小说
19	祖冲之《述异记》	史·杂传	史·杂传	子·小说	子·小说
20	刘质《近异录》	史·杂传	史·杂传		子·小说
21	干宝《搜神记》	史·杂传	史·杂传	子·小说	子·小说
22	刘之遴《神录》	史·杂传	史·杂传		子·小说
23	梁元帝《妍神记》	史·杂传	史·杂传		子·小说
24	祖台之《志怪》	史·杂传	史·杂传		子·小说
25	孔氏《志怪》	史·杂传	史·杂传		子·小说
26	荀氏《灵鬼志》	史·杂传	史·杂传		子·小说
27	谢氏《鬼神列传》	史·杂传	史·杂传		子·小说
28	刘义庆《幽明录》	史·杂传	史·杂传		子·小说
29	东阳无疑《齐谐记》	史·杂传	史·杂传		子·小说
30	吴均《续齐谐记》	史·杂传	史·杂传	子·小说	子·小说
31	王延秀《感应传》	史·杂传&子·杂家	史·杂传		子·小说
32	陆果《系应验记》	阙	史·杂传		子·小说
33	王琰《冥祥记》	史·杂传	史·杂传		子·小说
34	王曼颖《续冥祥记》	史·杂传	史·杂传		子·小说
35	刘泳《因果记》	子·杂家	史·杂传		子·小说
36	颜之推《冤魂志》	史·杂传	史·杂传	子·小说	子·小说
37	颜之推《集灵记》	史·杂传	史·杂传		子·小说

续表

序号	书　名	《隋志》	《旧唐志》	《崇文总目》	《新唐志》
38	《征应集》	阙	史・杂传	子・天文占书❶	子・小说
39	侯君素《旌异记》	史・杂传	史・杂传		子・小说
40	唐临《冥报记》		史・杂传		史・杂传记 & 子・小说
41	李恕《诫子拾遗》		阙	子・小说	子・小说
42	《开元御集诫子书》		阙	子・小说	子・小说
43	王方庆《王氏神通记》		阙		子・小说
44	狄仁杰《家范》		阙	子・小说	子・小说
45	《卢公家范》		阙	子・小说	子・小说
46	苏瑰《中枢龟镜》		阙	子・小说	子・小说
47	姚元崇《六诫》		阙	子・小说	子・小说
48	《事始》		子・杂家	子・小说	子・小说
49	刘睿《续事始》		阙	子・小说❷	子・小说
50	元结《猗犴[玗]子》		阙	子・小说	子・小说
51	赵自勔《造化权舆》		阙	子・小说	子・小说
52	《通微子十物志》		阙	子・小说	子・小说
53	吴筠《两同书》		阙	子・小说❸	子・小说
54	李涪《刊误》		阙	子・小说	子・小说
55	李匡文《资暇》		阙	子・小说	子・小说
56	王叡《炙毂子杂录注解》		阙	子・小说	子・小说
57	苏鹗《演义》		阙	子・小说	子・小说
58	苏鹗《杜阳杂编》		阙	史・传记	子・小说

❶ 金锡鬯按："《通志略》：徐彦卿撰。《宋志》不著撰人。"

❷ 本类作"《续事始》五卷，冯鉴撰"；又作"《续事始》三卷"。

❸ 杂家类有"《两同书》二卷，罗隐撰"。

续表

序号	书　名	《隋志》	《旧唐志》	《崇文总目》	《新唐志》
59	《柳氏家学要录》		阙	子·小说	子·小说
60	卢光启《初举子》		阙	子·小说	子·小说
61	刘讷言《俳谐集》		阙		子·小说
62	陈翱《卓异记》		阙	子·小说	子·小说
63	裴紫芝《续卓异记》		阙	子·小说	子·小说
64	薛用弱《集异记》		阙	子·小说	子·小说
65	李玫《纂异记》		阙	子·小说	子·小说
66	李亢《独异志》		阙	子·小说	子·小说
67	谷神子《博异志》		阙	子·小说	子·小说
68	沈如筠《异物志》		阙	子·小说	子·小说
69	《古异记》		阙		子·小说
70	刘餗《传记》		阙		子·小说&史·传记❶
71	牛肃《纪闻》		阙	子·小说	子·小说
72	陈鸿《开元升平源》		阙	子·小说	子·小说
73	张荐《灵怪集》		阙		子·小说
74	陆长源《辨疑志》		阙	子·小说	子·小说
75	李繁《说纂》		阙	子·小说	子·小说
76	戴少平《还魂记》		阙		子·小说
77	牛僧孺《玄怪录》		阙	子·小说	子·小说
78	李复言《续玄怪录》		阙	子·小说	子·小说
79	陈翰《异闻集》		阙	子·小说	子·小说
80	郑遂《洽闻记》		阙	子·小说	子·小说
81	钟簵《前定录》		阙	子·小说	子·小说
82	赵自勤《定命论》		阙		子·小说

❶ 本类作“刘餗《国朝传记》三卷”。

续表

序号	书　名	《隋志》	《旧唐志》	《崇文总目》	《新唐志》
83	吕道生《定命录》		阙	子·小说	子·小说❶
84	温畬《续定命录》		阙	子·小说	子·小说
85	胡璩《谭宾录》		阙	史·传记	子·小说
86	韦绚《刘公嘉话录》		阙	史·传记	子·小说
87	《戎幕闲谈》		阙	子·小说	子·小说
88	赵璘《因话录》		阙	子·小说	子·小说
89	袁郊《甘泽谣》		阙	史·传记	子·小说
90	温庭筠《乾𦠆子》		阙	子·小说	子·小说
91	温庭筠《采茶录》		阙	子·小说	子·小说
92	段成式《酉阳杂俎》		阙	子·小说	子·小说
93	《庐陵官下记》		阙	子·小说	子·小说
94	康骈《剧谈录》		阙	子·小说	子·小说
95	高彦休《阙史》		阙	史·杂史	子·小说
96	《庐子史录》		阙		子·小说
97	《逸史》		阙	史·杂史	子·小说
98	李隐《大唐奇事记》		阙	子·小说	子·小说
99	陈劭《通幽记》		阙	子·小说	子·小说
100	范摅《云溪友议》		阙	子·小说	子·小说
101	李跃《岚斋集》		阙		子·小说
102	尉迟枢《南楚新闻》		阙	史·传记	子·小说
103	张固《幽闲鼓吹》		阙	子·小说	子·小说
104	《常侍言旨》		阙	史·传记	子·小说
105	《卢氏杂说》		阙	子·小说	子·小说
106	《桂苑丛谭》		阙	史·传记	子·小说
107	《树萱录》		阙		子·小说

❶ 本类作“吕道生《定命录》二卷”，题下注曰：“大和中，道生增赵自勤之说。”

续表

序号	书　名	《隋志》	《旧唐志》	《崇文总目》	《新唐志》
108	《会昌解颐》		阙	子·小说	子·小说
109	《松窗录》		阙	史·传记	子·小说
110	《芝田录》		阙	史·传记	子·小说
111	《玉泉子见闻真录》		阙	史·传记	子·小说
112	张读《宣室志》		阙	子·小说	子·小说
113	柳祥《潇湘录》		阙	子·小说	子·小说
114	皇甫松《醉乡日月》		阙	子·小说	子·小说
115	何自然《笑林》		阙	子·小说	子·小说
116	焦璐《穷神秘苑》		阙	子·小说	子·小说
117	裴铏《传奇》		阙	子·小说	子·小说
118	刘轲《牛羊日历》		阙		子·小说
119	《补江总白猿传》		阙	子·小说	子·小说
120	郭良辅《武孝经》		阙	子·小说	子·小说
121	陆羽《茶经》		阙	子·小说	子·小说
122	张又新《煎茶水记》		阙	子·小说	子·小说
123	封演《续钱谱》		阙	子·小说	子·小说

从上表可以看出，在《崇文总目》中出现的将杂传类作品归属于小说类的变化，在《新唐书·艺文志》中继续得到显著体现。《隋书·经籍志》有载的22种杂传类作品，在《新唐书·艺文志》中被归属于小说类；《旧唐书·经籍志》有载的25种杂传类作品，在《新唐书·艺文志》中被归属于小说类。不仅如此，在可考的范围内，《崇文总目》有载的10种传记类作品，在《新唐书·艺文志》中被归属于小说，也体现出欧阳修修正小说观念的意识在实践中不断增强。

以《崇文总目》《新唐书·艺文志》为代表的宋人小说观念，成功地将唐人小说观念加以创新，为小说发展开创了新的方向，也得到了后人对这种革新思路的认同与效仿，最典型的莫过于清人编纂《四库全书》。从《四库全书总目》小说家类的作品著录中，也可以看出清人对宋人小说观念的认同与发展。《四库全书总目》子部小说家类共收作品 123 部，其中杂事之属 86 部，580 卷；异闻之属 32 部，724 卷；琐语之属 5 部，54 卷；存目又收作品 196 部，其中杂事之属 101 部，475 卷(内 7 部无卷数)；异闻之属 60 部，352 卷(内 1 部无卷数)；琐语之属 35 部，227 卷。为求直观表现，也制成一表，将《四库全书总目》小说家类著录的宋前小说作品共 50 种作一整理，如下：

表 13　《四库全书总目》子部小说家类作品在前期史志书目中的归类情况❶

序号	篇目名	卷数	《隋志》	《见在目》	《旧唐志》	《新唐志》	《四库总目》子部·小说家
1	《西京杂记》(晋葛洪)	6	史·旧事	旧事家	史·起居注 & 地理	史·故事 & 地理	杂事
2	《世说新语》(晋刘义庆撰，梁刘孝标注)	3	子·小说	小说家	子·小说	子·小说	杂事
3	《朝野佥载》(唐张鷟)	6		杂传家❷ & 杂家		史·杂传记	杂事
4	《大唐新语》(唐刘肃)	13				史·杂史	杂事
5	《次柳氏旧闻》(唐李德裕)	1				史·杂史	杂事
6	《唐国史补》(唐李肇)	3				史·杂史	杂事
7	《刘宾客嘉话录》(唐韦绚)	1				子·小说	杂事

❶　暂不考虑其中可能有个别伪作。

❷　《见在目》作 20 卷。

续表

序号	篇目名	卷数	《隋志》	《见在目》	《旧唐志》	《新唐志》	《四库总目》子部·小说家
8	《因话录》(唐赵璘)	6				子·小说	杂事
9	《明皇杂录(别录)》(唐郑处诲)	2(1)				史·杂史	杂事
10	《大唐传载》	1				史·杂史	杂事
11	《教坊记》(唐崔令钦)	1				经·乐类	杂事
12	《幽闲鼓吹》(唐张固)	1				子·小说	杂事
13	《松窗杂录》	1				子·小说	杂事
14	《云溪友议》(唐范摅)	3				子·小说	杂事
15	《玉泉子》	1				子·小说	杂事
16	《云仙杂记》(唐冯贽)	10				阙	杂事
17	《山海经》(晋郭璞注)	18	史·地理	土地家	史·地理	史·地理	异闻
18	《穆天子传》(晋郭璞注)	6	史·起居注	起居注家	史·起居注	史·起居注	异闻
19	《神异经》(汉东方朔)	1	史·地理	土地家	史·地理	子·道家·神仙	异闻
20	《海内十洲记》(汉东方朔)	1	史·地理	土地家	史·地理	子·道家·神仙	异闻
21	《汉武故事》(汉班固)	1	史·旧事	旧事家	史·故事	史·故事	异闻
22	《汉武帝内传》(汉班固)	1	史·杂传	杂传家	史·杂传	子·道家·神仙	异闻

续表

序号	篇目名	卷数	《隋志》	《见在目》	《旧唐志》	《新唐志》	《四库总目》子部·小说家
23	《汉武洞冥记》(后汉郭宪)	4	史·杂传	杂传家	史·杂传	子·道家·神仙	异闻
24	《拾遗记》(秦王嘉)	10	史·杂史	杂史家	史·杂史	史·杂史	异闻
25	《搜神记》(晋干宝)	20	史·杂传	杂传家	史·杂传	子·小说	异闻
26	《搜神后记》(晋陶潜)	10	史·杂传	杂传家	阙	阙	异闻
27	《异苑》(宋刘敬叔)	10	史·杂传	阙	阙	阙	异闻
28	《续齐谐记》(梁吴均)	1	史·杂传	杂传家	史·杂传	子·小说	异闻
29	《还冤志》(隋颜之推)	3	史·杂传		史·杂传	子·小说	异闻
30	《集异记》(唐薛用弱)	1				子·小说	异闻
31	《博异记》(唐郑还古)	1				子·小说	异闻
32	《杜阳杂编》(唐苏鹗)	3				子·小说	异闻
33	《前定录(续录)》(唐钟辂)	1(1)				子·小说	异闻
34	《桂苑丛谈》(唐严子修)	1				子·小说	异闻
35	《剧谈录》(唐康骈)	2				子·小说	异闻
36	《宣室志(补遗)》(唐张读)	10(1)				子·小说	异闻

续表

序号	篇目名	卷数	《隋志》	《见在目》	《旧唐志》	《新唐志》	《四库总目》子部·小说家
37	《唐阙史》(唐高彦休)	2				子·小说	异闻
38	《甘泽谣》(唐袁郊)	1				子·小说	异闻
39	《开天传信记》(唐郑綮)	1				史·杂史	异闻
40	《博物志》(晋张华)	10	子·杂家	杂家	子·小说	子·小说	琐语
41	《述异记》(梁任昉)	2	阙		阙	阙	琐语
42	《酉阳杂俎(续集)》(唐段成式)	20(10)				子·小说	琐语
43	《燕丹子》	3	子·小说	小说家	子·小说	子·小说	杂事(存目)
44	《飞燕外传》(汉伶玄)	1	阙		阙	阙	杂事(存目)
45	《大业拾遗记》(唐颜师古)	2			阙	阙	杂事(存目)
46	《幽怪录(续幽怪录)》(唐牛僧孺、李复言)	1(1)				子·小说	异闻(存目)
47	《续玄怪录》(唐李复言)	4				子·小说	异闻(存目)
48	《龙城录》(唐柳宗元)	2				阙	异闻(存目)
49	《独异志》(唐李冗)	3				子·小说	异闻(存目)
50	《陆氏集异记》(唐陆勋)	4				阙	异闻(存目)

从上表可以看出，在《四库全书总目》小说家类著录的50种小说书中，除去《新唐书·艺文志》阙载的8种，及原归属于《新唐书·艺文志》小说类的25种，剩余的17种小说书中，有16种来自《新唐书·艺文志》史部的故事、地理、杂史、杂传记、起居注与子部的道家类。这在一定意义上也说明了清人小说观念的构建，其实延续了宋人对唐人小说观念的革新之路。

以往的小说研究者往往着眼于纪实与虚构的区别，借此论述唐人“始有意为小说”❶，并表明传奇乃是唐人小说的自觉创作。在笔者看来，这并未触及小说发展中的真正关键之处。由于中国传统小说观念与近现代叙事小说观念有着较大差异，如何寻找两种观念的交接处，是解决这一症结的要害。从纪实与虚构的角度出发，本质上只能在近现代叙事小说观念的影响下，考察题材表现的真伪。所以我们不妨透过这些表面的现象，去考察内在的一些导致质变的关键点。小说的理论建构，直到唐末五代时期，依然停留于无固定文体特征的学术之说，而如何获得一种充满文学色彩的表达形式，成为一种具有主要特征的叙事文体，正是传统小说观念向近现代小说观念转变的关键。欧阳修通过《崇文总目》小说类与《新唐书·艺文志》小说类的编撰，开始了第一次具有里程碑意义的理论尝试，借助于杂传类文体的表现形式，为小说赢得了一种标志性的文体依据。就小说观念的发展进程看，叙事文体的引入，不啻对唐人小说之学的重建。而这种成功的变革，也引发了纪昀撰修《四库全书总目》对小说观念的再次冲击。

第二节　唐传奇名实辨

今人治小说者大多将唐传奇放在唐代小说的范畴里论述，这里面本

❶ 《中国小说史略》第八篇，第44页。

有先天的概念缺陷，即在唐人小说观念中，传奇这种文学表达形式，正如我们前文的梳理，还未进入唐人的小说范畴，也即没有进入唐人的理论观照领域，因此在严格意义上也就不能成为唐代小说的代表，只能作为唐代某一时期的流行文学表现形式。如果以今人之小说观念与标准来划分，则大抵可以从创作的层面，如以叙事、审美等题材类型的角度加以断代研究。立足中国小说的宏观发展考虑，传奇作为一种文体，从创作的出现到该种表达形式的被认可，及开始相关理论研究，时间跨度较大，在创作兴盛的唐代当时并没有出现专门的理论研究，而到了宋代才出现有针对性的讨论，因此现在我们对唐传奇的理解，大多基于宋人的认知观念，所以对唐传奇最初的理论构建及对其在小说发展中的所处位置及作用的认识，事实上反映的应该是宋人的观念。

唐传奇作品的产生及特征，论者多矣，此不赘述。本节将通过对唐传奇作为文体的形成及其称谓的最终确定等相关问题的梳理，讨论唐传奇作品的最终定型。这种定型在理论研究的层面上，主要表现为“传奇”这个称谓由某一部作品的专有名称逐渐演变为一类作品的通用名称。

最早对唐代传奇作品作出理论考察的是南宋时期的赵彦卫。他在《云麓漫钞》中对唐传奇的产生背景作出这样的评述：

> 唐之举人，先借当世显人，以姓名达之主司，然后以所业投献，逾数日又投，谓之温卷，如《幽怪录》《传奇》等皆是也。盖此等文备众体，可以见史才、诗笔、议论。至进士则多以诗为贽，今有唐诗数百种行于世者是也。[1]

---

[1] 《云麓漫钞》卷八，第135页。

这一段评述不仅概括了传奇类文体所具有的“史才、诗笔、议论”等表现特征，还指出了传奇产生的一个重要原因，即行卷。鲁迅曾在此观点基础上，作出了一个直观的判断。其云：

此类文字，当时或为丛集，或为单篇，大率篇幅曼长，记叙委曲，时亦近于俳谐，故论者每訾其卑下，贬之曰“传奇”，以别于韩柳辈之高文。顾世间则甚风行，文人往往有作，投谒时或用之行卷，今颇有留存于《太平广记》中者（他书所收，时代及撰人多错误不足据），实唐代特绝之作也。[1]

在《中国小说的历史的变迁》第三讲中，鲁迅又叙述了行卷对传奇创作的影响，其云：

唐至开元，天宝以后，作者（引者按：指传奇作者）蔚起，和以前大不同了。从前看不起小说的，此时也来做小说了，这是和当时底环境有关系的，因为唐时考试的时候，甚重所谓“行卷”；就是举子初到京，先把自己得意的诗钞成卷子，拿去拜谒当时的名人，若得称赞，则“声价十倍”，后来便有及第的希望，所以行卷在当时看得很重要。到开元，天宝以后，渐渐对于诗，有些厌气了，于是就有人把小说也放在行卷里去，而且竟也可以得名。所以从前不满意小说的，到此时也多做起小说来，因之传奇小说，就盛极一时了。[2]

鲁迅并未就行卷影响传奇创作展开详细讨论，只是下了一个断语。程千

[1] 《中国小说史略》第八篇，第 44 页。

[2] 《鲁迅全集》第 9 卷，第 324 页。

帆曾著有《唐代进士行卷与文学》，其中第八章《行卷风尚的盛行与唐代传奇小说的勃兴》详细论证了传奇的产生背景与行卷这种社会现象的关系，可参。❶

考察唐代传奇类作品，我们发现，虽然在唐代中期的贞元（785—805）、元和（806—820）年间出现了极为成熟的传奇名篇，但用传奇作品行卷的风气，此后遭到一定程度的打击。北宋时期的钱易在《南部新书》中记载：

> 李景让典贡年，有李复言者，纳省卷，有《纂异》一部十卷。榜出曰：“事非经济，动涉虚妄，其所纳仰贡院驱使官却还。”复言因此罢举。❷

这对传奇的行卷实用功能，不啻根本的否定。但行卷的风气还有一丝尚存，如南宋时期的陈鹄在《西塘集耆旧续闻》中记载：

> 后唐明宗公卿大僚，皆唐室旧儒。其时进士贽见前辈，各以所业，止投一卷至两卷，但于诗赋歌篇古调之中，取其最精者投之。行两卷，号曰“双行”，谓之多矣。故桑魏公维翰只行五首赋，李相愚只行五首诗，便取大名，以至大位，岂必以多为贵哉？裴说补阙只行五言十九首，至来秋复行数卷，人有讥之者，乃云：“只此十九首苦吟，尚未有见知，何暇别卷哉！”余谓国初尚有唐人之风。赵叔灵，清献之祖也，初举进士，主司先题其警句于贡院壁上，遂擢第。有诗集数十篇，闲雅清淡，不作晚唐体，自成一家。清献漕成都日，宋祁公镇益都，为序其诗。❸

---

❶ 程千帆：《唐代进士行卷与文学》，上海古籍出版社，1980 年，第 79—87 页。
❷ [宋]钱易：《南部新书》卷甲，中华书局，2002 年，第 9 页。
❸ [宋]陈鹄：《西塘集耆旧续闻》卷八，上海古籍出版社，1993 年，第 64—65 页。

可见，直到北宋初期，行卷的风气尚存，只是行卷的内容已经不再包括传奇，仅以诗赋为主。

唐代传奇作品蕴含的"史才、诗笔、议论"是区别于同期其他作品的三个典型特征。唐代文人的追求目标与个人价值的自我实现，莫过于修国史。刘悚在《隋唐嘉话》中记载："薛中书元超谓所亲曰：'吾不才，富贵过分，然平生有三恨：始不以进士擢第，不得娶五姓女，不得修国史。'"❶而为进士登第努力的文人，往往通过撰写具有"史才、诗笔、议论"特点的作品来展现自己兼备修国史的才能。这种集体的行为也有着长期的历史传统。例如，《晋书·职官志》记载："著作郎一人，谓之大著作郎，专掌史任。又置佐著作郎八人。著作郎始到职，必撰名臣传一人。"❷杂传体的作品，往往长于叙事，尤其是纪一人一事之本末，因此成为行卷中最为突出的实际功能。诗歌是唐人日常生活的重要组成部分，更何况诗赋取士的考试制度一定程度上刺激了文人的诗歌创作。在行卷的文章中，要展现自己包括诗赋创作在内的多方面的文采和驾驭文史写作的能力，杂传体的表现形式就为这些准进士们提供了一个十分有用的表现媒介。前文在谈论魏晋时期杂传作品时，已经提到如《杜兰香传》《桃花源记》这样的诗传类杂传，更为贴近唐代传奇作品的文体渊源。该类作品具有非常鲜明的特征，即在文章中含有相对独立的诗歌，对文章起到总领本事或抒发议论的作用。这与唐代传奇作品中多有诗歌唱咏、辞赋对答的结构处理颇为相像。议论是唐代传奇作品最为突出的特点，许多优秀的篇章往往借文中人物阐发重要的论断。如元稹《莺莺传》在传文结束时，借张生之口对"张志亦绝矣"的原因发议论云：

---

❶ 《隋唐嘉话》，第 28 页。
❷ 《晋书》卷二十四，第 735 页。

> 大凡天之所命尤物也，不妖其身，必妖于人。使崔氏子遇合富贵，乘宠娇，不为云，为雨，则为蛟，为螭，吾不知其变化矣。昔殷之辛，周之幽，据百万之国，其势甚厚。然而一女子败之。溃其众，屠其身，至今为天下僇笑。予之德不足以胜妖孽，是用忍情。❶

通过这个辩白，使得“于时坐者皆为深叹”，达到了“时人多许张为善补过者”的社会效果。当然，这个议论是否有利于对元稹本人的道德评判，不在本文考察的范围，但是这种观点的发出表明了传奇的议论功用。也有的作品直接表达了作者个人的判断，如李公佐《谢小娥传》篇末议论云：“余备详前事，发明隐文，暗与冥会，符于人心。知善不录，非《春秋》之义也。故作传以旌美之。”❷不仅如此，更有以作者群体发出的论断，如陈鸿《长恨歌传》在传文结束时，发出了这样的议论：

> 元和元年冬十二月，太原白乐天自校书郎尉于盩厔。鸿与琅琊王质夫家于是邑，暇日相携游仙游寺，话及此事，相与感叹。质夫举酒于乐天前曰：“夫希代之事，非遇出世之才润色之，则与时消没，不闻于世。乐天深于诗，多于情者也。试为歌之，如何？”乐天因为《长恨歌》，意者不但感其事，亦欲惩尤物，窒乱阶，垂于将来者也。❸

这种议论往往给传奇作者营造了一种被人了解的更为直接的途径，得以赢取较高的声誉，而这种议论往往也被时人所接受，成为传奇创作的必备因素。李肇《国史补》卷下云：“沈既济撰《枕中记》，庄生寓言之类。韩愈

---

❶ [唐]元稹：《莺莺传》，汪辟疆校录：《唐人小说》，上海古籍出版社，1978年，第139页。

❷ [唐]李公佐：《谢小娥传》，《唐人小说》，第95页。

❸ [唐]陈鸿：《长恨歌传》，《唐人小说》，第119页。

撰《毛颖传》，其文尤高，不下史迁。二篇真良史才也。”❶如果已经有了良史之才的美誉，则修国史也名正言顺了。

如果说行卷等社会行为给唐代传奇作品的创作提供了一片有益的生长土壤，那么，唐宋时期的古文运动则为传奇作品进入学者理论观察与思考的领域，奠定了扎实的基础。唐代虽有传奇作品出现，但没有这一类文体的专有称谓形成。最早出现用“传奇”这个名称来指代该类作品，已经是北宋时期，并且这个称谓与“小说”语词形成的最初状态相似，与我们观念中的唐代传奇作品，有着一定的差异。毕中询《幕府燕闲录》云：

> 范文正公作《岳阳楼记》，为世所贵，尹师鲁读之曰：“此传奇体也。”❷

同样是古文家的尹洙，从文章学的角度将范仲淹的《岳阳楼记》作为传奇体的写作方式来看待。当然，《幕府燕闲录》中的记录过于简洁，我们无法了解尹师鲁所谓的“传奇体”究竟为何。对这段本事记载更为详细的是陈师道的《后山诗话》。其云：

> 范文正公为《岳阳楼记》，用对语说时景，世以为奇。尹师鲁读之曰：“《传奇》体尔。”《传奇》，唐裴铏所著小说也。❸

将尹洙及时人眼中的“传奇体”特征，定义为“用对语说时景”，并且特别举

---

❶ 《唐国史补》，第 55 页。
❷ ［宋］毕中询：《幕府燕闲录》，［元］陶宗仪纂：《说郛》卷十四，中国书店，1986 年，第 3 册，第 237 页。是书据涵芬楼 1927 年 11 月版影印。
❸ ［宋］陈师道：《后山诗话》，［清］何文焕辑：《历代诗话》，中华书局，2004 年，第 310 页。

例指出具有这种特征的标志性作品是裴铏的《传奇》。《传奇》,《新唐书·艺文志》小说家类著录:“裴铏《传奇》三卷。”❶但裴铏生平事迹不见史志记载。目前最早可见的是宋人计有功在《唐诗纪事》中的记载,其云:

> 乾符五年,铏以御史大夫为成都节度副使。《题石室》诗曰:“文翁石室有仪形,庠序千秋播德馨。古柏尚留今日翠,高岷犹霭旧时青。人心未肯抛膻蚁,弟子依前学聚萤。更叹沱江无限水,争流只愿到沧溟。”时高骈为使,时乱矣,故铏诗有“愿到沧溟”之句,有微旨也。铏作《传奇》,行于世。❷

但是在晁公武看来,《传奇》之于高骈的副作用是显而易见的,其云:“《唐志》称铏高骈客,故其书所记皆神仙恢谲事。骈之惑吕用之,未必非铏辈导谀所致。”❸晁公武之论,周楞伽辑注《裴铏传奇》已有反驳,可参。❹故裴铏《传奇》曾被宋人作为传奇体文学形式的代表。从现存《传奇》文字来看,最明显的特征莫过于大量使用对语,而范仲淹《岳阳楼记》遭到尹洙的贬低性解读,正因为有着与其相似的特征。

被宋人称为“传奇”的另外一部作品是元稹的《莺莺传》。《莺莺传》全文载《太平广记》❺,《类说》本《异闻集》此篇题为《传奇》❻,但《类说》本《异闻集》中各条目名称不一定作本来名称,时有改动,如《柳氏传》题为《柳氏述》。赵令畤在《辨传奇莺莺事》文中,直接将元稹所作的这段

---

❶ 《新唐书》卷五十九,第1543页。

❷ [宋]计有功辑撰:《唐诗纪事》卷六十七,上海古籍出版社,2008年,第1011页。

❸ 《郡斋读书志校证》卷第十三,第555页。

❹ [唐]裴铏著,周楞伽辑注:《裴铏传奇》前言,上海古籍出版社,1980年,第2—6页。

❺ 《太平广记》卷四百八十八,第4012—4017页。

❻ [唐]陈翰:《异闻集》,[宋]曾慥辑:《类说》卷二十八,书目文献出版社,2000年,第473页。是书据明天启六年岳钟秀刻本影印。

故事称为“传奇”，其文援引王性之《传奇辨正》，亦使用“传奇”作为篇目名称。其云：“……则所谓《传奇》者，盖微之自叙，特假他姓以自避耳。”❶王性之即王铚，著有《默记》。而赵令畤在《元微之崔莺莺商调蝶恋花词》中说：

> 夫传奇者，唐元微之所述也，以不载于本集而出于小说，或疑其非是。今观其词，自非大手笔，孰能与于此。❷

则确指《莺莺传》，并且已经将元稹的《莺莺传》，也就是《传奇》，纳入了宋人小说观念的范畴中。这种认知的变化，我们可以认为是受到宋人在《崇文总目》与《新唐书·艺文志》中对唐人小说观念作出革新后的影响。下文还有讨论，这里先暂时跳过不谈。而南宋时期，《莺莺传》的称谓被《传奇》取代，已经十分普遍。例如，傅幹《注坡词》中，《定风波》（莫怪鸳鸯绣带长）“为郎憔悴却羞郎”句下，傅幹注曰：

> 《传奇》：“崔氏与张籍诗：‘自从别后减容光，万转千回懒下床。不为旁人羞不起，为郎憔悴却羞郎。’”❸

又，《浣溪沙》（桃李溪边）“香在衣裳妆在臂”句下，傅幹注曰：

> 《传奇》：“张生与崔氏谐遇，张生飘飘然，且疑神仙之徒，不为从人间至矣。有顷，寺钟鸣，红娘促起，崔氏娇啼宛转，红娘拥之而去。

❶ ［宋］赵令畤：《侯鲭录》卷五，中华书局，2002年，第126页。

❷ 《侯鲭录》卷五，第135页。

❸ 《宋傅幹注坡词》卷四，北京图书馆出版社，2001年。是书据黄永年所藏徐积余本影印，徐本为沈德寿《报经楼藏书志》所录天一阁本的钞本。

> 张生辨色而兴，自疑于心曰：‘岂其梦邪，所可明者，妆在臂，香在衣，泪光荧荧然，犹莹于茵席而已。’”❶

明确将《传奇》作为《莺莺传》的正式称谓。

此外，伴随着小说的内容取材进入民间曲艺，传奇类的题材也进入了艺人选择的范畴。因戏曲说唱表演范畴下如诸宫调中的传奇与我们讨论的传奇性质并不相同，只不过假用其名，这里我们仅就与小说内容关系密切的说话形式下的传奇稍作阐述。南宋中期的灌圃耐得翁《都城纪胜》记载：

> 说话有四家。一者小说，谓之银字儿，如烟粉、灵怪、传奇。说公案，皆是搏刀赶棒及发迹变泰之事。说铁骑儿，谓士马金鼓之事。说经，谓演说佛书。说参请，谓宾主参禅悟道等事。讲史书，讲说前代书史文传，兴废争战之事。❷

传奇俨然成为小说的主要表演类型，成为与烟粉、灵怪并列的流行题材。这种情况并不仅仅局限在宋朝疆域，在游牧民族统治的中原及北方，传奇作为小说的表现类型之一，也得到了普遍的认同。《金史・佞幸列传》云：

> 张仲轲幼名牛儿，市井无赖，说传奇小说，杂以俳优诙谐语为业。❸

---

❶ 《宋傅幹注坡词》卷十。

❷ [宋]灌圃耐得翁：《都城纪胜》，《东京梦华录（外四种）》，古典文学出版社，1956 年，第 98 页。

❸ [元]脱脱等：《金史》卷一百二十九，中华书局，1975 年，第 2780 页。

传奇进入小说的观念得到了最大程度的接受。我们可以借助南宋后期罗烨的记载，了解其代表篇目。罗烨在《小说开辟》一文中，例举了当时说话伎艺中的一些代表性传奇篇目，其云：

> 论《莺莺传》《爱爱词》《张康题壁》《钱榆骂海》《鸳鸯灯》《夜游湖》《紫香囊》《徐都尉》《惠娘魄偶》《王魁负心》《桃叶渡》《牡丹记》《花萼楼》《章台柳》《卓文君》《李亚仙》《崔护觅水》《唐辅采莲》，此乃为之传奇。❶

可见，宋人对传奇的理解，经过了对裴铏《传奇》、元稹《莺莺传》等作品的具体特指，发展到后期对这一类作品的泛称。

回到前文尹师鲁对范仲淹《岳阳楼记》的评论。尹师鲁出于对“用对语说时景”的行文特征的轻视，以及对“传奇体”写作方式能否进入古文创作领域的潜在怀疑，最终产生了否定的解读。其实对传奇体作品的轻蔑，来自正统文章学家的固有传统。早在唐代中期以后，作为古文大家的韩愈与柳宗元，就写成了一系列具有史部纪传体表现特征的文章，其中的名篇如韩愈的《毛颖传》、柳宗元的《河间妇传》《段太尉佚事状》《童区寄传》《种树郭橐驼传》等，对古文创作表现出一定的革新之举。这些文章往往遭到保守古文家的抨击。张籍曾写信给韩愈，表达了他的反对态度，其云：

> ……比见执事多尚驳杂无实之说，使人陈之于前以为欢，此有以累于令德。❷

---

❶ [宋]罗烨：《醉翁谈录》甲集卷一，古典文学出版社，1957 年，第 4 页。

❷ [唐]韩愈著，马其昶校注，马茂元整理：《韩昌黎文集校注》卷二《籍遗愈书》，上海古籍出版社，1986 年，第 131 页。

韩愈对此作出回应，其云：

> 吾子又讥吾与人人为无实驳杂之说，此吾所以为戏耳。比之酒色，不有间乎？吾子讥之，似同浴而讥裸裎也。❶

但是张籍依然坚持自己对古文的判断，其云：

> 君子发言举足，不远于理，未尝闻以驳杂无实之说为戏也。执事每见其说，亦拊抃呼笑，是挠气害性，不得其正矣。苟正之不得，曷所不至焉！或以为中不失正，将以苟悦于众，是戏人也，是玩人也，非示人以义之道也。❷

韩愈于是不再如前次回应时避实就虚，而是对自己的创作方式引经据典，找出合理依据反驳对其的质问，其云：

> 驳杂之讥，前书尽之，吾子其复之。昔者夫子犹有所戏，《诗》不云乎：“善戏谑兮，不为虐兮。”《记》曰：“张而不弛，文王不能也。”恶害于道哉？吾子其未之思乎！❸

这一段交锋，五代时期王定保所撰《唐摭言》中有记载，其云：“韩文公著《毛颖传》，好博簺之戏。张水部以书劝之，凡三书。”❹柳宗元表达了对

❶ 《韩昌黎文集校注》卷二《答张籍书》，第132—133页。
❷ 《韩昌黎文集校注》卷二《籍遗愈第二书》，第134页。
❸ 《韩昌黎文集校注》卷二《重答张籍书》，第136页。
❹ ［五代］王定保：《唐摭言》卷五，商务印书馆，1936年，第45页。是书选用学津讨原本排印。另，中华书局上海编辑所1959年9月版《唐摭言》作“凡二书”（第55页）。

韩愈观点的认同与支持，其云："韩子穷古书，好斯文，嘉颖之能尽其意，故奋而为之传，以发其郁积，而学者得以励，其有益于世欤！是其言也，固与异世者语，而贪常嗜琐者，犹呫呫然动其喙。"❶针对一些对《毛颖传》的非议，还特别申明自己为之辩白："仆甚奇其书，恐世人非之，今作数百言，知前圣不必罪俳也。"❷

那么，从唐代到宋代，文章学领域中的古文家一派，对《毛颖传》一类的传奇体单篇文章或已经结集的如裴铏《传奇》等小说的表述形式，是否可以纳入古文创作的体系，大多观点不一，而陈振孙《直斋书录解题》在《传奇》条下引陈师道《后山诗话》，云："尹师鲁初见范文正《岳阳楼记》曰：'传奇体耳。'然文体随时，要之理胜为贵，文正岂可与传奇同日语哉？盖一时戏笑之谈耳。"❸采取了一种调和的态度，以"理胜"为宗旨，事实上承认了传奇的表现手法在古文创作中的位置。刘开荣《唐代小说研究》在第一章《传奇小说勃兴三大要素——古文运动、科举制度及佛教影响》作出相关讨论，亦可参。❹

从以上的讨论，我们可以认为唐代的行卷行为在客观上刺激了传奇作品质的成熟与量的激增，而唐代中期及北宋以来的古文运动，对古文家借鉴传奇作品中创作手法的探讨，又为传奇的最终定性奠定了理论基础。所以宋代以后，人们对传奇的典型特征及性质功用等有了相当的理论总结。南宋的洪迈曾经说："唐人小说，不可不熟，小小情事，凄惋欲绝。洵有神遇而不自知者，与诗律可称一代之奇。"❺元代的虞集在《写韵轩记》中

---

❶ [唐]柳宗元：《柳宗元集》卷二十一《答韩愈所著毛颖传后题》，中华书局，1979 年，第 570—571 页。

❷ 《柳宗元集》卷三十三《与杨诲之书》，第 848 页。

❸ 《直斋书录解题》卷十一，第 322 页。

❹ 刘开荣：《唐代小说研究》，商务印书馆，1947 年。

❺ 洪迈此语，不见今本《容斋随笔》，疑有佚文。今引自清人陈莲塘《唐人说荟》例言，清宣统三年扫叶山房石印本。另，桃源居士在《五朝小说》中的《唐人小说序》文中，亦记有此语。

说：“盖唐之才人，于经艺道学有见者少，徒知好为文辞。闲暇无所用心，辄想像幽怪遇合、才情恍惚之事，作为诗章答问之意，傅会以为说。盍簪之次，各出行卷，以相娱玩。非必真有是事，谓之传奇。元稹、白居易犹或为之，而况他乎！”❶更加突出了对传奇作品文学特征的把握。而稍后的夏庭芝在《青楼集志》中云：“唐时有‘传奇’，皆文人所编，犹野史也，但资谐笑耳。”❷则完全将关注点集中在作品最终指向的趣味性，忽略了宋人总结的“史才、诗笔、议论”等典型特征。

前文在讨论魏晋杂传时，已经提及杂传体是唐代传奇作品产生的文体渊源。学界对此已经有了较为准确的认知，逐渐更正了鲁迅《中国小说史略》“志怪”说的误判。那么，唐代传奇对杂传的继承情况，是如何进入宋人研究领域的呢？

五代后晋时期的刘昫编撰《旧唐书》，其《经籍志》著录“开元盛时四部诸书”❸，于杂传类和小说家类并未收载传奇作品。赵宋建国后，太宗皇帝敕令撰《太平广记》，于太平兴国三年(978)八月撰成。其书在第484—492卷收录了《李娃传》《东城老父传》《柳氏传》《长恨传》《无双传》《霍小玉传》《莺莺传》《周秦行记》《冥音录》《东阳夜怪录》《谢小娥传》《杨娼传》《非烟传》和《灵应传》等14篇传奇作品，并将这些作品单独归属于一个类别，命名为“杂传记”。此为宋人对传奇作品作出的首次性质划分与类别归属，可以认为宋人此时已经对传奇与杂传的关系有了一个基本的判别。但是，《太平广记》撰成后，虽于“(太平兴国)六年正月奉圣旨雕印板”❹，但

---

❶ [元]虞集：《道园学古录》卷三十八，商务印书馆，1937年，第645页。

❷ [元]夏庭芝著，孙崇涛、徐宏图校注：《青楼集校注》，中国戏剧出版社，1990年，第43页。按，此序文仅见明人无名氏所辑《说集》本，陶宗仪辑、明人陶珽重校《说郛》本、明人陆楫所辑《古今说海》本、叶德辉辑《双梅景闇丛书》本皆不见收录。

❸ 《旧唐书》卷四十六，第1963页。

❹ 《太平广记表》，《太平广记》，第1页。

"言者以为非学者所急，收墨板藏太清楼"[1]，所以未能广泛流传。故《太平广记》对传奇性质归属上的最初理论判断是否能完全代表此时的群体观念认知，还不足为据。因此我们还需借助其他文献典籍的理论阐述，考察这种观念是否被最广泛地接受。太宗雍熙三年（986），《文苑英华》基本修成。在《文苑英华》第792—796卷收录了被命名为"传"的一类作品[2]，其中包括了一般概念下的传体文以及前文提到的韩愈、柳宗元所创作的一些引起争议的作品，如《毛颖传》《种树郭橐驼传》《童区寄传》。此外，这一类也收入了如陈鸿《长恨歌传》、沈亚之《冯燕传》等传奇作品。可见，《文苑英华》与《太平广记》对传奇作品的性质判别基本相近，都归属于"杂传记"或"传"的大类。

宋仁宗庆历元年（1041），反映北宋皇家藏书情况的《崇文总目》修成。《崇文总目》在传记类著录了如《虬髯客传》《李靖行状》这样的传奇作品，又在小说类著录了相同性质的《补江总白猿传》与裴铏的《传奇》，体现出对这一类作品性质的把握与分类还未最终确定。但我们也可看出，这样看似混乱的分类，其实也反映出在宋人的观念中，传奇由杂传或传记的性质渐次融入了小说的范畴。仁宗嘉祐五年（1060），《新唐书》全书完成，其杂传记类已不再著录传奇作品，而全部归类于小说家类，如其小说家类著录了传奇集裴铏《传奇》和单篇传奇作品《补江总白猿传》，显示出对《崇文总目》修成以来的传奇性质判别与小说观念发展。南宋后期的谢采伯在《密斋笔记》的序文中说："要之，无抵牾于圣人，不犹愈于稗官小说、传奇志怪之流乎？"[3]所持的就是已经发展后的小说观念。与此同时，志怪类题材的作品也基本完成了从史部杂传类向子部小说类的完全退入。

---

[1] ［宋］王应麟纂：《玉海》卷五十四，上海书店出版社、江苏古籍出版社，1990年，第1031页。

[2] ［宋］李昉等编：《文苑英华》，中华书局，1966年。

[3] ［宋］谢采伯：《密斋笔记》，商务印书馆，1936年，第1页。是书据琳琅秘室丛书本排印。

宋人对唐代传奇作品的特征把握和性质归属，经过了上述一个由"杂传记"或"杂传"组成的"传"体大类向小说类演变的过程，而以"传"的表现形式成为宋人对传奇作品最重要的文体认知。在传奇的特征被固定解读后，唐代形成的"史才、诗笔、议论"的典型特征在宋代传奇作品中逐渐消退，终于成为小说范畴里的重要组成部分。那么，既然传奇作品多以"某某传"为名，且多归属于"杂传记""杂传"等"传"体类别，我们就不得不对"传(chuán)奇"现在的读法产生疑问。清人梁绍壬在《两般秋雨盦随笔》中说："《传奇》者，裴铏著小说多奇异，可以传示，故号'传奇'。"❶从内容题材的角度加以阐释，认为用传播的目的来命名。这似乎成为现在对传(chuán)奇二字读法的由来。但梁绍壬将裴铏《传奇》作为小说，显然是以宋代之后的小说观念诠释唐代作品，故解读唐人本意并不稳妥。笔者以为从以上的讨论看，读如"传(zhuàn)奇"更为合理，更能体现此类作品的文体渊源与最初人们对其特征的认知。特提此一说，以备继续讨论。

第三节　宋人对小说观念的接受
——以杜诗赵次公注引小说为例

杜诗赵次公注是历代杜诗注本中较为重要的一种，刘克庄甚至将赵注与杜预的《春秋左氏经传集解》、李善的《文选注》、颜师古的《汉书注》并列作为四种著名的注本。但赵注本流传不广，其内容仅见于宋人的各类集注本中。林继中以明钞本《新定杜工部古诗近体诗先后并解》残卷为底本，参校《先后解》残卷(杜甫草堂本)，又从《九家注》《百家注》等诸多注本中辑校考订，撰成《杜诗赵次公先后解辑校》❷，不仅在杜诗研究领域中具

❶ [清]梁绍壬：《两般秋雨盦随笔》卷一，上海古籍出版社，1982 年，第 53 页。

❷ [唐]杜甫著，[宋]赵次公注，林继中辑校：《杜诗赵次公先后解辑校》，上海古籍出版社，1994 年。

有十分重要的学术意义，也为赵次公诗注研究、唐诗宋注研究等其他相关领域，提供了系统可靠的资料依据。本文仅以林继中《杜诗赵次公先后解辑校》所辑杜诗赵次公注为据，讨论杜诗赵次公注中所引小说的一些相关情况，及其反映出的宋人小说观念形成后的接受状况。

一、杜诗赵次公注引小说统计

据笔者统计，林继中所辑杜诗赵次公注有 6600 余条，其中 200 余首杜诗下，赵次公注引各类小说约 340 条，约占现存杜诗赵次公注文数目的 5%，涉及先唐时期、唐五代及北宋时期的各种小说 60 余种。当然，其具体情况并非数字所示这样简单，研究杜诗赵次公注引小说不仅对于研究杜诗的解读、诗注的发展有重要意义，而且对于从接受层面考察中国小说流变、观念演化，也有很高价值。

为求行文方便，在具体讨论之前，先制成一表，以直观了解杜诗赵次公注引小说的大致情况，作为本文讨论的基础。附表如下：

表 14　杜诗赵次公注引小说情况统计表(以注引先后为序)

序号	书　名	引用次数	备　注	史志书目著录			
				《隋志》	《旧唐志》	《崇文总目》	《新唐志》
1	《山海经》	15	重复 1	史·地理	史·地理	史·地理	史·地理
2	《世说》	71	重复 11	子·小说	子·小说	子·小说	子·小说
3	《神仙传》	15	重复 2	史·杂传	史·杂传	子·道书	子·道家
4	《灵怪录》	1❶	属佚书		阙		阙
5	《异物志》	2		史·地理	史·地理	子·小说	史·地理 子·小说
6	《吴越春秋》	20	重复 9	史·杂史	史·杂史	史·杂史	史·杂史

❶ 赵次公注引《小说》8 条文字中，有 1 条实为《灵怪录》，不含。

续表

序号	书　名	引用次数	备　注	史志书目著录			
				《隋志》	《旧唐志》	《崇文总目》	《新唐志》
7	《禽经》	1		阙	阙	阙	阙
8	《述异记》	5		史·杂传	史·杂传	子·小说	子·小说
9	《酉阳杂俎》	9	辨旧注误 1		阙	子·小说	子·小说
10	《朝野佥载》	1			阙		史·杂传记
11	《博物志》	22	重复 10	子·杂家	子·小说	子·小说	子·小说
12	《明皇杂录》	7	重复 1		阙	史·杂史	史·杂史
13	《十洲记》	11	重复 8	史·地理	史·地理	史·地理	子·道家
14	《列仙传》	11	重复 4	史·杂传	史·杂传	子·道书	子·道家
15	《续仙传》	1			阙	子·道书	子·道家
16	《剧谈录》	4❶	重复 2		阙	子·小说	子·小说
17	《西京杂记》	24	重复 4	史·旧事	史·起居注 史·地理	史·传记	史·故事 史·地理
18	《小说》	8❷	此为泛指诸书	子·小说	子·小说	子·小说	子·小说
19	《神异经》	6	重复 2	史·地理	史·地理	史·地理	子·道家
20	《周穆王传》	7	重复 1	史·起居注	史·起居注	史·传记	史·起居注
21	《座右铭》	1		阙	阙	阙	阙
22	《谈苑》	1					
23	《齐谐记》	3	重复 2	史·杂传	史·杂传		子·小说
24	《谈薮》	1		子·小说	阙	子·小说	阙
25	《青箱杂记》	1					
26	《演义》	3			阙	子·小说	子·小说

❶ 含赵次公误作《杂谈录》1 条。

❷ 考为殷芸《小说》、王仁裕《开元天宝遗事》、《灵怪录》《搜神记》《吴越春秋》《越绝书》《续齐谐记》《荆楚岁时记》《风俗记》《博物志》等书泛称，另有两种阙名佚书。书目著录以殷芸《小说》为例。

续表

序号	书　名	引用次数	备　注	史志书目著录			
				《隋志》	《旧唐志》	《崇文总目》	《新唐志》
27	《异苑》	4		史・杂传	阙	阙	阙
28	《纂异记》	1			阙	子・小说	子・小说
29	《杜阳杂编》	1			阙	史・传记	子・小说
30	《越绝书》	7	重复 2	史・杂史	史・杂史	史・杂史	史・杂史
31	《录异记》	2				子・小说	
32	《飞燕外传》	1		阙	阙		阙
33	《逸史》	1			阙	史・杂史	子・小说
34	《汉武内传》	2		史・杂传	史・杂传		子・道家
35	《拾遗记》	3		史・杂史	史・杂史	史・传记	史・杂史
36	《宣室志》	2			阙	子・小说	子・小说
37	《渚宫故事》	6	重复 3		阙	史・地理	史・地理
38	《国史补》	3			阙	史・杂史	史・杂史
39	《仙传拾遗》	2	重复 1		阙	子・类书	阙
40	《炙毂子》	2	重复 1		阙	子・小说	子・小说
41	《艺经》	1		阙	阙		阙
42	《两京杂(新)记》	1	属佚文		阙	史・传记	史・地理
43	《汉武故事》	3	重复 1	史・旧事	史・故事	史・杂史	史・故事
44	《三辅故事》	1		史・地理	阙		阙
45	《稽神异苑》	1	引《述征记》疑为《征途记》	阙	阙		阙
46	《续搜神记》	2	重复 1	史・杂传	阙	子・小说	阙
47	《开天传信记》	2❶	羼入柳芳《传信记》		阙	史・杂史	史・杂史

❶ 含李德裕《次柳氏旧闻》1 条。

续表

序号	书名	引用次数	备注	史志书目著录			
				《隋志》	《旧唐志》	《崇文总目》	《新唐志》
48	《神异传》	1	出《太平御览》	阙	阙	阙	阙
49	《异闻集》	1	辨旧注误《杨妃外传》		阙	子·小说	子·小说
50	《集仙传》	1			阙	子·道书	阙
51	《唐史遗事》	1	佚书				
52	《幽明录》	1		史·杂传	史·杂传		子·小说
53	《卢氏琐杂记》	1			阙	子·小说	子·小说
54	《太平广记》	1				子·类书	
55	《搜神记》	4	重复1	史·杂传	史·杂传	子·小说	子·小说
56	《语林》	3	重复1	子·小说（亡）	阙		阙
57	《孔氏志怪》	1		史·杂传	史·杂传		子·小说
58	《集仙录》	1	出《太平广记》	阙	阙	阙	阙
59	《古今艺术图》	1		子·小说	子·杂艺术		子·杂艺术
60	《曹毗志怪》	1		阙	阙	阙	阙

从上表显示的注引情况我们可以看出，赵次公注引小说的范围十分广泛，从先唐时期的古小说、唐五代的各种笔记小说，到宋代修撰成的小说类书，均有征引。赵次公引用先唐时期的小说约 32 种，分别为：《山海经》《世说》《神仙传》《吴越春秋》《禽经》《述异记》（任昉）、《博物志》《十洲记》《列仙传》《西京杂记》《小说》（殷芸）、《神异经》《周穆王传》《座右铭》《齐谐记》《谈薮》《异苑》《越绝书》《汉武内传》《拾遗记》《汉武故事》《三辅故事》《稽神异苑》《续搜神记》《神异传》《集仙传》《幽明录》《搜神记》《语

林》《孔氏志怪》《古今艺术图》《曹毗志怪》；引用唐五代时期的小说 27 种（含未明确注出的 2 种），分别为：《灵怪录》《异物志》《酉阳杂俎》《朝野佥载》《明皇杂录》《续仙传》《剧谈录》、(《开元天宝遗事》)、《演义》《纂异记》《杜阳杂编》《录异记》《飞燕外传》《逸史》《宣室志》《渚宫故事》《国史补》《仙传拾遗》《炙毂子》《艺经》《两京杂(新)记》《开天传信记》、(《次柳氏旧闻》)、《异闻集》《唐史遗事》《卢氏琐杂记》《集仙录》；引用宋代小说 4 种，分别为：《谈苑》《青箱杂记》《太平御览》《太平广记》。其中以《山海经》《世说》《神仙传》《吴越春秋》《博物志》《西京杂记》引用次数较多，尤其引用《世说》多达 71 次。

二、杜诗赵次公注引小说的基本特点

赵次公在《先后解》的序文中阐述了自己注杜的一些原则纲领：

> 余喜本朝孙觉莘老之说，谓"杜子美诗无两字无来处"。又王直方立之之说，谓"不行一万里，不读万卷书，不可看老杜诗"。因留功十年，注此诗。稍尽其诗，乃知非特两字如此耳，往往一字繁切，必有来处，皆从万卷中来。至其思致之貌，体格之多，非惟一时人所不能及，而古人亦有未到焉者。❶

在这篇序言中，赵次公十分清晰地表明了自己受江西诗派"无一字无来处"观念的影响。尽管这是对杜诗整体注文提纲挈领的总结发凡，从注引小说的角度来看，也无不体现出赵次公对杜甫诗歌的诠释心得与诗法的总结。

---

❶ 《杜诗赵次公先后解辑校》，第 1 页。

以下从诗注角度谈杜诗赵次公注引小说的一些特点。

第一，虽然杜诗赵注现存文字并不全面，但从一斑而窥全貌，我们依然可以想见赵次公注引小说的数量是很多的。就目前可考的200余首杜诗下，赵次公注引小说少则征引1种，多则数种，尤其是杜诗中的长韵，这种情况就特别突出。例如《奉赠韦左丞丈二十二韵》，赵次公注引《吴越春秋》《世说》《神仙传》《禽经》等小说4种7次；《韦讽录事宅观曹将军霸画马图》，赵次公注引《明皇杂录》《瑞应图》《山海经》《吴越春秋》《穆天子传》等小说5种6次；《寄刘峡州伯华使君四十韵》，赵次公注引《世说》《十洲记》《西京杂记》《炙毂子》等小说4种5次；《秋日夔府咏怀奉寄郑监李宾客一百韵》，赵次公注引《列士传》《明皇杂录》《渚宫故事》《世说》《博物志》《列仙传》《续搜神记》等小说7种8次；《壮游》，赵次公注引《越绝书》《十洲记》《吴越春秋》《述异记》等小说4种6次；《奉酬薛十二丈判官见赠一首》，赵次公注引《太平广记》《小说》《十洲记》《齐谐记》等小说4种5次。考虑到杜诗赵注的散佚情况，赵次公注引小说的用例就并非特例，而是有意识地配合杜诗语词的使用，旁征博引，以更好地解释诗意。当然，这也是由于杜诗本身多用小说，故赵氏注引小说数量很多。

第二，为全面阐释杜诗的整体诗意，赵次公往往连续注引小说，以求体现杜诗用语的规律。例如《春日忆李白》“清新庾开府，俊逸鲍参军”句下，赵次公注引刘孝标《世说》注“文翰清新，自有挚虞之妙”解释“清新”之用；又注引《世说》“谢安目支道林如九方皋相马，略其玄黄，取其俊逸”解释“俊逸”之用。❶

赵次公在杜诗上下句后连续注引小说，不仅仅只注引同一种小说，更多的是注引不同的小说，以此来体现不同语境下的诗语之用。例如，《醉

---

❶ 《杜诗赵次公先后解辑校》，第29页。

时歌》“相如逸才亲涤器，子云识字终投阁”句下，赵次公注引《世说》“祢衡有逸才”以比司马相如之丽辞；又注引任昉《述异记》“苍颉墓在北海，呼为藏书台。周人当时莫识其书，遂藏之书府。至秦时李斯识八字，云：‘上天作命皇辟迭王。’至叔孙通识十二字”以比扬雄之识字❶，较好地体现了杜诗用语在不同语境下的相似性。又如，《奉送苏州李二十五长史丈之任》“一毛生凤穴，三尺献龙泉”句下，赵次公注引《山海经》“丹穴之山，有鸟名凤凰也”解释“凤穴”之由；注引《越绝书》“楚王召风湖子，令之吴越见欧冶子、干将，使之为铁剑三枚。一曰龙泉。王问其状。对曰：‘如登高山，临深渊。’”解释“龙泉”之由；注引《吴越春秋》“越王允常以湛卢之剑献吴也”解释“献”字之由。❷凡理解之关键处都有注语，表达了自己对于杜诗一字皆有来处的诗法准则的坚持。

第三，在杜诗同一诗句下，赵次公也往往喜引小说。例如，《饮中八仙歌》“焦遂五斗方卓然，高谈雄辩惊四筵”句下，赵次公注引《世说》“王敦昼寝，卓然惊寤”解释“卓然”语；又注引《世说》“诸名贤论《庄子・逍遥游》，支道林卓然标新理于三家之表”再次解释“卓然”语词之用的相同效果。❸

当然，这种注引之法并不限于同一种小说，赵次公常选择多种不同的小说来强化这种注引的效果。例如，《自京赴奉先县咏怀五百字》“胡为慕大鲸，辄拟偃溟渤”句下，赵次公先注引《博物志》“东海之别有渤澥，故东海共称渤海”。再注引《十洲记》“东海之别，又有溟海”依次解释“溟渤”的用法。❹又如，《韦讽录事宅观曹将军霸画马图》“将军得名三十载，人间又见真乘黄”句下，赵次公为解释“乘黄”语词的用例之由，连续注引《瑞应图》“乘黄，王者舆服，有度则出”与《山海经》“白氏之国，白身被发。有乘

❶ 《杜诗赵次公先后解辑校》，第 61 页。
❷ 《杜诗赵次公先后解辑校》，第 1270 页。
❸ 《杜诗赵次公先后解辑校》，第 39 页。
❹ 《杜诗赵次公先后解辑校》，第 101 页。

黄，其状如狐，背上有角，乘之寿二千岁”。[1]这种注引之例很多，凸显了赵次公注引小说的做法。又如，《荆南兵马使太常卿赵公大食刀歌》“鬼物撇捩辞坑壕，苍水使者扪赤绦，龙伯国人罢钓鳌”句下，赵次公注引《搜神记》：“秦时，有人夜渡河，见一人丈余，手横刀而立。叱之，乃曰：‘吾苍水使者也。’”又注引《吴越春秋》：“禹登衡岳，血白马以祭。梦见赤绣衣男子，称玄夷苍水使者，曰：‘闻帝使文命于斯，故来候之。’”[2]为读者理解“苍水使者”提供了不同的文字背景。

第四，赵次公在注引小说时，并不是简单地例举征引，而是出于审慎的考察。在现存的辑本中，往往可见赵次公对于旧注所引小说的一些补正与辨误。例如，《赠李白》“亦有梁宋游，方期拾瑶草”句下，赵次公认为瑶草事虽出自《山海经》“姑瑶之山，帝女死焉。化为瑶草，服之者媚于人”，但本诗乃承用江淹《登庐山诗》“瑶草正翕艳”与《别赋》“惜瑶草之徒芳”的用例。[3]又如，《能画》“每蒙天一笑，复似物皆春”句下，赵次公认为杜田引《仙传拾遗》“木公与玉女投壶，有不入者，天为之嘔嘘”，又引《太平御览》载《神异传》“东王公与玉女投壶，投而不接，天为之笑。开口流光，今电是也”，所注是正确的。但是赵次公又以为《仙传拾遗》“天为之嘔嘘”之下有“梟而脱误不接者，天为之笑”，是杜田省略而引《御览》，应当补正。[4]又如《上水遣怀》“孤舟乱春花，暮齿依蒲柳”句下，赵次公认为旧注引《世说》“顾悦与简文帝同年而蚤白。简文曰：‘卿何以先白？’对曰：‘松柏之姿经霜而茂，蒲柳之姿望秋而落。’”仅仅解释了“衰如蒲柳”之意，而没有解释“暮齿”，并不全面，因此认为杜时可《补遗》所引《北史》“韦世康《与子弟

[1] 《杜诗赵次公先后解辑校》，第553页。
[2] 《杜诗赵次公先后解辑校》，第1234页。
[3] 《杜诗赵次公先后解辑校》，第2页。
[4] 《杜诗赵次公先后解辑校》，第987页。

书》曰:‘耄虽未及,壮年已谢。霜早楸梧,风先蒲柳。’”就将句意注释补充全面了。❶

对于前人注引小说的一些错讹,赵次公则予以一一订正。例如,《宴戎州杨使君东楼》“重碧拈春酒,轻红擘荔枝”句下,赵次公注引《列仙传》“安期先生与神女会圆丘,酣玄碧之酒”解释“重碧”之意,并驳斥一些后学误引《玄怪录》“曹惠得木偶二女人,自称轻红、轻素,且云将为庐山神之舞妓”,与《乾臊子》“柳参军所逢之崔氏女,其青衣名轻红”,指出:“非独于酤春酒而专使重碧,于擘荔枝而专使轻红,已是可笑;又岂有太守而使婢妾酤酒乎?又殊不知《玄怪录》乃牛僧孺所作,《乾臊子》乃温庭筠所作,皆在杜公之后。”❷将一些妄作之注的错讹驳斥得淋漓尽致。又如《斗鸡一首》“斗鸡初赐锦,舞马既登床”句下,赵次公注引陈翰《异闻集》“玄宗好斗鸡,人以弄鸡为事,贫者至弄假鸡”,“上生于乙酉,酉,鸡辰,使人胡服斗鸡,召乱于天下矣。有贾昌者,以善养鸡蒙宠。当时为之歌云:‘生儿不用识文字,斗鸡走犬胜读书。贾家小儿年十三,富贵荣华代不如。能令金距期胜负,白罗绣衫随软舆。’”并指出旧注妄撰《杨妃外传》“杨国忠始以斗鸡供奉”,而《杨妃外传》又无此语。❸又如《重送刘十弟判官》“经过辨丰剑,意气逐吴钩”句下,赵次公认为薛仓舒引《吴越春秋》“吴王作五剑,一曰纯钩,二曰湛卢,三曰豪曹,四曰鱼肠,五曰巨阙”有误,将“纯钩”误作“吴钩”。赵次公详细考证,引左太冲《吴都赋》“吴钩、越棘、纯钧、湛卢”,指出薛仓舒误引之源。又进一步采李善注“吴钩”字,引《越绝书》:“阖闾既重莫耶,乃复命国中作金钩。有人贪王赏之重,杀其两儿,以血衅钩,遂成两钩。献之阖闾,诣官求赏。王曰:‘为钩者众多,而子独求赏,何以异于众人之

❶ 《杜诗赵次公先后解辑校》,第1374页。
❷ 《杜诗赵次公先后解辑校》,第664—665页。
❸ 《杜诗赵次公先后解辑校》,第987—988页。

钩乎?’曰:‘臣之作钩也,杀二子成两钩。’王曰:‘举钩示之,何者是也。’于是钩师向钩而哭呼其两子之名吴鸿、扈稽曰:‘我在此,王不知汝之神也。’声未绝于口,两钩俱飞,着于父之背。吴王大惊,曰:‘嗟乎!寡人诚负子。’乃赏之百金,遂服其钩。”作出详细的辨误。❶

第五,针对杜诗中的一些用典习惯,赵次公注引小说也体现了注法的相似性。对杜诗中的典故,赵次公采用注引同一小说的不同条目加以解释。例如,《醉歌行》“神仙中人不易得,颜氏之子才孤标”句下,赵次公指出“神仙中人四字,有两事”。先注引《世说》:“王恭字孝伯,美姿仪。尝披鹤氅裘,涉雪而行。孟昶窥见之,曰:‘此真神仙中人也。’”又注引《语林》:“王右军目杜弘治曰:‘面如凝脂,眼如点漆,此神仙中人。’”❷全面解释“神仙中人”这一典故的用意。赵次公也常常采取注引不同小说的方法,对杜诗中的典故作注。例如,《舟中出江陵南浦奉寄郑少尹审》“寂寥相煦沫,浩荡报恩珠”句下,赵次公指出“报恩珠,传记所载凡三事”,先注引《三辅决录》:“昆明池有神泉,通白虎原。人钓鱼绝纶而去。梦于汉武帝,求去钩。帝明戏于池,见大鱼衔索。帝取放之。后三日,池边得明珠一双。帝曰:‘鱼之报也。’”又注引《搜神记》:“隋侯行见大蛇伤,因救治之。其后,蛇衔珠以报焉。其径盈寸,纯白而夜光可烛堂,故历世称隋珠。”又注引《搜神记》:“哙参养母至孝,曾有玄鹤为戈人所射,穷而归参。参收养疗治,疮愈而放之。后鹤夜到门,参秉烛视鹤,雌雄双至,各衔明月珠报参。”❸将该典故的出处一一列出,以增强对诗意的理解。

杜甫作诗往往也有多用同一典故的习惯,赵次公作注则用同一注法解释不同诗篇下的相同用典。例如,杜诗多用“努力”一词,如《苏端薛复

---

❶ 《杜诗赵次公先后解辑校》,第 1429 页。
❷ 《杜诗赵次公先后解辑校》,第 1339 页。
❸ 《杜诗赵次公先后解辑校》,第 1307 页。

筵简薛华醉歌》“少年努力纵谈笑，看我形容已枯槁”句，《别赞上人》“相看俱衰年，出处各努力”句，《送韩十四江东省觐》“此行还须各努力，故乡犹恐未同归”句，《秋日荆南送石首薛明府辞满告别奉寄薛尚书颂德叙怀斐然之作三十韵》“努力输肝胆，休烦独起予”句等，赵次公认为皆出于《吴越春秋》所载“越人之歌”❶，故只用此作注。又如，杜诗亦多用“碧海”一词，如《戏为六绝》“或看翡翠兰苕上，未掣鲸鱼碧海中”句，《寄刘峡州伯华使君四十韵》“青松寒不落，碧海阔逾澄”句，《卜居》“未成游碧海，着处觅丹梯”句，《奉送蜀州柏二别驾将中丞命赴江陵起居卫尚书太夫人因示从弟行军司马位》“楚宫腊送荆门水，白帝云偷碧海春”句，《别张十三建封》“羽人扫碧海，功业竟何如”句等，赵次公认为皆出于《十洲记》所载“东有碧海，广狭浩汗与东海等。水不咸苦，正作碧色”❷，故只用此作注，颇为精炼。

三、杜诗赵次公注引小说与宋人小说观念

上文从诗注的角度讨论了杜诗赵次公注引小说的一些特点，以下从小说的角度谈谈诗注所引小说与唐宋以来小说观念的关系。

中国小说观念自《汉书·艺文志》开始学术的系统化，初步形成了以说理为核心特征，表达形式驳杂，无稳定文体的独特风貌。经过魏晋南北朝的作品创作发展，唐人对汉人小说观念进行了第一次革新，完善了以记言类为主要题材，兼顾记事类等其他题材的小说学体系，体现在以《隋书·经籍志》《旧唐书·经籍志》为代表的史志书目中。宋人结合唐宋以来小说的实际发展状况，对唐人小说观念又进行了重大变革，以北宋时期修成的《崇文总目》与《新唐书·艺文志》为代表，将《隋书·经籍志》与《旧唐书·经籍志》中著录于杂传类的大量作品，归属于小说类，并著录了如

---

❶ 《杜诗赵次公先后解辑校》，第 172、354、476、1323 页。

❷ 《杜诗赵次公先后解辑校》，第 457、794、902、1225、1454 页。

《传奇》《补江总白猿传》等传奇作品，不仅丰富了小说的题材，更为小说的文体表达找到了一种稳定的中介，即叙事性的书写方式，成为小说观念内涵转变的关键点。

宋仁宗庆历元年（1041），《崇文总目》修成。嘉祐五年（1060），《新唐书》的本纪、志、表最后修成。据林继中考证，赵次公注杜诗，大约完成于南宋初期的高宗绍兴四年到十七年（1134—1147）。[1] 因此，在以《崇文总目》《新唐书·艺文志》为代表的史家主流小说观念建立后，赵注的出现经过了大约100年的时间。对于这种变革后的小说观念是否已经影响到了文学的各个层面，并被广泛认同与接受，赵次公注杜诗援引小说，无疑就从小说的接受层面，给予我们一个考察的契机。

前文已经谈及，史家对汉代以来小说观念的不断修正与重新建构有两个趋向。其一，刘知幾坚持从史的角度出发，认为史书六家中，可以被用来推广实行的是编年体和纪传体，因此将二体作为其史学系统的正体，正体之余则被纳入史料的范畴，既包括史部，也包括子部的一部分，共同构成与正史相对的非正史。小说本属于子部之说，发展到刘知幾撰成《史通》时（唐中宗景龙四年[710]），依然呈现出以记言和记事为主要表现形式的特点。刘知幾的小说认识没有超越《隋书·经籍志》与《旧唐书·经籍志》所表现出的唐人小说观念，他在《史通》中的论述，除去涉及的一些小说名称，往往只是对正史之余的史料的泛称，并没有体现出独特的小说观，更不能说对小说进行所谓的分类。其二，欧阳修在处理《崇文总目》与《新唐书·艺文志》的著录分类时，一方面继承了刘知幾厘清史部的观点，一方面也考虑到唐五代以来，记事类的表现体式对于记言类的持续冲击，将具有与记事类小说相似特征的史部杂传类的部分作品，划入了子部小

[1] 《杜诗赵次公先后解辑校》，前言，第3页。

说类，为小说赋予了一种稳定的叙事性文体，奠定了中国小说观念从说理为主到说理与叙事并重的文学特征，开创了小说发展的新局面。

赵次公注杜诗援引小说，正是从这两个角度，反映了新的小说观念形成后，小说作品在接受层面的被认知、作品特征的被把握，以及文体运用对于小说创作的反馈。

首先，杜诗赵次公注引小说，往往出于对杜诗创作背景的补充，也就是将小说作为一种史料来注解杜诗。尤其杜诗多记唐代史事，赵次公也多引唐代小说，作为对唐史的补充，加强对杜诗创作背景的解读。例如，《李监宅》题下，赵次公注引《灵怪录》曰："李令问开元中为秘书监，左迁集州长史。令问好服玩饮馔，以奢闻于天下。其炙驴罂鹅之属，惨毒取味，天下言饮馔者莫不祖述李监，以为美谈。"❶以"李令问"为点，补充开元时期对于"服玩饮馔"的态度。《丽人行》"紫驼之峰出翠釜，水精之盘行素鳞"句下，赵次公两引《酉阳杂俎》曰："明皇恩宠禄山，所赐之物有金平脱、犀头匙、箸"，"食馔之美，有将军曲良翰作驼峰炙。正以驼背一肉如峰，最美。"❷对盛唐时期器物之繁奢作了有力补充，并对杜诗中隐含的担忧与讽谏作出了形象的比喻。《奉酬薛十二丈判官见赠一首》题下，赵次公注引《太平广记》曰："武少时仗气任侠，尝于京城与一军使邻居。军使有室女，容色艳绝。武窥见，乃赂左右，诱至室。月余，遂窃以逃。东出关，将匿于淮泗间。军使既觉，且穷其迹，亦讯其家人，暴于官司，亦以上闻。有诏遣万年县捕贼官专往捕捉，乘递日行。数日，随路已得其踪矣。武自巩县方雇船而下，闻制使将至，惧不免，乃以酒饮军使之女，中夜乘其醉，解琵琶弦缢杀之，沉于河。明日，制使至。搜捕武之船无迹，乃已。"❸以不同于正

❶ 《杜诗赵次公先后解辑校》，第 33 页。
❷ 《杜诗赵次公先后解辑校》，第 66 页。
❸ 《杜诗赵次公先后解辑校》，第 1213 页。

史的笔触,多角度地刻画了严武的形象,为理解杜甫与严武之交提供了又一视角。赵次公在《奉赠太常张卿均二十韵》《哀江头》《少年行》《韦讽录事宅观曹将军霸画马图》《秋日夔府咏怀奉寄郑监李宾客一百韵》《江南逢李龟年》等6首杜诗下,7次引用郑处诲《明皇杂录》,为读者更好地理解诗人笔下由盛转衰的唐代生活,提供了详细而生动的事例。诸如此类,赵次公在《九日曲江》《寄岳州贾司马六丈巴州严八使君两阁老五十韵》《石笋行》《柏学士茅屋》《千秋节有感二首》《斗鸡》《解闷十二首》等杜诗下,注引《剧谈录》《杜阳杂编》《录异记》《国史补》《开天传信记》《异闻集》《唐史遗事》等唐代小说,将唐代社会生活的方方面面展现在读者眼前。如果说杜诗是诗史,可以补史之用,那么,赵次公注引的这些小说不啻对杜诗和正史的补充。

跳出杜诗,赵次公注引的小说也符合刘知幾的史学观念。不论所引的是唐代小说,还是先唐时期或者宋代编成的小说,在历代史志中的著录归类,大抵都居于子部的小说类或史部的杂史、杂传、地理类。这些记事类的小说作品正是刘知幾史学观念中的"非正史",即为编撰正史的史料。虽然宋代以来经欧阳修变革,为厘清史部而排除部分史传作品,转入小说类,但小说的特征非但没有因此与史部划清,反而在坚持自己原有的记言与记事的双重特征下,更加体现出史料的效用,这也为赵次公注引小说提供了史学的依据。在一定意义上,小说可以补史,可以补诗,将杜诗言外之意在注中发明。

其次,杜诗赵次公注引小说,对于诗歌用典的解读,大多援引记言类小说。如前文所提,最具代表性的莫过于援引《世说》多达71次,是全部援引小说中最多的一种。杜诗往往运用一些看似平常的词语,赵次公则注以祖出。例如,《苏端薛复筵简薛华醉歌》"座中薛华善醉歌,歌辞自作风格老”句下，赵次公注引《世说》曰：“李元礼风格秀整。”❶以解读“风格”之用。《北征》“仰看天色改，旁觉妖气豁。阴风西北来，惨淡随回纥”句下，赵次公注引《世说》曰：“壹道人曰：‘风霜固所不论，乃先集其惨淡，郊邑正自飘瞥，林岫便已皓然。’”❷以解读“惨淡”之用。《寄彭州高三十五使君适虢州岑二十七长史参三十韵》“意惬关飞动，篇终接混茫”句下，赵次公注引《世说》曰：“左太冲作《三都赋》，初思意甚不惬。”❸以解读“不惬”之用。

杜诗又往往运用一些读者不易知晓的词语，赵次公则借《世说》以诠释。例如，《寄李十二白二十韵》“剧谈怜野逸，嗜酒见天真”句下，赵次公注引《世说》曰：“人问支道林曰：‘何处来?’云：‘今日与谢守剧谈一出来。’”❹可见“剧谈”之本事。《奉赠李八丈判官曛》“入幕未展材，秉钧孰为偶”句下，赵次公注引《世说》曰：“桓宣武与郗超议芟夷朝臣，条牒既定，其夜同宿。明晨起，呼谢安、王坦之入，掷疏示之。郗犹在帐内。谢安含笑曰：‘郗生可谓入幕之宾矣。’”❺可见“入幕”之本事。

对于杜诗中屡见的同一用典，赵次公往往注以同一典故。例如，杜诗中多用“佳句”一词，《奉赠韦左丞丈二十二韵》“每于百僚上，猥诵佳句新”句下，《秋日夔府咏怀奉寄郑监李宾客一百韵》“东郡时题壁，南湖日扣舷。远游凌绝境，佳句染华笺”句下，《偶题》“不敢要佳句，愁来赋别离”句下，赵次公皆注引《世说》曰：“孙兴公作《天台赋》成，以示范荣期。每至佳句，辄云：应是我辈语。”❻杜诗中又多用“出群”一词，《凭韦少府班觅松树子

❶ 《杜诗赵次公先后解辑校》，第 172 页。

❷ 《杜诗赵次公先后解辑校》，第 215 页。

❸ 《杜诗赵次公先后解辑校》，第 337 页。

❹ 《杜诗赵次公先后解辑校》，第 408 页。

❺ 《杜诗赵次公先后解辑校》，第 1439 页。

❻ 《杜诗赵次公先后解辑校》，第 56、1048、1099 页。

栽》“落落出群非榉柳，青青不朽岂杨梅”句下，《戏为六绝》“才力应难跨数公，凡今谁是出群雄”句下，《海棕行》“自是众木乱纷纷，海棕焉知身出群”句下，赵次公皆注引《世说》曰：“殷中军道韩太常曰：‘康伯少自标置，居然是出群器。’”❶

杜诗又多在诗中化用典故，赵次公则注引相关记言小说，以求全面解读诗意。例如，《八哀·故司徒李公光弼》“雅望与英姿，恻怆槐里接”句下，赵次公注引《世说》曰：“魏武将见匈奴使，自以形陋不足以雄远国，使崔季珪代己，自捉刀立床头。既毕，令间谍问焉。曰：‘魏王如何？’匈奴使答曰：‘魏王雅望非常；然床头捉刀人，此乃英雄也。’魏武闻之，止而杀此使。”❷《寄刘峡州伯华使君四十韵》“咄咄宁书字，冥冥欲避矰”句下，赵次公注引《世说》曰：“殷中军名浩，被废在长安，终日但画空作字。扬州吏人寻议之，窃视，唯作‘咄咄怪事’四字而已。”❸又如，《秋野五首》“儿童解蛮语，不必作参军”句下，赵次公注引《世说》曰：“郝隆为南蛮参军。上巳日，作诗曰：‘娵隅跃清池。’桓温问：‘何物？’答曰：‘蛮名鱼为娵隅。’温问：‘何为作蛮语？’隆曰：‘千里投公，始得一蛮府，那得不蛮语也！’”❹先读杜诗，再读赵注，则老杜诗句背后隐藏的喜怒哀乐，破纸而出，也更加凸显老杜诗篇中的艺术特征。

当然，赵次公也援引其他的记言类小说，以解读杜诗的用典。例如，《醉歌行》“神仙中人不易得，颜氏之子才孤标”句下，赵次公注引《语林》曰：“王右军目杜弘治曰：‘面如凝脂，眼如点漆，此神仙中人。’”❺《舟中夜雪有怀卢十四侍御弟一首》“不识山阴道，听鸡更忆君”句下，赵次公引《语

❶ 《杜诗赵次公先后解辑校》，第 431、457、508 页。

❷ 《杜诗赵次公先后解辑校》，第 689 页。

❸ 《杜诗赵次公先后解辑校》，第 799 页。

❹ 《杜诗赵次公先后解辑校》，第 1031 页。

❺ 《杜诗赵次公先后解辑校》，第 1339 页。

林》曰:"王子猷居山阴,大雪夜,开室命酌,四望皎然,因咏《招隐》诗。忽忆戴安道,戴时在剡,乘兴棹舟,经宿方至,既造门而返。或问之,对曰:'乘兴而来,兴尽而返,何必见戴!'"❶

对于记言小说的多所援引,也与记言类始终处于小说观念的核心位置有关。自《隋书·经籍志》修成后,《世说》等记言类代表性作品,就一直归属于小说类。尽管宋代以后小说观念屡有变更,记事类的作品逐渐占据了小说的主要位置,并且叙事成为小说的主要文体,但记言类的作品仍是中国独具特色的传统表现形式。

四、杜诗赵次公注引小说与小说研究之意义

以往的学术研究,往往成专门研究,诗歌即为诗歌,辞赋即为辞赋,文章即为文章,不曾稍加意于文体之间。研究杜诗者,往往集中于诗篇本身;研究诗注者,又未能留心注引之书。小说的研究领域亦是如此,大多局限于小说本身,没有从观念与作品的接受层面,考察小说发展的演变脉络。至于辑佚搜奇,又多集中于类书,未能注意汉魏六朝,尤其是唐宋以来大量史注、诗注、集注中保存的文献资料,致使小说研究的某些环节产生了讹误。如果治诗歌者亦能治小说,治小说者亦能治诗歌,相信会对不同专业方向的研究产生良好的促进作用。

我们认为对杜诗赵次公注引小说的考察,即可检验并改进学术研究的一些方法。以下即从小说的角度,略加阐述。

第一,杜诗赵次公注引小说保存了一些散佚的小说资料,可以修正小说研究中的一些讹误。例如前引《李监宅》题下赵次公注引《灵怪录》语。按,此条《太平广记》卷三百三十"李令问"条有载,语句无误。《太平广记》

---

❶ 《杜诗赵次公先后解辑校》,第1455页。

亦注云:"出《灵怪录》,明钞本、陈校本俱作出《灵怪集》。"❶考《合刻三志》"志怪类"、《唐人说荟》第十六集、《唐代丛书》卷二十,题《灵怪录》一书,署唐牛峤撰。《唐人说荟》所录9条,不见本文。因其文字采自《太平广记》所引《乾臊子》《宣室志》《广古今五行志》《灵怪集》《酉阳杂俎》《玄怪录》等书,今人往往以为系明人抄撮诸书,伪题书名与作者。又,《新唐书·艺文志》小说家类著录"张荐《灵怪集》二卷"❷,此书亦亡佚,散见各种类书,而后人亦以此书为真,故《太平广记》所载"李令问"条,明钞本、陈校本俱作出《灵怪集》。赵次公注引小说,有从类书选取材料之例。如《能画》"每蒙天一笑,复似物皆春"句下,引《太平御览》载《神异传》:"东王公与玉女投壶,投而不接,天为之笑。开口流光,今电是也。"❸《望岳》"昔闻魏夫人,群仙挟高翔"句下,指出"魏夫人事……详在《太平广记》所载《集仙录》矣"。❹皆无误。据此,赵次公所引《灵怪录》,是书不伪,并非明人抄撮而成,此条资料为此书残存佚文。《太平广记》明钞本、陈校本将"录"误作"集"字,遂使后人将牛峤之书误为张荐《灵怪集》一书。加之史志书目不曾著录,故贻误至今。

又如,赵次公注引《齐谐记》,据林继中辑本约有3处,分别为《一百五日夜对月》"牛女漫愁思,秋期犹渡河"句下,《天河》"牛女年年渡,何曾风浪生"句下和《奉酬薛十二丈判官见赠》"襄王薄行迹,莫学冷如丁"句下所引,文字内容大体相同,此处引第一条为例:"桂阳城武丁者,有仙道,常在人间。忽谓其弟曰:'七月七日织女渡河,诸仙悉还宫。吾已被召,不得停,与尔别矣!'弟问:'织女何事渡河?兄何当还?'答曰:'织女暂诣牵牛。吾去后三千年当还耳。'明日失武丁所在。"❺按,桂阳武丁事,未见于今本

---

❶ 《太平广记》卷三百三十,第2623页。
❷ 《新唐书》卷五十九,第1541页。
❸ 《杜诗赵次公先后解辑校》,第987页。
❹ 《杜诗赵次公先后解辑校》,第1396页。
❺ 《杜诗赵次公先后解辑校》,第175页。

《齐谐记》。如马国翰《玉函山房辑佚书》、鲁迅《古小说钩沉》辑得《齐谐记》佚文15条，均未录有此条，但见于吴均《续齐谐记》今本17条文字中。陈振孙《直斋书录解题》已称"《唐志》又有东阳无疑《齐谐记》，今不传"❶，而《续齐谐记》往往取材旧籍。综上考虑，如果赵次公注引无误，书名没有阙字，则此条当为《续齐谐记》之引书，亦为《齐谐记》之佚文。

又如，《诸将五首》"昨日玉鱼蒙葬地，早时金碗出人间"句下，赵次公注引《两京杂记》。文录如下：

> 长安大明宫宣政殿初就，每夜见数十骑衣鲜丽游往其间。高宗使巫祝刘门奴、王湛然问其所由。鬼云："我是汉楚王戊太子，死葬于此。"门奴等曰："按《汉书》，戊与七国反，诛死无后，焉得有子葬于此？"鬼曰："我当时入朝，以路远不从坐。后病死，天子于此葬我，《汉书》自有遗误耳。"门奴因宣诏与改葬。鬼喜曰："我昔日亦是近属豪贵，今在天子宫内，出入不安，改卜极为甚幸。今在殿东北入地丈余，我死时天子敛我玉鱼一双，犹未朽，必以此相送，勿见夺也。门奴以事奏闻，有敕改葬苑外。及发掘，玉鱼宛然见在，棺柩之属朽烂已尽。自是其事遂绝。"❷

按，《九家注》引误作《西京杂记》，《杜诗详注》引作《两京新记》为是。查唐宋典籍无《两京杂记》，现存《两京新记》无本条，当为佚文。

第二，杜诗赵次公注引小说反映的宋代小说观念，可以修正小说研究方法中已经形成的一些讹误。例如，今人往往据类书辑佚小说散佚文字，如袁珂曾用明人冯应京《月令广义·七月令》，考殷芸《小说》佚文"牛郎织女"：

---

❶ 《直斋书录解题》卷十一，第317页。

❷ 《杜诗赵次公先后解辑校》，第829页。

> 天河之东有织女，天帝之子也。年年机杼劳役，织成云锦天衣。帝怜其独处，许嫁河西牵牛郎，嫁后遂废织纴。天帝怒，责令归河东，但使一年一度相会。[1]

而查《月令广义》本条，并未注明是"殷芸《小说》"，只注"《小说》"。[2] 那么该条文字是否出于殷芸《小说》，我们可以通过杜诗赵次公注得出较为可靠的论证。赵次公注引《小说》，据林继中辑本约有 8 处(含林辑本未曾标注出的 5 条)，如下：

1.《渼陂行》"此时骊龙亦吐珠，冯夷击鼓群龙趋"句下，赵次公注引《小说》曰："有人入仙室，见一羊吐珠。他日，问张华，云：'此骊龙也。'"[3] 此条与殷芸《小说》卷七"晋江左人"中"洛下有洞穴一条"内容相似，但繁简不同。考殷芸《小说》，该条出自刘义庆《幽明录》，《广记》《御览》等皆有所引，大同小异。故该条当为殷芸《小说》。

2.《羌村三首》"夜阑更秉烛，相对如梦寐"句下，赵次公注引《小说》曰："有人梦至帝所，见扇有书字。视之，则题云：'夜深更秉烛，相对如梦寐。'初不记忆其为杜诗也，觉而悟之。"[4]该条据文意所指"杜诗"，当不为唐前《小说》如殷芸《小说》、刘义庆《小说》者，应是唐后作品。而异名"小说"如刘餗《隋唐嘉话》者，亦无该条内容。又，赵次公曾在《风疾舟中伏枕书怀三十六韵奉呈湖南亲友》"畏人千里井，问俗九州箴"句下，注称苏鹗《演义》为"小说"。[5]今查亦无此文字。赵次公当以"小说"泛称相关笔记资

---

[1] 袁珂：《中国神话史》，上海文艺出版社，1988 年，第 317—318 页。

[2] [明]冯应京辑，戴任增释：《月令广义》，明万历陈邦泰刻本，《四库全书存目丛书》史部第 164 册，齐鲁书社，1996 年，第 784 页。

[3] 《杜诗赵次公先后解辑校》，第 123 页。

[4] 《杜诗赵次公先后解辑校》，第 221 页。

[5] 《杜诗赵次公先后解辑校》，第 1465 页。

料，并非确指某书。存疑待考。

3.《促织》“草根吟不稳，床下夜相亲”句下，赵次公注引《小说》曰：“宫人以金笼盛之。”❶据此条内容，“金笼”事当出五代王仁裕所撰《开元天宝遗事》，其书“金笼蟋蟀”条曰：“每至秋时，宫中妃妾辈皆以小金笼捉蟋蟀，闭于笼中，置之枕函旁，夜听其声。庶民之家亦皆效之。”❷赵次公注引该条资料，同前引殷芸《小说》，多为意引，并未逐字录出。故该条当出王仁裕《开元天宝遗事》。

4.《病后遇王倚饮赠歌》“长安冬菹酸且绿，金城土酥静如练”句下，赵次公注引《小说》曰：“胡人入吾地者，见萵苣云：‘此狼牙菜也，安可食！’后却见来服，乃曰：‘怪其食狼牙菜，原有地酥为解。’”❸此条亦不见诸种小说记载，疑为佚书佚文。

5.《伤春五首》“烟尘昏御道，耆旧把天衣”句下，赵次公注引《小说·郭翰传》云：“天衣本非针线为耳。”❹考郭翰事，《广记》卷六十八“女仙十三”有载，语句无误，但称“出《灵怪集》”。❺而《佩文韵府》卷六“缝”韵下，引郭翰事云出《灵怪录》。按《灵怪集》《灵怪录》现存文字俱有郭翰事，而《灵怪集》在宋代已残佚，如《广记》《类说》所引文字，均有与现存不相吻合者。又赵次公注引小说，未有确指《灵怪集》一书。综合考虑，此条当出于《灵怪录》。

6.《催宗文树鸡栅一首》“课奴杀青竹，终日憎赤帻”句下，赵次公注引《小说》曰：“空宅云有怪，或居之。中夜，有赤帻而来者，问其怪类，答曰：

❶ 《杜诗赵次公先后解辑校》，第 301 页。
❷ ［五代］王仁裕：《开元天宝遗事》，中华书局，2006 年，第 22 页。
❸ 《杜诗赵次公先后解辑校》，第 340 页。
❹ 《杜诗赵次公先后解辑校》，第 598 页。
❺ 《太平广记》卷六十八，第 421 页。

‘老鸡也。’”❶据此条内容，本出晋干宝《搜神记》卷十九“安阳亭”条，文字不甚相同，当为赵次公略引。文繁不录。故该条《小说》当为《搜神记》。

7.《奉酬薛十二丈判官见赠一首》“欲学鸱夷子，待勒燕山铭”句下，赵次公注引《小说》云：“（范蠡）以西子而去。”❷据此条内容，范蠡西子事出于东汉赵晔《吴越春秋》与东汉袁康《越绝书》，前云：“越浮西施于江，令随鸱夷而终。”❸后云：“西施亡吴国后，复归范蠡，同泛五湖而去。”❹赵次公多处注引《吴越春秋》《越绝书》，本条所云《小说》，当泛指两书。

8.《奉酬薛十二丈判官见赠一首》“相如才调逸，银汉会双星”句下，赵次公注引《小说》云：“织女渡河从牵牛。”❺织女事，多见各种典籍，《续齐谐记》《荆楚岁时记》《风俗记》《博物志》《御览》都曾引用，而殷芸《小说》现存佚文并无此条。

可见，“小说”一词，在以赵次公注为代表的宋代诗注中，并非特指殷芸《小说》，往往是作注者对于诸书的泛称。宋代以后的各种史注、诗注、集注与类书中，“小说”一词，已经由宋代以前注文中特指的殷芸《小说》，成为诸书的泛称，并且明代以后类书有采自宋注、因袭简称与讹误的可能。下文还将作详细考证与论述，这里不再展开，只略微陈述结论。那么，赵次公注所云《小说》，当泛指上述诸书，亦有可能包括殷芸《小说》。至于“牛郎织女”事是否有载于殷芸《小说》，赵次公注引之例虽优于袁珂所用《月令广义》之例，亦不是确证，尚需余证佐之。

因此，长期以来据类书辑录小说的研究方法，在特定情况下就要作出详细考察，而不能简单化、绝对化。我们可以在类书的传统角度外，

---

❶ 《杜诗赵次公先后解辑校》，第948页。

❷❺ 《杜诗赵次公先后解辑校》，第1215页。

❸ 周生春：《吴越春秋辑校汇考》，上海古籍出版社，1997年，第270页。

❹ 李步嘉：《越绝书校释》，武汉大学出版社，1992年，第370页。

增加对唐宋以前的各种史注、诗注和集注的关注，开辟小说研究新的领域。

第四节　宋代小说指称的进一步泛化与研究方法——“牛郎织女”非殷芸《小说》佚文考

前文我们以杜诗赵次公注引小说为例，讨论了在宋代小说观念形成以后，宋人在各个层面对于这种小说观念的认同与接受，并初步讨论了诗注中出现的小说指称，在宋代已经出现了泛化的趋势。那么，这种趋势也可以看作宋人对小说的范畴界定在逐渐扩大。本节以前文最后所提“牛郎织女”文字是否为殷芸《小说》佚文为例，展开考察，借以深入讨论宋人小说观念的发展趋势，并进一步反思学术研究中古小说辑佚方法存在的误区，以及如何进行不同文体类型的交叉研究，开拓小说及文学研究的新视角。

由于殷芸《小说》散佚严重，研究者往往多方辑佚，寻找散失文字，力图复其原貌。袁珂《中国神话史》辑得“牛郎织女”文字一条。其云：

> 牛女神话明显见诸记载的，还是六朝梁殷芸《小说》——“天河之东有织女，天帝之子也。年年机杼劳役，织成云锦天衣。帝怜其独处，许嫁河西牵牛郎，嫁后遂废织纴。天帝怒，责令归河东，但使一年一度相会。”殷芸《小说》早已佚亡，此从明冯应京《月令广义·七月令》引，但标《小说》。考《小说》作者四家，除殷芸外，还有六朝宋刘义庆《小说》十卷，六朝佚名《小说》五卷，均早亡；又有唐刘悚《小说》三卷，即今《隋唐嘉话》。鲁迅《中国小说史略》第六篇“六朝之鬼神志怪书(下)”说，殷芸《小说》，“明初尚存”；则《月令广义》所引之《小说》，

> 应即是殷芸《小说》。但鲁迅、余嘉锡、周楞伽三家所辑《殷芸小说》，都未辑入“牛郎织女”这一条（即使存疑，也当辑入），应是疏漏。《佩文韵府》卷二十六上“牛”字亦引此，文字几乎全同，惟作《荆楚岁时记》，茅盾《中国神话研究初探》从之，恐不足据。因《韵府》晚出，《荆楚岁时记》是一部有名的岁时书，今本有残阙，唐以后类书如《艺文类聚》《太平御览》等在“岁时”目下于此书多所征引，独此条未被引用，《韵府》从何单独引用此条？在有些问题疑而未决时，暂时只好相信这就是殷芸《小说》的佚文。❶

袁珂又作注佐证其论点：“即使是殷芸《小说》，此条亦不当在遗弃之列，宋张文潜有《七夕诗》，内容全本此条，可见他是见过此条的。”❷袁珂《中国神话史》提出《月令广义》中所引《小说》“牛郎织女”事出自《殷芸小说》，影响颇大，学界往往从其说，未加考察便直接将其作为《殷芸小说》佚文来用的情况甚众，即使少数对引文加以说明者，也只是简单注明袁珂已论证过，一笔带过。

将此条视为殷芸《小说》佚文并稍加说明的，为数不多，如徐传武《漫谈古籍中的银河牛女》❸、周玉娴《〈新刻全相牛郎织女传〉考述》❹、纪永贵《中国口头文化遗产——董永遇仙传说研究》❺、吴从祥《唐前文学作品中的女性形象研究》❻、丘慧莹《江南的牛郎织女宝卷研究》❼等单篇或学位论文。徐传武之文受袁珂影响，据鲁迅《中国小说史略》中说该书明初尚

---

❶ 《中国神话史》，第317—318页。
❷ 《中国神话史》，第318页。
❸ 徐传武：《漫谈古籍中的银河牛女》，《枣庄师专学报》（社会科学版）1988年第3期。
❹ 周玉娴：《〈新刻全相牛郎织女传〉考述》，《贵州文史丛刊》2008年第4期。
❺ 纪永贵：《中国口头文化遗产——董永遇仙传说研究》，南京师范大学博士学位论文，2004年。
❻ 吴从祥：《唐前文学作品中的女性形象研究》，山东大学博士学位论文，2006年。
❼ 丘慧莹：《江南的牛郎织女宝卷研究》，《阅江学刊》2011年第1期。

存，断定此《小说》为殷芸《小说》；周玉娴、纪永贵、吴从祥等人文章则在此条下注释为参照袁珂观点；丘慧莹之文在正文中将此条视为殷芸《小说》内容，另外又在引文下加注释说："其余如清李渔辑《警世选言》卷一《灵光阁女诬词》引《齐谐记》，清褚人获《坚瓠二集》卷二引《述异记》，《佩文韵府・尤韵》引《荆楚岁时记》皆有类似的引文。除了正文中已提及的《荆楚岁时记》，不论东阳无疑《齐谐记》或吴均的《续齐谐记》，殷芸或刘竦的《小说》，任昉或祖冲之的《述异记》，今本皆无类似的引文。明冯梦龙《情史》四（《古本小说集成》，上海：上海古籍出版社，年代不详，原版影印）卷十九'织女'条亦有类似记载，然未注明出处，页 1570—1571。"

不加任何说明，直接将该条视为殷芸《小说》佚文的情况，则更为普遍，如中一《七月七述略》[1]、赵逵夫《论牛郎织女故事的产生与主题》[2]和《先周历史与牵牛传说》[3]、周蒙《从天文星象说到牵牛织女——〈诗经〉民俗文化论之三》[4]、夏维波杨宇《中国文学中河桥意象与性爱主题的文化阐释》[5]、易蓉《民俗风情画卷的展示：浅论宋代节序词》[6]、谭达先《澳门民间文学述略》[7]、冯汝常《幻文：神魔小说特色的根源之一》[8]、张玉璞曹瑞娟《"七夕"题材诗歌源流考》[9]、王帝《牛郎织女神话传说及其演变》[10]、黄凌云《云锦——〈红楼梦〉中追忆往昔的符号》[11]、叶嘉莹《女性语言与女性书

---

[1] 中一：《七月七述略》，《民俗研究》1990 年第 2 期。

[2] 赵逵夫：《论牛郎织女故事的产生与主题》，《西北师大学报》（社会科学版）1990 年第 4 期。

[3] 赵逵夫：《先周历史与牵牛传说》，《人文杂志》2009 年第 1 期。

[4] 周蒙：《从天文星象说到牵牛织女——〈诗经〉民俗文化论之三》，《学术交流》1993 年第 1 期。

[5] 夏维波、杨宇：《中国文学中河桥意象与性爱主题的文化阐释》，《东北师大学报》（哲学社会科学版）1999 年第 4 期。

[6] 易蓉：《民俗风情画卷的展示：浅论宋代节序词》，《中国韵文学刊》2002 年第 2 期。

[7] 谭达先：《澳门民间文学述略》，《湖北民族学院学报》（哲学社会科学版）2003 年第 3 期。

[8] 冯汝常：《幻文：神魔小说特色的根源之一》，《福建师范大学学报》（哲学社会科学版）2004 年第 2 期。

[9] 张玉璞、曹瑞娟：《"七夕"题材诗歌源流考》，《聊城大学学报》（社会科学版）2005 年第 1 期。

[10] 王帝：《牛郎织女神话传说及其演变》，《贵州文史丛刊》2006 年第 1 期。

[11] 黄凌云：《云锦——〈红楼梦〉中追忆往昔的符号》，《红楼梦学刊》2006 年第 2 期。

写——早期词作中的歌伎之词》[1]、刘学智李路兵《七夕文化源流考论》[2]、王人恩《云锦·江宁织造·〈红楼梦〉》[3]、杨国学《武夷山玉女大王故事及其母题源流研究》[4]、徐磊《面向民间与主流的文化内在整合:论“牛郎织女”的历史文化隐喻》[5]、高梓梅《汉画“马头娘”神话涵容的文化信息》[6]等单篇或学位论文。

我们不惜笔墨列举了上述单篇论文与学位论文,只是想表明袁珂的这种观点已经深入人心,被研究者不断地拿来使用。不论是文化学还是文学,主题学还是考据学,几乎完全将袁珂的这种观点作为定论来处理。的确,袁珂的论证逻辑大致不差,又有鲁迅《中国小说史略》对殷芸《小说》“明初尚存”[7]的断语,似乎已成铁案。不仅如此,这些论文还反映出小说研究领域对于从类书中辑佚搜奇的传统方法,已经约定俗成地认可与沿袭。

那么,袁珂观点究竟正确与否,论证的方法是否合理,鲁迅的断语又是否精准,笔者以为还须还其本原,重新审视与考量。袁珂的分析,实存在疏漏和不足,在没有发现充分证据之前,不能直接将其视为殷芸《小说》散佚文字。

下面,我们将以文献学的考察与文艺学的思辨相结合的方法,讨论《月令广义》中“牛郎织女”条是否属于殷芸《小说》的佚文,并进一步讨

---

[1] 叶嘉莹:《女性语言与女性书写——早期词作中的歌伎之词》,《天津大学学报》(社会科学版)2006 年第 4、5、6 期。

[2] 刘学智、李路兵:《七夕文化源流考论》,《陕西师范大学学报》(哲学社会科学版)2007 年第 6 期。

[3] 王人恩:《云锦·江宁织造·〈红楼梦〉》,《红楼梦学刊》2009 年第 3 期。

[4] 杨国学:《武夷山玉女大王故事及其母题源流研究》,《武夷学院学报》2010 年第 1 期。

[5] 徐磊:《面向民间与主流的文化内在整合:论“牛郎织女”的历史文化隐喻》,山东大学博士学位论文,2010 年。

[6] 高梓梅:《汉画“马头娘”神话涵容的文化信息》,《南阳师范学院学报》2011 年第 1 期。

[7] 《中国小说史略》,第 39 页。

论现在学术研究中古小说辑佚的误区，以及古小说研究方法的新视角。

因论证篇幅较长、材料较为零散、论证逻辑环环相扣，故先将本节文字的大致论证思路与结构作一简单交代：

1. 袁珂观点的不当处：《月令广义》的成书时间与殷芸《小说》亡佚时间的比较；《月令广义》所引《小说》的具体考辨。结论：明代类书中"《小说》"指称的内涵变化——泛指诸书，并非仅仅特指殷芸《小说》。

2. 上述结论的佐证之一：明代同期类书《天中记》所引《小说》的具体考辨。

3. 上述结论的佐证之二：唐代集注中"《小说》"指称的内涵——《文选》李善注；宋代诗注中"《小说》"指称的内涵——赵次公注杜诗、苏诗。

《月令广义》是明代冯应京与戴任共同辑录的一部时令类书籍，据书前李登拜所作序文，时间为万历辛丑岁（1601）孟秋，可知《月令广义》的刊刻时间应在公元 1601 年后不久。冯应京生于明世宗嘉靖三十四年（1555），卒于明神宗万历三十五年（1607），此时为明代后期，距明初已 200 余年。即便如鲁迅《中国小说史略》言殷芸《小说》"明初尚存"，于情于理，冯应京辑此书已不大可能见到殷芸《小说》原本。因此，袁珂据鲁迅之"明初尚存"的断语，认为《月令广义》中所引"《小说》"为殷芸《小说》，实为不当。

当然这仅仅是从殷芸《小说》亡佚时间与《月令广义》成书时间相比较作出的初步判断，也并非确证。因此，我们还须对《月令广义》所引"《小说》"文字加以考察。

《月令广义》中一共有五处引有《小说》，其中三处直接标明为"殷芸《小说》"，两处则称"《小说》"。在其标为"殷芸《小说》"的条目中，有两条见于周楞伽先生辑本，一条是否为殷芸《小说》则存疑。而其他两处所称“《小说》”的条目，均不见今本殷芸《小说》。具体如下：

1.《月令广义》卷十四《七月令》“一年一会”条下：

> 《小说》：天河之东有织女，天帝之子也。年年机杼劳役，织成云锦天衣，容貌不暇整。帝怜其独处，许嫁河西牵牛郎，嫁后遂废织纴。天帝怒，责令归河东，但使一年一度相会。❶

此条文字为《月令广义》所引众书中，最为学界经常引用者，袁珂《中国神话史》所引即出于此。但是稍稍扩大视野，即可发现这条资料并非《月令广义》所单独记载。例如，同时期稍早的另一部较为著名的类书《天中记》也记载了这一条。《天中记》卷二《星》“牵牛织女”条记载：

> 《荆楚岁时记》云：“尝见《道书》云：牵牛娶织女，取天帝二万钱备礼，久不还，被驱在营室。”又《小说》云：“天河之东有织女，天帝之子也。年年机杵劳役，织成云锦天衣，容貌不暇整理。天帝怡[怜]其独处，许嫁河西牵牛郎，嫁后遂废织纴。天帝怒焉，责令归河东，但使其一年一度相会。”❷

明清时期编纂的类书性质的作品，多从前代类书、丛书中转引。我们不能因为殷芸《小说》“明初尚存”，就认为《月令广义》中所引《小说》为殷芸《小说》佚文。况且，殷芸《小说》是否“明初尚存”，并不是一个确证。此

❶ 《月令广义》，《四库全书存目丛书》史部第164册，第784页。

❷ [明]陈耀文纂：《天中记》卷二，清光绪听雨山房本，第52—53页。

处所引文字与《月令广义》几乎完全一样，仅个别字有异。《天中记》与《月令广义》均成书于神宗万历年间，《天中记》还要稍早一些❶，且明确标有《天中记》的引文在《月令广义》多次出现，加上这两处引文的文字又极为近似，不由使我们怀疑，《月令广义》中所引《小说》文字很有可能是来自《天中记》一类的类书，或者二书引自同一祖本。

如果这个推论是成立的，那么，我们可以通过考察《天中记》的"《小说》"引用情况，与《月令广义》的"《小说》"引用情况加以比较，得出"《小说》"这个词汇的使用在明代类书中的意义。这一点，本节的第三部分将会详细论述。这里先暂时跳过，继续考察《月令广义》。

本条"牛郎织女"事最早记载于何书，今日已无法详细考证。❷所知最早与此故事情节密切相关的是南宋张耒的《七夕歌》❸，其中"河东美人天帝子，机杼年年劳玉指。纤成云雾紫星衣，辛苦无欢容不理。帝怜独居无与娱，河西嫁与牵牛夫。自从嫁得废织纴，绿鬓云鬟朝暮梳。贪欢不归天帝怒，谪归却理来时路。但令一岁一相见，七月七日桥边渡"一段文字，很可能就是本于此条而来。由于不见于唐宋时期的各类笔记及类书记载，我们只能从其他条目中推断此条信息。以时间为序：

> 旧说云，天河与海通，近世有人居海渚者，年年八月有浮槎去来，不失期，人有奇志，立飞阁于查[槎]上，多赍粮，乘槎而去。十余日中犹观星月日辰，自后茫茫忽忽亦不觉昼夜。去十余日，奄至一处，有城郭状，屋舍甚严。遥望宫中多织妇，见一丈夫牵牛渚次饮之。牵牛

---

❶ 据《郘亭知见传本书目》所记，有明穆宗隆庆三年己巳初刊本，五十卷本。

❷ 此条小说在明清文献中出处显得极为混乱，如明人张鼎思《琅邪代醉篇》卷一"织女条"引《述异记》、清代所修《佩文韵府》引《荆楚岁时记》、李渔辑《警世选言》卷一《灵光阁女诬词》引《齐谐记》，均与此条内容大致相同。

❸ 宋陈元靓《岁时广记》误为与张耒同时的张天觉（张商英）所作。

人乃惊问曰：“何由至此？”此人具说来意，并问此是何处，答曰：“君还至蜀都访严君平则知之。”竟不上岸，因还如期。后至蜀，问君平，曰：“某年月日有客星犯牵牛宿。”计年月，正是此人到天河时也。（张华《博物志》卷十《杂说下》）❶

七月七日，此夜云为织女牵牛聚会之日。戴德云：“此月也，织女东向。”盖言星也。《春秋斗运枢》云：“牵牛神名略。”石氏《星经》云：“牵牛名天关。”《佐助期》云：“织女神名收阴。”《史记·天官书》云：“是天帝外孙。”傅玄《拟天问》云：“七月七日，牵牛织女会天河。”此则其事也。河鼓、黄姑，牵牛也。（宗懔《荆楚岁时记》❷说郛本）❸

七月七日，为织女牵牛聚会之夜。

按，戴德《夏小正》云：“是日织女东向。”盖言星也。《春秋斗运枢》云：“牵牛神名略。”石氏《星经》云：“牵牛名天关。”《佐助期》云：“织女神名收阴。”《史记·天官书》云：“是天帝外孙。”傅玄《拟天问》云：“七月七日，牵牛织女会天河。”此则其事也。旧说天河与海通。近世有人居海渚者，每年八月，有浮槎去来不失期。人有奇志，立飞阁于槎上，多赍粮，乘槎而去。十余月至一处，有城郭状，屋舍甚严，

---

❶ 《博物志校证》卷十，第111页。

❷ 南朝梁宗懔所撰，隋杜公瞻注，按照《旧唐书·经籍志》《新唐书·艺文志》《崇文总目》《郡斋读书志》《通志》《直斋书录解题》《文献通考》《宋史·艺文志》所著录，卷数有一卷、二卷、四卷、六卷和十卷之别。根据《郡斋读书志》所载宗懔自序，该书“录荆楚岁时风物故事，自元日至除日，凡二十余事”，再结合各家引文情况来看，原书当为一卷，杜注本增为两卷。元陶宗仪《说郛》尚载有此书节本，明初所修《永乐大典》已不见引，是书大约亡于元明之际。今本《荆楚岁时记》为万历年间明人辑本。一个是陈继儒《宝颜堂秘笈》本，辑录48条；一个是何允中辑《广汉魏丛书》本，辑录36条。《说郛》本和明代两种辑本中都保存了“七月七日”的内容，但各本的原文及注文则有所不同。参见[南朝梁]宗懔撰，[隋]杜公瞻注，宋金龙校注：《荆楚岁时记》，山西人民出版社，1987年，第14页。

❸ 《说郛》卷二十五，第20—21页。

遥望宫中有织妇。见一丈夫，牵牛渚次饮之。牵牛人乃惊问曰："何由至此？"此人为说来意，并问此是何处。答云："君还至蜀都，访严君平则知之。"竟不上岸，因还如期。后至蜀，问君平。君平曰："某年某月，有客星犯牵牛宿。"计年月，正此人到天河时也。牵牛星，荆州呼为河鼓，主关梁。织女则主瓜果。尝见《道书》云："牵牛娶织女，借天帝二万钱下礼，久不还。被驱在营室中。"河鼓、黄姑，牵牛也，皆语之转。（宗懔《荆楚岁时记》宝颜堂秘笈本）❶

《广汉魏丛书》本文字与《宝颜堂秘笈》本接近，但无"旧说天河与海通……被逐在营室中"一段文字，但又与《说郛》本类同。❷

桂阳成武丁，有仙道，常在人间，忽谓其弟曰："七月七日，织女当渡河，诸仙悉还宫。吾向已被召，不得停，与尔别矣。"弟问曰："织女何事渡河？去当何还？"答曰："织女暂诣牵牛，吾复三年当还。"明日失武丁，至今云织女嫁牵牛。（吴均《续齐谐记》）❸

《风俗通》云："织女七夕当渡河，使鹊为桥。"（韩鄂《岁华纪丽》卷三"鹊桥已成"条下）❹

---

❶ 《宝颜堂秘笈》广集第一第三帙，文明书局，1922 年。

❷ 余嘉锡《四库提要辨证》认为，说郛本和宝颜堂秘笈本都是后来从各种类书中辑佚出来的，并非原本。日本学者守屋美都雄则认为，尽管现在这两个系统的流行本中有脱漏、衍增、意改、误写、混淆，而以这些缺点并不足以判定《荆楚岁时记》就是后人的辑本。宗懔的原书唐时还有流传，至宋已为稀见，至元则完全佚失，但杜注本实际上未曾佚失。参见刘晓峰：《〈荆楚岁时记〉在日本》，《民间文化论坛》2006 年第 1 期。

❸ [南朝梁]吴均：《续齐谐记》，《汉魏六朝笔记小说大观》，上海古籍出版社，1999 年，第 1007—1008 页。亦见《艺文类聚》卷四，文字稍异。

❹ [唐]韩鄂：《岁华纪丽》，商务印书馆，1937 年，第 77 页。是书据明万历刻秘册汇函本影印。该条不见于今本《风俗通义》，王利器《风俗通义校注》将其作为佚文列入"阴教"类下。

吴均《齐谐记》云：桂阳成武丁，有仙道，忽谓弟子曰：“七月七夕织女将渡河，暂过牵牛。吾向以被召。”明日失所在。后世人至今云织女嫁牵牛。（韩鄂《岁华纪丽》卷三“织女将渡”条下）❶

《汉书》载张骞穷河源，言其奉使之远，实无天河之说。惟张茂先《博物志》，说近世有人居海上，每年八月，见海槎来不违时。赍一年粮，乘之到天河，见妇人织，丈夫饮牛。遣问严君平，云：“某年某月某日，客星犯牛斗，即此人也。”后人相传云：得织女支机石，持以问君平，都是凭虚之说。今成都严真观有一石，俗呼为“支机石”，皆目云：当时君平留之。宝历中，余下第还家，于京洛途中，逢官差递夫舁张骞槎。先在东都禁中，今准诏索有司取进，不知是何物也。前辈诗往往有用张骞槎者，相袭谬误矣。纵出杂书，亦不足据。（赵璘《因话录》卷五《徵部》）❷

梁吴均《齐谐记》曰：桂阳成武丁，有仙道，常在人间，忽谓其弟曰：“七月七日，织女渡河，诸仙悉还宫。吾向已被召，不得暂停，与尔别矣。后三千年当复还。”弟问曰：“织女何事渡河？兄何当还？”答曰：“织女暂诣牵牛，一去后三千年当还。”明旦，果失武丁所在，世人至今犹云：“七月七日，织女嫁牵牛。”又宗懔《荆楚岁时记》云：七月七日，世谓织女牵牛聚会之日。是夕，陈瓜果于庭中以乞巧。（陈元靓编《岁时广记》卷二十六《七夕上》）❸

---

❶ 《岁华纪丽》，第77页。

❷ ［唐］赵璘：《因话录》，上海古籍出版社，1979年，第108页。

❸ ［宋］陈元靓编：《岁时广记》，商务印书馆，1939年，第293页。是书据清光绪归安氏刊十万卷楼丛书本排印。

焦林《天斗记》:“天河之西,有星煌煌,与参俱出,谓之牵牛;天河之东,有星微微,在氐之下,是曰织女。”杜甫诗云:“牵牛出河西,织女出河东。”张天觉《七夕歌》云:“河东美人天帝子,机杼年年劳玉指。织成云雾紫绡衣,辛苦无欢容不理。帝怜独居无与娱,河西嫁得牵牛夫。贪欢不归天帝怒,谪归却踏来时路。但令一岁一相逢,七月七日桥边渡。”(陈元靓编《岁时广记》卷二十六“出河西”条下)❶

《荆楚岁时记》:尝见《道书》云:“牵牛娶织女,取天帝二万钱下礼,久而不还,被驱在营室。”言虽不经,有足为怪。(陈元靓编《岁时广记》卷二十六“借聘钱”条下)❷

《风土记》:织女七夕当渡河,使鹊为桥。(陈元靓编《岁时广记》卷二十六“架鹊桥”条下)❸

《学林新编》:世传织女嫁牵牛,渡河相会。按《史记》《晋天文志》云:河鼓星在织女、牵牛二星之间。世俗因传渡河之说。媟渎上象,无所根据。《淮南子》云:乌鹊填河成桥而渡织女。《荆楚岁时记》云:七夕,河汉间奕奕有光景,以此为候,是牛女相过。其说皆怪诞。七夕乞巧,见于周处《风土记》,乃后人编类成书,大抵初无稽考,不足信者多已。(陈元靓编《岁时广记》卷二十六“无稽考”条下)❹

《复雅歌词》:七夕故事,大抵祖述张华《博物志》、吴均《齐谐记》,

---

❶ 《岁时广记》,第 294 页。
❷ 《岁时广记》,第 295 页。
❸ 《岁时广记》,第 297 页。
❹ 《岁时广记》,第 298 页。

夫二星之在天，为二十八舍。自占星者观之，此为经星，有常次而不动。诗人谓"睆彼牵牛，不以服箱。跂彼织女，终日七襄。虽则七襄，不成报章"者，以比为臣而不职也。夫为臣之职，用人者之责也。此诗所以为刺也。凡小说好怪，诞妄不终，往往类此。天虽去人远矣，而垂象粲然，可验而知，不可诬也。词章家者流，务以文力相高，徒欲飞英妙之声于尊俎间，诗人之细也夫。（陈元靓编《岁时广记》卷二十六"好诞妄"条下）❶

张茂先《博物志》：旧说天河与海通，近世有人居海上者，每年八月，见浮槎来不失期，心窃异之，候其复来，乃赍一年粮乘之。十余日，犹见日月星风，自后茫然，亦不觉昼夜。忽至一处，有城郭屋舍甚盛。遥望宫中，有妇人织，见一丈夫，牵牛渚次饮之。惊问曰："何由至此？"其人说与来意，并问此是何处，答曰："君至蜀郡访严君平则知之。"不及登岸，复乘槎还家。径入蜀问君平，君平曰："某年月日，有客星犯牛宿。"计其年月日，正是此人到天河也。宗懔作《荆楚岁时记》，乃引《博物志》，直谓张骞乘槎，宗懔不知何据。赵璘《因话录》亦尝辨此事。（陈元靓编《岁时广记》卷二十七《七夕中》"乘浮槎"条下）❷

《荆楚岁时记》：汉武帝令张骞使大夏寻河源，乘槎经月而去。至一处，见城郭如官府，室内有一女织，又见一丈夫牵牛饮河。骞问曰："此是何处？"答曰："可问严君平。"织女取搘机石与骞而还。后至蜀问君平，君平曰："某年月日，客星犯牛女。"所得搘机石，为

❶ 《岁时广记》，第299页。
❷ 《岁时广记》，第307页。

东方朔所识。（陈元靓编《岁时广记》卷二十七《七夕中》“得机石”条下）❶

从以上6种引书所举15条材料看，除《荆楚岁时记》所引《道书》叙述内容略近于《月令广义》所引《小说》外，其余大多辗转以《博物志》所记“浮槎”事，间叙“牛郎织女”。从唐至宋，并无一种书叙及此条材料为殷芸《小说》，故据明人类书以此条作为殷芸《小说》，实有相当疑点。

2.《月令广义》卷二十二《昼夜令》“科头晏起”条下：

《殷芸小说》：管宁泛海覆舟，曰：“吾尝一朝科头，三晨晏起，过必在此。”❷

周楞伽辑本有此条，原文为：

管宁避难辽东，还，遭风船垂倾没，乃思其愆过，曰：“吾曾一朝科头，三晨晏起。今天怒猥集，过必在此。”风乃息。❸

元人所编《韵府群玉》卷九“上声”部“科头晏起”条下所引殷芸《小说》，与《月令广义》此条内容一字不差。❹故《月令广义》此条很可能是明人辗转节引，似从此出，与前条情况相似。

---

❶ 《岁时广记》，第307—308页。
❷ 《月令广义》，《四库全书存目丛书》史部第165册，第22页。
❸ 《殷芸小说》，第102—103页。
❹ ［元］阴时夫辑，阴中夫注：《韵府群玉》卷九，文渊阁四库全书本，第596页。

3.《月令广义》卷二十二《昼夜令》“燕蝠争昼夜”条下：

> 《殿[殷]芸小说》：燕以日出为旦，入为夕；蝙蝠以日入为旦，出为夕。争之不决，诉于凤凰。半路一禽曰：“不须往，凤凰在假，诎[训]狐权摄。”此托喻事物各尚其时。❶

此条虽题为《殷芸小说》，却并不可靠。考燕蝠争昼夜事，目前最早可追溯至苏轼乌台诗案事。❷宋朋九万辑《东坡乌台诗案》“寄周邠诸诗”条下：

> 熙宁六年，因往诸县提点，到临安县，有知县大理寺丞苏舜举，来本县界外太平寺相接。轼与本人为同年，自来相知。本人见轼，复言舜举数日前入州，却被训狐押出。轼问其故，舜举言我擘划得户供通家业役钞规例一年，甚简。前日将去，呈本州诸官，皆不以为然。呈转运副使王庭老等，不喜，差急足押出城来。轼取其规例看详，委是简便。因问训狐事，舜举言自来闻人说一小话，云：“燕以日出为旦，日入为夕；蝙蝠以日入为旦，日出为夕。争之不决，诉之凤凰。凤凰是百鸟之王。至路次逢一禽，谓燕曰：不须往诉，凤皇在假……训狐权摄。”舜举意以话戏笑王庭老等不知是非。隔得一两日，周邠、李行中二人亦来临安，与轼同游径山。苏舜举亦来山中相见，周邠作诗一首与轼，即无讥讽。次韵和答，兼赠舜举，云：“餔糟醉方熟，酒[洒]面

---

❶ 《月令广义》，《四库全书存目丛书》史部第165册，第30页。

❷ 元丰二年(1079)，苏轼被监察御史何正臣、舒宣及李定等人罗织罪名，上书弹劾，说他写诗讽刺新法、诽谤朝廷，将其逮捕入狱，构成历史上有名的文字狱“乌台诗案”。苏轼在狱中对其诗文进行阐释和申诉，后被集成《乌台诗案》一书，原载《苏子瞻学士钱塘集》三卷，今已佚。现存宋人朋九万编《东坡乌台诗案》。

唤不醒。奈何效燕蝠，屡欲争晨暝。”其意以讥讽王庭老等，如训狐不分别是非也。[1]

这首让东坡获罪的诗名为《径山道中次韵答周长官兼赠苏寺丞》。元丰二年(1079)七月，监察御史里行舒亶在奏状中说东坡此诗“杂取小说燕蝠争晨昏之语”。[2]而南宋赵次公注东坡诗时，在本诗“奈何效燕蝠，屡欲争晨暝”句下，亦有同样说词：“《小说》载蝙蝠与燕争昼夜，不决，往问凤凰，凤凰方睡，遂投训狐。其事详见《诗案》，且云：某意以讥王庭老如训狐不分别是非也已。”[3]

那么，此处之《小说》是否为《殷芸小说》呢，不妨再查看赵次公注东坡诗中所引其余“《小说》”条。宋代王十朋所辑《东坡诗集注》中，赵次公注引《小说》九次，其中并无一条见于周楞伽殷芸《小说》辑本。以此推断，此条亦无可能是殷芸《小说》。将此条归入殷芸《小说》，很可能是后人从赵次公注及《乌台诗案》中舒亶之说引发的。宋代以后的文献中，提及此事，文字或与赵次公注同，或与《乌台诗案》中东坡自述同。如前文所提元人编修《韵府群玉》一书，卷十三“去声”部“凤睡”条下亦引《小说》：“蝙蝠与燕争昼夜，不决，往问凤凰，凤凰方睡，乃往投训狐。”[4]与赵次公注几乎无差。又，卷十五“去声”部“日出为旦”条下，亦引《小说》：“燕以日出为旦，入为夕；蝙蝠以日入为旦，出为夕。争之不决，诉于凤凰。半路一禽，谓燕曰：‘不须往，凤凰在假，训狐权。’”[5]与《月令广义》所引亦几乎无差，并近

[1] [宋]朋九万：《东坡乌台诗案》，商务印书馆，1939年，第13—14页。是书据李调元函海本排印。

[2] 《东坡乌台诗案》，第2页。

[3] [宋]苏轼撰，[宋]王十朋集注：《集注分类东坡先生诗》卷十七，商务印书馆，1929年，第165页。是书据南海潘氏藏宋务本堂刊本影印。

[4] 《韵府群玉》卷十三，第826页。

[5] 《韵府群玉》卷十五，第951页。

于《乌台诗案》。更有意思的是，东坡所述此故事，是将自己辗转听来的口语——“小话”，转化成文言记录，与《小说》原文压根不会相同，而后世误引此条为《小说》时，却往往与东坡之语近似，传承脉络，一目了然。

4.《月令广义》卷二十三《昼夜令》“烛龙衔火”条下：

> 《山海经》：钟山之神，名曰烛龙，身长千里，视为昼，瞑为夜，衔火以照天门。《小说》：西北无日之国，有龙衔火而照。❶

考此条原出自《楚辞》。《天问》篇云：“日安不到，烛龙何照？”王逸注：“言天之西北，有幽冥无日之国，有龙衔烛而照之也。”❷《山海经》《淮南子》亦有类似记载，但殷芸《小说》现存文字并无记载，子、史二部与小说相关诸书也无记载。如按袁珂收“牛郎织女”条例，此条亦应收入殷芸《小说》，不知何故未收？

5.《月令广义》卷二十三《昼夜令》“铜藻盘”条下：

> 《殷芸小说》：中朝有铜藻盘，晨夕恒鸣，问张华，华曰：“此盘与洛钟宫商相谐，宫中朝暮撞，故声相应，可鑢令轻，则韵乖自止也。”如言果止。❸

此条与周楞伽辑本第142条相同，个别字有异。考殷芸《小说》所录，该条

❶ 《月令广义》，《四库全书存目丛书》史部第165册，第40页。
❷ [宋]洪兴祖：《楚辞补注》，中华书局，1983年，第93页。
❸ 《月令广义》，《四库全书存目丛书》史部第165册，第46页。

原采自《异苑》，文字基本相同：

> 晋中朝有人畜铜澡盘，晨夕恒鸣如人扣。乃问张华，华曰："此盘与洛钟宫商相应，宫中朝暮撞钟，故声相应耳。可错令轻，则韵乖，鸣自止也。"如其言，后不复鸣。❶

《月令广义》所引此条，并未深究其源，可能是录自他书，辗转采引，与上述诸条相似。

综上所述，《月令广义》所引"殷芸《小说》"三处，有一处考实非出殷芸《小说》；所引"《小说》"两处，均不能断定为殷芸《小说》。从以上考察，我们可以得出：第一，明人所撰类书，往往辗转他引，并未见到全部本书。因此存在以讹传讹，以误沿误的可能。第二，明人所指"《小说》"，可能是特指"殷芸《小说》"，也可能是泛指诸书，需要细加考察，不能望"《小说》"就认为是殷芸《小说》。

当然，这两点结论还仅仅是通过《月令广义》一部书得出，我们还可通过明代其他类书引《小说》的具体情况来进一步考察，以证是非。

前面提及的明代类书《天中记》中所引《小说》条目，共有 22 条，分别标为"殷芸《小说》""商芸《小说》""刘氏《小说》""《杭州小说》""《钱希白小说》""《小说旧闻》"以及"《小说》"等名目。其中，"《小说》"引 8 条，"殷芸《小说》"引 6 条，"商芸《小说》"引 4 条，"《刘氏小说》""《杭州小说》""《钱希白小说》"与"《小说旧闻》"各引 1 条。按，殷芸《小说》与商芸《小说》本为一书，作者却分两种名称标目，可见所引殷芸《小说》并非从原书而来，极有可能采自诸书。

---

❶ [南朝宋]刘敬叔：《异苑》卷二，中华书局，1996 年，第 7 页。

除去《刘氏小说》[1]《杭州小说》《钱希白小说》《小说旧闻》等与殷芸《小说》无关的引书，不妨先查考涉及《天中记》中所引《小说》的条目。《天中记》所引殷芸《小说》6 条，经考察，殷芸《小说》现存文字均有载；所引商芸《小说》4 条，亦均为殷芸《小说》现存文字。无误，文繁不录。这里重点讨论所引《小说》的 8 条文字。

1. 卷二《星》“牵牛织女”条下：

> 《荆楚岁时记》云：“尝见《道书》云：牵牛娶织女，取天帝二万钱备礼，久不还，被驱在营室。”又《小说》云：“天河之东有织女，天帝之子也。年年机杼劳役，织成云锦天衣，容貌不暇整理。天帝怡[怜]其独处，许嫁河西牵牛郎，嫁后遂废织纴。天帝怒焉，责令归河东，但使其一年一度相会。”[2]

此条文字，周楞伽辑本无录，上文已有论述，此不赘述。

2. 卷三《雹》“雹渊沉伏”条下：

> 袁安为阴平长，有惠化。县先有雹渊，冬夏未尝消释。岁中

---

[1] 按，《刘氏小说》，《隋书·经籍志》小说类无相关著录，《旧唐书·经籍志》小说类著录刘义庆撰“《小说》十卷”（第 2036 页），《新唐书·艺文志》小说类著录刘义庆撰“《小说》十卷”（第 1539 页）。又，唐刘悚撰有《小说》，“涉南北朝至开元，著为《传记》”（李肇《国史补》，第 3 页），《新唐书·艺文志》小说类亦有著录“刘悚《传记》三卷”（第 1541 页），内容与《太平广记》所录 4 条引文不符，当非此书。又，唐刘孝孙撰有《小说》，应指《事始》，《新唐书·艺文志》小说类亦有著录（第 1541 页），内容亦与《太平广记》所录 4 条引文不符，当非此书。故综合考察，《刘氏小说》极有可能指刘义庆所撰《小说》，其内容与《世说》是否完全一致，或就是宋人对《世说》的异名称谓，尚不得确证。而殷芸《小说》多取材刘义庆《世说》，则其是否与《刘氏小说》有重文，亦不能简单断之，笔者有另文详细讨论，此不赘述。

[2] 《天中记》卷二，第 52—53 页。

辄出，飞布十数里，大为民害。安乃推诚洁斋，引愆贬已，至诚感神，雹遂为之沉沦，伏而不起，乃无苦雨凄风焉。（注曰：《小说》）❶

此条文字，周楞伽辑本第 65 条有载。

3. 卷八《嵩山》“瞻眺”条下：

昔傅亮北征，在河中流，从客问之曰：“潘安仁《怀旧赋》曰：前瞻太室，旁眺嵩丘。嵩丘、太室一山，河[何]云前瞻旁眺哉?”亮对曰：“有嵩丘山，去太室七十里，此是写书误耳。”（注曰：《小说》）❷

此条文字，周楞伽辑本第 162 条有载。

4. 卷二十五《博学》“铜盘鸣”条下：

中朝时，有人畜铜澡盘，晨夕恒鸣如人扣，以白张华。华曰：“此盘与洛钟宫商相谐，宫中朝暮撞，故声相应。可鑢令轻，则韵乖，鸣自止也。”依言，即不复鸣。（注曰：《小说》）❸

此条文字，周楞伽辑本第 142 条有载。

---

❶ 《天中记》卷三，第 113 页。
❷ 《天中记》卷八，第 8 页。
❸ 《天中记》卷二十五，第 110 页。

5. 卷四十三《瑟》"湘灵鼓瑟"条下：

> 天宝十年，钱起从乡荐，居江湖客舍，闻吟于庭中曰："曲终人不见，江上数峰青。"视之，无所见矣。明年，崔玮试《湘灵鼓瑟诗》，落句久不属，即用为末句，因中选，人以为鬼谣。（注曰：《小说》）[1]

此条文字所叙为唐事，故非殷芸《小说》无疑。考文字本事，当出于《旧唐书·钱徽传》，《唐诗别裁》《唐诗纪事》《诗话总龟》《唐才子传》等书亦有载。《天中记》云出《小说》，当泛指《唐才子传》之类诸书。故清人张英《渊鉴类函》卷一百八十九礼部六"瑟三"条下，云出《小说》[2]，大约因此而来。

6. 卷四十六《鲭》"五侯鲭"条下：

> 娄获字君卿，历游五侯之门。每候，五侯各遣饷之君卿，口厌滋味，乃试合五侯所馈之鲭而食，甚美。世所谓五侯鲭，盖君卿之为也。（注曰：《语林》）
>
> 或云，获兼善五侯，不偏食，故合而为鲭。（注曰：《小说》）[3]

考"五侯鲭"事，《语林》《世说》《西京杂记》《太平广记》均有记载。尤以《广记》二百三十四卷"五侯鲭"条文字与本条无大异，唯作"出《世说》"。[4] 故《天中记》当误《世说》为《小说》。此条非殷芸《小说》。

---

[1] 《天中记》卷四十三，第8页。

[2] ［清］张英：《渊鉴类函》卷一百八十九，文渊阁四库全书本，第4216页。

[3] 《天中记》卷四十六，第127页。

[4] 《太平广记》卷二百三十四，第1792页。

7. 卷五十五《马》"玉狮子"条下：

梁武帝有良马，名照殿玉狮子。（注曰：《小说》）❶

考唐宋以来典籍，并无相关记载。唯明清类书有所引用。如明顾起元《说略》卷三十《虫注》亦曰："《小说》：'梁武帝有照殿玉狮子。'"❷存疑。

8. 卷五十八《鹤》"跨鹤"条下：

有客相从，各言所志，或愿为扬州刺史，或愿多资财，或愿骑鹤上升。其一人曰："腰缠十万贯，骑鹤上扬州。"欲兼三者。（注曰：《小说》）❸

此条文字，周楞伽辑本第132条有载。台湾云林科技大学汉学所黄东阳曾撰文《"骑鹤上扬州"非殷芸〈小说〉佚文辨正》❹，辨其正误，可与本文相佐证。文繁不录。

综上所述，《天中记》所引《小说》8条文字，只有3条确属殷芸《小说》，3条非殷芸《小说》，2条存疑待证。而从上述8例看，《天中记》中"《小说》"的指代，也存在着泛指与特指相兼的情况。并且，由于明人撰书时传抄讹误的因素，使得"《小说》"的泛指程度更加趋于扩大。

结合《月令广义》与《天中记》所引《小说》，我们发现，"《小说》"一词的指代对象在明代类书中已经发生了变化，已经由特指殷芸《小说》发展为泛指包括殷芸《小说》在内诸种笔记、传奇等。那么，我们辑佚殷芸《小说》

---

❶ 《天中记》卷五十五，第23页。
❷ ［明］顾起元：《说略》卷三十，文渊阁四库全书本，第433页。
❸ 《天中记》卷五十八，第43页。
❹ 黄东阳：《"骑鹤上扬州"非殷芸〈小说〉佚文辨正》，《文献》2007年第4期。

佚文，就要避免望文生义，应作具体分析与考辨。

上面讨论了明代类书引“《小说》”的指代变化。那么，正如所有的文学现象一样，这种变化不是一夕而成，必定有自己的发展衍变。我们不妨通过考察殷芸《小说》成书后，唐宋时期各种典籍中注引“《小说》”的具体指代情况，检验以上论点。

唐人对于各种典籍的注本很多，但由于距离殷芸《小说》成书时间较近，及注书体例的不一，在唐人史注中，我们就很少发现注引《小说》的例子。如《史记》三家注中，司马贞《史记索隐》、张守节《史记正义》引书500余种，并未见引用殷芸《小说》之例。刘知幾撰《史通》，除去《杂说篇》中特指殷芸《小说》[1]，其余论述十余处皆泛指非正史外的一切史料，即包括子、史部的诸书。对比史注中征引的阙失，唐人集注中，可以发现注引《小说》的用例。如《文选》李善注中，卷十六《怀旧赋》“前瞻太室，旁眺嵩丘”句下，李善注曰：“《小说》曰：昔傅亮北征，在河中流，或人问之曰：‘潘安仁作《怀旧赋》曰：前瞻太室，旁眺嵩丘。嵩丘、太室一山，何云前瞻旁眺哉？’亮对曰：‘有嵩丘山去太室七十里，此是写书误耳。’”[2]所引即殷芸《小说》，见周楞伽辑本第162条。

宋代对各种典籍的注本也沿袭了唐人注本中对“《小说》”的指代用例，并且更加广泛地用“《小说》”来泛指诸书。由于唐宋诗歌用典的发展，宋人对唐宋诗集作注，往往会出现引用《小说》之例。这就为我们考察宋代的“《小说》”指代情况提供了一个更好的契机。不妨选取一个最具代表性的诗注——赵次公注杜诗、注苏诗，以检验我们的观点。

杜诗赵次公注散见于宋人的各种集注本，林继中据明钞本《新定杜工

---

[1] 《史通通释》，第449页。
[2] 《文选》卷十六，第731页。

部古诗近体诗先后并解》残卷为底本，参校《先后解》残卷(杜甫草堂本)，又从《九家注》《百家注》等诸多注本中，辑校考订，撰成《杜诗赵次公先后解辑校》。赵次公注引《小说》，据林继中辑本约有8处(含林辑本未曾标注出的5条)。前文已经讨论，在杜诗赵次公注中，"《小说》"一词的指代确实已经由特指殷芸《小说》，扩大至泛指包括殷芸《小说》在内的诸种小说、笔记、传奇书。此外，通过第8例，如果袁珂以为《月令广义》所引为殷芸《小说》佚文是正确的，那么，赵次公注中的这个引书用例则明显优于明代的《月令广义》，何以不据？所以，尽管宋注引"牛郎织女"的用例优于明代类书所引，但基于学术的严谨，考虑到唐宋以来"《小说》"一词的指代变化，我们依然不能将其视为殷芸《小说》佚文的确证。

我们还可进一步考察赵次公注东坡诗引《小说》的用例。东坡诗赵次公注也散见于宋人的各家注本中，本节以题为王十朋所撰《增刊校正百家注东坡先生诗》为据，加以分析。东坡诗赵次公注引《小说》9条，如下：

1. 卷二《虔州八境图八首》其八"谁向空山弄明月，山中木客解吟诗"句下，赵次公注：

> 《寰宇记》所载上洛山多木客，乃鬼类也。形似人，语亦似人。而徐铉《小说》载鄱阳山中有木客，自言秦时造阿房宫采木者也，食木实，遂得不死，时就民间饮酒，为诗一章云：酒尽君莫酤，壶倾我当发。城市多嚣臣，还山弄明月。然鄱阳则饶州也，非虔州事，岂先生因虔有木客，遂用此邪？[1]

[1] 《集注分类东坡先生诗》卷二，第77页。

考徐铉所撰《稽神录》，此条为佚文。❶赵次公以“《小说》”代指《稽神录》。

2. 卷五《书焦山纶长老壁》“一旦或人问，每睡安所措。归来被上下，一夜着无处。展转遂达晨，意欲尽镊去。此言虽鄙浅，故自有深趣。持此问法师，法师一笑许”句下，赵次公注曰：

> 此篇先生用《小说》一段事裁以为诗，而意最高妙。❷

查唐宋典籍，并无本事相关记载。疑为赵次公评苏轼以小说叙事之法为诗笔，并非特指某一小说书或泛指诸书。存疑。

3. 卷五《石塔寺》“饥眼眩西东，诗肠忘蚤晏。虽知灯是火，不悟钟非饭”句下，赵次公注曰：

> 《小说》载唐王播少孤贫，客木兰院，随僧斋粥。僧厌苦之，饭后击钟。其后，播镇扬州，访旧处，题诗曰：上堂已了各西东，惭愧阇梨饭后钟。说者谓往时寺僧不能礼贤，至今其徒以饭后钟为作。今先生诗意，言播特饥而迷路，不知直往寺中，贪吟诗而失时，不知趁时而往饭。谚云：早知灯是火，饭熟已多时。❸

据赵次公注引本事，当出自五代时期王定保所撰《唐摭言》❹，故赵次公以

---

❶ [宋]徐铉：《稽神录》，中华书局，1996年，第148页。
❷ 《集注分类东坡先生诗》卷五，第105页。
❸ 《集注分类东坡先生诗》卷五，第117—118页。
❹ 《唐摭言》卷七，第73页。

“《小说》”代指《唐摭言》。

4. 卷十《橄榄》“待得微甘回齿颊，已输崖蜜十分甜”注：

《小说》：待得你回味，我已甜了。❶

查唐宋典籍，并无本事相关记载。赵次公注东坡诗，当为首出，故后出之书往往据其复引，如宋戴埴撰《鼠璞》卷上“橄榄”条下曰：“注坡诗者引《小说》：‘橄榄与枣争，枣曰：待尔回味，我已甜。’”❷

5. 卷十《苏州闾丘江君二家雨中饮酒二首》“莫遣歌声便驻云”句下，赵次公注曰：

《小说》载王魁诗云：谢氏筵中闻雅唱，谁人戛玉在帘帷。一声透过秋空碧，几片行云不敢飞。❸

按：王魁事，多见于宋代戏曲及各种话本。最早出张师正《括异志》“王廷评”条❹，但无赵次公注中王魁之诗，情节也较为简单。至李献民《云斋广录》“王魁歌”条，故事情节已较为详备❺，但亦无赵注所引王魁诗。《齐东野语》❻、《宋诗纪事》❼亦同。曾慥《类说》卷三十四引《摭遗》，录《王魁

❶ 《集注分类东坡先生诗》卷十，第 94 页。
❷ ［宋］戴埴：《鼠璞》卷上，宋咸淳百川学海本，第 11 页。
❸ 《集注分类东坡先生诗》卷十，第 111 页。
❹ ［宋］张师正：《括异志》卷三，中华书局，1996 年，第 38 页。
❺ ［宋］李献民：《云斋广录》卷六《丽情新说下》，中华书局，1997 年，第 41—43 页。
❻ ［宋］周密：《齐东野语》卷六，中华书局，1983 年，第 107 页。
❼ ［清］厉鹗辑撰：《宋诗纪事》卷二十二，上海古籍出版社，1981 年，第 559—560 页。

传》,存有赵注所引王魁诗。[1]按,《摭遗》,刘斧所撰,《宋史・艺文志》"小说"类著录,已佚。至罗烨撰《醉翁谈录》,录《王魁负心桂英死报》,故事情节始与后代戏曲情节相同[2],亦有是诗。王魁赋诗记载之书应前于赵次公注东坡诗之时,当为刘斧《摭遗》。故赵次公以"《小说》"代指《摭遗》。

6. 卷十一《仆曩于长安陈汉卿家见吴道子画佛碎烂可惜其后十余年复见之于鲜于子骏家则已妆背完好子骏见遗作诗谢之》"素丝断续不忍看,已作胡蝶飞联翩"句下,赵次公注曰:

> 《小说》载一道人为戏术,碎剪绢作胡蝶而飞,少选复如故。或有藏其一蝶,而绢亦亏如蝶之大。[3]

查唐宋典籍,并无本事相关记载。不知赵次公何据,待考。

7. 卷十三《纸帐》"破屋那愁仰见天"句下,赵次公注曰:

> 退之寄卢仝诗:破屋数间而已矣。又,《小说》有县令求雨于董君异,君异仰视其屋曰:贫家屋皆见天,不可以得雨,如何?[4]

考董君异事,出《神仙传》卷十"董奉"条[5],故赵次公以"《小说》"代指《神仙传》。

[1] 《类说》卷三十四,第583—584页。
[2] 《醉翁谈录》辛集卷二,第91—95页。
[3] 《集注分类东坡先生诗》卷十一,第161页。
[4] 《集注分类东坡先生诗》卷十三,第64页。
[5] [晋]葛洪:《神仙传》卷十,文渊阁四库全书本,第41页。

8. 卷十三《祥符寺九曲观灯》“宝珠穿蚁闹连朝”句下，赵次公注曰：

> 《小说》载有以九曲宝珠欲穿之而不得，问之孔子。孔子教以涂脂于线，使蚁通焉。❶

九曲宝珠事，殷芸《小说》确有记载，唯故事情节与之稍异，录周楞伽辑本第45条以比较：

> 孔子去卫适陈，途中见二女采桑。子曰：“南枝窈窕北枝长。”答曰：“夫子游陈必绝粮。九曲明珠穿不得，着来问我采桑娘。”夫子至陈，大夫发兵围之，令穿九曲珠，乃释其厄。夫子不能，使回、赐返问之。其家谬言女出外，以一瓜献二子。子贡曰：“瓜，子在内也。”女乃出，语曰：“用蜜涂蛛，丝将系蚁，蚁将系丝；如不肯过，用烟熏之。”孔子依其言，乃能穿之。于是绝粮七日。❷

虽故事情节叙述不同，但赵次公注引他书，往往以意引为主，并非全部摘引原书文字，故该条可以断为殷芸《小说》。

9. 卷十七《径山道中次韵答周长官兼赠苏寺丞》“奈何效燕蝠，屡欲争晨暝”句下，赵次公注曰：

> 《小说》载蝙蝠与燕争昼夜，不决，往问凤凰，凤凰方睡，遂投训

---

❶ 《集注分类东坡先生诗》卷十三，第72页。

❷ 《殷芸小说》，第48页。

> 狐。其事详见《诗案》，且云：某意以讥王庭老如训狐不分别是非也已。[1]

该条文字前文已有论证，此不赘述。

通过以上9条赵次公注东坡诗引《小说》的用例，我们可以更加确定，宋注中的“《小说》”指代情况，已经由特指殷芸《小说》发展为泛指与笔记、传奇等相关的诸书。赵次公注引《小说》9次，只有1次实考为殷芸《小说》，作为泛称的“《小说》”意义，可见一斑。

自唐宋以来，各种典籍注本中的“《小说》”一词，已经由特指殷芸《小说》，发展为泛指诸书。那么，这种发展趋势在明代自然也不会消退，不会再回到具体的指称。因此，据明代类书所引“《小说》”，是否就能断定为殷芸《小说》，需要逐条文字的考辨，而不能望文生义。

以上，我们讨论了“《小说》”这个词从唐宋时期到明代的指向发生的变化。因此，袁珂据明代类书《月令广义》所引《小说》，就断“牛郎织女”为殷芸《小说》佚文，实属不当。第一，不符合“《小说》”指称在唐宋以后由特指到泛指的变化趋势；第二，设使袁珂所论正确，则杜诗赵次公注引《小说》“牛郎织女”条，比《月令广义》条更有时间的优势。第三，通过具体到每条引文资料的分析，我们无法断定赵次公注引的《小说》就是殷芸《小说》，则《月令广义》所引《小说》更无法断为殷芸《小说》。

通过对《月令广义》所引《小说》“牛郎织女”条非殷芸《小说》佚文的考察，我们还可以进一步反思长期以来学术研究中古小说辑佚方法的误区，以及如何拓展小说研究方法的新视角。诚然，据类书辑佚小说散失之文

---

[1] 《集注分类东坡先生诗》卷十七，第165页。

字，是行之有效的研究方法。但是具体到特殊的文本、特殊的个案，我们则不能大而化之。考虑到古人对于小说观念接受与发展的阶段特征，我们在使用类书时，就必须格外谨慎，不可以字概貌，妄下断语。如果不能严谨考察，讹误难免会沿袭，造成学术考量的长期失准。

同时，通过这例个案的考察，我们还可以开拓小说研究的新视角。研究小说，并不一定只能局限在小说文本，或是创作背景的研究，我们还可以从观念接受、作品接受的层面加以考察，展开一个研究的新天地。而接受的层面，则可以跳出以往对于小说作品的反馈研究，从其他类型的文学作品中去思考、分析。例如从历代史注、集注、诗注中的引书，去考察小说在文学史中的发展程度与接受程度，就可以得出或佐证一些之前不曾触及和深入的观点。过去我们研究诗歌，未能注重文章；研究小说，未能注重曲艺，往往将研究的角度局限在一个很狭窄的单一空间里，不能将视野有效地扩大。那么，打通各个文体类型的研究，研究不同文体的交叉层面，或许对现在的文学研究，又能起到一些持续而深入的促进作用。

第七章　明清古体小说观念的学术旨归

中国小说观念的理论建构，直到唐末五代时期，依然停留于无固定文体特征的子说。宋代欧阳修通过《崇文总目》与《新唐书·艺文志》小说类的编撰，将杂传、传奇等纳入小说范畴，使得叙事成为小说表现方式的主要特征，从而开启了传统小说观念向近代小说观念的转变。明人胡应麟六分小说，并将不宜归属于子部其他类别的作品都归入小说，标志着元明以来小说观念在宋人的基础上愈行愈远，不仅小说范畴出现无限扩大的极端趋势，而且小说观念也严重脱离了汉唐小说重"道"轻"技"的主旨。清代纪昀和四库馆臣在编撰《四库全书》时，厘正了小说观念发展中的一些误区，确立了回归汉唐小说观念的主旨，并通过对小说理论的指导性论述，甄别了古体小说正确的体系构建，客观上为古体小说与通俗小说在近代的观念区分，提供了理论基础。

第一节　明代古体小说观念的持续开拓
——以胡应麟《少室山房笔丛》为例

有明一代，比较重要的官修书目有三种：一为正统年间杨士奇等人所编《文渊阁书目》；一为万历末年张萱等人所编《内阁藏书目录》；一为万历年间焦竑所编《国史经籍志》。但是这三部书目皆出自本朝，著录水平有限，尤其是《国史经籍志》，"丛钞旧目，无所考核，不论存亡，率尔滥载。古来目录，惟是书最不足凭"❶。故清人修撰明史，在编写《艺文志》时，并不据以官修史志书目，反以私家书目作为参考蓝本。清人黄虞稷在其父黄居中《千顷斋藏书目录》六卷的基础上，编成三十二卷的《千顷堂书目》，收录了宋、辽、金、元、明的著述 17800 余种，其中明人著述 15400 余种，宋、辽、金、元著述 2400 余种。王鸿绪编《明史稿・艺文志》，以《千顷堂书目》为据，大幅删削历代著述，只录有明人著述 4600 余种，张廷玉编《明史・艺文志》，以王稿略加修改，遂成定稿。故我们翻检《千顷堂书目》与《明史・艺文志》，均不能直接考察出明人对汉唐小说观念的继承与发展。

虽然我们无法从史志书目中了解明人小说观念的发展，但是小说观念的理论研究在明代出现了较为全面与系统的讨论，这主要反映在明代后期胡应麟所撰的《少室山房笔丛》中。胡应麟对明代小说观念的构建贡献集中体现在以下几个方面：

首先，胡应麟突破《汉书・艺文志》中"诸子十家，其可观者九家"的历史限定，第一次将小说提升到九流之列。《九流绪论》云："余所更定九流：一曰儒，二曰杂，（总名、法诸家为一，故曰杂。古杂家亦附焉。）三曰兵，四曰农，五曰术，六曰艺，七曰说，八曰道，九曰释。……说主风刺箴规而浮诞怪迂之录附之……说出稗官，其言淫诡而失实，至时用以恰见闻，有足采也，故次说。"❷虽然诸子中的纵横家由于历史的发展而消亡，在《隋书・经籍志》《旧唐书・经籍志》《新唐书・艺文志》的编撰中，小说家已经事实上提升到子部的第九家，但胡应麟这种理论上的明确阐述则是首次，并且提升到九家中的第七位。胡应麟结合历史发展的实际，对这种安排的合理性作出了解释。其云：

❶ 《钦定四库全书总目》卷八十七，第 1153 页。

❷ 《少室山房笔丛》卷二十七，第 261 页。按，括号内是胡应麟自注，下同。

> 九流则名、墨、纵横业皆澌泯，阴阳、农圃事率浅猥，而儒及杂家渐增，小说、神仙、释梵卷以千计，叙子书者犹以昔九流概之，其类次既多遗失，（如兵、刑一也，而兵不列九流；道、释一也，而释未入中国，皆当补。）其繁简又绝悬殊，（如名、墨、纵横书传仅三数种，今又无习之者，不当独为家。）余窃病焉。❶

可见，胡应麟所持的是一种发展的观点，他的学术考虑基于他所处的时代认知，也为小说的位置提升提供了学术发展的合理背景依托。

在这种学术发展思想的宏观指导下，胡应麟针对小说发展中的一些常常被时人忽略的重要现象，提出了自己的思考结论。譬如，《九流绪论》云：

> 汉《艺文志》所谓小说，虽曰街谈巷语，实与后世博物、志怪等书迥别，盖亦杂家者流，稍错以事耳。如所列《伊尹》二十七篇、《黄帝》四十篇、《成汤》三篇，立义命名动依圣哲，岂后世所谓小说乎？又《务成子》一篇，注称尧问；《宋子》十八篇，注言黄老；《臣饶》二十五篇，注言心术；《臣成》一篇，注言养生，皆非后世所谓小说也，则今传《鬻子》为小说而非道家尚奚疑哉？（又《青史子》五十七篇，杨用修所引数条皆杂论治道，殊不类今小说。）❷

胡应麟敏锐地发现《汉书·艺文志》小说家类著录的作品性质，与后世小说，特别是唐宋以来小说大为不同。这其实也从另一个侧面反映出小说观念在宋代以后的发展，有更加脱离汉唐小说观念以事说理、以言说理主旨的趋势。胡应麟以发展的小说观，即将当时（明代）对小说的认知作为

❶ 《少室山房笔丛》卷二十七，第 260—261 页。

❷ 《少室山房笔丛》卷二十九，第 280 页。

研究标准的方法，得到了后人的有力继承，最具代表性的如鲁迅作《中国小说的历史的变迁》云：

> 考小说之名，最古是见于庄子所说的“饰小说以干县令”。“县”是高，言高名；“令”是美，言美誉。但这是指他所谓琐屑之言，不关道术的而说，和后来所谓的小说并不同。因为如孔子，杨子，墨子各家的学说，从庄子看来，都可以谓之小说；反之，别家对庄子，也可称他的著作为小说。至于《汉书·艺文志》上说：“小说者，街谈巷语之说也。”这才近似现在的所谓小说了，但也不过古时稗官采集一般小民所谈的小话，借以考察国之民情，风俗而已，并无现在所谓小说之价值。❶

鲁迅不仅肯定了胡应麟的看法，并在此基础上，以当时（民国初期）对小说的认知作为研究标准，对古代小说加以界别衡量。

同时，胡应麟从小说的表现特征上，强调了小说作为一种独立文学形式不同于其他文体的独特优势，阐述了小说在其他诸子之书纷纷凋落的同时却逐渐兴盛的内在原因。《九流绪论》云：

> 子之为类，略有十家。昔人所取凡九，而其一小说弗与焉。然古今著述，小说家特盛；而古今书籍，小说家独传。何以故哉？怪、力、乱、神，俗流喜道，而亦博物所珍也；玄虚、广莫，好事偏攻，而亦恰闻所昵也。谈虎者矜夸以示剧而雕龙者闲掇之以为奇；辩鼠者证据以成名而扪虱者类资之以送日。至于大雅君子心知其妄而口竞传之，

❶ 鲁迅：《中国小说的历史的变迁》，《鲁迅全集》第九卷，第311—312页。

> 旦斥其非而暮引用之，犹之淫声丽色，恶之而弗能弗好也。夫好者弥多，传者弥众，传者日众则作者日繁，夫何怪焉？[1]

胡应麟敏锐地捕捉到文学目的与表现方式存在的差异。虽然正统文学追求雅正的目标，但接受层面中的众多“俗流”“好事”群体，往往更容易被小说表现形式中充斥的“怪、力、乱、神”的效果所吸引；另一方面，这种表现形式又能够达到正统文学并不排斥的“博物”“恰闻”的目的。这种文学目的与表现方式的悖论并行的最终结果，就是包括“大雅君子”在内的所有读者层面，对小说“弗能弗好也”，而小说作者也“日众”“日繁”。小说为自己在文学领域的独立，在表现形式上取得了绝对的优势。可以说，胡应麟指出的小说表现形式的优势，符合小说发展的实际特征。小说自出现时就无固定文体，形式驳杂不一，在自身发展过程中，广泛吸收各种文体的表现优点，形成了多种表现形式，也造就了小说相对其他文体独一无二的优势。胡应麟的这个判断，就是用发展的眼光，在文学之“技”的层面，回答了为何以文学之“道”居于九流之外、被史家鄙为“小道”的小说，却能长盛不衰的原因。

其次，胡应麟针对小说观念发展的历史现状，特别是唐宋以来不断拓展的小说范畴，在宋人的基础上，对小说大类进行了题材类型的二级分类。这是自以欧阳修《崇文总目》《新唐书·艺文志》为代表的宋人小说观念形成后，第一次积极的重要理论探索。由于小说性质驳杂，表现形式多样，并且随着小说创作的繁盛，作品数量的激增，对小说体系内的进一步细化梳理，也就提上了小说研究者的日程。但是目录学的发展一直到胡应麟所处的明代晚期，还没有一个可供参考的对小说进行二级分类的标

---

[1] 《少室山房笔丛》卷二十九，第282页。

准出现，这就需要胡应麟对小说发展的现状有一个宏观把握与总体判断。《九流绪论》云：

> 小说，子书流也，然谈说理道或近于经，又有类注疏者；纪述事迹或通于史，又有类志传者。他如孟棨《本事》、卢瑰《抒情》，例以诗话、文评，附见集类，究其体制，实小说者流也。至于子类杂家，尤相出入。郑氏谓古今书家所不能分有九，而不知最易混淆者小说也，必备见简编，穷究底里，庶几得之，而冗碎迂诞，读者往往涉猎，优伶遇之，故不能精。❶

胡应麟肯定了宋代郑樵对图书分类编目不易把握，小说容易与其他类别的文体相混淆的判断。郑樵云："古今编书所不能分者五：一曰传记，二曰杂家，三曰小说，四曰杂史，五曰故事。凡此五类之书，足相紊乱。又如文史与诗话，亦能相滥。"❷对郑樵提出的文史与诗话，胡应麟特别举出如孟启《本事诗》、卢瑰《抒情集》，本质就是小说。这个结论是对宋代以来小说观念发展的准确判断。孟启《本事诗》和卢瑰《抒情集》成书后，在《崇文总目》与《新唐书·艺文志》中都归属于总集类，甚至在元人编撰的《宋史·艺文志》中也归入总集类，但北宋后期李献民所编小说集《云斋广录》❸中，却明确以"诗话录"的分类形式，将这两种书与其他小说题材并列，已开先例。胡应麟抓住"体制"关键，认为这些诗话题材的作品属于"小说者流"，也说明了胡应麟对如何在小说大类中进行更加细化的分类，已经有了一

---

❶ 《少室山房笔丛》卷二十九，第283页。

❷ 《通志二十略》，第1817页。

❸ 《云斋广录》，《郡斋读书志》小说类著录"《云斋广录》十卷"（《郡斋读书志校证》卷十三，第597页）；《文献通考》小说类著录同（《文献通考》卷二百十七《经籍考四十四》，第1768页）；《宋史·艺文志》小说类著录"李献民《云斋新说》十卷"（《宋史》卷二百六，第5229页）。

个大致的标准，就是用题材区分。而这种细分的方法，不可否认与唐代刘知幾在《史通》中对作为“偏记小说”的史料分类，有着相似的思考。

需要说明的是，刘知幾《史通》中的“偏记小说”，并非专指历代史志书目中的子书小说，而是对不能作为正史成书的各种史料的通称。刘知幾将古代史学分为“六家”，认为史书六家中，可以被用来推广实行的是编年体和纪传体，因此将二体作为其史学系统的正体，正体之余则被纳入史料的范畴，既包括史部，也包括子部的一部分，共同构成与正史相对的非正史。在刘知幾看来，正史是应该编成书的，而正史之外的这些史料，包括小说在内，并非可以作为正史出现，其功用应为“削稿之资”。[1]这就是刘知幾论述《史通》的核心思想。在这个基础上，刘知幾对史料，也就是“偏记小说”，作出了十类的细目划分。《史通·杂述》云：

> 是知偏记小说，自成一家。而能与正史参行，其所由来尚矣。爰及近古，斯道渐烦。史氏流别，殊途并骛。榷而为论，其流有十焉：一曰偏纪，二曰小录，三曰逸事，四曰琐言，五曰郡书，六曰家史，七曰别传，八曰杂记，九曰地理书，十曰都邑簿。[2]

刘知幾为这十类细目的划分，还举出了 42 种例书。翻检这些引书，我们不难确认，刘知幾是将体裁作为细分的标准。这就为胡应麟对小说类的细目划分，提供了一个方法处理上的样本。

《九流绪论》云：

> 小说家一类又自分数种，一曰志怪，《搜神》《述异》《宣室》《酉阳》

[1] 《史通通释》卷十，第 255 页。

[2] 《史通通释》卷十，第 253 页。

> 之类是也；一曰传奇，《飞燕》《太真》《崔莺》《霍玉》之类是也；一曰杂录，《世说》《语林》《琐言》《因话》之类是也；一曰丛谈，《容斋》《梦溪》《东谷》《道山》之类是也；一曰辨订，《鼠璞》《鸡肋》《资暇》《辨疑》之类是也；一曰箴规，《家训》《世范》《劝善》《省心》之类是也。丛谈、杂录二类最易相紊，又往往兼有四家，而四家类多独行，不可搀入二类者。至于志怪、传奇，尤易出入，或一书之中二事并载，一事之内两端具存，姑举其重而已。❶

胡应麟以题材为标准，将小说分为六个子类，是在宋人小说观念基础上的进一步发展。志怪类与传奇类，唐人并未全面将其作为小说范畴的理论认知❷，至宋人修《崇文总目》开始进入小说体系，《新唐书·艺文志》则将这两类完全作为小说处理。杂录类，是传统小说观念中记言小说的典型代表，如胡应麟所引《世说》《语林》诸书，在《隋书·经籍志》小说类即有明确记载。丛谈类，胡应麟所举例书皆为宋人撰述，属笔记性质，归入小说类则是对宋人小说观念的持续开拓。辨订类，唐人尚未归入小说范畴，宋人渐次纳入小说体系，如《崇文总目》和《新唐书·艺文志》就在小说家类著录了陆长源《辨疑志》和李匡乂《资暇集》等考据辨误题材的作品。箴规类，唐人在编撰《隋书·经籍志》时即已著录相同性质的作品如《座右方》《座右法》等，宋人撰《新唐书·艺文志》，又继续收入《家范》《六诫》等书，故胡应麟将此类细化，也符合小说观念在唐宋以后的发展实际。

同时，我们也应注意到，胡应麟尽管以历史发展的眼光，对小说首次明确作了二级分类，但事实上潜在地扩大了沿着宋人小说观念继续拓展

---

❶ 《少室山房笔丛》卷二十九，第282—283页。

❷ 晚唐段成式《酉阳杂俎序》曾有“志怪小说”的提法（《酉阳杂俎》，第1页），唯此一例，无他证可佐。

的趋势。宋人已经将各种内容驳杂、形式多样的作品纳入小说范畴，胡应麟的细目分类，则使这种趋势得以理论化、持续化、极端化，使得明代古体小说观念虽然内核仍坚持说理与叙事的主干，但其外延无限扩大，几乎涵盖了当时主流文学之外的所有表现形式。胡应麟又重点强化了叙事在小说表现形式中的比重，尤其是将传奇与汉唐小说观念的主要代表杂录、辨误、箴规类并列，单独分类，显示出叙事特征已经成为小说的主要代表特征，这就为我们把握分化中的古体小说观念的主干与支流，无形中设置了一些障碍。而消除明人将古体小说观念极端拓展的努力，则需要等待清人的落实。

第二节　清代古体小说观念的汉唐之风
——以纪昀《四库全书总目提要》为例

正如清代学术呈现出对历代学术发展集大成的态势，清代文学在各个领域也异彩纷呈，达到了文学发展的又一高峰。不仅清诗、清词体现出与唐宋诗词不一样的独特风貌，清代古体小说也在作品创作与理论总结的摸索中，得到了观念与体系的进一步梳理与巩固。

自宋人将传奇作品纳入小说体系后，传奇体就成为小说创作的主要代表方式，即使是发展相对平淡的元明时期，仍然出现了如元人宋梅洞《娇红记》、明人瞿佑《剪灯新话》等较为出色的作品。而传统小说观念下的作品创作式微，直至清人蒲松龄《聊斋志异》的横空出世，“用传奇法，而以志怪”❶，古体小说的创作才进入了逐步恢复与兴盛的阶段。虽然清人多模仿《聊斋志异》的写作手法，但争议也随着清代学术的进一步发展而

❶ 《中国小说史略》，第147页。

出现。最有力的持异议者就是纪昀。纪昀在创作自己的小说集《阅微草堂笔记》时，就采取了与蒲松龄截然不同的写作形式，摒弃传奇的表现手法，力求恢复汉唐小说观念下以言说理、以事说理的核心特征。纪昀的门人盛时彦在《〈姑妄听之〉跋》一文中记录了纪昀对蒲松龄《聊斋志异》创作手法的批评，以及这种创作手法对小说观念发展可能产生影响的宏观思考。其云：

> 先生尝曰："《聊斋志异》盛行一时，然才子之笔，非著书者之笔也。虞初以下，干宝以上，古书多佚矣。其可见完帙者，刘敬叔《异苑》、陶潜《续搜神记》，小说类也；《飞燕外传》《会真记》，传记类也。《太平广记》事以类聚，故可并收。今一书而兼二体，所未解也。小说既述见闻，即属叙事，不比剧场关目，随意装点。伶元之传，得诸樊嫕，故猥琐具详；元稹之记，出于自述，故约略梗概。杨升庵伪撰《秘辛》，尚知此意，升庵多见古书故也，今燕昵之词，媟狎之态，细微曲折，摹绘如生。使出自言，似无此理；使出作者代言，则何从而闻见之？又所未解也。留仙之才，余诚莫逮其万一，唯此二事，则夏虫不免疑冰。"❶

纪昀的阐述体现了他对蒲松龄将传奇手法引入小说表现形式的怀疑，尤其是蒲松龄将传奇手法杂糅到传统小说表现方式中，比胡应麟仅将小说分为六类、各类并不互相混淆的做法跨度更大，无疑致使汉唐小说观念在宋代以来的发展趋向更为分崩离析的状态。以往的研究多关注于对《聊斋志异》和《阅微草堂笔记》的表现效果，如将《聊斋志异》归为委婉曲折的

❶ ［清］纪昀撰：《阅微草堂笔记》卷十八，清嘉庆五年北平盛氏望益书屋刻本。

藻绘派，将《阅微草堂笔记》归为质朴简约的尚质派的简单划分，而忽略了纪昀对《聊斋志异》“一书而兼二体”的理论批评辨析，以及由此对宋人小说观念在元明以后肆意扩充体系范畴的宏观思考，实在是对纪昀和《阅微草堂笔记》中体现出的汉唐小说观念的误解。

全面考察纪昀对小说观念发展的理论思考，我们不能回避对《四库全书总目提要》小说类的读解。《四库全书》将子部之书共分为十四类，第十二类收录小说作品共 123 部，1358 卷；又，《四库全书》存目中，收录小说作品 196 部，1054 卷（含 9 部无卷数）。相比《新唐书・艺文志》《宋史・艺文志》等官修史志书目中小说类收录作品的数量，《四库全书》小说类收录的作品数量似乎并不占优势。如果按照元明之人对宋人小说观念的沿承趋势，理应在著录收录数量上有一个激增，为何《四库全书》的著录数量反而趋于精简呢？《四库全书总目提要》小说家类的小序简单地提及了一个原因，那就是著录标准的设定。其云：“今甄录其近雅驯者，以广见闻。惟猥鄙荒诞，徒乱耳目者则黜不载焉。”❶对作品质量的严格把关，客观上削减了大量“猥鄙荒诞”的作品。但这并非《四库全书》小说作品数量不增反减的主要原因，真正的原因在于纪昀等四库馆臣所持有的小说观念，力图纠正元明之人对宋人小说观念拓展的极端化做法，挽回小说范畴肆意泛滥的趋势，恢复汉唐小说观念的正统体系，并通过对《四库全书》小说类的编纂行为，给予小说发展理论影响与积极指导。

《四库全书总目提要》子部的总序云：“自六经以外立说者，皆子书也。”❷为子书的性质奠定了一个总的基调。在这个基础上，对十四类子书作了四大类的功用划分，将儒家、兵家、法家、农家、医家、天文算法等六家

❶ 《钦定四库全书总目》卷一百四十，第 1834 页。

❷ 《钦定四库全书总目》卷九十一，第 1191 页。

归入一类，认为这六家“皆治世者所有事也”❶；将术数、艺术两家归入一类，认为这两家“皆小道之可观者也”❷；将谱录、杂家、类书、小说等四家归入一类，认为这四家“皆旁资参考者也”❸；又将释家、道家作为“外学”归入一类。这种以社会功用的归类标准，潜在地以儒家思想为指导，并用来判断其学术价值的有无与学术地位的高低。故而子部的总序又云：

> 然儒家本六艺之支流，虽其间依草附木，不能免门户之私，而数大儒明道立言，炳然具在，要可与经史旁参。其余虽真伪相杂，醇疵互见，然凡能自名一家者，必有一节之足以自立，即其不合于圣人者，存之亦可为鉴戒。“虽有丝麻，无弃菅蒯”，“狂夫之言，圣人择焉”，在博收而慎取之尔。❹

既突出了儒家的学术主导地位，也肯定了包括小说家在内的其余子书存在的合理性。具体到小说家的理论阐述，《四库全书总目提要》延续了《汉书·艺文志》与《隋书·经籍志》对小说家追源溯流，并以社会功用大小作为核心判断标准的方法，如总序中提纲挈领地指出：“稗官所述，其事末矣，用广见闻，愈于博弈，故次以小说家。”❺而更为详细的论述，则在小说家的小序。其云：

> 张衡《西京赋》曰：“小说九百，本自虞初。”《汉书·艺文志》载：“《虞初周说》九百四十三篇。”注称：“武帝时方士。”则小说兴于武帝时矣。故《伊尹说》以下九家，班固多注“依托也”。（《汉书·艺文志》注凡不著姓名者，皆班固自注。）然屈原《天问》，杂陈神怪，多莫知所

❶❷❸❹❺ 《钦定四库全书总目》卷九十一，第1191页。

> 出，意即小说家言。而《汉志》所载《青史子》五十七篇，贾谊《新书·保傅》篇中先引之，则其来已久，特盛于虞初耳。迹其流别，凡有三派：其一叙述杂事，其一记录异闻，其一缀辑琐语也。唐宋而后，作者弥繁。中间诬谩失真，妖妄荧听者，固为不少，然寓劝戒、广见闻、资考证者，亦错出其中。班固称：“小说家流，盖出于稗官。”如淳注谓：“王者欲知闾巷风俗，故立稗官，使称说之。”然则博采旁搜，是亦古制，固不必以冗杂废矣。今甄录其近雅驯者，以广见闻。惟猥鄙荒诞，徒乱耳目者则黜不载焉。❶

这段小序，除去对小说发源提点式的文献查考，阐述的核心依然是对社会功用的强调，即对小说的总体把握仍然同汉唐时一样，落实在小说作品体现的“道”上，而小说之“技”这一表现层面的特征，则显然居于次要位置。

纪昀和四库馆臣没有采用胡应麟对小说的六分法，而是综合考量了小说的实际发展历程，去除了元明以来对宋人小说观念极端扩充的成分，将清代古体小说观念的风帆转回汉唐小说观念这一根本，把小说分为杂事、异闻、琐语三个子类。这一分类最大的特点就是摒除了在宋代、明代小说观念中极为重要的一个组成子类，即传奇。前文我们已经谈及，到宋人修成《新唐书·艺文志》时，传奇已经完全纳入宋人的小说范畴，无论是单篇传奇如《补江总白猿传》作品还是传奇集如裴铏《传奇》，在史志书目小说类中都有著录。元明后，传奇已经占据了小说的主要地位，所以胡应麟六分小说时，明确将传奇单独作为一个子类。而传奇“小小情事，凄惋欲绝”❷的特征，也成为小说的典型表现方式，传奇几乎成为小说的代名

❶ 《钦定四库全书总目》卷一百四十，第1834页。

❷ 南宋洪迈语。按，洪迈此语，不见今本《容斋随笔》，疑有佚文。今引自清人陈莲塘《唐人说荟》例言，清宣统三年扫叶山房石印本。另，桃源居士在《五朝小说》中的《唐人小说序》文中，亦记有此语。

词。在这种情况下，汉唐小说观念中对于“道”的强调，事实上已经退居其次，人们对小说的关注点集中于“技”的层面，即表现方式给读者带来的审美愉悦，忽略了小说的本来目的。小说就从汉唐时对社会功用性质的重视转为对表现手法的追求，从“道”的制高点降到了“技”的层面，既背离了汉唐小说观念的核心要素，也与宋人小说观念愈来愈脱节。追求的目的不同，再加上元明以来对“技”的表述程度的不限制，造成了小说给人以“诬谩失真，妖妄荧听”的实际认知效果。那么，如何挽回局面，纪昀和四库馆臣采取的方法很简单，就是回归汉唐小说观念，牢牢把握住小说的核心判断标准，即“小道”可以“寓劝戒、广见闻、资考证”的社会功用性。而对于小说创作“技”的层面，清人则以为必须坚决反对毫无节制的“猥鄙荒诞”，认为这种表述必然会起到“徒乱耳目”的不良作用，因此要“黜不载焉”。

也有研究者认为，纪昀将传奇类作品剔除出小说范畴，正说明纪昀小说观念的保守性，其实这种认识是不全面的。纪昀并不是简单地按照汉唐小说观念照本宣科，删除传奇作品，而是结合小说发展实际对汉唐小说观念加以增益。例如，我们可以通过下表，考察纪昀对汉唐小说观念作出的革新。

表 15[1]

序号	篇目名	《隋书·经籍志》	《日本国见在书目录》	《旧唐书·经籍志》	《新唐书·艺文志》	《四库全书总目》子部·小说家
1	《西京杂记》（晋葛洪）	史·旧事	旧事家	史·起居注 史·地理	史·故事 史·地理	杂事
2	《世说新语》（晋刘义庆撰，梁刘孝标注）	子·小说	小说家	子·小说	子·小说	杂事

[1] 此表以《四库全书总目》子部“小说家”类的著录作品为参照标准，暂不考虑其中可能有个别伪作。

续表

序号	篇目名	《隋书·经籍志》	《日本国见在书目录》	《旧唐书·经籍志》	《新唐书·艺文志》	《四库全书总目》子部·小说家
3	《朝野佥载》(唐张鷟)		杂传家 杂家		史·杂传记	杂事
4	《大唐新语》(唐刘肃)				史·杂史	杂事
5	《次柳氏旧闻》(唐李德裕)				史·杂史	杂事
6	《唐国史补》(唐李肇)				史·杂史	杂事
7	《刘宾客嘉话录》(唐韦绚)				子·小说	杂事
8	《因话录》(唐赵璘)				子·小说	杂事
9	《明皇杂录》(别录)(唐郑处诲)				史·杂史	杂事
10	《大唐传载》				史·杂史	杂事
11	《教坊记》(唐崔令钦)				经·乐类	杂事
12	《幽闲鼓吹》(唐张固)				子·小说	杂事
13	《松窗杂录》				子·小说	杂事
14	《云溪友议》(唐范摅)				子·小说	杂事
15	《玉泉子》				子·小说	杂事
16	《云仙杂记》(唐冯贽)				阙	杂事
17	《山海经》(晋郭璞注)	史·地理	土地家	史·地理	史·地理	异闻
18	《穆天子传》(晋郭璞注)	史·起居注	起居注家	史·起居注	史·起居注	异闻

续表

序号	篇目名	《隋书·经籍志》	《日本国见在书目录》	《旧唐书·经籍志》	《新唐书·艺文志》	《四库全书总目》子部·小说家
19	《神异经》(汉东方朔)	史·地理	土地家	史·地理	子·道家·神仙	异闻
20	《海内十洲记》(汉东方朔)	史·地理	土地家	史·地理	子·道家·神仙	异闻
21	《汉武故事》(汉班固)	史·旧事	旧事家	史·故事	史·故事	异闻
22	《汉武帝内传》(汉班固)	史·杂传	杂传家	史·杂传	子·道家·神仙	异闻
23	《汉武洞冥记》(后汉郭宪)	史·杂传	杂传家	史·杂传	子·道家·神仙	异闻
24	《拾遗记》(秦王嘉)	史·杂史	杂史家	史·杂史	史·杂史	异闻
25	《搜神记》(晋干宝)	史·杂传	杂传家	史·杂传	子·小说	异闻
26	《搜神后记》(晋陶潜)	史·杂传	杂传家	阙	阙	异闻
27	《异苑》(宋刘敬叔)	史·杂传	阙	阙	阙	异闻
28	《续齐谐记》(梁吴均)	史·杂传	杂传家	史·杂传	子·小说	异闻
29	《还冤志》(隋颜之推)	史·杂传		史·杂传	子·小说	异闻
30	《集异记》(唐薛用弱)				子·小说	异闻
31	《博异记》(唐郑还古)				子·小说	异闻
32	《杜阳杂编》(唐苏鹗)				子·小说	异闻
33	《前定录》(续录)(唐钟辂)				子·小说	异闻
34	《桂苑丛谈》(唐严子修)				子·小说	异闻

续表

序号	篇目名	《隋书·经籍志》	《日本国见在书目录》	《旧唐书·经籍志》	《新唐书·艺文志》	《四库全书总目》子部·小说家
35	《剧谈录》(唐康骈)				子·小说	异闻
36	《宣室志》(补遗)(唐张读)				子·小说	异闻
37	《唐阙史》(唐高彦休)				子·小说	异闻
38	《甘泽谣》(唐袁郊)				子·小说	异闻
39	《开天传信记》(唐郑綮)				史·杂史	异闻
40	《博物志》(晋张华)	子·杂家	杂家	子·小说	子·小说	琐语
41	《述异记》(梁任昉)	阙		阙	阙	琐语
42	《酉阳杂俎》(续集)(唐段成式)				子·小说	琐语
43	《燕丹子》	子·小说	小说家	子·小说	子·小说	杂事(存目)
44	《飞燕外传》(汉伶玄)	阙		阙	阙	杂事(存目)
45	《大业拾遗记》(唐颜师古)			阙	阙	杂事(存目)
46	《幽怪录(续幽怪录)》(唐牛僧孺、李复言)				子·小说	异闻(存目)
47	《续玄怪录》(唐李复言)				子·小说	异闻(存目)
48	《龙城录》(唐柳宗元)				阙	异闻(存目)
49	《独异志》(唐李冘)				子·小说	异闻(存目)
50	《陆氏集异记》(唐陆勋)				阙	异闻(存目)

上表以《四库全书总目》小说家类（包括存目）著录的先秦至唐代的 50 种小说书为基础，除去《新唐书・艺文志》阙载的 8 种，及已归属于《新唐书・艺文志》小说类的 25 种，在剩余的 17 种小说书中，有 16 种来自《新唐书・艺文志》史部的故事、地理、杂史、杂传记、起居注与子部的道家类。这说明了清人对汉唐小说观念的深入思考。例如上表中，在宋人观念中还未进入小说范畴，仍居于史部杂史类的 6 部唐代作品，清人已经纳入小说体系，并给出了合理的解释。小说家类杂事之属的案语云：

> 纪录杂事之书，小说与杂史，最易相淆。诸家著录，亦往往牵混。今以述朝政军国者入杂史，其参以里巷闲谈、词章细故者，则均隶此门。《世说新语》，古俱著录于小说，其明例矣。❶

在这个指导思想下，未进入宋人小说观念的一些宋代作品，也纳入了小说体系。例如，《王文正笔录》，《郡斋读书志》归属杂史类；《儒林公议》，《遂初堂书目》归属杂史类；《涑水纪闻》，《遂初堂书目》与《直斋书录解题》都归属杂史类；《邵氏闻见前录》，《郡斋读书志》与《直斋书录解题》都归属杂史类。这四部作品，清人按照上述标准，都划入小说范畴。又如，《北梦琐言》，《崇文总目》归属传记类；《贾氏谈录》，《遂初堂书目》与《直斋书录解题》都归属传记类；《洛阳缙绅旧闻记》，《宋史・艺文志》归属传记类；《南部新书》，《直斋书录解题》归属传记类；《归田录》，《宋史・艺文志》归属传记类；《闻见近录》，《直斋书录解题》归属传记类。尽管在宋人看来，这些作品的性质仍属传记类，但清人也都纳入了小说体系。此外，对长期归属于史部故事、地理、杂传记、起居注与子部道家类的一些作品，清人也着眼

---

❶ 《钦定四库全书总目》卷一百四十一，第 1870 页。

于小说的整体发展，给出了性质改判的意见，其云：

> 《孝经集灵》旧入孝经类，《穆天子传》旧入起居注类，《山海经》《十洲记》旧入地理类，《汉武帝内传》《飞燕外传》旧入传记类，今以其或涉荒诞，或涉鄙猥，均改隶小说。[1]

从清人对这些作品的整理归纳，以及性质的把握，我们不能简单地说以纪昀和四库馆臣为代表的清人小说观念，相对宋明小说观念是保守的。正如纪昀的学术思想倾向于汉儒，他对小说观念的把握也遵循了汉儒的家法，有意识地将已经肆意泛滥的小说观念正本清源，重新回归汉唐小说观念的正统之路。

---

[1] 《钦定四库全书总目》凡例，第33页。

结论与馀论

谈起中国古代小说诞生的源头，虽然隔着历史的面纱，很难一一还原其最初的面貌，但是通过刘向、刘歆的《七略》和《别录》，以及班固在《汉书·艺文志》中的经典定义，我们可以确信，在小说形成的初期阶段，其主要的表现方式为记言和记事，以言说理和以事说理的社会功能是小说观念的核心特征。并且这种特征的性质，被子夏之学的儒家贴上“小道”与“致远恐泥”的标签，长期以来归属于九流之末，使得小说虽然间或具有文史的特征，却又无法获得相应的地位。

《汉书·艺文志》确立起的汉代小说观念，自形成起就进入不断调整的发展阶段。小说贴近于古史的特征，又受限于自身的形制与功用，在其发展中与史学同源而异流，并相隔不远。魏晋时期，小说秉承着古史的实录原则，而新兴的史学书写却引进了鬼神之事，小说与史学相异而并行。晋宋之后，中国古代小说进入了第一次重要演变的阶段，随着小说观念的不断发展，记言类小说完全成熟，杂传类的书写方式引入了小说的体裁表现，小说发展史上的第一部汇集各类题材的小说总集出现。

初唐时期，唐人对汉代以来的小说观念进行了补充与完善，形成了以《隋书·经籍志》为代表的唐人小说观念。唐人小说观念是汉代小说观念的衍伸与强化，坚持了“小道”的社会功用特征。唐人小说观念在小说学与史学的双重发展影响下，逐渐形成了两个演化分支，一支恪守“小说家”

小说的标准，如《日本国见在书目录》所反映出的小说观念，另一支则在厘清史学的主观行为上，客观刺激了小说观念的流变，即将鬼神题材为主的杂传引入了小说的范畴，形成了以《崇文总目》《新唐书·艺文志》为代表的宋人小说观念。这是中国古代小说第二次重要的演变。

中国古代小说观念的确立及其体系的构建，经历了一个漫长的动态发展过程，直到北宋前期，才获得了一个相对稳定的学科范畴。之后，小说观念的发展明显分化成两个分支，一支继续秉承汉唐以来的古体小说观念，另一支则深化叙事特征在小说构建中的表现，逐渐演变为近体小说。那么，我们在考察与衡量宋前的中国古代小说及宋代之后仍遵循“小说家”严格意义的古体小说时，就必须抓住其不同于西方叙事小说的主体特征，注意避免研究方法和考察标准的混用，建立符合中国古代小说发展实际的研究体系。

中国古代的小说体系构建与发展，经过了一千多年的不断成长，终于在宋代迎来了自己的华丽转身。虽然这种文体在形式上还不足以与早已成熟的诗赋文章并称，登上主流文学的大堂，但其观念与实际应用的影响，事实上已经深入宋人文史等方方面面，不仅出现了文人独立创作的小说集，也出现了小说的总集编纂；不仅丰富了案头文学的文体内涵，也促进了曲艺与文学的交叉。虽然在目录学的归类判别中，小说仍归属于子部，但这个类别无疑已经成为诸子中表述形式中最为驳杂、性质题材最为繁复的一类。一方面，小说中以叙事为主要特征的趋向愈来愈明显，这使得小说观念由《汉书·艺文志》《隋书·经籍志》为代表的传统小说观念向近代小说观念转变；另一方面，小说中秉承传统小说观念的说理特征，在叙事作品的映衬下更加清晰，使得笔记、杂纂等表现形式蔚为大观。

对小说范畴的不断拓展，成为宋人小说观念发展的一种传统。例如，诗话类题材的作品(如卢瑰《抒情集》、孟启《本事诗》),在北宋初期编成的《崇文总目》与《新唐书·艺文志》中,都归属于总集类,甚至在元人编纂的《宋史·艺文志》中也归入总集类,但北宋后期李献民所编小说集《云斋广录》中,却明确以“诗话录”的分类形式与其他小说题材并列。又如,在《隋书·经籍志》小说类著录的《座右方》《座右法》等训诫题材作品,在《崇文总目》小说类至少扩大为《颜氏家训》等 11 种作品❶,在《新唐书·艺文志》小说家类仍然著录了 6 种❷。再如,在《隋书·经籍志》小说类著录的《鲁史欹器图》《器准图》《水饰》等多谈艺术、术技的作品,在《崇文总目》小说类至少扩大为《八骏图》等 22 种作品❸,在《新唐书·艺文志》小说家类仍然著录了 4 种❹。再如,《崇文总目》小说类与《新唐书·艺文志》小说家类都收录了李涪《刊误》、李匡文《资暇》等考据辨误题材的作品,而今人研究尤其是汇总古代小说书目,往往将其与上述诗话、艺术等题材的作品剔除出小说的范畴,这种处理并不审慎。中国小说呈动态的发展脉络,其范畴不是一成不变的,在宋人那里,这些题材全部都是小说体系的组成部分,所以即使后来观念有所增减变化,也不应抹去或偏离当时的观念原貌。

因此我们认为,宋人对小说学的发展起到了十分重要的作用。一方面,宋人对以唐人小说观念为代表的前代小说观念加以总结并升华,在理

---

❶ 现可断定在《崇文总目》小说类中著录的该题材作品分别为:颜之推《颜氏家训》、狄仁杰《家范》、《开元御集诫子书》、姚元崇《六诫》、卢僎《卢氏家范》、李恕《诫子拾遗》、柳理《家学要录》、《先贤诫子书》、《古今家诫》、《诫文书》、《家诫》等。

❷ 《新唐书·艺文志》小说家类著录:李恕《诫子拾遗》、《开元御集诫子书》、狄仁杰《家范》、卢僎《卢公家范》、姚元崇《六诫》、柳理《柳氏家学要录》等。

❸ 现可断定在《崇文总目》小说类中著录的该题材作品分别为:皮道规《八骏图》、陶弘景《古今刀剑录》、虞荔《古今鼎录》、王勔《古鉴记》、《铜剑赞》、《欹器图》、《异鱼图》、戴凯之《竹谱》、释赞宁《笋谱》、《竹经》、陆羽《茶记》、张又新《煎茶水记》、温庭筠《采茶录》、毛文锡《茶谱》、丁谓《北苑茶录》、张宗诲《花木录》、释仲休《花品》、朱遵《漆经》、鲁褒《钱神论》、顾烜《钱谱》、封演《续钱谱》、杜镐《铸钱故事》等。

❹ 《新唐书·艺文志》小说家类著录:温庭筠《采茶录》、陆羽《茶经》、张又新《煎茶水记》、封演《续钱谱》等。

论方面完善了小说学的系统构建，并编成了五百卷巨帙的小说总集《太平广记》，在一定程度上成为其后小说创作的范式。另一方面，宋人并未止步不前，而是继续沿着实际创作中的发展趋势，不断调整与丰富小说观念的范畴与体系的构成，包括各种题材类型的小说集的编成，将传奇、诗话题材等引入小说体系等具有前瞻意义的举措，为小说在明清时期的破茧成蝶，从创作与理论的双重层面准备着更为丰富的营养。

值得注意的是，从唐人《隋书·经籍志》中开始逐渐呈现的，将各种内容驳杂、形式多样的作品纳入小说范畴的趋势，在宋人那里得到了更大的发展，这使得宋人观念中的小说虽然内核还是坚持了说理与叙事的主干，但其外延无限扩大，几乎涵盖了当时主流文学之外的所有表现形式，成为诸子中最为庞大的“杂”家。这些尚未定性与定型的文学雏形，诸如诗话、笔记等等，在宋人小说的体系中得到滋养与孕育，并在后来逐渐成熟，脱离小说体系，成为独立学术门类。因此，我们理解的宋人小说观念是对前代小说观念的集大成，并不是一个僵化的总结，而是一种充满着生机与活力的文学状态，它也在另一层面上昭示了宋人治学观念的开放态度，犹如宋诗之于唐诗，宋人小说为中国小说展开了新的一页。

元明时期，由于曲艺和通俗小说的蓬勃生长，前者如说话系统的小说，后者如话本小说与章回体小说，无一不强调叙事的特征，因此在小说称谓的接受层面，发生了最根本的变化——大众对于小说的基本认知，已经演变成对叙事小说的特指。这就在理论层面，造成了小说观念的决定性泛化。所以胡应麟六分小说的行为，也受这种观念变化的影响。虽然纪昀和四库馆臣在编撰《四库全书》与撰写提要时，极力排斥这种以娱乐为主导、以叙事为表现的小说作品，如话本小说和章回体小说，都拒绝纳入其中，力图回归汉唐小说观念，但由于叙事小说已然蔚为大观，他们的苦心之举，也只能成就中国古体小说观念最后的华章。

附录 《日本国见在书目录》著录小说书考略

《日本国见在书目录》(后简称《见在目》)共著录典籍1759种,其中约有400余种不见我国《隋书·经籍志》(后简称《隋志》)、《旧唐书·经籍志》(后简称《旧唐志》)与《新唐书·艺文志》(后简称《新唐志》)等史志书目著录。据孙猛所撰《〈日本国见在书目录〉失考书考》❶一文介绍,日本学者对《见在目》作过系统考察并有成果的有三人三书,即狩谷望之所著《日本见在书目证注稿》❷、小长谷惠吉所著《日本国见在书目录解说稿》❸和矢岛玄亮所著《日本国见在书目录——集证と研究》❹。我国学者也有一些相关研究涉及该书的编纂情况,但缺乏专门研究。故孙猛是文对《日本国见在书目录》著录的大部分书目按经部、史部、子部和集部分类,作了较为详细的考察,只是没有对小说类书目作相关考察。本文以此入手,专门对《见在目》著录的小说类书目作初步的考辨。

《见在目》共著录小说书目43种(含重出1种),分别归属如下:第7家"孝经家"3种、第13家"杂史家"2种、第15家"起居注家"1种、第16家

---

❶ 是文分两部,分别刊于张伯伟主编:《域外汉籍研究辑刊》第2辑、第3辑,中华书局,2006年,第133—231页;2007年,第85—200页。

❷ 是书收录于日本古典全集刊行会编《日本古典全集》第2册,正宗敦夫编纂校订《狩谷掖斋全集》第7卷(东京府长崎町日本古典全集刊行会,1928年2月)

❸ くにたち本の会,1936年5月;小宫山出版株式会社,1956年12月。

❹ 汲古书院,1984年9月。

“旧事家”2 种、第 20 家“杂传家”13 种、第 21 家“土地家”5 种、第 25 家“道家”1 种、第 30 家“杂家”6 种(1 种与“杂传家”类著录重出)、第 32 家“小说家”10 种。《见在目》著录时为行文方便,多将上下文相同之字加以省略,本文用“(　)”加以标识并补全省略之字;对于其中出现的讹字,则在其字后用“[　]”加以标示并注明正字。现分别考察如下:

“孝经家”类 3 种,如下:

1.《女孝经》一卷,题下注曰:“班婕妤撰。”❶

按,此条书目在宋代之前各史志书目中均无著录。唯《宋史·艺文志》(后简称《宋志》)子部小说类曰:“《女孝经》一卷。”题下注曰:“侯莫陈邈妻郑氏撰。”❷查其著录之序,当为唐时所撰。《见在目》著录撰人“班婕妤”,不知出处。或此书在中国已亡佚,日本当时尚有此书。存疑。

2.《酒(孝经)》一卷,题下无注。❸

按,《旧唐志》丙部子录小说家类曰:“《酒孝经》一卷。”题下注曰:“刘炫定撰。”❹《新唐志》丙部子录小说家类曰:“刘炫《酒孝经》一卷。”题下无注。❺《宋志》子部小说类曰:“皇甫松《酒孝经》一卷。”题下无注。❻《四库全书总目》未见著录。刘炫,《隋书·儒林传》❼、《北史·刘炫传》❽有载。刘炫定,是人无考。《宋志》所云皇甫松,亦有其人,为工部侍郎皇甫湜之子,宰相牛僧孺之外甥。故或为二书。《见在目》所录为何,存疑。

❶❸ 《日本国见在书目录》,第 17 页。
❷ 《宋史》卷二百六,第 5221 页。
❹ 《旧唐书》卷四十七,第 2036 页。
❺ 《新唐书》卷五十九,第 1539 页。
❻ 《宋史》卷二百六,第 5221 页。
❼ 《隋书》卷七十五,第 1719—1723 页。
❽ 《北史》卷八十二,第 2763—2767 页。

3.《武(孝经)》一卷,题下无注。❶

按,此条书目在唐代之前的各史志书目中均无著录。《新唐志》丙部子录小说家类曰:"郭良辅《武孝经》一卷。"题下无注。❷查其著录之序,当为唐时所撰。《宋志》子部小说类曰:"郭良辅《武孝经》一卷。"题下无注。❸《见在目》所录应为唐时之书,无误。

"杂史家"类 2 种,如下:

4.《魏晋世语》十卷,题下注曰:"晋襄阳令郭颁撰。"❹

按,此条与《隋志》著录完全相同。《隋志》史部杂史类曰:"《魏晋世语》十卷。"并在题下注曰:"晋襄阳令郭颁撰。"❺《旧唐志》乙部史录杂史类曰:"《魏晋代语》十卷。"并在题下注曰:"郭颁撰。"❻即此书,不云"世",为避太宗"世"字讳,改为"代"字。《新唐志》乙部史录杂史类曰:"郭颁《魏晋代说》十卷。"题下无注。❼亦即此书。《宋志》《四库全书总目》未见著录。无误。

5.《王子年拾遗记》十卷,题下注曰:"萧绮撰。"❽

按,《隋志》史部杂史类曰:"《拾遗录》二卷。"并在题下注曰:"伪秦姚苌方士王子年撰。"❾又,《隋志》史部杂史类曰:"《王子年拾遗记》十卷。"并在题下注曰:"萧绮撰。"❿两《唐志》著录情况与此仿佛。《旧唐志》乙部史录杂史类曰:"《拾遗录》三卷。"并在题下注曰:"王嘉撰。"⓫又曰:"《王子年拾遗记》十卷。"并在题下注曰:"萧绮录。"⓬《新唐志》乙部史录杂史类

❶ 《日本国见在书目录》,第 17 页。
❷ 《新唐书》卷五十九,第 1543 页。
❸ 《宋史》卷二百六,第 5221 页。
❹ 《日本国见在书目录》,第 33 页。
❺ 《隋书》卷三十三,第 960 页。
❻⓫⓬ 《旧唐书》卷四十六,第 1995 页。
❼ 《新唐书》卷五十八,第 1465 页。
❽ 《日本国见在书目录》,第 34 页。
❾❿ 《隋书》卷三十三,第 961 页。

曰:“王嘉《拾遗录》三卷。”题下无注。❶又曰:“又《拾遗记》十卷。”并在题下注曰:“萧绮录。”❷《宋志》子部小说类曰:“王子年《拾遗记》十卷。”并在题下注曰:“晋王嘉撰。”❸《四库全书总目》归入子部小说家类的“异闻”之属。❹据此,《见在目》所录《王子年拾遗记》,即为《隋志》与两《唐志》所录萧绮整理后的十卷本。无误。

“起居注家”1 种,如下:

6.《穆天子传》六卷,题下注曰:“汲冢书,郭璞注。”❺

按,此条与《隋志》著录完全相同。《隋志》史部起居注类曰:“《穆天子传》六卷。”并在题下注曰:“《汲冢书》。郭璞注。”❻《旧唐志》乙部史录起居注类曰:“《穆天子传》六卷。”并在题下注曰:“郭璞撰。”❼《新唐志》乙部史录起居注类曰:“郭璞《穆天子传》六卷。”❽《宋志》史部别史类曰:“郭璞注《穆天子传》六卷。”❾二书题下无注。《四库全书总目》归入子部小说家类的“异闻”之属。❿无误。

“旧事家”2 种,如下:

7.《汉武帝故事》二卷,题下无注。⓫

按,此条与《隋志》著录完全相同。《隋志》史部旧事类曰:“《汉武帝故

---

❶❷ 《新唐书》卷五十八,第 1466 页。
❸ 《宋史》卷二百六,第 5219 页。
❹ 《四库全书总目》卷一百四十二,第 1875 页。
❺ 《日本国见在书目录》,第 35 页。
❻ 《隋书》卷三十三,第 964 页。
❼ 《旧唐书》卷四十六,第 1997 页。
❽ 《新唐书》卷五十八,第 1469 页。
❾ 《宋史》卷二百三,第 5094 页。
❿ 《四库全书总目》卷一百四十二,第 1871—1872 页。
⓫ 《日本国见在书目录》,第 36 页。

事》二卷。”❶《旧唐志》乙部史录故事类曰:“《汉武故事》二卷。”题下无注。❷《新唐志》乙部史录故事类曰:“《汉武帝故事》二卷。”❸《宋志》史部故事类曰:“班固《汉武故事》五卷。”❹二书题下无注。《四库全书总目》归入子部小说家类的“异闻”之属。❺无误。

8.《西京杂(记)》二卷,题下注曰:“葛洪撰。”❻

按,《隋志》史部旧事类曰:“《西京杂记》二卷。”题下无注。❼《旧唐志》乙部史录故事类曰:“《西京杂记》一卷。”并在题下注曰:“葛洪撰。”❽又,地理类曰:“《西京杂记》一卷。”并在题下注曰:“葛洪撰。”❾《新唐志》乙部史录故事类曰:“葛洪《西京杂记》二卷。”❿又,地理类曰:“葛洪《西京杂记》二卷。”⓫《宋志》史部传记类曰:“葛洪《西京杂记》六卷。”⓬二书题下无注。《四库全书总目》归入子部小说家类的“杂事”之属。⓭据此,《见在目》所录“《西京杂》”,当为“《西京杂记》”,书名阙一“记”字。

“杂传家”13种,如下:

9.《汉武内传》二卷,题下注曰:“葛洪撰。”⓮

按,《隋志》史部杂传类曰:“《汉武内传》三卷。”题下无注。⓯《旧唐志》

---

❶❼ 《隋书》卷三十三,第966页。
❷❽ 《旧唐书》卷四十六,第1998页。
❸ 《新唐书》卷五十八,第1473页。
❹ 《宋史》卷二百三,第5101页。
❺ 《四库全书总目》卷一百四十二,第1873页。
❻ 《日本国见在书目录》,第36页。
❾ 《旧唐书》卷四十六,第2014页。
❿ 《新唐书》卷五十八,第1474页。
⓫ 《新唐书》卷五十八,第1502页。
⓬ 《宋史》卷二百三,第5111页。
⓭ 《四库全书总目》卷一百四十,第1835页。
⓮ 《日本国见在书目录》,第40页。
⓯ 《隋书》卷三十三,第979页。

乙部史录杂传类曰:“《汉武帝传》二卷。”题下无注。❶《新唐志》丙部子录道家类“神仙”之属曰:“《汉武帝传》二卷。”题下无注。❷《宋志》史部传记类曰:“《汉武内传》二卷。”并在题下注曰:“不知作者。”❸《四库全书总目》归入子部小说家类的“异闻”之属。❹据此,《见在目》所录《汉武内传》二卷本,已较《隋志》所录三卷本有所残损,故唐时此本传入日本已为二卷。

又按,诸家史志书目皆对此书未题撰人,唯《见在目》题为“葛洪撰”。疑为据唐张柬之所说。宋晁载之《续谈助》卷一《洞冥记跋》引张柬之语:“昔葛洪造《汉武内传》《西京杂记》;虞义造《王子年拾遗录》;王俭造《汉武故事》。”❺而葛洪《西京杂记跋》文云:“洪家复有《汉武帝禁中起居注》一卷,《汉武故事》二卷,世人希有之者。”❻故张说疑为据葛文误记,《见在目》又据张说误记。本条之下应不录撰人。

10.《神仙传》廿卷,题下注曰:“葛洪撰。”❼

按,《隋志》史部杂传类曰:“《神仙传》十卷。”并在题下注曰:“葛洪撰。”❽《旧唐志》著录情况与《隋志》完全相同,乙部史录杂传类曰:“《神仙传》十卷。”并在题下注曰:“葛洪撰。”❾《新唐志》丙部子录道家类“神仙”之属曰:“葛洪《神仙传》十卷。”❿《宋志》子部道家类“神仙”之属曰:“葛洪《神仙传》十卷。”⓫二书题下无注。《四库全书总目》归入子部道家类。⓬据

---

❶❾ 《旧唐书》卷四十六,第2004页。
❷ 《新唐书》卷五十九,第1518页。
❸ 《宋史》卷二百三,第5110页。
❹ 《四库全书总目》卷一百四十二,第1874页。
❺ [宋]晁载之:《续谈助》,商务印书馆,1939年,第16页。
❻ 《西京杂记校注》,第280页。
❼ 《日本国见在书目录》,第40页。
❽ 《隋书》卷三十三,第979页。
❿ 《新唐书》卷五十九,第1520页。
⓫ 《宋史》卷二百五,第5189页。
⓬ 《四库全书总目》卷一百四十六,第1946—1947页。

此,《见在目》所云“廿卷”,当为十卷所析而成。

11.《搜神记》卅卷,题下注曰:“干宝撰。”[1]

按,此条与《隋志》《旧唐志》著录完全相同。《隋志》史部杂传类曰:“《搜神记》三十卷。”并在题下注曰:“干宝撰。”[2]《旧唐志》乙部史录杂传类曰:“《搜神记》三十卷。”并在题下注曰:“干宝撰。”[3]《新唐志》丙部子录小说家类曰:“干宝《搜神记》三十卷。”[4]《宋志》子部小说类曰:“干宝《搜神总记》十卷。”[5]二书题下无注。《四库全书总目》归入子部小说家类的“异闻”之属。[6]无误。

12.《(搜神)后记》十卷,题下注曰:“陶潜撰。”[7]

按,此条与《隋志》著录完全相同。《隋志》史部杂传类曰:“《搜神后记》十卷。”并在题下注曰:“陶潜撰。”[8]此后诸家史志书目未见著录。《四库全书总目》归入子部小说家类的“异闻”之属。[9]无误。

13.《旋[旌]异记》十卷,题下注曰:“侯君素撰。”[10]

按,《隋志》史部杂传类曰:“《旌异记》十五卷。”并在题下注曰:“侯君素撰。”[11]《旧唐志》著录情况与《隋志》完全相同,乙部史录杂传类曰:“《旌异记》十五卷。”并在题下注曰:“侯君素撰。”[12]《新唐志》丙部子录小说家类曰:“侯君素《旌异记》十五卷。”题下无注。[13]《宋志》《四库全书总目》未见

---

[1] 《日本国见在书目录》,第 40 页。
[2][8] 《隋书》卷三十三,第 980 页。
[3] 《旧唐书》卷四十六,第 2005 页。
[4][13] 《新唐书》卷五十九,第 1540 页。
[5] 《宋史》卷二百六,第 5219 页。
[6] 《四库全书总目》卷一百四十二,第 1875—1876 页。
[7] 《日本国见在书目录》,第 40 页。
[9] 《四库全书总目》卷一百四十二,第 1876 页。
[10] 《日本国见在书目录》,第 40 页。
[11] 《隋书》卷三十三,第 981 页。
[12] 《旧唐书》卷四十六,第 2006 页。

著录。据此,《见在目》所录“《旋异记》”之“旋”字有误,实为“旌”字;所云“十卷”,当为此书传入日本后已有残损。

14.《冥报计[记]》十卷,题下无注。❶

按,《旧唐志》乙部史录杂传类曰:“《冥报记》二卷。”并在题下注曰:“唐临撰。”❷《新唐志》乙部史录杂传记类曰:“唐临《冥报记》二卷。”❸又,《新唐志》丙部子录小说家类曰:“唐临《冥报记》二卷。”❹《宋志》子部小说类曰:“唐临《冥报记》二卷。”❺二书题下无注。《四库全书总目》未见著录。据此,《见在目》所录“《冥报计》”之“计”字有误,实为“记”字;所云“十卷”,或为传抄书目时卷数有误,或为传抄本书时分截而成,存疑。作者失载,依例当在题下补注曰:“唐临撰。”

15.《妒记》二卷,题下无注。❻

按,《隋志》史部杂传类曰:“《妒记》二卷。”并在题下注曰:“虞通之撰。”❼《旧唐志》及以下各史志书目未见著录,当已亡佚。据此,《见在目》所录本书,作者失载,依例当在题下补注曰:“虞通之撰。”

16.《续齐谐记》三卷,题下注曰:“吴均撰。”❽

按,《隋志》史部杂传类曰:“《续齐谐记》一卷。”并在题下注曰:“吴均撰。”❾《旧唐志》著录情况完全相同,乙部史录杂传类曰:“《续齐谐记》一卷。”并在题下注曰:“吴均撰。”❿《新唐志》丙部子录小说家类曰:“吴均《续

---

❶❻ 《日本国见在书目录》,第40页。
❷ 《旧唐书》卷四十六,第2006页。
❸ 《新唐书》卷五十八,第1484页。
❹ 《新唐书》卷五十九,第1540页。
❺ 《宋史》卷二百六,第5220页。
❼ 《隋书》卷三十三,第978页。
❽ 《日本国见在书目录》,第41页。
❾ 《隋书》卷三十三,第980页。
❿ 《旧唐书》卷四十六,第2005页。

齐谐记》一卷。"❶《宋志》著录情况与《新唐志》完全相同，子部小说类曰："吴均《续齐谐记》一卷。"❷二书题下无注。《四库全书总目》归入子部小说家类的"异闻"之属。❸据此，《见在目》所云"三卷"，或为传抄书目时卷数有误，或为传抄本书时分截而成，存疑。

17.《朝野佥载》廿卷，题下注曰："在杂家。"❹

按，《旧唐志》未见著录。《新唐志》乙部史录杂传记类曰："张鷟《朝野佥载》二十卷。"并在题下注曰："自号浮休子。"❺《宋志》史部传记类曰："张鷟《朝野佥载》二十卷。又，《佥载补遗》三卷。"题下无注。❻《四库全书总目》归入子部小说家类的"杂事"之属。❼

又，《见在目》"杂家"类著录："《朝野佥载》廿（卷）。"并在题下注曰："张文成撰，在杂传家。"❽此为《见在目》所录重出之书。"廿"字后依例略去"卷"字，今补。注云"文成"，乃张鷟之字，无误。

18.《汉武洞冥记》四卷，题下注曰："郭子横撰。"❾

按，《隋志》史部杂传类曰："《汉武洞冥记》一卷。"并在题下注曰："郭氏撰。"❿《旧唐志》乙部史录杂传类曰："《汉别国洞冥记》四卷。"并在题下注曰："郭宪撰。"⓫《新唐志》丙部子录道家类"神仙"之属曰："郭宪《汉武帝别国洞冥记》四卷。"⓬《宋志》史部传记类曰："郭宪《洞冥记》四卷。"⓭二书

❶ 《新唐书》卷五十九，第1540页。
❷ 《宋史》卷二百六，第5219页。
❸ 《四库全书总目》卷一百四十二，第1877页。
❹ 《日本国见在书目录》，第41页。
❺ 《新唐书》卷五十八，第1485页。
❻ 《宋史》卷二百三，第5111—5112页。
❼ 《四库全书总目》卷一百四十，第1836页。
❽ 《日本国见在书目录》，第55页。
❾ 《日本国见在书目录》，第41页。
❿ 《隋书》卷三十三，第980页。
⓫ 《旧唐书》卷四十六，第2004页。
⓬ 《新唐书》卷五十九，第1520页。
⓭ 《宋史》卷二百三，第5111页。

题下无注。《四库全书总目》归入子部小说家类的"异闻"之属。❶据此,《见在目》所云"四卷",当为《隋志》著录时并未分卷,而唐时本书已经分卷,后依分卷之书传入日本,故而后志皆云"四卷"。《见在目》注云"子横",乃郭宪之字,无误。

19.《研神记》一卷,题下注曰:"梁相[湘]东王撰。"❷

按,《隋志》史部杂传类曰:"《研神记》十卷。"并在题下注曰:"萧绎撰。"❸《旧唐志》乙部史录杂传类曰:"《妍神记》十卷。"并在题下注曰:"梁元帝撰。"❹《新唐志》丙部子录小说家类曰:"梁元帝《妍神记》十卷。"题下无注。❺《宋志》《四库全书总目》未见著录。《见在目》所云"一卷",与诸书目所记卷数皆不同。萧绎《金楼子・著书篇》云:"《妍神记》一秩一卷。"❻又,吕温《上官昭容书楼歌》小序云:"贞元十四年,友人崔仁亮于东都买得《研神记》一卷,有昭容列名书缝处,因用感叹而作是歌。"❼疑此书原有一卷本与十卷本,流入东瀛者当为一卷本,故《见在目》所录与中国各书目所录卷数不同。

又,《见在目》与《隋志》用"研"字,两《唐志》用"妍"字,均指一书,无误。而《见在目》注云"相"字有误,当为"湘"字。《梁书・元帝本纪》云:"(天监)十三年,封湘东郡王,邑二千户。"❽

20.《灵异记》十卷,题下无注。❾

按,此条与《隋志》著录完全相同。《隋志》史部杂传类曰:"《灵异记》

❶ 《四库全书总目》卷一百四十二,第 1874 页。
❷❾ 《日本国见在书目录》,第 41 页。
❸ 《隋书》卷三十三,第 981 页。
❹ 《旧唐书》卷四十六,第 2006 页。
❺ 《新唐书》卷五十九,第 1540 页。
❻ 《金楼子》卷五,《龙溪精舍丛书》本,第 63 页。
❼ [清]彭定求等编:《全唐诗》卷三百七十一,中华书局,1960 年,第 4171 页。
❽ 《梁书》卷五,第 113 页。

十卷。"题下无注。❶《旧唐志》及以下各史志书目未见著录，当已亡佚。章宗源《隋书经籍志考证》考《隋书·许善心传》❷，姚振宗《隋书经籍志考证》考《北史·许善心传》❸，皆以许善心为本书撰者，是。故《见在目》于题下宜补注语"许善心撰"。

21.《列仙传》二卷，题下注曰："刘向撰。"❹

按，《汉书·艺文志》(后简称《汉志》)无相关著录。《隋志》史部杂传类曰："《列仙传赞》三卷。"并在题下注曰："刘向撰，鬷续，孙绰赞。"❺又曰："《列仙传赞》二卷。"并在题下注曰："刘向撰，晋郭元祖赞。"❻《旧唐志》乙部史录杂传类曰："《列仙传赞》二卷。"并在题下注曰："刘向撰。"❼《新唐志》丙部子录道家类"神仙"之属曰："刘向《列仙传》二卷。"❽《宋志》子部道家类"神仙"之属曰："刘向《列仙传》三卷。"❾二书题下无注。《四库全书总目》归入子部道家类。❿由此，可以推测《见在目》所录之书当为《列仙传》二卷本。

"土地家"5 种，如下：

22.《山海经》廿一卷，题下注曰："郭璞注见十八卷。"⓫

按，《汉志》数术略形法家曰："《山海经》十三篇。"题下无注。⓬《隋志》史部地理类曰："《山海经》二十三卷。"并在题下注曰："郭璞注。"⓭又曰：

❶ 《隋书》卷三十三，第 980 页。
❷ [清]章宗源：《隋书经籍志考证》卷一三，清光绪三年湖北崇文书局刻本，第 47 页。
❸ 《隋书经籍志考证》，第 345 页。
❹⓫ 《日本国见在书目录》，第 42 页。
❺❻ 《隋书》卷三十三，第 979 页。
❼ 《旧唐书》卷四十六，第 2004 页。
❽ 《新唐书》卷五十九，第 1520 页。
❾ 《宋史》卷二百五，第 5189 页。
❿ 《四库全书总目》卷一百四十六，第 1943 页。
⓬ 《汉书》卷三十，第 1774 页。
⓭ 《隋书》卷三十三，第 982 页。

"《山海经图赞》二卷。"并在题下注曰:"郭璞注。"❶又曰:"《山海经音》二卷。"题下无注。❷《旧唐志》乙部史录地理类曰:"《山海经》十八卷。"并在题下注曰:"郭璞撰。"❸又曰:"《山海经图赞》二卷。"并在题下注曰:"郭璞撰。"❹又曰:"《山海经音》二卷。"题下无注。❺《新唐志》乙部史录地理类曰:"郭璞注《山海经》二十三卷。"题下无注。❻又曰:"又《山海经图赞》二卷。"题下无注。❼又曰:"《山海经音》二卷。"题下无注。❽《宋志》史部地理类曰:"郭璞《山海经赞》二卷。"题下无注。❾又,子部五行类曰:"郭璞《山海经》十八卷。"题下无注。❿又曰:"《山海图经》十卷。"并在题下注曰:"郭璞序,不著姓名。"⓫《四库全书总目》归入子部小说家类的"异闻"之属。⓬《见在目》所云"廿一卷",似介于《隋志》"二十三卷"本与《旧唐志》"十八卷"本间。《汉志》所云"十三篇",为刘向所分《山经》五篇、《海经》八篇;刘歆校书,又将《山经》扩为十篇,共为十八篇;郭璞注书,又收属《海经》部分但已亡佚在外的《荒经》以下五篇,共二十三篇,是为《隋志》所录;《旧唐志》将《山经》十篇重新合为五篇,是为十八篇,即今本之数。故"十八"与"二十三"卷数之差,本在《山经》五篇与十篇之差异。而"廿一卷",疑为时人以十八卷本为底本、合如《山海经音》等附生之书而成,故只十八卷有郭璞注,附生之卷数无注,正如《见在目》注云"郭璞注见十八卷。"

23.《(山海经)抄》一卷,题下无注。⓭

按,我国各史志书目均无相关著录,当为日本时人摘抄《山海经》而成。

---

❶❷ 《隋书》卷三十三,第984页。

❸❹❺ 《旧唐书》卷四十六,第2014页。

❻❼❽ 《新唐书》卷五十八,第1504页。

❾ 《宋史》卷二百四,第5154页。

❿⓫ 《宋史》卷二百六,第5257页。

⓬ 《四库全书总目》卷一百四十二,第1871页。

⓭ 《日本国见在书目录》,第42页。

24.《(山海经)略》一卷,题下无注。[1]

按,我国各史志书目均无相关著录,当为日本时人摘抄《山海经》而成。

25.《神异经》一(卷),题下注曰:"东方朔撰,晋张华注。"[2]

按,《汉志》无相关著录。《隋志》史部地理类曰:"《神异经》一卷。"并在题下注曰:"东方朔撰,张华注。"[3]《旧唐志》乙部史录地理类曰:"《神异经》二卷。"并在题下注曰:"东方朔撰。"[4]《新唐志》丙部子录道家类"神仙"之属曰:"东方朔《神异经》二卷。"并在题下注曰:"张华注。"[5]《宋志》子部小说类曰:"东方朔《神异经》二卷。"并在题下注曰:"晋张华传。"[6]《四库全书总目》归入子部小说家类的"异闻"之属。[7]据此,《见在目》所云"一(卷)",当与《隋志》著录之书相同,而两《唐志》后析为二卷。

26.《十洲记》十(卷),题下注曰:"月[朔]撰。"[8]

按,《汉志》无相关著录。《隋志》史部地理类曰:"《十洲记》一卷。"并在题下注曰:"东方朔撰。"[9]《旧唐志》乙部史录地理类曰:"《十洲记》一卷。"并在题下注曰:"东方朔撰。"[10]《新唐志》丙部子录道家类"神仙"之属曰:"(东方朔)又《十洲记》一卷。"题下无注。[11]《宋志》史部地理类曰:"东方朔《十洲记》一卷。"题下无注。[12]又,子部道家类"神仙"之属曰:"东方朔《十洲三岛记》一卷。"题下无注。[13]《四库全书总目》归入子部小说家类的"异闻"之属。[14]据此,《见在目》所云"十(卷)",当为"一(卷)"传抄之误。注

---

[1][2][8] 《日本国见在书目录》,第 42 页。

[3][9] 《隋书》卷三十三,第 983 页。

[4][10] 《旧唐书》卷四十六,第 2016 页。

[5][11] 《新唐书》卷五十九,第 1520 页。

[6] 《宋史》卷二百六,第 5219 页。

[7] 《四库全书总目》卷一百四十二,第 1872—1873 页。

[12] 《宋史》卷二百四,第 5155 页。

[13] 《宋史》卷二百五,第 5189 页。

[14] 《四库全书总目》卷一百四十二,第 1873 页。

云“月撰”之“月”字，当为“东方朔”之“朔”字传抄之误。依例宜为“朔撰”。

“道家”1种，如下：

27.《鬻子》一(卷)，题下注曰：“周文王师鬻熊撰。”❶

按，《汉志》诸子略道家类曰：“《鬻子》二十二篇。”并在题下注曰：“名熊，为周师，自文王以下问焉，周封为楚祖。”❷又，诸子略小说家类曰：“《鬻子说》十九篇。”并在题下注曰：“后世所加。”❸《隋志》子部道家类曰：“《鬻子》一卷。”并在题下注曰：“周文王师鬻熊撰。”❹《旧唐志》丙部子录小说家类曰：“《鬻子》一卷。”并在题下注曰：“鬻熊撰。”❺《新唐志》丙部子录道家类曰：“《鬻子》一卷。”并在题下注曰：“鬻熊。”❻又曰：“逄行珪注《鬻子》一卷。”并在题下注曰：“郑县尉。”❼《宋志》子部杂家类曰：“《鬻熊子》一卷。”题下无注。❽又，子部小说家类曰：“逄行珪《鬻子注》一卷。”题下无注。❾《四库全书总目》归入子部杂家类。❿

刘勰《文心雕龙·诸子》云：“至鬻熊知道，而文王谘询；余文遗事，录为《鬻子》。子自肇始，莫先于兹。”⓫《汉志》中道家目下的《鬻子》22篇，应当是鬻熊论道的核心著述。小说家目下的《鬻子说》19篇，则为论道而“说”的“余文遗事”，极有可能是寓言、故事之类。与《汉志》道家类著录“《伊尹》五十一篇”⓬，小说家类著录“《伊尹说》二十七篇”⓭情况相似。《隋志》道家

---

❶ 《日本国见在书目录》，第49页。
❷⓬ 《汉书》卷三十，第1729页。
❸⓭ 《汉书》卷三十，第1744页。
❹ 《隋书》卷三十四，第1000页。
❺ 《旧唐书》卷四十七，第2036页。
❻ 《新唐书》卷五十九，第1514页。
❼ 《新唐书》卷五十九，第1517页。
❽ 《宋史》卷二百五，第5207页。
❾ 《宋史》卷二百六，第5223页。
❿ 《四库全书总目》卷一百一十七，第1564页。
⓫ 《文心雕龙注》，第308页。

类所录之书，并不知道是否羼入《汉志》小说家类之书，严可均《铁桥漫稿》卷五亦有相关论述，可参。[1]故《旧唐志》录为小说家类，《新唐志》录为道家类。据此，则《见在目》所录之书，亦有可能杂糅《汉志》所录二书。

"杂家"类 5 种，如下：

28.《金楼子》十(卷)，题下注曰："萧世诚撰。"[2]

按，因《金楼子·志怪》多与小说有关，故予以考察。《隋志》子部杂家类曰："《金楼子》十卷。"并在题下注曰："梁元帝撰。"[3]两《唐志》著录情况与《隋志》相同。《旧唐志》丙部子录杂家类曰："《金楼子》十卷。"并在题下注曰："梁元帝撰。"[4]《新唐志》丙部子录杂家类曰："梁元帝《金楼子》十卷。"题下无注。[5]《宋志》子部杂家类曰："湘东王绎《金楼子》十卷。"题下无注。[6]《四库全书总目》归入子部杂家类。[7]《见在目》注云"世诚"，乃萧绎之字。无误。

29.《博物志》十(卷)，题下注曰："张华撰。"[8]

按，此条与《隋志》著录完全相同。《隋志》子部杂家类曰："《博物志》十卷。"并在题下注曰："张华撰。"[9]《旧唐志》丙部子录小说家类曰："《博物志》十卷。"并在题下注曰："张华撰。"[10]《新唐志》丙部子录小说家类曰："张华《博物志》十卷。"题下无注。[11]《宋志》子部杂家类曰："张华《博物志》十

---

[1] [清]严可均：《铁桥漫稿》卷五，清道光十八年四录堂刻本，第 15—16 页。
[2] 《日本国见在书目录》，第 52 页。
[3] 《隋书》卷三十四，第 1006 页。
[4] 《旧唐书》卷四十七，第 2033 页。
[5] 《新唐书》卷五十九，第 1534 页。
[6] 《宋史》卷二百五，第 5208 页。
[7] 《四库全书总目》卷一百一十七，第 1569—1570 页。
[8] 《日本国见在书目录》，第 52 页。
[9] 《隋书》卷三十四，第 1006 页。
[10] 《旧唐书》卷四十七，第 2036 页。
[11] 《新唐书》卷五十九，第 1539 页。

卷。”题下无注。[1]《四库全书总目》归入子部小说家类的“琐语”之属。[2]无误。

30.《(博物志)章》十(卷),题下无注。[3]

按,查《隋志》与《旧唐志》等各家史志书目,并无题为“《(博物志)章》”的相关著录,疑为张华《博物志》的摘抄之书。存疑。

或此书在我国史志书目中未曾著录,而日本实有此书,存疑。

31.《事始》三(卷),题下注曰:“刘孝孙撰。”[4]

按,《旧唐志》丙部子录杂家类曰:“《事始》三卷。”并在题下注曰:“刘孝孙撰。”[5]《新唐志》丙部子录小说家类曰:“《事始》三卷。”并在题下注曰:“刘孝孙、房德懋。”[6]《宋志》子部小说类曰:“刘存《事始》三卷。”题下无注。[7]《四库全书总目》(存目)归入子部杂家类。[8]刘孝孙名存,字孝孙,以字行。无误。

32.《类林》五(卷),题下无注。[9]

按,查《隋志》与《旧唐志》,并无相关著录。《新唐志》丙部子录小说家类曰:“裴子野《类林》三卷。”题下无注。[10]裴子野,字幾原,《梁书》《南史》有传,也无撰书情况记载。《宋志》《四库全书总目》未见此本《类林》著录。又,《新唐志》丙部子录类书类曰:“于立政《类林》十卷。”题下无注。[11]《见在

[1] 《宋史》卷二百五,第5208页。
[2] 《四库全书总目》卷一百四十二,第1864—1865页。
[3] 《日本国见在书目录》,第52页。
[4] 《日本国见在书目录》,第53页。
[5] 《旧唐书》卷四十七,第2034页。
[6] 《新唐书》卷五十九,第1541页。
[7] 《宋史》卷二百六,第5221页。
[8] 《四库全书总目》卷一百二十六,第1681页。
[9] 《日本国见在书目录》,第55页。
[10] 《新唐书》卷五十九,第1539页。
[11] 《新唐书》卷五十九,第1564页。

目》所录为何书，存疑。

33.《朝野佥载》廿（卷），题下注曰："张文成撰，在杂传家。"[1]

按，此条重出，见第17条。

"小说家"类10种，如下：

34.《笑林》三卷，题下注曰："后汉给事中邯郸淳撰。"[2]

按，此条与《隋志》著录完全相同。《隋志》子部小说类曰："《笑林》三卷。"并在题下注曰："后汉给事中邯郸淳撰。"[3]《旧唐志》丙部子录小说家类曰："《笑林》三卷。"并在题下注曰："邯郸淳撰。"[4]《新唐志》丙部子录小说家类曰："邯郸淳《笑林》三卷。"题下无注。[5]《宋志》《四库全书总目》未见此本《笑林》著录。无误。

35.《笑论》一（卷），题下无注。[6]

按，查《隋志》子部小说类与《旧唐志》丙部子录小说家类，并无题为"《笑论》"的相关著录，唯《旧唐志》丙部子录道家类曰："《笑道论》三卷。"并在题下注曰："甄鸾撰。"[7]按，清严可均辑《全上古三代秦汉三国六朝文·全后周文》卷二十曰："鸾，天和中为司隶大夫，有《周天和年历》一卷，《七曜算术》二卷，《五经算术》一卷。"[8]并附《笑道论》（并启）一文，文繁不录，为道家之论。但《见在目》第三十目"杂家"类已著录"笑道论二（卷）。"并在题下注曰："甄鸾撰。"[9]故存疑。

---

[1] 《日本国见在书目录》，第55页。
[2] 《日本国见在书目录》，第57页。
[3] 《隋书》卷三十四，第1011页。
[4] 《旧唐书》卷四十七，第2036页。
[5] 《新唐书》卷五十九，第1539页。
[6] 《日本国见在书目录》，第57页。
[7] 《旧唐志》卷四十七，第2030页。
[8] 《全上古三代秦汉三国六朝文》，第7955页。
[9] 《日本国见在书目录》，第56页。

又,《隋志》子部小说类曰:"《笑苑》四卷。"题下无注。❶《旧唐志》丙部子录小说家类无此著录。按,姚振宗《隋书经籍志考证》曾援引《隋书·魏澹传》考辨作者为魏澹。《隋书·魏澹传》曰:"(澹)还除太子舍人,废太子勇深礼遇之,屡加优锡,令注《庾信集》,复撰《笑苑》《词林集》,世称其博物。"❷按,此书在五代后晋时期已亡佚,依常理,日本则有存在此书之可能。疑即为《见在目》所著录《笑论》一书,但卷数著录亦不同。存疑。

或此书在我国史志书目中未曾著录,而日本实有此书,亦存疑。

36.《燕丹子》一(卷),题下注曰:"晋处士裴启撰。"❸

按,《隋志》子部小说类曰:"《燕丹子》一卷。"并在题下注曰:"丹,燕王喜太子。"❹《旧唐志》丙部子录小说家类曰:"《燕丹子》三卷。"并在题下注曰:"燕太子撰。"❺《新唐志》丙部子录小说家类曰:"《燕丹子》一卷。"并在题下注曰:"燕太子。"❻《宋志》子部小说类曰:"《燕丹子》三卷。"题下无注。❼《四库全书总目》(存目)归入子部小说家类的"杂事"之属。❽据此,《见在目》注云"晋处士裴启撰",有误。《隋志》"《燕丹子》"目下有附录,云:"梁有《青史子》一卷;又《宋玉子》一卷、录一卷,楚大夫宋玉撰;《群英论》一卷,郭颁撰;《语林》十卷,东晋处士裴启撰。亡。"可见,在《隋志》的著录中,《燕丹子》的作者已经失载,而《见在目》所云注语,当为误引附录中《语林》一书注语。至于《旧唐志》注云"燕太子撰",则确乎为望文生义,实为无据之谈。

---

❶❹ 《隋书》卷三十四,第1011页。
❷ 《隋书》卷五十八,第1416页。
❸ 《日本国见在书目录》,第57页。
❺ 《旧唐书》卷四十七,第2036页。
❻ 《新唐书》卷五十九,第1539页。
❼ 《宋史》卷二百六,第5219页。
❽ 《四库全书总目》卷一百四十三,第1887页。

37.《世说》十(卷),题下注曰:“宋临川王刘义庆撰,刘孝标注。”❶

按,《隋志》子部小说类曰:“《世说》八卷。”并在题下注曰:“宋临川王刘义庆撰。”❷又曰:“《世说》十卷。”并在题下注曰:“刘孝标注。梁有《俗说》一卷,亡。”❸两《唐志》对此著录与《隋志》相似。《旧唐志》丙部子录小说家类曰:“《世说》八卷。”并在题下注曰:“刘义庆撰。”❹又曰:“《续世说》十卷。”并在题下注曰:“刘孝标撰。”❺《新唐志》丙部子录小说家类曰:“刘义庆《世说》八卷。”题下无注。❻又曰:“刘孝标《续世说》十卷。”题下无注。❼《宋志》子部小说类曰:“刘义庆《世说新语》三卷。”题下无注。❽《四库全书总目》归入子部小说家类的“杂事”之属。❾将两《唐志》与《隋志》对比来看,两《唐志》所云刘孝标所撰“《续世说》十卷”,当为《隋志》所云刘孝标所注“《世说》十卷”。《世说》本传八卷,注文十卷,《续世说》即为刘孝标之注文。二书在此段时间内当各自一体,分别成书。所以《见在目》此条著录,疑为此时日本之书已将本传与注文合二为一,作为一书而著录,颇为得体。

38.《(世说)问答》二(卷),题下无注。❿

按,查《隋志》子部小说类与《旧唐志》丙部子录小说家类等各家史志书目,并无题为“《(世说)问答》”的相关著录,疑为刘义庆《世说》的摘抄之书。存疑。

或此书在我国史志书目中未曾著录,而日本实有此书,存疑。

---

❶❿ 《日本国见在书目录》,第 57 页。
❷❸ 《隋书》卷三十四,第 1011 页。
❹❺ 《旧唐书》卷四十七,第 2036 页。
❻❼ 《新唐书》卷五十九,第 1539 页。
❽ 《宋史》卷二百六,第 5219 页。
❾ 《四库全书总目》卷一百四十,第 1835—1836 页。

39.《(世说)问录》十(卷)。题下无注。❶

按,查《隋志》子部小说类与《旧唐志》丙部子录小说家类等各家史志书目,并无题为“《(世说)问录》”的相关著录,疑为刘义庆《世说》的摘抄之书。存疑。

或此书在我国史志书目中未曾著录,而日本实有此书,存疑。

40.《志林小说》十(卷),题下无注。❷

按,查《隋志》子部小说类与《旧唐志》丙部子录小说家类,并无题为“《志林小说》”的相关著录。按,《隋志》子部儒家类曰:“《志林新书》三十卷。”并在题下注曰:“虞喜撰。梁有《广林》二十四卷,又《后林》十卷,虞喜撰。”❸《晋书·儒林传》曰:“喜专心经传,兼览谶纬,乃著《安天论》以难浑、盖,又释《毛诗略》,注《孝经》,为《志林》三十篇。”❹《旧唐志》丙部子录儒家类曰:“《志林新书》二十卷。”并在题下注曰:“虞喜撰。”❺又曰:“《后林新书》十卷。”并在题下注曰:“虞喜撰。”❻《新唐志》丙部子录儒家类曰:“虞喜《志林新书》二十卷。又《后林新书》十卷。”❼《宋志》《四库全书总目》未见相关著录。而《见在目》“儒家”类并无相关著录,故《见在目》此条著录疑为晋虞喜所撰《志林》,但卷数与《隋志》和《旧唐志》著录情况无法统一,存疑。

又,上文第36条“《燕丹子》一(卷)”题下注:“晋处士裴启撰。”前文已述及,为《隋志》子部小说类此条著录的附录,应为“《语林》十卷,东晋处士裴启撰。亡。”可知此书在唐代已经亡佚,而日本则有存在之可能。综合联系,或该注语本指此条,而题《志林小说》应为《语林》,亦未可知。存疑。

---

❶❷ 《日本国见在书目录》,第57页。

❸ 《隋书》卷三十四,第999页。

❹ 《晋书》卷九十一,第2349页。

❺❻ 《旧唐书》卷四十七,第2025页。

❼ 《新唐书》卷五十九,第1511页。

41.《小说》十(卷),题下无注。❶

按,《隋志》子部小说类曰:"《小说》十卷。"并在题下注曰:"梁武帝敕安右长史殷芸撰。梁目,三十卷。"❷又曰:"《小说》五卷。"题下无注。❸《旧唐志》丙部子录小说家类曰:"《小说》十卷。"并在题下注曰:"刘义庆撰。"❹又曰:"《小说》十卷。"并在题下注曰:"殷芸撰。"❺《新唐志》丙部子录小说家类曰:"(刘义庆)《小说》十卷。"题下无注。❻又曰:"殷芸《小说》十卷。"题下无注。❼《宋志》子部小说类曰:"殷芸《小说》十卷。"题下无注。❽《四库全书总目》未见著录。《隋志》著录的两种《小说》中,无名氏的五卷本《小说》在《旧唐志》中已无著录,大抵在唐代已亡佚;殷芸所撰《小说》十卷,在《旧唐志》中仍有著录,卷数相同。而《旧唐志》中出现的刘义庆所撰《小说》十卷,在《隋志》中并无著录。综合联系,并考察书籍出现与传播的时间滞后性,《见在目》此条著录,极有可能就是《隋志》中著录的殷芸所撰《小说》十卷。故《见在目》于题下宜补注语"殷芸撰。"

42.《座右铭》一(卷)。题下注曰:"崔子玉撰。"❾

按,《隋志》子部小说类与《旧唐志》丙部子录小说家类,并无题为"《座右铭》"的相关著录。《隋志》子部小说类曰:"《座右方》八卷。"并在题下注曰:"庾元威撰。"❿又曰:"《座右法》一卷。"题下无注。⓫《旧唐志》丙部子录小说家类曰:"《座右方》三卷。"并在题下注曰:"庾元威撰。"⓬《新唐志》丙部子录小说家类曰:"庾元威《座右方》三卷。"题下无注。⓭《宋志》《四库全书总目》未见其他相关著录。据此,《座右方》一书至唐代已有散佚,仅存

❶❾ 《日本国见在书目录》,第57页。
❷❸ 《隋书》卷三十四,第1011页。
❹❺⓬ 《旧唐书》卷四十七,第2036页。
❻❼⓭ 《新唐书》卷五十九,第1539页。
❽ 《宋史》卷二百六,第5219页。
❿⓫ 《隋书》卷三十四,第1012页。

三卷，而《座右法》一书已经亡佚。《座右方》一书作者庾元威，《隋志》与《旧唐志》著录明确，应无疑问。《见在目》所谓"《座右铭》"一书，疑似《隋志》所录《座右法》一书。

又，姚振宗《隋书经籍志考证》对此曾考辨："案《日本国见在书目》有《座右铭》一卷，崔子玉撰。唐张怀瓘《书断》云：'后汉崔瑗字子玉，善章草，师于杜度。又妙小篆。'《南史·王俭传》：'俭为叔父僧虔所养，幼笃学，手不释卷，宾客或相称美，僧虔曰："我不患此儿无名，正恐名太盛耳。"乃手书崔子玉《座右铭》以贻之。'又僧虔本传云：'弱冠雅善隶书，宋昇明二年为尚书令，尝为飞白书题尚书省壁曰："圆行方止，物之定质，修之不已则溢，高之不已则慄，驰之不已则踬，引之不已则迭，是故去之宜疾。"当时嗟赏，以比《坐右铭》。'盖即比所书《座右铭》也。日本书目多同《隋志》，题曰'崔子玉撰'，其即是书，抑或出王僧虔所书者欤？"❶而程毅中《古小说简目》认为："崔瑗《座右铭》见《文选》卷五六，仅百字，亦非小说。此书名《座右法》，必非崔作，姚说不可信。"❷

按，《后汉书》卷五十二列传第四十二《崔骃列传》附传"崔瑗"云："初，瑗兄章为州人所杀，瑗手刃报仇，因亡命。会赦，归家。家贫，兄弟同居数十年，乡邑化之。"❸又云："瑗高于文辞，尤善为书、记、箴、铭，所著赋、碑、铭、箴、颂、《七苏》、《南阳文学官志》、《叹辞》、《移社文》、《悔祈》、《草书势》、七言，凡五十七篇。"❹故在《文选》卷五十六"崔瑗《座右铭》"目下，唐吕延济题注曰："瑗兄璋为人所杀，瑗遂手刃其仇，亡命，蒙赦而出，作此铭以自戒，尝置座右，故曰《座右铭》也。"❺又，《新唐志》丙部子录小说家类中

---

❶ 《隋书经籍志考证》，第 501 页。
❷ 《古小说简目》，第 16 页。
❸ 《后汉书》卷五十二，第 1722 页。
❹ 《后汉书》卷五十二，第 1724 页。
❺ 《六臣注文选》卷五十六，《四部丛刊》本，第 28 册，第 83 页。

著录："庾元威《座右方》三卷""李恕《诫子拾遗》四卷""《开元御集诫子书》一卷""狄仁杰《家范》一卷""《卢公家范》一卷（卢僎）""姚元崇《六诫》一卷"❶，均与《座右铭》一书性质相似。而中国先唐时期的小说性质驳杂，更不能以篇幅长短视，故程说亦非定论。又，《见在目》本条之下著录"《续（座右铭）》一（篇）：白居易撰"，亦为同类之书，可为一佐。

综上，《见在目》所录《座右铭》，极有可能与《隋志》所录《座右法》同为一书。

43.《续（座右铭）》一（篇）。题下注曰："白居易撰。"❷

按，《旧唐志》丙部子录小说家类并无题为"《续（座右铭）》"的相关著录。白居易《续座右铭（并序）》云："崔子玉《座右铭》，余窃慕之，虽未能尽行，常书屋壁。然其间似有未尽者，因续为座右铭云。"❸故此书当为崔子玉《座右铭》同类之书。虽我国史志书目如《新唐志》已无单录此篇，但应收于丁部集录别集类的"《白氏长庆集》七十五卷"❹目中。故《见在目》仍以《隋志》子部小说类著录标准，如《座右铭》一书，对此篇加以著录，无误。

---

❶ 《新唐书》卷五十九，第1539—1541页。

❷ 《日本国见在书目录》，第57页。

❸ ［唐］白居易：《白居易集》，中华书局，1979年，第878页。

❹ 《新唐书》卷六十，第1606页。

主要参考文献

说明：古代文献大致以时代先后为序，近现代著述以撰写出版时间为序。

一、古代文献

（一）经部

1. [汉]毛亨传，[汉]郑玄笺，[唐]孔颖达疏：《毛诗正义》，《十三经注疏》本

2. [汉]郑玄注，[唐]贾公彦疏：《周礼注疏》，《十三经注疏》本

3. [汉]郑玄注，[唐]孔颖达疏：《礼记正义》，《十三经注疏》本

4. [汉]孔安国传，[唐]孔颖达疏：《尚书正义》，《十三经注疏》本

5. [魏]何晏注，[宋]邢昺疏：《论语注疏》，《十三经注疏》本

6. [魏]王弼注，[唐]孔颖达正义：《周易正义》，《十三经注疏》本

7. [晋]杜预注，[唐]孔颖达疏：《春秋左传正义》，《十三经注疏》本

8. [清]阮元校刻：《十三经注疏》，中华书局 1980 年版

9. 徐元诰：《国语集解》，中华书局 2002 年版

10. [汉]许慎：《说文解字》，中华书局 1963 年版

11. [汉]许慎撰，[清]段玉裁注：《说文解字注》，上海古籍出版社 1981 年版

12. [唐]陆德明撰，黄焯断句：《经典释文》，中华书局 1983 年版

13. [宋]朱熹:《四书章句集注》,中华书局 1983 年版
14. [宋]高似孙:《纬略》,《丛书集成初编》本,商务印书馆 1939 年版,底本为守山阁丛书本
15. [宋]王应麟纂:《玉海》,上海书店出版社、江苏古籍出版社 1987 年版
16. [元]阴时夫辑,阴中夫注:《韵府群玉》,文渊阁四库全书本
17. [清]丁晏辑:《佚礼扶微》,《续修四库全书》第 110 册,上海古籍出版社 2002 年版

(二) 史部

1. [汉]司马迁撰,[南朝宋]裴骃集解,[唐]司马贞索隐,[唐]张守节正义:《史记》,中华书局 1959 年版
2. [汉]班固撰,[唐]颜师古注:《汉书》,中华书局 1962 年版
3. [晋]陈寿撰,[南朝宋]裴松之注:《三国志》,中华书局 1959 年版
4. [南朝宋]范晔撰,[唐]李贤等注:《后汉书》,中华书局 1965 年版
5. [梁]沈约:《宋书》,中华书局 1974 年版
6. [梁]萧子显:《南齐书》,中华书局 1972 年版
7. [北齐]魏收:《魏书》,中华书局 1974 年版
8. [唐]房玄龄等:《晋书》,中华书局 1974 年版
9. [唐]姚思廉:《梁书》,中华书局 1973 年版
10. [唐]姚思廉:《陈书》,中华书局 1972 年版
11. [唐]李百药:《北齐书》,中华书局 1972 年版
12. [唐]令狐德棻等:《周书》,中华书局 1971 年版
13. [唐]李延寿:《南史》,中华书局 1975 年版
14. [唐]李延寿:《北史》,中华书局 1974 年版
15. [唐]魏徵、令狐德棻:《隋书》,中华书局 1973 年版
16. [后晋]刘昫:《旧唐书》,中华书局 1975 年版

17. [宋]欧阳修、宋祁:《新唐书》,中华书局 1975 年版

18. [宋]薛居正等:《旧五代史》,中华书局 1976 年版

19. [宋]欧阳修撰,[宋]徐无党注:《新五代史》,中华书局 1974 年版

20. [元]脱脱等:《宋史》,中华书局 1977 年版

21. [元]脱脱等:《辽史》,中华书局 1974 年版

22. [元]脱脱等:《金史》,中华书局 1975 年版

23. [明]宋濂等:《元史》,中华书局 1976 年版

24. [清]张廷玉等:《明史》,中华书局 1974 年版

25. [清]赵尔巽等:《清史稿》,中华书局 1977 年版

26. [汉]荀悦:《汉纪》,中华书局 2002 年版

27. [唐]刘知幾著,[清]浦起龙通释:《史通通释》,上海古籍出版社 2009 年版

28. [宋]司马光撰,[元]胡三省音注:《资治通鉴》,中华书局 1956 年版

29. [宋]司马光:《资治通鉴考异》,《四部丛刊》本

30. [宋]陈元靓编:《岁时广记》,《丛书集成初编》本,商务印书馆 1939 年版,据清光绪归安氏刊十万卷楼丛书本排印

31. [元]马端临:《文献通考》,中华书局 1986 年版

32. [明]冯应京辑,[明]戴任增释:《月令广义》,《四库全书存目丛书》史部第 164、165 册,齐鲁书社 1996 年版

33. [清]钱大昕:《十驾斋养新录》,上海书店 1983 年版,底本为商务印书馆 1937 年刻版

34. [清]章学诚著,叶瑛校注:《校雠通义》,中华书局 1985 年版

35. [清]章学诚著,叶瑛校注:《文史通义校注》,中华书局 1985 年版

36. [清]姚振宗:《隋书经籍志考证》,《师石山房丛书》本,开明书店 1936 年版

37. [清]章宗源:《隋书经籍志考证》,清光绪三年湖北崇文书局刻本

(三) 子部

1. 袁珂:《山海经校注》,上海古籍出版社 1980 年版
2. 卢文晖辑注:《师旷——古小说辑佚》,上海古籍出版社 1985 年版
3. [清]郭庆藩:《庄子集释》,中华书局 1961 年版
4. [清]王先谦:《庄子集解》,中华书局 1987 年版
5. [清]俞樾:《庄子人名考》,《俞楼杂纂》,清光绪九年重定本
6. 朱桂曜:《庄子内篇证补》,商务印书馆 1935 年版
7. 陈鼓应:《庄子今注今译》,中华书局 1983 年版
8. 林纾编纂:《庄子浅说》,华正书局有限公司 1985 年版
9. 刘武:《庄子集解内篇补正》,中华书局 1987 年版
10. [清]王先谦:《荀子集解》,中华书局 1988 年版
11. [战国]吕不韦著,陈奇猷校释:《吕氏春秋新校释》,上海古籍出版社 2002 年版
12. 许维遹:《吕氏春秋集释》,中国书店 1985 年版,据 1935 年清华大学版影印
13. 何宁:《淮南子集释》,中华书局 1998 年版
14. [汉]贾谊撰,阎振益、钟夏校注:《新书校注》,中华书局 2000 年版
15. [汉]徐幹:《中论》,《四部丛刊》本,据上海涵芬楼借江安傅氏双鉴楼藏明嘉靖乙丑青州刊本影印
16. [汉]徐幹:《中论》,《摛藻堂四库全书荟要》本,世界书局 1988 年版
17. [汉]桓谭撰,朱谦之校辑:《新辑本桓谭新论》,中华书局 2009 年版
18. [汉]刘向撰,向宗鲁校证:《说苑校证》,中华书局 1987 年版
19. [汉]刘歆撰,[晋]葛洪集,向新阳、刘克任校注:《西京杂记校注》,上海古籍出版社 1991 年版

20. [汉]应劭撰,王利器校注:《风俗通义校注》,中华书局 1981 年版
21. 周生春:《吴越春秋辑校汇考》,上海古籍出版社 1997 年版
22. 李步嘉:《越绝书校释》,武汉大学出版社 1992 年版
23. [晋]葛洪:《神仙传》,文渊阁四库全书本
24. [晋]葛洪撰,胡守为校释:《神仙传校释》,中华书局 2010 年版
25. [晋]葛洪撰,邱鹤亭注译:《神仙传今译》,中国社会科学出版社 1996 年版
26. [晋]葛洪:《西京杂记》,中华书局 1985 年版
27. [晋]张华撰,范宁校证:《博物志校证》,中华书局 1980 年版
28. [晋]张华原著,祝洪杰译注:《博物志》,台湾古籍出版社 1997 年版
29. [晋]王嘉撰,[梁]萧绮录,齐治平校录:《拾遗记》,中华书局 1981 年版
30. [晋]裴启撰,周楞伽辑注:《裴启语林》,文化艺术出版社 1988 年版
31. [晋]干宝撰,汪绍楹校注:《搜神记》,中华书局 1979 年版
32. 李剑国辑校:《新辑搜神记》,中华书局 2007 年版
33. [南朝宋]刘敬叔:《异苑》,中华书局 1996 年版
34. [南朝宋]刘义庆撰,[梁]刘孝标注:《世说新语》,上海古籍出版社 1982 年影印,底本为清光绪十七年思贤讲舍刻本
35. [南朝宋]刘义庆撰,徐震堮校笺:《世说新语校笺》,中华书局 1984 年版
36. [梁]殷芸编纂,周楞伽辑注:《殷芸小说》,上海古籍出版社 1984 年版
37. [梁]萧绎:《金楼子》,《知不足斋丛书》第 9 册,古书流通处 1921 年影印,底本为永乐大典本
38. [梁]萧绎:《金楼子》,《龙溪精舍丛书》本
39. [梁]吴均:《续齐谐记》,《汉魏六朝笔记小说大观》本,上海古籍出版社 1999 年版

40. [梁]宗懔撰，杜公瞻注，宋金龙校注：《荆楚岁时记》，山西人民出版社 1987 年版

41. [唐]刘悚：《隋唐嘉话》，中华书局 1979 年版

42. [唐]李肇：《唐国史补》，上海古籍出版社 1979 年版

43. [唐]康骈：《剧谈录》，古典文学出版社 1958 年版

44. [唐]高彦休：《唐阙史》，《知不足斋丛书》第 1 册，古书流通处 1921 年影印

45. [唐]李翱：《卓异记》，《丛书集成初编》本，商务印书馆 1936 年版，底本为阳山顾氏文房本

46. [唐]孙棨：《北里志》，古典文学出版社 1957 年版

47. [唐]孟启：《本事诗》，《丛书集成初编》本，商务印书馆 1939 年版，底本为阳山顾氏文房本，并据津逮本校正

48. [唐]李濬编：《松窗杂录》，《唐五代笔记小说大观》本，上海古籍出版社 2000 年版

49. [唐]无名氏：《大唐传载》，《守山阁丛书》本，鸿文书局清光绪十五年据钱氏本影印

50. [唐]韦绚：《刘宾客嘉话录》，《丛书集成初编》本，商务印书馆 1936 年版，底本为阳山顾氏文房本

51. [唐]李绰：《尚书故实》，《丛书集成初编》本，商务印书馆 1936 年版，底本为宝颜堂秘笈本

52. [唐]范摅：《云溪友议》，古典文学出版社 1957 年版

53. [唐]段成式：《酉阳杂俎》，中华书局 1981 年版

54. [唐]元稹：《莺莺传》，《唐人小说》本，上海古籍出版社 1978 年版

55. [唐]李公佐：《谢小娥传》，《唐人小说》本，上海古籍出版社 1978 年版

56. [唐]陈鸿：《长恨歌传》，《唐人小说》本，上海古籍出版社 1978 年版

57. [唐]裴铏著,周楞伽辑注:《裴铏传奇》,上海古籍出版社 1980 年版
58. [唐]陈翰:《异闻集》,《类说》本,书目文献出版社 2000 年版,据明天启六年岳钟秀刻本影印
59. [唐]欧阳询撰,汪绍楹校:《艺文类聚》,上海古籍出版社 1982 年版
60. [唐]徐坚等:《初学记》,中华书局 1962 年版
61. [唐]韩鄂:《岁华纪丽》,《丛书集成初编》本,商务印书馆 1937 年版,据明万历刻秘册汇函本影印
62. [唐]赵璘:《因话录》,上海古籍出版社 1979 年版
63. [唐]王定保:《唐摭言》,中华书局上海编辑所 1959 年版
64. [唐]韦述著,陈子怡校正:《校正两京新记》,西京筹备委员会 1936 年版
65. 丁如明辑校:《开元天宝遗事十种》,上海古籍出版社 1985 年版
66. [五代]王仁裕:《开元天宝遗事》,中华书局 2006 年版
67. [五代]杜光庭:《录异记》,《唐五代笔记小说大观》本,上海古籍出版社 2000 年版
68. [五代]孙光宪:《北梦琐言》,中华书局 2002 年版
69. [五代]王定保:《唐摭言》,《丛书集成初编》本,商务印书馆 1936 年版,选用学津讨原本排印
70. [五代]王定保:《唐摭言》,中华书局上海编辑所 1959 年版
71. [南唐]刘崇远撰,周广业校注:《金华子杂编》,《丛书集成初编》本,商务印书馆 1936 年版,底本为读画斋本
72. [宋]徐铉:《稽神录》,中华书局 1996 年版
73. [宋]戴埴:《鼠璞》,宋咸淳百川学海本
74. [宋]张师正:《括异志》,中华书局 1996 年版
75. [宋]李献民:《云斋广录》,中华书局 1997 年版

76. [宋]王傥撰,周勋初校证:《唐语林》,中华书局 1987 年版
77. [宋]谢采伯:《密斋笔记》,《丛书集成初编》本,商务印书馆 1936 年版,底本为琳琅秘室丛书本
78. [宋]晁载之:《续谈助》,商务印书馆 1939 年版
79. [宋]宋咸注:《扬子法言》,《摛藻堂四库全书荟要》本
80. [宋]钱易:《南部新书》,中华书局 2002 年版
81. [宋]陈鹄:《西塘集耆旧续闻》,上海古籍出版社 1993 年版
82. [宋]毕中询:《幕府燕闲录》,《说郛》本,中国书店 1986 年版,据涵芬楼 1927 年版影印
83. [宋]曾慥辑:《类说》,书目文献出版社 2000 年版,据明天启六年岳钟秀刻本影印
84. [宋]赵令畤:《侯鲭录》,中华书局 2002 年版
85. [宋]邵博:《邵氏闻见后录》,中华书局 1983 年版
86. [宋]赵彦卫:《云麓漫钞》,中华书局 1996 年版
87. [宋]洪迈:《容斋随笔》,中华书局 2005 年版
88. [宋]孟元老等:《东京梦华录(外四种)》,古典文学出版社 1956 年版
89. [宋]孟元老撰,邓之诚注:《东京梦华录注》,中华书局 1982 年版
90. [宋]孟元老撰,伊永文笺注:《东京梦华录笺注》,中华书局 2006 年版
91. [宋]罗烨:《醉翁谈录》,古典文学出版社 1957 年版
92. [宋]周密:《齐东野语》,中华书局 1983 年版
93. [元]夏庭芝著,孙崇涛、徐宏图校注:《青楼集校注》,中国戏剧出版社 1990 年版
94. [明]陶宗仪纂:《说郛》,中国书店 1986 年版,据涵芬楼 1927 年版影印
95. [明]胡应麟:《少室山房笔丛》,上海书店出版社 2009 年版
96. [明]陈耀文纂:《天中记》,清光绪听雨山房本

97. [明]陈继儒:《宝颜堂秘笈》,文明书局 1922 年版
98. [明]顾起元:《说略》,文渊阁四库全书本
99. [清]张英:《渊鉴类函》,文渊阁四库全书本
100. [清]沈家本:《沈寄簃先生遗书》乙编,中国书店 1984 年版

(四) 集部

1. 逯钦立辑校:《先秦汉魏晋南北朝诗》,中华书局 1983 年版
2. [清]严可均编:《全上古三代秦汉三国六朝文》,中华书局 1958 年版
3. [梁]萧统编,[唐]李善注:《文选》,上海古籍出版社 1986 年版
4.《日本足利学校藏宋刊明州本六臣注文选》,人民文学出版社 2008 年影印
5.《六臣注文选》,《四部丛刊》本
6. [唐]佚名编选,周勋初、陈尚君整理:《唐钞文选集注汇存》,上海古籍出版社 2000 年版
7. [南朝宋]刘勰著,范文澜注:《文心雕龙注》,人民文学出版社 1958 年版
8. [梁]刘勰著,詹锳义证:《文心雕龙义证》,上海古籍出版社 1989 年版
9. 黄叔琳注,李详补注,杨明照校注拾遗:《增订文心雕龙校注》,中华书局 2000 年版
10. [唐]道宣:《广弘明集》,上海古籍出版社 1991 年版
11. [唐]白居易:《白居易集》,中华书局 1979 年版
12. [唐]韩愈著,马其昶校注,马茂元整理:《韩昌黎文集校注》,上海古籍出版社 1986 年版
13. [唐]柳宗元:《柳宗元集》,中华书局 1979 年版
14. [唐]元稹:《元稹集》,中华书局 2010 年版
15. [清]董诰等编:《全唐文》,中华书局 1983 年版

16. [清]彭定求等编:《全唐诗》,中华书局 1960 年版

17. [宋]李昉等编:《文苑英华》,中华书局 1966 年版

18. [宋]李昉等编:《太平广记》,中华书局 1961 年版

19. [宋]李昉等撰:《太平御览》,中华书局 1960 年版

20. [唐]杜甫著,[宋]赵次公注,林继中辑校:《杜诗赵次公先后解辑校》,上海古籍出版社 1994 年版

21. [宋]施元之、顾景蕃合注:《宋刻施顾注苏诗》,艺文印书馆 1969 年版

22. [宋]施元之、顾景蕃合注,郑骞、严一萍编校:《增补足本施顾注苏诗》,艺文印书馆 1980 年版

23. [宋]苏轼撰,[宋]王十朋集注:《集注分类东坡先生诗》,商务印书馆 1929 年景南海潘氏藏宋务本堂刊本

24. [宋]朋九万:《东坡乌台诗案》,《丛书集成初编》本,商务印书馆 1939 年版,底本为清李调元函海本

25.《宋傅幹注坡词》,北京图书馆出版社 2001 年版,据黄永年所藏徐积余本影印,徐本为沈德寿《报经楼藏书志》所录天一阁钞本

26. [宋]洪兴祖:《楚辞补注》,中华书局 1983 年版

27. [宋]计有功辑撰:《唐诗纪事》,上海古籍出版社 2008 年版

28. 曾枣庄、刘琳主编:《全宋文》,上海辞书出版社、安徽教育出版社 2006 年版

29. [元]虞集:《道园学古录》,商务印书馆 1937 年版

30. [清]马国翰辑:《玉函山房辑佚书》,清光绪九年癸未长沙嫏嬛馆补校刻本

31. [清]刘毓崧:《通义堂文集》,求恕斋刊本

32. 殷梦霞等编:《古籍佚书拾存》,国家图书馆出版社 2003 年版

33. [清]何文焕辑:《历代诗话》,中华书局 2004 年版

34. [清]梁绍壬:《两般秋雨盦随笔》,上海古籍出版社 1982 年版

35. [清]厉鹗辑撰:《宋诗纪事》,上海古籍出版社 1981 年版

(五) 出土实物

1. 1968 年河北满城西汉中山靖王刘胜墓出土一对“铜说唱俑”,现藏河北省博物馆

2. 1973 年江苏扬州邗江县胡场 1 号西汉墓出土两件“木质说唱俑”,原藏扬州市博物馆,现藏中国历史博物馆

3. 1951 年四川资阳东汉墓出土“坐式说唱俑”,现藏重庆市博物馆

4. 1954 年四川成都羊子山东汉墓出土“乐舞百戏画像砖”,原藏重庆市博物馆,现藏中国历史博物馆

5. 1957 年四川成都天回山 3 号崖墓出土东汉“坐式击鼓说唱俑”,原藏四川省博物馆,现藏中国历史博物馆

6. 1963 年四川郫县宋家林东汉墓出土“立式击鼓说唱俑”,现藏四川省博物馆

7. 1968 年山东诸城前凉台东汉墓出土“乐舞百戏画像石”,现藏诸城市博物馆

8. 1971 年四川遂宁县东汉墓出土一座两层“陶楼”,现藏四川省博物馆

9. 1981 年四川乐山九峰乡东汉崖墓出土“坐式说唱俑”,现藏乐山市崖墓博物馆

二、近现代著述

(一) 出土资料相关论著

1. 睡虎地秦墓竹简整理小组编:《睡虎地秦墓竹简》,文物出版社 1990 年版

2. 李家浩:《云梦龙岗六号秦墓及出土简牍》,《考古学辑刊》第 8 辑

3. 中国文物研究所、湖北省文物考古研究所编:《龙岗秦简》,中华书局 2001 年版

4.《江陵张家山三座汉墓出土大批竹简》,《文物》1985 年第 1 期

5. 张家山二四七号汉墓竹简整理小组编著:《张家山汉墓竹简(二四七号墓)》(释文修订本),文物出版社 2006 年版

(二) 专著

1. 鲁迅:《中国小说史略》,上海古籍出版社 1998 年版

2. 鲁迅:《华盖集续编》,《鲁迅全集》第 3 卷,人民文学出版社 2005 年版

3. 鲁迅:《且介亭杂文二集》,《鲁迅全集》第 6 卷,人民文学出版社 2005 年版

4. 鲁迅:《中国小说的历史的变迁》,《鲁迅全集》第 9 卷,人民文学出版社 2005 年版

5. 鲁迅:《古籍序跋集》,《鲁迅全集》第 10 卷,人民文学出版社 2005 年版

6. 余嘉锡:《四库提要辨证》,中华书局 1980 年版

7. 余嘉锡:《目录学发微》,中华书局 2007 年版

8. 余嘉锡:《余嘉锡论学杂著》,中华书局 2007 年版

9. 王国维:《古史新证——王国维最后的讲义》,清华大学出版社 1994 年版

10. 黄侃:《文心雕龙札记》,上海古籍出版社 2000 年版

11. 陈寅恪:《金明馆丛稿二编》,生活·读书·新知三联书店 2001 年版

12. 钱穆:《先秦诸子系年》,中华书局 1985 年版

13. 〔日〕狩谷望之:《日本见在书目证注稿》,日本古典全集刊行会编《日本古典全集》第 2 册,正宗敦夫编纂校订《狩谷掖斋全集》第 7 卷,东京府长崎町日本古典全集刊行会 1928 年版

14. 吕思勉:《史通评》,商务印书馆 1934 年版

15. 刘开荣:《唐代小说研究》,商务印书馆 1947 年版

16. 〔日〕小长谷惠吉:《日本国见在书目录解说稿》,くにたち本の会 1936 年版;小宫山出版株式会社 1956 年版

17. 昌彼得:《说郛考》,文史哲出版社 1979 年版

18. 程千帆:《唐代进士行卷与文学》,上海古籍出版社 1980 年版

19. 段书安:《史记三家注引书索引》,中华书局 1982 年版

20. 陈国庆:《汉书艺文志注释汇编》,中华书局 1983 年版

21. 孙宝瑄:《忘山庐日记》,上海古籍出版社 1983 年版

22. 〔日〕矢岛玄亮:《日本国见在书目录——集证と研究》,汲古书院 1984 年版

23. 程金造:《史记管窥》,陕西人民出版社 1985 年版

24. 刘叶秋:《古典小说笔记论丛》,南开大学出版社 1985 年版

25. 王瑶:《中古文学史论》,北京大学出版社 1986 年版

26. 钱锺书:《管锥编》,中华书局 1986 年版

27. 袁珂:《中国神话史》,上海文艺出版社 1988 年版

28. 侯忠义:《中国文言小说史稿》(上),北京大学出版社 1990 年版

29. 〔日〕小南一郎著,孙昌武译:《中国的神话传说与古小说》,中华书局 1993 年版

30. 石昌渝:《中国小说源流论》,生活·读书·新知三联书店 1994 年版

31. 吴志达:《中国文言小说史》,齐鲁书社 1994 年版

32. 王枝忠:《汉魏六朝小说史》,浙江古籍出版社 1997 年版

33. 程毅中:《宋元小说研究》,江苏古籍出版社 1999 年版

34. 程金造编著:《史记索隐引书考实》,中华书局 1998 年版

35. 苗壮:《笔记小说史》,浙江古籍出版社 1998 年版

36. 刘叶秋:《历代笔记概述》,北京出版社 2003 年版

37. 程毅中:《唐代小说史》,人民文学出版社 2003 年版
38. 饶宗颐:《饶宗颐二十世纪学术文集》第 5 册,新文丰出版股份有限公司 2003 年版
39. 杨义:《中国古典小说史论》,中国社会科学出版社 2004 年版
40. 萧相恺主编:《中国文言小说家评传》,中州古籍出版社 2004 年版
41. 李剑国:《唐前志怪小说史》,天津教育出版社 2005 年版
42. 徐兴无:《刘向评传(附刘歆)》,南京大学出版社 2005 年版
43. 逯耀东:《魏晋史学的思想与社会基础》,中华书局 2006 年版
44. 张伯伟主编:《域外汉籍研究辑刊》第 2 辑,中华书局 2006 年版
45. 张伯伟主编:《域外汉籍研究辑刊》第 3 辑,中华书局 2007 年版
46. 李剑国、陈洪主编:《中国小说通史》,高等教育出版社 2007 年版
47. 欧阳健:《中国小说史略批判》,山西人民出版社 2008 年版
48. 周勋初:《唐代笔记小说叙录》,凤凰出版社 2008 年版
49. 罗宁:《汉唐小说观念论稿》,巴蜀书社 2009 年版
50. 程毅中:《古体小说论要》,华龄出版社 2009 年版
51. 王齐洲:《稗官与才人——中国古代小说考论》,岳麓书社 2010 年版

(三) 论文

1. 余嘉锡:《殷芸小说辑证》,《余嘉锡论学杂著》,中华书局 1963 年版
2. 唐兰:《辑殷芸小说并跋》,《周叔弢先生六十生日纪念论文集》,香港龙门书店 1951 年初版,1967 年影印
3. 刘兆云:《〈世说〉探原》,《新疆大学学报》(社会科学版)1979 年第 C1 期
4. 袁行霈:《〈汉书·艺文志〉小说家考辨》,《文史》第 7 辑,中华书局 1979 年版
5. 郭沫若:《宋钘尹文遗著考》,《郭沫若全集》历史编,人民出版社 1982

年版

6. 周楞伽:《稗官考》,《社会科学战线》编辑部编:《古典文学论丛》第 3 辑,齐鲁书社 1982 年版
7. 王瑶:《小说与方术》,《中古文学史论》,北京大学出版社 1986 年版
8. 徐传武:《〈世说新语〉刘注浅探》,《文献》1986 年第 1 期
9. 蒋观云:《神话、历史养成之人物》,《新民丛报》(日本横滨)1903 年第 36 号“华年阁杂谈”,收入钟敬文主编:《中国近代文学大系》第 22 卷《民间文学集》,上海书店出版社 1995 年版
10. 李剑国:《〈神女传〉〈杜兰香传〉〈曹著传〉考论》,《明清小说研究》1998 年第 4 期
11. 胡适:《论短篇小说》,《胡适文集》第 2 册,北京大学出版社 1998 年版
12. 潘建国:《“稗官”说》,《文学评论》1999 年第 2 期
13. 孙逊、潘建国:《唐传奇文体考辨》,《文学遗产》1999 年第 6 期
14. 罗宁:《小说与稗官》,《四川大学学报》(哲学社会科学版)1999 年第 6 期
15. 陈寅恪:《冯友兰中国哲学史上册审查报告》,《金明馆丛稿二编》,生活 · 读书 · 新知三联书店 2001 年版
16. 陈寅恪:《王静安先生遗书序》,《金明馆丛稿二编》,生活 · 读书 · 新知三联书店 2001 年版
17. 张进德:《殷芸简论》,《河南社会科学》2002 年第 5 期
18. 罗宁:《论〈殷芸小说〉及其反映的六朝小说观念》,《明清小说研究》2003 年第 1 期
19. 饶宗颐:《秦简中“稗官”及如淳称魏时谓“偶语为稗”说——论小说与稗官》,《饶宗颐二十世纪学术文集》第 5 册,新文丰出版股份有限公司 2003 年版

20. 武丽霞、罗宁:《〈殷芸小说〉考论》,《华中科技大学学报》(社会科学版)2004 年第 1 期
21. 张玉璞、曹瑞娟:《"七夕"题材诗歌源流考》,《聊城大学学报》(社会科学版)2005 年第 1 期
22. 于天池:《两汉俳优解》,《中国典籍与文化》2005 年第 2 期
23. 鲁迅:《不是信》,《华盖集续编》(《鲁迅全集》第 3 卷),人民文学出版社 2005 年版
24. 鲁迅:《六朝小说和唐代传奇文有怎样的区别?》,《且介亭杂文二集》(《鲁迅全集》第 6 卷),人民文学出版社 2005 年版
25. 鲁迅:《〈古小说钩沉〉序》,《古籍序跋集》(《鲁迅全集》第 10 卷),人民文学出版社 2005 年版
26. 孙猛:《〈日本国见在书目录〉失考书考》,《域外汉籍研究辑刊》第 2 辑、第 3 辑,中华书局 2006 年、2007 年版
27. 逯耀东:《〈隋书・经籍志・史部〉形成的历程》,《魏晋史学的思想与社会基础》,中华书局 2006 年版
28. 黄东阳:《"骑鹤上扬州"非殷芸〈小说〉佚文辨正》,《文献》2007 年第 4 期
29. 张开焱:《魏晋六朝文论中的小说观念与潜观念——以〈文心雕龙〉的文体论为例》,《暨南学报》(哲学社会科学版)2007 年第 5 期
30. 陈洪:《"稗官"说考辨》,刘跃进主编:《中华文学史料》第 2 辑,学苑出版社 2007 年版
31. 余嘉锡:《小说家出于稗官说》,《余嘉锡论学杂著》,中华书局 2007 年版
32. 罗宁:《〈黄帝说〉及其他〈汉志〉小说》,《汉唐小说观念论稿》,巴蜀书社 2009 年版

33. 陈广宏:《小说家出于稗官说新考》,《中国典籍与文化论丛》第 12 辑,凤凰出版社 2009 年版

34. 王齐洲、屈红梅:《曹植诵俳优小说发覆》,2011 年 3 月 26—28 日广州暨南大学“跨文化视野下中国古代小说学术研讨会”提交

35. 郝敬:《论欧阳修对唐人“小说”之学的重建》,《中南大学学报》(社会科学版)2011 年第 4 期

36. 张莉:《俳语优戏与“说话”伎艺的初步形成》,《西南大学学报》(社会科学版)2011 年第 5 期

37. 郝敬:《〈左传〉与“古体小说”二三谈》,《新世纪图书馆》2011 年第 6 期

38. 郝敬:《援子入史的误读与误判——刘知幾〈史通〉“小说”辨》,《北京理工大学学报》(社会科学版)2012 年第 6 期

39. 郝敬、张莉:《论中国古体小说的观念流变》,《明清小说研究》2013 年第 1 期

40. 郝敬、张莉:《论杜诗赵次公注引小说》,《四川师范大学学报》(社会科学版)2013 年第 4 期

41. 张莉、郝敬:《论瓦舍勾栏的兴废与说话艺术》,《民俗研究》2013 年第 4 期

42. 郝敬:《〈日本国见在书目录〉著录小说书考略》,《古籍研究》第 60 卷,安徽大学出版社 2013 年版

43. 张莉、郝敬:《论罗烨〈醉翁谈录〉对宋代通俗小说观念的理论建构》,《南京师大学报》(社会科学版)2014 年第 4 期

44. 郝敬:《“牛郎织女”非殷芸〈小说〉佚文考》,《古籍研究》第 61 卷,凤凰出版社 2015 年版

45. 郝敬:《唐传奇名实辨》,《文学评论》2015 年第 4 期

46. 郝敬、张莉:《以史证小说的尝试——论〈世说新语〉刘孝标注》,《安徽

大学学报》(哲学社会科学版)2016 年第 6 期

47. 张莉、郝敬:《〈七录〉著录小说考》,《古籍研究》第 64 卷,凤凰出版社 2016 年版
48. 张莉、郝敬:《论小说观念形成初期在子史间的错位与游移》,《四川师范大学学报》(社会科学版)2017 年第 4 期
49. 张莉、郝敬:《南宋说话四家发覆》,《古籍研究》第 66 卷,凤凰出版社 2017 年版
50. 韩云波:《唐代小说观念与小说兴起研究》,四川大学 2001 年博士学位论文
51. 纪永贵:《中国口头文化遗产——董永遇仙传说研究》,南京师范大学 2004 年博士学位论文
52. 刘湘兰:《六朝史传、杂传与小说叙事比较研究》,南京大学 2005 年博士学位论文
53. 郝敬:《宋前小说观念流变研究》,南京大学 2012 年博士学位论文

三、书目资料、作品及其他

1. [汉]刘向、刘歆撰,[清]姚振宗辑录,邓骏捷校补:《七略别录佚文》,上海古籍出版社 2008 年版
2. [汉]刘向、刘歆撰,[清]姚振宗辑录,邓骏捷校补:《七略佚文》,上海古籍出版社 2008 年版
3. 〔日〕藤原佐世编:《日本国见在书目录》,日本东京名著刊行会 1996 年版
4. [宋]王尧臣、欧阳修等撰:《崇文总目》,《中国历代书目丛刊》第 1 辑上,现代出版社 1987 年版
5. [宋]晁公武撰,孙猛校证:《郡斋读书志校证》,上海古籍出版社 1990

年版

6. [宋]陈振孙:《直斋书录解题》,上海古籍出版社 1987 年版
7. [宋]尤袤:《遂初堂书目》,《中国历代书目丛刊》第 1 辑上,现代出版社 1987 年版
8. [宋]郑樵:《通志》,中华书局 1987 年版
9. [宋]郑樵:《通志二十略》,中华书局 1995 年版
10. [清]纪昀、陆锡熊、孙士毅等撰,《四库全书》研究所整理:《四库全书总目》,中华书局 1997 年版
11. 程毅中:《古小说简目》,中华书局 1981 年版
12. 袁行霈、侯忠义编:《中国文言小说书目》,北京大学出版社 1981 年版
13. 宁稼雨:《中国文言小说总目提要》,齐鲁书社 1996 年版
14. 石昌渝主编:《中国古代小说总目》(文言卷),山西教育出版社 2004 年版
15. 朱一玄、宁稼雨、陈桂声编著:《中国古代小说总目提要》,人民文学出版社 2005 年版
16. 李剑国:《唐五代志怪传奇叙录》,南开大学出版社 1993 年版
17. 李剑国:《宋代志怪传奇叙录》,南开大学出版社 1997 年版
18. [明]陆楫辑:《古今说海》,文渊阁四库全书本
19. [清]钱熙祚辑:《守山阁丛书》,鸿文书局清光绪十五年据钱氏本影印
20.《五朝小说大观》,扫叶山房本
21. [清]陈莲塘:《唐人说荟》,清宣统三年扫叶山房石印本
22. 鲁迅校录:《古小说钩沉》,齐鲁书社 1997 年版
23. 鲁迅校录:《唐宋传奇集》,齐鲁书社 1997 年版
24. 汪辟疆校录:《唐人小说》,上海古籍出版社 1978 年版
25. 李剑国辑释:《唐前志怪小说辑释》(修订本),上海古籍出版社 2011

年版

26.《汉魏六朝笔记小说大观》,上海古籍出版社 1999 年版

27.《唐五代笔记小说大观》,上海古籍出版社 2000 年版

28.《宋元笔记小说大观》,上海古籍出版社 2001 年版

29. 侯忠义编:《中国文言小说参考资料》,北京大学出版社 1985 年版

30. 黄霖、韩同文选注:《中国历代小说论著选》(修订本),江西人民出版社 2000 年版

31. 钱锺书:《围城》,生活·读书·新知三联书店 2002 年版

32.《中国音乐文物大系·北京卷》,大象出版社 1999 年版

33.《中国音乐文物大系·四川卷》,大象出版社 1996 年版

34.《中国音乐文物大系·上海江苏卷》,大象出版社 1996 年版

35.《中国曲艺志·四川卷》,中国 ISBN 中心 2003 年版

后　记

多年前的春日，我步入南京大学攻读博士学位，和妻子第一次行走在南大的校园里，紧张而激动，渴望而钦慕，心中感慨万千。开始博士学位论文写作的时候，我和妻子刚刚搬至南园十四舍简陋的小屋子里，站在阳台上看，对面就是十三舍。记得太师傅程千帆先生在《劳生志略》中说，他刚回南京大学任教时，就住在十三舍。我每每在读书或写作中因思路蹇涩而心绪不定时，就从半屋子的书堆中踱到阳台上，在漫天霞光的傍晚，或是月朗星稀的秋夜，仿佛看到程先生就在对面的楼阁中，拄着拐杖，以慈祥而坚毅的目光，鼓励着我这个晚辈后学，在学术的道路上努力前行。

能够从理工科转至文科学习，真不禁感叹人生的变幻。我读小学拿到奥数竞赛合肥市第一名，考高中化学科满分，读高中自修大学高等物理学，当时怎么也不会想到自己会选择传统人文学科作为自己的人生追求。能够从与学术八竿子打不着的行业回到大学校园，也可谓一波三折。大学毕业后戎马南戍六载，筹措计划，纵横南北，若指挥百余人行军布阵，气定自如，亦未想到会解甲北归，读书问学。

然而人生，抑或命运之路就是如此，可能是自幼对古代文学的爱好因素在多年的潜伏中终于爆发，使我将人生的风帆转向了学术的殿堂。在合肥工业大学读本科时，有缘受教于安徽大学中文系陶新民教授，旁听中文专业课程。新民师是詹锳先生的弟子，故传我唐诗研读之法，并教我熟读李白、杜甫。我从中感受到了与理工科完全不同的人文学科氛围，被文学的学术魅力深深感染，有意以文学终此一生。然命运多舛，毕业后俗务忙碌，跋山涉水，风餐露宿，始终未曾得一空间置一书桌。困窘之中，每每寒夜青灯，抛书叹春秋之废。先慈又身染不治之症，时日无多，种种无奈，不尽诉说。蹉跎六载之后，终于重整格局，一心向学。西南之行，从云波师游学三年，始窥学术堂奥，心有所向，故于己丑年春，报考南京大学文学院中国古代文学专业博士研究生，有幸录为巩师本栋先生门下弟子，研习魏晋南北朝唐宋文学。

本栋师师法程千帆先生，传道授业极为严格，入门之初即以程千帆先生“敬业、乐群、勤奋、谦虚”八字要求诫勉于我，并以程门传统入学之法“熟读四到六部唐前经典”教我重新打牢读书治学之根基。三年来，我谨遵师命，已点读毛诗、楚辞、杜预《春秋左传集解》、《史记》三家注、《三国志》裴松之注、《文选》李善注、杜诗仇兆鳌注本与赵次公注本。同时，又研读了杨伯峻《春秋左传注》、朱熹《诗集传》、詹锳《文心雕龙义证》、刘知幾《史通》，泛读了《文选》六臣注、浦起龙《读杜心解》、钱谦益《钱注杜诗》、杨伦《杜诗镜诠》、施、顾注苏诗等书。又结合毕业论文方向，通读了古小说类的文献资料与研究专著。每读毕一书，本栋师必要求撰成一文，阐述心得；还要求从阅读中发现问题，解决问题，每一篇论文绝不空谈理论，而要有问题意识。我渐感读书为治学之根本，本栋师以己治学之心得，传我辈后学，实厚望深矣。尝有客问我：“君已过而立之年，不求经济仕途，读书何为？”我以往作答之意有二：一曰个人兴趣之所在，族中长者称余抓周时即选书籍纸笔不疑，命也，定也。将兴趣充实生活，不亦快哉？二曰年岁痴长，所见颇多，屡叹家门读书治学之风无几。想吾父祖之上，世代行伍，鲜有从文者，唯家母、外祖之上，为徽州绩溪胡氏旺族，文风颇盛。吾自忖将以读书更换门风，自我而行。入金陵读书至今，视野又开，始知人生虽短，亦有道义存焉。本栋师尝云“对中国传统文化传承责任之自觉担当”，即为吾今日读书之责任与信念。不求闻达于诸侯，只愿薪火能相传。

南京大学文学院前属中央大学文学院与金陵大学文学院，学术传统悠久，积淀深厚。尤其是中国古代文学专业与中国古典文献学专业，在实际教学与科研中，并不分家，而两古专业最大的学术特色就是研究以文献为基础，强调文献学与文艺学的结合。在南京大学文学院攻读博士学位期间，我的古代文学专业与文献学专业修习，都得到了长足的精进，使我无时无刻不深切感受到其所代表的东南学术的深厚底蕴。因此，我的科研方法也深深地打上了这一烙印，即注重文献资料的基础作用，有一分资料说一分话，绝不空洞地讨论与构建所谓的理论。

衷心感谢南京大学文学院周勋初、莫砺锋、张伯伟、张宏生、许结、徐兴无、俞士玲、程章灿、曹虹、武秀成、严杰，以及南京师范大学文学院的陈书录、程杰等诸位老师，能够有幸得到教诲，感受名师风范，受益颇多。衷心感谢师母王一涓老师对我们各位同学的照顾与爱护。衷心感谢同门的兄弟姐妹，一起读书一起讨论的时光是最难得的。衷心感谢一同在陶园二舍住过的同学们，那些大口喝酒大块吃肉，或是饮茶论道，或是熬夜看足球的日子，都是值得留恋的。衷心感谢我的妻子张莉，她跟随我从西南来到东南求学、任教，过着清苦的日子，在我父亲病重住院的时候日夜照料，在我研究、写作的时候处理好家居事务，同时，她自己也完成了一项科研项目并撰成一篇高质量的博士学位论文。有妻如此，夫复何求？

丙戌年正月，先慈在重病三年之后撒手而去，时犹在元宵放灯之期，我亦有文字“唯愿东风今宵至，满城灯火照泪痕”记余之悲，又有“今而后，吾欲见吾母，唯梦中矣”之语。如今，小书草就，学术理想亦渐次展开，我应该在梦见母亲的时候告诉她，她可以放心了。

辛卯夏以来，余从教安徽大学文学院，讲授魏晋南北朝唐宋文学与古典文献学，课业虽颇繁重，然教学相长，亦有所得。本欲作贯通研究，但随着研究的深入，发觉宋代相关文献弥足珍贵，细细体味，不忍割舍，故积年用力于此，元明清阶段未遑详加研核。但一来古体小说至北宋，学科范畴已相对稳定，二来由于元明清相关文献存世数量浩若烟海，可另作专门研究，故本书详于宋代及以前，亦庶几符合古体小说观念的流变情状。小书草就，亦如班孟坚《汉志》删要刘子骏《七略》，存吾学术之轨辙也。

是书付梓，特别致谢责编黄飞立博士。飞立兄工作严谨细致，端正可亲，见其人，亦可知复旦和中华之风矣。

是为后记。

庚子壬午芒种于南直庐州府双芷斋